Thomas Thiemeyer

Valhalla

Thriller

Weltbild

Besuchen Sie uns im Internet:
www.weltbild.de

Genehmigte Lizenzausgabe für Weltbild GmbH & Co. KG,
Werner-von-Siemens-Straße 1, 86159 Augsburg
Copyright der Originalausgabe © 2016 by Knaur Verlag
Ein Imprint der Verlagsgruppe Droemer Knaur GmbH & Co. KG, München
Umschlaggestaltung: Johannes Frick, Neusäß / Augsburg
Umschlagmotiv: © Johannes Frick, Neusäß unter Verwendung von Motiven von
www.shutterstock.com
Satz: Datagroup int. SRL, Timisoara
Druck und Bindung: GGP Media GmbH, Pößneck
Printed in the EU
ISBN 978-3-95589-959-8

2020 2019 2018 2017
Die letzte Jahreszahl gibt die aktuelle Lizenzausgabe an.

Für Carolin

Februar 1944 ...

Der Orkan peitschte den Schnee in Wellen über das Eis. Er zersprengte den Atem, machte den Mann stumm und taub. Nadelspitze Kristalle drangen unter die Kapuze und bohrten sich in seine Haut. Das Heulen war ohrenbetäubend. Eine Kakophonie verdammter Seelen, die mit ihren Schreien die Dunkelheit erfüllten.

»Vater unser im Himmel. Geheiligt werde dein Name ...«

Der Wind drückte ihm die Stimme zurück in den Hals. Siebzig Stundenkilometer, Tendenz steigend. Seine Lungen schmerzten. Es war, als hätte man der Luft jeglichen Sauerstoff entrissen.

Die Sicht war auf unter zwanzig Meter gefallen. Selbst das zuckende Licht der Lampe vermochte die Finsternis nicht zu durchdringen. Keuchend unterbrach der Mann seinen Lauf, lüftete den Pelzkragen und linste über den Rand des Schals. Wo war nur diese vermaledeite Hütte? Eigentlich hätte sie genau hier sein sollen. Hier, wo er stand. Stattdessen brüllende, zornige Finsternis. Panik überfiel ihn. Erst gestern hatte er noch zur Wetterstation hinübergeblickt, da war die Luft windstill gewesen und der Himmel klar. Ein Traum von einer arktischen Winternacht, mit Sternen, die bis zum Boden reichten. Doch hier auf Spitzbergen konnte das Wetter binnen weniger Stunden umschlagen. Dann ließ es den Menschen spüren, dass er nur geduldet war.

Die Wetterstation *Heißsporn* befand sich gut einen Kilometer vom Eingang der Forschungseinrichtung entfernt, doch bei diesem Wetter hätte sie genauso gut am anderen Ende der Welt liegen können. Und er hatte in der Eile vergessen, den Kompass einzustecken. *Idiot, hirnverbrannter.* Es waren schon Männer wegen geringerer Vergehen gestorben – verirrt, verloren, im Eis gefangen und erst zur Schneeschmelze wiederaufgetaucht wie starr gefrorene Rinderhälften. Andererseits, ob der Kompass unter diesen Verhältnissen überhaupt funktioniert hätte? Nadeln konnten einfrieren, magnetische Unregelmäßigkeiten zu Abweichungen führen.

Eine neue Böe fegte über ihn hinweg und riss ihn beinahe von den Füßen.

Der Mann rammte seine Stöcke ins Eis und klammerte sich fest. Unter Aufbietung all seiner Kräfte wartete er den arktischen Wutausbruch ab, dann zog er sich mit den Armen weiter vorwärts. Seine Tränen gefroren zu Eis. Immer ein Schritt nach dem anderen, so hatte es ihnen ihr Ausbilder beigebracht. Nur nicht den Halt verlieren. Zurückgehen war ausgeschlossen, nicht nach dem, was geschehen war. Nicht nach dem, was er *gesehen* hatte.

Er spürte das Feuer durch seine Adern rauschen. Eine unnatürliche Hitze, die sich tief in seine Eingeweide fraß. Obwohl hier draußen 30 Grad minus herrschten, schien er innerlich zu kochen. Was hatten sie getan? Was hatten sie nur angerichtet?

Zur Beruhigung seiner fiebrigen Nerven und in Ermangelung einer besseren Idee begann er, leise vor sich hin zu summen. Falsch und verstockt erst, dann mit der Zeit sicherer und beherzter. Er spürte, dass die Füße auf seine Stimme reagierten. In dieser lebensfeindlichen Umgebung war jeder menschliche Laut willkommen.

»Ein Jä... Jäger aus Kurpfalz, der reitet durch den grünen Wald, er schießt d... das Wild daher, gleich wie es ihm gefällt. Hur...ra, hurra, gar lustig ist die Jägerei, all... hier auf grüner Heid', allhier auf grüner ...«
Er verstummte.

Drüben, am äußeren Rand seines Sichtfeldes, war ein kurzes rotes Blitzen zu sehen gewesen. Er schaltete die Lampe ab, und sofort war die Finsternis wieder da. Laut, brüllend, erstickend. Er hielt den Atem an, versuchte, seine Panik zu bezwingen.

Da. Da war es wieder. Das Positionslicht des Wetterpostens. Viel weiter rechts als erwartet, aber immerhin. Vermutlich hatte der Wind für die Abdrift gesorgt. Und dabei hatte er sich so bemüht, die Richtung zu halten. Er spürte einen Anflug von Hoffnung. Wenigstens für den Moment war er gerettet.

Mit neu erwachtem Mut machte er sich auf den Weg. Jeder Schritt, den er zwischen sich und die Forschungseinrichtung brachte, war eine Erleichterung. Er wollte nur noch weg. Weg von dieser kalten Insel, weg aus der ewigen Finsternis und Einsamkeit, vor allem aber weg von dem Grauen, das hinter ihm unter dem Eis lauerte.

*

Oberleutnant Karl-Heinz Kaltensporn fiel es schwer, seine Augen von der Karte abzuwenden. Das Wegenetz war ungeheuer. Viel größer als zunächst gedacht. Ein einziges gewaltiges Labyrinth aus Gängen, Stollen und Wegen, das keiner richtigen Logik zu folgen schien. Weder gab es Kanten noch rechte Winkel noch ebene Flächen. Die Anlage hatte mehr Ähnlichkeit mit einer Kinderzeichnung als mit dem Grundriss einer Siedlung. Und doch wohnte der Sache eine tief verborgene Logik inne. Die Menschen, die das erbaut hatten, waren vielleicht keine Architekten gewesen, aber sie waren Künstler. Gesegnet mit der Gabe der Harmonie und Vollkommenheit. Nicht Präzision oder Effizienz waren ihre Kriterien gewesen, sondern Schönheit und Einklang von Mensch und Natur. Ein Ideal, das den heimatlichen Architekten, allen voran Albert Speer mit seinen aberwitzigen Mammutprojekten, ein Dorn im Auge sein musste. Den Bauprojekten von Hitlers Generalbauinspektor und jetzigem Rüstungsminister hatte schon immer eine gewisse Hybris angehaftet, doch mittlerweile schienen die Herren in Berlin nur noch von Größenwahn getrieben zu sein. Alles musste immer gerader, weiter, höher und größer sein. Das Kleine wurde vom Großen erdrückt, das Starke fraß das Schwache – wie in der Architektur, so auch in der Gesellschaft. Waren Bauwerke nicht seit jeher ein Spiegel der Zivilisation? Doch solche Gedanken behielt man besser für sich, wenn einem die eigene Karriere lieb war. Außerdem: Kaltensporn hätte sich nicht zu dieser Mission gemeldet, wenn er nicht wenigstens zum Teil an die Versprechen des Führers geglaubt hätte. Den wortreichen Bekundungen vom schnellen Sieg, vom allumfassenden Triumph. Doch hier oben, im arktischen Norden, weit weg von daheim, fiel es ihm zunehmend schwer, den Traum vom tausendjährigen Reich zu träumen. Nicht, weil die Freunde von der Propaganda sich nicht redlich bemühten, diese Vision aufrechtzuerhalten, sondern weil die Meldungen, die man hier auf Spitzbergen über Funk aus anderen Teilen der Welt empfing, so ganz anders lauteten.

Kaltensporn konzentrierte sich wieder auf den Plan. Die Forschungseinrichtung des Kaiser-Wilhelm-Instituts, kurz KWI, befand sich am Rand dessen, was früher einmal eine Stadt gewesen sein musste. Eine Metropole, die mittlerweile vollständig von Eis überzogen war und damit einen gewissen Rückschluss auf ihr Alter zuließ. Dabei machte der Abschnitt, den man für die Labors in Beschlag genommen hatte, nur einen Bruchteil des ungeheuren Wegenetzes aus, das sich unterhalb des Gletschers in alle Richtungen ausdehnte. Niemand konnte ahnen, wie weit es sich noch ausdehnte. Es war im wahrsten Sinne des Wortes die Spitze des Eisbergs, und noch immer hatte niemand eine Ahnung, was genau sie da eigentlich gefunden hatten. Wer immer die Erbauer waren, sie hatten ihr Wissen bereits vor Hunderten, wenn nicht gar Tausenden von Jahren mit ins Grab genommen. Generation um Generation hatte das Geheimnis unter dem Eis geschlummert, nur um von deutschen Archäologen nach jahrelangem Suchen endlich entdeckt zu werden. Es war, als hätte der liebe Gott Himmlers Gebete erhört und ihm seinen langgehegten Traum erfüllt, den Traum von der Unsterblichkeit und der Nähe zu den Göttern. Aber mal davon abgesehen, hatte die Anlage auch einen praktischen Nutzen. Anstatt den Forschungsbetrieb in eigens konstruierten Baracken unterbringen zu müssen, konnte man nun das vorhandene Stadtgebiet nutzen und es zu höheren Zwecken umfunktionieren. Das bedeutete natürlich, dass die prähistorische Fundstätte und die Berichte darüber ebenfalls der obersten Geheimhaltungsstufe unterlagen. So kam es, dass kaum ein Mensch von diesem Fund wusste.

Die Lage war ideal. Abseits der gängigen Schifffahrtsrouten, geschützt und getarnt von einem mächtigen Gletscher, bot sie alle Voraussetzungen für eine erfolgreiche Arbeit. Als weiterer Vorteil kamen Ruhe, Abgeschiedenheit und vor allem die Entfernung zur nächstgelegenen menschlichen Niederlassung hinzu. Dieser Aspekt war besonders wichtig in Hinblick auf das, was hier erforscht wurde.

Kaltensporn wollte gerade ein paar Notizen machen, als von nebenan plötzlich ein heftiges Rumpeln zu hören war. Zeitgleich ertönte das Kläffen der Hunde.

Die Stimmen der Männer erstarben. Einen Moment lang herrschte Stille, dann entstand plötzlich ein mörderischer Lärm. Rufe ertönten, Stühle fielen um, und Stiefel polterten über den Holzboden. Kaltensporn sprang auf und griff nach seinem Karabiner. Er glaubte das Wort »Eisbär« gehört zu haben. Mit entschlossenem Blick stürmte er aus dem Funkraum hinüber zum Gemeinschaftsraum, wo bereits helle Aufregung herrschte. Bis auf den Funk-Obergefreiten Junghans, der mit blassem Gesicht über seinen Spielkarten hockte, waren alle aufgesprungen und hielten ihre Waffen in den Händen.

Wieder donnerte es gegen die Tür.

Kaltensporn lauschte einen Moment, dann nickte er.

»Scheint, dass wir Besuch bekommen, Männer.« Er blickte in die Runde. »Könnte der Bär sein, der neulich versucht hat, unserem Smut die Rentierschnitzel zu stibitzen. Junghans, schnapp dir die Mauser-Repetierbüchse aus dem Waffendepot und lad sie mit Teilmantelgeschossen. Brenn dem Kerl ordentlich einen auf den Pelz. Bring ihn zur Strecke, wenn er zudringlich wird, mit diesem Burschen ist nicht zu spaßen.«

»Jawohl, Herr Oberleutnant.«

»Und nimm den Notausgang, ich habe keine Lust, eine 250 Kilo schwere Fressmaschine in unserer Unterkunft stehen zu haben.«

»Zu Befehl, Herr Oberleutnant.«

Kaltensporn, dem zu Ehren die Station den Spitznamen *Heißsporn* erhalten hatte, lauschte in den Sturm hinaus. Wenn es wirklich wieder dieser Eisbär war, dann hatten sie jetzt die Chance, ihn zu erlegen. Diese Biester konnten ganz schön zudringlich werden, wenn sie sich etwas in den Kopf gesetzt hatten. Darüber hinaus waren Eisbärenschnitzel eine nicht zu verachtende Delikatesse.

Das Rumpeln war wieder zu hören, aber diesmal hatte Kaltensporn das Gefühl, eine menschliche Stimme gehört zu haben. »Warte mal, Junghans.« Er ging hinüber zum Fenster, entfernte die Holzverschalung und blickte nach draußen.

Der Sturm hatte den Schnee meterhoch aufgehäuft, doch ein kleiner Zipfel im linken oberen Eck war noch frei. Er erklomm eine der Vorratskisten und spähte hinaus. Der Wind donnerte mit aller Gewalt gegen die Hütte. Ein einziges Chaos da draußen. Doch mittendrin und gar nicht so weit entfernt, tanzte ein Licht.

»Ja, da laust mich doch der Affe. Das ist kein Bär, das ist einer von uns. Was treibt der denn da draußen? Und das bei dem Sturm. Ist der lebensmüde? Baumann, Tür öffnen, aber schnell!«

Er stieg von der Kiste und half dem MA-Gefreiten, den Riegel von der Tür zu entfernen. Der Wind drückte mit ungeheurer Kraft von außen dagegen. Fast hätte man den Eindruck bekommen können, er wolle verhindern, dass der Mann zu ihnen hereinkam. Doch nachdem Obermaat Wegener, der über Muskeln wie Stahl verfügte und den alle nur »Kombüsen-Kurt« nannten, mit anpackte, gelang es ihnen endlich, den Balken zu bewegen. Die Tür sprang mit einem Knall auf. Eine Böe von Schnee fegte in die Hütte. Schlagartig fiel die Temperatur.

Donnernd und fauchend spie der Sturm einen einzelnen Mann aus und schleuderte ihn dem Kommandanten vor die Füße. Kaltensporn wich zurück. Der Kerl war bis zur Unkenntlichkeit mit Eis und Schnee bedeckt. Er kroch aus der Gefahrenzone hin zum Ofen.

»Tür zu, Tür zu!«, brüllte Kaltensporn. »Beeilt euch, oder wir werden alle erfrieren!«

Vier Männer waren nötig, die Schneewehe beiseitezuräumen, die sich in der kurzen Zeit gebildet hatte. Dann drückten sie die Tür zurück in Position und legten den Balken vor. Der Sturm war ausgesperrt.

Kaltensporn atmete tief durch. Der Sturm hatte den Schnee bis in die entlegensten Winkel der Hütte geweht, auf den Boden, die Tische, Stühle und in die Regale. Auf dem warmen Holz begannen sich bereits erste Pfützen zu bilden.

»Čapek, Müller, Baumann – holt Eimer und Lappen und macht hier sauber. Achtet auf die Bücher, ich will nicht, dass sie hinterher nur noch als Brennmaterial taugen. Und Junghans, die Petroleumöfen auf volle Leistung. Mir frieren gerade die Eier ab.« Mit diesen Worten wandte er sich ihrem

Gast zu. »Himmelherrgott, was haben Sie sich nur dabei gedacht? Wer sind Sie überhaupt?«

Der Mann schob seine Kapuze vom Kopf und richtete sich auf. Dunkle Haare, braune Augen und ein markantes Kinn. Vielleicht 23 oder 24 Jahre alt, kaum älter als die Männer vom Wettertrupp. Als er seine Felljacke auszog und die Wehrmachtsuniform darunter erschien – braunes Koppelzeug und Kragenspiegel –, dämmerte es Kaltensporn. Er hatte den Mann schon mal gesehen. Unterarzt bei den Sanitätern. War mit dem letzten Schwung Personal vor sechs Monaten gekommen. Die Sanitäter waren die Einzigen, mit denen sie von Zeit zu Zeit mal Kontakt hatten; die anderen ließen sich so gut wie nie blicken.

Der Mann versuchte zu salutieren, was allerdings ziemlich seltsam aussah, da er immer noch am Boden hockte.

»O... Oberfähnrich Grams bittet darum, Meldung machen zu dürfen.«

»Jetzt reden Sie nicht so geschwollen daher und beruhigen Sie sich. Kommen Sie, ich helfe Ihnen auf die Füße.« Kaltensporn reichte ihm die Hand und zog ihn hoch. »Lassen Sie sich anschauen. Mein Gott, Sie sind ja völlig am Ende. Kurt, bring mal 'nen Pott Kaffee für unseren Oberfähnrich. Drei Stück Zucker und Kondensmilch, wenn ich bitten darf. Dasselbe für mich.«

»Wird gemacht«, tönte es aus der Kombüse.

»Na, Sie haben uns ja einen schönen Schreck eingejagt.« Kaltensporn half dem Mann beim Ausziehen der Jacke und forderte ihn auf, sich an den Tisch zu setzen. Die Männer scharten sich um den nächtlichen Besucher, die Gesichter vor Neugier und Erregung gerötet.

Grams sah schlimm aus. Rote Flecken auf den Wangen, dunkle Ringe unter den Augen, die Nasenspitze verfärbt. Kaltensporn spürte, dass etwas passiert war, aber es war wichtig, dass der Mann sich erst mal beruhigte.

»So, da kommt schon der Kaffee«, sagte er und lächelte. »Und noch ein paar Kekse dazu. Danke, Kurt. Na, dann erzählen Sie mal. Sind Sie mit dem Klammerbeutel gepudert oder warum statten Sie uns mitten in einem Sturm einen Besuch ab?«

»Es ... es ist was schiefgegangen, Oberleutnant. Es hat Tote gegeben und ... ach, es ist schrecklich. Die F... Funkanlage ist defekt. Ich habe Be... Befehl, Ihnen mit... mitzuteilen, dass Sie eine Verbindung zum Flottenoberkommando und zu Admiral Ci... Ciliax herstellen sollen. Er soll so... sofortige Evakuierungsmaßnahmen ergreifen. Er m... muss uns ein U-Boot oder einen Eisbrecher schicken, ansonsten wer... werden wir alle ...«

»Halt, halt, immer der Reihe nach.« Kaltensporn hob die Hand. Der Junge redete, als wäre er im Fieberwahn.

»Ich kann bei diesem Sturm keine Funkmeldung rausschicken und schon gar nicht werde ich der Admiralität irgendwelche Räuberpistolen auftischen. Nicht, ehe ich weiß, was los ist. Jetzt versuchen Sie mal, sich am Riemen zu reißen, und erstatten Sie mir anständig Meldung, verstanden?«

Grams nickte und nahm noch einen Schluck aus seinem Pott. Seine bleichen Finger zitterten, als hätte er Schüttelfrost, dabei war ihm eindeutig heiß. Auf seiner Stirn glänzten Schweißperlen.

»Ich s... saß gerade beim ersten Wachoffizier im Aufenthaltsraum. Wir spielten eine Partie Sch... Schach, als plötzlich das rote Warnlicht anging und die Sirene ertönte. Ich ... ich sprang auf und rannte raus. Wir alle rannten raus. Auf dem Gang herrschte Chaos. Wiss... Wissenschaftler, Assistenten, Offiziere. Nie... niemand schien eine Ahnung zu haben, was da 1... los war.«

Grams sog die Luft ein und ließ ein donnerndes Niesen hören.

Kaltensporn lächelte. Der arme Kerl konnte einem richtig leidtun. »Gesundheit, mein Lieber. Brauchen Sie ein Taschentuch?«

»G... geht schon. Ich hab mein ei... eigenes.« Grams griff in die Tasche, zog ein Tuch heraus und putzte seine Nase. Roter Schleim bedeckte den Stoff. Kaltensporn schaute nach unten. Der Tisch rund um den Kaffeepott war voller roter Punkte.

»*Jesus, Maria und Josef!*« Instinktiv rückte er mit seinem Stuhl ein Stück weg.

Grams schien sich entschuldigen zu wollen und wischte mit dem Ärmel über die Holzplatte. Mitten in der Bewegung hielt er inne und fing an zu zittern. Er schien einen Anfall zu haben. Er wurde geschüttelt wie Espenlaub und musste sich an der Tischkante festhalten, um nicht vom Stuhl zu rutschen. Ein einzelner Blutstropfen trat aus seinem Augenwinkel und lief seitlich die Nase entlang.

Kaltensporn sprang auf. Mit einer Mischung aus Ekel und Mitgefühl blickte er auf ihren Gast. Er wusste nur aus Gerüchten, was drüben in den Labors erforscht wurde: biochemische Kampfstoffe, die schlimmsten, die es jemals gegeben hatte. Oberste Geheimhaltungsstufe. Die Tatsache, dass diese Labors unter solch lebensfeindlichen Bedingungen errichtet worden waren, sprach Bände. Offenbar wollte man verhindern, dass eventuell ausbrechende Erreger eine Masseninfektion auslösten.

Auch den anderen schien zu dämmern, in welcher Gefahr sie sich befanden. Stück für Stück wichen sie vor dem unglücklichen Oberfähnrich zurück, der mit blutigem Schaum vor dem Mund am Tisch saß und verzweifelt versuchte, die Contenance zu bewahren. Was immer es war, das ihm so zu schaffen machte, die Wärme und der Kaffee machten es schlimmer.

»Was ist da drüben passiert?«, fragte Kaltensporn, seine Stimme eine Spur zu schrill. »Sie sagten, etwas sei schiefgegangen. Ist es was Biologisches? Habt Ihr euch mit irgendetwas infiziert? Was ist es? Reden Sie endlich, Mann!«

Grams wollte etwas antworten, doch er bekam nur ein dumpfes Blubbern heraus. Dann fiel er seitlich vom Stuhl. Sein Körper zappelte wie ein Aal in der Pfanne. Mit weit aufgerissenen, blutunterlaufenen Augen starrte er an die Decke. Dann fing er an zu schreien.

Kaltensporn hatte schon einiges erlebt. Er hatte Freunde fallen sehen, er hatte gesehen, wie Menschen vor seinen Augen von Granatfeuer in Stücke gerissen wurden oder an Wundbrand langsam verreckten. Doch das hier war schlimmer. Der Mann schwamm in einer dunklen Lache. Er schwitzte im wahrsten Sinne des Wortes Blut.

»Weg von ihm! Dass ihm niemand zu nahe kommt. Alle rüber in den Schlafraum. Setzt eure Gasmasken auf, könnte sein, dass er was Ansteckendes hat. Wir müssen hier raus und alles gründlich desinfizieren. Los jetzt, raus mit euch, ich komme gleich nach.« Kaltensporn drückte sein Taschentuch vor Nase und Mund.

Draußen donnerte der Sturm gegen die Hütte. Während seine Männer rausstürmten, zappelte der Mann vor ihm und schrie sich die Lunge aus dem Leib. Inmitten seiner schrecklichen Todesqualen glaubte Kaltensporn immer wieder ein einzelnes Wort zu vernehmen. Ein Wort, das seine schlimmsten Befürchtungen weckte.

»Valhalla! Valhalla!«

TEIL I

Jenseits des Nördlichen

1
Kambodscha, 70 Jahre später ...

Hannah schlenderte, von *Banteay Samré* kommend, auf dem Grand Circuit ein Stück entlang der roten Staubpiste, bog links in den Wald ab und folgte dem kleinen Pfad, der zur Tempelanlage von *Prasat Prei* führte. Die untergehende Sonne färbte die Schäfchenwolken rosa. Laut Wetterbericht sollte morgen ein strahlend schöner Tag werden. Die Luft im November war noch warm, aber die Schwüle der zurückliegenden Regenzeit war vergangen. Ein sanfter Wind hatte eingesetzt, der von den nördlich gelegenen Bergen in die Ebene strömte. Sie schaute auf die Uhr, es war kurz nach sechs. John wartete bestimmt schon. Der Abend hatte sich auf die Tempelstadt gelegt. Aus der Ferne waren vereinzelte Rufe und Gelächter zu hören, ansonsten war es still geworden in Angkor. Hin und wieder sah man noch einen Guide oder Parkangestellten, der Müll aufsammelte, ansonsten herrschte tiefe Ruhe. Die Kassenhäuschen waren verriegelt und die Ausgänge verschlossen; sie wurden nur bei Bedarf noch einmal geöffnet, um letzte Nachzügler hinauszulassen.

Hannah hob den Kopf. Im Auftrag des Milliardärs und Großindustriellen Norman Stromberg waren John und sie nach Südostasien gereist, um bei der Erkundung und Rekonstruktion der archäologischen Stätte im Norden des Landes mitzuhelfen.

Groß-Angkor galt als die größte Tempelstadt der Welt. Ein historisches Erbe, das sogar der Schreckensherrschaft der Roten Khmer in den Jahren 1975 bis 1978 widerstanden hatte. Die Stadt, die durch die Tempelanlage *Angkor Wat* zu Weltruhm gekommen und von der UNESCO zum Weltkulturerbe erklärt worden war, erstreckte sich auf einer Fläche, die so groß war wie New York City. Mit insgesamt eintausend Quadratkilometern war sie die größte vorindustrielle Stadt der Welt. In ihrer Blütezeit hatten hier mehr als eine halbe Million Menschen gelebt, die es mit Reisanbau und Handwerkskunst zu Wohlstand und Ansehen gebracht hatten. Selbst die gewaltigen Metropolen der Maya nahmen sich dagegen winzig aus. Und die Erforschung war noch lange nicht abgeschlossen. Immer mehr Straßen, Kanäle und Bauwerke waren in den letzten Jahrzehnten entdeckt worden, vor neugierigen Blicken aus der Luft durch das dichte Blätterdach des Dschungels geschützt. Für Hannah, die ihre ersten Forschungsjahre in den Wüstengebieten Nordafrikas verbracht hatte, war es eine ziemliche Umstellung, hier zu arbeiten. Andererseits: Sie liebte Herausforderungen. Angkor war nicht nur wegen seiner Vielzahl von Baudenkmälern so faszinierend, die gesamte Anlage barg ein Geheimnis. Ohne Zweifel war sie eine hydraulische Stadt: eine Metropole, in der alles – Transport, Verkehr, Bewässerung – über Kanäle geregelt worden war. Das Areal war durchzogen von einer Unzahl von Wasserwegen, die sämtliche Bereiche der Stadt miteinander verbanden. Selbst die bis zu eineinhalb Tonnen schweren Sandsteinblöcke, aus denen die atemberaubenden Tempel erbaut worden waren, hatte man auf diesen Wasserwegen transportiert. Heute waren die Kanäle natürlich verlandet, aber wenn man nach ihnen suchte, konnte man sie immer noch erkennen.

Den Forschern des *Greater Angkor Projekts*, kurz GAP genannt, war es mit Hilfe von NASA-Satelliten und Ultraleichtflugzeugen gelungen, 1000 künstlich angelegte Seen sowie 74 neue Tempelanlagen zu entdecken, die anschließend beschrieben, vermessen und kartographiert wurden. Angkor war endlich der Rang zuerkannt worden, den es bei einer Vielzahl bedeutender Forscher in aller Welt schon lange genoss: als das größte städtische Netzwerk der Antike.

Hannah blieb kurz stehen, um sich zu orientieren. Ein Schwarm Bartsittiche fegte über sie hinweg und strebte johlend und krakeelend in Richtung Westen. Über den Wipfeln der Bäume konnte sie schon die Spitzen des Tempels von *Prasat Prei* erkennen. Der betörende Duft von Khmer-Küche umschmeichelte ihre Nase. Etwa zwanzig Meter abseits des Pfades, inmitten der Bäume, saßen ein paar Waldarbeiter um einen Kochtopf versammelt. Den Federn auf dem Boden und dem Geruch in der Luft nach zu urteilen, schmorte darin gerade ein frisch geschlachtetes Hühnchen. In einem zweiten Topf direkt daneben köchelte eine Suppe. Hannah lief das Wasser im Mund zusammen. Ihr fiel ein, dass ihr Lunchpaket immer noch unangetastet war. Sie war so in die Arbeit vertieft gewesen, sie hatte es schlichtweg vergessen.

Die Männer sahen sie und winkten sie zu sich herüber. Hannah entschied, die Einladung lieber nicht anzunehmen. Die Kerle sahen ziemlich verwegen aus, außerdem wurde sie erwartet. Sie hob die Hand, lächelte und ging weiter.

Weshalb hatte John sie hierherbestellt?

Die Notiz, die heute Morgen auf ihrem Nachttisch gelegen hatte, lautete schlicht und ergreifend: *Prasat Prei, 18*

Uhr. Verspäte dich nicht. Und sieh zu, dass du allein kommst. Kuss, John.

Ihr schlug das Herz bis zum Hals, als sie daran dachte, was diese Botschaft bedeuten könnte. John hatte in den letzten Tagen immer wieder verschiedene Andeutungen gemacht. Er und Hannah waren zwar seit beinahe zwei Jahren ein Paar, aber von Heiraten war nie die Rede gewesen. Ihre Lebensplanung war einfach zu unsicher. Bis vor kurzem hatte es noch so ausgesehen, als ob John ans entgegengesetzte Ende der Erde reisen müsste, doch Stromberg hatte ein Einsehen gehabt und sie beide nach Südostasien geschickt. Doch wie lange? Und war das überhaupt wichtig?

Vielleicht war heute der Tag, an dem John die eine Frage stellen würde. Hannah musste lächeln, als sie daran dachte, wie sie sich kennengelernt hatten. Dass sie zueinandergefunden hatten, grenzte schon fast an ein Wunder, vor allem wenn man bedachte, was ihnen in der Zwischenzeit alles widerfahren war. Manche Paare wären danach in verschiedene Himmelsrichtungen davongerannt, doch nicht Hannah und John. Es schien, als wären Schweiß, Blut und Adrenalin der Kitt, durch den ihre Beziehung nur noch fester wurde.

Zugegeben, seit sie hier in Kambodscha waren, hatten sie nicht gerade viel voneinander gehabt. Die meiste Zeit ging für die Arbeit drauf, und abends, wenn alle zusammenhockten, gab es kaum mal die Möglichkeit, sich unbemerkt zu verziehen. Von den dünnwandigen Hütten, in denen sie untergebracht waren, ganz zu schweigen.

Hannah gehörte einem Team an, das für die Restauration der empfindlichen Sandsteinfiguren zuständig war. Hauptsächlich Apsaras – Tänzerinnen – die unter der Wärme, Schwüle und Feuchtigkeit zu leiden hatten. Hannah war dank ihrer langjährigen Erfahrung im Bereich Sandsteinritzungen ein idealer Partner für das *German Apsara Conservation Project*; mittlerweile hatte sie fast jede der knapp zweitausend Tempeltänzerinnen auf diesem Gelände schon mal berührt. Durch das Beklopfen der Figuren war sie in der Lage, sehr rasch festzustellen, ob eine Figur hohl war oder nicht.

Ihre bisherige Einschätzung war niederschmetternd. Von den Skulpturen waren rund 1300 akut bedroht und weitere 360 kaum noch zu retten. Die Gründe waren vielfältig: Wasserschäden, Erosion, Vulkanaschebefall. In jüngster Zeit waren zwei neue Patienten hinzugekommen: die kolossalen Tempel und Paläste in *Ayutthaya* und die buddhistische Tempelpyramide von *Borobudur*, die wie Angkor zum Weltkulturerbe gehörten.

Ziel war es, die Tempel so lange wie möglich vor dem Verfall zu retten, doch das war natürlich nur ein Spiel auf Zeit. In einhundert oder zweihundert Jahren würden Pracht und Herrlichkeit der alten Khmer-Kultur zerfallen sein. Es sei denn, man erfand Verfahren, die diese Kunstgegenstände unzerstörbar machten.

John arbeitete auf einem völlig anderen Gebiet. Er gehörte einem Team von Spezialisten an, die mit Hilfe eines neuartigen 3-D-Scanners ganze Steinblöcke vermaßen und virtuell im Rechner zusammensetzten. Auf diese Weise konnten Gebäude rekonstruiert werden, die vor Jahrhunderten eingestürzt waren, und zwar ehe man auch nur einen einzigen Stein anfassen musste. Das Ganze glich einem einzigartigen dreidimensionalen Puzzlespiel, bei dem jeder Stein individuell geformt war und mit den anderen in einem Verbund gänzlich ohne Mörtel zusammenhielt. Selbst die Schwerkraft und ihre Auswirkungen auf die darunterliegenden Felsblöcke wurden rechnerisch mit einbezogen. Erst wenn der Tempel vollständig rekonstruiert war, konnte man damit beginnen, die durchnummerierten Blöcke in der Realität zusammenzusetzen. Ein ungeheurer Vorteil, wenn man bedachte, dass so ein Tempel aus bis zu tausend einzelnen Steinen bestehen konnte.

Auch Prasat Prei war zum großen Teil in sich zusammengefallen. Der große Hauptturm allerdings stand noch. Majestätisch erhob er sich über die Rasenfläche und ließ das Licht der untergehenden Sonne auf seinen Flanken schimmern. Zu dieser Stunde und so völlig verlassen von Menschen, wirkte er wie ein verwunschener Palast aus Tausendundeiner Nacht.

Hannah trat auf die Lichtung hinaus und sah sich um. Ihr Lebensgefährte war nirgends zu sehen.

»John?«

Ihr Ruf verklang in der Ferne.

»Bist du da?«

Keine Antwort.

Hannah zog den Brief aus der Tasche und überflog noch einmal die Zeilen. *18 Uhr*. Gut, sie hatte sich ein paar Minuten verspätet, aber John würde doch bestimmt auf sie warten. Er wusste, dass Uhrzeiten hier draußen immer nur eine vage Annäherung bedeuteten. Hatte sie sich im Tag geirrt? Sie drehte die Notiz um, aber es stand kein Datum drauf.

»John?«

Immer noch nichts.

Nun, vielleicht war sie ja diejenige, die zu früh dran war. Machte nichts, dann nutzte sie die Zeit eben, um sich ein bisschen umzuschauen.

Sie war schon lange nicht mehr hier gewesen. Die Ruinen erschienen ihr wie aus einem Hollywoodfilm. Tatsächlich waren unweit von hier, im Bayon Tempel, Teile des Films *Tomb Raider* gedreht worden. Die Verfilmung des gleichnamigen Videospiels mit Angelina Jolie in der Rolle der unverwüstlichen Lara Croft war der finanziell erfolgreichste Actionfilm aller Zeiten, in dem ein weiblicher Star die Hauptrolle spielte. Die Dreharbeiten hatten im Jahr 2000 hier stattgefunden und Kambodscha »zurück auf die Landkarte« gebracht, wie es im Pressetext zum Film so vollmundig hieß. Welch großen Einfluss die Kinoindustrie mittlerweile auf den Fremdenverkehr hatte, ließ sich an der Zahl der Touristinnen ermessen, die sich in Lara-Croft-Pose von ihren Begleitern vor dem Tempel ablichten ließen. Der Film war herrlich albern und fernab jeglicher Realität, aber immerhin konnte man ein paar Gesichtstürme sowie die sensationellen Reliefs des Tempels bewundern. Sie zogen sich um die gesamte innere Galerie und erzählten aus dem Alltag der Khmer. Vom Leben im Palast, von den Besuchen chinesischer Gesandter – die an ihrem Haarschmuck und ihrer Kleidung zu erkennen waren –, von Königen und Königinnen und natürlich von den vielen Schlachten, die zum Erhalt des Reiches geschlagen worden waren. So konnte man zum Beispiel eine Seeschlacht bewundern, bei der ein getöteter Soldat aus dem Boot geworfen und von hungrigen Krokodilen gefressen wurde.

Hannah schlenderte an der Hauptfront des Turms vorbei und blieb kurz stehen. Im Inneren brannte eine einzelne Kerze. Was mochte das bedeuten? Neugierig betrat sie das Dunkel.

»John?« Ihre Stimme hallte von den Wänden wider.

Es roch feucht und modrig. Die Kerze stand hinter einer Absperrung am Fuß eines wackelig aussehenden Holzgerüsts, auf dem eine Staffel von Leitern in Abschnitten steil nach oben führte. Gleich auf der ersten Zwischenstufe befand sich eine zweite Kerze, und eine dritte noch weiter oben.

Keine Frage, jemand war hier.

Aber wer? Niemand würde es wagen, unbeaufsichtigt in einem Tempel Feuer brennen zu lassen. Die Antwort lag auf der Hand.

Wieder spürte Hannah ihr Herz klopfen, diesmal stärker.

Sie sah sich kurz um, stieg über die Absperrung und setzte ihren Fuß auf die Leiter. Der Botschaft aus Lichtern folgend, stieg sie nach oben.

Sie hatte die vierte Ebene erreicht, als ihr Aufstieg unvermutet gestoppt wurde. Die Leiter endete an einer hölzernen Decke, die mit einer Falltür versperrt war. Das Holz sah alt aus, war also vermutlich vor etlichen Jahrzehnten hier eingezogen worden. Hannah warf einen kurzen Blick nach unten, bereute diese Entscheidung aber sofort wieder. Der Höhe nach zu urteilen, befand sie sich knapp unterhalb der Turmspitze. Sie ergriff den eisernen Ring der Falltür und öffnete sie vorsichtig. Goldenes Abendlicht strömte ihr entgegen.

Vor dem Turmfenster zeichnete sich Johns Silhouette ab.

Er beugte sich zu ihr herunter, reichte ihr seine Hand und zog sie mit einem kräftigen Griff hinauf.

»Na, hast du den Weg zu mir gefunden? Gerade noch rechtzeitig würde ich sagen.«

Er lächelte sie an und senkte seine Lippen auf die ihren. Sie erwiderte den Kuss, doch als sie daran dachte, was er hier für ein Spiel mit ihr spielte, ließ sie ihn los und trat einen Schritt zurück.

John hatte es geschafft, in den Jahren, seit sie zusammen waren, immer noch besser auszusehen. Scharf geschnittene Nase, ein markantes Kinn und dazu diese unverwechselbaren Augen. Gut, sein Haaransatz war ein bisschen zurückgegangen, aber es stand ihm. Es ließ ihn männlicher und entschlossener wirken.

»Ich hoffe, du nimmst mir meinen kleinen Scherz nicht übel«, sagte er mit weicher Stimme. »Ich habe dich schon eine ganze Weile beobachtet, aber ich wollte, dass du den Weg allein findest. Ich wollte den Zauber nicht dadurch zerstören, dass ich dich wie ein Touristenführer behandle.«

Hannah strich eine Strähne aus ihrem Gesicht und lächelte. Sie hatte John noch nie wegen irgendetwas böse sein können.

»Ich muss gestehen, deine Nachricht hat mich neugierig gemacht. Ich trage sie bereits den ganzen Tag mit mir herum. Was ist denn nun das Geheimnis?«

Er lächelte. »Keine dreißig Sekunden, und du willst, dass ich alle meine Karten auf den Tisch lege? Du bist die ungeduldigste Frau, die ich kenne.«

»Hättest du es gerne anders? Ich kann auch ganz zahm

sein. Still, fügsam und langweilig.« Sie verschränkte die Arme und zog einen Schmollmund.

Er lachte. »Nein, lass nur. Ich liebe dich so, wie du bist, mit allen Ecken und Kanten. Ich mag unsere kleinen Auseinandersetzungen. Und Reibung erzeugt ja erwiesenermaßen Wärme.«

Sie zwinkerte ihm zu. »Heißt das, du findest mich anstrengend?«

»Nicht doch. *Herausfordernd* vielleicht, aber du weißt ja, wie sehr ich Herausforderungen liebe. Außerdem wollte ich, dass du das hier siehst.«

Er trat einen Schritt zurück und deutete auf die Basreliefs entlang der Wände. Hannah zog eine Braue in die Höhe. Die tiefstehende Sonne fiel durch eine schmale Öffnung in der Außenwand und beleuchtete den hinteren Teil des Raumes. Zu jeder anderen Stunde wären die Bildhauerarbeiten unsichtbar gewesen, doch jetzt lagen sie in voller Pracht vor ihr. Schlagartig wurde ihr bewusst, warum John so sehr auf Pünktlichkeit Wert gelegt hatte. Sie schritt die Darstellungen ab und fuhr mit den Fingern darüber. Als ihr klarwurde, was sie da sah, zuckte ihre Hand zurück.

»Oh«, sagte sie. »Das ist ... also wirklich ... ich muss schon sagen ...« Sie spürte, wie sie rot wurde, und musste sich räuspern.

Die Arbeiten waren schlicht und ergreifend pornographisch. Ganz unzweifelhaft fielen sie in den Zeitraum der Regentschaft von Yasovarman I., der von 889 bis 910 nach Christus geherrscht hatte und einer der bedeutendsten Könige des Khmer-Reiches war. Während seiner Herrschaft waren einige der schönsten Steinmetzarbeiten aller Zeiten entstanden. So wie diese. Wieder mal Apsaras, aber diesmal anders.

Dem hinduistischen Glauben folgend, sind Apsaras weibliche Wolken- und Wassergeister, die in zwei Formen vorkommen: die weltlichen *Laukika*, von denen 34 existieren, und die göttlichen *Daivika*, von denen es nur zehn gibt. Geschaffen von Brahma, sind sie die Hofdamen im himmlischen Palast des Gottes Indra. Ihre Aufgabe besteht darin, die Götter und Göttinnen zu unterhalten. Ihre Namen sind in Indien auch heute noch unter den Frauen sehr beliebt. Urvashi, Surotama, Rambha, Vishala und Vasumati, was so viel wie »von unvergleichlichem Glanz« bedeutete. In den meisten Fällen sieht man sie beim Tanz, doch es gibt auch Darstellungen, in denen sie den Göttern bei Tisch aufwarten oder sie mit Spielen unterhalten. Niemals jedoch hat man sie bei sexuellen Kontakten gesehen, weder mit Göttern noch mit Menschen. Doch genau das war hier der Fall. Das Relief zeigte so ungefähr jegliche mögliche Spielart des Geschlechtsverkehrs, heterosexuell wie gleichgeschlechtlich. Selbst was den Gruppensex betraf, schien es keine Beschränkungen zu geben. Eine Frau mit drei Männern? Hier war es zu sehen, und zwar in allen Einzelheiten.

»Mmh ...« Hannah strich mit den Fingern über ihre Lippen. Die Schwüle stieg ihr zu Kopf. Die Energie dieser Bilder sprang ungefiltert auf sie über. Als sie einen Schritt zurücktrat, spürte sie, dass John hinter ihr stand.

»Und, gefallen sie dir?«

»Sie sind großartig, nein, mehr noch: *sensationell*.« Sie lachte. »Ein vorzeitlicher Gangbang. Das ist ... also ... tja.«

John grinste. »So sprachlos? Na, das muss ich ausnutzen

und dir ein bisschen was darüber erzählen. Ein Freund von mir hat sie entdeckt. Es war blanker Zufall, das Relief ist nämlich nur zu einer bestimmten Tageszeit zu sehen. Die Sonne muss ganz flach über dem Horizont stehen, damit das Licht durch das Fenster bis in den hinteren Teil der Kuppel fallen kann. Als er sie mir zeigte, bat ich ihn, die Entdeckung noch nicht rauszugeben. Ich wollte, dass du sie völlig unvoreingenommen siehst. Erkennst du, wie schön die Formen hervortreten? Fast als wären sie lebendig.«

»Sie scheinen sich zu bewegen ...«

Er senkte seine Lippen auf ihren Nacken und küsste sie. »Habe ich dir schon einmal gesagt, wie unwiderstehlich du riechst?«

»Ich bin verschwitzt.«

»Vielleicht eben darum. Dein Geruch bringt mich um den Verstand.«

Hannah stutzte einen Moment, dann drehte sie sich um. Ein Zwinkern in ihren Augen. »Moment mal ... was genau soll das hier werden?«

Er zuckte die Schultern und setzte sein verführerischstes Lächeln auf. »Wonach sieht es denn aus?«

Hannah spürte, wie ihr trotz der Temperaturen noch ein paar Grad wärmer wurde. »Nicht nach einem archäologischen Fachtreffen, so viel ist mal sicher.«

Er fuhr mit seinen Händen über ihre Schultern und dann die Hüften hinab. »Nein?«

»Nein.«

Seine Hände wanderten weiter bis zu ihrem Po, während er fortfuhr, ihren Hals zu liebkosen. »Ich hasse dieses Camp«, murmelte er. »Ich hasse es, wie die Sardinen zusammengepfercht zu wohnen, obwohl doch so viel Platz um uns herum ist. Das Camp kann nur von Leuten erbaut worden sein, die entweder noch nie in einem tropischen Land waren und die daher nicht wissen, wie rollig einen diese Temperaturen machen, oder – und das halte ich für wahrscheinlicher – die nur für ihre Arbeit leben und nie einen Gedanken an Sex verschwenden. Wenn man verhindern möchte, dass alle im Camp etwas mitbekommen, muss man also erfinderisch sein.« Seine Hände griffen fester zu.

»So erfinderisch, wie du es gerade bist?«

»Das hoffe ich doch.« Er lächelte.

Sie warf einen Blick zu Seite. »Der Holzboden sieht recht hart aus ...«

»Wenn das deine einzige Sorge ist, ich würde mich freiwillig anbieten ...« Seine Lippen suchten die ihren. Der Kuss stieg ihr zu Kopf und machte sie willenlos. Hannah spürte, wie sie in seinen Armen zerschmolz, wie eine Woge von Gefühlen über sie hereinbrandete und der Anblick der Apsaras sie nur noch mehr anstachelte. Ohne ein weiteres Wort zu verlieren, ging sie vor ihm auf die Knie und öffnete seine Hose.

Der Spaziergang zurück zum Camp verlief wie auf Wolken. Hannah spürte kaum noch, wie ihre Füße den Boden berührten. Ihre Schritte waren weich und federnd. Über ihnen prangte groß und unverkennbar das Sternbild des Orion. Hinter den Zinnen der Tempel war ein sichelförmiger Mond aufgegangen. Von links, aus einer Gruppe hoher Bäume, die nur als Schattenriss zu sehen waren, erklang der melancholische Ruf einer Eule.

Hannah ergriff Johns Hand und ließ sie nicht mehr los. Sie genoss seine Nähe, seine Berührungen und seinen Geruch. Und sie liebte es, an der Seite dieses Mannes durchs Leben gehen zu dürfen. Glücklich lächelnd legte sie ihren Kopf an seine Schulter. Keine Macht der Welt konnte sie jetzt noch auseinanderbringen.

Kaum waren sie im Lager angekommen, lief ihnen Arun Sang über den Weg. Arun war ihr einheimischer Berater und Ansprechpartner in religiösen Fragen. Niemand wusste so viel über die Traditionen der Khmer wie er, darüber hinaus war er noch ein ausgezeichneter Pokerspieler. Hannah hatte bereits über fünfzig amerikanische Dollar an ihn verloren und sich geschworen, nie wieder gegen ihn zu spielen. Zumindest nicht um Geld.

Als er sie bemerkte, leuchtete er ihnen mit seiner Taschenlampe ins Gesicht. »Hannah, John. Wir haben schon überall nach euch gesucht.«

Hannah hob ihre Hand gegen den blendenden Schein. »Mach das Licht aus. Wieso habt ihr uns gesucht, ist etwas vorgefallen?«

»Das nicht, aber ... ach, ich glaube, es ist besser, ihr seht es euch selbst an.«

Hannah und John warfen sich einen bedeutungsvollen Blick zu und folgten Arun ins Camp. Wie üblich für diese Zeit waren die Mitglieder der Restaurations- bzw. Archäologieteams beim Abendessen versammelt und sprachen über ihre Arbeit. In einigen Hütten brannte Licht, was darauf hindeutete, dass manche ihre Abschlussberichte noch nicht fertiggestellt hatten. Es wurde geredet, gelacht und gegessen. Das Buffet verströmte einen betörenden Geruch.

»Da seid ihr ja«, ertönte ein Ruf, als sie in den Lichterkreis traten. Köpfe wandten sich ihnen zu, und die Gespräche verstummten.

»Wir wollten schon eine Vermisstenmeldung rausschicken. Ist es nicht etwas spät für archäologische Erkundungen?« Auf etlichen Gesichtern war ein breites Grinsen zu sehen. Hannah spürte, wie sie rot anlief. Sie hatte das Gefühl, schnell von hier verschwinden zu müssen.

»Kümmert euch um euren Kram«, rief John zurück. »Und lasst uns noch etwas zu essen übrig. Ich bin hungrig wie ein Bär.«

Wissendes Gelächter ertönte, gefolgt von ein paar anzüglichen Bemerkungen. Hannah folgte Arun mit schnellen Schritten.

Drüben in der Funkhütte standen Satellitenempfangsanlagen, Drucker und Kommunikationsrechner. In einem Regal waren etliche Ablagefächer, auf denen ihre Namen standen. Arun griff in Hannahs Fach und reichte ihr ein Schreiben. Noch ehe sie ihre Hand danach ausstrecken konnte, hatte John ihr den Zettel vor der Nase weggeschnappt.

»Na, hör mal ...«, stieß sie aus, doch er überflog die Mitteilung bereits. Typisch John. Er war der Meinung, Paare dürften keine Geheimnisse voreinander haben. Ihre Empörung wich echter Sorge, als sie seinen Gesichtsausdruck bemerkte.

»Was ist los?«, fragte sie.

Wortlos reichte er ihr das Papier. Es war der Ausdruck einer verschlüsselten Nachricht aus dem Hauptquartier in Washington D.C. Das Symbol in der Adresszeile war unverkennbar.

Stromberg!

2
Freiburg ...

Das Gebäude des Bundesmilitärarchivs, abgekürzt *BArchMA*, war ein grober grauer Klotz an der Wiesentalstraße im Süden der Stadt. Es beherbergte das Archivgut des Bundesministeriums der Verteidigung, der Streitkräfte und Bundeswehrverwaltung sowie die Unterlagen der Wehrmacht, der Waffen-SS und der Reichswehr. Vor allem aber war es für seine unermessliche Anzahl von Bildern, Karten und Plänen, von Nachlässen, Unterlagen von Soldatenverbänden und privaten Sammlungen bekannt. Eine Fundgrube für jeden Historiker, der es verstand, die Zeichen und Spuren richtig zu deuten.

Dr. Wolfram Siebert von der Universität Potsdam saß im vierten Obergeschoss an einem Fenstertisch, seine Nase tief über ein verwittertes Tagebuch gebeugt. Mit unverhohlener Erregung studierte er die Eintragungen, die vor langer Zeit mit geübter Handschrift zu Papier gebracht worden waren. Was dort zu lesen stand, konnte sich als Entdeckung von historischer Dimension herausstellen.

Sieberts Fachgebiet war die Besetzung Norwegens durch die deutsche Wehrmacht im Zweiten Weltkrieg. Sein Vater war damals aktiv am *Unternehmen Weserübung* beteiligt gewesen, was das Thema für ihn zu einer persönlichen Angelegenheit machte. Offiziell war Siebert zwar Angestellter der Universität, doch inoffiziell verdiente er sich etwas hinzu, indem er als Informant für einen Mann arbeitete, der sich in der Öffentlichkeit eher zurückhaltend gab. Ein amerikanischer Großindustrieller, der mit seinen ausgedehnten Ölvorkommen in Alaska, der weltweit größten Tankerflotte und einem Verbund von Radio- und Fernsehsendern recht breit aufgestellt war. Mit einem geschätzten Vermögen von 50 Milliarden Dollar galt Norman Stromberg als einer der reichsten Männer der Erde, zwar hinter Bill Gates, der 61 Milliarden besaß, aber noch vor seinem Freund und Kollegen, dem amerikanischen Großinvestor Warren Buffet mit 41 Milliarden. Doch schien sich Stromberg aus seinem Reichtum nur insofern etwas zu machen, als er ihm den Weg in die Welt der Vergangenheit ebnete. Stromberg galt als einer der versiertesten Kenner historisch bedeutsamer Epochen, und er war obendrein ein besessener Sammler. Ihm gehörten Höhlen in Südfrankreich, Paläste in Indien, Tempel in Japan und Schiffe, die mitsamt ihren Schätzen in den Tiefen des Meeres versunken waren. Sein Hunger auf Relikte mit einer außergewöhnlichen Geschichte war unerschöpflich. Ebenso wie sein Bankkonto.

Was die Nazizeit betraf, so war Strombergs Interesse begrenzt. Die Epoche lag noch nicht lange genug zurück, und der *braune Sumpf*, wie er ihn nannte, widerte ihn an. Immerhin war Stromberg jüdischer Abstammung. Was ihn aber faszinierte – und das wiederum verband ihn mit Siebert –, war das Faible führender Nazis wie Adolf Hitler oder Heinrich Himmler für das Okkulte.

Die Bewegung der *Nazi-Archäologie* hatte die Aufgabe gehabt, die Größe und Glorie des alten germanischen Reiches wiederauferstehen zu lassen. Ganz im Sinne der Thesen, die Tacitus in seinem Werk *Germania* beschrieben hatte. Der römische Dichter lobte in seinem 98 n. Chr. verfassten Buch die Germanen über den grünen Klee und setzte sie als Kontrapunkt zur römischen Dekadenz, Faulheit und Lasterhaftigkeit.

Dieses idealisierte Sittenbild gefiel den Nazis natürlich, die daraufhin die Schrift als Grundstein für ihre Rassenlehre und die pseudowissenschaftliche Konstruktion eines Germanenmythos nutzten. Gipfel dieser geistigen Verirrungen waren zahlreiche archäologische Expeditionen in die Region des Südpols sowie in den Himalaja, auf der Suche nach Resten des großen Reiches von Atlantis, dessen Bewohner – so Himmler – die Vorfahren der Germanen waren.

Die dritte Expedition führte in den hohen Norden. Im Gegensatz zu den vorangegangenen fanden sich hierüber kaum Hinweise. Fast so, als wären sämtliche Spuren bewusst verwischt worden. Alles, was darüber zu finden war, beschränkte sich auf eine knappe Notiz, der zufolge drei U-Boote mit Wissenschaftlern an Bord unter oberster Geheimhaltungsstufe in Richtung Polarkreis entsandt worden waren. Ihr Ziel: die Entdeckung des Reiches Hyperborea. Die Spur führte nach Spitzbergen, wo angeblich Mauerreste einer prähistorischen Zivilisation unter dem Eis zu finden waren. Um was genau es dabei ging, war nicht festzustellen. Weder gab es Unterlagen darüber, noch war irgendwann, irgendwo auf Spitzbergen die Existenz solcher Ruinen dokumentiert worden. Die Spur verlief nicht im Sand, dafür jedoch im Schnee.

Dass Siebert das Gelesene Jahre später mit einer zweiten Spur in Verbindung brachte, dafür konnte er sich heute noch auf die Schulter klopfen. Sie hatte den Stein ins Rollen gebracht und ihn auf Umwegen bis zu dem Punkt gebracht, an dem er heute stand. Kaum mehr als eine Fußnote und für jemanden ohne Sieberts Weitblick nicht erwähnenswert, im richtigen Kontext aber der reinste Sprengstoff. Es handelte sich um die Erwähnung einer geheimen Forschungseinrichtung auf Spitzbergen, das zu dieser Zeit bereits unter der Führung der Wehrmacht stand. Die Quelle schwieg sich aus, was für eine Art von Einrichtung das war, aber sie musste etwas mit gefährlichen Kampfstoffen zu tun haben, sonst hätte man sie nicht ans Ende der Welt verbannt. Sieberts Interesse war geweckt. Nach Monaten erfolgloser Quellensuche war er hier in Freiburg auf ein Tagebuch gestoßen, das seinen Vermutungen neue Nahrung verschaffte. Das Dokument stammte aus NS-Archiven, die jahrzehntelang in Sankt Petersburg unter Verschluss gelegen hatten und die im Zuge der deutsch-russischen Freundschaft zurück nach Freiburg gewandert waren. Das Tagebuch eines gewissen Oberleutnant Karl-Heinz Kaltensporn, Kommandant einer kleinen Wetterstation weit jenseits des Polarkreises. Was dieser Mann zu berichten hatte, konnte einem den Angstschweiß auf die Stirn treiben. Wenn man die stetig schlechter werdende Schrift berücksichtigte, hatte er bis zu seinem Tod weitergeschrieben. Bis zu dem Moment, als er sein Leben mit einem letzten verseuchten Atemzug ausgehaucht hatte. Das Buch war dann nach dem Krieg im Schnee gefunden worden, zusammen mit ein paar Leichen, die offenbar seltsame physiognomische Merkmale aufgewiesen hatten.

Eine Geschichte ganz und gar nach Sieberts Geschmack. Auch Stromberg hatte sich beeindruckt gezeigt. Nicht so sehr von den Berichten über Kampfstoffe und unmenschliche Experimente, dafür aber von dem Begriff Hyperborea – was so viel wie *Jenseits des Nördlichen* bedeutete. Dieses Wort, geschrieben in der Handschrift eines sterbenden Mannes, veränderte alles. Mit einem Mal öffneten sich die Kassen, und es floss Geld auf Sieberts Konto. Mehr, als er sich je zu erträumen gewagt hatte. Für ihn das Zeichen, dass die Jagd nun erst richtig beginnen konnte.

Siebert blätterte aufgeregt ein paar Seiten zurück, als plötzlich ein Schatten auf ihn fiel. Er war so vertieft in seine Lektüre gewesen, dass er das Kommen der Archivarin nicht gehört hatte.

»Noch eine Tasse Kaffee, Herr Professor?«

Sein Kopf schoss empor.

»Wie bitte ... was?«

Die Frau wedelte mit der Thermoskanne.

Sie war Mitte 40, ein wenig mollig und von einnehmendem Wesen. Siebert kannte sie schon von vorangegangenen Besuchen. Ihre Augen leuchteten, und um ihren Mund spielte ein bezauberndes Lächeln. So ganz anders, als man sich eine Archivarin gemeinhin vorstellte.

»Ob Sie noch einen Kaffee möchten? Ach nein, ich sehe, Sie haben Ihre Tasse ja noch gar nicht leer getrunken. Hat Ihnen der Kaffee nicht geschmeckt?« Ein sorgenvolles Augenklimpern.

»Oh, doch ... ich war nur so beschäftigt ...«

»Was Interessantes gefunden?« Sie verdrehte den Kopf, um einen Blick auf das Tagebuch zu erhaschen.

»Ziemlich interessant, ja. Ich wünschte, ich könnte mir das Buch ein paar Tage ausleihen.«

»Wenn es nach mir ginge, dürften Sie das gerne, aber die Statuten verbieten es leider. Kein Ausleihen, keine Kopien, nur handschriftliche Notizen. Sie wissen ja, wie das ist.« Sie zuckte die Schultern. »Ich habe mir das nicht ausgedacht ...«

Wieder dieses ansteckende Lächeln.

Siebert war sich ziemlich sicher, dass sie nicht »nein« sagen würde, wenn er das Gespräch auf ein kleines Rendezvous heute Abend lenkte. Er hatte ein recht gutes Gespür, was Frauen betraf, und konnte sehr charmant sein. Wenn er seine Karten richtig ausspielte, würde er noch heute Nacht mit ihr im Bett landen. Eine verlockende Vorstellung. Andererseits, er war verheiratet, und die Sache hier war zu wichtig, um jetzt den Don Juan zu spielen. Er hatte vor, einen Verstoß gegen die Hausordnung zu begehen, und wollte lieber kein Risiko eingehen.

»Sie brauchen sich keine Sorgen zu machen, ich bin so folgsam wie ein Schoßhund. Und was den Kaffee betrifft ...«, er griff nach seiner Tasse und leerte sie in einem Zug, »... ich hätte tatsächlich gerne noch einen. Er schmeckt phantastisch.« Er hielt ihr die Tasse hin, und sie füllte nach.

Als sie fertig war, wartete sie noch einen Moment. Doch als Siebert sich demonstrativ wieder seiner Lektüre zuwandte, zog sie einen kleinen Schmollmund und verschwand.

Von draußen klatschte Regen gegen die Scheiben. Siebert kannte das Gebäude wie seine Westentasche. Er war schon mindestens zwanzig Mal hier gewesen und hatte sich bei seinen Begehungen die Sicherheitseinrichtungen genau eingeprägt. Außer der üblichen Magnetschranke im Erdgeschoss sowie Gesichtskontrolle und Tascheninspektion gab es nur noch die Videoüberwachung, die in jedem Stockwerk gleich war. 24 Kameras, so ausgerichtet, dass sie praktisch die gesamte Etage lückenlos überblickten. Allerdings waren darunter vier Positionen, bei denen die Kameras nur ein eingeschränktes Bild lieferten. Eine davon hatte Siebert gewählt. Der Tisch, an dem er saß, wurde lediglich von einer einzigen Kamera erfasst. Keine Überschneidungen. Außerdem war sie auf seinen Rücken gerichtet; man konnte also nicht erkennen, was er mit seinen Händen tat. Dritter und entscheidender Vorteil: Es war ein Fensterplatz. Zu dumm, dass heute so ein trüber Tag war. Er hoffte trotzdem, dass die Aufnahmen gelingen würden. Er nahm noch einen Schluck aus seiner Tasse, raffte seinen ganzen Mut zusammen und griff in die Innentasche seines Jacketts.

Dort war sein Autoschlüssel, der zusätzlich eine getarnte Fernsteuerung enthielt. Die Dokumentenkamera selbst war gut versteckt im Inneren seiner Krawatte. Er rückte sie zurecht, spielte ein wenig mit seinem Schlüssel herum und betätigte dabei den Auslöser. Jetzt hieß es alles oder nichts. Die Automatik war auf zehn Sekunden eingestellt. Während er so tat, als würde er lesen und sich dabei Notizen machen, blätterte er um und schoss weitere Fotos in Serie. Weder ein Geräusch noch ein Lichtsignal verriet die Arbeit der Kamera. Angespannt lauschte er, ob seine Spionageaktivität irgendein Aufsehen erregte, doch es blieb still. Keine Alarmsirene, kein blinkendes Licht, kein aufgeregt herbeilaufendes Sicherheitspersonal. Es schien alles zu klappen.

Als er das Tagebuch durchfotografiert hatte, warf er aus dem Augenwinkel einen Blick auf das Digitaldisplay seines Schlüssels und stellte erleichtert fest, dass 30 Aufnahmen gemacht worden waren. Er beendete die Aufnahme, schob den Schlüssel zurück in seine Innentasche und setzte die Tasse an seine Lippen. Obwohl ihm das Herz bis zum Hals schlug, war es unmöglich, ein Grinsen zu unterdrücken. *Mein Gott, tat das gut, hin und wieder mal etwas Verbotenes zu tun.* Erst der Flirt mit der Bibliothekarin und jetzt das hier. Er kam sich vor wie James Bond.

3
Washington D. C. ...

Hannah bestieg den Aufzug, betätigte den Knopf für den sechsten Stock und wartete, bis die Tür zuging. Dann spürte sie den Andruck. Strombergs Büro lag in der siebenten Etage, wobei diese nur über einen separaten Eingang erreicht werden konnte. Das bedeutete vermutlich eine weitere Überprüfung ihrer Personalien und eine zusätzliche Leibesvisitation. Hannah überraschte das nicht. In Zeiten der Terrorgefahr gerieten solche Termine immer mehr zu einem Spießrutenlauf.

Die Fahrt dauerte zum Glück nicht lange. In Washington D.C. gab es keine Wolkenkratzer. Eine Eigenart, die die Metropole von anderen Millionenstädten der USA unterschied. Ein Gesetz des *House of Congress* aus dem Jahre 1910 hatte festgelegt, dass kein Gebäude höher als das Kapitol sein durfte. Später wurde das Gesetz dahingehend abgewandelt, dass die Gebäudehöhe die Straßenbreite nur um maximal 20 Fuß überschreiten durfte; dadurch war Washington verhältnismäßig flach bebaut.

Strombergs Firmensitz an der Pennsylvania Avenue war ein beeindruckendes Sandsteingebäude, das den Charme des ausgehenden 19. Jahrhunderts verkörperte. Der Architekt hatte den neoromanischen Baustil favorisiert, der Ende des 19. Jahrhunderts in den USA sehr populär gewesen war. Dieser zeichnete sich durch eine Vielzahl von Rundbögen, Türmchen und Erkern aus. So zumindest stand es in der

Broschüre zu lesen, die Hannah, während sie auf ihre Anmeldung wartete, in der Lobby überflogen hatte.

Der Aufzug sauste nach oben, und Hannah drückte in banger Erwartung ihre Handtasche gegen die Brust. Zweimal war sie Stromberg bisher begegnet, doch immer an auswärtigen Orten. Einmal in Schottland, ein zweites Mal in Halle, wo sie ihn während einer Pressekonferenz anlässlich der Himmelscheibe von Nebra getroffen hatte.

John hätte ihr sicher einiges über den Washingtoner Firmensitz erzählen können – schließlich war er hier früher ein und aus gegangen. Doch leider hatte es dazu keine Gelegenheit gegeben. Strombergs Anweisungen waren klar: *»Hannah, ich wünsche, dass Sie Ihre Zelte unverzüglich abbrechen und zu mir nach Washington kommen. Habe wichtige Neuigkeiten für Sie. Ein Ersatz für Sie ist schon auf dem Weg nach Angkor. Ihr Flug ist bereits gebucht. Weitere Details entnehmen Sie bitte dem Anhang. Sprechen Sie mit niemandem darüber und sagen Sie auch John nichts davon. Ich möchte Sie allein sehen. Hochachtungsvoll, Norman Stromberg.«*

John musste also in Kambodscha bleiben. Grund genug für ihn, beleidigt die Ohren anzulegen und abzutauchen. Seine Enttäuschung war nachvollziehbar, immerhin war er jahrelang Strombergs Darling gewesen. Nun wurde sie statt seiner eingeladen, was schrecklich demütigend für ihn sein musste. Er hatte sich nicht mal die Zeit genommen, Hannah angemessen zu verabschieden. Und das nach dieser wundervollen Liebesszene.

Männer und ihr Ego!

Sie räusperte sich und richtete ihre Gedanken wieder nach vorne. Stromberg war kein gewöhnlicher Mensch.

Fragte man ihn, was für ein Gefühl es sei, der drittreichste Mann der Welt zu sein, lief man Gefahr, vor die Tür gesetzt zu werden. Zeigte man ihm jedoch ein Mosaiksteinchen oder eine alte, angelaufene Münze, begannen seine Augen zu leuchten. Dann konnte es geschehen, dass man in ein stundenlanges Gespräch über Weltgeschichte verwickelt wurde.

John war ihm 1996 anlässlich des Weltklimagipfels in Kyoto begegnet, als er einen Vortrag über das rapide Abschmelzen des antarktischen Schelfeisgürtels hielt. Sein fundiertes Wissen über die klimatischen Veränderungen im Laufe der letzten Jahrtausende hatte den Milliardär beeindruckt, und er hatte John das Angebot gemacht, in seine Dienste zu treten.

Hannah hoffte, die Sache wieder einrenken zu können. Sie liebte John von ganzem Herzen und wollte nicht, dass er verletzt war. Bestimmt war es ohnehin nur eine Kleinigkeit, die Stromberg von ihr wollte.

Die Fahrstuhltür öffnete sich mit einem Glockenton. Hannah verließ den Aufzug und betrat weichen Teppichboden.

Direkt gegenüber dem Fahrstuhl befand sich eine kirschholzgetäfelte Rezeption, hinter der eine atemberaubend schöne Empfangsdame saß. Dunkle Haut, hochgesteckte Haare, maßgeschneidertes Business-Outfit. Als sie Hannah sah, hob sie ihren Kopf. Ihr Lächeln wirkte natürlich. »Ms. Peters?«

»Das bin ich, ja.«

Die Rezeptionistin stand auf und kam hinter dem Empfang hervor. »Mein Name ist Susan. Mister Stromberg erwartet Sie bereits. Wenn Sie mir bitte folgen wollen?« Nichts an ihr war aufgesetzt oder übertrieben. Sie bewegte sich mit der Anmut einer Katze, ohne dabei sexy oder billig zu wirken. Stromberg hatte ein gutes Gespür für die Wahl seiner Mitarbeiter, so viel war sicher.

»Hatten Sie eine angenehme Reise?«

»Alles bestens, danke.«

Susan deutete auf eine Holztreppe, neben der sich ein schmaler, schmiedeeiserner Fahrstuhl befand. Offenbar der separate Zugang, von dem sie in der Lobby gelesen hatte.

»Mr. Strombergs persönliche Räume befinden sich ein Stockwerk höher. Wir können gerne den Aufzug nehmen, wenn Sie möchten ...«

»Die Treppe ist perfekt. Um ehrlich zu sein, ich sehne mich nach ein bisschen Bewegung.«

»Sie sprechen mir aus der Seele.« Susan lächelte und trippelte mit kleinen, präzisen Schritten die stoffbespannten Stufen hinauf. Hannah hatte Mühe, mit ihr Schritt zu halten.

»Bitte warten Sie hier, ich werde Sie anmelden.«

Susan ging den Gang hinunter bis ans Kopfende und klopfte an eine schwere, überdimensionierte Holztür. Das gab Hannah einige Momente Zeit, zu Atem zu kommen und sich umzusehen.

Das Obergeschoss trug ganz eindeutig die Handschrift des exzentrischen Kunstsammlers. Rechts stand auf einem Marmorsockel eine wunderschön bemalte Ming-Vase. Links daneben hing eine Steintafel aus Assyrien, die König Assurbanipal zu Pferde auf einer seiner geliebten Löwenjagden zeigte. Eine in Gold gefasste Weltkarte markierte einzelne Fundorte und Herkunftsstätten. In den Regalen zu beiden Seiten des Flurs reihten sich goldene Trinkkelche aus Persepolis neben bemalten Krügen aus dem Palast von König Minos. Statuen, Kelche, Schmuck und Waffen, so weit das Auge reichte. Keines der Fundstücke war hinter Glas verborgen, was bei Hannah schon den Verdacht aufkommen ließ, dass es vielleicht nur Reproduktionen waren. Doch es war ihr Arbeitgeber persönlich, der ihren Verdacht zerstreute, als habe er ihre Gedanken gelesen.

»Keine Kopien, nur Originale. Ich hoffe, Sie sind beeindruckt.«

Hannah drehte sich um. Stromberg hatte sein Büro in Begleitung Susans verlassen und steuerte zielstrebig auf sie zu.

»Beeindruckt wäre untertrieben«, sagte Hannah. »*Überwältigt* trifft es eher.«

Strombergs zufriedenes Nicken zeigte ihr, dass sie den richtigen Ton getroffen hatte.

»Ich brauche Sie dann nicht mehr, Susan, danke.«

Die Empfangsdame lächelte Hannah zum Abschied zu und lief dann leichtfüßig die Treppenstufen hinab.

Stromberg hatte sich seit ihrer letzten Begegnung kaum verändert. Er war immer noch kahl wie eine Billardkugel, und auch sein Leibesumfang war – wenn überhaupt – kaum angewachsen. Allerdings zierte ein kleiner Spitzbart sein Gesicht, und der war neu. Gekleidet in einen passenden Anzug mit Weste und Uhrkette, bot Stromberg einen äußerst respektablen Anblick. Ein Mann, der wusste, was er wollte und wie er es bekam. Er streckte Hannah seine Hand entgegen.

»Es freut mich, dass ich Sie immer noch beeindrucken kann«, sagte er. »Noch mehr aber freut es mich, Sie endlich bei mir zu haben. Wie war die Reise?«

»Ich arbeite noch an den zwölf Stunden Zeitunterschied.«

»Daran sollten Sie sich in meinen Diensten doch langsam gewöhnt haben«, sagte er lachend. »Andererseits gibt es Dinge, die sind und bleiben ein *pain in the ass*, habe ich recht?«

»Sie sagen es.«

»Es tut mir leid, dass ich Ihnen das zugemutet habe, aber ich hätte es nicht getan, wenn es nicht wirklich dringend gewesen wäre. Wir sind da auf eine Sache gestoßen, bei der ich Ihres Rates und Ihrer Einschätzung bedarf. Wo haben Sie Ihr Gepäck?«

»Ist bereits im Hotel. Weshalb haben Sie mich kommen lassen?«

»Das werden Sie gleich erfahren. Möchten Sie vorher noch etwas essen oder trinken? Wasser oder vielleicht etwas Stärkeres?« Er zwinkerte ihr zu.

»Nichts, danke.«

»Prima, dann können wir gleich aufbrechen. Folgen Sie mir.«

»Aufbrechen? Wohin wollen Sie mich denn bringen?«

»Lassen Sie sich überraschen. Es ist nicht weit, aber es wäre eine Ochsentour, es über den Landweg zu versuchen. Luftlinie hingegen sind es nur etwa dreißig Kilometer.«

»Luftlinie?«

Der Firmenmagnat drückte auf eine kleine Fernbedienung, und ein Summton erklang. Am Ende des Flurs öffnete sich eine Tür, durch die ein Schwall frischer Luft hereinströmte.

Ein schlanker Helikopter mit den Initialen von Strombergs Firmenimperium stand auf dem Landeplatz hoch über der Stadt. Sonnenlicht spiegelte sich auf seinen silbernen Flanken.

Stromberg machte eine einladende Geste. »Für mich immer noch die bequemste Art, zu reisen. Ich hoffe, Sie haben den Mut, sich meinen Flugkünsten anzuvertrauen?«

Die Metropole hinter sich zurücklassend, fegte die Bell 427 über das Wasser. Der Potomac funkelte im Licht der niedrig stehenden Sonne. Zahlreiche Boote flitzten wie weiße Möwen unter ihnen dahin. Der Fluss wurde breiter. Am rechten Ufer tauchten einige kleine Inseln auf. Hannah hatte ihre Ohrenschützer aufgesetzt und genoss den Flug. Norman Stromberg steuerte die Hightech-Flugmaschine persönlich, und er tat es mit der Leichtigkeit und Präzision eines Profis.

»Da drüben liegt Belle Haven«, rief Stromberg ihr über Lautsprecher zu und wies nach Westen. »Unter uns sehen Sie die Marina und den Golfplatz. Beides gehört mir, genau wie die Insel, die dort vorne auftaucht. Haben Sie das flache Gebäude bemerkt? Eine Forschungseinrichtung der Universität. Sie wird ebenfalls von mir finanziert. Das ist unser Ziel.«

Hannah beugte sich vor. Das Gebäude sah aus wie ein Bunker. Zahlreiche Antennen und Satellitenschüsseln befanden sich auf seiner Oberseite. Die Bell flog eine Kurve und steuerte dann auf einen kreisrunden Landeplatz am flussseitigen Ufer zu. Das Wasser aufwirbelnd, setzte der Helikopter auf. Ein Mann kam mit gesenktem Kopf aus einem nah gelegenen Häuschen gerannt, seine Haare vom Wind der Rotoren verwirbelt.

Stromberg ließ den Steuerknüppel los, drückte einige Knöpfe und löste seinen Gurt. Das Triebwerk erstarb. Hannah setzte die Kopfhörer ab, hängte sie an einen Haken und löste ebenfalls ihren Gurt, ehe sie den Hubschrauber durch die Seitentür verließ. Der Mann mit den verstrubbelten Haaren erwartete sie bereits. Er war jung, vielleicht 25, und trug eine dunkel gefasste Brille.

»Schön Sie wiederzusehen, Mister Stromberg. Guten Tag, Frau Dr. Peters. Ist mir eine Freude, Sie kennenzulernen. Mein Name ist Marcus. Ich werde für die nächsten Stunden Ihr Begleiter und Ansprechpartner sein. Wenn Sie etwas brauchen, Fragen haben oder einfach nur plaudern wollen, ich bin Ihr Mann.« Er lächelte herzlich.

»Freut mich, Marcus. Und bitte nennen Sie mich Hannah.«

»Sehr gerne. Wollen wir dann?« Er deutete zu einer Gruppe niedriger Büsche, neben denen sich eine Tür befand. Das Gebäude war olivgrün gestrichen und besaß schräge Außenwände, was ihm ein recht militärisches Aussehen verlieh. Hannah wunderte sich über die Vielzahl von Sende- und Empfangseinrichtungen auf dem Dach. Mehrere Satellitenschüsseln waren dort zu sehen, ebenso ein Geflecht weißer Drähte und eine auf einem Gerüst gelagerte weiße Kugel, deren Zweck ihr völlig unverständlich war.

»Was ist das für eine Einrichtung?«, fragte sie. »Und erzählen Sie mir nicht, dies hätte etwas mit Archäologie zu tun, damit kenne ich mich nämlich aus.«

»Klimaforschung«, erwiderte Marcus. »Genauer gesagt: Energie- und Klimaforschung. Wir sind Teil eines weltumspannenden, interdisziplinären Verbundes von Einrichtungen, die sich mit dem globalen Klimawandel, mit seinen Ursachen, Auswirkungen und Folgen beschäftigen. Und natürlich mit dem Anteil, den der Mensch an den Veränderungen trägt.«

»Klima?« Hannah warf Stromberg einen fragenden Blick zu. »Nicht gerade mein Spezialgebiet.«

»Das ist mir bewusst, Hannah«, sagte Stromberg. »Trotzdem möchte ich Sie gern zu Rate ziehen. Haben Sie noch etwas Geduld, Sie werden bald Antworten auf Ihre Fragen erhalten.«

4

Marcus führte sie durch Gänge und über Treppen ins Innere des Instituts. Was Hannah von außen gesehen hatte, war offenbar nur Teil eines gigantischen Netzwerkes, das bis tief in die Erde reichte. Beschriftete Schilder sowie neutralgraue Linoleumböden mit farbigen Markierungen wiesen den Weg zu den unterschiedlichen Fakultäten und lieferten Anhaltspunkte zur Orientierung. Für jemanden, der in den Code aus Zahlen, Buchstaben und Farben nicht eingeweiht war, hätte das alles auch auf Chinesisch dastehen können. Es dauerte keine fünf Minuten, und Hannah hatte hoffnungslos die Orientierung verloren. Der Mangel an Tageslicht verstärkte den Eindruck noch. Auf ihre Bemerkung hin lächelte Marcus.

»Machen Sie sich keine Sorgen, Ms. Peters, das ging mir am Anfang auch so. Ich habe etwa eine Woche gebraucht, um mich zurechtzufinden.«

»Hauptsache, Sie bleiben an meiner Seite.«

»Keine Sorge. Wir sind ohnehin gleich da. Nur noch durch diese Tür, einmal nach rechts, dann haben wir unser Ziel erreicht. Sehen Sie?« Er öffnete eine graue Stahltür, ließ Hannah und Stromberg hindurchgehen und folgte ihnen dann.

Der Raum maß etwa fünf mal acht Meter und war vollgestopft mit Monitoren und anderen elektronischen Geräten. Hannah zählte fünf Personen, die im Schein künstlicher Lichter still und konzentriert arbeiteten. Die Wärme zwang sie, ihre Jacke zu öffnen. Der Boden unter ihren Füßen schien von feinen Vibrationen durchdrungen zu sein. Das Klicken und Summen unterstrich Hannahs Eindruck, sich im Inneren eines lebenden, atmenden Wesens zu befinden.

»Willkommen im Kartenraum, wie wir ihn nennen«, sagte Marcus. »He, Leute, hört mal alle her, ich habe Besuch mitgebracht. Mister Stromberg kennt ihr ja bereits, und dies ist Frau Dr. Peters aus Deutschland. Sie sind hier wegen Objekt C-24H. Die Daten sind vorbereitet, oder?«

»Natürlich sind sie das«, sagte eine junge Frau mit kurzen schwarzen Haaren und asiatischem Profil. Sie stand auf und reichte Hannah die Hand. »Hi, mein Name ist Debbie. Ich hoffe, unser Institut hat Ihnen keinen Schrecken eingejagt. Es kann auf Außenstehende ziemlich verwirrend wirken.«

»Verwirrend, allerdings«, erwiderte Hannah. »Tatsächlich hatte ich irgendwann den Eindruck, dass wir uns gar nicht mehr auf der Insel befänden.«

Debbie zwinkerte Marcus zu. »Tun wir auch nicht. Genau genommen sind wir hier ein ganzes Stück unterhalb des Potomac. Aber das sollte Sie nicht beunruhigen. Bisher hatten wir noch nie einen Wasserschaden.« Sie lächelte.

Hannah versuchte, ebenfalls zu lächeln, doch irgendwas schien mit ihren Gesichtsmuskeln nicht zu stimmen. Krampfhaft stemmte sie sich gegen die Vorstellung, dass Millionen von Kubikmetern Wasser über ihrem Kopf lasteten. Die alte Klaustrophobie machte sich wieder bemerkbar. Nach einer kurzen Panikattacke tat sie das, was ihr in so einer Situation immer am besten half: *reden*.

»Objekt C-24H?«, fragte sie.

Debbie nickte. »Das Eislabyrinth. Kommen Sie, ich zeige es Ihnen.« Sie führte sie zu einem Computerterminal am anderen Ende des Raumes.

Auf einem riesigen Display mit einer Bilddiagonale von annähernd zwei Metern war ein Ausschnitt der Erdoberfläche zu sehen. Vermutlich aufgenommen von einem Satelliten. Die Umrisse zeigten mehrere Inseln, die von Eis umgeben waren.

»Dies ist eine Aufnahme von *Suomi NPP*, einem Wetter- und Umweltsatelliten, den die NASA im Oktober 2011 in den Weltraum geschossen hat«, sagte Debbi. »Was Sie hier sehen, sind Aufnahmen aus dem Jahr 2012, doch es gibt noch aktuellere. Ich zeige sie Ihnen gleich. Suomi NPP ist ein Prototyp der von NASA und NOAA geplanten Wettersatellitenkonstellation *National Polar-orbiting Operational Environmental Satellite System*, oder kurz NPOESS genannt. Er hat Fotos von der Nordpolregion geschossen, und zwar so detailliert wie nie zuvor. Die Aufnahmen stammen aus einer Höhe von 824 Kilometern und bestehen aus verschiedenen Ausschnitten. Fünfzehn Erdumrundungen bedurfte es, bis man alle Pixel für dieses Bild zusammen hatte. Wie Ihnen Mister Stromberg vielleicht schon berichtet hat, ist unser Hauptaufgabengebiet hier im Institut für Energie- und Klimaforschung die systematische Beobachtung der Atmosphäre. Mittels Messgeräten am Boden, in der Luft und im All werden die Chemie und die Dynamik der von Menschen produzierten, aber auch der natürlichen Spurengase wie Hydroxyl-Radikale und Halogenverbindungen in der Atmosphäre gemessen und verfolgt. Einer unserer Themenschwerpunkte ist die Beobachtung des Ozonabbaus über der Arktis.«

»Über der Arktis?«, fragte Hannah. »Ich dachte, das Ozonloch befände sich über der *Antarktis*.«

»Dort auch, natürlich«, antwortete Debbie. »Aber der ungewöhnlich kalte Winter 2010 / 2011 hat zu einer massiven Zerstörung der Ozonschicht über dem Nordpol geführt. Die Abkühlung hat den Einfluss von ozonzerstörenden Substanzen, wie etwa Fluorkohlenwasserstoffen, erheblich verstärkt und dazu geführt, dass die Schädigungen über Nord- und Südpol jetzt durchaus miteinander vergleichbar sind. Wie auch immer, als wir vor zwei Wochen die neuen Aufnahmen von Suomi erhielten und die Veränderungen der Gletscherregionen auf Spitzbergen analysierten, stießen wir auf das hier.«

Sie tippte ein paar Zahlen in die Tastatur und fuhr dann mit der Maus über einen Zipfel im nordöstlichen Bereich der Inselgruppe. »Das hier ist Nordostland, mit über 14 000 Quadratkilometern die zweitgrößte Insel des Svalbard-Archipels. Sie ist von der Hauptinsel durch die sogenannte *Hinlopenstraße* getrennt. Mit Ausnahme einiger Forscher, die sich hier hin und wieder aufhalten, ist sie unbewohnt.

Die Nordhälfte der Insel besteht zum einen aus schwach metamorphen Sedimenten, im Süden gibt es Basaltintrusionen aus dem Oberjura und der Unterkreide, die etwa 100 bis 150 Millionen Jahre alt sind.

Die Insel ist recht weitläufig. Achtzig Prozent der Fläche Nordostlands sind mit Eiskappen und Gletschern bedeckt, der größte davon heißt *Austfonna* – Ostgletscher. Er besitzt eine Fläche von 8450 Quadratkilometern und ist an einigen Stellen bis zu 430 Meter dick.«

»430 Meter?«, entfuhr es Hannah. »Das ist ein wirklich mächtiger Eispanzer.«

»Allerdings«, sagte Debbie. »Die viertgrößte Inlandseisfläche der Welt. Die zweite Eiskappe Nordostlands liegt westlich davon und heißt *Vestfonna*. Ziemlich einfach zu merken. Sie besitzt nur eine Fläche von 2450 Quadratkilometern. Beide Eispanzer sind verdammt schwer. So schwer, dass sie das Land etliche Meter in die Tiefe gedrückt haben. Jetzt, wo das Eis abtaut, beginnt sich das Land darunter wieder zu heben.« Sie tippte ein paar Zahlen ein und zoomte das Bild heran.

»Die Stelle, die für uns interessant ist, befindet sich genau zwischen diesen beiden Flächen.« Sie deutete auf eine langgezogene Bucht. »Dies ist der *Rijpfjord*. Er ist ziemlich schlecht vermessen und wird daher nur sehr selten von Schiffen besucht. Zudem ist er wegen der Eisverhältnisse erst spät im Sommer zugänglich. Die Ufer bestehen meist aus Steilhängen und groben Felsblöcken sowie einigen schön ausgebildeten Strandwällen. Interessant ist die Gegend unter anderem deswegen, weil die deutsche Wehrmacht im Zweiten Weltkrieg an dieser Stelle einen Außenposten betrieben hat, die Wetterstation Heißsporn. Wie auch immer: Als wir die neuen Daten von Suomi mit denen von vor einem Jahr verglichen, stellten wir fest, dass zwischen den großen Eiskappen von Vestfonna und Austfonna ein bemerkenswerter Rückgang an Gletschereis zu verzeichnen war. So bemerkenswert, dass wir ältere und nicht so scharfe Satellitenaufnahmen herausgekramt und zum Vergleich mal darübergelegt haben. Unsere Softwareabteilung hat die Zwischenschritte berechnet und uns einen kleinen Film daraus zurechtgebastelt. Ich lasse ihn mal ablaufen.«

Hannah blickte auf den Monitor und sah, wie das Eis langsam von den Küstenregionen zurückwich. Ein klarer Beweis für das Abschmelzen der polaren Gletscher. Aber noch etwas war interessant. Ziemlich im Zentrum der Insel traten Strukturen unter dem Eis hervor. Sie waren erstaunlich geometrisch. *Zu* geometrisch, um natürlichen Ursprungs zu sein. Hannah runzelte die Stirn. Jetzt endlich wusste sie, warum sie hier war.

Sie drehte sich um. Auf Strombergs Gesicht lag ein wissendes Lächeln.

5

Hannah spürte, wie es ihren Nacken emporkribbelte. Das tat es immer, wenn sie einer Entdeckung auf der Spur war.

»Na, was halten Sie davon?« Stromberg war neben sie getreten und betrachtete das Bild aus kurzer Distanz. Das Licht des Bildschirms ließ seine Gesichtskonturen hervortreten. Hannah streckte ihren Arm aus und fuhr mit dem Finger über den Monitor. »Eine Stadt«, flüsterte sie.

»Verstehen Sie jetzt, warum ich Sie habe kommen lassen?«

»Aber das ist doch vollkommen unmöglich. So weit oben im Norden, begraben unter Eis und Schnee …«

»Begraben unter *Dutzenden Metern* Eis und Schnee«, sagte Stromberg lächelnd. »Wissen Sie, wie lange es dauert, bis so ein Gletscher entsteht? Tausende von Jahren. *Tausende*. Ich bin sicher, Sie können die Bedeutung dieses Fundes einschätzen.«

»Und Ihre Leute sind die ersten, die ihn entdeckt haben?«

»Davon gehe ich aus. Die Aufnahmen sind, wie gesagt, erst zwei Wochen alt. Es war ein ungeheurer Zufall, dass unser Team darauf gestoßen ist. Wären sie nicht gerade auf der Suche nach relevanten Daten für das Abtauen der arktischen Gletscher gewesen, sie hätten die Stadt vermutlich nie entdeckt.«

»Ist es denn sicher, dass es eine Stadt ist? Könnte so etwas nicht auch durch geologische Prozesse im Erdinneren entstehen? Schichtung, Faltung, Vulkanismus?«

»*No way.*« Der Milliardär schüttelte den Kopf. »Bedenken Sie nur, welche Ausdehnung das Ding hat. Und dann diese geraden Linien. Ich habe bereits etliche Geologen darauf angesetzt. Die Untersuchungen haben ein paar Tage in Anspruch genommen, weshalb ich Sie erst jetzt kontaktieren konnte. Meine Experten sind übereinstimmend zu dem Ergebnis gekommen, dass das hier von Menschen gemacht ist. Es gibt keine andere Erklärung.«

Hannah starrte auf den Monitor, wo der Film in einer Endlosschleife weiterlief. Immer wieder traten die Strukturen unter dem Eis hervor, als würden sie aus ihm herauswachsen. Wenn es sich tatsächlich um eine Stadt handelte, war sie unzweifelhaft sehr groß. Das Quadrat, in dem die Muster am deutlichsten hervortraten, besaß – gemessen an der Legende, die im Satellitenbild eingeblendet war – eine Kantenlänge von etwa zwei Kilometern. Vier Quadratkilometer also. Das war für eine Stadt, die vor unserer Zeitrechnung erbaut worden war, gigantisch. Mit modernen Maßstäben gemessen, waren die Metropolen von damals im Allgemeinen recht klein. Babylon beispielsweise besaß einen Umfang von sechzehn Kilometern. Ninive, die Hauptstadt des assyrischen Reiches, von zwölf. Der Mauerring um das kaiserliche Rom maß zehn Kilometer, während Athen zur Zeit seiner größten Macht im fünften Jahrhundert v. Chr. nur sechseinhalb Kilometer Umfang hatte. Viel interessanter aber war die Frage, welche Kultur wohl so hoch im Norden ansässig gewesen war. Um das herauszubekommen, gab es eigentlich nur einen Weg. Man musste dorthin reisen.

Sie drehte den Kopf. Ihr Blick kreuzte den von Stromberg. Er schien sie die ganze Zeit über beobachtet zu haben. Ein Lächeln huschte über sein Gesicht. »Und, interessiert?«

Die Strecke zurück nach Washington war Hannah tief in Gedanken versunken. Keine Frage, Norman Stromberg war einer ganz großen Sache auf der Spur. Wieder einmal. Wenn es stimmte, was sie beide vermuteten, so konnte sich das als eine der größten Entdeckungen der Menschheitsgeschichte herausstellen. Vergleichbar vielleicht mit der Entdeckung Trojas oder der Ruinenstadt Machu Picchu, die erst 1911 von Hiram Bingham entdeckt wurde.

Der Helikopter setzte auf der Dachplattform auf, und beide stiegen aus. Stromberg führte sie an seinem Büro vorbei, dorthin, wo er, wie er sagte, seine größten Schätze aufbewahrte: seine Bücher.

Die Bibliothek war hinreißend. Vielleicht zwanzig oder dreißig Meter lang und gute drei Meter hoch. Zwischen den antiken Holzregalen, in denen Hunderte – nein, Tausende – von prachtvoll gebundenen Büchern lagerten, waren in Nischen archäologische Funde aus aller Welt untergebracht. Steintafeln, Waffen und Goldschmuck, Teile von Rüstungen, Vasen und Werkzeuge, die mitunter bis in die frühesten Anfänge der Menschheit zurückreichten. Der Raum selbst war offen gehalten und nur mit einigen edel bespannten Ledersofas und Sesseln bestuhlt, die zu anregenden Unterhaltungen oder zu konzentrierter Lektüre einluden. Schwere, alte chinesische Opiumtische, auf denen Erfrischungen serviert werden konnten, rundeten die Ausstattung ab. Auf der anderen Seite war der Raum komplett verglast, so dass man einen atemberaubenden Blick über die Stadt genießen konnte. Noch nie in ihrem Leben hatte Hannah eine so beeindruckende Privatsammlung gesehen.

Während Stromberg sich um etwas zu trinken kümmerte, schweifte Hannahs Blick hinüber zum Washington Monument. Sie sah das Lincoln Memorial, den Potomac mit seinen unzähligen Booten, den dahinterliegenden Arlington National Cemetery und das Memorial Amphitheater. Die niedrige Bauweise der Stadt gewährleistete eine phantastische Fernsicht.

Hannah war geradezu hypnotisiert, als sie durch das Klirren von Gläsern wie aus einem Traum gerissen wurde. Stromberg kam auf sie zu, ein kleines Tablett vor seinem runden Bauch balancierend.

»Ich hoffe, es macht Ihnen nichts aus, aber ich habe uns einen Tee gemacht. Ich finde, die Luft in diesen Helikoptern ist immer so schrecklich trocken.« Er zwinkerte ihr zu.

»Tee ist perfekt«, sagte Hannah und begleitete den Magnaten zu einem dieser verteufelt gemütlich aussehenden Sofas. Er stellte das Tablett ab, bat Hannah, Platz zu nehmen, und entschwand mit der Bemerkung, dass der Tee ohnehin noch ein wenig ziehen müsse, zu einer Abteilung, in der anscheinend seine ältesten und wertvollsten Bücher lagerten. Als würde er die Schultern einer Frau streicheln, fuhr er über die Buchrücken und zog dann ein schmales und unscheinbar aussehendes Exemplar heraus. »Herodot«, sagte er, als er zurückkam; dann warf er das Buch mit schwungvoller Geste neben sie auf das Sofa. Hannah runzelte die Stirn. So ging man doch nicht mit einem antiken Buch um. Allerdings entpuppte sich die Lektüre bei näherem Hinsehen als nicht wirklich wertvoll. Es hatte seine besten Jahre offenbar schon lange hinter sich. Tatsächlich war es nicht viel mehr als ein zerfleddertes Heft mit Eselsohren, Flecken und fehlendem Einband. Auf ihren fragenden Blick hin sagte Stromberg: »Warum sollte ich viel Geld für ein Buch ausgeben, in dem ich ständig lese? Der Inhalt ist entscheidend, nicht die Hülle. All diese in edles Rinderleder geschlagenen Bücher sind ja ganz hübsch anzuschauen, aber die wirklich wichtigen Werke sehen so aus.«

»Und wozu dann diese Bibliothek?«

Er zuckte die Schultern. »Manche Werke sind nicht anders zu bekommen. Außerdem, unter uns gesagt, ein bisschen Show gehört schon auch dazu. Wie sähe es denn aus, wenn ich meine Geschäftspartner inmitten einer Sammlung zerlesen aussehender Micky-Maus-Hefte empfangen würde?«

»Herodot ist nun nicht gerade Micky Maus ...«

Stromberg lachte und entnahm der chinesisch anmutenden und offenbar ziemlich alten Kanne ein eiförmiges Teesieb. »Das ist wohl wahr.«

»Trotzdem wäre ich ein bisschen vorsichtig, was Herodot betrifft«, sagte Hannah. »Die althistorische Forschung hatte krasse Unvereinbarkeiten zwischen seinen Berichten und den Erkenntnissen neuzeitlicher Ausgrabungen festgestellt, wobei ich seine Verdienste nicht schmälern will. Er trägt den Titel *Vater der Geschichtsschreibung* nicht zu Unrecht, und ohne seine Aufzeichnungen wäre eine Fülle von historischem und geographischem Material für immer in Vergessenheit geraten.«

»Haben Sie alle seine Werke gelesen?«

»Nicht alle, aber die meisten. Für mich gehörte das zur Pflichtlektüre, weil er jahrhundertelang die einzige Quelle für die Kultur und Religion des alten Ägypten und Mesopotamien gewesen ist und ich lange Jahre dort geforscht und gearbeitet habe.«

»Sehen Sie, das ist genau der Grund, warum ich Sie hergebeten habe«, sagte Stromberg und begann Hannah und sich einzuschenken. Die Farbe war goldgelb, und von den Tassen stieg ein wunderbarer Duft auf.

»Yin Zhen, die *weißhaarige Silbernadel*«, erläuterte Stromberg auf Hannahs fragenden Blick. »Es werden nur die Blattknospen verwendet und der Tee nur an zwei Tagen im Jahr gepflückt. Etwas Zucker dazu?« Er deutete auf eine kleine Zuckerdose, in der sich dunkelbrauner Kandis befand.

»Danke, nein.« Sie nippte daran. Der Geruch hatte nicht zu viel versprochen, der Tee schmeckte wundervoll.

Stromberg nickte zustimmend, trank selbst einen Schluck und stellte die pergamentdünne Porzellantasse vorsichtig ab. »Ich komme auf Herodot, weil ich der Meinung bin, dass wir, genau wie damals bei der Entzifferung der Himmelsscheibe, mit einem Rätsel konfrontiert sind, das seinen Ursprung im Zweistromland hat.«

»Wieso das?«

»Warten Sie, ich habe es gleich.« Er blätterte bis zur Mitte des Büchleins vor und drehte es dann so, dass Hannah es sehen konnte. »Hier, lesen Sie, Abschnitt 13 bis 15. Aber bitte laut.«

Hannah setzte ihre Brille auf und überflog kurz den Titel. Historien des Herodot, Buch vier: Dareios, Skythenfeldzug und Feldzug gegen Libyen.

»Abschnitt 13 bis 15 sagen Sie? Ah, da haben wir es ja.« Sie räusperte sich.

»Auch erzählt Aristeas, der Sohn des Kaystrobios, aus

Prokonnesos, ein epischer Dichter, er sei von Phoibos begeistert zu den Issedonen gekommen; über den Issedonen aber wohnten die Arimaspen, Männer mit einem Auge, und über diesen die goldbewachenden Greifen, über diesen aber die Hyperboreer, die sich bis zum nördlichen Meer hinziehen.« Sie stockte. Sie kannte diese Textpassage. Es war einer der am meisten diskutierten und zitierten Abschnitte in Herodots Werk. Mit einem Mal war ihr klar, was Stromberg im Kopf herumspukte. Und ihr war auch klar, warum seine Wahl ausgerechnet auf sie gefallen war.

»Das ist jetzt nicht Ihr Ernst, oder?«

Der Magnat schien sich köstlich zu amüsieren. Er faltete seine Hände über dem Bauch und grinste übers ganze Gesicht.

»Warum nicht?«

»*Hyperborea?*«

»Warum nicht?«, wiederholte Stromberg seine Frage.

»Na, weil das ... weil das Unfug ist, deshalb. Selbst Herodot war dieser Meinung. Er zitiert hier einen gewissen Aristeas, einen Dichter, den er selbst, wenn man den Text mal weiterliest, als äußerst unzuverlässige Quelle erachtet.«

»Das stimmt«, räumte Stromberg ein. »Aber der Abschnitt ist trotzdem wichtig, da er die erste Erwähnung Hyperboreas überhaupt darstellt. Natürlich war Herodot ein zu schlauer Fuchs, um sich auf eine genaue geographische Ortsbeschreibung festzulegen, aber er maß den Gerüchten immerhin so viel Bedeutung bei, dass er sie in seinen Historien erwähnt.«

»Trotzdem. Herodot hat sich schon mehr als einmal als höchst unzuverlässige Quelle entpuppt. Viele Längen- und

Breitenangaben stimmen einfach nicht. Manches ist gar völliger Unsinn, wie zum Beispiel seine Beschreibung hundegroßer goldschürfender Ameisen in Indien. Aber solche Fehler schleichen sich eben ein, wenn Erzählungen mündlich überliefert werden oder – wie so oft – Wissen aus zweiter Hand verwendet wird. Manche Historiker behaupten gar, Herodot habe die Länder gar nicht selbst bereist, sondern zu Hause gehockt und die Reiseberichte anderer übersetzt und zusammengefasst, was die Ungenauigkeiten noch gravierender macht. Überdies neigt er zu farbigen Anekdoten und sparte nicht damit, fiktionale Erzählungen in seine Texte mit einzubauen. Verständlich, wenn man bedenkt, dass zu seiner Zeit die Berichte in erster Linie dazu dienten, ein staunendes Publikum zu unterhalten.«

»Und doch gibt es kaum Alternativen zu seinen Reiseberichten. Für viele Ereignisse stellte Herodot lange Jahre die einzige Quelle dar«, erwiderte Stromberg und faltete die Hände über dem Bauch. »Sie wissen genauso gut wie ich, dass Archäologie immer eine Spurensuche ist. Hier ein Fragment, da ein Fragment. Das gesamte Bild erschließt sich erst, wenn man genügend Teile beisammen hat und ein Stück zurücktritt. Ich habe hier übrigens noch ein Puzzleteil für Sie: 400 Jahre später, im 1. Jahrhundert vor Christus tritt ein anderer Mann auf den Plan: der griechische Geschichtsschreiber *Diodor*. Unter Berufung auf einen gewissen Hekataios von Milet erzählt er, dass Hyperborea eine Insel von der Größe Siziliens sei, die im Ozean jenseits des Landes der Kelten liege und mit einem milden Klima gesegnet sei. Alles grüne und blühe dort. Leto, die Mutter Apollons, sei dort geboren, weshalb Apollon dort sehr verehrt würde. Im heiligen Bezirk befände sich ein kreisförmiger Tempel, der dem Apollon geweiht sei.«

»Ja, auch diese Geschichte kenne ich«, sagte Hannah über ihre Tasse hinweg. Der Tee war inzwischen abgekühlt und gut trinkbar. »Die Überlieferung Diodors rief etliche Historiker auf den Plan, die vermuteten, es könne sich bei Hyperborea um die britischen Inseln handeln und der kreisförmige Tempel sei womöglich die megalithische Kultstätte Stonehenge.« Sie stellte ihre Tasse ab. »Vergeben Sie mir, aber ich halte das für Humbug. Mythen und Legenden, die sich über Jahrtausende zu wilden Spekulationen emporgeschwungen haben.«

»Das sagen Sie, die das Auge der Medusa gefunden und das Rätsel der Himmelsscheibe gelüftet hat?«

»Nichts habe ich gelüftet. In beiden Fällen habe ich – zugegebenermaßen – merkwürdige Dinge erlebt. Doch was es war, das ich da gefunden habe, kann ich bis heute nicht mit Bestimmtheit sagen. Im Nachhinein betrachtet, kommt es mir so vor, als hätte ich nicht alle meine Sinne beisammen gehabt.«

Stromberg verschränkte die Arme. »Das enttäuscht mich aber. Ich dachte, die Erlebnisse hätten Sie sensibilisiert – Sie empfänglich gemacht für das Mysteriöse, das Unerklärliche.«

»Das genaue Gegenteil ist der Fall«, erwiderte Hannah. »Seit diesen Tagen versuche ich mich mehr denn je an Fakten zu klammern. An Tatsachen, Beweise. Was meine bisherigen Expeditionen betrifft: Es sind Menschen gestorben, gewiss, aber habe ich irgendetwas mitgebracht, was vor einer unabhängigen Schiedskommission bestehen würde? Was irgendjemand mir glauben würde?«

»Was ist mit dem, was Sie gesehen und was Sie erlebt haben? Wir beide wissen, was geschehen ist. Wollen Sie ernsthaft behaupten, dass es bloße Einbildung war?«

Hannah zögerte. »Das muss ich wohl. Um vor mir selbst bestehen zu können und um nicht den Verstand zu verlieren, muss ich es. Wissen Sie, was man mir nachsagt? Dass ich die Gabe der Vorhersehung habe, das Zweite Gesicht.«

»Ist mir bekannt, ja. Um ehrlich zu sein, das war der Grund, warum ich Sie zu Rate gezogen habe. Techniker und Wissenschaftler habe ich genug, was mir fehlt, ist jemand mit spirituellen Instinkten, so wie Sie sie besitzen.«

»Ach, und deswegen haben Sie John außen vorgelassen. Jetzt verstehe ich.« Hannah spürte Unbehagen in sich aufsteigen. »Wissen Sie, dass Sie John damit sehr weh getan haben? Er vergöttert Sie. Mit seinem Ausschluss haben Sie nicht nur ihn verletzt, sie haben auch einen Keil zwischen uns getrieben. Wie Sie wissen, sind wir seit geraumer Zeit ein Paar ...«

»Das weiß ich, und ich freue mich auch darüber, aber es ließ sich nicht umgehen«, sagte er. »Ich musste schnell handeln. John ist zu sehr Alphatier, um sich anderen unterzuordnen, und es ist bereits ein Team vor Ort. Was ich brauche, ist jemand, der die Expedition fachlich und spirituell begleitet. Eine Art moralische Instanz, falls man auf irgendwelche unerklärlichen Phänomene stoßen sollte ...«

Hannah lächelte, aber es war ein trauriges Lächeln. Ihr war klargeworden, welche Funktion Stromberg ihr zugedacht hatte. Er brauchte eine Schamanin, eine Hexendoktorin – jemanden, der den Kaffeesatz deutete. Alles Dinge, die sie nicht wollte. Sie fühlte sich in ihrem Entschluss bestätigt.

»Ich fürchte, Sie enttäuschen zu müssen«, sagte sie. »Was Sie von mir verlangen, ist nicht möglich. Ich glaube, Sie sehen eine Person in mir, die ich nicht bin.«

»Wie darf ich das verstehen?«

»Wissen Sie, damals in der Sahara, da habe ich versucht, ein Mitglied meiner Expedition zu hypnotisieren«, sagte sie leise. »Es endete in einem Fiasko. Alle Begebenheiten, in denen ich mich auf meine übersinnlichen Fähigkeiten berief, endeten so. Ich habe einen Menschen getötet, weil ich dachte, es müsse so sein. Heute stehe ich vor Ihnen als jemand, der sich selbst und seine Fähigkeiten immer wieder auf den Prüfstand stellt. Ich tue das, weil ich gemerkt habe, dass ich besser fahre, wenn ich mich an die Fakten halte. Wenn ich nur gelten lasse, was ich sehen, hören und dokumentieren kann.«

»Dann werden Sie für mich also nicht in die Arktis reisen?«

»Das habe ich nicht gesagt ...«

»Was haben Sie dann gesagt?«

»Dass ich nicht mit dem Vorsatz in die Arktis fahre, Hyperborea für Sie zu entdecken. Ich werde dorthin reisen, um herausfinden, was es mit diesen seltsamen Gesteinsstrukturen auf sich hat. Nicht mehr und nicht weniger.«

Stromberg ließ sich zurücksinken. Er stieß einen tiefen Seufzer aus. »Danke. Das ist alles, was ich mir von Ihnen erhofft hatte.«

6

Wolfram Siebert wischte seine schweißnassen Hände an der Hose ab. Vor ihm auf dem Tisch lag sein Tablet-Computer mit den Aufnahmen der Spionkamera, daneben sein aufgeklapptes Notebook, auf dem sich eine längere E-Mail-Korrespondenz mit einem guten Freund und Kollegen vom Bernhard-Nocht-Institut für Tropenmedizin in Hamburg befand.

Das BNI war in einem beeindruckenden Ziegelbau nahe der Hamburger Landungsbrücken untergebracht und beschäftigte rund 230 Mitarbeiter. Seine Forscher waren entscheidend an der Diagnostik der *Coronaviren* beteiligt, die 2003 die lebensgefährliche Lungenerkrankung *Sars* ausgelöst hatte. Auch die Untersuchung des *Usutu-Erregers*, der in den vergangenen Jahren zu einem massenhaften Amsel-Sterben in Deutschland geführt hatte, ging auf ihr Konto.

Sieberts Freund und Schulkamerad Konrad Gräber war seit 2010 Leiter der Virendiagnostik am BNI. Ein ausgewiesener Experte für exotische Krankheiten und ein Spezialist in Sachen hämorrhagisches Fieber.

Das hämorrhagische Fieber, auch blutbrechendes Fieber genannt, war eine infektiöse Erkrankung, die mit starken kapillaren Blutungen einherging. Das Lassa- und Dengue-Fieber gehörten dazu, ebenso das Ebola- und das Hanta-Virus. Zusammen bildeten sie die schlimmsten Krankheiten, die es auf diesem Planeten gab. Und ausgerechnet in einem siebzig Jahre alten Tagebuch, geschrieben von einem Offizier der Wehrmacht, war Siebert auf Spuren dieser Krankheit gestoßen. Und nicht nur das. Wenn es stimmte, was hier zu lesen stand, konnte es sich sogar um eines der sogenannten *Pandoraviren* handeln. Ein Erreger, der – wie Gräber ihm erklärt hatte – erst kürzlich wieder in den Fokus des Interesses gerückt war und der sich auf keinen bekannten Zellstammbaum zurückführen ließ. Diese Erreger waren riesig, weshalb sie zu den sogenannten Megaviren zählten.

Siebert schüttelte sich.

Was hatten die Nazis da unter dem Eis nur getrieben? Es war so unfassbar, dass man glauben konnte, der Verfasser des Tagebuchs habe im Fieberwahn geschrieben. Nun, ganz offensichtlich war dem auch so, aber in den vorderen Abschnitten – denen, in denen er noch bei Verstand war – klang alles noch ganz nüchtern und sachlich. Wenn man nur das herausdestillierte, was faktisch nachweisbar war, blieb immer noch genug übrig, dass es einem den Atem verschlug. Offenbar hatten die Nazis eine geheime Forschungseinrichtung für Biowaffen auf Spitzbergen installiert und dabei mit Erregern experimentiert, die entweder aus Afrika oder aus Südamerika nach Deutschland geschafft worden waren. In einem der Abschnitte wurde Chile erwähnt, ein Land, das nach dem Zweiten Weltkrieg etlichen Nazis Unterschlupf gewährte. Siebert hatte keine Ahnung, ob die Erreger so lange in irgendwelchen Erlenmeyerkolben oder Petrischalen vor sich hin geschlummert hatten; fest stand, dass sie irgendwie in den Besitz der Heeresleitung gekommen waren und diese sie in die größenwahnsinnigen Pläne Hitlers mit eingebaut hatte.

Biologische Waffen, keine ganz neue Idee.

Bereits vor 3000 Jahren hatten die Hethiter verseuchtes Vieh ins Feindesland getrieben. Vor 2000 Jahren verunreinigten die Perser, Griechen und Römer feindliche Brunnen, indem sie verwesende Leichen hineinwarfen. Von skythischen Bogenschützen weiß man, dass sie ihre Pfeile mit Fäkalien, Pflanzen- und Tiergiften bestrichen. Im Jahr 1346 belagerten Tataren die Stadt Kaffa; als unter ihnen die Pest ausbrach, schleuderten sie ihre Toten über die Mauern und lösten so vermutlich die große Pestwelle in Europa aus. Die grausige Geschichte setzte sich in Nordamerika bei der Bekämpfung der indianischen Ureinwohner und später im amerikanischen Bürgerkrieg fort und mündete im verheerenden Einsatz chemischer und biologischer Waffen im Ersten Weltkrieg.

Bei seinen Recherchen hatte Siebert herausbekommen, dass die deutsche Oberste Heeresleitung ursprünglich vorgehabt hatte, Pesterreger gegen die Engländer einzusetzen, doch der Vorschlag war abgelehnt worden. Das resultierende Leid wurde als zu groß erachtet – wobei das Argument wie blanker Hohn wirkte angesichts der unzähligen Opfer, die der Kampf mit konventionellen und chemischen Waffen nach sich gezogen hatte. Zum Ende des Jahres 1917 wurde das deutsche Biowaffenprogramm weitestgehend gestoppt. Das änderte sich durch Hitlers Machtübernahme. 1940 entdeckten die Deutschen bei ihrem Einmarsch in Paris ein Forschungslabor für biologische Kriegsführung und nutzten es für ihre Zwecke. Und obwohl Hitler 1942 jegliche biologische Offensivforschung verboten hatte und das Deutsche Reich damit offiziell eine der wenigen kriegsteilnehmenden Großmächte war, die das Genfer Protokoll bezüglich biologischer Kriegsführung einhielten, wurde unter der Hand offenbar weiter mit Anthrax- und Pesterregern experimentiert. Insbesondere Heinrich Himmler war ein großer Befürworter der B-Waffen und sorgte dafür, dass die oft noch unausgereiften Kampfstoffe an KZ-Häftlingen getestet wurden. Als Hitler im Februar 1945 prüfen ließ, welche Folgen ein Austritt Deutschlands aus den Genfer Konventionen hätte, war die Produktion schon in vollem Gange und wäre auch sicher zum Einsatz gekommen, wenn nicht das Kriegsende der Sache einen Riegel vorgeschoben hätte.

Doch wie es aussah, hatten die Alliierten nur die Spitze des Eisbergs entdeckt. Sieberts Recherchen hatten ergeben, dass die wirkungsvollsten und schrecklichsten Waffen auf Spitzbergen entwickelt werden sollten. Einem Ort, der ob seiner Abgeschiedenheit besser geschützt war als jeder andere. Die Sicherheitsstandards waren nicht mit denen heutiger Labors zu vergleichen, und so dachte man sich wohl, dass, sollte einer der Erreger entfliehen, kein allzu großer Schaden angerichtet werden könne. Der Erreger, um den es ging, wurde in den Dokumenten zwar nicht näher definiert, schien aber einen Wirkungsgrad zu erreichen, der selbst die Heeresführung überraschte. Dann geschah es. Das Projekt stand kurz vor der Fertigstellung, als etwas schiefging. Offenbar war es zu einer Verseuchung gekommen, in deren Verlauf sämtliche Mitarbeiter den Tod fanden. Die Forschungseinrichtung wurde versiegelt und nie wieder geöffnet. Alle Unterlagen wurden vernichtet, das heißt alle mit Ausnahme des Tagebuchs eines gewissen Oberleutnants Karl-Heinz Kaltensporn, dessen Vermächtnis somit das einzige Zeugnis für das Grauen war, das vermutlich immer noch dort unter dem Eis lauerte. Der Name des Projekts lautete *Valhalla*.

Siebert tippte auf *senden*, schickte seine Notizen an Norman Stromberg raus und klappte das Notebook zu. Morgen oder übermorgen würde er einen detaillierteren Bericht verfassen, aber für heute war's genug. Seine Zunge klebte am Gaumen, er fühlte sich nervös und zittrig.

Ein Blick auf die Armbanduhr sagte ihm, dass es kurz nach 21 Uhr war. Zu spät, um sich noch den Magen vollzuschlagen, aber ein kleines Sandwich und ein Drink an der Bar waren noch drin. Er brauchte jetzt etwas, um sich für seinen Fund zu belohnen und seine überreizten Nerven zu beruhigen.

Auf dem Weg nach unten begegnete er niemandem. Das Hotel wirkte wie ausgestorben. Er stieg in den Lift, drückte den Knopf fürs Erdgeschoss und ließ sich nach unten tragen. Muffige Luft, einschläfernde Musik. Normalerweise benutzte er die Treppen, aber aus irgendeinem Grund war ihm heute nach Komfort und Luxus.

In der Lobby angekommen, schwenkte er nach rechts, nickte dem Mann an der Rezeption kurz zu und steuerte schnurstracks in die Bar.

Warum er seit Jahren immer wieder in diesem Hotel logierte, hatte einen Grund. Es lag nicht daran, dass die Betten so übermäßig bequem oder die Zimmer so verschwenderisch groß waren. Nein, der Grund war, dass es relativ zentral lag und über eine gut bestückte Whiskytheke verfügte. Tatsächlich war es die beste Auswahl von schottischen Single Malts, die er jemals in einem Hotel angetroffen hatte. Der Inhaber war selbst ein großer Whiskyfan und hatte seine Leidenschaft zu einer Geschäftsidee umfunktioniert. Offenbar gab es ähnliche Hotels in München und Köln, aber hier war es wirklich sinnvoll. Freiburg war eine junge, weltoffene Stadt, und es kamen viele Franzosen aus dem nahe gelegenen Elsass herüber. Ob man es glauben mochte oder nicht, aber die Franzosen waren die weltgrößte Whiskytrinkernation. Tatsächlich konsumierten sie im Jahr mehr Whisky als die Iren und die Engländer zusammen. Und so verwunderte es nicht, dass die Bar auch an diesem Abend wieder gut besucht war.

Der Anblick glänzender, hell beleuchteter Flaschen erwärmte Sieberts Herz. Er wählte einen freien Platz auf der linken Seite der Bar, von wo aus man den Raum am besten überblicken konnte, und winkte dem Mann hinter der Theke zu. Hakan, dessen türkische Wurzeln nur noch im dunklen Haar und in der gebräunten Haut zu erkennen waren, kam zu ihm herüber. Ein breites Lächeln erhellte sein Gesicht. »Herr Siebert, wie schön, Sie auch mal wieder bei uns begrüßen zu dürfen. Geschäftlich in Freiburg?«

Siebert nickte. »Recherche im *Barch*. Ich bin allerdings nur kurz hier, morgen muss ich wieder weg.«

»Schon? Wie schade. Viel zu tun gerade?«

»Das auch, aber vor allem möchte meine Frau mal wieder etwas von mir haben. Sie hat morgen Abend Gäste eingeladen und rechnet fest mit mir.«

»Dann müssen Sie unbedingt zurück. Als Hausherr haben Sie die Pflicht und die Ehre, die Gäste persönlich zu empfangen. Außerdem ist es doch schön, wenn die eigene Frau noch auf einen wartet, oder?«

»Schlimm, wenn es nicht so wäre.«

Sie lachten. Siebert kniff die Augen zusammen. »Seit meinem letzten Besuch scheint sich einiges verändert zu haben. Ein paar neue Flaschen im Angebot, wie ich sehe?«

»Ist ja auch schon eine Weile her, dass Sie das letzte Mal hier waren. Lassen Sie mich sehen ...«

Hakan wusste, worauf Siebert stand. Würzige, volle Whiskys von den Inseln, aber ohne das penetrante Torfraucharoma, das die Liebhaber von Brennereien wie Lagavulin, Laphroaig oder Caol Ila so schätzten. Für Siebert war das allenfalls etwas, um den Motor zu reinigen, oder wenn er sich nach einem Spaziergang mit seinem Hund bei schneidender Kälte wieder aufwärmen wollte. Hakans Finger wanderten über das Sortiment und machten dann bei einer schwarzen, untersetzten Flasche halt.

»Hier habe ich etwas für Sie. Ein Bunnahabhain, 18 Jahre. Schon mal gekostet?«

Siebert schüttelte den Kopf. Er hatte vor Urzeiten mal den 12er getrunken und ihn als ganz brauchbar in Erinnerung behalten.

»Der ist sensationell. Wollen Sie ihn versuchen?«

»Gerne. Überraschungen bin ich nie abgeneigt.«

Hakan griff nach der Flasche, entkorkte sie, nahm ein Nosingglas zur Hand, füllte einen kleinen Schluck vom billigen J&B hinein und schwenkte das Glas damit aus. Dann goss er den Inhalt in den Ausguss und achtete darauf, dass möglichst nichts davon zurückblieb. Dann füllte er gut einen Fingerbreit Bunnahabhain hinein. Siebert genoss die Zeremonie. Nicht nur, dass man hier die richtigen Gläser bekam, nein, auch das Ausschwenken des Glases mit einem neutralen Blend war ein Service, der nur selten geboten wurde. Der Sinn dahinter war klar: Frisch gespülte Gläser besaßen einen penetranten Eigengeruch, der die filigranen Aromen eines alten Whiskys überlagern konnte. Aber welcher Barmann wusste das schon?

»Et voilá«, sagte Hakan und stellte das Glas vor ihm ab. Wie es sich gehörte, servierte er den Whisky ohne Eis.

»Möchten Sie dazu noch etwas essen? Ein paar Salzstangen vielleicht, oder Erdnüsse?«

»Ich hätte tatsächlich noch etwas Appetit. Aber nicht so etwas Fettes. Ein kleines Sandwich vielleicht. Mit Schinken und Käse.«

»Gerne. Ich lasse es Ihnen an dem Tisch vorne servieren.« Wusch, weg war er.

Gutes Personal ist Gold wert, dachte Siebert, seine Nase tief ins Glas haltend. Die Hotelbar stand und fiel mit dem Mann oder der Frau hinter der Theke. Oh, ja, Hakan kannte ihn gut. Das hier war genau seine Baustelle. Genießerisch schloss er die Augen.

»Barch, hä?«

Siebert drehte den Kopf. »Wie bitte?«

Von ihm aus gesehen schräg gegenüber, auf der anderen Seite der Bar, saß ein Mann mit einem Wodkaglas vor sich auf dem Tresen. Unscheinbarer Anzug, sauber gescheiteltes Haar, getönte Brille, Bart. Typ: Außendienstler. Siebert fand, dass er ziemlich große Hände hatte.

»Ich sagte *Barch*. Bundesarchiv. Interessieren Sie sich für Militärgeschichte?«

»Kann sein ...«

»Bitte verzeihen Sie, aber ich konnte eben hören, wie Sie das Wort verwendeten. Sind Sie von der Bundeswehr?«

»Nein, Historiker. Aus Potsdam.«

»Potsdam? Da sind Sie aber weit weg von zu Hause. Was forschen Sie denn?«

Siebert überlegte fieberhaft, wie er den Kerl loswerden könnte. Er hatte keine Lust, über seinen Job zu reden, schon gar nicht mit einem Fremden. Nicht nachdem, was er heute erfahren hatte. Zum Glück kam Hakan in diesem Moment wieder. »Ist alles geregelt, Herr Siebert. Sandwich kommt gleich.«

»Prima. Übrigens: ausgezeichnet, Ihr Whisky.«

»Sie haben ihn doch noch gar nicht probiert«, schaltete sich der Typ von gegenüber wieder ein. »Nastorowje.«

Er leerte seinen Wodka in einem Zug und gab Hakan Zeichen, er möge nachschenken.

»Zum Wohl«, murmelte Siebert und nippte an seinem Glas.

Der Whisky war wie erwartet fabelhaft. Ganz im Gegensatz zu der Gesellschaft. Um einem weiteren unangenehmen Gespräch zu entfliehen, nahm Siebert sein Glas und setzte sich schon mal an den Tisch. Das Portemonnaie drückte ihn, und er legte es neben sich. Der Zipfel eines Kärtchens schaute heraus. Als er daran zog, kam ein Visitenkärtchen mit der Anschrift des Bundesarchivs hervor. Darüber der Name:

Marlies Schneider. Darunter handschriftlich eine Handynummer. Soso.

Grinsend nippte er an seinem Whisky. Sein Gefühl hatte ihn nicht getrogen. Wenn eine Frau einem ihre Handynummer aufschrieb, konnte das nur eines bedeuten. Sollte er aufstehen und sie noch anrufen? Er spürte eine leise Erregung in der Leistengegend.

Er blickte auf die Uhr. Knapp halb zehn. Eigentlich keine Zeit, um sich noch bei jemandem zu melden. Hinzu kam, dass er das eigentlich nicht verantworten konnte. Nicht weil er verheiratet war – das auch –, aber mehr noch plagte ihn der Gedanke, dass ihm etwas herausrutschen könnte, dass er sich verplapperte.

Er war da einer heißen Sache auf der Spur, und je weniger davon wussten, desto besser. Hinzu kam, dass er unerlaubt Dokumente kopiert hatte. Wenn das herauskam, drohte ihm Hausverbot. Blieb immer noch, aufs Zimmer zu gehen und sich beim Gedanken an Marlies' große Brüste einen runterzuholen.

»Sieht aus, als wären Sie fündig geworden, eh?«

Siebert schrak aus seinen Träumen und blickte zur Bar. Der Kerl hockte ja noch immer da. Wie ein Raubvogel starrte er ihn an und deutete dabei auf die Karte. »Bundesarchiv. Ich erkenne das Logo.« Er sprach mit leichtem Akzent, den Siebert aber nicht recht zuordnen konnte. Osteuropäisch, möglicherweise russisch. Wie auch immer: Der Typ war lästig. Siebert änderte spontan seine Pläne und stand auf. »Ich bin recht müde. Würden Sie mir das Sandwich nach oben bringen? Ich würde gern auf dem Zimmer essen«

»Kein Problem. Wollen Sie wirklich schon gehen? Ich hätte noch ein paar andere gute Whiskys im Ausschank.«

»Glaube ich sofort. Aber ich muss. Leider. War ein harter Tag. Schreiben Sie beides einfach auf mein Zimmer, okay? Nummer 211.«

»Wird gemacht, Herr Siebert. Hat Ihnen der Bunnahabhain geschmeckt?«

»Ausgezeichnet, Hakan. Eine echte Empfehlung, danke.«
Er trank schnell den letzten Rest aus und verließ die Bar.

In seinem Zimmer angekommen, schloss er die Tür und legte die Kette vor. Endlich allein. Kurz das Notebook aufgeklappt und geschaut, ob die Mail durchgegangen war. Alles bestens. Siebert schaltete den Fernseher ein und hatte es sich gerade auf dem Bett gemütlich gemacht, als es an die Tür klopfte.

»Herr Siebert? Ich bin's, Hakan. Ich habe Ihr Sandwich.«

»Ich komme, Hakan, einen Moment.« Rasch stellte er den Ton leise und stand auf. Er entfernte die Kette und wollte dem Barmann für seine Aufmerksamkeit danken, als dieser ihm die Tür ins Gesicht trat. Der Schlag war so heftig, dass Siebert nach hinten taumelte. Der Schmerz ließ ihn fast erblinden. Sterne explodierten in seinem Kopf. Dort, wo seine Nase sein sollte, befand sich eine glühende Supernova. Seine Hand fuhr ins Gesicht und berührte das zermalmte Nasenbein. Er schrie auf. Seine Beine gaben nach. Mit einem schwachen Wimmern sank er auf die Knie. Wie durch einen Schleier sah er, wie Hakan das Zimmer betrat. Hakan? Nein, der Mann war eindeutig größer. In seiner Hand hielt er etwas, aber das war gewiss kein Teller.

»Ha...kan?«

»Guten Abend, Doktor Siebert«, sagte der Mann, nun nicht mehr mit der Stimme des Barkeepers, sondern seiner eigenen.

Langgezogene Vokale, osteuropäischer Akzent. Der Mann aus der Bar. Und das Ding in seiner Hand war eine Pistole.

Siebert atmete schwer. »W... was w...wollen Sie?«

»Nur die Ruhe.« Der Mann schloss die Tür und legte die Kette vor. »Wo sind die Aufnahmen, die du heute gemacht hast?«

»A... Aufnahmen?«

»Die Fotos. Aus dem Bundesarchiv. Wo sind die?«

Woher wusste der Kerl davon? Siebert traute sich nicht zu fragen. Die Mündung der Waffe war genau auf seinen Schädel gerichtet. War das ein Schalldämpfer vorne auf dem Lauf?

»Da ... da drüben.« Er deutete in Richtung seines Schreibtischs.

»Das Notebook?«

Siebert nickte. Seine Nase war eine glühende Esse.

In diesem Moment klopfte es an die Tür. »Herr Siebert, hier ist Hakan. Ich habe Ihr Abendessen.«

Siebert spürte einen scharfen metallischen Schmerz an der Schläfe. Der Fremde drückte ihm den Lauf der Waffe an den Kopf und hielt dabei den Finger auf seine Lippen gepresst. In seinen Augen war eine unverhohlene Drohung zu sehen. Siebert unterdrückte den Wunsch zu schreien. Er wusste, dass das seinen sofortigen Tod bedeutet hätte.

»Herr Siebert?«

Der Druck der Waffe erhöhte sich.

Siebert wusste nicht, was schlimmer war: der Schmerz oder seine Hilflosigkeit. Wenn er Hakan doch nur irgendein Zeichen geben könnte. Aber der Moment verstrich, und er konnte hören, wie der Hotelangestellte zurück zum Aufzug ging. Eine einzelne Träne lief über Sieberts Wange.

»Gut gemacht, Bürschchen. Bist heller, als ich dachte.«

Der Kerl griff sich den Laptop, nahm auch den Tablet-Computer und steckte beides in seinen Rucksack. Die Pistole blieb auf Sieberts Kopf gerichtet. »Die Kamera?«

»I... in meinem Koffer.«

Mit präzisen, kraftvollen Schritten durchquerte der Kerl den Raum und durchwühlte den Trolley. Mit nur wenigen Handgriffen hatte er sie gefunden. »Die hier?«

Siebert nickte.

Rasch wurde alles im Rucksack verstaut. »War's das?«

»Wie meinen Sie ...?«

»Ob das alles war?« Der Typ kam wieder bedrohlich nah, die Waffe direkt gegen seine Schläfe gerichtet.

»Ob das alle Fotos waren? Ja, das waren alle. Hab sonst keine mehr.«

»Handy?«

»Können Sie haben, liegt da drüben neben dem Telefon. Ist aber nichts drauf.«

»Na gut.« Der Mann griff sich ins Gesicht, nahm Brille, Perücke und Bart ab und verstaute alles in seinem Rucksack. Siebert vergaß vor Entsetzen zu atmen. Eine gefälschte Identität. Der Mann, der darunter zum Vorschein kam, hatte keinerlei Ähnlichkeit mit dem Kerl an der Bar. Niemand würde ihn erkennen, wenn er das Hotel verließ.

»Wer sind Sie?«, stammelte er. »Was wollen Sie? Ich verlange eine ...«

»Schnauze.«

Der Knall war leise und trocken und tötete Wolfram Siebert auf der Stelle.

7

Die Boeing 737, die im Auftrag der Fluggesellschaft *Norwegian Air Shuttle* von Oslo nach Longyearbyen durch die winterliche Nacht glitt, war nur zur Hälfte besetzt. Arbeiter, Familienangehörige, ein paar Touristen mit Taschen, auf denen der Name eines größeren Reiseveranstalters zu lesen war. Der Flug war um 22:30 Uhr gestartet und würde planmäßig auf Spitzbergen um 01:25 Uhr eintreffen. Hannah war viel zu aufgeregt, um schlafen zu können; so versuchte sie, den Flug zu nutzen, um sich ein paar Eckdaten ins Hirn zu pauken. Sie schlug ihren Reiseführer auf.

Hier stand, dass Svalbard (deutsch: *Kalter Rand*) fünf Inseln umfasste, die nördlich des Polarkreises zwischen dem 74. und 81. Breitengrad lagen. Vier Nordmeere trafen hier aufeinander: die Grönlandsee, das Europäische Nordmeer, die Barentssee und das Nordpolarmeer. Bei einer Jahresdurchschnittstemperatur von minus viereinhalb Grad tauten die Küstenregionen nur im Sommer für etwa sechs Wochen auf. Verdammt kalt, bedachte man, dass Hannah ihr halbes Leben in tropischen und wüstenhaften Gegenden verbracht hatte. Doch es kam noch schlimmer: Von Mitte Oktober bis Anfang März herrschte die Polarnacht, die Sonne stieg dann bis maximal knapp unter den Horizont, ehe sie wieder versank. Viereinhalb Monate Finsternis – da blieb einem ja kaum etwas anderes übrig, als zum Alkoholiker zu werden.

Die Insel selbst war allerdings faszinierend. Spitzbergen galt als das »größte Labor der Erde« – viele Nationen durften hier Arktis- und Klimaforschung betreiben. Die Gründe dafür waren in der wechselhaften Geschichte des Archipels zu sehen. Auf die Robben- und Walfänger aus Holland, England, Deutschland und Dänemark, die über Hunderte von Jahren hinweg hierherkamen, folgten die russischen Pelztierjäger sowie die norwegischen Trapper und Fallensteller. Die Jagd nach Tran, Fleisch und wertvollen Pelzen brachte gutes Geld und rief Abenteurer und skrupellose Wilderer auf den Plan. Dann wurde das schwarze Gold entdeckt – die Kohle. Die Vorkommen auf Spitzbergen waren heiß begehrt, denn sie zählten zu den besten weltweit. Die Kohle dort war so rein, dass sie nicht zur Energiegewinnung, sondern ausschließlich für die Stahlverarbeitung verwendet wurde. Amerikanische, russische, schwedische und norwegische Unternehmen beteiligten sich an der Förderung und erzielten riesige Profite. Warum auch heute noch die meisten Menschen auf Spitzbergen vom Kohlebergbau lebten, war einfach zu erklären: Die Erde war nackt. Weder Bäume noch Gebüsch bedeckten den Boden, und die Schneedecke schwand im Sommer. Das hieß, dass sich die Bodenformationen in den vier Monaten, während die Polarsonne schien, wie ein Buch lesen ließen.

Doch die Tage der Kohle waren gezählt. Wissenschaftlichen Schätzungen zufolge würden die Reserven in 20 bis 25 Jahren erschöpft sein. Grund genug für die norwegische Regierung, nach alternativen Einnahmequellen zu suchen. Massentourismus schied aufgrund der schwierigen Wetterbedingungen und des empfindlichen Ökosystems aus, deshalb setzte man lieber auf wissenschaftliche Aktivitäten. Beobachtungen der nordpolaren Stratosphäre, Meeresbiologie, Gletscherkunde, Biologie und Ökologie, aber auch der Aufbau des *Svalbard Global Seed Vault*, einer modernen Arche Noah für Nutzpflanzen, gehörte dazu. Das spülte zwar nicht besonders viel Geld in die Kassen, brachte dem Land aber internationales Prestige. Und das war wichtig für Norwegen.

Hannah war überrascht zu lesen, dass die Eigentumsverhältnisse auf den Inseln keineswegs so eindeutig waren, wie Norwegen das gerne darstellte. Gewiss, laut dem Spitzbergenvertrag vom 9. Februar 1920 besaßen die Norweger noch immer die Souveränität über den Svalbard-Archipel, doch die Verwaltung implizierte nicht automatisch das Recht, die Rohstoffvorkommen, also Kohle, Öl und die reichhaltigen Fischgründe innerhalb der Zweihundert-Meilen-Zone, auszubeuten. Besonders das Öl hatte es den Norwegern angetan. Russischen Forschungsergebnissen zufolge befand sich vor der Westküste Spitzbergens ein Vorkommen in der Größenordnung von 60 Millionen Tonnen Rohöl. Auch auf der östlichen Seite, westsüdwestlich vom Franz-Josef-Land, waren reiche Funde gemacht worden. Im Mai 2012 hatten die norwegische *Statoil* und die russische *Rosneft* in Moskau einen Vertrag über ein Ölfeld im russischen Teil der Barentssee abgeschlossen. Im lizenzierten Gebiet sollte Öl im Wert von 35 bis 40 Milliarden US-Dollar stecken. Grund genug für Norwegen, die Eigentumsverhältnisse im Unklaren zu lassen. Wäre den Partnern bei der Vertragsschließung 1920 bewusst gewesen, welche Schätze da im Erdinneren lagern, die Verhandlungen wären sicher anders verlaufen.

Nur rund 1800 Menschen lebten in der Hauptstadt Longyearbyen, noch einmal 400 drüben im russischen Barentsburg.

Dann waren da noch etwa 200 Grubenarbeiter, die von Ort zu Ort zogen, und ein paar Forscher, von denen aber nur die wenigsten während der dunklen Wintermonate blieben.

Spitzbergen war Eisbärenland.

Laut Reiseführer lebten hier 3000 dieser beeindruckenden Tiere – mehr als Menschen. Es hieß, dass überall Warnschilder stünden, die einen auf eine Begegnung mit den weißen Riesen vorbereiteten. Die Gefahr war anscheinend allgegenwärtig. Jederzeit musste damit gerechnet werden, dass ein Eisbär auftauchte; weshalb es auch unter Strafe stand, außerhalb der Siedlungen ohne Gewehr oder bewaffneten Führer unterwegs zu sein. Selbst in den Siedlungen war man nicht sicher. Die Mülltonnen und Türen besaßen spezielle Eisbärensicherungen, die Kinderspielplätze waren hoch umzäunt. Nicht dass es hier besonders viele Kinder gab, aber während der langen Wintermonate, in denen die Nahrung knapp wurde, zog es die großen Raubtiere in die Nähe der Häuser. Und Kinder schienen für Bärennasen nun mal besonders schmackhaft zu riechen.

Hannah verkroch sich unter ihrer Decke, nippte an ihrem Tee und las weiter.

Eisbären standen ganzjährig unter Schutz, genau wie Robben, Rentiere und Polarfüchse. Überhaupt glich Svalbard einem riesigen Nationalpark, in dem Übertretungen der Umweltschutzgesetze mit zum Teil drakonischen Strafen geahndet wurden. So blieb Spitzbergen ein beliebtes Ausflugsziel für Abenteurer, Eigenbrötler und Kältefreaks. Vor allem Skandinavier nutzten das Angebot von Tagesreisen, denn hier konnte man winterliche Touren mit Hundeschlitten oder Snowscootern in gigantischer Eisbergkulisse machen oder sich mit dem Helikopter einfach mal schnell zum Nordpol bringen lassen.

Hannahs Blick wanderte in die pechschwarze Nacht hinaus. Nicht zum ersten Mal kamen ihr Zweifel an dieser Mission. Was hatte sie nur hier verloren? Sie war eine Sonnenanbeterin und liebte die Wärme. Sie fror bereits, wenn die Temperatur unter 20 Grad sank. Außerdem liebte sie das Licht. Die Vorstellung, ein halbes Jahr in Dunkelheit verbringen zu müssen, jagte ihr Schauer über den Rücken.

Aus der Distanz betrachtet, hatte die Sache noch ganz amüsant gewirkt. Jetzt war es nur noch lächerlich. Hyperborea, Atlantis, *Herodot* – im Ernst jetzt? Welcher Wissenschaftler mit Ansehen und Reputation würde aufgrund einer solchen Faktenlage zu einem Abenteuer aufbrechen? Aber mit ihr konnte man es ja machen.

Sie fühlte sich bedrängt. Stromberg hatte ihr mit seiner unnachahmlichen Art das Messer auf die Brust gesetzt. Er war ein Meister der Diplomatie, so viel war sicher. Sie genoss sein Wohlwollen, aber nur so lange sie tat, was er von ihr erwartete. Seinen Wünschen nicht zu entsprechen war ein Luxus, den sie sich nicht leisten konnte. Niemand konnte das. Und hieß es nicht über die Diplomatie, dass es die Kunst sei, jemanden so zur Hölle zu schicken, dass er sich auf die Reise freute? Genau so kam sie sich jetzt vor. Auf dem Weg in eine kalte, dunkle Hölle.

Hannah seufzte. So gern sie einen Rückzieher gemacht hätte, es war zu spät, um jetzt noch auszusteigen.

In diesem Moment knackte der Lautsprecher über ihrem Kopf. Die Stimme des Piloten erklang: »*Ladies and gentle-*

men, as we start our descent to Longyearbyden Airport, please make sure that your seat backs and tray tables are in their full upright position ...«

Hannah folgte den Anweisungen, räumte ihre Bücher fort und blickte aus dem Fenster. Rabenschwarze Nacht. Wenn dort unten wirklich eine Siedlung war, hatte man bereits alle Lichter gelöscht. Sie lehnte sich zurück, schloss die Augen und behielt sie so lange geschlossen, bis die Maschine mit einem Ruck aufsetzte.

Sie war angekommen.

8

Die Zimmer in *Edda's Polarrigg* waren klein, sauber und einfach. Ein Bett, ein Sessel sowie ein hässlicher Couchtisch aus gelblich angelaufenem Kiefernholz. Dazu ein Bad sowie ein mickriger Fernseher, den Hannah aber ausgeschaltet ließ, weil sie inzwischen tatsächlich sehr schläfrig geworden war. Jetzt, da die Anspannung von ihr abfiel, legte sich die Müdigkeit wie ein Schleier über ihre Augen. Von ihrem Team hatte sie bisher weder etwas gesehen noch gehört. Niemand, der sie abgeholt oder begrüßt hätte, aber das stellte für sie kein Problem dar. Schließlich war sie ein großes Mädchen und kam gut allein zurecht. Blieb abzuwarten, wie es morgen weitergehen würde. Jetzt gab es für sie nur noch drei Dinge zu tun: Zähneputzen, Pyjama an und ab ins Bett.

Irgendwann wachte sie auf. Ein Blick auf die Uhr sagte ihr, dass bereits neun vorbei war. Hatte sie wirklich so lange geschlafen? Draußen war es stockfinster, sah man mal von einem bläulichen Schimmer knapp über dem Horizont ab. Richtig, dachte sie, Polarnacht. Wie manche Menschen das bloß aushielten?

Sie setzte sich auf, streckte die Arme und gähnte herzhaft. Keine Frage: Sie war ausgeruht und munter. Sie brauchte nicht mehr so viel Schlaf wie früher. Ein leichtes Ziehen im Bauch, verspannte Schultern, das war alles, was von der beschwerlichen Fahrt übrig geblieben war. Selbst den Jetlag steckte sie inzwischen ganz gut weg.

In Rekordzeit hatte sie sich gewaschen und angezogen und machte sich auf den Weg zum Frühstück.

Edda, die Wirtin, war eine kräftige, rotbäckige Frau mit wallend roten Haaren und einem Faible für schräge Pullover. Das Ding an ihrem Körper schien aus Unmengen von Wollresten gefertigt zu sein und war eine Beleidigung für das Auge. Andererseits passte es zu ihrem Charakter, denn die Frau war selbst laut, fröhlich und völlig chaotisch.

Nachdem Hannah zwei Spiegeleier mit Brot verdrückt und eine dritte Tasse Kaffee getrunken hatte, hatte sie Edda bereits in ihr Herz geschlossen. Mit ihrer Vorliebe für schräge Farben und Muster bot sie eine willkommene Abwechslung zu der spartanisch eingerichteten Herberge, in der alle Gegenstände aus demselben fleckigen Kiefernholz zu bestehen schienen. Außer ihr waren noch drei weitere Gäste im Frühstücksraum. Alles Russen, wie es schien. Vermutlich war das auf Spitzbergen schon ein Volksauflauf. Hannah beendete ihr Frühstück und wollte gerade aufstehen, als Edda angesaust kam und ihr etwas in die Hand drückte.

»Bitte entschuldigen Sie«, sagte sie in holperigem Englisch. »Ich habe noch etwas für Sie. Ich wollte es Ihnen eigentlich eher geben, aber gestern Nacht war es zu spät, und heute Morgen habe ich es vergessen. Zu viel zu tun. Sie sehen ja, was hier los ist.«

Hannah blickte auf den Zettel, den Edda ihr hinhielt. Er kam ohne Umschlag und war für jedermann gut zu lesen. Oben das Logo einer Forschungseinrichtung, darunter die handschriftliche Notiz, dass das Team bereits aufgebrochen und vor Ort sei. Die Nachricht endete mit der trockenen

Aufforderung, sie solle sich zur Verfügung halten. Unterschrieben war das Ganze mit: *beste Grüße, Leif Gjertsen, Einsatzleiter.*

Hannah las die Botschaft ein zweites Mal.

Was für eine Enttäuschung. Das Team war bereits aufgebrochen, ohne auf sie zu warten? Die wussten doch, wann ihr Flug eintreffen würde. Sie presste die Lippen zusammen.

Edda warf ihr einen mitfühlenden Blick zu. »Beschissener Start auf unserer kleinen Insel, nicht wahr?« Sie zuckte die Schultern. »Ich hab's gelesen, ließ sich nicht vermeiden. Sie haben es vorgestern abgegeben.«

»Was soll ich denn jetzt machen?« Hannah hätte am liebsten gleich wieder ihre Sachen gepackt und den nächsten Flieger zurück genommen. Aber Edda lächelte und sagte: »Mach dir nichts draus, hier gehen die Uhren eben etwas anders. Schau dir unsere wunderbare kleine Stadt an, lauf ein bisschen herum und erkunde die Gegend. Ich würde dich ja begleiten, aber du siehst ja, was hier los ist.« Sie kam etwas näher und flüsterte Hannah ins Ohr. »Schon komisch, um diese Zeit habe ich fast nie Gäste. Diese Russen sind wirklich merkwürdige Typen. Sind normalerweise alle drüben in Barentsburg, keine Ahnung, warum sie sich jetzt hier breitmachen. Na, wie auch immer: Ich empfehle dir einen Besuch in der Kirche. Da gibt es immer guten Kuchen. Und lass den Kopf nicht hängen, es wird sich schon alles finden, das tut es immer.« Mit einem Lachen drehte sie sich um und versorgte die Russen mit frisch gebrühtem Kaffee.

Hannah ging noch einmal kurz auf ihr Zimmer, versuchte erst Stromberg, danach John über Handy zu erreichen, gab aber auf, als sie merkte, dass ihr Provider die Verbindung nicht zustande brachte. Vielleicht musste sie an den Einstellungen etwas verändern, doch das konnte warten.

Sie zog sich warm an, setzte Mütze und Kapuze auf, winkte Edda zum Abschied und verließ das Hotel.

Draußen war es mittlerweile etwas heller geworden. Nicht so hell wie an einem wolkenverhangenen Tag, aber doch ausreichend, um ein paar Einzelheiten erkennen zu können. Über der schneebedeckten Landschaft mit ihren Bergen und Eisflächen wölbte sich ein blau-schwarzer Himmel. Die Luft war klar und kalt. Ein eisiger Wind pfiff durch die Straßen und sorgte dafür, dass die Menschen mit eingezogenen Köpfen die nächstgelegene Behausung aufsuchten. Die meisten waren sowieso auf vier Rädern unterwegs.

Dafür, dass Spitzbergen nur über ein fünfzig Kilometer langes Straßennetz verfügte, gab es erstaunlich viele Autos. SUVs, Pick-ups und Kleinlaster zockelten über den rissigen Asphalt, während ein Räumfahrzeug mit gelb blinkenden Warnleuchten dafür sorgte, dass die Straßen vom Schnee befreit wurden.

Hannah wandte sich nach rechts, dem Ortsteil entgegen, von dem sie glaubte, dass es das Zentrum sein könnte. Doch wirklich fündig wurde sie nicht. Ein paar kleinere Läden, ein Supermarkt und ein Souvenirgeschäft, das war's.

Longyearbyden war klein. Viel kleiner, als sie sich das vorgestellt hatte. Über den Daumen gepeilt an die hundert Häuser standen bunt zusammengewürfelt am tiefsten Punkt eines langgezogenen Tals, das rechts und links von hoch aufragenden Bergen flankiert wurde. Der Flughafen und ein Campingplatz befanden sich weiter westlich am Saum des Adventfjordes, während die eigentliche Siedlung ein wenig ins südliche Inland gebaut war. Die Häuser waren kaum mehr als farbige Container mit flachen Giebeldächern. Die meisten bestanden aus Holz und waren ebenerdig gebaut, doch es gab auch ein paar Steinhäuser, die auf Pfeilern standen. Vermutlich, weil das Tauen und Gefrieren Bewegungen in den obersten Bodenschichten verursachte, die zu Rissen im Mauerwerk führen konnten. Rot, Blau und Weiß schienen die vorherrschenden Farben zu sein, doch im Licht der schaukelnden Natriumdampflampen wirkten die Gebäude gelb und schmutzig.

Es dauerte keine Viertelstunde, bis sie alles gesehen hatte. Und nun? Hunger hatte sie keinen und einkaufen wollte sie auch nicht, obgleich es sie schon interessierte, welche Waren hier angeboten wurden. Dem Rat der Wirtin folgend, drehte sie um und schwenkte auf die westliche Bergkette zu. Schilder sprachen von einer Kirche und einem Museum, in dem sich etwas über die Geschichte Svalbards erfahren ließ. Ihre Kapuze zu einer kleinen Öffnung zusammenschnürend, machte Hannah sich auf den Weg.

Sie hatte kaum die letzten Häuser hinter sich gelassen, als sie dem ersten Rentier begegnete. Friedlich grasend stand es am Straßenrand und hob den Kopf, als Hannah sich näherte. Das Räumfahrzeug hatte einen Teil des Seitenstreifens freigelegt, und das Grün war hervorgekommen. Hannah blieb stehen. Nicht dass sie sich vor dem Rentier fürchtete, aber wie war das doch gleich mit den Eisbären? Hieß es nicht, man dürfte die Stadtgrenze auf keinen Fall ohne ausreichende Bewaffnung verlassen? Gut, sie war noch nicht außerhalb der Stadtgrenze, aber es war einleuchtend, dass die großen Raubtiere sich nicht von der gedachten Linie abschrecken ließen.

Das Rentier senkte seinen Kopf und fraß weiter. Seine Ruhe und Ausgeglichenheit überzeugten Hannah, dass keine unmittelbare Gefahr drohte, wenngleich sie dieses mulmige Gefühl nicht gänzlich verdrängen konnte.

Die *Svalbard Kirke* war ein langgezogener Holzbau, vor dem, an einem hohen Mast, die norwegische Flagge wehte. Das eigentliche Kirchhaus war etwas nach hinten versetzt und überragte das Tal mit seinem spitzen Giebel und seinem steilen Holzturm. Von hier oben hätte man sicher einen phantastischen Blick über das Tal und die Siedlung. Die vielen Lichter, das dunkelblaue Dämmerlicht und die Sterne darüber – ein unwirklicher Anblick. Fast, als befände man sich auf einem anderen Planeten.

Hannah nahm die Stufen zum Eingang, öffnete die Tür und trat ein.

Der plötzliche Windstoß wirbelte ihr den Geruch von Kaffee und Bohnerwachs entgegen. Ein großes Regal rechts vom Eingang und ein kleines Schild in mehreren Sprachen ermahnten den Besucher, die Schuhe auszuziehen und Hausschuhe zu benutzen. Hannah folgte den Anweisungen und schlüpfte in die angebotenen grauen Filzpantoffeln.

Das Innere der Kirche war ernüchternd. Ein hölzerner Altar mit traditionellem Wandgemälde, zwei weiße Kerzen, davor neun Reihen violett bespannter Stühle. Alles sehr spartanisch. Allenfalls das steil aufragende Dach und der

Kronleuchter waren bemerkenswert. Das Ganze wirkte eher wie die Bühne in einem Provinztheater als wie ein Ort der Stille und der Andacht. Doch was die Stille betraf, so gab es davon mehr als genug. Sie war die einzige Besucherin. Ein ausgestopfter Eisbär in der Ecke und ein einfaches Klavier waren die einzigen Lichtblicke in dieser öden Begegnungsstätte, in der helles Kiefernholz und Spitzendeckchen dominierten. Hannah wollte schon die Biege machen, als sie von einer älteren Frau entdeckt wurde, die gerade aus der Küche kam und selbstgebackenen Kuchen hereintrug. Als sie sah, dass jemand da war, huschte ein Strahlen über ihr Gesicht, und sie winkte ihr zu. Hannah brachte es nicht übers Herz, sie einfach stehen zu lassen, und folgte der Einladung. Sie verstand zwar kein Wort von dem, was die Frau sagte, aber so viel war klar: Sie musste jetzt ein Stück von dem Kuchen probieren. Also setzte sie sich auf einen dieser unsäglichen Kiefernholzstühle, bestellte noch einen Tee und verzehrte das Stück Nusskuchen mit Aprikosenaufstrich. Die Frau stand die ganze Zeit über bei ihr und wartete, bis sie aufgegessen hatte. Erst als Hannah sich den Mund abwischte und das Zeichen für *okay* machte, räumte sie glücklich lächelnd das Feld.

Hannah nippte an ihrem Tee und dachte an John. Wie gerne hätte sie ihn jetzt bei sich gehabt! Alles war erträglicher, wenn er bei ihr war. Sie hätten Witze gemacht, gelacht, sich über die Möbel und die Hausschuhe amüsiert und vielleicht sogar ein paar Brocken Norwegisch gelernt, um sich mit der ortsansässigen Bevölkerung zu unterhalten. Doch allein konnte sie sich dazu nicht aufraffen.

Auf das Selbstmitleid folgte der Zorn. Was hatte Stromberg

sich nur dabei gedacht, sie hier versauern zu lassen? Was war das für ein Team, das einfach ohne sie aufbrach, obwohl man doch wusste, dass sie kommen würde? Was sollte sie hier überhaupt? Anstatt ihrer eigenen Forschung nachzugehen, hockte sie jetzt hier am Arsch der Welt, aß trockenen Rührkuchen und trank billigen Earl Grey.

Sie stand auf, legte 30 Kronen auf den Tisch und verließ die Kirche. Ihr Entschluss stand fest: Wenn sie bis heute Abend keine Nachricht von Stromberg oder dem Team erhalten hatte, würde sie morgen früh den nächsten Flieger zurück zum Festland nehmen. Ihre Zeit war zu kostbar, um sie hier auf diesem öden Eiland zu verplempern.

Kaum zurück im Hotel, erwartete sie eine Überraschung.

Edda führte Hannah in den Frühstücksraum, wo ein junger Mann in blauer Uniform auf sie wartete. Als sie eintrat, sprang er auf und reichte ihr seine Hand.

»Dr. Peters?«

»So ist es.«

»Mein Name ist Sven. Ich bin hier, um Sie zum Basislager zu bringen. Leif Gjertsen, unser Einsatzleiter, hat mich beauftragt, Sie abzuholen. Er bittet vielmals um Entschuldigung für die Verzögerung. Schlechtes Wetter ist im Anmarsch, deshalb mussten wir mit den Vorbereitungen beginnen. Wie schnell können Sie aufbrechen?«

Hannah spürte, wie sich ihre Wut in nichts auflöste. Endlich ging es los!

Sie lächelte. »Geben Sie mir fünf Minuten.«

9

Es war dunkel geworden in der Tempelstadt Angkor. Nur im Camp der Archäologen brannte noch Licht. Musik erklang aus den Lautsprechern, und von der Kantine wehten Essensgerüche herüber.

Johns Hütte bestand nur aus einem einzigen Raum, gerade groß genug zum Schlafen und um sich zu waschen. Von einem Querbalken hing ein Moskitonetz auf sein Bett herab. Das Bad war durch eine freistehende Wand abgetrennt und umfasste ein Waschbecken, eine Toilette und eine Dusche. Nichts Aufwendiges und ziemlich basic, aber vollkommen ausreichend. Verglichen mit den Löchern, in denen er schon gehaust hatte, war das hier der pure Luxus.

Seit Hannah fort war, hatte er sich nicht mehr rasiert. Sein Bart war mittlerweile einige Millimeter lang und ließ ihn ziemlich rauhbeinig aussehen. Eigentlich hatte er beschlossen, ihn als Zeichen seines verletzten männlichen Stolzes wachsen zu lassen, aber das blöde Ding juckte wie der Teufel. Keine Ahnung, wie andere Männer das aushielten. Jedenfalls war er heute zu der Entscheidung gelangt, dass er lange genug im Selbstmitleid gebadet hatte. Zeit, aus seinem Schneckenhaus herauszukriechen und seiner verletzten Eitelkeit einen kräftigen Tritt zu verpassen.

Aber als Erstes musste mal dieser Bart weg.

Was das Rasieren betraf, war er Traditionalist. Er hatte sich gerade das Gesicht eingeseift und damit begonnen, vorsichtig das Messer über die Haut zu ziehen, als es heftig an die Tür klopfte.

»John? Hast du kurz Zeit?«

»Bin im Bad. Komm rein.«

Arun streckte seinen Kopf durch die Tür. »Tut mir leid, dich zu stören. Stromberg will dich sprechen.«

John drehte sich um. Sein Oberkörper war nackt. Um die Hüften trug er lediglich ein Handtuch geschlungen.

»Fünf Minuten, okay?«

Arun schüttelte den Kopf. »Er wartet.«

John blickte auf seine Uhr, überschlug kurz ein paar Zahlen und kam zu dem Schluss, dass es in Washington kurz vor sieben Uhr morgens sein musste. Nicht gerade die Zeit, zu der sein Boss normalerweise Anrufe tätigte.

Das klang dringend.

»Habe ich noch Zeit, mir was anzuziehen?«

»Wie gesagt, er wartet«, wiederholte Arun.

John stand einen Moment unschlüssig vor dem Spiegel, dann wischte er sich den Schaum aus seinem Gesicht, schlang das Handtuch frisch um die Hüften und eilte barfuß hinter Arun her. Die Pfiffe der zumeist weiblichen Teammitglieder ignorierend, passierte er den überdachten Bereich, der gleichzeitig Küche und Speisesaal war, und folgte Arun hinüber zur Funkhütte.

Gary, der dunkelhaarige Ire, der für die Kommunikationstechnik zuständig war, warf John einen amüsierten Blick zu. Ein Grinsen verkneifend, deutete er nach rechts.

»Terminal drei«, sagte er. »Ich seh zu, dass ich das Signal noch ein bisschen geboostet bekomme. Der Block-up-Konverter ist mal wieder heiß gelaufen. Kein Wunder bei den

Temperaturen. Hier kühlt es ja nicht mal nachts ab. Wenn du deinem Freund auf der anderen Seite des großen Teiches mal einen Tipp geben willst: Wir brauchen dringend ein neues Kühlsystem.«

John ignorierte ihn. Er hatte gerade keinen Nerv für Garys Technobabble. Strombergs Gesicht erschien auf dem Monitor. Sein Ausdruck war ernst. Wenn er Johns Auftreten seltsam fand, so ließ er es sich nicht anmerken.

»Grüß dich, John.«

»Norman.«

John war einer der wenigen, die den Magnaten mit Vornamen ansprechen durften. Hannah gehörte zwar auch zu dem Club, machte von ihrem Privileg aber keinen Gebrauch. Ein Chef-Angestellten-Verhältnis sollte nicht durch unnötige Annäherungen verkompliziert werden, so ihre Devise.

»Tut mir leid, wenn ich dich gerade störe, aber es ist wichtig.«

War es das nicht immer?

»Wir haben eine Nachricht erhalten, die uns viel Sorge bereitet. Hattest du in letzter Zeit mal Kontakt zu Hannah?«

»Nicht, seit sie von Olso losgeflogen ist.«

»Wir auch nicht, das ist das Problem. Auch das Außenteam ist nicht zu erreichen. Störungen in der Stratosphäre, sagte man mir. Da scheint ziemlich schlechtes Wetter aufzuziehen.«

»Die Jungs werden damit schon fertig. Ich kenne Leif Gjertsen. Der ist ein alter Marinehase und wird entsprechend vorbereitet sein.«

»Nicht, wenn das stimmt, was die Zentrale heute hereinbekommen hat.«

John zog eine Braue in die Höhe. »Was ist denn los?«

Das Bild Strombergs gefror für einen Moment, lief dann aber wieder normal weiter. Falls die Verbindung schlechter wurde, mussten sie sich halt auf Audio beschränken.

»Die Botschaft kam vor ein paar Tagen rein, landete aber wegen der Dateianhänge wohl zuerst im Spamfilter. Ein Hinweis aus Deutschland von einem meiner Informanten, einem Spezialisten für das nationalsozialistische Deutschland.«

John verzog amüsiert den Mund. »Nazi-Deutschland? Ich verstehe nicht ...«

»Wie es aussieht, haben die Deutschen im Zweiten Weltkrieg auf Spitzbergen eine Art Versuchslabor eingerichtet. Chemische und biologische Kampfstoffe, falls das stimmt, was Dr. Siebert mir geschrieben hat ...«

»Und was hat das mit uns zu tun?«

»Anscheinend ist bei den Versuchen etwas schiefgegangen. Sämtliche Mitglieder der Einrichtung starben, und zwar aufgrund einer nicht bekannten Virusinfektion.«

»Und?« John wurde es langsam leid, Stromberg jede Information einzeln aus der Nase zu ziehen. Er saß hier, nur mit einem Badetuch bekleidet, während sein Boss sich befleißigte, einen auf geheimnisvoll zu machen.

»Wenn der Erreger da unter dem Eis liegt, ist er höchstwahrscheinlich noch immer aktiv. Ich habe mir das erklären lassen. Viren gelten als äußerst widerstandsfähig gegen Subzero-Temperaturen. Man ist sich ja noch nicht mal klar darüber, ob man sie überhaupt als lebendig bezeichnen kann, aber je nachdem, welche Bedingungen dort herrschen, ist es sehr wahrscheinlich, dass er überlebt hat.«

»Warum sollte uns das interessieren? Hannah soll eine Stadt erkunden, keine Forschungseinrichtung der Nazis.«

»Genau das ist das Problem. Die Ruinen erstrecken sich von der Mitte aus bis ganz in den nördlichsten Zipfel von Nordostland. An der Stelle war früher mal ein Wetterposten. Wie es aussieht, haben die Nazis Teile der alten Stadt genutzt, um dort die Forschungslabors einzurichten. Eine willkommene Alternative zu der mühsamen Errichtung irgendwelcher Holzbaracken. Geschützt vor Wind und Wetter und vollkommen unsichtbar für die Augen der Alliierten. Und du weißt ja, wie schwer es in Polarkreisen ist, an Baumaterial zu kommen.«

»Willst du damit sagen, Hannah und ihr Team könnten eventuell auf die Forschungseinrichtung stoßen?«

»Gut möglich. Und sie könnten sich dabei mit dem Erreger infizieren. Verstehst du jetzt, warum es so wichtig ist, dass wir sie erreichen? Ich finde es merkwürdig, dass ich da niemanden an die Strippe bekomme, und fange an, mir wirklich Sorgen zu machen.«

John saß einen Moment lang völlig geplättet vor dem Monitor. Ein biologischer Kampfstoff der Nazis? Das klang wie aus einem schlechten Film. Wieso war darüber nichts bekanntgeworden? Die Sorge um Hannah drängte seine Zweifel in den Hintergrund. »Was sagt denn dein Kontaktmann, dieser Dr. Siebert, dazu? Du hast doch bestimmt schon über das Thema mit ihm geredet. Wie groß schätzt er die Gefahr ein?«

Strombergs Ausdruck verdüsterte sich. »Das ist der zweite Punkt, der mir Sorgen bereitet«, sagte er.

»Wieso?«

»Er ist tot. Ermordet, wie es scheint. Ich habe die Nachricht vor wenigen Stunden erhalten.«

»Mysteriös ...«

»Allerdings. Er war der Einzige, der außer uns davon wusste. Die Dokumente, die er uns geschickt hat, scheinen stichhaltig zu sein. Ich habe sie einem Team von Spezialisten überreicht, die sie auf ihre Echtheit prüfen, aber bis die so weit sind, kann es eine Weile dauern ...«

»So lange können wir nicht warten«, sagte John. »Hast du jemanden, den du rüberschicken kannst?«

»Niemanden in unmittelbarer Nähe, nein ...«

»Ich werde das übernehmen. Deine Erlaubnis vorausgesetzt ...«

»Die hast du.« Stromberg nickte. »Um ehrlich zu sein, ich hatte gehofft, dass du so reagierst. Ich werde dir ein paar Leute an die Seite stellen. Ihr trefft euch in Oslo. Sobald die Unterlagen ausgewertet sind, komme ich nach. Oh, und übrigens ...«, er verzog den Mund. »Verzeih, dass ich dich nicht von Anfang an mit einbezogen habe. Hätte ich gewusst, welche Gefahr besteht, hätte ich anders entschieden, das musst du mir glauben.«

John winkte ab. »Geschenkt. Wir sehen uns in Oslo.«

10

Es war kurz vor eins, als der Helikopter, der Hannah zum Ausgrabungsfeld bringen sollte, endlich die Startfreigabe erhielt. Wegen der schlechten Wetterverhältnisse musste die Maschine auf dem Longyearbyen Airport erst noch gründlich enteist werden, was wertvolle Zeit kostete. Doch dann war es so weit. Die Rotoren wirbelten den Schnee auf und verwandelten die Umgebung in ein sturmgepeitschtes Chaos. Als die Maschine auf Höhe gegangen war, wurde die Sicht besser.

Der Pilot drückte den Steuerknüppel nach vorne und donnerte in nordöstlicher Richtung über die Berge davon. Durch das Fenster wurden die Lichter rasch kleiner. Mit Longyearbyen entschwand der letzte Rest von Zivilisation in der Ferne. Ab jetzt gab es da unten nur noch Eis, Schnee und hungrige Bären.

Hannah zwang sich, nicht über die bevorstehenden Aufgaben nachzudenken. Das Grübeln brachte nichts, zumal sie keine Ahnung hatte, was sie erwartete. Sie schaltete ihren Kopf auf Standby-Modus und versuchte, den Flug zu genießen.

Eine gute halbe Stunde später trafen sie am vereinbarten Treffpunkt ein. Der Helikopter zog eine Schleife und setzte dann zur Landung an. Hannah konnte eine Gruppe von Zelten, einen Container sowie eine Menge Ausrüstungsgegenstände erkennen. Dazwischen ein paar Leute, die ihnen zuwinkten. Der Pilot ließ die Maschine in angemessener Entfernung niedergehen und signalisierte ihr, sie solle ihre Sachen griffbereit halten. Dann ging er nach hinten, öffnete die Luke und klappte die Leiter herunter.

»Machen Sie's gut«, rief er. »Ich wünsche Ihnen viel Glück.«

Hannah riss überrascht die Augen auf. »Kommen Sie denn nicht mit?«

Er schüttelte den Kopf. »Ich muss wieder zurück. Wenn die Maschine einfriert, ist ein Start nicht mehr möglich. Wir sehen uns wieder, sobald sich das Sturmtief verzogen hat. Alles Gute!« Er hob beide Daumen, schenkte Hannah ein aufmunterndes Lächeln und entließ sie in die eisige Hölle.

Hannah sprang in den Schnee, drückte ihren Rucksack gegen die Brust und entfernte sich, so rasch es der tiefe Schnee zuließ, aus dem Wirkungskreis der Rotoren. Sie hatte den stürmischen Start noch gut in Erinnerung.

Dann donnerten die Motoren auf.

Während der Helikopter hinter ihr in den aufgewirbelten Himmel stieg, kämpfte Hannah sich durch den Sturm in Richtung Lager.

Sie war noch nicht weit gekommen, als sich vor ihr eine Silhouette aus dem Schneegestöber schälte. Der Mann war groß, augenscheinlich recht kräftig gebaut und trug ein Sturmgewehr über dem Rücken. Sein eisgrauer Bart verlieh ihm ein verwegenes Aussehen.

»Frau Dr. Peters?«, rief er ihr entgegen.

»Ja. Ich bin Hannah Peters.«

»Mein Name ist Gjertsen. Leif Gjertsen. Ich bin der Kommandant dieser Expedition. Erfreut, Sie kennenzulernen. Darf ich Ihnen Ihr Gepäck abnehmen?«

»Gern.« Sie drückte ihm ihren Rucksack in die Hand und amüsierte sich über seinen verdutzten Gesichtsausdruck. Vermutlich hatte er nicht erwartet, dass sie sein Angebot tatsächlich annehmen würde. Doch er fing sich recht schnell, drehte sich um und pflügte mit kräftigen Schritten durch den Schnee.

»Hatten Sie einen guten Flug?«

»Abgesehen davon, dass ich generell nicht gerne fliege, war er ganz okay. Ich bin froh, dass es doch noch geklappt hat. Um ehrlich zu sein, ich hatte mich schon auf eine zeitige Rückreise eingestellt.«

»Haben Sie denn meinen Brief nicht erhalten?«

»Leider erst heute Morgen.«

»Dann wissen Sie ja, dass das Wetter nicht gerade auf unserer Seite steht. Der plötzliche Wintereinbruch hat uns überrascht. Normalerweise ist es um diese Jahreszeit noch recht friedlich. Doch dieses Sturmtief ... ich musste sicherstellen, dass nichts die Aktion gefährdet. Wir arbeiten in einem sehr engen Zeitfenster. Haben Sie in letzter Zeit mal versucht, jemanden über Ihr Handy anzurufen?«

»Allerdings. Hat aber nicht geklappt ...«

Gjertsen deutete nach oben. »Hohe Sonnenaktivität. Hätten wir keine so dichte Wolkendecke, würden wir vermutlich gerade die schönsten Nordlichter beobachten können.« Er blickte sie von der Seite an. »Um ehrlich zu sein, Frau Dr. Peters, ich bin nicht sehr glücklich über Ihre Anwesenheit. Wir haben auch so schon genug Probleme. Aber Stromberg hat großen Wert darauf gelegt, dass Sie kommen, also sind Sie jetzt hier.«

»Ich wusste nicht, dass ich ein Problem für Sie darstelle ...«

»Doch, das tun Sie. Wissen Sie, ich arbeite mit diesen Leuten jetzt bereits seit einigen Jahren eng zusammen. Unser Team funktioniert wie eine gut geölte Maschine. Sobald wir einen Auftrag erhalten haben, setzen wir uns in Bewegung. Ich weiß nicht, wie viel Stromberg Ihnen erzählt hat, aber wir arbeiten hier am Rande der Legalität. Die norwegische Regierung weiß nichts von unserer kleinen Aktion. Wüsste sie es, sie würde uns vermutlich sofort den Hahn zudrehen. Das ist ein Naturschutzgebiet, hier darf man nicht mal einen Schneehasen erlegen, ohne dass man dafür Strafe zahlen muss. Für das, was wir hier tun, gibt es in der Jurisdiktion keine klare Handhabung. Wir müssen die Ergebnisse unserer Forschung, alle Funde und Beweise hier rausschaffen und publizieren, ehe irgendeiner von den Sesselpupsern in Oslo erfährt, was wir hier treiben. Deswegen ist es so wichtig, dass wir schnell sind. Fix rein, fix raus, das ist meine Devise. Einen gut gemeinten Rat also: Passen Sie sich möglichst schnell an.«

»Wenn Sie glauben, ich hätte hier nichts verloren, dann stehen Sie mit Ihrer Meinung nicht allein da«, erwiderte Hannah.

Gjertsen hob überrascht die Brauen. »Ach ja?«

»Glauben Sie mir, ich habe mich nicht um diesen Job gerissen. Genaugenommen habe ich mich sogar geweigert. Es ist nur so, dass unser gemeinsamer Auftraggeber mich unbedingt dabeihaben will.«

»Aber wir haben bereits einen Archäologen ...«

»Das dachte ich mir, es ist auch nur logisch. Aber Sie wissen ja, wie Stromberg ist, wenn er sich etwas in den Kopf gesetzt hat.«

»Allerdings.« Gjertsen wirkte auf einmal nicht mehr ganz so frostig. Ein Ausdruck des Bedauerns erschien auf seinem Gesicht. »Tut mir wirklich leid. Sie scheinen eine nette Person zu sein, trotzdem sind Sie für mich wie ein fünftes Rad am Wagen. Die Gefahr, dass etwas durchsickert oder dass Ihnen etwas zustößt, ist einfach zu groß. Sie sind keine von uns, ich weiß nicht, wie weit ich Ihnen vertrauen kann. Ich habe noch nie mit Ihnen zusammengearbeitet und weigere mich daher, für Sie die Verantwortung zu übernehmen.«

»Ich kann ganz gut auf mich selbst aufpassen, das habe ich schon immer gekonnt«, erwiderte Hannah. »Ich kann mir allerdings kaum vorstellen, dass unser Boss besonders glücklich darüber wäre, wenn er erführe, dass Sie mir untersagen, die Fundstelle zu besichtigen. Immerhin hat er viel Geld und Zeit dafür aufgewendet, mich über Tausende von Kilometern und gegen meinen Willen hierherzuverfrachten. Ich denke also, dass wir uns beiden viel Ärger ersparen, wenn Sie mich einfach meine Beobachtungen machen lassen und ich baldmöglichst wieder von hier verschwinde. Apropos: Haben Sie denn überhaupt schon etwas gefunden?«

Gjertsen schwieg, presste die Lippen zusammen und stapfte weiter durch den Schnee. Hannah hatte Mühe, ihm zu folgen. »Warten Sie's ab.«

Das Camp entpuppte sich als weitaus größer, als es aus der Luft den Anschein gehabt hatte. Kreisrunde Gebilde mit spitzen Dächern, die von innen heraus in einem satten Orange leuchteten, dominierten die Szenerie. Ein Generator versorgte sie mit Strom. In der Mitte der futuristischen Wagenburg war eine Metallkonstruktion errichtet worden, die ein wenig an einen Ölbohrturm erinnerte. Vier senkrecht aufragende Metallpfosten, stabilisiert durch kleinere Querverstrebungen, hielten einen Motor mit Kabeltrommel, von dem aus ein Stahlseil in die Tiefe reichte. Die Bruchstellen am Rande der Öffnung deuteten auf Sprengungen hin. Kein Wunder, dass Gjertsen den Zorn des norwegischen Umweltministeriums fürchtete.

Das Loch maß etwa drei Meter im Durchmesser und war senkrecht in den Gletscher gesprengt worden. Glatte blaue Kanten spiegelten das Licht ihrer Lampen wider. Drei Personen waren um die Konstruktion versammelt.

»Das ist ihr Team?«, fragte sie.

Gjertsen sah sie amüsiert an. »Was, die drei da? Vergessen Sie's, das ist nur die Maintenance-Crew. Der Rest ist unten. Kommen Sie, legen Sie erst mal Ihre Sachen ab, dann zeige ich Ihnen, was wir gefunden haben.«

Er steuerte auf einen Container zu, öffnete eine kleine Seitentür und warf Schlafsack und Umhängetasche hinein. Dann half er Hannah beim Absetzen ihres Rucksacks und verstaute auch den. »Brauchen Sie noch etwas, oder kann ich wieder zumachen?«

»Alles bestens«, sagte Hannah, froh darüber, dass der Einsatzleiter offenbar entschieden hatte, sie doch mitzunehmen.

»Sind Sie sicher? Sie sehen aus, als würden Sie frieren. Wollen Sie erst mal reinkommen und sich aufwärmen?«

Hannah schüttelte den Kopf. Was sollte sie schon groß sagen? Dass sie sich ein heißes Bad wünschte, ein Kaminfeuer oder ein kuscheliges Bett? Das konnte ihr hier sowieso keiner bieten. Ihr Thermoanzug hielt die arktischen Temperaturen zwar fern, war aber nicht in der Lage, die Kälte in ihrem Inneren auszugleichen.

»Vielleicht wird mir ja wärmer, wenn ich sehe, was Sie gefunden haben. Kommen Sie, zeigen Sie mir Ihren Fund.«

Der Wind heulte über die pechschwarze Öffnung hinweg. Die drei Teammitglieder begrüßten Hannah mit knappen Handzeichen und widmeten sich dann wieder ihrer Arbeit. Die stille, effiziente Art, mit der sie zu Werke gingen, war beeindruckend. Anscheinend wussten sie genau, was sie taten. Auch das Equipment wirkte sehr professionell. Titangestänge, Hochleistungsmotoren, Subzero-Aggregate. Nun, etwas anderes hatte sie von Stromberg auch nicht erwartet.

Erwartungsvoll blickte sie in die Tiefe. Der Motor jaulte auf, als der Korb heraufkam. Mit einem scharfen, metallischen Klicken schlug er gegen die Sperre und wurde von den Männern in Position gebracht. Gjertsen trat vor und öffnete die Tür. »Nach Ihnen.«

Hannah fühlte sich etwas unwohl, als sie in den Käfig stieg. Zwischen den Stäben gähnte der Abgrund. Ein einzelner Eiszapfen löste sich und verschwand unter ihr in der Dunkelheit.

»Wie dick ist das Eis an dieser Stelle?«, fragte sie.

»Nicht so dick, wie man meinen könnte«, sagte Gjertsen, während er zu ihr in den Käfig stieg. Die Aufhängung gab ein besorgniserregendes Knacken von sich. »Kaum mehr als fünfzehn Meter, Sie werden es gleich selbst sehen.«

»Das Loch sieht aber tiefer aus.«

»Das stimmt. Wir haben diesen Standort gewählt, weil er eine Besonderheit aufweist. Sonarmessungen haben ergeben, dass sich an dieser Stelle ein Hohlraum unter dem Eis befindet, eine riesige Luftblase. Es gibt hier ein paar solcher Stellen. Ich kann sie Ihnen nachher auf der Karte zeigen. Warum sich also unnötig Arbeit machen und Hunderte von Metern Eis aufbrechen? Das hier ist schnell, kostengünstig und ziemlich spektakulär. Sind Sie bereit? Dann wollen wir mal.«

Er gab den Männern ein Zeichen. Der Käfig schwang in die Mitte der Öffnung und begann dann langsam in die Tiefe zu sinken. Hannah klammerte sich am Geländer fest und blickte nach unten.

11

Massives Eis zog an ihr vorüber. Hätte sie den Arm ausgestreckt, sie hätte es mit ihren Fingern berühren können. Doch weder wollte sie ein Risiko eingehen, noch hatte sie das Bedürfnis, mit dem Eis in Kontakt zu kommen. Sie liebte Wasser, sie konnte stundenlang darin herumplanschen. Auch zu tauchen machte ihr nichts aus. Aber Wasser in diesem Aggregatszustand war ihr zuwider, das war schon als Kind so gewesen. Während die anderen Kinder mit Vergnügen Schlitten gefahren, auf Skiern die Berge hinabgebrettert oder mit Schlittschuhen übers Eis gesaust waren, hatte Hannah die Wintermonate am liebsten zu Hause verbracht. Wenn es nach ihr ging, konnte die Klimaerwärmung ruhig kommen.

Die Sprengungen hatten den Gletscher mit einem Netzwerk von Rissen überzogen. Er besaß Ähnlichkeit mit einem alten Ölbild, bei dem der Firnisüberzug im Laufe der Jahrhunderte brüchig geworden war. Hannah fragte sich, ob die Risse die Stabilität des Eismantels nicht gefährdeten, behielt den Gedanken aber lieber für sich. Sie wollte vor Gjertsen nicht wie eine Heulsuse dastehen, die Situation war auch so schon angespannt genug.

Plötzlich verschwand das Eis über ihren Köpfen. Der Käfig schwang ins Freie. Unter ihren Füßen öffnete sich ein gewaltiger Hohlraum. Dutzende von Lichtern schimmerten zwischen kryptisch angeordneten Mauerresten und Steinwänden und leuchteten bis zu ihnen herauf.

Hannah hielt den Atem an. Bis zu diesem Augenblick war sie nicht wirklich überzeugt davon gewesen, dass die Satellitenaufnahmen etwas anderes als zufällige geologische Formationen abgebildet hatten. Etwas in ihr wehrte sich gegen die Vorstellung, dass hier eine Stadt war und damit Teile der Geschichte möglicherweise neu geschrieben werden mussten. Nicht, weil das einen Haufen Arbeit bedeutete – Hannah liebte ihren Job, sie konnte sich nichts Schöneres vorstellen, als stundenlang in alten Ruinen herumzustromern –, sondern weil sie grundsätzlich die Ordnung dem Chaos vorzog. Sie liebte bewiesene Aussagen und gesicherte Erkenntnisse. Tabellen, Zeitskalen, Histogramme – sie schätzte klare Strukturen und harte Fakten; sie waren der Boden, auf dem sie ihre Theorien entwickeln konnte. Wenn alles über den Haufen geworfen wurde, was blieb dann noch?

Und doch schien ihr das Schicksal immer wieder Knüppel zwischen die Beine zu werfen. Fast so, als würde ein Fluch auf ihr lasten.

»Scheiße«, murmelte sie, als sie in die Tiefe blickte. »Es existiert tatsächlich eine Siedlung unter dem Eis. Und sie ist alt. Das ist ... unfassbar.«

Gjertsen sah sie belustigt an. »Eine Siedlung? Wir haben es hier mit einer Stadt zu tun, und zwar nicht gerade mit einer kleinen. Das Netzwerk an Straßen, Stollen, Gassen und Gängen erstreckt sich kilometerweit in alle Richtungen.«

»Ich kann es immer noch nicht glauben ...«

»Glauben Sie es ruhig. Da unten wartet eine Menge Arbeit auf uns.«

»Das Gefühl habe ich auch ...«

»Dann teilen Sie also meine Meinung, dass es richtig war, so früh wie möglich mit der Arbeit zu beginnen?«

Hannah war wie betäubt. Sie zwinkerte ein paar Mal mit den Augen, immer in der Sorge, der Anblick könne sich wie eine Fata Morgana in Luft auflösen. Doch das Bild blieb bestehen. »Allerdings«, flüsterte sie. »Das ist ein Jahrhundertfund. Der Beginn einer neuen Zeitrechnung.«

»Normalerweise bin ich nicht der Typ, der mit Superlativen um sich wirft, aber in diesem speziellen Punkt teile ich Ihre Meinung.« In Gjertsens Stimme schwang eine Spur Sarkasmus mit. »Ich bin froh, dass es so ist, Stromberg beschrieb Sie mir nämlich als jemanden, der nicht leicht zu überzeugen sei. Er sagte auch, dass man mit Ihnen schnell aneinandergeraten könne.«

»Tatsächlich?« Hannah erwachte wie aus einem Traum. »Hat er sonst noch etwas über mich gesagt?«

Das Grinsen wurde breiter. »Eine Menge. Aber das hebe ich mir für später auf. Zuerst werde ich Ihnen etwas Zeit geben, sich an die neue Umgebung zu gewöhnen und ein paar Mitglieder unseres Teams kennenzulernen.«

Kaum unten angekommen, erhielt Hannahs Euphorie allerdings erst mal einen Dämpfer. Der Mann, dem sie zuerst in die Arme liefen, war niemand anderer als Professor Dr. Frédéric Moreau von der Pariser Sorbonne. Der Franzose galt als Spezialist in Sachen Altertumsforschung und war des Öfteren in Film und Fernsehen zu sehen. In einer international sehr erfolgreichen Sendereihe erklärte er staunenden Hausfrauen und Schulkindern, wie er die Welt sah, und nutzte nebenher seine Position, um für sich und seine Bücher die Werbetrommel zu rühren.

Vor etlichen Jahren hatten sich ihre Wege einmal gekreuzt. Moreau war für einen kurzen Zeitraum Gastdozent für das Fach Ur- und Frühgeschichte an der Universität Hamburg gewesen, und Hannah erinnerte sich nur zu gut an seine herablassende, überhebliche Art und an ein paar unangenehme Begegnungen. Sie hätte auf das Wiedersehen gerne verzichtet und ahnte, warum Stromberg ihr diese Information vorenthalten hatte. Sie beide waren damals nicht besonders gut miteinander ausgekommen, und sie bezweifelte, dass sich daran etwas geändert hatte. Vorausgesetzt natürlich, er erinnerte sich überhaupt noch an sie.

Sie beschloss, in die Offensive zu gehen.

»Monsieur Moreau, was für eine Überraschung«, sagte sie. Sie wusste, dass er es als beleidigend empfand, wenn man ihn nicht mit seinem akademischen Titel ansprach, aber das war es ihr wert. Es kostete sie auch so schon Überwindung, ihr Lächeln aufrechtzuerhalten. »Ich hätte nicht damit gerechnet, dass wir uns mal wieder begegnen würden, und dann noch unter so spektakulären Bedingungen«, sagte sie. »Ist das nicht unglaublich? Eine Stadt unter dem Eis. Ich bin beeindruckt.«

Der Franzose hob seinen Blick von seinem Labortisch und richtete seine übermüdeten Augen auf Hannah. Sie fand, dass er in den Jahren merklich gealtert war.

»Kennen wir uns?«

»Dr. Hannah Peters von der Universität Hamburg. Ich hatte das Vergnügen, einer Ihrer Vorlesungen beiwohnen zu dürfen. Das müsste so – lassen Sie mich nachdenken – um das Jahr 1985 herum gewesen sein.«

»Peters? Peters? Ach ja, die kleine Archäologin, die uns von Stromberg aufs Auge gedrückt wurde. Stimmt, ich habe kürzlich einen flüchtigen Blick in Ihre Akte geworfen. Recht bemerkenswerte Arbeiten im Tassili n'Ajjer, wirklich, recht bemerkenswert. Ich war selbst vor etlichen Jahren dort, musste meine Forschungen dann aber wegen dringenderer Geschäfte abbrechen. Und danach waren Sie, wie ich hörte, an der Erforschung der Himmelsscheibe von Nebra beteiligt?«

»Das stimmt ...«

»Kein sehr dankbares Studienobjekt, n'est-ce pas? Daran haben sich schon ganz andere die Zähne ausgebissen. Ist natürlich auch schwer, solange es ein Einzelstück bleibt.«

»Tut mir leid, Ihnen das sagen zu müssen, aber da sind Sie nicht ganz auf dem Laufenden. Es gibt Beifunde, zwei Stück. Sie wurden letzten Mai im Museum für Ur- und Frühgeschichte in Halle der Öffentlichkeit präsentiert.«

»Mag sein«, schnaubte Moreau, »aber die Tatsache bleibt bestehen, dass die Scheibe ein Einzelstück ist. Ich selbst pflege da eine sehr traditionelle Meinung: Erst wenn sich ein Fund in eine Reihe gleichartiger Funde einreihen lässt, ist seine Echtheit wirklich bewiesen. Aber das wissen Sie vermutlich selbst am besten.« Er blickte sie über den Rand seiner Brille hinweg an, als wäre sie ein Studienobjekt. »Und nun sind Sie also hier.«

»Sieht so aus, ja.«

»Und was wollen Sie hier, wenn ich fragen darf?«

»Nun, ich ...«

»Sie wird sich unserem Team anschließen«, sprang Gjertsen für sie ein. »Ich glaube, ihre fachlichen Qualifikationen könnten für uns von Nutzen sein.«

Moreau zog seine Augenbrauen in die Höhe. »Das ist nicht Ihr Ernst, oder? Wir hatten das doch besprochen. Ich habe Ihnen gesagt, dass Sie sie abwimmeln sollen.«

Gjertsen straffte die Schultern. »Es ist der ausdrückliche Wunsch unseres Geldgebers, und er wird seine Gründe dafür haben. Ich glaube nicht, dass es uns zusteht, seine Maßnahmen in Frage zu stellen.«

»Schon, aber ...«

Gjertsen hob die Hand. »Ich bin auch nicht glücklich mit der Situation, aber im Moment kann ich nichts machen. Ich werde Mister Stromberg auf das Thema ansprechen, sobald wir wieder Funkverbindung haben. Dann werde ich ihm Ihre Bedenken vortragen und ihn fragen, wie wir weiter vorgehen sollen. Bis es so weit ist, untersteht Frau Peters Ihrem Ressort. Sie werden sie ein bisschen herumführen, ihr alles erklären und sie in unsere Theorien einweisen.«

»Was denken Sie sich«, brauste Moreau auf. »Ich bin doch kein Touristenanimateur, *sacré bleu*. Suchen Sie sich jemand anderen, der ...«

»Das war keine Bitte, Monsieur Moreau. Ich bin sicher, Sie finden jemanden in Ihrem Team, den Sie Frau Dr. Peters zur Seite stellen können. Oder soll ich jemanden auswählen?«

Der Ausdruck des Professors war jetzt merklich feindselig. Eine Weile hielt er dem Blick des Kommandanten stand, dann knickte er ein. Schnaubend wandte er sich seinen Karten zu. »*Merde*. Hm, von mir aus. Ich verstehe bloß nicht, was das soll. Das Team steht, die Arbeiten gehen gut voran, und wir werden bald die ersten Ergebnisse liefern können. Jede Einmischung von außen wird uns nur aufhalten. Es tut mir leid, Ihnen das sagen zu müssen, junges Fräulein, aber Sie sind ein Klotz am Bein. Wir haben alles fest im Griff.«

»Das freut mich für Sie«, sagte Hannah.

»Sie kann beobachten und dokumentieren«, sagte Gjertsen. »Wenigstens das werden wir ihr doch zugestehen können, nicht wahr, Professor? Und keine Einmischung und keine Erkundungen auf eigene Faust, haben wir uns verstanden, Frau Peters?«

»Voll und ganz.«

»Da sehen Sie's, Monsieur. Wer weiß, vielleicht liefert Frau Peters ja noch den entscheidenden Hinweis zur Entschlüsselung unseres Rätsels.«

»Das bezweifle ich.« Moreau rollte die Karten zusammen und klemmte sie sich unter den Arm. »Sei es, wie es ist. Ich werde im Protokoll festhalten, dass dieser Entschluss ohne meine Einwilligung stattgefunden hat. Außerdem weigere ich mich, für sie die Verantwortung zu übernehmen. Wenn sie irgendetwas Dummes anstellt, so ist das ganz allein ihr – wie sagt man in Deutschland – *ihr Bier*. Ich werde sie als meine Begleitung dulden, aber das ist auch schon alles. Haben wir uns verstanden? Und jetzt entschuldigen Sie mich, ich habe zu tun. Ich werde jemanden rüberschicken, der sich ihrer annimmt. Und was Sie betrifft, Monsieur Gjertsen: wir stehen kurz vor dem Durchstich zu Abschnitt zwei. Planquadrat C-18. Wir sind dort auf eine massive Steintür gestoßen, hinter der wir den Innenstadtbereich vermuten. Wenn Sie Ihren Jungs den Befehl geben könnten, mit dem hydraulischen Hebegerät bei uns vorbeizuschauen, wäre ich Ihnen sehr verbunden. So, das war's, jetzt muss ich aber wirklich los. Ich wünsche noch einen angenehmen Tag.«

Er raffte seine Unterlagen zusammen und verschwand mit schnellen Schritten.

Hannah blickte ihm hinterher, unfähig zu denken oder etwas zu sagen. Ihr Aufenthalt hier wurde von Minute zu Minute absurder. Gjertsen blickte sie mitfühlend an. »Nicht ganz der Empfang, den Sie sich erhofft hatten, oder?«

»Ich bewundere Ihre hellseherischen Fähigkeiten.«

»Das tut mir leid. Mir war nicht bewusst, dass Sie und Moreau sich kennen.«

»*Kennen* wäre zu viel gesagt. Ich hatte als junge Studentin mal eine Vorlesung bei ihm. Ich habe ihn gehasst.«

Gjertsen grinste. »Das Gefühl scheint auf Gegenseitigkeit zu beruhen.«

12
Eine halbe Stunde später ...

Das Tor war aufsehenerregend. Drei auf vier Meter messend und aus einem Gestein gefertigt, das Hannah ohne tiefgreifende geologische Kenntnisse als vulkanischen Porphyr klassifizieren konnte. Vom Alter verfärbt, zeigte es an vielen Stellen den Einfluss von Hitze oder Feuer. Die daumennagelgroßen Kristalle waren mit einer Schicht von Ruß überzogen, der sich aber durch intensives Reiben entfernen ließ, wie Hannah feststellte. Seltsam. Hatte es hier früher mal einen Brand gegeben?

»Nicht berühren.« Professor Moreau blickte streng zu ihr herüber und hob mahnend den Finger. »Ich habe Ihnen doch gesagt, dass Sie nichts anfassen sollen. Ist die Lernfähigkeit in deutschen Universitäten in den letzten Jahren derart gesunken, dass Sie sich nicht mal einen einfachen Befehl merken können? Noch so ein Verstoß, und ich muss Sie bei Gjertsen melden.«

»Du mich auch«, murmelte Hannah leise genug, dass nicht mal ihr junger Begleiter sie hören konnte. Widerwillig trat sie einen Schritt zurück.

Die Pumpe stand mittig vor der Tür und war über drei Schläuche mit hydraulischen Spreizern verbunden. Die Spreizer selbst saßen wie Keile im Türspalt und würden bei Aktivierung der Pumpe die tonnenschweren Platten auseinanderdrücken – zumindest in der Theorie. Ob sich die Steinplatten tatsächlich bewegen ließen, blieb abzuwarten.

Gut die Hälfte der schätzungsweise zwanzig Teammitglieder hatte sich versammelt, um dem Ereignis beizuwohnen. Gjertsen selbst war nicht anwesend, denn er wollte prüfen, ob es möglich war, das Camp dauerhaft unter die Oberfläche zu verlegen. Der Sturm hatte während der letzten Stunde merklich zugenommen. Selbst hier unten konnte man den Wind hören, der über die Öffnung heulte.

»Herrschaften, bitte alle zurücktreten.« Moreau hatte seine Arme erhoben. »Wir werden jetzt die Pumpe starten und auf Betriebsdruck bringen. Bitte gehen Sie auf genügend großen Abstand, denn es könnte sein, dass einzelne Gesteinsstücke abplatzen und in die Gegend fliegen.«

Alle hielten sich an die Empfehlung. Alle, bis auf den Kameramann, der den historischen Augenblick mit seinem Hochleistungscamcorder festhielt, und den Techniker, der das Gerät bediente.

»Die hydraulische Pumpe erzeugt einen Druck von 700 bar, der hier über die Schläuche in die Spreizer gepresst wird«, erläuterte Moreau mit Blick zur Kamera. Ihm war deutlich anzusehen, wie sehr er seinen Auftritt genoss. Vermutlich rechnete er sich jetzt schon im Hinterkopf die Tantiemen aus, die ihm aus den Lizenzgeschäften mit den Fernseh- und Werbeverträgen zufließen würden.

»Wir gehen davon aus, dass es sich bei diesem Bauwerk um eine Brandschutzmauer handelt, die verhindern soll, dass etwaige Feuer auf andere Stadtteile übergreifen können. Wie man an den rußigen Stellen sieht, eine durchaus berechtigte Sorge. Wenn also Feuer in dieser Stadt ein Problem war, müssen wir davon ausgehen, dass viele der Gebäude aus Holz bestanden haben. Nur, wo ist dieses Holz?

Bisher haben wir nichts weiter als Steinwälle gefunden. Eine interessante Frage, auf die wir hoffentlich nach Öffnung dieses Tors eine Antwort erhalten werden.«

Moreau wirkte sachlich und professionell, dass musste Hannah ihm lassen. Wie er die Fragen und Zusammenhänge erklärte und dabei die Kamera umschmeichelte, das war schon gekonnt. Andererseits war vieles von dem, was er sagte, blanke Spekulation. Zum Beispiel die Sache mit dem Ruß. Gewiss, auf den ersten Blick sahen die dunklen Stellen aus, als wären sie verbrannt, doch Hannah hatte schon viele Arten von Ruß gesehen, und das hier war keine davon. Vielleicht würde eine gründliche Untersuchung ergeben, dass es sich in Wirklichkeit um einen Befall von mikroskopisch kleinen Pilzen oder Flechten handelte, wie sie oft in kühlen und feuchten Gebieten zu finden waren. In diesem Fall wäre auch die Theorie von der Brandschutzmauer überholt, wie Moreau sie so vollmundig vertrat, und es handelte sich um nichts anderes als eine natürliche Abgrenzung einzelner Stadtteile oder Tempelgebiete, wie man sie zum Beispiel in Angkor oder in Babylon fand.

Vorschnelle Theorien waren eine heikle Angelegenheit. Einmal ausgesprochen, wurde man immer wieder darauf zurückgeworfen, selbst wenn man seine Ansichten irgendwann revidierte. Im Gedächtnis der Medien ging nichts verloren, und dieser Fund war bei weitem zu wichtig, um sie irgendeinem vorpreschenden, profilierungssüchtigen Medienstar zu opfern. Vor diesem Hintergrund empfand sie die Nominierung Moreaus zum leitenden Archäologen nicht nur als Fehler, sondern geradezu fahrlässig.

Die Maschine lief jetzt auf Hochtouren. Das Jaulen des Motors bildete einen schmerzhaften Kontrast zu der ehrwürdigen Ruhe, die über der versunkenen Stadt lag. Der Druck, der über die Leitungen aufgebaut wurde, entlud sich in den Spreizern, von denen mittlerweile ein deutlich hörbares Knirschen ausging. Alle Forscher – Hannah eingeschlossen – traten noch mal einen Schritt zurück. Der Ingenieur, der als Einziger geschützt war, weil er hinter der Pumpe stand, warf einen Blick auf die Messinstrumente und hob den Daumen. Alles im grünen Bereich. Plötzlich erklang ein dumpfes Knacken, so als würde ein Gletscher brechen.

Rufe ertönten. Manche blickten sorgenvoll nach oben und hielten ihre Hände über den Kopf. Doch als klar war, dass von oben keine Gefahr drohte, entspannten sie sich. Es war der Spalt in der Tür, der schlagartig breiter geworden war.

»Ruhe, meine Herrschaften, bitte Ruhe.« Moreau stand mit ausgebreiteten Armen auf einem Steinblock. Er sah aus wie ein Prediger, der zu seiner Gemeinde sprach.

»Es besteht keine Gefahr. Das Knacken wurde lediglich durch die Belastungsspannung innerhalb der Steinplatten hervorgerufen. Es ist alles in Ordnung. Die Hydraulik hat den Widerstandspunkt überwunden, die Tür wird sich nun leichter öffnen lassen. Sie brauchen wirklich keine Angst zu haben, das Schlimmste ist überstanden.«

Hannah spürte, wie sich ihr Puls beruhigte. So albern Moreaus Auftritt auch war, seine Worte verfehlten nicht ihre Wirkung. Die Spreizer schoben die beiden Steinplatten mit einem Minimum an Arbeitsaufwand auseinander, und bald war die Öffnung so groß, dass ein einzelner Mann bequem hindurchgehen konnte. Durch die Öffnung blies ihnen ein kühler Luftstrom entgegen. Der Geruch war anders als auf ihrer Seite. Klinisch, antiseptisch, tot. Ein Geruch, der so neutral und nichtssagend war, dass es Hannah sofort auffiel. Sie trat einen Schritt zurück. Ihr Instinkt sagte ihr, dass irgendeine Gefahr hinter der Tür lauerte, auch wenn sie keine Ahnung hatte, welcher Natur diese Gefahr sein sollte.

Die anderen schienen nichts bemerkt zu haben und verfolgten weiterhin gebannt das Auseinanderschieben der Steinplatten.

Irgendwann gab Moreau das Zeichen, die Pumpe abzuschalten; dann stellte er sich demonstrativ vor die Öffnung. Der Kameramann filmte den Franzosen aus kurzer Distanz, und Moreau setzte ein breites Lächeln auf. »Der Weg ist frei, meine Herrschaften. Morgen werden wir in unbekannte Welten vorstoßen. Doch heute Abend wird erst mal gefeiert. Sie alle haben sich das verdient.«

Applaus brandete auf.

»Vive la France«, murmelte Hannah.

Es war gegen 21 Uhr, als Hannah endlich die Beine ausstrecken konnte. Müde und übersättigt von den vielen Eindrücken saß sie auf ihrem Feldbett, aß eine Kleinigkeit und beobachtete das Treiben um sie herum.

Frédéric Moreau war in gelöster, ja geradezu euphorischer Stimmung. Der Durchbruch bei der Tür war nicht nur filmisch ein großer Erfolg für ihn; er hatte es tatsächlich geschafft, den erhofften Zugang zum angrenzenden Stadtbezirk zu öffnen. Ein erster Rundgang hatte bewiesen, dass dieser Bezirk deutlich älter war als ihr derzeitiger Aufenthaltsort und dass er sich in einigen Abschnitten beträchtlich unterschied.

Die Party war bereits in vollem Gang, als Hannah sich zu den anderen gesellte. Auch Gjertsen war wieder zurück. Er und seine Techniker hatten das Lager oben sturmsicher gemacht und die Teile, die anfällig oder empfindlich waren, nach unten verlegt. Die Öffnung an der Hebevorrichtung war provisorisch mit Streben und Planen abgedichtet worden, so dass zwar immer noch vereinzelt Schneeflocken herabrieselten, aber zumindest das Heulen des Sturms ausgesperrt war.

Die Wissenschaftler waren so aufgekratzt wie bei einem Kindergeburtstag. Es wurde geredet, gesungen und gelacht. Moreau hatte eine Kiste Wein aus seinen Beständen gestiftet, und der Alkohol zeigte bei vielen bereits erste Wirkung.

Für Hannah bot das Fest eine gute Gelegenheit, den Rest der Truppe kennenzulernen. Eigentlich war es nicht ihre Art, im Mittelpunkt zu stehen, aber da Frédéric Moreau darauf bestand, sie offiziell vorzustellen, spielte sie mit.

Er war auf eine Ansammlung von Aluminiumkisten gestiegen und schlug mit einem Kugelschreiber gegen sein Glas.

»Herrschaften, dürfte ich für einen Moment um Ruhe bitten? Einen Moment Ruhe, bitte, ich habe etwas zu vermelden.«

Es dauerte einen Moment, dann wurde es still.

»Ich darf Ihnen allen für Ihre Mühe und Ihren Einsatz heute danken«, begann Moreau, dessen Wangen vom Wein sichtlich gerötet waren. »Sie alle sind Teil von etwas, das wir erst langsam zu verstehen beginnen. Ein Rätsel, ein Geheimnis, das seit Tausenden von Jahren hier unter dem Eis schlummerte, nur um von uns entdeckt zu werden. Wenn ich auch keine schnellen Erfolge erwarte, so kann ich Ihnen doch versprechen, dass, ehe wir hier fertig sind, jeder Einzelne von Ihnen seinen Namen in den bedeutendsten Fachzeitschriften wiederfinden wird. Sie alle werden als die Entdecker eines der größten Geheimnisse der Menschheit in die Geschichte eingehen. Lassen Sie uns unser Glas erheben auf Hyperborea, die Stadt jenseits des Nördlichen.«

»Auf Hyperborea!«

»Ich möchte Ihnen nun ein neues Teammitglied vorstellen, das gestern kurz vor Einbruch des Sturms zu uns gestoßen ist. Als erfahrene Archäologin und langjährige Expertin in Sachen Ur- und Frühgeschichte wird sie eine willkommene Ergänzung für unser Team bilden und uns helfen, den Fund zeitlich und historisch einzuordnen. Ich möchte Sie alle bitten, ihr mit Rat und Tat zur Seite zu stehen und ihr die Eingewöhnung bei uns so leicht wie möglich zu machen. Begrüßen Sie mit mir Frau Dr. Peters. Bitte, Frau Peters, kommen Sie herauf zu mir.«

Wieder wurde geklatscht, allerdings etwas verhaltener. Hannah spürte die skeptischen Blicke vieler Teammitglieder. Wie gerne hätte sie jetzt John an ihrer Seite gehabt!

Sie entschied sich, den Stier bei den Hörnern zu packen, stieg auf die Kiste und räusperte sich. Schlagartig wurde es still.

»Hallo zusammen, mein Name ist Hannah«, sagte sie, während sie in die vielen Gesichter unter ihr blickte. »Ich bin geboren und aufgewachsen in Deutschland, genauer gesagt in Hamburg, wo ich auch Archäologie und Ethnologie studiert habe. Danach habe ich etliche Jahre in der Sahara mit der Entschlüsselung der Felsmalereien im Süden Algeriens verbracht, ehe mich mein Weg zurück nach Deutschland und Kambodscha geführt hat, wo ich zurzeit an einem größeren Projekt in der Tempelstadt Angkor mitarbeite. Eine merkwürdige Verkettung von Umständen ließ mich die Bekanntschaft von Norman Stromberg machen, in dessen Diensten ich momentan stehe und der auch der Grund für mein unangemeldetes Hiersein ist. Wer von Ihnen dem großen Mann schon einmal begegnet ist – das dürfte für die meisten von Ihnen zutreffen –, der wird wissen, dass man bei ihm nie vor Überraschungen sicher ist. Nicht nur, dass man ihm ein untrügliches Gespür für Reliquien, Schätze und Heiligtümer nachsagt, er besitzt auch einen höchst seltsamen Humor. Nehmen Sie zum Beispiel mich. Welcher normal denkende Mensch würde auf die Idee kommen, eine verschrobene Mittvierzigerin, die warmes Klima und scharfes Essen schätzt, in eine lebensfeindliche Umgebung aus Eis und Schnee zu verpflanzen und ihr dabei zuzusehen, wie sie sich inmitten eines gut aufgestellten Teams bewährt. Das Ganze erinnert ein bisschen an die Ratte im Labyrinth, finden Sie nicht? Wie gesagt, es gehört eine ordentliche Portion schwarzen Humors dazu, sich das vorzustellen.«

Ein paar Lacher ertönten, in vielen Gesichtern war ein Lächeln zu sehen. Offenbar hatte sie den richtigen Ton gefunden.

»Andererseits ist es genau das, was wir erwarten, wenn wir für einen Mann wie Stromberg arbeiten, oder? Also nicht unbedingt diese Form von Humor, daran wird man sich nur schwer gewöhnen, aber seine Art, zu denken und zu handeln. Seien wir doch mal ehrlich: Gemütlich sieht anders aus. Wenn wir auf Ruhe und Ereignislosigkeit Wert legten, hätten wir einen Job an der Uni oder in einer großen Firma angenommen. Wir hätten feste Arbeitszeiten, ein geregeltes Gehalt, Familie, Eigenheim und Urlaub, wie jeder normale Angestellte auch. Wir würden regelmäßig publizieren und uns eines Tages mit einer schönen Abfindung und einem warmen Händedruck in die Rente verabschieden. Irgendjemand unter Ihnen, der das als sein Lebensziel auserkoren hat? Ich bitte um Handzeichen. Na kommen Sie, nicht so schüchtern.« Sie blickte in die Runde, doch niemand meldete sich. Viele lächelten, schauten sich an und zuckten die Schultern. Offenbar wusste niemand so recht, worauf diese seltsame Frau aus Deutschland eigentlich hinauswollte.

»Das dachte ich mir«, sagte Hannah und nickte. »Die Frage ist also, warum sind wir hier? Ist es, weil die Bezahlung so außerordentlich gut ist? Nicht unbedingt, oder? Zumindest in meinem Fall kann ich nicht behaupten, den Jackpot geknackt zu haben. Es reicht, um sich hin und wieder etwas zu leisten zu können und, wenn ich Glück habe, etwas beiseitezulegen. Was dann? Ruhm und Macht? Na gut, vielleicht irgendwann mal. Zumindest diesen Traum habe ich noch nicht zu Grabe getragen ...« Wieder lachten einige. Jetzt schon deutlich mehr.

»Nein, Herrschaften, ich denke, uns treibt etwas anderes an. Wir genießen es, vor Fragen zu stehen, die wir nicht beantworten können. Wir lieben die Ungewissheit, das Risiko und das Abenteuer. Was uns reizt, ist das Unbekannte. Wenn Sie also das Risiko in Kauf nehmen wollen, mich in Ihren Reihen zu dulden, dann verspreche ich Ihnen, mein Wissen und meine Erfahrung mit Ihnen zu teilen und alles daranzusetzen, dieses Projekt zu einem Erfolg werden zu lassen. Ich verspreche Ihnen auch, dass ich mich bemühen werde, nicht im Weg herumzustehen und Ihnen meine Meinung aufzuzwingen – obwohl das eine besondere Spezialität von mir ist.« Sie lächelte. »Sollten Sie also an meinem Urteil interessiert sein, fragen Sie mich einfach. Dann werden Sie feststellen, dass Sie davon mehr bekommen werden, als Ihnen lieb ist. Und mit diesen salbungsvollen Worten bin ich auch schon am Ende. Ich hoffe, dass ich Sie nicht genervt habe, und bedanke mich für Ihre Aufmerksamkeit.«

Wohlwollender Applaus setzte ein. Irgendwie schien sie einiges richtig gemacht zu haben. Selbst Gjertsen, der normalerweise knurrig dreinblickte, stand mit verschränkten Armen neben dem Buffet und lächelte ihr zu. Einige Leute prosteten zu ihr herüber, einer von ihnen überreichte ihr sogar ein gut gefülltes Weinglas.

Der Damm war gebrochen.

»Nette kleine Rede«, raunte Moreau ihr von der Seite zu. Der Franzose hob sein Glas und stieß mit ihr an, aber die Freundlichkeit war nur oberflächlich. Hannah konnte spüren, wie es darunter gärte.

»Danke.«

»Doch, doch, hat mir sehr gefallen«, fuhr er fort. »Hätte ich gewusst, dass Sie so eine eloquente Rednerin sind, hätte ich mir das mit der Vorstellung vielleicht noch einmal überlegt.«

»Ich bin selbst überrascht, wie leicht mir die Worte über die Lippen kamen«, sagte Hannah. »Die Leute scheinen sehr nett zu sein. Aber Sie hätten mich ruhig vorwarnen können, als Sie entschieden haben, mich auf die Bühne zu holen.«

»Was beklagen Sie sich, ist doch alles gut gelaufen? Sie haben gut abgeschnitten und vermutlich einige neue Freunde gefunden.« Er blickte in die Menge und trank noch einen Schluck. »Lassen wir es dabei bewenden, aber übertreiben Sie nicht. Ich wollte, dass Sie Anschluss finden, nicht, dass Sie mir alle Sympathiepunkte vor der Nase wegschnappen. Es gibt nur einen Kapitän an Bord dieses Schiffes, und das bin ich. Konkurrenz werde ich nicht dulden, habe ich mich klar ausgedrückt?«

»Voll und ganz, Monsieur Moreau.« Hannah wippte nach vorne und schlug die Hacken gegeneinander. Sie war sich sicher, dass die Ironie dieser Geste an Moreau vorüberging. Zu salutierten traute sie sich dann aber doch nicht. Sie wollte den wackeligen Frieden nicht gleich wieder aufs Spiel setzen.

»Schön. Dann wollen wir uns mal unters Volk mischen. Ich wünsche Ihnen noch einen schönen Abend.« Mit diesen Worten drehte er sich um und ließ sie stehen.

Hannah sah ihm hinterher und schüttelte innerlich den Kopf. Was für ein Arschloch! Manche Dinge änderten sich eben nie. Sie kam nicht mehr dazu, den Gedanken weiter zu vertiefen, denn plötzlich tauchte Leif Gjertsen neben ihr auf, in seiner Hand ein Weinglas.

»Meinen Glückwunsch«, sagte er. »Das haben Sie gut gemacht.«

»Es gibt Leute, die das anders sehen.«

»Was, Moreau? Ach, lassen Sie sich von dem Miesepeter nicht die Laune verderben. Er hat Sie in die Situation gebracht, jetzt soll er auch sehen, wie er damit zurechtkommt.«

»Er sieht mich als Konkurrenz.«

»Und wennschon.« Gjertsen lächelte grimmig. »Ein bisschen Konkurrenz hat noch nie geschadet. Es belebt das Geschäft, sagt man nicht so bei Ihnen?«

»Das stimmt ...«

»Na also. Lassen Sie den Kopf nicht hängen und folgen Sie mir. Ich würde Sie gern ein paar Leuten vorstellen. Menschen, die Ähnliches durchgemacht haben wie Sie und mit denen Sie bestimmt gleich im Gespräch sind.«

Hannah sah ihn skeptisch an, leerte den Wein in einem Zug und stellte das Glas ab. »Ich bin bereit. Mischen wir uns unters Volk.«

13

Es war mitten in der Nacht, als ein dumpfes Husten sie aus dem Schlaf riss.

Das Licht im Camp war während der Ruhestunden auf ein Minimum gedämpft worden. Im schwachen Leuchten zweier Gaslaternen sah Hannah die dunkelblaue Eiskuppel über sich, glitzernd wie ein Sternenhimmel. Ein wunderschöner Anblick, der in krassem Kontrast zu dem schrecklichen Husten stand. Zuerst dachte sie sich nichts dabei, doch als das Würgen und Keuchen nicht mehr aufhörte, richtete sie sich auf. Was sie da hörte, klang gar nicht gut. Nach und nach wurden auch die anderen wach.

»Was ist denn los?«, fragte eine junge Frau mit müder Stimme. Sie hatte ihr Feldbett neben dem von Hannah aufgeschlagen. »Klingt ja furchtbar.«

»Als hätte sich jemand böse verschluckt«, sagte ein anderer. »Das kommt davon, wenn man den Hals nicht voll bekommt und um diese Uhrzeit noch isst.«

»Vielleicht hat er auch zu viel getrunken, und ihm ist übel geworden«, sagte die junge Frau. »Wir sollten mal nachsehen, bei dem Lärm kann ja niemand schlafen.«

Hannah blickte in die Richtung, aus der das Husten kam. Sie konnte erkennen, dass bereits mehrere Mitglieder des Teams auf den Beinen waren und um ein Feldbett am anderen Ende des Lagers standen. Es wurde heftig diskutiert. Einer der Männer rannte zu einer der Kisten und fing an, darin herumzuwühlen.

»Sieht ernst aus«, kommentierte die junge Frau neben Hannah. »Da drin bewahren sie die Medikamente, Verbandsmaterialien und sonstige Erste-Hilfe-Artikel auf. Der da rennt, ist übrigens unser Arzt. Du bist ihm gestern Abend begegnet, glaube ich.«

»Stimmt«, erwiderte Hannah, deren Gedankengänge erst langsam wieder einsetzten. Sie blickte auf die Uhr. Kurz nach zwei. Großer Gott, sie hatte noch nicht mal zwei Stunden geschlafen. Zum Glück war es nur bei einem Glas Wein geblieben, sonst ginge es ihr vielleicht so wie den bemitleidenswerten Gestalten, die jetzt nach und nach wach wurden.

»Ich glaube, ich werde mal nachsehen, was da los ist«, sagte sie. »Kommst du mit?« Hannah versuchte, sich an den Namen der jungen Frau zu erinnern, aber er wollte ihr nicht einfallen. Marie, oder so.

»Klar, gerne.«

Gemeinsam gingen sie auf die andere Seite. Das Husten hatte an Intensität zugenommen. Es klang jetzt mehr wie ein kurzes, heftiges Schreien, das hin und wieder von panischen Atemzügen unterbrochen wurde. Im bläulichen Licht der Nachtlampen wirkten die Gesichter der Teammitglieder kreidebleich.

»Was ist denn los?«, fragte Marie. »Warum helft ihr dem armen Kerl denn nicht?«

»Tun wir doch«, sagte ein schlanker junger Mann von augenscheinlich indischer oder pakistanischer Herkunft.

»Der klingt ja, als würde er gleich ersticken.«

»Wenn du weißt, was zu tun ist, darfst du gerne ran, ansonsten halt dich einfach zurück, okay? Wir haben keine Ahnung, was mit ihm los ist. Steve hat ihm eine Beruhigungsspritze gegeben und einen Katheter in die Atemröhre gelegt, mehr ist im Moment nicht drin. Könnte sich um einen anaphylaktischen Schock handeln, wobei die Symptome eher ungewöhnlich sind.«

»Wer ist es denn?«

»Oh Gott, habt ihr das denn nicht mitbekommen?« Der Mann blickte sie entgeistert an. Er trat zur Seite, damit Hannah und Marie einen Blick auf ihn werfen konnten. Hannas Herz verkrampfte sich. Es war Moreau!

Er war kaum wiederzuerkennen. Sein Gesicht war aufgedunsen und übersät mit Flecken. Die blutunterlaufenen Augen waren weit aufgerissen und irrlichterten orientierungslos hierhin und dorthin. Seine Haut war schweißüberströmt, das Haar klebte ihm wie Seetang am Kopf. Seine Venen traten unnatürlich plastisch hervor. An der Stirn, dicht neben dem Haaransatz, schien ein Gefäß geplatzt zu sein. Ein Blutstropfen rann die Schläfe hinunter. Steve tupfte ihn weg, doch es trat immer wieder frisches Blut hervor. Der Körper des Franzosen wurde von konvulsiven Zuckungen erschüttert, die ihn wie Stromschläge schüttelten. Ein grauenhaftes Heulen drang aus dem Atemschlauch.

Steve lagerte die Beine hoch und ertastete den Puls. Was er spürte, schien ihm nicht zu gefallen.

»Und?«

»Kreislaufkollaps. Flacher Puls, erweiterte Blutgefäße, Schleimhäute geschwollen. Wir müssen Adrenalin verabreichen. Wer hilft mir?«

Sofort waren ein paar Freiwillige da. Sie hielten die Infusionsflaschen, halfen dabei, die Venenkanüle zu legen, und versuchten, den Patienten zu stabilisieren. Das war leichter gesagt als getan, denn Moreau wehrte sich mit Händen und Füßen. Obwohl er scheinbar orientierungslos war, leistete er doch genug Widerstand, um das Setzen der Adrenalinspritze zu einem Drahtseilakt werden zu lassen. Steve versuchte, ihn mit sanften Berührungen und Worten zu beruhigen, doch als das nichts nützte, griff er zu härteren Maßnahmen.

»Es hilft nichts, Leute, hier sind Klettbänder. Helft mir, ihn zu fixieren. Am besten seitlich, am Rahmen des Feldbettes. Hier die Bänder für Arme und Beine, ich übernehme den Kopf. Schnell jetzt, es kommt jetzt auf jede Sekunde an.«

Mit Entsetzen sah Hannah, wie die fünf Leute gegen den zappelnden Wissenschaftler ankämpften. Einer davon war Gjertsen, der nun beileibe kein Schwächling war. Doch selbst er hatte Probleme, den Mann zu bändigen. Wenn dies eine allergische Reaktion war, so war es die heftigste, von der sie je gehört hatte.

Doch irgendwann hatten sie es geschafft. Moreau lag still, nur das Pfeifen aus seinem Atemschlauch war zu hören.

»Was könnte den Schock ausgelöst haben?«, fragte sie, nachdem die Infusion gelegt worden war.

Steve zuckte die Schultern. »Keine Ahnung. Vielleicht ein Nahrungsmittel, vielleicht aber auch ein bestimmtes Medikament, ein Insektengift oder Aeroallergen.«

»Ein *Aeroallergen?*«

»Pollen. Wobei man das hier unten wohl ausschließen kann. Ebenso das Gift von Insekten. Hier gibt's keine Insekten, oder hat einer von euch schon eines gesehen?«

Allgemeines Kopfschütteln.

»Na, wie auch immer, er scheint sich jetzt endlich zu beruhigen. Ich denke, wir können ihn langsam wieder losbinden und mit der Versorgung seiner Wunden beginnen.«

Ehe er jedoch dazu kam, bäumte der Franzose sich plötzlich auf und entwickelte eine solche Kraft, dass die Klettbänder, mit denen seine Arme fixiert waren, zerrissen. Seine rechte Hand schoss empor und legte sich wie eine Schraubzwinge um Steves Hals. Dem Arzt traten die Augen aus dem Kopf. Mit beiden Händen versuchte er, sich aus dem Griff zu befreien, doch es war sinnlos. Schon begann er blau anzulaufen. Eine endlose Sekunde standen die fassungslosen Teammitglieder um die beiden Kontrahenten herum, dann stürzten sie sich mit vereinten Kräften auf den Archäologen und bemühten sich, Steve aus dem mörderischen Griff zu befreien. Hannah konnte nicht sehen, was vorging, aber sie hörte das angestrengte Keuchen der Helfer, das von den unartikulierten Schreien Moreaus konterkariert wurde. Die Geräusche waren so entsetzlich, dass sie beide Hände auf die Ohren presste, um sie nicht hören zu müssen.

Moreau gebärdete sich wie besessen. »*Heeelft ... miiir!*«, schrie er und schlug dabei wild um sich. Gjertsen wurde nach hinten geschleudert, stolperte aus dem Kreis der Helfer und landete flach auf dem Rücken. Seine Nase war blutig zerschlagen.

Hannah eilte ihm zur Hilfe und richtete ihn auf. Der Kommandant war ganz benommen. »Das ist nicht normal ...«, stammelte er. »Diese Kraft ... das ist einfach nicht normal.« Dann nieste er. Hannah wurde mit roten Tropfen besprenkelt. »Tut ... tut mir l... leid«, stammelte er, als er sah, was er angerichtet hatte. »I... ich wollte n... nicht ...«

»Das macht doch nichts«, unterbrach ihn Hannah und zog ihn aus dem Gefahrenkreis hinüber zum Lager. Obwohl sie sich ekelte, machte sie weiter. Sie hatte alle Hände voll zu tun, denn Gjertsen wog mindestens neunzig Kilo. Sie lehnte ihn mit dem Rücken gegen eine der Kisten und reichte ihm ein Taschentuch. »Wird es gehen?«

Er nickte.

»Bin gleich wieder zurück.«

Die Situation an Moreaus Krankenbett war nach wie vor angespannt. Noch immer waren etliche Helfer bestrebt, den tollwütigen Archäologen zu bändigen, doch der Widerstand schien langsam zu erlahmen. Steve war den mörderischen Klauen entronnen und wurde, gestützt von Marie und einer anderen jungen Frau, zu seinem Feldbett geführt. An seinem Hals waren deutliche Würgemale zu sehen. Hannah wollte sich gerade nach seinem Befinden erkundigen, als von Moreaus Lager her ein Schrei ertönte.

»Nein, nein, nein, was ist denn das jetzt schon wieder? Eben war er doch noch bei Bewusstsein. Hol ihn wieder zurück.«

»Und wie soll ich das anstellen, wenn ich fragen darf? Ich bin kein Arzt.«

»Verdammt, wo ist Steve?«

»Auf den können wir im Moment nicht zählen, der ist ausgezählt.«

»Scheißegal. Bringt ihn her, schnell.«

»Steve, kannst du kurz mal kommen? Du solltest dir das wirklich mal ansehen.«

»Was ist los ...?«

»Ich glaube, der ist tot. Moreau, meine ich. Er atmet nicht mehr.«

»Was?« Der junge Mediziner stand auf und taumelte unsicher ein paar Schritte nach vorn. Hannah eilte zu ihm und stützte ihn.

»Geht's wieder?«

Er nickte. »Danke.«

»Kommen Sie, ich begleite Sie die letzten Meter.«

Die Leute wichen auseinander, als Hannah und Steve bei ihnen eintrafen. Der Anblick war schockierend. Moreau blutete aus unzähligen kleinen Wunden, die überall auf seinem Körper aufgebrochen waren. Das Feldbett war getränkt von Blut, Moreau schwamm regelrecht darin.

»Plötzlich war kein Puls mehr da, und geatmet hat er auch nicht mehr. Wir wussten einfach nicht, was wir tun sollten.«

»Lasst mich mal sehen.« Steve senkte sein Ohr auf Moreaus Brust und lauschte. »Verdammt, ihr habt recht«, murmelte er. »Sein Herz hat ausgesetzt.« Er ging auf die Knie und leitete eine sofortige Herzmassage ein. Er suchte den Druckpunk, legte die zweite Hand auf die erste und strecke die Arme durch. Dann fing er an, Druck auszuüben. Einmal, zweimal, dreimal. Hannah zählte dreißig Stöße, gefolgt von zwei Beatmungen. Dann wieder von vorne. Der Schweiß stand ihm auf der Stirn. »Komm schon«, flüsterte er. »Komm endlich wieder zu dir.« Wieder und wieder bearbeitete er das Herz, doch Moreau rührte sich nicht. Nach etwa zehn Minuten gab der junge Arzt auf. Sichtlich niedergeschlagen sackte er in sich zusammen und gab einer Kollegin zu verstehen, sie möge etwas zu schreiben holen. Schweigend warteten sie.

Als die Frau mit Klemmbrett und Stift wiederkam, diktierte er: »Frédéric Gerome Moreau, leitender Archäologe.

Todeszeitpunkt: 16. November, 02:55 Uhr. Vermutlich anaphylaktischer Schock, Auslöser unbekannt. Gegenmaßnahmen: Gaben von Adrenalin und Cortison sowie Kochsalzlösung intravenös. Leider ohne Erfolg. Patient kollabierte. Todesursache: Herzstillstand und Aussetzen der Atmung. Der Leichnam wird gekühlt, vakuumiert und für die Obduktion aufbewahrt. Rücktransport, sobald entsprechende Möglichkeiten verfügbar sind. Hast du das?«

Sie nickte. »Was ist mit den Blutungen, sollten wir die nicht noch irgendwo erwähnen?«

»Ich weiß es nicht. Um ehrlich zu sein, ich weiß überhaupt nichts mehr.« Steve zog seine Gummihandschuhe aus und warf sie zu Boden. Hannah konnte sehen, dass ihm die Tränen in den Augen standen. Der arme Kerl war mit den Nerven völlig am Ende.

»Dieser Fall wirft mehr Rätsel auf, als ich in so kurzer Zeit erklären kann, und ich fühle mich hoffnungslos überfordert. Vielleicht bekommen sie ja drüben in Oslo raus, was hier passiert ist. Meine Kompetenz übersteigt es jedenfalls bei weitem.« Seine Freunde standen um ihn herum und klopften ihm auf die Schultern. Selbst Gjertsen war wieder auf den Beinen. Hannahs Taschentuch fest auf die Nase gepresst, kam er zu ihnen herüber und betrachtete Moreaus Leiche. Steve warf ihm einen besorgten Blick zu. »Soll ich mir Ihre Nase mal anschauen?«

Der Commander schüttelte den Kopf. »Machen Sie sich keine Gedanken. Ist nur gebrochen, und das nicht zum ersten Mal. Ich habe sie wieder gerade gebogen, der Rest erledigt sich von allein. Für ein Schmerzmittel wäre ich Ihnen allerdings dankbar.«

»Gebe ich Ihnen«, sagte Steve. »Kommen Sie mit. Im Anschluss daran werden wir uns um Moreau kümmern. Dass niemand von euch ihn berührt, habt ihr gehört?«

Diese Warnung hätte er nicht aussprechen müssen. Es war auffällig, wie sich ein unsichtbarer Kreis um das Sterbebett bildete – niemand wollte dem blutigen Leichnam zu nahe kommen. Für Hannah eine verständliche Reaktion, schließlich konnte keiner mit der Diagnose des jungen Mediziners zufrieden sein. Zu viele Fragen waren unbeantwortet geblieben, zu viele Probleme ungelöst. Etwas Mysteriöses und Erschreckendes umgab das Ableben des Franzosen. Solange die Todesursache nicht eindeutig geklärt war, lag der Verdacht nahe, dass etwas anderes den Mann auf brutale und grausame Weise aus dem Leben gerissen hatte. Etwas, das viel tiefer reichte und seine Wurzeln irgendwo im Herzen dieser kalten, prähistorischen Totenstadt hatte.

Hannah ging zurück zu ihrem Bett. Sie war sicher, kein Auge schließen zu können, nicht nach dem, was soeben passiert war. Doch sie wollte es wenigstes versuchen, schließlich war morgen wieder ein ganz normaler Arbeitstag. Die Beine ausgestreckt, lag sie da und starrte an die Decke. Ihr Hals war merkwürdig rauh. Sie beugte sich vor und nahm einen Schluck aus ihrer Feldflasche. Das Wasser kühlte zwar ihre Kehle, ganz vertreiben konnte es das rauhe Gefühl aber nicht. Sie musste sich räuspern. Verdammter Frosch im Hals. Wo kam der denn auf einmal her?

Noch einmal trank sie einen Schluck. Und dann hörte sie es: ein trockenes, kehliges Husten. Und dann noch eines.

Und noch eines.

14
Zwölf Stunden später ...

John trommelte nervös mit den Fingern auf den hellgrauen Resopaltisch im Büro des Majors und starrte hinaus in den Sturm. Die Umrisse der Bodencrew waren durch die peitschenden Schneeschauer nur als verschwommene Schemen zu erkennen. Der Wind zerrte heulend an den Beleuchtungsmasten und ließ das Licht der Scheinwerfer über den Boden zucken.

Der Militärflugplatz Ørland lag auf der gleichnamigen Halbinsel an der Mündung des Trondheimfjords im Nordlandmeer. Er beherbergte einen Teil der norwegischen Luftstreitkräfte, die andere Hälfte war bei Bodø in der Provinz Nordland stationiert. Das Kontingent umfasste Mehrzweckkampfflugzeuge, Trainer, U-Boot-Jäger, Aufklärer sowie Seenotrettungshubschrauber und unbemannte Drohnen. Die fünf Transportflugzeuge in Norwegens Luftwaffe waren vom Typ *Lockheed C130 Hercules*, einem lang gedienten Veteranen, dessen Grundversion noch aus den 1950ern stammte. Das Konzept der Maschine war dermaßen unverwüstlich, dass es als das vielseitigste und am weitesten verbreitete militärische Transportflugzeug der Welt galt. Der durch und durch robuste Schulterdecker konnte mit seinen vier Turboprop-Motoren eine Reichweite von über 3000 Kilometern und eine Höchstgeschwindigkeit von 650 Stundenkilometern erzielen. Die Hercules war sowohl in Wüstenregionen als auch im Dschungel oder im Polargebiet einsetzbar und konnte als Personentransporter 128 vollausgerüstete Kampfsoldaten oder alternativ 92 Fallschirmjäger von einem Ort zum anderen bewegen. Während der Evakuierung von Saigon war es einer Maschine dieses Typs sogar einmal gelungen, 452 Personen in das vier Stunden entfernte Utapao zu schaffen. Aufgrund der äußerst stabilen Flugeigenschaften wurde die Hercules auch heute noch von den *Hurrican Hunters* eingesetzt, einer Fliegerstaffel, die mitten in ausgewachsene Wirbelstürme hineinflog, um dort im Auge ihre Messungen vorzunehmen.

Zwei Hovercrafts vom Typ *Griffon*, die für den Einsatz in arktischen Gebieten modifiziert worden waren, warteten darauf, durch die Heckklappe in den Laderaum gezogen zu werden. Der Plan lautete, Nordostland zu überfliegen, die bemannten Hovercrafts im Zielgebiet an Fallschirmen abzuwerfen und mit ihrer Hilfe das Team rauszuholen. Stromberg war überzeugt, dass sich die Wissenschaftler unter Leitung von Frédéric Moreau und Leif Gjertsen in höchster Gefahr befanden. Die medizinhistorische Abteilung in Washington hatte rund um die Uhr gearbeitet und weitere Quellen ausgegraben, die den Anfangsverdacht nicht nur erhärteten, sondern ihn verstärkten. Das Codewort der Doomsday-Maschine lautete *Valhalla*, und was darüber zu lesen stand, konnte einem das Blut in den Adern gefrieren lassen. Demnach hatten die Nazis nicht einfach nur an der Züchtung eines todbringenden Krankheitserregers gearbeitet, sondern vielmehr an einer biologischen Waffe, die sich selbst reproduzieren und eine neue Phase des Terrors und Schreckens einläuten sollte. Würde sich bewahrheiten, was Strombergs Experten herausgefunden hatten, so war es für das Team unter dem Eis möglicherweise bereits zu spät. Ganz zu schweigen von den Konsequenzen, die drohten, sollten die arktischen Gletscher im Zuge der Klimaveränderung weiter abschmelzen und den Erreger an die Luft setzen. Doch darum würde man sich kümmern, sobald feststand, was aus dem Team unter dem Eis geworden war. Es bestand eine gewisse Chance, dass die Archäologen noch nicht bis zu den kontaminierten Bereichen vorgedrungen waren. Doch das Zeitfenster war klein, und es schrumpfte immer weiter. Wenn die Warnmeldungen nicht rechtzeitig zu ihnen durchdrangen, würden sie die Büchse der Pandora öffnen. Und was dann geschah, darüber konnte man nur spekulieren.

»Was dauert denn da so lange?« John stand auf und presste seine Nase an die Scheibe. Mit jeder Minute, die verstrich, wurde es schlimmer dort draußen. Der Major hatte ihn gebeten, zu warten, während er sich nach dem aktuellen Status der Mission erkundigte. Doch je länger er fortblieb, desto nervöser wurde John. »Müssen die erst noch die Zollpapiere kontrollieren, oder was? Das kann doch nicht sein, dass das so viel Zeit beansprucht.«

Die Hovercrafts waren mit Quarantäneeinrichtungen ausgestattet worden, um die Überlebenden – sollte es denn welche geben – in isoliertem Zustand zurück nach Longyearbyden transportieren zu können, wo die Hercules darauf wartete, sie nach Oslo oder in eine andere Universitätsklinik zu bringen. Der Plan war praktisch in letzter Minute und unter hohem Zeitdruck entwickelt worden und wies dementsprechend noch einige Lücken auf. Es war jedoch das Beste, was sich in so kurzer Zeit bewerkstelligen ließ.

Wenn nur das Wetter besser wäre!

Die meteorologischen Bedingungen waren und blieben die Achillesferse bei diesem Plan. Einmal in der Luft, würde die Maschine die Strecke vermutlich schaffen; das Problem war nur, sie überhaupt in die Höhe zu bekommen.

Hinter ihm wurde die Tür aufgerissen. Der Major betrat sein Büro, weiß gepudert wie ein Rührkuchen und mit einem Gesichtsausdruck, der Johns schlimmste Befürchtungen bestätigte.

»Wie sieht's aus, kann die Maschine starten?«

»Aussichtslos«, erwiderte der Major. »Wir kommen mit dem Abtauen der Tragflächen nicht hinterher. Kaum auf der einen Seite fertig, können wir auf der anderen schon wieder anfangen. Der Rumpf ist so voller Eis, dass man die Stücke mit dem Hammer herunterschlagen müsste. Ich fürchte, ich kann Ihnen keine Freigabe erteilen.«

John reckte sein Kinn vor. »Das ist inakzeptabel. Das Team braucht unsere Hilfe, und zwar sofort. Jede Minute zählt. Und Sie wollen mir erzählen, dass Sie dem Flugzeug keine Startfreigabe erteilen können? Was für ein Flughafen ist das hier? Ich dachte, Sie wären mit solchen Situationen vertraut?«

»Das sind wir«, erwiderte der Major barsch. »Wir haben klare Anweisungen, wie wir bei meteorologischen Bedingungen wie diesen hier zu verfahren haben: keine Starts bei Seitenwind über 30 Knoten. Wir messen momentan 54 Knoten, das liegt knapp unter Orkanstärke. Das Problem ist aber nicht die Windstärke, sondern die Richtung. Käme der Wind von vorne oder von hinten, könnten wir tatsächlich noch starten und landen, doch in diesem Fall haben wir es mit einer atypischen Richtung zu tun.« Er zuckte die Schultern. »Schiffe lassen sich in den Wind drehen – Landebahnen nicht. Jedes Flugzeug hat eine individuelle maximal zugelassene Seitenwindkomponente. Die Neigungstoleranz liegt bei der Hercules zwar sehr hoch, aber eben nicht hoch genug, um bei diesem Wetter zu starten. Sollte eine der Tragflächen beim Start den Boden berühren, ist es aus. Ein Risiko, das ich unseren Leuten nicht zumuten werde.«

»Und wie lange noch, bis sich daran etwas ändert?«

»Laut aktuellem Wetterbericht müssen wir noch mindestens fünf Stunden warten, bis der Orkan über uns hinweggezogen ist. Dann werden wir sofort starten.« John stöhnte. »Fünf Stunden. Bis dahin könnte es bereits zu spät sein.«

»Zu spät, wofür?« Der Major runzelte die Stirn. »Was ist eigentlich los bei euch da oben?«

»Fragen Sie nicht.«

*

Hannah rang nach Luft. Ein schneidender Schmerz fuhr ihr durch Lunge und Augen, als habe ihr jemand Chilipulver ins Gesicht geblasen. Sie bekam kaum noch Luft. Hals und Brust brannten wie Feuer.

Wasser, sie brauchte Wasser. Wo gab es etwas zu trinken?

Der Kragen schnürte ihr die Luftzufuhr ab. Mit nervösen Fingern zerrte sie an ihrem Overall, doch das Öffnen des Reißverschlusses brachte kaum Linderung. Sie griff nach ihrer Feldflasche und wollte sie gerade an ihre Lippen setzen, als die Zuckungen anfingen. Spasmische Kontraktionen der Arm- und Beinmuskulatur, als hätte sie einen

Stromschlag erhalten. Die Flasche entglitt ihren Fingern und fiel scheppernd zu Boden, rollte ein paar Treppenstufen hinab und verlor dabei ihren Inhalt. Hannah stieß ein unartikuliertes Stöhnen aus. Sie brauchte etwas zu trinken. Jetzt.

Ein erneutes Zucken riss ihr die Beine unter dem Körper weg. Sie schlug derart hart auf der Erde auf, dass sich ihre Handgelenke wie zerschmettertes Glas anfühlten. Sie schrie auf. Tränen rannen ihr über die Wangen. Normale Fortbewegung war ausgeschlossen, aber vielleicht konnte sie ja kriechen. Wenigstens das schien noch zu funktionieren. Besser als gar nichts.

Wo war sie? Es war beinahe unmöglich, das Blickfeld zu stabilisieren. Immer wenn sie glaubte, einen Fixpunkt gefunden zu haben, fing dieser sofort wieder an, aus ihrem Sichtbereich hinauszuwandern. Die permanente Überlastung des Augenmuskels sorgte für quälendes Pochen im Schläfenbereich.

Das Schlimmste waren die Unterleibschmerzen: dieses unerträgliche Ziehen vom Schambein aufwärts zum Bauchnabel, als würde sie bei lebendigem Leib ausgeweidet.

Um sie herum herrschte das Chaos. Menschen, die verrenkt und gekrümmt auf dem Boden lagen, nach Luft rangen oder einfach nur besinnungslos durch die Gegend taumelten. Die Luft war gesättigt mit dem Gestank nach Kot und Erbrochenem. Ein widerwärtiger Geruch, der nur noch übertroffen wurde von dem Gestank nach Blut.

Blut, das aus unzähligen Wunden sickerte. Aus Nasen, Mündern, Ohren und anderen Körperöffnungen. Süßlich, widerlich und allgegenwärtig.

Hannah musste würgen. Hätte sie noch irgendetwas im Magen gehabt, sie hätte sich erneut übergeben, doch so brachte sie nur einen dünnen, gelblichen Schwall Magensaft hervor, der ihre Kehle verätzte und einen ekelhaften Geschmack im Mund hinterließ.

Wasser.

Wo war diese vermaledeite Flasche? Eben war sie doch noch da gewesen. Wenn sie bloß ihr Blickfeld stabilisiert bekäme. Alles schien zu kreisen. Was war denn das da unten am Ende der Stufen? Im kalten Licht der Gaslaternen sah sie etwas blinken. Etwas Metallisches.

Mit ungelenken Bewegungen kroch Hannah die Stufen hinunter. Ihre Handgelenke brannten wie Feuer. Der Druck in ihrem Schädel war mörderisch. Schlimmer als jeder Anfall von Migräne, den sie bisher erdulden musste. Und das waren schon einige gewesen. Beim leisesten Anzeichen von Augenflimmern trank sie einen starken Kaffee und nahm eine hochdosierte Ibuprofen-Tablette, das hatte bisher immer gewirkt. Das Problem war nur: In ihrem Zustand hätte sie nichts bei sich behalten können. Und dabei gehörte sie noch zu den wenigen, denen es halbwegs gutging.

Die letzten Stunden waren die pure Hölle gewesen. Ein Anfall nach dem anderen. Nach Moreau und dem bemitleidenswerten Kameramann hatte es Steve erwischt – und damit den Einzigen, der sich in Sachen medizinischer Behandlung auskannte. Gjertsen war der Nächste gewesen, danach Marie. Die Menschen gerieten in Panik, fielen über die Vorräte her und versuchten, aus Tüchern, Tüten und Sauerstoffflaschen irgendwelche Atemgeräte zu bauen. Aber natürlich war es dafür längst zu spät. Was immer da hinter der Tür gewesen war, es hatte sie alle infiziert. Es hatte Schleimhäute aufgelöst und Blutgefäße zum Platzen gebracht. Es hatte Organe verflüssigt, Lungen kollabieren lassen und Herzen zum Stillstand gebracht. Und es war noch lange nicht am Ende.

Hannah kroch weiter. Ein plötzliches Ziehen im Unterleib ließ sie vor Schmerzen laut aufschreien. Ihre Finger krallten sich in die gefrorene Erde, ihre Atmung setzte aus.

Vier Sekunden ... fünf ... sechs ...

Als sie glaubte, sie würde es keinen Moment länger aushalten, ließ der Schmerz plötzlich nach. Stöhnend sank sie zu Boden. Großer Gott, was war das nur? Es fraß sich durch ihre Eingeweide hinauf bis in ihren Kopf. Ein Parasit? Bakterien? *Viren?*

Aber diese Stadt war seit Urzeiten unberührt. Was für ein Erreger hätte so lange in dieser lebensfeindlichen Umgebung überleben können? Bisher hatten sie keine Leiche gefunden, keine Mumie, kein Skelett. Nicht mal irgendwelche Knochenreste.

Ein plötzlicher Hustenanfall unterbrach den Gedankengang. Ihre Lunge fühlte sich an, als würde sie durch einen Fleischwolf gedreht. Immer rundherum und rundherum in der furchtbaren Häckselmaschine. Als sie fertig war, sich die Lunge aus dem Leib zu kotzen, und mit dem Handrücken über ihren verschleimten Mund wischte, stellte sie fest, dass er ganz blutig war. Oh Gott, die Blutungen setzten ein. Der letzte Akt in diesem tödlichen Schauspiel. Zielgerade in Sicht. Und die letzten Meter würden noch mal richtig fies werden.

Ihre Finger umschlossen die Wasserflasche. Es war sogar noch etwas darin. Zitternd führte sie die Öffnung zum Mund und ließ das kalte Nass die Kehle hinunterfließen. Um ein Haar hätte sie alles wieder ausgespuckt, als sie von einem neuerlichen Hustenanfall durchgeschüttelt wurde. Aber sie konnte es gerade noch verhindern. Noch ein Schluck. Oh, welche Wohltat. Jetzt nur noch die letzten Minuten durchstehen. *John*, dachte sie. *Mein Geliebter. Gut, dass du nicht mitgekommen bist. Dich sterben zu sehen, hätte ich nicht ertragen.*

An eine Steinmauer gelehnt, ließ sie einen letzten Blick durch die Höhle schweifen. Dann schloss sie die Augen. Zum Sterben.

TEIL 2

Chimäre

15

Ping ...

Dunkelheit. Allumfassende Dunkelheit. Ein Meer aus Schwärze und Gelassenheit. Darin ein Ton. Hoch, melodisch, regelmäßig. *Ping ...*

Ein Vogel?

Zunehmend verhaltene Geräusche. Murmeln, Flüstern. Der Wellenschlag menschlicher Worte. Zu weit entfernt, um sie zu verstehen.

Ping ...

Licht. Ein heller Punkt, stetig zunehmend. Weiß ... weiße Strahlen. Scheinwerfer? Betäubende Helligkeit. Schmerz.

Erneute Dunkelheit.

...

»Ich glaube, sie kommt wieder.«

Ping ...

Ein seltsamer Geruch. Scharf, steril, antiseptisch. Alkohol? Wieder Licht, diesmal erträglicher. Trotzdem war da noch dieses unerträgliche Pochen im Kopf.

Ping ...

»Hannah?«

Eine Frage. An wen?

»Hannah, bist du wach?«

Die Stimme klang vertraut. Wärme. Geborgenheit. Lächeln.

Ping ...

Sie versuchte, etwas zu erkennen, doch es blieb dunkel.

»Hannah, ich kann sehen, dass du deine Augen bewegst. Du kannst mich doch hören, oder?«

Ja, Liebster, ich kann dich hören, nur sehen kann ich dich nicht. Wo bist du?

»Komm schon, sieh mich an. Rede mit mir. Ich bin's, John. Ich bin so froh, dass du lebst.«

Ping ...

Bewegte Schatten. Sanfte Berührungen. Ein Lichtstrahl.

Es tut so gut, dich zu spüren, Liebster. Wo bist du? Warum kann ich dich nicht sehen? Was ist mit meiner Stimme? Warum kann ich nicht mit dir reden?

Ping ...

Könnte mal jemand dieses nervige Geräusch abstellen?

»Willst du mir etwas sagen, Hannah? Komm schon, sprich mit mir, ich sitze direkt hier. Möchtest du irgendetwas?«

»Www...«

»Wasser? Hast du Durst, möchtest du etwas trinken?«

Ein Nicken. *Ja, Liebster. Ich habe Durst. Schrecklichen Durst. Ich nicke, siehst du? Bitte gib mir etwas zu trinken.*

»Moment, hier. Ich setze die Schnabeltasse jetzt an deine Lippen. Aber schön langsam, verstehst du? Nicht dass du dich verschluckst.« Ein Schatten, der sich herunterbeugt.

Ja, Wasser, endlich. Oh, verdammt, das tut weh. Aber egal. Meine Kehle ist so trocken. Noch einmal. Ja, schon besser. Jetzt kann ich auch meine Zunge wieder bewegen.

»J... John.«

»Ja, ja. Ich bin's, John.«

Ein verhaltenes Schluchzen. Ein Druck am Hals. Feuchtigkeit. Tränen?

Sie schlug die Augen auf. Das Zimmer war hell erleuchtet.

»W... wo bin ...?«

Ein Schniefen und Räuspern. Ein Gesicht wie durch eine Milchglasscheibe.

»In der Universitätsklinik *Ullevål* in Oslo.«

Oslo? Klingt vertraut. Norwegen, nicht wahr? Aber was mache ich hier?

»Du bist sehr krank«, sagte John, ohne dass er ihre Frage hätte hören können. Wie nah sie sich doch waren.

»Die Ärzte hatten dich schon aufgegeben, doch du hast dich gewehrt, hast nicht aufgegeben. Hast dem Tod, den Ärzten – ihnen allen ein Schnippchen geschlagen. Ich bin so stolz auf dich. So stolz und so ... *so glücklich* ...« Johns Stimme war tränenerstickt.

Hannah spürte den unwiderstehlichen Drang, ihn zu trösten, ihn in den Arm zu nehmen und an sich zu drücken, doch ihr fehlte die Kraft. Alles, was sie schaffte, war, ihre Hand ein kleines bisschen zu heben und ihn zu berühren. Doch das reichte offenbar schon aus. John ergriff ihre Hand und drückte sie. Durch das Milchglas sah sie ein breites Lächeln, das sein Gesicht erstrahlen ließ. Sie runzelte die Stirn. Er trug einen weißen Overall und weiße Handschuhe. Seine Füße steckten in weißen Plastikbeuteln, was ausgesprochen merkwürdig aussah. Um sie herum war eine Art Zelt errichtet worden. Ein Zelt aus milchig weißem Kunststoff. Dahinter konnte sie verschwommen die Umrisse weiterer Personen erkennen.

»Was ... was ist das hier?«, fragte sie. »Warum dieses ganze Plastik?«

»Vorsichtsmaßnahmen«, erwiderte John und versuchte zu lächeln. »Sie haben Angst, dass immer noch etwas passieren könnte, obwohl eigentlich schon längst Entwarnung gegeben wurde.«

»Entwarnung? Wovor?«

John beugte sich vor und massierte ihre Hand. »Wie gesagt, du bist sehr krank. Die Leute hier hatten Angst, sich vielleicht bei dir anzustecken ...«

»Aber ... du hast gesagt ... keine Gefahr mehr ...?«

»Das ist richtig. Du bist zwar nicht mehr ansteckend, leidest aber noch an den Symptomen. Tatsache ist, dass der Erreger so gefährlich – so furchtbar – ist, dass immer noch ein gewisser Rest von Misstrauen besteht.«

Sie versuchte, sich zu erinnern, was vorgefallen war, aber da war ein großes schwarzes Loch in ihrem Gehirn.

»Du hast im Koma gelegen. Dein Körper wurde mittels dieser Maschinen hier am Leben erhalten.« Er deutete nach rechts.

Hannah wollte ihren Kopf drehen, doch es gelang ihr nur unvollständig.

Ping ...

Sie sah einen Computer, auf dessen Monitor Messdaten ihrer Körperfunktionen abgebildet waren: Puls, Herzschlag, Blutdruck, Atemfrequenz und so weiter. Eine Menge Kabel führten aus dem Apparat zu verschiedenen Messfühlern auf ihrer Haut. An ihrem Handrücken hatte man einen Zugang gelegt, der zu einer Spritzenpumpe führte, über die ihrem Körper langsam und kontinuierlich Medikamente zugeführt wurden. Mit zunehmendem Bewusstsein erkannte sie, dass ihr offenbar auch ein Blasenkatheter gelegt worden war. »Ganz schön viel Krimskrams«, murmelte sie.

»Stimmt.« John lächelte. »Immerhin musstest du nicht intubiert werden. Deine Atmung hat die ganze Zeit über ausgezeichnet funktioniert. Wenigstens ein Lichtblick. So bleiben dir die Schluckbeschwerden erspart.«

»Was ist geschehen? Ich muss es wissen ...«

»Vor allem musst du wieder gesund werden und dich erholen. Fragen können warten. Du hast überlebt, nur das zählt. Wenn du die Ärzte fragst, so halten es alle für ein Wunder. Glaub mir, du bist hier ein Star. Es gibt kaum noch ein anderes Gesprächsthema unten in der Kantine. Aber all das ist nicht wichtig. Ruhe dich aus, du bist jetzt in Sicherheit.«

Wie aufs Stichwort drückte der Perfusor eine kleine Dosis Beruhigungsmittel in ihre Vene und sandte sie zurück in einen warmen, dunklen Schlaf.

*

»Frau Peters, können Sie mich hören?«

Verschwommene Gestalten in weißen Umhängen.

»John?«

»Ich bin hier, meine Liebste.«

Diesmal ging es schneller mit dem Aufwachen. Ihre Augen benötigten nur einen kurzen Moment, dann erschien alles scharf. Das Zelt war verschwunden, ebenso das EKG-Messgerät und der Perfusor. An ihrem Bett standen drei Personen. John, eine junge Frau und ein Mann mit schmaler Brille und grau meliertem Bart. Als er sah, dass sie vollständig bei Bewusstsein war, zuckte ein Lächeln um seine Mundwinkel.

»Ich grüße Sie, Frau Dr. Peters. Mein Name ist Sören Hansen, ich bin Chefarzt der *Ulleval Klinik*. Dies hier ist meine Stellvertreterin, Dr. Anna Christensen. Wir freuen uns sehr, dass es Ihnen wieder bessergeht. Wie fühlen Sie sich?«

»So weit ganz in Ordnung. Ein bisschen schwindelig und kraftlos, aber ansonsten ganz gut.«

»Das ist nur der Kreislauf. Sobald Sie wieder auf den Beinen sind, wird das Unwohlsein verschwinden. Ihr Lebensgefährte erzählte uns, dass Sie Probleme mit Ihrem Erinnerungsvermögen haben ...?«

»Das stimmt«, sagte Hannah. »Mir fehlen große Abschnitte. Ich kann mich beim besten Willen nicht erinnern, was vorgefallen ist und warum ich im Krankenhaus liege.«

»Das sollte Sie nicht beunruhigen«, sagte Hansen. »Teilamnesien sind durchaus üblich bei Patienten, die einige Zeit im künstlichen Koma gelegen haben. Wir sind ziemlich optimistisch, dass Ihre Erinnerung bald wiederkehrt. Mr. Evans hier hat sich bereit erklärt, uns mit allen nötigen Informationen zu versorgen. Zuerst mal aber brauchen Sie nur zu wissen, dass Sie auf einer Expedition im Norden Spitzbergens waren, in deren Verlauf es zu ... nun ja, nennen wir es mal ... *Komplikationen* kam.«

Hansen zögerte kurz. »Offenbar sind Sie während Ihrer Forschungen auf einen unbekannten Krankheitserreger gestoßen, der sowohl Ihre Organe als auch Ihr zentrales Nervensystem befallen hat. Er hätte Sie mit Sicherheit getötet, wenn ... ja, wenn Sie nicht eine Art Schutzengel gehabt hätten.«

»Einen Schutzengel?« Hannah versuchte, sich zu erinnern, aber es war, als stünde eine Wand zwischen ihr und den Ereignissen in der Vergangenheit.

Hansen lächelte geheimnisvoll.

John trat näher und streichelte ihre Hand. »Erinnerst du dich an die Eishöhle, Hannah? Ihr habt eine prähistorische Stadt gefunden ...«

»Eine Stadt?« Sie dachte angestrengt nach, aber da war nichts. Gar nichts. Nicht das kleinste bisschen. Sie schüttelte den Kopf.

»Tut mir wirklich leid, ich ...«

»Sie brauchen sich nicht zu beunruhigen, Frau Dr. Peters«, meldete sich die Ärztin. »Wie Professor Hansen schon sagte, Ihr Erinnerungsvermögen wird sicher bald wiederkehren. Mit ein bisschen Geduld und Entspannung wird alles wieder gut werden.«

Hannah nickte. Was diese Menschen ihr zu erzählen versuchten, ergab irgendwie keinen Sinn. Eine Stadt unter dem Eis? Sie versuchte, sich ihre Beunruhigung nicht anmerken zu lassen. »Du sagtest *ihr*. Heißt das, ich war nicht allein?«

Ein Nicken.

»Was wurde aus den anderen?«

John tauschte kurze Blicke mit dem Arzt und der Ärztin aus, dann sagte er: »Sie sind tot.«

»Tot? Wie ...?«

»Der Erreger hat auch sie befallen, doch sie hatten nicht so viel Glück wie du.«

Hansen lächelte. »Wie ich schon sagte: Sie hatten einen Schutzengel.«

Hannah richtete sich ein Stück aus ihrem Bett auf. Die Muskeln gehorchten ihren Befehlen, und mit jeder Minute kam sie mehr zu Kräften. Sie war zwar noch nicht voll wieder da, aber doch klar genug, um zu spüren, dass man ihr etwas verschwieg. Und zwar eine ganze Menge.

»Ich verlange, dass Sie Klartext mit mir reden. Bitte. Ich bin fit genug, um damit umgehen zu können. Was ist passiert? Was war das für eine Expedition, und wieso sind alle außer mir tot? Kommen Sie schon. Nichts ist unerträglicher als diese Andeutungen. Haben Sie ein bisschen Vertrauen, ich werde mit der Wahrheit schon umgehen können. Also, was ist los? Und wer ist dieser Schutzengel, von dem Sie dauernd reden?«

»Dann weißt du es nicht?« John sah sie groß an.

»Wissen? Was denn?«

Sie bemerkte, wie John erneut die beiden Ärzte fragend ansah. Als diese ihm zunickten, setzte er sich neben Hannah ans Bett und drückte ihre Hand. »Hannah, du bist schwanger.«

16

Viktor Primakov nahm die Abfahrt *Kutuzovskiy* Richtung *TTK* – den dritten Moskauer Autobahnring – und zog, kaum dass er den Beschleunigungsstreifen hinter sich gelassen hatte, auf die linke Seite hinüber. Der V12 brüllte auf und beschleunigte den Vanquish mit einem kurzen Druck aufs Pedal auf satte 130 Stundenkilometer. Das Kokain in seinem Schädel begann zu wirken. Endlich war es wieder da, dieses Bond-Feeling. Er blendete voll auf, und die Autos vor ihm spritzten nur so zur Seite, als sie ihn wie ein Geschoss von hinten auf sich zurasen sahen.

Alyosha stieß ein leises Kreischen aus und schlug lachend die Hände vors Gesicht. Viktor wusste, dass das Mädchen neben ihm auf dem Beifahrersitz auf Schnelligkeit und große Motoren stand. Alle Fünfzehnjährigen taten das, besonders aber diese jungen, hübschen Dinger aus der Ukraine. Mit ihrem mädchenhaften Äußeren, den hohen Wangenknochen und den ausgeprägten Rundungen war Alyosha die personifizierte Sünde. Da spielte es auch keine Rolle, dass sie noch nicht volljährig war. Im Gegenteil. Bei dem Gedanken daran, was sie letzte Nacht mit ihm veranstaltet hatte, sackte sein Fuß noch ein Stückchen tiefer aufs Gaspedal. Der Wagen beschleunigte auf über 160 Stundenkilometer und duckte sich dabei wie eine Raubkatze auf den Asphalt. Brücken, Häuser, Autos rasten auf sie zu und zischten wie graue Schlieren an ihnen vorbei. Zum Glück war das Wetter sonnig und die TTK an diesem späten Dienstagvormittag nicht so stark befahren wie üblich. Viktor konnte ein bisschen die Muskeln spielen lassen.

Was für eine Nacht! In der ersten Runde war er der Kleinen in puncto Ausdauer und Leistungsfähigkeit klar unterlegen gewesen. Kurz nachdem er seine erste Ladung verballert hatte, kam er sich mit seinen 42 Jahren zum ersten Mal richtig alt vor. Ausgelaugt und alt. Doch dieser Moment dauerte zum Glück nicht lange. Dank seiner körperlichen Konstitution, seiner Stamina und dem Koks, das er und Alyosha sich danach reingezogen hatten, kam er schnell wieder auf die Beine. Was dann geschehen war, hatte das Zeug zum Klassiker. Manche Dinge kamen ihm im Nachhinein so unwirklich vor, dass es ihm immer noch schwerfiel zu glauben, sie hatten all das wirklich getan. Doch das Mädchen neben ihm erinnerte ihn daran, dass er sich das nicht nur einbildete. Der Gedanke daran ließ ihn schon wieder hart werden. 10 000 Rubel für eine Nacht waren natürlich kein Pappenstiel, aber Alyosha war jede Kopeke wert. Und wer weiß, vielleicht war ja sogar noch ein Nachschlag drin?

Er warf einen prüfenden Blick in den Rückspiegel, dann nahm er die rechte Hand vom Lenkrad, öffnete seinen Reißverschluss und warf ihr einen aufmunternden Blick zu. Alyoshas mandelförmige Augen blitzten auf. Mit einem wissenden Lächeln griff sie in seine Hose, holte seinen Schwanz heraus, beugte sich geschmeidig herunter und ließ ihre Zunge darübergleiten. Viktor grinste. Die Jugendlichen heute waren ganz anders drauf als vor dreißig Jahren. Was war er in diesem Alter nur für ein verklemmter kleiner Arschkriecher gewesen. Hatte noch den Traum von Familie,

Partei und Nation geträumt. Doch dann kam das Jahr 1986 und hatte alles verändert. Gorbatschow und die Perestroika hatten ihnen gezeigt, wo die goldenen Äpfel hingen und dass man ein Idiot war, wenn man sie sich nicht holte.

Während er den westlichen Autobahnring entlangfegte, ließ Alyosha ihn tief in ihren Mund gleiten. Es war ein Gefühl, als würde sein Unterleib unter Strom gesetzt. Er hatte keine Ahnung, was sie da genau mit ihrer Zunge anstellte, aber es war heiß. Pures Dynamit. Genau wie dieses Auto.

Vorsichtshalber nahm er den Fuß vom Gas und ließ den Wagen auf unter 150 km / h absacken. Dabei bemerkte er aus dem Augenwinkel das blau-weiße Milizfahrzeug, das auf der rechten Seite der nächsten Ausfahrt entlangkroch. Für einen Moment dachte er, die Milizen hätten ihn vielleicht nicht bemerkt, doch dann heulte die Sirene auf, und der Wagen schoss hinter ihnen her. Ausgerechnet jetzt, wo er fast so weit war.

Scheiß drauf. Auf die paar Sekunden mehr oder weniger kam es jetzt auch nicht an. Er beschleunigte.

»Was ist los?«

»Kümmere dich nicht darum. Mach weiter.«

Sie tat es, und er kam mit einer Heftigkeit, dass er um ein Haar das Steuer verrissen hätte. Das Herz schlug ihm bis zum Hals. Schwer atmend lenkte er den Sportwagen auf die rechte Standspur und bremste ab, bis er stand. Er spürte das Blut durch seine Adern rauschen. Alyosha tauchte von unten auf, wischte sich über den Mund und zog dann ihren Lippenstift nach. Der Lada 2110 kam hinter ihnen zum Stillstand, und zwei übellaunig aussehende Beamte, ein junger und ein etwas älterer, stiegen aus. Ausgerechnet jetzt klingelte auch noch das Handy. Auf dem Display stand nur ein Name: *Fradkov*.

Das duldete keinen Aufschub. Viktor nahm ab.

»*Ja?*«

»Viktor? Hier ist Sergej. Wo steckst du gerade?«

»Auf dem Weg ins *Bosco*, frühstücken.«

»Lass es und komm her. Ich brauche dich hier.«

»Hat das nicht noch etwas Zeit? Ich habe noch nichts im Magen.« Stimmte nicht ganz, dachte er. Den letzten Schluck Wodka hatte er noch heute Morgen getrunken.

Einer der Polizisten tauchte neben ihm auf, klopfte mit dem Stock gegen das Dach und verlangte, er solle die Scheibe herunterkurbeln. Viktor drückte auf den entsprechenden Knopf, gab dem Beamten aber Zeichen, er möge sich gedulden.

»Eine halbe Stunde, in Ordnung?«, schnarrte ihm Fradkovs Stimme aus dem Handy entgegen. »Und keine Minute später.«

»Ich werde sehen, was sich machen lässt. Wir sehen uns ...« *Klick*.

Er legte auf und steckte das Handy in die Innentasche seiner Lederjacke. Der Beamte wirkte merklich ungehalten über die Verzögerung. »Führerschein und Fahrzeugpapiere.« Viktor griff über Alyoshas Schenkel hinweg und öffnete das Handschuhfach. Das Mädchen war fertig mit Schminken und prüfte ihr Aussehen im Spiegel. Ihr Rock war ein wenig hochgerutscht, so dass man ihre Strumpfhalter sehen konnte. Kaum zu glauben, wie cool sie die Nummer durchzog.

Der Polizist bekam Stielaugen und musste sich zwingen,

nicht auf ihre Schenkel zu starren. Er war schätzungsweise 30 und sah aus, als hätte er schon länger nichts mehr zu vögeln gehabt.

»Ihre Tochter?«

Viktor schwieg und reichte ihm seine Papiere.

»Sie wissen, warum wir Sie angehalten haben?«

»Ich war zu schnell.«

»Zu schnell ist gar kein Ausdruck. Hier besteht eine Geschwindigkeitsbegrenzung auf 80 Stundenkilometer. Wissen Sie, was Sie draufhatten, als wir Sie verfolgten?«

»Ist das eine Quizsendung?«

»Komm mir nicht blöd, Freundchen. Das waren mindestens 140 km / h. Warum wohl hat deine Karre einen Tacho, wenn du nicht ab und zu mal drauf schaust?«

Aha, dachte Viktor. Jetzt zeigt er sein wahres Gesicht.

»Warum hast du nicht angehalten, als wir dich dazu aufgefordert haben? Du hast die Sirene doch wohl gehört, oder?«

»Seit wann duzen wir uns eigentlich?«

»Aussteigen und Hände auf die Motorhaube.« Der Polizist nestelte an seinem Pistolenhalfter herum und zog seine Waffe. In diesem Moment kreuzte der andere vor der Motorhaube auf, um zu sehen, was los war.

»Was gibt es, Gregori?«

»Verdächtige Person leistet Widerstand. Verdacht auf Drogeneinfluss.«

»Drogen?«

»Na ja ... Alkohol.«

»Haben Sie getrunken?«

»Nein.«

Der Ältere der beiden schnüffelte kurz ins Innere des Wagens und zog dann ebenfalls seine Waffe. »Macht mir aber nicht so den Eindruck. Sie haben meinen Kollegen gehört. Aussteigen.«

Viktor blieb ganz ruhig. Man hatte schon oft Waffen auf ihn gerichtet, und noch nie war sein Puls dabei auch nur einen Schlag höher gestiegen. »Sie machen einen Fehler«, sagte er. »Wenn Sie mich lassen, würde ich Ihnen gern ein Dokument zeigen, das alle Zweifel zerstreuen wird. Darf ich?« Er deutete mit seiner Hand in Richtung Innentasche.

»Von mir aus«, sagte der Ältere. Er schien etwas besonnener zu sein. »Aber ganz langsam.«

Viktor zog seinen Dienstausweis aus der Tasche und reichte ihn durch die geöffnete Scheibe. Die beiden Milizen rückten zusammen und starrten darauf. Viktor konnte sehen, wie es unter den Dienstmützen arbeitete. Sie schienen nicht glauben zu können, was sie da lasen. Der Ältere räusperte sich. »Sind Sie das?«

»Aber ja.«

»Major Viktor Primakov?«

»Das ist mein Name.«

»Sonderabteilung des SWR?«

»So steht es doch da, oder? Wenn Sie mich jetzt bitte weiterfahren lassen würden. Ich habe gerade eben einen wichtigen Anruf erhalten. Es ist eilig.«

Jegliche Haltung fiel von den beiden ab. Sie sahen aus wie zwei Schuljungen, die man beim Diebstahl erwischt hatte.

»Ich muss das überprüfen.«

»Tun Sie, was Sie nicht lassen können. Aber wie gesagt: Beeilung.«

»Ich bin gleich wieder da. Gregori, nimm deine Waffe runter.«

Der Jüngere starrte Viktor feindselig an. Anscheinend hoffte er, dass an der Sache doch noch etwas faul war.

Der *Sluschba Wneschnei Raswedki*, kurz SWR, war der russische Dienst für Außenaufklärung, eine Abteilung, die aus dem KGB hervorgegangen und für Außeneinsätze und Auslandsspionage zuständig war. Vergleichbar mit dem britischen MI6 oder dem amerikanischen CIA. In der Hauptabteilung S, zu der Viktor offiziell gehörte, wurden Elite-Agenten mit falschen Namen und konstruierten Biographien koordiniert, um in Ländern mit strategischer Bedeutung positioniert zu werden. Doch in dieser Abteilung war Viktor schon lange nicht mehr. Inoffiziell arbeitete er für Generaloberst Sergej Fradkov, den leitenden Militärberater von EMERCOM, einer internationalen Behörde für Zivilverteidigung, Katastrophenschutz und Notfallmaßnahmen. Fradkov und er waren seit so vielen Jahren Weggefährten, dass Viktor schon fast vergessen hatte, wo sie sich zum ersten Mal begegnet waren.

»He, du da, Kleine.« Der Polizist hielt immer noch seine Pistole in der Hand, und das, obwohl der andere ihm befohlen hatte, sie wegzustecken. »Zeig mir mal deinen Ausweis.«

Nervensäge. Viktor hasste solche Typen. Es gab Kerle, die gingen zur Miliz, weil sie etwas Gutes bewirken wollten; den Armen helfen, die Schwachen verteidigen und so. Und es gab Kerle, die nie etwas zu melden gehabt hatten und die jetzt loszogen, um unbescholtene Bürger zu schikanieren. Dieser hier war Typ zwei.

»Ausweis her, habe ich gesagt.«

Alyosha wollte schon nach ihrer Handtasche greifen, blickte Viktor jedoch vorher fragend an.

Er schüttelte den Kopf und gab Zeichen, sie solle ihn stecken lassen. Lächelnd beugte er sich aus dem Auto.

»Du brauchst ihren Ausweis nicht zu sehen.«

»Was?«

Viktor grinste. *Das sind nicht die Droiden, die ihr sucht.* Er hätte jetzt prima das Star-Wars-Zitat bringen können, doch er bezweifelte, dass der Idiot die Anspielung verstehen würde.

»Ich sagte, du sollst dich verpfeifen, du blöder Arsch. Und nimm endlich deine Kanone runter, oder willst du, dass ich meine ziehe?«

Dem Jungen gingen langsam die Nerven durch, Viktor konnte es sehen. Es begann immer in den Augen und endete meist beim Finger am Abzug. Der Lauf zitterte ein wenig. Zum Glück kam in diesem Moment der Ältere wieder zurück.

»Gregori, was machst du denn da? Waffe runter, habe ich gesagt.«

»Er ... er ...«

»Alles in Ordnung mit Ihren Papieren. Wünsche gute Weiterfahrt. Und einen schönen Tag noch.« Er salutierte.

»Ihnen auch.« Viktor steckte den Ausweis ein, drehte die Scheibe wieder hoch und trat aufs Gaspedal. Der Vanquish schoss davon und ließ die beiden Milizen hinter sich zurück.

»Sorry für die Unannehmlichkeiten«, wandte er sich an Alyosha. »Unser Frühstück muss leider ausfallen. Ich werde dich da vorne an der *Leninskiy* rauslassen. Von da aus kommst du mit dem Bus ganz schnell wieder zurück in die Stadt. Wenn du magst, rufe ich dich bald wieder an.«

»Na klar. Wann immer du willst.« Alyosha sah ihn mit großen Augen an. »Stimmt es, dass du vom Geheimdienst bist?«

Viktor lachte. »Das ist lange her, Schätzchen. Sehr lange her.«

17

Ich bin ... was?« Hannah starrte die anderen mit offenem Mund an.

»Schwanger, Frau Dr. Peters.« Anna Christensen lächelte. »Und zwar in der siebenten Woche. Wenn Sie mal schauen wollen ...?«

Sie reichte Hannah ein grobkörniges Schwarzweißfoto, auf dem nicht viel mehr als ein paar abstrakte Strukturen zu sehen waren.

»Hier haben wir den Uterus, und dieser kleine Knopf dort ist der Embryo. Er ist jetzt ungefähr fünf Millimeter groß und hat die Form einer Bohne, sehen Sie?« Sie deutete auf den entsprechenden Teil des Bildes.

Hannah starrte auf die Sonographie und verstand immer noch nicht. Sie hatte Probleme, das alles unter einen Hut zu bekommen.

»*Wie lange* war ich noch mal bewusstlos?«

»Einen Monat. 33 Tage, um genau zu sein.«

»*Wie bitte?*«

»Sie waren bereits schwanger, als Sie nach Spitzbergen aufgebrochen sind. Wussten Sie das nicht?«

Hannah strich über ihren Bauch. Ihre Regel war überfällig gewesen, doch sie hatte dem keine Bedeutung beigemessen. Sie hatte schon öfter Unregelmäßigkeiten in ihrer Periode gehabt, das war nichts Neues. Aber dieses Ziehen im Unterleib, ihre spannenden Brüste ...

»Ich bin 45 Jahre alt«, flüsterte sie.

»Die italienische Rocksängerin Gianna Nannini war 54, als sie Mutter wurde. Kein Grund, nicht schwanger zu werden und ein gesundes Kind zur Welt zu bringen. Und Ihr Kind ist gesund, das können wir Ihnen versichern. Wir haben alle notwendigen Tests durchgeführt.«

»Und noch ein paar darüber hinaus«, ergänzte Hansen mit vielsagendem Blick.

Hannah wurde von einer Woge von Gefühlen überrollt. Sie, die eigentlich nie Kinder gewollt hatte – die überzeugt gewesen war, dass Kinder nicht in ihr Lebenskonzept passten –, war plötzlich schwanger?

Ihr Vater hatte vor drei Jahren einen Schlaganfall erlitten. Ihre Eltern waren beide dieses Jahr 70 geworden. Hannahs jüngere Schwester hatte im August zum dritten Mal entbunden und lebte spießig und glücklich mit Mann und Kindern in einem Haus an der Elbchaussee. Nach Jahren der Trennung hatte Hannah sich endlich wieder mit ihrer Familie versöhnt, ohne jedoch jemals einen Gedanken daran zu verschwenden, dass sie vielleicht eines Tages ebenso leben könnte. Und doch sah sie sich auf einmal mit dieser Frage konfrontiert.

Was sollte nun werden? Ein Kind brauchte Geborgenheit, es brauchte Sicherheit, Kontinuität und Wärme. Vor allem aber brauchte es Liebe. Konnte Hannah ihm all das geben?

Ihr fiel auf, dass John noch kein Wort zu dem Thema gesagt hatte. Er saß nur da und sah sie aufmerksam an. So, als versuchte er, ihre Gedanken zu erraten. Wahrscheinlich fragte er sich, ob sie sich vorstellen könnte, ein Kind mit ihm zu haben. Ob sie bereit wäre, mit ihm eine Familie zu gründen.

Sie presste die Lippen zusammen. Sie fühlte sich überrumpelt. Vier Wochen. John hatte alle Zeit der Welt gehabt, sich mit dem Gedanken vertraut zu machen, seine innere Einstellung zum Thema Kinder und Familie zu überdenken. Sie hingegen hatte eben erst davon erfahren.

Sie brauchte Zeit.

»Nun, was sagen Sie?« Christensen strahlte. Vermutlich reagierten 90 Prozent aller Frauen mit Lächeln und Augenklimpern, wenn ihnen diese Nachricht überbracht wurde. Doch Hannah war anders. Sie hatte noch nie in irgendwelche Klischees gepasst.

»Ich weiß nicht«, sagte sie ehrlich. »Für mich ist das alles noch neu. Ich brauche Bedenkzeit.«

»Die haben Sie«, sagte Christensen. »So viel Sie wollen.«

John saß immer noch da, seine Enttäuschung tapfer verbergend. Hannah konnte ihm ansehen, wie es in seinem Inneren rumorte. Sie wünschte sich, er würde endlich mal den Mund aufmachen. Als nichts passierte, ergriff sie die Initiative.

»So schweigsam?«, fragte sie mit hochgezogener Braue. »Was denkst du über die Sache?«

Er räusperte sich. »Nicht viel, außer dass ich mich freue und dass du mit meiner Unterstützung rechnen kannst. Wie auch immer deine Entscheidung ausfallen wird, ich stehe zu dir.« Er zwang sich ein Lächeln aufs Gesicht.

Hannah verzog den Mund. Sie wusste, wie sehr er sich ein Kind wünschte. Er hatte schon früher davon gesprochen, doch sie hatte immer abgeblockt. Dass er seine Wünsche nicht offen vertrat, enttäuschte sie. Doch statt ihm Vorwürfe zu machen, entschied sie sich für einen Themenwechsel.

»Was war das mit dem Schutzengel? Sie erwähnten diesen Begriff vorhin ...«

»Ihr Baby«, sagte Professor Hansen. »Ohne dieses kleine Wesen hätten Sie es nicht geschafft. Obwohl es noch so klein ist, hat es Ihnen das Leben gerettet.«

»Das verstehe ich nicht ...«

»Da sind Sie nicht die Einzige, Frau Dr. Peters«, sagte Anna Christensen. »Auch für uns ist das ein Rätsel. Allerdings gibt es einige wissenschaftliche Ansätze, die eine Erklärung liefern könnten. Tatsächlich ist der Embryo – Ihr Kind – der einzige Grund, warum die Krankheit bei Ihnen nicht zum Tode geführt hat.«

»Wie ist das möglich?«

»Das zu erklären braucht einige Zeit.«

Hannah breitete die Arme aus und lächelte. »Wie Sie sehen, habe ich gerade nichts vor ...«

»Nun gut.« Hansen und Christensen zogen sich zwei Stühle heran und nahmen darauf Platz. »Es gibt in der Medizin ein Phänomen, das sich *Mikrochimärismus* nennt. Die Forschung steckt noch in den Kinderschuhen, aber es könnte sein, dass der Krankheitserreger nicht von Ihnen, sondern von Ihrem Baby besiegt wurde. Um das zu erklären, müssen Sie verstehen, was für ein unerhört seltsamer und faszinierender Vorgang die Schwangerschaft eigentlich ist. Sie ist immer noch eines der großen Wunder unserer Zeit. Eigentlich müsste ein Baby vom Körper der Mutter bekämpft werden. Immerhin enthalten kindliche Zellen fremdes Erbgut – nämlich das des Vaters. Babys sind also genau genommen Fremdkörper, und wie unser Körper darauf reagiert, ist bekannt.«

»Mit ... Abstoßung?«

Christensen nickte. »Dasselbe wie bei Organverpflanzungen, wenn man das Immunsystem nicht künstlich außer Kraft setzt. Auch der Fötus wird vom Immunsystem der Mutter als fremd erachtet, und doch wächst er ungestört heran. Wie kann das sein? Es hat etwas mit den Leukozyten, den weißen Blutkörperchen, zu tun. Sie sind die Killerzellen des Immunsystems. Sie greifen fremdes Gewebe an und verursachen Abstoßungsreaktionen. Das Protein *FasL* schützt das Baby vor diesen Attacken: Es dockt an aktive Leukozyten an und treibt sie in den Selbstmord. Inaktive Killerzellen, die dem Embryo nicht gefährlich werden können, werden dagegen verschont.«

»Gleichzeitig findet ein reger Stoffaustausch zwischen dem heranwachsenden Kind und der Mutter über die Plazenta statt, den sogenannten *Mutterkuchen*«, ergänzte Hansen. »Nachdem sich die befruchtete Eizelle in der Uteruswand eingenistet hat, wird sie über das mütterliche Blut versorgt. Bei diesem Vorgang prallen zwangsläufig auch die beiden Immunsysteme aufeinander. Die Plazentazellen sind jedoch in der Lage, dem chemischen Waffenarsenal angreifender Killerzellen aus dem mütterlichen Abwehrsystem zu widerstehen. Sie bringen es fertig, jeden attackierenden Antikörper unschädlich zu machen und gleichzeitig den Fötus mit Blut und Nährstoffen zu versorgen. Sollte doch noch ein vereinzelter Killer die Außenseite der Plazenta durchdringen, so gelangt er innen in eine Art neutrale Zone, die keinerlei lohnende Angriffsflächen für ihn bietet. Er wird unverrichteter Dinge wieder dahin zurückkehren, wo er herkam.«

»Es gibt noch eine Barriere, die das Kind schützt«, sagte Christensen. »Die sogenannten *Suppressorzellen*, die sich in hoher Konzentration im fötalen Blut befinden. Sie hemmen die Bildung von Killerzellen und schalten die Immunreaktion ab.«

Hannah runzelte die Stirn. »Und was hat das alles mit mir zu tun?«

»Dazu kommen wir gleich. Sie müssen verstehen, dass wir uns auf einem ungeheuer komplexen Terrain befinden. Vom Standpunkt der Immunologen aus ist es immer noch ein Rätsel, wie das alles funktioniert. Und es ist beileibe noch nicht alles hinreichend erforscht. Um zu erklären, warum Sie überlebt haben, müssen wir an die Grenzen dessen gehen, was wir zu wissen glauben. Wie kann es zum Beispiel sein, dass die Plazenta manche Krankheitskeime ausfiltert und manche hindurchlässt? Humane Immundefizienz-Viren, kurz HIV, beispielsweise werden ausgefiltert. Die Erreger der Toxoplasmose nicht. Gegen manche Krankheiten kann ein Kind im Mutterleib immun werden, bei anderen erkrankt es so schwer, dass es stirbt. Wir kennen die Ursachen für diese Unterschiede nicht, dazu ist die Forschung noch nicht weit genug fortgeschritten.«

»Ich habe aber mal gelesen, dass Kinder sich im Mutterleib mit Aids anstecken können ...«, sagte Hannah.

Christensen schüttelte den Kopf. »Nicht im Mutterleib. Erst während des Geburtsvorgangs, wenn es zu Mikroverletzungen und zu einem direkten Kontakt mit Fremdblut kommt. Das ist auch der Grund, warum man bei HIV-infizierten Müttern einen Kaiserschnitt macht. Aber das führt uns ein wenig vom Thema weg. Fest steht: Der mütterliche Organismus schützt und ernährt das Kind. Er bietet ihm die bestmögliche Umgebung für die gefährlichen ersten Wochen und Monate.

Aber auch die Mutter hat etwas davon. Wussten Sie zum Beispiel, dass Schwangerschaften bei Müttern Gelenkrheuma und Krebs lindern oder sogar heilen können? Glauben Sie nicht? Doch, es ist so. Es gilt mittlerweile als erwiesen, dass Mütter seltener an Brustkrebs erkranken als Frauen, die nie ein Kind geboren haben. Und hier kommen wir zu dem eingangs erwähnten Phänomen, dem Mikrochimärismus. Es ist ein Vorgang, bei dem die Stammzellen des Fötus während der Schwangerschaft die Plazenta durchqueren, in den mütterlichen Blutkreislauf eindringen und sich dauerhaft im Körper der Mutter einnisten.«

»Sie meinen, sie bleiben dort?«

Hansen nickte. »Über Jahre, manchmal sogar Jahrzehnte hinweg. Und nicht nur das, sie werden dort sogar recht aktiv. Sie leben, arbeiten und verrichten Tätigkeiten, als wären sie ein Teil des mütterlichen Organismus. Doch das sind sie nicht. Es sind fremde Zellen in perfekter Verkleidung – deshalb bezeichnet man sie auch als Chimären. Und diese Chimären greifen Krebszellen an.«

»Warum kann mein eigener Körper das nicht?«

Hansen schüttelte den Kopf. »Weil Ihr Körper diese entarteten Zellen nicht als Bedrohung erkennt. Schließlich sind es körpereigene Zellen, was sollte also mit ihnen nicht in Ordnung sein?«

»Aber sie sind doch entartet, wie Sie sagten.«

»Ja, aber Ihr Körper erkennt den Fehler nicht, das ist ja

das perfide am Krebs. Die kleinen Chimären erkennen das Problem und kämpfen dagegen an. Da sie dem mütterlichen Organismus fremd sind, können sie entartete Körperzellen viel effizienter angreifen. Sie erkennen, dass dort eine tödliche Kraft am Werk ist, und bekämpfen sie. Verstehen Sie, worauf ich hinaus will?«

»Nicht ganz. Immerhin reden wir doch hier nicht von Krebszellen, sondern von Viren. Soweit ich weiß, sind Viren doch im eigentlichen Sinn keine Zellen, oder?«

»Das ist richtig. Viren bestehen nur aus Erbmaterial, das von einer schützenden Eiweißhülle umgeben ist. Sie besitzen keinen eigenen Stoffwechsel und sind deshalb auch nicht in der Lage, sich selbst zu vermehren. Ohne eine Wirtszelle haben Viren keine Möglichkeit, ihre lebenswichtigen Funktionen durchzuführen oder sich zu reproduzieren. Streng gesehen, sind sie also keine Lebewesen. Das Problem ist nur, was Sie da angegriffen hat, ist kein normales Virus. Es handelt sich um eine neue Form von Erreger, der in der Fachsprache als Pandoravirus bekanntgeworden ist.«

»Nie gehört.«

»Das wundert mich nicht. Über diese Viren ist noch nicht viel bekannt. Sie funktionieren nicht so, wie wir es gewohnt sind. Ich muss Sie bitten, diese Informationen streng vertraulich zu behandeln, denn hier haben wir es mit einem Krankheitserreger zu tun, wie wir ihm noch nie zuvor begegnet sind.«

»Ich verspreche, dass niemand etwas von mir erfahren wird«, sagte Hannah.

»Na schön«, Hansen schien zufrieden. »Die Pandoraviren werfen viele Fragen auf, und die Antworten könnten alte

Denksysteme völlig über den Haufen werfen. Das Erbgut dieser Erreger unterscheidet sich zu 93 Prozent von dem herkömmlicher Viren. Ein Pandoravirus besitzt über 2000 neue Gene; sie codieren Proteine und Enzyme, die unbekannte Dinge tun und an unbekannten Stoffwechselwegen teilnehmen. Eine Zuordnung nach dem alten System ist bei ihnen unmöglich. Die Forscher, die sie entdeckt haben, hätten damit nicht nur eine neue Virusfamilie gefunden – sondern gleich eine ganz neue Kategorie irdischen Lebens. Leben, das möglicherweise von einer bisher unbekannten Urzeitzelle abstammt. Und nicht nur das: Verglichen mit normalen Viren sind Pandoras riesig. Etwa so groß wie ein Bakterium, weshalb man sie auch erst so spät entdeckt hat. Normalerweise leben sie nur in Amöben, doch in Ihrem Fall scheint sich das geändert zu haben.«

»Sie wissen vermutlich, was man in der griechischen Mythologie über die Büchse der Pandora sagt?«, fragte Christensen.

Hannah runzelte die Stirn. »Dass sie alle Krankheiten und alles Unheil in die Welt entlassen hat?«

»Genau. Im Nachhinein könnte sich die Namensgebung damit als trefflicher erweisen, als uns das lieb sein kann. Das Schlimme an dem Virus ist nämlich, dass es sich, sobald es seine unheilvolle Tätigkeit verrichtet hat, in nichts auflöst. Als hätte es eine Art von eingebautem Selbstzerstörungsknopf. Was wir beobachten konnten, ist nur das Werk, nicht der Täter. Wir können natürlich Rückschüsse ziehen, aber um beispielsweise ein Serum zu entwickeln, bräuchten wir den Urerreger. Und den haben wir nicht.«

»Das ist doch unmöglich ...«

»Leider doch. Sehen Sie, was Sie so schwer erkranken ließ – und was die anderen umgebracht hat –, war etwas, das den Körperzellen befohlen hat, sich zu verändern, Sich genetisch umzuprogrammieren, wenn Sie so wollen. Es fängt mit den Organen an und geht dann auf die Muskulatur und schließlich auf das Gehirn über. Sie müssen sich das Ganze wie in der heute gebräuchlichen Gentherapie vorstellen. Dort werden Nukleinsäuren wie DNA oder RNA in die Körperzellen eines Individuums eingefügt, um bestimmte Krankheiten zu behandeln. Klassischerweise wird dabei so vorgegangen, dass ein intaktes Gen in das Genom der Zielzelle eingefügt wird, um das defekte Gen – das die Krankheit bewirkt hat – zu ersetzen. Für diesen Vorgang, der in der Medizin *Transduktion* genannt wird, werden Viren als Transportmedium verwendet. Auch in Ihrem Fall scheinen wir es mit einem solchen Boten zu tun zu haben. Nur dass es sich hier nicht um ein kleines kontrolliertes Experiment handelt, sondern um eine handfeste Seuche. Um mal einen Vergleich zu bringen: Es könnte sich um etwas handeln, das einem Computerwurm ähnelt.

Ein Computervirus verbreitet sich, indem es sich entweder in den Bootbereich eines Datenträgers oder in andere Dateien einbettet. Durch Interaktion des Benutzers, der eine infizierte Datei öffnet, gelangt der Virencode zur Ausführung. Er wird durch Mithilfe des Anwenders verbreitet.

Ein Wurm hingegen nutzt eine bestehende Infrastruktur, um sich automatisiert auf andere Systeme zu kopieren. Er befällt also nicht nur einzelne Zellen, sondern ganze Körperregionen. Um bei dem Beispiel zu bleiben, könnte der Wurm sich selbst an alle von einem E-Mail-Programm verwalteten E-Mail-Adressen verschicken und gelangt so auf weitere Systeme, ohne dass der Anwender selbst aktiv werden müsste. Dabei nutzt der Wurm gerne die Verschleierungstechniken des Trojanischen Pferdes. Zusätzlich kann ein Wurm auch die Eigenschaften eines Virus haben, nämlich dann, wenn er Systemdateien infiziert. Ein solches Programm bildet dann eine Mischform aus Wurm und Virus. Und genau damit scheinen wir es hier zu tun zu haben – allerdings übertragen auf Menschen, was die Sache hochkomplex macht. Allem Anschein nach sind wir einem genetischen Programm auf der Spur, das den biologischen Computer zwingt, sich umzuprogrammieren. Allerdings trat bei allen Befallenen der Tod ein, ehe das Werk vollendet werden konnte.«

»Außer bei mir.«

»Außer bei Ihnen.«

Hannah räusperte sich. »Zusammengefasst könnte man also sagen: Sie wissen nicht, was für ein Erreger das ist. Sie wissen nicht, wie er entstanden ist oder wie er so lange unter dem Eis überleben konnte. Ist das richtig?«

Hansens Lächeln wirkte gequält. »Wir stehen vor einem Rätsel, das stimmt. Angesichts der Komplexität dieser Krankheit glaube ich nicht, dass wir so bald eine Antwort darauf finden werden.«

»Und genau das ist es, was uns so Angst macht«, ergänzte Christensen. »Ohne den Erreger zu kennen, können wir keinen Impfstoff herstellen. Man kann keine Waffen entwickeln, wenn man nicht weiß, was das für ein Gegner ist, der einen angreift.«

»Aber mein Baby und ich sind außer Gefahr, sagen Sie?«

Die beiden Ärzte sahen sich an. Schließlich war es Christensen, die sprach.

»Sie ja, Ihr Baby nicht.«

Hannah spürte, wie es eiskalt über ihren Rücken kroch. »Moment mal. Gerade haben Sie mir doch versichert, dass mein Kind gesund ist ...«

»Solange es im Mutterleib ist, ja. Doch nach der Geburt ... nach der Geburt wird es sterben, das ist leider Fakt. Es sei denn, wir bekommen Zugriff auf den Urerreger und können ein Impfserum synthetisieren.«

»Und was ist mit diesen Mikrochimären? Die stammen doch von meinem Baby. Wieso ...?«

»Das stimmt, allerdings werden nur Sie dadurch geschützt. Gegen die mutierten Körperzellen des Babys können sie nichts ausrichten. Dagegen sind sie blind und hilflos. Dass Ihr Baby noch lebt, liegt nur daran, dass es mit gesundem Blut aus Ihrem Kreislauf versorgt wird. Sobald wir jedoch die Nabelschnur durchtrennen und das Baby auf seinen eigenen Kreislauf zurückgeworfen wird, unterliegt es den gleichen Gefahren, denen die anderen in Ihrem Team ausgesetzt waren. Es wird sterben, und das mit einhundertprozentiger Sicherheit.«

Die beiden Ärzte verabschiedeten sich respektvoll und ließen John und Hannah allein. Erschöpft und verzweifelt sank sie in ihr Kissen. Sie war schwanger, aber ihr Baby war krank. Sie würde leben, ihr Kind sterben. Es sei denn, sie fanden einen Weg, den Vernichtungsprozess aufzuhalten. Sie beugte sich vor, stützte ihre Arme auf die angezogenen Knie und weinte. So viele Fragen und kaum Antworten. Es klang fast, als hätten sie es mit einem übermächtigen Gegner zu tun. Allerdings war ihr auch klargeworden, was für ein Glück sie gehabt hatte. Die Tatsache, dass sie noch lebte, schien für alle ein Wunder zu sein.

John legte schützend seinen Arm um sie. Er schien all das bereits gewusst zu haben. Umso bemerkenswerter, wie gut er sich hielt. In seinen Augen spiegelte sich tiefe Anteilnahme. Hannah schniefte, griff nach einem Taschentuch und putzte sich lautstark die Nase. »Und, was denkst du?«, murmelte sie.

Er zuckte aus seinen Gedanken hoch. »Hm?«

Sie griff über die Schulter und berührte seinen Arm. »Was geht dir im Kopf herum?«

»Oh ... wenn ich das nur selbst wüsste. Um ehrlich zu sein, ich bin ganz erschlagen. Ich glaube, ich habe nur die Hälfte von dem verstanden, was die beiden uns da aufgetischt haben.«

»Ging mir auch so.« Sie versuchte zu lächeln, aber es fiel ihr schwer. Der Gedanke an das sterbende Kind in ihrem Bauch überschattete alles. Sogar die Freude darüber, selbst am Leben zu sein.

»Ich bin einfach nur glücklich, dich wieder bei mir zu haben«, sagte er. »An mehr kann ich im Moment nicht denken.«

»Und unser Kind?«

Er presste die Lippen zusammen. »Was soll ich dazu sagen ...? Sieht so aus, als hätte es keine Chance.«

»Die Chance ist immer so groß, wie man bereit ist, dafür zu kämpfen«, sagte Hannah. Der Spruch stammte nicht von ihr, sie hatte ihn irgendwo mal gelesen, aber er schien zur Situation zu passen. »Das Baby hat mir das Leben gerettet. Da finde ich es nur richtig und fair, dasselbe zu tun.«

»Was willst du damit sagen?«

Sie schüttelte den Kopf. »Nichts Bestimmtes. Nur, dass ich in seiner Schuld stehe. *Quid pro quo.* Mein Leben für seines. Ich bin nicht bereit, so schnell aufzugeben. Nicht, ehe ich nicht alle Möglichkeiten durchdacht habe.«

Er strich mit seiner Hand über ihren Nacken. »Das ist verständlich, und ich würde genauso empfinden, wenn ich in deiner Haut stecken würde. Glaub mir, was immer du tust, ich werde zu dir stehen, nur bitte ich dich, nichts Unüberlegtes zu tun. Du bist noch nicht außer Gefahr.«

»Keine Sorge, Liebster. Die nächsten Tage werde ich ganz ruhig hier liegenbleiben und mich erholen. Was danach kommt, werden wir sehen.«

»Das ist alles, worum ich dich gebeten hätte.« Er sah ihr tief in die Augen. »Ich liebe dich, Hannah Peters. Mehr, als ich es dir sagen kann.« Und mit diesen Worten gab er ihr einen langen, wunderbaren Kuss.

18

Viktor setzte den Blinker und lenkte den Vanquish von der Kutuzovskiy runter in eine der Seitenstraßen. Das Gebäude, zu dem er wollte, lag an der Kremenchugskaya, Ecke Vatutina. Ein kantiger, hufeisenförmiger Block mit einem weiten Innenhof, aus dessen Mitte ein hypermoderner und mit modernster Technik ausgestatteter Glasturm aufragte.

Das 2006 gegründete *National Crisis Management Center* war das Verwaltungsgebäude von EMERCOM; es bestand aus 15 000 Kubikmeter Beton, 100 Tonnen Stahl und 9000 Quadratmeter Glas. Mit knapp fünfzig Meter Höhe und fünfzehn Stockwerken war es eines der höchsten Gebäude der Umgebung. Es beherbergte IT-, Sicherheits-, und Lebensrettungssysteme und war auf dem Dach mit einem Hubschrauberlandeplatz ausgestattet. Die Datenbanken umfassten Informationen über Einsatzkräfte und Notfalleinrichtungen, die im Katastrophenfall kontaktiert werden konnten, sowie eine ganze Liste potenziell gefährlicher Standorte. Mit Hilfe dieser Daten konnten modellhaft Katastrophenszenarien und Rettungspläne durchgespielt und mit bereits bestehenden Einsatzplänen auf ihre Tauglichkeit abgeglichen werden. Die daraus gewonnenen Daten und Vorhersagen wurden gespeichert und ließen sich im Falle einer realen Bedrohung zur Ausführung bringen. Das NCMC umfasste Abteilungen des Operational-Analytical-Centers, des Emergency-Response-Centers, des Telecommunications-Centers, des Space-Monitoring-Centers sowie des IT-Development-Centers. Ferner die Abteilungen CMC des EMERCOM Regional Centers sowie das EMERCOM-Hauptquartier für die Region Moskau und Kaliningrad. Chef des Ganzen war Minister Wladimir Andreevich Puchkov, Generalleutnant der Reserve und zehnfacher Träger des Tapferkeitsordens. Ein recht junger Mann, aber jemand, der das neue Russland, seine Dynamik und Wandlungsbereitschaft perfekt repräsentierte. Kein Wunder, dass Wladimir Putin ihn in sein Kabinett geholt hatte. Fradkov war ihm direkt unterstellt, was bedeutete, dass er zur zweiten Entscheidungsebene gehörte. Eine Position, in der man zwar die meiste Zeit hinter dem Schreibtisch saß, sich aber gelegentlich auch noch *»die Finger schmutzig machen konnte«*, wie Fradkov es auszudrücken pflegte. Als Mann des Militärs war er das Bindeglied zwischen den zivilen Einsatzkräften und der russischen Armee, die in besonderen Notfallsituationen ebenfalls zum Einsatz kam.

Viktor fragte sich, was er von ihm wollte, und vor allem, warum er es so eilig hatte

Er lenkte seinen Wagen in die Einfahrt und wurde sofort von einer bewaffneten Wache angehalten. Der Mann salutierte und ließ sich die Ausweispapiere zeigen. Dann winkte er ihn durch und schloss die Schranke hinter ihm.

Viktor fuhr in die Tiefgarage, drückte den Knopf für den 15. Stock und wartete. Immer wieder hielt der Aufzug an, Menschen stiegen ein und aus, aber niemand nahm Notiz von ihm. Bei all den dynamischen, rausgeputzten EMERCOM–Mitarbeitern kam er sich reichlich schmuddelig vor. Er konnte nur hoffen, dass er nicht nach Alkohol stank. Als der Fahrstuhl anhielt, strich er sich die Haare aus dem Gesicht, hob sein Kinn und stieg aus.

»Ah, Viktor. Schön, Sie zu sehen.« Olga war die rechte Hand Fradkovs. Eine bezaubernde Fünfzigjährige, die seit Fradkovs Amtseinführung seine Chefsekretärin war. Viktor wusste, dass sein Chef glücklich verheiratet und Familienvater war, aber für diesen Seitensprung hätte er Verständnis gehabt. Eine Frau mit Klasse und garantiert eine Granate im Bett. Olga trug ihr Jackett gerade so weit geöffnet, dass man die obere Wölbung ihrer prallen Brüste sehen konnte. Eine Kette mit einem goldenen Herzen, das wie ein Ei auf einem weichgepolsterten Nest ruhte, schmiegte sich um ihren Hals.

»Der Generaloberst erwartet Sie bereits. Wenn Sie mir bitte folgen wollen?«

Viktor hätte den Weg auch allein gefunden, aber er ließ sich gerne führen. Er genoss den Anblick dieser Taille und dieses wohlproportionierten Hinterns, und sie fand allem Anschein nach Gefallen daran, seine Blicke genau auf die betreffenden Stellen zu lenken. Mit einem koketten Hüftschwung öffnete sie die Tür, kündigte ihn kurz an und bat ihn dann lächelnd hinein. »Darf ich Ihnen noch etwas zu trinken bringen?«

»Nein danke, Olga, alles bestens.«

»Dann lasse ich die Herren jetzt allein.« Und mit einem charmanten Lächeln schloss sie die Tür hinter sich.

Generaloberst Sergej Fradkov stand am Fenster und blickte hinaus. Als er die Tür ins Schloss fallen hörte, drehte er sich um. Viktor bemerkte zum wiederholten Male, wie groß sein Gegenüber war. Schlank, elegant, graues, kurz geschnittenes Haar. Seine Uniform saß wie angegossen. Fradkov hatte drei Söhne und eine Tochter und gehörte zu den intelligentesten Köpfen, denen Viktor in seiner Laufbahn begegnet war. Der Generaloberst war treuer Putin-Anhänger und befreundet mit Dimitri Medwedjew, deren Porträts in Rahmen hinter seinem Schreibtisch hingen.

Viktor deutete über seine Schulter und sagte augenzwinkernd: »Wie kommen Sie bei dieser Augenweide nur zum Arbeiten? Olga wird von Jahr zu Jahr hübscher.«

»Dienst ist Dienst, und Schnaps ist Schnaps«, erwiderte der Generaloberst mit seiner unverwechselbar trockenen Art und schüttelte Viktor Hand. »Sosehr ich mir wünschte, es wäre anders, aber mir gehen zurzeit ganz andere Dinge im Kopf herum.«

»Klingt ernst.« Viktor angelte sich einen Stuhl und setzte sich unaufgefordert. Er war einer der wenigen, die sich so etwas erlauben durften. »Trotzdem muss ich Ihre Standhaftigkeit bewundern. Ehrlich. Wenn ich an Ihrer Stelle wäre, hätte ich die Kleine schon längst flachgelegt.«

»Wer sagt denn, dass das nicht schon längst geschehen ist?«, entgegnete Fradkov, und ein kurzes Lächeln huschte über sein Gesicht. »Aber wie erwähnt, im Moment beschäftigen mich andere Dinge.«

»Ich bin gespannt ...«

»Was weißt du über Spitzbergen?«

Viktor runzelte die Stirn. »Spitzbergen? Nördlich des Polarkreises gelegen. Gehört zu Norwegen. Beherbergt reiche Kohle- und Ölvorkommen und ist Standort einer dauerhaften Siedlung russischer Bergarbeiter ...«

»... und war im Zweiten Weltkrieg von den Nazis annektiert.« Fradkov schob ihm eine Akte über den Tisch, auf deren Titelseite ein einzelnes Wort geschrieben stand.

»Valhalla«, murmelte Viktor.

Der Name weckte dunkle Erinnerungen. Laut der nordischen Mythologie ein Ort, an dem die gefallenen Krieger gemeinsam mit Odin an einer Tafel speisten. Er runzelte die Stirn. »Und was soll das?«

»Lies rein«, sagte Fradkov. »Der Sage nach lag Valhalla in Odins Burg *Gladsheim* in *Asgard*, im Reiche der Asen. Eine prächtige Halle mit 540 Toren. Das Dach bestand aus Schilden, die auf Speeren ruhten. Rüstungen zierten die Bänke, und erleuchtet wurde die Halle durch den Glanz der Schwerter. Nur die tapfersten Krieger durften nach ihrem Tode hier einziehen, weshalb es für jeden Wikinger das oberste Ziel war, mit der Waffe in der Hand zu sterben. Tagsüber maßen sich die *Einherjer* im Kampf, abends feierten sie bei Bier und Met, das ihnen von den ebenso schönen wie kriegerischen Walküren kredenzt wurde.« Fradkov lächelte grimmig. »Blut, Ehre, Stahl und Bier – kein Wunder, dass die Nazis einen Narren an diesen Sagen gefressen haben.«

Viktor blätterte durch die Seiten. »Hier steht etwas von einem Killervirus, von biologischen Experimenten und einem Labor unter dem Eis ...«

Fradkov nickte. »Lass mich dich kurz auf den neuesten Stand bringen:

1943 schickten die Nazis drei U-Boote mit höchst geheimer Fracht nach Spitzbergen. Ihr Ziel, inmitten von Eis und Schnee ein geheimes Forschungslabor für Biowaffen zu errichten. Sie stießen dabei auf die Reste einer alten Stadt, deren Gemäuer sich hervorragend für ihre Zwecke eigneten. Alle drei U-Boote wurden zerlegt und sämtliche Bauteile und Stahlverkleidungen zur Errichtung der geheimen Station verwendet. Binnen weniger Monate entstand dort eines der modernsten Biowaffenlabore seiner Zeit. Ein Ort, der so geheim war, dass nur das Oberkommando des Heeres und der Marine davon wusste. Fünfundzwanzig Wissenschaftler arbeiteten rund um die Uhr an etwas, das nach Wunsch des Führers die tödlichste Waffe werden sollte, die jemals erschaffen wurde.

Hitlers Eroberungsfeldzug verlief nicht gut. Die deutsche 6. Armee unter Generalfeldmarschall Paulus kapitulierte in Stalingrad, und an der Ostfront begann der Rückzug der 1. Panzerarmee aus dem Kaukasus. Die US-Luftwaffe und die Royal Air Force fingen an, systematisch deutsche Städte zu bombardieren, während in Afrika britische Einheiten die libysche Stadt Tripolis einnahmen und die deutschen und italienischen Truppen in Tunesien kapitulierten. Selbst dem borniertesten Hurrapatrioten in Hitlers Gefolge musste klargeworden sein, dass die Pläne von der Eroberung Europas und der Gründung eines Tausendjährigen Reiches etwas verfrüht gewesen waren. Stattdessen sah man sich überall mit Misserfolgen und Rückschlägen konfrontiert. Spätestens zu diesem Zeitpunkt richtete sich Hitlers Augenmerk auf die Entwicklung und Verwendung neuer Massenvernichtungswaffen. Was bisher nur dunkle Theorie gewesen war, sollte nun Realität werden. In Deutschland wurde in den Jahren 1938 und 1939 die Uranspaltung entdeckt, und man arbeitete fieberhaft daran, diese neue Technologie als Waffe einzusetzen. Gerüchten zufolge hatte es bereits 1945 in Thüringen einen ersten, erfolgreichen Atombombentest gegeben, bei dem rund fünfhundert Kriegsgefangene und

KZ-Häftlinge ums Leben kamen. Doch diese These konnte bis heute nicht eindeutig belegt werden, und so fehlen nach wie vor glaubhafte Beweise für deutsche Atomwaffentests. Eines gilt jedoch als gesichert: Im Süden Berlins hat es einen Kernreaktor gegeben, und dort haben Kernspaltungen stattgefunden. Die Arbeit mit spaltbarem Material war allerdings schwierig und langwierig, und so entschied man, sich ein anderes Standbein zu schaffen. Fernab von der Zivilisation und verborgen vor den Blicken der Welt.«

»Valhalla.«

Fradkov verzog angewidert den Mund. »Dort, wo die germanischen Götter wohnten, wollte man die ultimative Waffe bauen. Basierend auf Virenstämmen, die man in Südamerika gefunden hatte und die durch Bestrahlung und Einwirkung von Chemikalien verändert worden waren, erzeugte man einen Erreger, der nicht einfach nur töten, sondern dem Krieg die entscheidende Wendung geben sollte. Das war die Geburtsstunde von Valhalla.«

»Doch dann ging etwas schief.«

»Woher weißt du das?«

»Weil ich sonst wohl kaum hier wäre.«

Fradkov lächelte grimmig. »Schlauer Fuchs. Ich weiß schon, warum ich dich in meine Abteilung geholt habe. Es stimmt, der Erreger brach aus, und alle fanden den Tod. Die Einrichtung wurde geschlossen, versiegelt und unter Eis und Schnee begraben. Mit Ende des Krieges geriet das Projekt in Vergessenheit.«

»Bis jemand durch Zufall wieder darauf stieß und ihr die Sache zu eurem Projekt gemacht habt.«

»So ist es.«

Viktor deutete auf die Dokumente. »Woher stammen diese Informationen, und wieso sind sie erst jetzt wiederaufgetaucht?«

Fradkov zuckte die Schultern. »Zufall. Sie stammen aus den Militärarchiven der Reichswehr. Wir waren bereits an der Sache dran, als ein deutscher Historiker davon Wind bekam und Informationen aus dem Archiv herausschmuggelte. Ich hatte einen Mann an seine Fersen geheftet, und er konnte den Historiker unschädlich machen, ehe er damit an die Öffentlichkeit ging. Leider gelang es ihm dennoch, kurz vor seinem Tod jemanden zu kontaktieren. Einen gewissen Norman Stromberg.«

»Stromberg? Stromberg.« Viktor zog die Stirn in Falten. »Bei dem Namen klingelt etwas bei mir.«

»Kein Wunder. Er ist einer der reichsten Männer der Erde. Erdöl, Medien, Immobilien. Ein passionierter Sammler von Artefakten und archäologischen Schätzen. Ich bin sicher, er und sein Team wussten nichts von der Gefahr, als sie sich unter das Eis begaben.«

»Moment«, hakte Viktor nach. »Es war jemand da unten?«

Fradkov nickte.

»Und?«

»Alle tot. Und das binnen weniger Stunden.«

»Heilige Scheiße!« Viktor war nicht leicht aus der Reserve zu locken, aber diese Nachricht beeindruckte ihn nun doch. »Die Sache, an der die Nazis geforscht haben?«

»Sieht so aus. Die Wissenschaftler starben unter grässlichen Umständen. Ich habe Fotos gesehen ... aber das willst du nicht wissen. Offenbar gelang es nur einer einzigen Person, zu überleben. Sie befindet sich momentan im Ullevål-

Krankenhaus in Oslo und steht unter strenger Quarantäne. Es ist schwierig, an Informationen zu kommen, die Ärzte lassen nichts raus. Fest steht nur, dass sie unheimliches Glück gehabt haben muss.«

Viktor überschlug im Kopf die Zahlen. »Siebzig Jahre«, sagte er. »Diese verdammten Deutschen. Wenn sie etwas anfassen, sind sie wirklich gründlich.«

»Du sagst es. Allerdings hat ihre Geheimhaltung in diesem Fall nicht ganz so gründlich gearbeitet. Jedenfalls nicht so, wie wir es sonst von ihnen gewohnt sind. Sei es, dass die Einrichtung in größter Eile geschlossen werden musste, sei es, dass der Krieg zu diesem Zeitpunkt bereits verloren war – jedenfalls vermochten unsere Leute die Spur des Projekts in den Militärarchiven von Moskau und Sankt Petersburg weiterzuverfolgen. Was sie fanden, ist höchst erstaunlich und dürfte dir ein paar schlaflose Nächte bereiten.« Er tippte auf die Mappe.

Victor starrte auf das Hakenkreuz und die eckige Frakturschrift. Er hasste die Deutschen. Sein Großvater war an der Front gestorben, große Teile seiner Familie waren verschleppt oder ermordet worden. Wenn es eine Nation gab, die Viktor nicht leiden konnte, so war es Deutschland. Gerade eben schwangen sie sich wieder zu den Herren Europas auf, wenn auch nur in wirtschaftlicher Hinsicht. Aber wer konnte schon ahnen, wie das weiterging? Und was war das für ein Scheiß, an dem die Nazis da geforscht hatten? Was konnte so tödlich sein, dass es nach all den Jahren immer noch so wirksam war? Er hakte nach, doch Fradkov zuckte nur die Schultern.

»Wissen wir nicht«, sagte er. »Das Militär hat eine Gruppe

von Spezialisten darauf angesetzt. Auf meine Anfrage hin sagte man mir, dass ein so langes Überleben zwar ungewöhnlich, aber keinesfalls ausgeschlossen sei. Unter den geeigneten Voraussetzungen können die kleinen Biester Hunderte von Jahren überdauern.«

»Pech für die Wissenschaftler ...«

»Berufsrisiko. So etwas passiert eben, wenn man seine Nase zu tief in Dinge steckt, die einen nichts angehen. Jedenfalls ist man beim Oberkommando der Meinung, dass diese Sache höchste Priorität hat. Der Präsident ist umfassend informiert und wünscht, dass wir an der Sache dranbleiben. Zufall oder nicht, aber den Nazis ist es mit diesem Erreger tatsächlich gelungen, einen biologischen Kampfstoff zu entwickeln, der dem Ausgang des Krieges eine entscheidende Wendung hätte geben können.«

»Wenn er rechtzeitig zum Einsatz gekommen wäre.«

»Wenn. Oder wenn ihre Sicherheitsvorkehrungen besser funktioniert hätten. Wer weiß, was sonst geschehen wäre? Glück für uns, dass es nicht so weit gekommen ist. Ich bin sicher, unsere weiten Ebenen wären für Hitler und seine Schergen ein willkommenes Testgelände gewesen. Glück für uns auch, dass noch niemand darauf gestoßen ist. Unsere Wissenschaftler experimentieren schon lange mit genmanipulierten Erregern, ohne bisher nur annähernd etwas Derartiges entwickelt zu haben. Für das Oberkommando des Heeres ist es das Ei des Kolumbus.«

Viktor blickte skeptisch. »Sagen Sie mir nicht, dass ihr diesen Mist in unser Land gebracht habt? Was einmal geschehen ist, könnte sich wiederholen. Was, wenn der Erreger wieder ausbricht? Ich hasse Viren, ich hasse Krankheiten und biologische Kampfstoffe. Das ist ein Feind, gegen den man nicht kämpfen kann. Das Zeug unterscheidet nicht zwischen Freund und Feind und ist vollkommen unkontrollierbar, wenn es erst mal losgelassen wurde.«

Fradkov lachte. »Beruhige dich, Viktor, noch ist ja nichts geschehen. Der Erreger befindet sich immer noch dort, wo er gefunden wurde, auf Spitzbergen. Unser Präsident hat diplomatischen Kontakt mit der norwegischen Regierung aufgenommen, und man hat uns beauftragt, das Areal weiträumig abzusperren und Untersuchungen vor Ort vorzunehmen. Da die Norweger offenbar technisch und logistisch nicht in der Lage sind, mit einer Bedrohung dieser Art umzugehen, waren sie heilfroh, dass wir ihnen unsere Hilfe angeboten haben. Wie man mir sagte, sind zusätzliche Millionen ins norwegische Krisen- und Gesundheitsministerium geflossen, doch wie viele, weiß ich nicht. Interessiert mich auch nicht. Wichtig ist nur, dass die Mission Valhalla nun offiziell ein EMERCOM-Projekt ist und dass wir vorhaben, es zu einem Erfolg zu machen.«

Viktor runzelte die Stirn. »EMERCOM ist eine zivile Einrichtung. Ich dachte, Valhalla sei Sache des Militärs.«

»Ist es auch. Allerdings können wir keine Soldaten nach Spitzbergen schicken. Dir dürfte klar sein, dass die Präsenz von Soldaten, mögen sie auch noch so friedlich aussehen, notgedrungen die Aufmerksamkeit der NATO und der internationalen Staatengemeinschaft auf sich ziehen würde. Diplomatische Spannungen und Konflikte wären die Folge, und mit einem Male wären aller Augen auf uns gerichtet. Was wir überhaupt nicht brauchen können, sind Beobachter unabhängiger Staaten, die ihre Nasen in unsere Angelegenheiten stecken. Es wurde daher entschieden, die gesamte Aktion EMERCOM zu unterstellen und sie wie ein ziviles Rettungsprogramm aussehen zu lassen. Der Großteil der anwesenden Personen besteht allerdings aus verdeckt arbeitenden Militärs. Elitestreitkräfte, die besten der besten. Auch der medizinisch-naturwissenschaftliche Bereich wurde aus der Armee rekrutiert. Allerdings haben wir auch ein paar zivile Einsatzkräfte hinübergeschickt. Ein Joint Venture, wie man so schön sagt.« Er grinste. »Die Gruppe befindet sich nun schon seit fast drei Wochen vor Ort und arbeitet, wie ich gehört habe, recht gut zusammen.«

»Von wie vielen Personen reden wir?«

»83. 10 Pioniere, 25 Mann leichte Infanterie, 25 Wissenschaftler. Der Rest ist Maintenance. Leute, die für das schwere Gerät zuständig sind: Schneeraupen, Wohncontainer, Hydraulik, Presslufthammer und Sprengkommandos.«

Viktor pfiff durch die Zähne. »Scheint ja wirklich was Größeres zu sein.«

Fradkov verschränkte seine Hände hinter dem Körper. »Ich darf mit Fug und Recht behaupten, dass *Valhalla* die größte und aufwendigste Mission ist, die EMERCOM jemals außerhalb unserer Landesgrenzen durchgeführt hat. Die extremen klimatischen Bedingungen, der Wind, die eisigen Temperaturen und das Fehlen von Licht, stellen unser Personal vor enorme Herausforderungen; deshalb haben wir auch nur Mitarbeiter mit Polarerfahrung und dem bestmöglichen Equipment genommen. Als militärischer Berater bin ich für das Zusammenspiel unserer Leute und des Militärs zuständig. Ich werde übermorgen nach Spitzbergen fliegen und ich wünsche, dass du mich begleitest. Alles, was du über das Projekt wissen musst, findest du dort drin. Ausrüstung wurde für dich zusammengestellt, ebenso Waffen, Munition, Schutzkleidung. Ich bin sicher, du willst selbst noch mal drüberschauen, aber im Großen und Ganzen müsste alles komplett sein.«

Viktor nahm die Mappe in die Hand und blätterte sie durch.

»In welcher Funktion wollen Sie mich mit dabeihaben? Erwarten Sie Ärger?« Viktor hatte einige Zeit in einem Wintertrainingslager des SWR nahe Murmansk verbracht, war also mit Einsätzen in Eis und Schnee vertraut.

»Ich hoffe nicht«, sagte Fradkov, »aber man kann nie wissen. Ich hätte dich gerne als persönlichen Leibwächter mit dabei. Einfach als jemanden, der nicht gleich ausflippt, wenn es mal brenzlig wird, der die Ruhe bewahrt und sich nicht von irgendwelchen außergewöhnlichen Ereignissen ins Bockshorn jagen lässt.«

»Klingt ja mächtig geheimnisvoll. Haben Sie Gründe, besorgt zu sein?«

Fradkov druckste ein bisschen herum, dann sagte er: »Nichts Konkretes, aber es gibt da ein paar Dinge, die mir nicht ganz hasenrein erscheinen.«

»Zum Beispiel?«

»Die Antwort auf deine Frage findest du auf der letzten Seite, Abschnitt 23. Und kein Wort davon an Außenstehende, verstanden? Kein Sterbenswort. Es betrifft das Team, das vorher dort unten war.«

Viktor blätterte zu der betreffenden Stelle vor und begann zu lesen. Was dort stand, war in der Tat nichts für schwache Gemüter. Er war normalerweise nicht besonders zimperlich, aber jetzt lief ihm doch ein Schauer über den Rücken. Als er an dem betreffenden Abschnitt anlangte, geriet er ins Stocken. Er hob den Kopf. »Ist das wahr?«

»Ich fürchte ja. Verstehst du jetzt, warum ich dich dabeihaben will?«

»Allerdings.« Er grinste schief. »Ich weiß nur nicht, ob ich wirklich dabei sein möchte. Können Sie nicht jemand anderen finden, der diesen Job erledigt?«

Wenn Fradkov den Witz verstanden hatte, so konnte er nicht darüber lachen. »Ich fürchte nein. Abflug ist übermorgen um null achthundert. Ich erwarte, dass du dein Bestes gibst.«

Viktor stand auf, nahm die Unterlagen und salutierte. »Sie können sich auf mich verlassen. Das haben Sie immer gekonnt.«

19

John war vorangegangen und hatte das Licht eingeschaltet. Der Raum war klein, kahl und roch nach Putzmitteln. Ein Seminarraum, wie Hannah schon Tausende zuvor gesehen hatte. Ein paar Bürotische mit Stühlen, ein Projektor, ein Flipchart, eine Pinnwand mit Memos von zurückliegenden Seminaren sowie ein kleines Waschbecken und ein Handtuch. Der graue Teppich war an manchen Stellen durch Kaffeeflecken verunziert, und die Topfpflanze sah nur deswegen so grün und gesund aus, weil sie aus Plastik war. Auf dem Ecktisch stand ein Tablett mit ein paar kleinen Mineralwasser- und Saftflaschen, dazu ein paar Kekse und etwas Obst.

»Sorry, Hannah. Glaub mir, ich hätte liebend gern etwas Adäquateres aufgetrieben, aber das war das Einzige, was ich hier in Oslo auf die Schnelle ausfindig machen konnte. Na ja, immerhin haben wir einen Beamer.«

»Und keine Fenster, durch die man uns von außen beobachten kann. Darf ich hereinkommen?«

Hannah fuhr herum. In der Tür stand Norman Stromberg, einen großen Blumenstrauß in der Hand.

»Mister Stromberg.«

»Hannah, meine Liebe, ich bin so froh, Sie wieder wohlauf zu sehen. Wie geht es Ihnen? Haben Sie sich einigermaßen erholt?«

Der Magnat sah müde aus, erschöpft. Als ob er gerade aus dem Flugzeug gestiegen wäre.

»Es geht mir gut.«

»Ich habe mir erlaubt, Ihnen einen kleinen Strauß mitzubringen, verbunden mit den allerherzlichsten Glückwünschen. Wann ist es denn so weit?«

»Laut Kalender erst Mitte bis Ende Juli. Die Glückwünsche sind also etwas verfrüht.« Sie roch an den Blumen, die herrlich dufteten. »Vielen Dank für den schönen Strauß, er ist wirklich wundervoll.«

»Papperlapapp.« Er ging zum Waschbecken hinüber, nahm einen Krug, füllte ihn mit Wasser und stelle die Blumen hinein. »Wenn es so weit ist, werde ich Ihnen mehr mitbringen, das dürfen Sie mir glauben. Ich schulde Ihnen noch etwas. Doch zunächst mal bin ich einfach nur froh und glücklich, dass Sie am Leben sind. Geht es Ihnen wirklich gut?«

»So gut wie schon lange nicht mehr. Von der Schwäche kurz nach meinem Erwachen keine Spur mehr. Um ehrlich zu sein, ich könnte Bäume ausreißen.«

»Und Ihr Baby?«

»Dick, rund und gesund, wenn man das von so einem Däumling behaupten darf. Die Messwerte könnten nicht besser sein.«

»Das freut mich. Das freut mich sehr, zumal ich mitbekommen habe, dass es bald nach der Geburt sterben könnte.«

»Sterben *wird*, Mister Stromberg. Sterben wird. Die Chancen, dass es überlebt, sind verschwindend gering.«

»Und trotzdem haben Sie sich entschieden, das Kind auszutragen?« Er zog zweifelnd eine Braue in die Höhe.

Sie zuckte die Schultern. »Ich bin ein unverbesserlicher Optimist. Wenn es stirbt, dann ... musste es so sein. Aber bis dahin werde ich jede Sekunde meines Lebens daransetzen, unser Kind zu retten.«

Stromberg blickte sie voller Respekt an. »Sie sind eine bewundernswerte Frau, Hannah. Sie können sich gar nicht vorstellen, was ich mir für Vorwürfe gemacht habe. Hätte ich nur die geringste Ahnung gehabt, was für einer Bedrohung Sie dort ausgesetzt sind, ich hätte Sie niemals beauftragt, dorthin zu reisen.«

»Das weiß ich.«

»Mir ist mittlerweile klargeworden, wie leichtfertig ich gewesen bin. Ich hatte nur Augen für die Wunder der Vergangenheit und habe dabei völlig übersehen, dass die Ruinen vielleicht schon von jemand aus der Gegenwart entdeckt sein könnten.«

»Dass die Nazis dort eines ihrer gefürchteten Biolabors errichtet haben, damit war nun wirklich nicht zu rechnen«, sagte Hannah. »Wer käme denn auf so einen Gedanken? Manchmal lassen sich eben nicht alle Faktoren einkalkulieren.«

»Trotzdem. Als Kopf dieser Organisation gehört es zu meinen Aufgaben, solche Dinge zu wissen. Zumal sich die Informationen zum Zeitpunkt der Ereignisse bereits in meiner Hand befanden.« Er seufzte. »Wenn die Mail nur nicht so lange im Spamfilter hängen geblieben wäre und wenn nur das Wetter besser gewesen wäre. Wenn, wenn, wenn.« Er schüttelte betrübt den Kopf. »Aber hinterher ist man immer schlauer, nicht wahr?«

Hannah sah ihn an. Stromberg war zwar ein durchtriebener Stratege, doch dass er sie bewusst in Gefahr gebracht hätte, das traute sie ihm nicht zu.

»Betrachten wir es einfach als höhere Gewalt«, sagte sie, »und wenden wir uns den Dingen zu, die dort unten passiert sind. Ich habe so ziemlich alles erfahren, was ich wissen wollte, nur nicht, was mit dem Rest des Teams passiert ist. Sie sind tot, so viel ist klar. Doch wie und warum? Was bewirkt dieses Virus, und warum sind alle so aus dem Häuschen deswegen? Ich finde, ich habe ein Recht, es zu erfahren.«

»Das hast du«, sagte John. »Und deswegen sind wir hier. Ich habe diesen Raum gemietet, weil er abgelegen, blickgeschützt und abhörsicher ist. Der Direktor der Klinik hat mir versichert, dass uns hier niemand stören wird. Das ist auch wichtig, weil die Bilder und Dokumente, die ich hier auf dem Datenstick gespeichert habe, für gehöriges Aufsehen sorgen würden, sollten sie in falsche Hände geraten. Du musst mir versprechen, dass du mit niemandem darüber redest. Weder zu Freunden noch zu Mitgliedern deiner Familie noch zu irgendjemand anderem. Wirklich mit niemandem.«

»Du machst es ja ganz schön spannend.«

»Bitte, Hannah. Wenn es nach mir ginge, würde ich dir die Aufnahmen nicht zeigen, aber wie du selbst sagst: Du hast ein Recht, es zu erfahren. Lieber wäre mir allerdings, du würdest darauf verzichten. Du kannst es dir immer noch anders überlegen ...« In seinen Augen lag ein Hoffnungsschimmer.

Hannah zögerte. Seit sie zusammen waren, hatte sie ihn noch nie so besorgt erlebt.

»Nein, ich will es sehen«, sagte sie. »Solange mein Gedächtnis mich im Stich lässt, bin ich auf Informationen von außen angewiesen; ich würde mich sonst bis ans Ende meiner Tage mit Fragen quälen. So gesehen gibt es gar keine Alternative. Ich verspreche dir, dass niemand ein Sterbenswörtchen von mir erfahren wird. Du weißt, dass du dich in dieser Hinsicht auf mich verlassen kannst. Und jetzt los.«

John nickte. Er schaltete den Beamer ein, stöpselte seinen Laptop in die Buchse und wartete, bis das Betriebssystem hochgefahren war. Dann steckte er den Stick in die betreffende Schnittstelle und rief die Daten auf.

»Mr. Stromberg, wären Sie so freundlich, das Licht auszuschalten? Hannah, hier ist ein Stuhl. Setz dich.«

Das Licht ging aus, und Hannah hörte, wie der Schlüssel herumgedreht wurde. Sie konnte nicht umhin, aber ihr wurde mulmig zumute.

»Die Aufnahmen sind chronologisch, also wundere dich nicht, wenn sie vor unserer Ankunft einsetzen. Ich hatte eine kleine Digicam dabei, später habe ich dann noch ein paar Fotos gemacht.«

Ein verwackelter Filmausschnitt erschien. Im unteren Bildrand lief eine Uhrzeit mit, und aus den Lautsprechern drang ein Dröhnen. Verzerrte Stimmen waren zu hören.

»Das habe ich im Frachtraum der Hercules gedreht, auf dem Weg nach Spitzbergen«, erläuterte John. »Was du hier siehst, sind die beiden Hovercrafts, mit denen wir über der Einsatzzone an Fallschirmen abgeworfen werden. Das Bild wackelt deswegen so stark, weil wir immer noch mit Sturmböen zu kämpfen hatten. Der Pilot war ein wahrer Künstler, wie er uns durch diesen Sturm manövriert hat. Aber es ging ja auch um Leben und Tod. Jede Stunde zählte.« Das Bild wechselte. »Hier siehst du ein paar von den norwegischen

Soldaten. Alle in polartauglicher Kleidung. Ein ziemlich verwegener Haufen, das kann ich dir sagen. Ah, hier kommt der Moment, wo sich gleich die Frachtluke öffnen und uns in den tosenden Sturm entlassen wird. Kein angenehmes Gefühl, das kann ich dir sagen. Die Vorstellung, die Fallschirme, an denen die Hovercrafts hängen, könnten reißen, hat mich Jahre meines Lebens gekostet.«

»Dafür siehst du aber immer noch sehr gut aus.«

Johns Lächeln wirkte verzerrt im Widerschein der Aufnahmen.

Das Bild wechselte. Hannah sah Scheinwerfer durch die Dunkelheit zucken, Schneeflocken trieben an der Linse vorbei. Ein paar schemenhafte Gestalten huschten durchs Bild. »So, jetzt sind wir schon unten. Die Crew sammelt die Fallschirme ein und verstaut sie. Und jetzt gehen wir wieder zurück an Bord der Luftkissenfahrzeuge. Wir sind etwa drei Kilometer vom Zielort entfernt niedergegangen, was aber angesichts des heftigen Windes immer noch eine Meisterleistung war. Hier siehst du, wie eng es im Cockpit war, der Stauraum hinten war deutlich größer. Dort konnte man sich auch umziehen. Mittlerweile haben wir alle unsere Schutzanzüge an, was ein großes Glück war, wie du nachher noch sehen wirst. Jetzt aber erst noch ein paar Eindrücke von der Fahrt.«

Im grünlichen Licht der Armaturen sah Hannah vermummte Gestalten, die konzentriert auf die Anzeigetafeln blickten. Ein gespenstischer Anblick, der dadurch verstärkt wurde, dass draußen der Wind gegen das Fahrzeug brüllte und donnerte. Ob der Lärm tatsächlich vom Sturm herrührte oder ob die Motoren so laut waren, konnte sie nicht sagen. Fest stand nur, es war höllisch, und sie konnte nur hoffen, dass die Crew Ohrenschützer angelegt hatte.

Dann kam etwas in Sicht. Ein paar Schneeraupen, Wohncontainer und eine hohe Stahlkonstruktion, die wie ein Bohrturm aussah. Hannah kniff die Augen zusammen. In ihr regte sich eine dunkle Erinnerung. Dieser Turm. Irgendetwas war mit dem Turm, das fühlte sie. Doch sosehr sie sich auch anstrengte, sie konnte die Informationen nicht abrufen.

John und Stromberg blickten sie aufmerksam an.

»Nichts, leider«, sagte sie. »Ich fühle, dass da etwas ist, tief verschüttet, in irgendwelchen Gehirnwindungen. Vielleicht kommt es ja noch. Mach mal weiter.«

»Dieser Turm trägt eine Hebevorrichtung, eine Art Aufzug. Wir mussten erst mal die Abdeckung beiseiteschaffen, um an die Gondel zu kommen. Hier siehst du, wie die Soldaten den Schnee wegschaufeln. Die Elektrik funktionierte zum Glück noch, so dass wir die Gondel benutzen konnten. Aber bereits an der Oberfläche wurden wir uns der Tatsache bewusst, dass unsere Befürchtungen keineswegs unbegründet waren. Die Wohncontainer waren allesamt leer, und wir sahen auch sonst keine lebende Seele. Uns wurde klar, dass das Lager aufgrund des Sturms geräumt worden war. Die Bodencrew war ganz offensichtlich zu den Wissenschaftlern nach unten gezogen und hatte das obere Lager wetterfest gemacht. Die interne Kommunikationsanlage funktionierte zwar noch, aber wir bekamen keine Antwort. Das andere Ende der Leitung war tot. Es half also nichts, wir mussten selbst hinunter. Wir ließen einen Mann bei den Hovercrafts zurück und begaben uns in den Aufzug.« Er startete die nächste Filmdatei.

»Hier fahren wir mit dem Aufzug nach unten. Die Lichter sind alle an, das heißt, die Generatoren funktionierten noch und beleuchteten das gesamte Areal. Kommt dir der Anblick bekannt vor?«

Hannah war unfähig zu antworten. Sie hatte das Gefühl, als würde ihr jemand den Boden unter den Füßen wegziehen. Das durfte doch nicht wahr sein. Die Stadt existierte ja wirklich. Genau wie Stromberg es prophezeit hatte. Hyperborea? Die gewaltige Höhle, die Mauerreste, die teilweise noch vollständig erhaltenen Gebäude – es war wie ein Traum und doch so real. Als würde man versuchen, einen verschütteten Traum zu rekonstruieren und dabei ständig gegen eine Wand laufen. Außer einigen Erinnerungsfragmenten war da nichts. Nur dieses unbestimmte Gefühl, dass dort ganz viel verschüttet lag und dass sie nur den einen, entscheidenden Hinweis benötigte, um das gesamte Gedankengebäude wieder zusammenzusetzen.

»Und?« John blickte ihr in die Augen. »Erinnerst du dich?«

Sie schüttelte den Kopf. »Es ist seltsam«, sagte sie. »Es ist, als stünde ich vor einer Tür. Ich habe das Gefühl, ich benötige nur den Schlüssel, um sie zu öffnen. Es ist unheimlich, wie vertraut mir das alles ist.«

»Unheimlich ist das richtige Stichwort«, sagte John. »Man kann es bei der schlechten Auflösung kaum erkennen, aber die dunklen Flecken dort unten sind Tote. Wir wussten das zuerst nicht und dachten, das seien achtlos verstreute Gepäckstücke. Bis wir näher kamen. Da wurde das ganze Ausmaß der Katastrophe sichtbar.« Er hielt das Bild an und wandte sich ihr zu.

»Hannah, die nächsten Aufnahmen sind nichts für schwache Nerven. Ich bitte dich inständig: Schau sie dir nicht an. Dass die Leute tot sind, weißt du ohnehin, warum dich also mit Einzelheiten quälen?«

»Lass weiterlaufen«, sagte Hannah. »Ich muss wissen, was dort unten geschehen ist. Ich muss es fühlen, *erfahren*. Ich brauche den Schlüssel, ansonsten werde ich die Tür nie öffnen können.«

John wirkte unglücklich. Er kannte Hannah gut genug, um zu wissen, dass er mit ihr nicht darüber zu diskutieren brauchte. Wenn sie sich einmal zu etwas entschlossen hatte, war sie durch nichts wieder davon abzubringen.

»Wie du willst«, sagte er seufzend. »Aber sag nicht, ich hätte dich nicht gewarnt.« Er drückte die Taste, und der Film lief weiter.

Die Einzelheiten waren jetzt besser zu erkennen. Dort, wo die Ruinen begannen, hatte man eine Art Camp errichtet. Etliche Zelte, ein paar Liegen, eine provisorische Kochstelle sowie einige Tische, die offenbar Studienzwecken dienten. Quer über das ganze Areal waren die Körper der Forscher verstreut, die meisten in unnatürlichen und verdrehten Posen erstarrt. Manche glichen Puppen, die jemand achtlos in die Ecke geworfen hatte, andere waren in eine Art Embryonalstellung gefallen, wieder andere lagen stocksteif am Boden, hatten ihre Arme auf den Rücken gedreht oder waren mit in den Haaren verkrallten Händen zu Boden gestürzt. Offenbar waren sie unter schrecklichen Krämpfen gestorben. Viele hatten sich ihre Kleidung vom Körper gerissen, was ziemlich befremdlich aussah. Die nackten Leiber verliehen der Szenerie eine geradezu biblische Symbolhaftigkeit. Hannah fühlte sich an Bilder von Hieronymus Bosch oder Hans Holbein erinnert, Bilder, die sie in ihrer Kindheit in der elterlichen Kunstbuchsammlung entdeckt hatte. Sie machten ihr Angst und hinterließen bei ihr neben einer morbiden Faszination einen tiefsitzenden Schrecken. Allerdings war das, was sie hier sah, um einiges schlimmer. Das körnige Licht der elektrischen Lampen enthüllte deformierte Leiber, denen alle Menschlichkeit entrissen worden war. Blutüberströmte, verdrehte Körper mit weit aufgerissenen Münden und Gesichtern, denen Augen oder Ohren fehlten. Sie sah gebrochene Knochen, aufgeschlitzte Hälse und geplatzte Bäuche, aus denen die Innereien quollen. Nichts entging der digitalen Linse, die mit ihrer hochauflösenden, unbestechlichen Optik gleichsam zum Beobachter und Chronisten dieses arktischen Schreckensszenarios wurde.

Hannah spürte, wie ihr Herz in der Brust hämmerte. Ihr Puls war auf ein gesundheitsgefährdendes Maß angestiegen. Sie hatte das Gefühl, kaum noch Luft zu bekommen. Übelkeit bahnte sich ihren Weg die Speiseröhre hinauf. Den Männern des Recon-Einsatzteams schien es nicht besserzugehen. Einer von ihnen sackte vor laufender Kamera zusammen und schlug seine Hände vors Gesicht. Er schien sich in seinen Anzug übergeben zu haben und wurde schnell aus dem Bild gezerrt. Aufgeregte Stimmen erklangen. Da es zu gefährlich war, den Helm abzunehmen, vermutete Hannah, dass er nach oben gebracht wurde.

Erst jetzt fiel Hannah auf, wie still es inzwischen geworden war. Keine Motorengeräusche, kein Sturm, kein Summen von elektrischen Aggregaten oder anderen Geräten.

Dass das Mikrofon dennoch seine Arbeit verrichtete, erkannte man an den verhaltenen Stimmen, dem Rascheln der Anzüge oder einem gelegentlichen unterdrückten Stöhnen.

Wieder stoppte das Bild. John sah jetzt wirklich besorgt aus.

»Bitte, Hannah. Warum tust du dir das an? Ich kann doch sehen, wie schlecht es dir geht. Die nächsten Minuten zeigen kaum andere Bilder. Tatsächlich wird es noch schlimmer. Denk daran, was du unserem Kind damit antust. Es bekommt deine Emotionen voll ab. Willst du wirklich, dass es deine Furcht teilt?«

»Du hast recht«, erwiderte Hannah. »Ich habe nicht geahnt, dass es *so* schlimm werden würde. Von mir aus kannst du Teile der Aufnahme überspringen. Was ich aber gerne noch sehen würde, ist, wie du mich gefunden hast. Wo bin ich? Zwischen all diesen Toten oder wo ...?«

»Wir fanden dich etwas weiter stadteinwärts.« John war sichtlich erleichtert, dass Hannah endlich ein Einsehen hatte, und spulte schnell vor. Dann ließ er die Aufnahme bei Minute 05:31 weiterlaufen. Das Kamerabild war deutlich verwackelter als zuvor. John, der die Aufnahme gemacht hatte, bewegte sich schneller und hektischer. Ganz offensichtlich suchte er etwas – oder jemand. Hannah hörte unterdrücktes Schluchzen und gemurmelte Worte. Was war das, ein Gebet? John hatte mit Kirche und Religion eigentlich nichts am Hut. Sie fragte ihn nicht danach, denn sie wollte ihn nicht verletzen. Er bog um die nächste Hausecke, und da sah sie es: ein großes doppelflügeliges Tor. Es prangte inmitten einer massiven Wand, die sich vom Boden bis in mindestens vier Meter Höhe erhob. Davor lagen drei verkrümmte Leichen, zwei von ihnen über und über mit Blut besudelt. Sie schienen es regelrecht ausgeschwitzt zu haben, denn es sah aus, als wäre es aus jeder Pore ihre Körpers gedrungen. Auch sie wiesen die üblichen Verletzungen und Verstümmelungen wie die anderen auf, waren im Gegensatz zu ihnen aber bekleidet, wofür Hannah im Stillen dankbar war. Die dritte Leiche war nicht ganz so schlimm zugerichtet. Verkrümmt und in sich zusammengesunken, lag sie am Fuß des Tores, die Hand in Richtung der offenen Tür ausgesteckt. Es sah so aus, als wollte sie nach etwas greifen oder zumindest darauf deuten. In diesem Moment ertönte ein Keuchen aus dem Lautsprecher. Es gab ein Krachen, die Kamera fiel zu Boden, lief aber dennoch weiter. Auf der Seite liegend dokumentierte sie, wie ihr Besitzer auf die zusammengekrümmte Gestalt zulief. *»Hannah, oh Gott, nein!«*

Durch das matte Glas des Schutzanzugs sah sie Johns Gesicht. Seine Augen waren weit aufgerissen, als er neben der Person auf die Knie sank und ihren Kopf anhob. Er beugte sich zu ihr hinunter und hielt sein Ohr an ihren Mund. Eine Weile passierte nichts, dann ertönte ein zweiter Schrei. Doch diesmal klang er anders. Erleichtert, befreit. Ein Freudenschrei.

In der Filmaufnahme veränderte John seine Position, und zum ersten Mal konnte Hannah erkennen, wen er da im Arm hielt.

Sie selbst.

Sie sah furchtbar aus. Die Haare blutig am Kopf verklebt, die Augen geschlossen und die Lippen zusammengepresst, die blasse Haut über und über mit blauen Flecken, Kratzern und Schürfwunden bedeckt. Wie eine Wasserleiche, die man soeben aus einem Fluss gezogen hatte. Über ihr ragte drohend das Tor auf. In diesem Moment passierte das, worauf sie so lange gewartet hatte. Ihre Hände verkrallten sich in der Tischkante, und sie musste ein paar Mal heftig ein- und ausatmen. Die Erinnerungen brachen wie eine Sturzflut über sie herein. Bilder, Worte, Geräusche. Die Flut von Informationen kam so geballt, dass ihr Verstand aussetzte. Sie sprang auf, rannte hinüber zum Waschbecken und übergab sich. John war sofort bei ihr.

»Alles in Ordnung, mein Schatz?«

Sie spürte seine Berührung und übergab sich ein weiteres Mal. Die Galle schoss ihr durch die Nase. Sie musste husten. Nach Luft ringend, versuchte sie, ihren rebellierenden Magen unter Kontrolle zu bringen. Doch es dauerte noch eine ganze Weile, ehe es vorbei war.

»Geht's wieder?«, fragte John.

»Tut mir leid ... «, keuchte sie und nahm einen Schluck Wasser aus dem Hahn. »Es war nur ...«

»Du brauchst mir nichts zu erklären. Ich weiß genau, was du fühlst. Glaube mir, in dem Moment ging es mir auch nicht besser. Aber ich war so erleichtert, dich lebend wiederzufinden, du kannst es dir gar nicht vorstellen. Ich ...«

»Ich kann mich wieder erinnern«, sagte sie. »Es ist alles wieder da.«

»Im Ernst?«

Sie nickte. »Der Auftrag, die Ruinen, die Leute. Ich erinnere mich an das Tor. Der Erreger ist von dort gekommen.«

»Das Blut an deinem Körper war nicht dein eigenes«, sagte John. »Es stammte von einer Vielzahl von Personen.«

»Hämorrhagisches Fieber«, sagte Stromberg, der sich die ganze Zeit über im Hintergrund gehalten hatte. »Es bringt Organe dazu, sich aufzulösen, und führt zu Mikroblutungen an der Hautoberfläche. Schlimmes Zeug. Ganz schlimmes Zeug.«

Hannah musste daran denken, was ihrem Kind bevorstehen würde. »Konnte der Erreger denn inzwischen isoliert werden?«, fragte Hannah. »Professor Hansen sagte mir, dass man ihn bisher noch nicht habe finden können, weil er sich aufgelöst habe. Aber da unten muss er noch sein.«

»Nichts«, sagte Stromberg und schüttelte betrübt den Kopf. »Alles, was wir haben, ist die veränderte Form, die wir aus den Leichen bergen konnten. Aber die ist nutzlos, weil sie ja bereits durch den Kontakt mit menschlichem Erbgut kontaminiert worden ist oder sich gar aufgelöst hat.«

»Der logische Schluss müsste demnach lauten, ein Team zurück in die Anlage zu schicken, das Labor der Deutschen ausfindig zu machen und den Krankheitserreger an der Quelle zu isolieren.«

»Das wäre der logische Schritt, ja«, sagte Stromberg. »Wenn man die Verantwortung für sich und andere Menschen als ein hohes und schützenswertes Gut erachtet. Es gibt da nur ein klitzekleines Problem: Nicht alle denken so. Manche sehen darin nur eine neue Möglichkeit, Geld zu verdienen. Ein Erbe, das uns der Kapitalismus beschert hat. Und obwohl ich selbst durch den Kapitalismus reich und mächtig geworden bin, so ist dies eine Facette, auf die ich nicht stolz bin. Manche Menschen gehen – um es mal umgangssprachlich auszudrücken – über Leichen.«

Hannah runzelte die Stirn. »Wovon reden wir hier?«

»Das wüsste ich auch gerne«, sagte John.

Stromberg zuckte die Schultern und seufzte. »Was soll's, ihr werdet es sowieso erfahren. Spitzbergen ist für uns tabu. Keine Einreise mehr für ausländische Forschungsteams. Ist vorgestern durch die internen Kanäle gesickert. Der gesamte Bereich rund um das Sprengloch wurde zur Sperrzone erklärt. Niemand darf da rein oder raus. Niemand, außer den neuen Herren von Nordostland.«

»Den Norwegern?«

Stromberg schüttelte den Kopf. »Den Russen.«

20
Spitzbergen ...

Der Eisbär kauerte vor dem Loch und wartete. Über eine Stunde hatte er jetzt damit verbracht, die alte Öffnung vom Eis zu befreien, und sein Hunger war stärker geworden. Das Wetter hatte sich beruhigt, dafür waren die Temperaturen deutlich abgesunken. Schon bald würde neuer Schneefall einsetzen, das spürte er in seinen Knochen. Das fehlende Sonnenlicht machte ihm nichts aus, er konnte auch während der Polarnacht gut sehen. Das bisschen Helligkeit, das tagsüber über den Himmel flimmerte, reichte zur Orientierung aus; ansonsten verfügte er über ein sehr gutes Gehör und eine noch bessere Nase. Er würde das Loch auch in kompletter Dunkelheit finden, denn es strömte einen geradezu unwiderstehlichen Geruch aus: den Duft nach Robbe. Ringelrobben, Bart- und Sattelrobben, Klappmützen mit ihren dicken Fettwülsten auf Stirn und Nasen – bei dem Gedanken an das saftige Fleisch lief ihm das Wasser im Maul zusammen. Jetzt, während der kalten Jahreszeit, waren die Löcher überlebenswichtig für die Robben. Sie mussten von Zeit zu Zeit zum Luftschnappen an die Oberfläche kommen, ehe sie wieder in die dunklen Tiefen des Meeres abtauchten. Jeder Eisbär hatte bestimmte Löcher, die er regelmäßig abklapperte. Manche waren ertragreich, an manchen ließ sich die Beute nur selten blicken. Dieses hier gehörte zu den besten. Mit ein bisschen Geduld, Cleverness und der richtigen Strategie gab es hier immer etwas zu holen.

Der Eisbär war alt und erfahren. Seit vielen Jahren lebte er schon in dieser Gegend zwischen Land und Meer und hatte sein Revier bisher erfolgreich gegen alle Nebenbuhler verteidigen können. Nur selten verirrten sich männliche Konkurrenten hierher, dafür umso mehr Weibchen, die seine Größe und Stärke zu schätzen wussten. Allerdings war es jetzt schon lange her, dass das letzte Mal eine Eisbärin zu ihm gekommen war, aber es war auch noch keine Paarungszeit. Die Bärinnen waren zu dieser Jahreszeit längst in ihren Schneehöhlen und brachten ihre Jungen zur Welt. Erst wenn die Tage wärmer wurden und das helle Licht hoch am Himmel stand, würden sie wieder herauskommen und sich zu ihm gesellen.

Er scharrte die letzten Eisreste mit seinen Klauen aus dem Loch, nahm dann eine windabwärts gelegene Position ein und wartete. Eine Höhle hatte er nicht, er brauchte keine. Er und seine Geschlechtsgenossen verbrachten das ganze Jahr draußen im Freien.

Stocksteif, wie zu einem Schneehaufen erstarrt, wartete er auf das Eintreffen der ersten Robbe. Sein dichtes Fell schützte ihn vor den eisigen Winden und machte ihn gleichzeitig unsichtbar. Ihm selbst war es schon passiert, dass er auf seinen Wanderungen einem Artgenossen begegnet war, den er erst im letzten Moment als solchen erkannt hatte. Wenn das Licht schwach war und der Wind ungünstig stand, war das weiße Fell nicht von umliegenden Schneehaufen zu unterscheiden. Dann konnte man nur hoffen, dass man die beiden schwarzen Augen oder die schwarze Nase rechtzeitig erkannte und so einem Tatzenhieb entging.

Seine Gedanken waren jetzt ganz auf die Jagd gerichtet. Eins mit seiner Umgebung werdend, richtete er seine volle Aufmerksamkeit auf das Loch. Dabei hatte er es nicht eilig. Der letzte erfolgreiche Beutezug lag erst wenige Tage zurück, und es bestand keine dringende Notwendigkeit, zu fressen. Wenn es sein musste, konnte er über eine Woche ohne Nahrung überleben, allerdings war das nicht sehr angenehm. Die eisigen Temperaturen forderten dem Körper viel ab. Wer nicht fraß, fror – und wer zu lange fror, starb irgendwann. Deswegen war es immer besser, zu viel im Magen zu haben als zu wenig. Sobald ein Kopf in der Öffnung erschien, musste es schnell gehen. Roben konnten nicht besonders gut sehen. Ihre Ohren und Nasen benötigten eine Weile, um sich nach dem Auftauchen zu orientieren. Diese Zeitspanne musste er nutzen, um sich auf die Beute zu stürzen, sie zu packen, aus dem Wasser an die Oberfläche zu zerren und mit gezielten Prankenhieben zu töten. Was danach kam, darauf freute er sich am meisten. Die Schnauze in das noch warme Fleisch drücken und Fett, Muskeln und Innereien in sich hineinschlingen, bis er nicht mehr konnte. Meistens wurde er dabei von anderen Robben beobachtet, die den Tod ihres Artgenossen nutzten, um aufzutauchen und angstfrei und ungestört Luft zu schöpfen. Sie wussten, dass er ihnen nichts antun würde, solange er fraß. Er jagte immer nur so viel, wie er in einem Stück fressen konnte, denn was übrig blieb, war nach kürzester Zeit hartgefroren und nicht mehr verzehrbar.

Aber still jetzt, es tat sich etwas im Wasser. Luftblasen stiegen auf und kräuselten die Oberfläche. Verhaltenes Geplätscher drang an seine Ohren, dann ein tiefes Glucksen.

Sie kamen.

Er machte sich sprungbereit. Nur noch wenige Augenblicke. Wahrscheinlich berieten sie noch, wer als Erster nach oben musste. Die Robben wussten, dass der Erste immer ein besonders hohes Risiko einging, doch in ihrer Atemnot war ihnen das egal.

Wie festgefroren lauerte der Bär in der Dunkelheit, als plötzlich ein Schatten seitlich von ihm durch die Nacht huschte. Da er sich auf der windabgewandten Seite befand, konnte er keine Witterung empfangen. Ein Konkurrent? Möglich, wenn auch unwahrscheinlich. Alle in Frage kommenden Nebenbuhler hatte er in die Flucht geschlagen, und ihre Reviere lagen weit weg von seinem. Auch was er in dem kurzen Augenblick über Bewegungsart und Schnelligkeit erfahren hatte, passte nicht in das Bild, das er von seinen Artgenossen in Erinnerung hatte. Andererseits: Es konnte auch eine Täuschung sein. Die lange Nacht gaukelte einem manchmal seltsame Dinge vor, besonders, wenn die farbigen Schleier über den Himmel zogen. Der Bär wandte sich wieder dem Wasserloch zu. Drei Köpfe waren dort aufgetaucht und sahen ihn direkt an.

Verdammt!

Einen Moment der Unkonzentriertheit, und schon konnte er die Jagd in den Wind schreiben. Ob er es trotzdem versuchen sollte? Was hatte er schon zu verlieren? Mehr als entwischen konnten sie ihm ja nicht. Er machte sich sprungbereit, als ihn plötzlich etwas in die Seite traf. Der Schlag war so heftig und so unerwartet, dass es ihm die Beine unter dem Leib wegriss und er einfach umkippte. Keuchend und mit den Beinen in der Luft strampelnd, versuchte er, wieder auf die

Füße zu kommen. Doch das war leichter gesagt als getan. Seine Flanke schmerzte, und seine Muskeln versagten den Dienst. Der Schlag hatte irgendetwas in ihm zerbrochen, das spürte er. Dennoch war er weit davon entfernt, aufzugeben. Flucht kam nicht in Frage. Es gab Regeln in dieser Wildnis, und die duldeten keinen Spielraum. Das hier war sein Loch, er würde es verteidigen, und wenn es dabei um sein Leben ging. Brüllend sprang er auf die Beine.

Von seinem Gegner keine Spur. Was war das nur gewesen? Zuschlagen und wegrennen, das war sehr ungewöhnlich. Er humpelte ein paar Schritte und drehte sich dabei im Kreis. Die Verletzung behinderte ihn, doch das machte ihn nur noch gefährlicher. Schmerz erzeugte Wut, und davon hatte er in diesem Moment mehr als genug im Bauch. Dieser Geruch. Er hatte diesen Geruch schon einmal in der Nase gehabt. Weit weg von hier, in einer Gegend, die von den meisten seiner Art gemieden wurde. Das lag lange zurück. Er war damals auf Wanderschaft gewesen und erinnerte sich nicht mehr genau, was geschehen war. Nur dass die Begegnung Furcht bei ihm hinterlassen hatte und dass er diesen Geruch seither hasste.

Wieder sah er eine Bewegung. Blitzschnell und kraftvoll. Was für ein Wesen konnte so schnell laufen? Ein anderer Eisbär? Unwahrscheinlich. Die Art des Angriffs war vollkommen untypisch. Noch ehe er sich darüber weitere Gedanken machen konnte, hörte er ein Keuchen. Er sah den Schatten heranfegen und wollte sich gerade auf die Hinterbeine erheben, als ihn etwas in die Seite rammte. Ein panisches Keuchen ausstoßend, kippte er erneut um. Was er sah, ließ ihm das Blut in den Adern gefrieren.

Es waren zwei! Und diesmal ließen sie nicht von ihm ab. Der Bär kniff die Augen zusammen. So etwas wie das da hatte er noch niemals zuvor gesehen. Während das eine der Geschöpfe geduckt um ihn herumlief, ihn beobachtete und dabei seinen mächtigen Pranken auswich, grub sich das andere tief in seinen Bauch. Der Bär brüllte auf. Vergeblich versuchte er, sich aufzurichten. Aus seinem Bauch quollen die Eingeweide. Das Eis um ihn herum war getränkt mit Kot und Blut. Seinem Blut. Der Gestank raubte ihm den Wunsch weiterzukämpfen. Verzagt sah er ein, dass er den Kampf um das Wasserloch verloren hatte. Der Geruch von Niederlage und Tod hing in der Luft.

Der Schmerz war unvorstellbar. Er hatte ja schon einige Verletzungen davongetragen, manche davon so schlimm, dass er tagelang nicht richtig laufen konnte, aber nie hatte er etwas wie das hier erleiden müssen. So also fühlte es sich an, wenn man der Unterlegene war.

Einen heiseren Schrei ausstoßend, suchte er nach seinen Gegnern, aber die waren nicht mehr da. Verschwunden im Dunkel, wo sie hergekommen waren. Aber sie würden zurückkehren, das stand fest. Und dann würden sie ihn fressen, so wie er es umgekehrt auch getan hätte. Friss oder stirb, das Gesetz der eisigen Wildnis.

Das Letzte, was er sah, ehe er sein Leben aushauchte, waren die Köpfe der drei Robben, die ihn vom Wasserloch aus mit schwarzen, kugelrunden Augen beobachteten.

21

Die Russen?«

Hannah konnte nicht glauben, was sie da hörte.

»Mmh.« Stromberg griff nach der Thermoskanne und füllte Kaffee in seine Tasse. Dann lehnte er sich zurück, schlürfte ein paar Mal genießerisch und griff dann nach einem Schokocookie. »Eine Organisation namens EMERCOM, die russische Zivilbehörde für Katastrophenschutz. Wir vermuten jedoch, dass das Militär dahintersteckt.«

John runzelte die Stirn. »Wie kommen Sie darauf?«

»Die Art, wie die Aktion aufgezogen wurde. Großräumiges Absperren des Gebietes, lückenlose Überwachung durch Kameras, Nachrichtensperre, das ganze Programm. Nur das Militär arbeitet so gewissenhaft. Wir haben aber trotzdem einiges herausgefunden. Zum Beispiel, dass die stationierten Einheiten unter dem Befehl eines gewissen Generaloberst Sergej Fradkov stehen, der als leitender Militärberater für EMERCOM tätig ist. Ein ziemlich scharfer Hund, der eng mit Putin und Medwedjew vernetzt ist. Soweit wir in Erfahrung bringen konnten, hat er Moskau verlassen und ist gerade auf dem Weg in Richtung Unglücksstelle.«

»Ich verstehe das nicht«, sagte Hannah. »Spitzbergen ist doch norwegisches Hoheitsgebiet. Wie kommt es, dass die Russen jetzt dort sind, und vor allem: Was wollen sie da?«

»Helfen, was sonst?« Stromberg lächelte verschlagen. »Jedenfalls offiziell. Inoffiziell können wir nur raten. Mit Sicherheit haben sie kein Interesse an den Ruinen. Das ist vielleicht eine nette Zugabe, doch nach einer archäologischen Grabung sieht das nicht aus. Wenn ich einen Tipp abgeben müsste, würde ich sagen, sie wollen das Virus.«

»Das ist nicht Ihr Ernst.«

Stromberg zuckte die Schultern, biss noch einmal ab und wischte die Krümel von der Tischplatte.

»Aber dieses Virus ist ein Killer. Sie haben selbst gesehen, was es anrichtet.«

»Eben darum.«

Hannah stand auf und fing an, hin und her zu laufen. »Sie sagten, dass die Russen mit den Norwegern in engem wirtschaftlichem Kontakt stehen.«

»Wegen der Erdölfelder vor Spitzbergen, richtig. Sie haben ja vermutlich mitbekommen, wie sehr die Russen an der Förderung in der Nordregion interessiert sind.«

»Allerdings«, sagte John. »Ich erinnere mich lebhaft, wie rigoros sie gegen die Leute von Greenpeace vorgegangen sind, als die eine Bohrinsel in der Barentssee zu stürmen versuchten.«

»Trotzdem tun wir den Russen vielleicht unrecht«, warf Hannah ein. »Vielleicht wurden sie von der Regierung gebeten, das Gebiet so hermetisch abzuriegeln, damit nichts von den Erregern an die Luft gerät. Jetzt ist zwar Winter, aber was, wenn der Frühling kommt? Oder der Sommer? Was, wenn die Eisfelder zu tauen beginnen? Wir haben es unbestrittenermaßen mit einem Abtauen der arktischen Gletscher zu tun. Nur dadurch sind Sie überhaupt auf die Ruinen gestoßen, wie Sie sich erinnern. Das Eis ist an einigen Stellen nur noch wenige Meter dick. Wenn es schmilzt – und das wird es, wenn die Temperaturkurve dort weiter nach oben geht –, dann gelangt dieses Zeug an die Luft. Die Mediziner haben bewiesen, dass es durch die Luft übertragbar ist. Die Folge könnte eine weltweite Pandemie sein. Vor diesem Hintergrund ist es doch immerhin denkbar, dass die Russen ihren Nachbarn einfach nur helfen wollen. Sie haben die Mittel, das Geld und das Know-how, um so eine Aktion durchzuführen.«

Stromberg lächelte traurig. »Was Letzteres betrifft, haben Sie sicher recht. Ich zweifle nur an ihrer Motivation.«

»Warum?«

»Wenn die Russen in den letzten Jahrzehnten eines gelernt haben, dann, dass der Kapitalismus Spaß macht. Wussten Sie, dass Moskau die Stadt auf der Welt mit den meisten Milliardären ist? Glauben Sie mir, ein solches Land investiert nicht Hunderte von Millionen Dollar, um einem kleinen Küstenstaat wie Norwegen humanitäre Hilfe zu gewähren. Vielleicht auf dem Papier. In der Realität wollen die Genossen etwas haben für ihr Geld. Sie wollen einen Gegenwert, etwas, das sonst niemand hat auf der Welt. Das Virus.«

»Was könnten sie schon damit anfangen?«

»So einiges. Sehen Sie, das Zeitalter der atomaren Aufrüstung ist vergangen, der kalte Krieg ist zu Ende. Heutige Kriege werden anders geführt: verschlagener, hinterhältiger, feiger. Nach außen hin macht sich niemand die Hände schmutzig, doch wenn man mal genauer hinschaut, dann haben sie alle Dreck am Stecken. Die Amerikaner setzten auf Elektronik. Auf Computer, Roboter und Drohnen. Auf ›sauberen‹ Krieg, wobei der Begriff an sich schon zynisch ist. Krieg ist niemals sauber, er hinterlässt nichts als Elend, Wut und Kummer. Wie auch immer: Die Russen haben dem nichts entgegenzusetzen, jedenfalls im Moment noch nicht. Aber wer weiß, was geschieht, wenn sie diesen Erreger in ihren Besitz bringen – wenn sie nicht nur das Virus, sondern auch die kompletten Unterlagen, die chemischen Anordnungen und die Versuchsobjekte, perfekt konserviert in der Kälte, in die Finger bekommen. Könnte sein, dass wir es schlagartig mit einer völlig neuen Form von Krieg zu tun bekommen. Ich kann nur hoffen, dass ich dann schon unter der Erde bin, um es nicht mehr miterleben zu müssen.«

Hannah blickte skeptisch. »Meinen Sie das im Ernst? Könnte es nicht doch irgendeinen harmlosen, zivilen Grund geben?«

»Nennen Sie mir einen. Ich bin ganz Ohr.«

»Nun, ich ...« Ihr fiel im Moment nichts ein. Aber sie war auch keine Expertin auf diesem Gebiet. Tief im Inneren spürte sie jedoch, dass Stromberg recht haben könnte. Nur das Militär verfügte über genügend Geld, um zu dieser Jahreszeit eine solche Aktion jenseits des Polarkreises durchziehen zu können. Sie wusste nicht, wie groß Strombergs finanzieller Verlust bei der ersten Expedition gewesen war, vermutlich gigantisch. Aber eine ganze Region abzusperren, und das bei dieser Witterung – sie mochte sich die Summe gar nicht vorstellen.

Hannah ließ die Schultern hängen. »Vermutlich ist es so, wie Sie sagen. Aber wir können das doch nicht einfach so durchgehen lassen. Wir müssen etwas tun.«

»Nichts können wir tun, meine Liebe. Das Areal ist komplett abgeriegelt, da kommt keine Maus durch. Ausländischen Wissenschaftlern ist der Zutritt streng untersagt.«

»Dann müssen wir die Presse darauf aufmerksam machen, internationalen Druck aufbauen. Schicken Sie ein paar Reporter rüber, Ihnen gehören doch Fernsehsender. Lassen Sie sie ihre Nasen reinstecken und die Bilder rund um den Globus verteilen. Ich bin gerne bereit, ihnen alles zu erzählen, was ich weiß. Wenn wir ihnen berichten, was geschehen ist, könnten wir so viel Interesse generieren, dass sie die Versuche vielleicht einstellen und ein Beobachterteam zulassen.«

»Ja, und was ist eigentlich mit den Norwegern?«, fragte John. »Die haben in der Angelegenheit bestimmt auch noch ein Wörtchen mitzureden.«

»Auf die Norweger können wir nicht zählen«, sagte Stromberg. »Da haben ihren Kopf so tief im Arsch der Russen, dass sie in völliger Dunkelheit agieren. Da ist viel Geld geflossen, glauben Sie mir. Die Aktion wurde in aller Stille durchgeführt. Das norwegische Militär, das an der Bergungsaktion beteiligt war, wurde zum Schweigen verdonnert, Unterlagen existieren keine, und was das Team betrifft: Nun ja, Sie sind die einzige Überlebende. Eine Frau gegen einen ganzen Staat.«

»Ich bin bereit, diesen Kampf zu führen.« Hannah verschränkte die Arme vor ihrer Brust. »Immerhin geht es hier um einen Erreger, der Tausende, wenn nicht Millionen von Menschenleben fordern könnte. Ich kann mir nicht vorstellen, dass dieser Aspekt ungehört bleiben wird.« *Außerdem geht es um mein Baby*, dachte sie, ohne es laut auszusprechen. *Dafür bin ich bereit, alles zu tun.*

»Den Urerreger haben die Russen, und die werden ihn nicht freiwillig rausrücken. Warum sollten sie? Eine Biowaffe, für die es ein Gegenmittel gibt, ist keine Waffe. Ich fürchte, Sie haben immer noch nicht verstanden, um was es den Russen geht. Dieser Erreger ist so gefährlich, dass sie sich nicht mal trauen, Spitzbergen zu verlassen. Jedenfalls im Moment. Sie wissen von dem Unfall; sie haben gesehen, was dieses Mistzeug anrichtet. Vorerst dürfen wir also davon ausgehen, dass sie unter dem Eis bleiben und dort forschen. Aber wehe, wenn der Druck und das internationale Interesse zu groß werden. Glauben Sie mir, dann verschwindet das Zeug in irgendeiner Jackentasche und taucht erst Wochen später in einem Geheimlabor in Sibirien wieder auf. Und dann ist die Kacke richtig am Dampfen.«

Hannah blickte zwischen John und Stromberg hin und her. »Dann wollen Sie die Sache damit einfach auf sich beruhen lassen? Ende der Fahnenstange? *Game over?*«

»Für mich ja«, sagte Stromberg. »So leid es mir tut, aber mir sind die Hände gebunden.«

Hannah schüttelte den Kopf. »Das glaube ich einfach nicht. Der Norman Stromberg, den ich kenne, würde nicht die Hände in den Schoß legen und dabei zusehen, wie irgendwelche dahergelaufenen Militärs ihm die Beute vor der Nase wegschnappen. Sagen Sie mir, dass das nicht Ihr Ernst ist.«

»Mit Sicherheit habe ich nicht vor, einen internationalen Konflikt heraufzubeschwören. Abgesehen davon, dass ich mich nie für dieses Scheißvirus interessiert habe. Ich wollte Hyperborea erforschen, und das kann ich immer noch. In ein paar Jahren, wenn die ganze Sache vorbei ist.«

»*Wenn* sie vorbei ist«, sagte Hannah. »Und das ist ein großes *Wenn*. Denn es könnte genauso gut sein, dass wir in eine Katastrophe hineinschlittern, die unsere Welt die nächsten Jahre in Atem halten wird. Sie haben es selbst gesagt: Wenn sie den Erreger haben, die Unterlagen, die Anordnungen und die Versuchsobjekte, könnte sein, dass wir es mit einer völlig neuen Form von Krieg zu tun bekommen. Die Erforschung von Ruinen dürfte dann unser geringstes Problem sein.« Hannah lächelte grimmig. »Glauben Sie mir, verglichen mit diesem Zeug erscheint der Milzbranderreger wie eine leichte Sommergrippe. Sollte irgendetwas schiefgehen, sei es, dass jemand etwas davon abzweigt und an Terroristen verkauft, dass sie bei der Dekontamination der Ruinenstadt nicht gründlich genug vorgehen oder das Zeug später aus irgendeinem Labor entweicht, dann stehen uns ungemütliche Zeiten bevor.«

»Ich finde, sie hat recht«, sagte John, an Stromberg gewandt. »Wir dürfen nicht so tun, als ginge uns das alles nichts mehr an. Besonders vor dem Hintergrund der Informationen, die wir vor ein paar Tagen erhalten haben.«

»John ...«

»Wir müssen es ihr sagen; sie hat ein Recht, es zu erfahren.«

Stromberg blickte ihn über den Rand seiner Brille hinweg scharf an. Er schüttelte den Kopf, schwieg aber.

Hannah blickte zwischen den beiden hin und her. »Was soll ich erfahren? Welche Informationen?«

Stromberg seufzte. »Na schön. Da Sie sich jetzt ohnehin schon verplappert haben, dürfen Sie auch den Rest erzählen. Na los.«

John räusperte sich. »Als wir dir sagten, dass alle außer dir tot seien, haben wir dir nicht die ganze Wahrheit erzählt.«

»Dann gibt es also doch Überlebende.«

»Das wissen wir nicht genau.«

»Würdest du dich bitte etwas deutlicher ausdrücken.«

»Ich weiß nicht, wie ich es dir sagen soll, Hannah. Außer dir war noch jemand von dem Team am Leben, als wir dort eintrafen. Ein Mann namens Walter Pecker vom Massachusetts Institute of Technology. Sein Zustand war ... nun ja. Er starb, kurz nachdem wir eingetroffen waren.«

»Walter Pecker«, sagte Hannah nachdenklich. »Ich erinnere mich. Ein großer, etwas älterer Mann mit grauem Bart, nicht wahr?«

John nickte.

»Und?«

»Es gibt noch zwei andere, doch die sind verschwunden. Professor Frédéric Moreau und Leif Gjertsen, der Kommandant der Expedition. Ihre Leichen waren nicht bei den anderen.«

»Moreau und Gjertsen werden vermisst?«

»Vielleicht sind sie durch die Pforte geflohen. Wir wissen es nicht genau.«

»Habt ihr denn nicht in den Ruinen dahinter gesucht?«

»Haben wir, und zwar gründlich. Wir fanden Schleifspuren, Fußabdrücke und Blutflecken. Die Analyse hat ergeben, dass es ihr Blut war und dass auch sie infiziert waren. Im Gegensatz zu den anderen scheinen sie aber nicht daran gestorben zu sein, jedenfalls nicht gleich. Wir haben das Labyrinth so weit durchkämmt, wie es uns in der kurzen Zeit möglich war, konnten aber nichts finden.«

»Dann leben sie vielleicht noch«, stieß Hannah aus. »Moreau schien tot, aber vielleicht hat sich sein Körper gegen den Erreger gewehrt, so wie bei mir. Vielleicht verstecken sie sich irgendwo und warten auf unsere Hilfe.«

»Unwahrscheinlich«, sagte John.

»Ich denke ...«

»Hannah.« John legte seine Hand auf die ihre. »Niemand hat das überlebt. Wenn sie bei unserem Eintreffen noch nicht tot waren, so sind sie es jetzt. Diese Temperaturen übersteht keiner länger als ein paar Stunden. Wir haben wirklich alles versucht, wir haben Lichter aufgestellt, Lautsprecherdurchsagen gemacht und das Gelände durchkämmt. Nichts. Entweder waren sie zu diesem Zeitpunkt bereits tot, oder ...«

»Oder was?«

John atmete langsam ein und aus. »Hannah, der Überlebende, den wir gefunden haben – er war furchtbar entstellt. Nicht so wie der Rest. Bei ihm war es anders. Er hatte bereits angefangen, sich zu verändern. Wenn diese Art der Entstellung auch bei Gjertsen und Moreau aufgetreten ist, kann ich mir gut vorstellen, warum sie geflohen sind. Dann halte ich es durchaus für möglich, dass sie nicht gefunden werden wollten.«

»Was sind das für Veränderungen? Hast du Aufnahmen von Pecker gemacht? Ich will ihn mir ansehen.«

»Glaub mir, das willst du nicht.«

»John.« Sie lächelte und ergriff seine Hand. »Ich finde es rührend, dass du so um mich besorgt bist und mich schützen willst. Aber es hat keinen Sinn, mir Informationen vorzuenthalten. Wenn du dir die Bilder anschauen kannst, kann ich das auch.«

John sah Stromberg an, doch der zuckte nur die Schultern.

»Na schön, wie du willst.« Er öffnete einen Ordner auf dem Desktop, ließ den Mauszeiger über die einzelnen Dateien flitzen und hielt dann an bei einer, die mit F-156A gekennzeichnet war. Ein Doppelklick, und das Bild sprang auf.

Hannah musste einen Schrei unterdrücken. Ihre Hände verkrallten sich in der Tischplatte, und ihr Rücken streckte sich kerzengerade. Instinktiv wich sie mit ihrem Stuhl ein Stückchen zurück. *Mein Baby*, schoss es ihr durch den Kopf. *Alles, nur nicht das.*

»Ist das Pecker?«, flüsterte sie.

»Ja«, entgegnete John. »Zu dem Zeitpunkt, als er noch gelebt hat.«

Hannah fiel es schwer, das zu glauben. Andererseits: Sie hatte John um Ehrlichkeit gebeten. Er würde sie nicht anlügen.

Nachdem sie eine ganze Weile nachgedacht hatte, sagte sie mit leiser Stimme: »Ich werde zurückgehen. Ich werde diesen Erreger isolieren und der ganzen Sache ein Ende bereiten. Niemand hat es verdient, so zu enden, am allerwenigsten mein Kind. Ich habe gesagt, dass ich alles dafür tun würde, dass ihm dieses Schicksal erspart bleibt. Ich meine, was ich sage. Und diesmal will ich mein eigenes Team haben.«

»Ausgeschlossen«, sagte Stromberg. »Haben Sie denn nicht zugehört? Das Areal ist abgeriegelt. Nicht mal eine Maus käme da rein.«

»Ich kenne Leute, die das schaffen können«, sagte Hannah. »Ich weiß noch nicht, wie, aber wir werden einen Weg finden. Wir *müssen* es.«

»Sie sind verrückt. Niemand wird sich Ihnen bei so einem Himmelfahrtskommando anschließen, und wenn doch, wie wollen Sie diese Leute bezahlen?«

Hannah warf Stromberg einen vernichtenden Blick zu. »Sagten Sie nicht, Sie schulden mir noch etwas?«

22
Japan ...

Grau und eintönig zog die Landschaft vorbei. An diesem kalten Dezembermorgen wirkte sie besonders deprimierend. Hiroki Tanaka blickte über das Lenkrad seines Subaru Forester und schauderte. Die Spuren des Tsunami waren immer noch präsent, selbst nach all den Jahren.

Es geschah am 11. März 2011, um 14:46 Uhr Ortszeit. Das große Seebeben vor der Sanriku-Küste, auch als *Tōhoku-Erdbeben* bekannt. Felder, Wiesen und Dörfer waren von der furchtbaren Kraft des Meeres eingeebnet worden. 16 000 Menschen getötet, 470 000 obdachlos, 375 000 Gebäude zerstört.

Was früher mal eine grüne, fruchtbare Küstenlandschaft gewesen war, hatte sich nach Verschwinden des Meeres in eine trostlose Salzmarsch verwandelt, in der kaum etwas wachsen wollte. Selbst hier, zwanzig Kilometer landeinwärts, gab es nur graue, tote Erde. So grau wie die Gesichter der Menschen, die zur Arbeit gingen oder Einkäufe erledigten. Sie waren körperlich zwar anwesend, doch in ihren Gedanken schienen sie ganz woanders zu sein. Einzig die Kinder, die mit Tornistern auf dem Rücken die Straße entlangliefen oder mit dem Bus zur Schule gebracht wurden, verströmten so etwas wie Lebensfreude. Bei ihren Eltern und Großeltern jedoch war der Funke erloschen. Es gab niemanden, der ihnen ihre Angehörigen, ihre Freunde, Kinder und Geliebten wiederbringen konnte. Nichts vermochte den Verlust und den Schmerz zu lindern. Es war ein Land von Geistern, entrückt von Raum und Zeit.

Sein Heimatort Hanamaki in der Präfektur Iwate war wie durch ein Wunder verschont geblieben. Eine schmale Bergkette hatte die Flutwelle abgewehrt und die tödlichen Wassermassen zu anderen Stellen umgelenkt. Kein einziger Bewohner war getötet worden, obgleich das Beben natürlich beträchtliche Schäden hinterlassen hatte. Die Instandsetzungsarbeiten waren noch lange nicht abgeschlossen, sie würden sich vermutlich über Jahre hinziehen. Doch verglichen mit den Schäden in der Präfektur Miyagi und im südwestlich gelegenen Fukushima waren das Peanuts.

Fukushima, allein der Klang löste bei ihm eine Gänsehaut aus. Ein Name wie aus einem schlechten Traum. Die Kraftwerksblöcke eins bis sechs lagen kaum dreißig Kilometer von ihm entfernt. Hiroki hatte das Gefühl, dass der Himmel dort ein bisschen dunkler wäre. Als hätte ein Schatten das Land überzogen. Das war natürlich Unsinn, aber er konnte den Gedanken nicht abschütteln, dass die Strahlung das Tageslicht schluckte. Den Gedanken verdrängend, fuhr er weiter.

Er passierte Shiroishi, verließ dann die Tohoku-Schnellstraße einige Kilometer südlich und nahm die 114 in Richtung Küste. Sein Strahlenanzug gab raschelnde Laute von sich, als er den Kreisverkehr an der zweiten Ausfahrt verließ und Richtung Namie-Machi fuhr. Die Ortschaften rechts und links des Tomioka-Highways glichen Geisterstädten. Trostlose, entvölkerte Siedlungen, die einem Zombiefilm entsprungen sein konnten. Hier begegnete man bestenfalls mal einem Polizeifahrzeug oder einem Van der Fukushima Kernkraftwerke.

Auch Hiroki war auf dem Weg dorthin, allerdings nur zu den Blöcken fünf und sechs, die den Tsunami halbwegs glimpflich überstanden hatten. Es gab Probleme in der Leitstelle, und die Tokyo Electric Power Company, kurz TEPCO genannt, hatte ihn beauftragt, den firmeneigenen Computerspezialisten bei der Neuausrichtung der Systemfunktionen zur Hand zu gehen. Hiroki war einer der wenigen, der sich noch mit der veralteten Computertechnik auskannte, wie sie in den Reaktorzentralen Verwendung gefunden hatte. Zwar waren die Computer immer wieder nachgerüstet und mit aktueller Software bestückt worden, doch stammte die Architektur der Hardware teilweise noch aus den 1980ern. Kein Wunder: Fukushima Daiichi war 1971 in Betrieb genommen worden und somit eines der ältesten und leistungsfähigsten Kernkraftwerke auf japanischem Boden. Dass es überhaupt so lange in Betrieb gehalten wurde, gab Zeugnis von der meisterhaften Ingenieurskunst der damaligen Zeit. Leider hatte man zu wenig Wert auf eine seeseitige Absicherung gelegt, und das, obwohl die Risiken schon lange bekannt waren. Japan war Teil des pazifischen Feuerrings und befand sich inmitten einer Zone, die ständig von Erschütterungen der Erde bedroht war. Der eigentliche Denkfehler lag also nicht in der Konstruktion des Kernkraftwerkes, sondern in der Tatsache, in einer solchen Region *überhaupt* ein AKW bauen zu wollen. Aber wenn Geld und Machtinteressen auf dem Spiel standen, war das Gedächtnis der Menschen kurz. Was den anfänglich angekündigten Atomausstieg betraf, war man inzwischen wieder zurückgerudert. Als sicher eingestufte Atomreaktoren sollten wieder in Betrieb genommen und die Pläne zum Ausstieg aus der Kernenergie auf den Prüfstand gestellt werden. Auch der Bau neuer Reaktoren sei nach eingehender Sicherheitsüberprüfung nicht mehr ausgeschlossen, hieß es.

Sollten sie doch machen, was sie wollten. Hiroki hatte vor, so bald wie möglich das Land zu verlassen. Eine Frau hatte er nicht, seine Eltern waren alt, und seine Schwester war mit Mann und Kindern nach Hokkaido, in die Nähe von Sapporo gezogen, wo sie in einem landwirtschaftlichen Betrieb arbeiteten. Niemand, der ihn großartig vermissen würde, wenn er seinen Plan wahr machen und in die USA übersiedeln würde. Sein Traum war, sich bei Blizzard Entertainment in Irvine, Kalifornien, zu bewerben und Computerspiele zu programmieren. Bis es so weit war, musste er allerdings noch Geld verdienen, denn sein Traum würde nicht ganz billig werden. Doch er würde es schaffen, davon war er überzeugt. Auch wenn es bedeutete, dass er seine Gesundheit in dieser strahlenverseuchten Umgebung riskierte.

Er passierte das Ortsschild von Namie-Machi und nahm den Fuß vom Gas. Alles wirkte so sauber und aufgeräumt. Wie an einem Sonntag, wenn gerade Kirche war. Autos standen in den Garageneinfahrten, Tankstellen wirkten so, als hätten sie gerade den letzten Kunden bedient, und in den Supermarktfenstern prangten die Sonderangebote. Es sah so unwirklich aus, dass er nicht anders konnte, als sich das Ganze aus der Nähe anzuschauen.

Er lenkte den Wagen an den Seitenstreifen und stieg aus. Sicherheitshalber setzte er seine Atemmaske auf. Schließlich hatte er vor, irgendwann einmal Kinder zu haben.

Während er über die Hauptstraße schlenderte, kamen die

Erinnerungen in ihm hoch. Es gab da diesen alten Science-Fiction-Film, in dem ein geheimnisvoller Krankheitserreger eine amerikanische Kleinstadt auslöschte. Nur ein alter Säufer und ein kleines Baby überlebten und wurden von ein paar Wissenschaftlern in Sicherheitsanzügen gefunden. So kam er sich jetzt vor. Nur mit dem Unterschied, dass hier tatsächlich niemand mehr lebte. Nicht mal Vogelgezwitscher war zu hören. Als würde die Welt den Atem anhalten.

In diesem Moment erklang irgendwo ein Telefon. Genau wie in dem Film. Er erschrak. Wer rief denn hier noch jemanden an? Waren die Leitungen nicht längst gekappt worden?

Hiroki stand da und lauschte. Es klang ganz nah. Plötzlich fiel es ihm wie Schuppen von den Augen. Er eilte zum Wagen und öffnete die Tür. Es war sein Mobilphon. Rasch die Maske vom Gesicht, dann nahm er den Anruf entgegen.

»Tanaka.«

Rauschen und Knacken.

»Hallo? Wer ist denn da?«

»Hiroki? Hier ist Hannah.«

Er runzelte die Stirn.

»Hannah?«

»Hannah Peters.«

Endlich fiel der Groschen. »Hannah, du bist das. Von dir habe ich ja ewig nichts gehört. Was machst du so, wie geht es dir?« Sein Englisch war zwar ein bisschen eingerostet, aber das war kein Problem. Schlechtes Englisch regierte die Welt.

»Es geht mir gut, danke der Nachfrage. Und dir?«

»Alles okay so weit. Ich bin gerade auf dem Weg zu einem

wichtigen Termin und kann nicht lange quatschen. Wo steckst du gerade?«

»In Oslo.«

»Oslo in Norwegen?«

»Du hast es erfasst. Hör mal, ich bin da an einer wichtigen Sache dran. Ich muss in die Arktis und brauche deine Hilfe.«

»Meine Hilfe? Warte mal einen Moment.« Er machte es sich auf seinem Sitz bequem und schloss die Tür.

Hannah war eine alte Freundin. Er hatte damals als technischer Berater für verschiedene Forschungsprojekte gearbeitet, unter anderem für die Frankfurter Archäologische Gesellschaft, die Hannahs Ausgrabungen im Tassili n'Ajjer in der Sahara mitfinanziert hatte. Über die Jahre hinweg waren sie sich immer wieder über den Weg gelaufen, sei es auf Seminaren, Vorträgen oder bei verschiedenen Projekten. Hiroki hatte vor Jahren eine kleine Firma gehabt, die Computersysteme für Einsätze in extremen Witterungszonen herstellte. Rechner für Stratosphärenballons, Computer für Meereserforschung und Laptops, die in entlegenen Gegenden wie Wüsten, Hochgebirgen und in den Tropen zum Einsatz kamen. Solche Sachen. Mittlerweile boten alle großen Hersteller ihre eigenen Geräte an, so dass er seine Firma vor fünf Jahren dichtmachen musste. Doch sein Name hatte in der Branche noch immer einen guten Ruf.

»Ich habe gehört, du arbeitest jetzt für Stromberg?«, fragte er. Der Magnat war damals Stammkunde bei Hiroki gewesen, hatte aber seit längerem nichts mehr bei ihm bestellt. Vielleicht war das der Grund für Hannahs Anruf?

»War klar, dass dir so eine Information nicht verborgen bleibt«, sagte Hannah am anderen Ende der Leitung. »Es könnte sein, dass wieder ein größerer Auftrag auf dich wartet.«

Aha.

»Ich bin nicht mehr im Geschäft«, sagte Hiroki. »Schon seit einiger Zeit nicht mehr. Es lief ziemlich schlecht, darum musste ich mich beruflich verändern.«

»Das tut mir leid. Woran arbeitest du gerade?«

»Systemarchäologie. Alte Computersysteme auf Trab bringen. Du glaubst gar nicht, wie viele es davon noch gibt.« Er vermied bewusst das Wort *Fukushima*. In seinem Arbeitsvertrag hatte er sich gegenüber der TEPCO zu absolutem Stillschweigen verpflichtet. Die Presse war immer scharf auf Insiderinformationen. Ein falsches Wort, und er hätte einen gepfefferten Prozess am Hals.

»Hm. Könntest du mir einen Tipp geben? Wie schon erwähnt, ich muss in die Arktis und brauche dringend eine störungsfreie Workstation. Mit was für Problemen muss ich rechnen?«

»Dein Rechner könnte sich ein Virus einfangen.«

Pause am anderen Ende. Dann ein Lachen. »Witzbold. Nein, im Ernst. Ich habe gehört, Kondenswasser wäre ein Problem.«

»Nur, wenn du einen kalten Rechner in eine warme, feuchte Umgebung bringst, was aber kaum der Fall sein dürfte. Eher andersherum. Die CPUs funktionieren nicht unterhalb von fünf Grad Celsius. Allerdings produzieren Chips und Festplatten selbst genug Wärme, um funktionstüchtig zu bleiben. Zumindest, solange du sie angeschaltet lässt. Womit du es zu tun bekommen wirst, sind Wackelkontakte. Durch die starken Temperaturunterschiede zwischen den warmen Bauteilen und den kalten Platinen ziehen sich die Steckverbindungen zusammen und verlieren Kontakt. Lötstellen werden brüchig und reißen irgendwann. Bewegliche Teile, wie Antriebe, Festplatten, Belüfter, geben ihren Geist auf, weil das Schmiermittel verhärtet. Von Akkus und Batterien will ich gar nicht erst anfangen. Die sterben immer zuerst. Was du also tun musst, ist, deinem Computer eine geschützte, gut isolierte Umgebung zu verpassen und ihn mit einer Heizspirale oder Glühbirne auszurüsten, die ihn mit Wärme versorgt, besonders, wenn du ihn runterfährst.«

»Brauche ich einen speziellen Rechner, oder würde es auch ein herkömmliches Modell tun? Was empfiehlst du mir?«

»Elektronische Festkörperkomponenten sind in der Regel für den Betrieb zwischen 0 und 70 Grad Celsius ausgelegt«, sagte Hiroki. »Elektronische Bauteile und Halbleiter leiten Strom besser bei niedrigeren Temperaturen, so dass bestimmte Komponenten am Ende gar schmelzen könnten. Was du brauchst, sind Computer mit industriespezifischen Komponenten, die für minus 40 bis 85 Grad Celsius ausgelegt sind, oder du benötigst einen temperaturgesteuerten Serverraum. Beides kostet Geld. Eine Menge Geld. Das eigentliche Problem sind die auf Wasserbasis funktionierenden Aluminium-Elektrolyt-Kondensatoren. Sie ziehen ihre elektrischen Eigenschaften aus flüssigem Wasser. Gehst du unter den Gefrierpunkt, sinkt die Kapazität um bis zu achtzig Prozent. Und schließlich können auch die Transistoren

Schwierigkeiten machen. Sie sind für einen bestimmten Temperaturbereich ausgelegt, ansonsten verändern sie ihre Spannung und Schaltgeschwindigkeit.

Du solltest für eine gut isolierte Kiste sorgen, einen Styroporbehälter oder so. Das Militär verwendet Hartschaum, den man einfach in die Zwischenräume zwischen Rechner und Kiste sprüht. Am Schluss solltest du alles untertakten: die CPU, den PCI-Bus und so weiter. So ausgerüstet, sollte es eigentlich gut funktionieren. Und, hast du alles schön mitgeschrieben?«

Wieder eine Pause. Hiroki dachte schon, die Verbindung wäre abgerissen, dann hörte er Hannahs Stimme.

»Hättest du Lust, mir so etwas zu bauen und mich auf einer Reise zu begleiten?«

Hiroki lachte. »Was sagst du da? Ich und dich begleiten? Wovon redest du?«

»Ist das so schwer zu verstehen? Ich biete dir einen Job an.«

»Ich habe einen Job.«

»Keinen solchen.«

Er zögerte. Wusste sie, woran er gerade arbeitete, oder was sollte die Anspielung? »Du meinst es wirklich ernst, oder?«

»Ich meine immer alles ernst.«

Er glaubte, ihr Grinsen zu sehen. Was hätte er jetzt für eine stabile Skype-Verbindung gegeben!

»Was sollte so ein Kerl wie ich wohl in der Arktis?«, fragte er. »Ich bekomme ja schon Schüttelfrost, wenn ich barfuß durchs Haus muss. Und jetzt ist es da oben doch bestimmt mörderisch kalt. Wo soll es denn überhaupt hingehen?«

»Sagte ich das nicht? Wie nachlässig von mir. Wir fahren nach Spitzbergen.«

»Spitzbergen? Du musst nicht ganz dicht sein. Warum denn das?«

»Streng geheim.«

»Aha. Du willst mich in die Eiseskälte entführen und mir nicht mal sagen, worum es geht? Das wird ja immer schöner. Warum wohl, glaubst du, dass ich auf dein Angebot eingehen würde? Vergiss es. Keine zehn Pferde bringen mich dorthin. Gibt es wenigstens etwas zu verdienen dabei?«

»Das tut es. Wie klingt eine halbe Million Dollar in deinen Ohren?«

23
Brasilien ...

Das *Baronetti* in der Rua Barao de Torre war schon von weitem an den zuckenden Lasern am nächtlichen Himmel zu erkennen. Zum Stampfen der Musik flirrten wilde Muster, Lichterkaskaden und leuchtende Regenbögen durch die Luft und verhießen einen Vorgeschmack auf das, was den Gast im Inneren des Partytempels erwartete.

Ipanema war eines der angesagtesten Viertel Rio de Janeiros; es bezog seinen Charme aus der einzigartigen Kombination von Großstadtatmosphäre und Meeresnähe. Der Volksmund nannte es das Notting Hill von Rio, wobei der Vergleich ziemlich hinkte. Denn wo bitte schön hätte Notting Hill einen Strand vorzuweisen? Bekannt geworden war die Gegend unter anderem durch Antônio Carlos Jobims Welthit *The Girl from Ipanema*.

Roberto Perez steuerte seinen 74er Torino vor den Eingang des Clubs, drückte dem Concierge 30 Real fürs Einparken in die Hand, ging dann durch die Eingangstür und zahlte noch mal 100 Real an der Kasse.

Drinnen wurde er mit House Music von will.i.am begrüßt, die aus der tiefer gelegenen Disco heraufdrang. Rechts räkelten sich auf einer mit hellem Leder bespannten Sitzgruppe mehrere dunkelhäutige Schönheiten lasziv um einen Typen, der aussah, als wäre er ein Zuhälter. Vermutlich war er nur eine Lokalgröße der ortsansässigen Clubberszene, ein Musiker vielleicht oder ein Fotograf. Im oberen Stockwerk gab es ein erstklassiges Restaurant, doch erstens hatte Roberto schon gegessen, und zweites stand sein Sinn heute nicht auf Sushi, für das das Baronetti berühmt war.

Lächelnd pflügte er durch die Reihen der Partygäste und steuerte schnurstracks auf die Bar zu. Es war Donnerstagabend und der Club zu gut zwei Dritteln gefüllt. An Wochenenden, speziell an Sonntagen, konnte man sich hier nur schiebend vorwärtsbewegen, was auch der Grund dafür war, dass er diese Tage mied wie der Teufel das Weihwasser. Wer einen gewissen Stil pflegte und einfach nur eine nette Bekanntschaft suchte, für den war Donnerstagabend der richtige Zeitpunkt.

Das Baronetti war der Treffpunkt der Reichen und Schönen von Rio, was sich in dem gestylten Ambiente und den gesalzenen Preisen widerspiegelte. Allerdings gab es bekanntermaßen keinen anderen Ort, an dem man so viele hübsche und sexhungrige Singleladys traf wie hier – vorausgesetzt, es waren wirklich Ladys. Es konnte nämlich durchaus passieren, dass man später im Auto, im Hotel oder in der eigenen Wohnung die überraschende Entdeckung machte, dass man einer hinreißenden *Travesti* aufgesessen war und sich dann spontan entscheiden musste, wie es weitergehen sollte. Nicht dass Roberto ein Kostverächter gewesen wäre; er war vielmehr überzeugt, dass jede Erfahrung einen irgendwie weiterbrachte. Aber was sein Sexleben betraf, so war ihm das Original dann doch lieber. Er glaubte, mittlerweile einen recht guten Blick für derlei Blendwerk entwickelt zu haben, aber hin und wieder passierte es trotzdem, dass er hinters Licht geführt wurde. Die brasilianischen Spezialisten für Schönheits-OPs leisteten mittlerweile so phantastische Arbeit, dass das Original von der Fälschung kaum noch zu unterscheiden war. Clever wie er war, hatte Roberto sein Beuteschema folglich dahingehend abgewandelt, dass er vorzugsweise Damen auswählte, die nicht hundertprozentig perfekt aussahen. Sie waren zu groß, zu klein oder zu mollig, besaßen ein Muttermal auf der Wange, leichte Segelohren, eine zu große Nase oder eine Zahnlücke wie Vanessa Paradis. Das waren zumeist hundertprozentige Treffer, und das betraf nicht nur das Geschlecht, sondern vor allem den Charakter. Frauen, die nicht an sich herumpfuschen ließen und die zu ihrem Aussehen standen, waren meistens nicht nur intelligenter, sondern auch besser im Bett.

An der Bar gab es noch ein paar Plätze. Roberto steuerte auf einen freien Stuhl zu und wurde sofort von Beatrice, der hinreißenden Barfrau, bemerkt.

»*Dottore*, wie schön, Sie wieder bei uns begrüßen zu dürfen. Ich hatte Sie schon vermisst.«

»Es ist Donnerstag, wo sollte ich sonst sein?«

Sie lächelte und zwinkerte ihm zu. »Das Übliche?«

»Das Übliche.« Er machte es sich gemütlich, schlug die Beine übereinander und sah Beatrice dabei zu, wie sie seinen Sazerac zubereitete. Sie füllte ein Martiniglas mit Eis und Wasser, nahm ein zweites, hohes Glas, in das sie Rye-Whisky, Peychaud-Bitter, Sirup und Eis gab und gut durchrührte, leerte das Martiniglas, füllte Absinth hinein, schwenkte es gut durch, damit die Seiten benetzt waren, und schüttete den Wermut-Anis-Likör dann weg – der schmerzhafteste Teil der Prozedur. Dann gab sie einen Lemontwist hinein, seihte den Inhalt des hohen Glases ins Martiniglas und schob den bernsteinfarbenen Drink über den Tresen.

»Perfekt, wie immer«, sagte Roberto und bezog sich damit nicht nur auf den Cocktail. Das knapp geschnittene weiße Kleid schmiegte sich perfekt um Beatrices Rundungen und bot einen wunderbaren Kontrast zu ihrer braunen Haut.

»Um das zu beurteilen, sollten Sie erst mal kosten. Wer nicht probiert, der nicht gewinnt, wie meine alte Mutter immer zu sagen pflegt.« Sie beugte sich so weit vor, dass ihr üppiges Dekolleté direkt über seinem Drink schwebte. Dabei warf sie ihm einen aufmunternden Blick zu.

»Mit dem größten Vergnügen.« Roberto streckte seine Hand aus, änderte aber im letzten Moment die Richtung und griff nach dem Glas. Sie lachte und wandte sich dann wieder ihren Gläsern zu.

»Wohl bekomm's.«

Er liebte diese Andeutungen. Die Spannung zwischen ihnen ließ die Luft knistern. Er kannte Beatrice nun schon seit fast drei Jahren, aber bis jetzt hatte sie sich allen seinen Annäherungsversuchen erfolgreich entzogen. Das konsequente Siezen war ein Teil davon. Sie beherrschte das Spiel perfekt, und mittlerweile wäre er sogar enttäuscht gewesen, wenn mehr daraus geworden wäre. Ein wenig erinnerte ihr Verhältnis an das zwischen Bond und Moneypenny, die ja auch nie in die Puschen kamen.

»Und, schon etwas Interessantes aufgetan?«, fragte er, nachdem er den Drink gekostet und für gut befunden hatte.

»Allerdings.« Beatrice polierte lächelnd ein Glas.

»Jungfrau in Nöten auf neun Uhr. Könnte etwas für Sie sein.«

Roberto wandte unauffällig seinen Blick nach rechts. Er sah eine schlanke Blondine im schwarzen Kleid, die ihre Sonnenbrille dekorativ ins Haar gesteckt hatte und gelangweilt an ihrem Drink schlürfte. Der Begriff Jungfrau schien ihm bei näherer Betrachtung doch reichlich aus der Luft gegriffen, zumal sie einen Ehering trug. Trotzdem war sie attraktiv genug, um Robertos Aufmerksamkeit zu erregen. Neben ihr saß ein Mann, der ganz offensichtlich nicht ihr Begleiter war, dafür redete er zu schnell und zu hektisch. Seine Anspannung und Nervosität schwappten bis zu Roberto herüber. Er hörte Wortfetzen, aus denen er schließen konnte, dass er Banker oder so etwas war. Zumindest hörte er sich gerne selbst reden und hatte eine Vorliebe für Worte wie: *suboptimal* und *exorbitant*. Offenbar glaubte er, damit Eindruck machen zu können. Wie wenig das funktionierte, erkannte Roberto daran, dass die Frau anfing, mit ihrem Autoschlüssel zu spielen, und zügig, aber ohne Hast ihren Drink leerte.

Die Sache duldete keinen Aufschub. Roberto stand auf, strich seinen Anzug glatt und ging auf die beiden zu.

»Da bist du ja, Schatz, ich habe dich schon überall gesucht.« Als wäre es die größte Selbstverständlichkeit, hauchte er der unbekannten Schönen einen Kuss auf die Wange.

»Bitte verzeih, dass ich erst so spät komme, aber Professor Martinez hat mich noch aufgehalten, und der Verkehr war mal wieder mörderisch. Aber du kennst das ja. Was sehe ich, wolltest du etwa schon gehen? Ich hoffe, ich komme nicht zu spät.«

Die Blondine taxierte ihn kurz und erwiderte dann unterkühlt: »Keineswegs.«

»Ah, Gott sei Dank. Du ahnst nicht, wie erleichtert ich bin.« Er zog sich einen Barhocker heran. »Ich wollte dich eigentlich anrufen, aber mein Handy war mal wieder leer. Du weißt ja, wie das ist. Was Handys betrifft, bin ich ein absoluter Schussel.«

»Ja ...«

Roberto wandte sich dem Mann zu. »Bitte verzeihen Sie, mein Name ist Perez, Dr. Perez. Aber nennen Sie mich doch Roberto. Sind Sie ein Kollege meiner Frau?«

Seine ausgestreckte Hand wurde nur widerwillig ergriffen. »Marcus Engelhardt, Steuerberater. Nein, hm. Ihre Frau und ich sind uns ganz zufällig begegnet. Ich wusste nicht, dass sie ... na ja, wie auch immer. Ich wollte mich sowieso gerade verabschieden. Ich wünsche Ihnen noch einen schönen Abend.« Als die Blondine keinen Widerspruch erhob, hüstelte er und sagte. »Und danke für die nette Unterhaltung. Hat mich sehr gefreut ...« Er griff nach seinem Jackett, setzte ein gequältes Lächeln auf und trottete mit eingekniffenem Schwanz von dannen. Vermutlich hatte er bemerkt, dass Roberto keinen Ring trug, sich aber nicht getraut, ihn darauf anzusprechen. Wie auch immer, die erste Hürde war genommen.

»Bitte entschuldigen Sie meine Unverfrorenheit«, sagte er, »aber ich saß dort drüben und brachte es nicht übers Herz, mir dieses Trauerspiel noch länger anzuschauen. Wenn Sie möchten, überlasse ich Sie jetzt wieder Ihrem Drink.« Er zögerte kurz, dann sagte er: »Andererseits würde es mich freuen, wenn Sie bleiben und ich Sie noch zu etwas einladen dürfte.«

Die Blondine schien einen Moment zu überlegen, dann lächelte sie und reichte ihm ihre Hand. »Magdalena da Silva.«

»Roberto Perez.«

»Dann stimmt Ihr Name also. Und wie ist es mit dem Doktortitel?«

»Der steht sogar in meinem Ausweis. Möchten Sie ihn sehen?«

»Nicht unbedingt.« Sie kräuselte amüsiert die Lippen. »Ist das Ihre Masche, sich als Ehemann auszugeben? Und dann noch ohne Ring.«

Er zuckte die Schultern. »Maschen sind nichts für mich, ich improvisiere lieber. Die Sache mit dem Ehemann ist mir erst im letzten Moment eingefallen. Als ich sah, wie Sie anfingen, mit Ihrem Schlüssel zu spielen, musste ich handeln. Was darf ich Ihnen bestellen?«

»Was trinken Sie denn?«

»Sazerac. Möchten Sie mal probieren?«

Sie nahm ihren Strohhalm und tauchte ihn in sein Glas. Genießerisch schmatzend zog sie ihn wieder heraus. »Schmeckt interessant. Ich glaube, den nehme ich auch.«

»Erfunden in New Orleans. Angeblich der erste Cocktail der Welt«, erwiderte Roberto. »Die Legende sagt, dass er zuerst in Eierbechern, sogenannten *Coquetiers*, ausgeschenkt wurde, woraus dann später der Begriff Cocktails entstand. Nicht jedermanns Sache, aber ich mag ihn. Erinnert mich an die guten alten Zeiten.«

»Klingt, als wärst du Traditionalist.«

»Nur bei den wirklich wichtigen Dingen im Leben.« Er freute sich über den plötzlichen Schwenk zum Du und hob zwei Finger. Beatrice machte sich sofort ans Werk und warf ihm dabei ein verschwörerisches Lächeln zu.

»Ich habe dich hier noch nie gesehen«, versuchte er das Gespräch in Gang zu bringen, ohne dabei in ihren Ausschnitt zu starren. »Bist du aus der Gegend?«

»Lissabon«, sagte sie. »Ich bin heute angekommen und nur für ein paar Tage hier. Tourismusmesse, wenn du verstehst. Ich arbeite für einen großen Reiseveranstalter. In drei Tagen muss ich wieder nach Hause zu Mann und Kindern.«

Mann und Kinder, dachte Roberto. Konnte lustig werden, wenn er es nicht verbockte. Und drei Tage waren eine gute Zeit, wenn man sich auf nichts Festes einlassen wollte. »Du hast einen guten Geschmack«, sagte er, auf das Baronetti deutend. »Ist ein erstklassiger Laden. Eine meiner Lieblingsadressen, um abends auszuspannen. Und Beatrice hier macht die besten Cocktails der Stadt.«

»Und wie steht es mit tanzen?« Sie deutete auf die Treppe, die hinunter zur Diskothek führte.

»Von mir aus gerne. Der DJ ist wirklich gut, vorausgesetzt, man steht auf Techno und House. Aber wie du schon ganz richtig bemerkt hast, ich bin Traditionalist. Zum Beispiel bin ich ein großer Verehrer des argentinischen Tangos. Die wirklich guten Läden liegen am Stadtrand in den Künstlervierteln und sind von hier aus nur schwer zu erreichen. Aber wenn du Lust hast, könnte ich dich morgen Abend gern ein bisschen herumführen.«

»Wir werden sehen«, sagte Magdalena mit verschwörerischem Augenaufschlag. »Natürlich nur aus rein beruflichem Interesse. Informiert zu sein gehört immerhin zu meinem Job, und für gute Tipps bin ich immer offen. Schließlich muss ich die Locations erst mal testen, ehe ich sie ins Programm aufnehme.« Sie nickte der Bardame zu. »Mmh, der ist wirklich phantastisch.«

»*Obrigado.*« Beatrice lächelte zufrieden und stellte Roberto seinen zweiten Sazerac hin. Dankbar nahm er ihn in Empfang und probierte. Er schmeckte fast noch besser als der erste. Der Alkohol begann zu wirken. Er fühlte sich großartig. Entspannt lehnte er sich zurück.

»Dann bist du also Arzt?«, fragte Magdalena.

»Wegen des Doktortitels?«, antwortete Roberto und lachte. »Den kann man auch in anderen Fachgebieten machen. Vielleicht bin ich ja ein langweiliger Physiker, oder, schlimmer noch, vielleicht habe ich mir den Titel nur gekauft.«

»Komm schon, jetzt mal ernst. Nie im Leben bist du Physiker. Und dir einen Titel zu kaufen ist nicht dein Stil. Also was machst du?«

»Rate.«

»Ich hasse es zu raten. Komm schon, ich habe dir so viel über mich erzählt, von dir weiß ich fast nichts. Das ist nicht fair.« Sie zog eine Schnute.

»Ich bin Arzt, wobei ich aber gerade nicht praktiziere. Ich arbeite am *Hospital Universitário* und unterrichte nebenher ein paar Studenten. Nichts Besonderes, reine Forschungsarbeit.«

»Lebensverlängernde Maßnahmen, Kampf gegen den Krebs, Schönheitschirurgie, solche Sachen?« Ein hoffnungsvolles Schimmern funkelte in ihren Augen.

Roberto war mittlerweile überzeugt, dass sie nicht ganz so jung war, wie er zunächst geglaubt hatte. Er tippte auf Ende 30 und einige Botoxbehandlungen.

»Nicht direkt«, entgegnete er. »Um ehrlich zu sein, es ist etwas, für das sich nur wenige wirklich begeistern können. Es ist anstrengend und es ist gefährlich, aber für mich ist es das Schönste, was ich mir vorstellen kann. Es erinnert mich daran, wie vergänglich wir sind und dass unsere Existenz nur vorübergehend ist. Es erinnert mich daran, jeden Augenblick zu genießen und dankbar dafür zu sein, dass es uns so gutgeht.«

»Das klingt ja mächtig geheimnisvoll«, sagte Magdalena und warf Roberto einen tiefen Blick zu. »Fast schon philosophisch. Ich mag intelligente Männer, und noch mehr mag ich sie, wenn sie ein Geheimnis haben. Wirst du mir verraten, woran du forschst?«

Roberto strich über ihre Hand, und sie ließ ihn gewähren. Mittlerweile war er zu 99 Prozent sicher, dass er heute noch in ihrem Bett landen würde.

»Viren«, sagte er mit dunkler Stimme.

Ihre Hand zuckte zurück. »Viren?«

Er nickte. »Die schönste und gleichzeitig gefährlichste Existenz auf diesem Planeten. Und unsere einzige wirkliche Bedrohung – mal abgesehen von uns selbst. Ich bin Mikrobiologe. Hast du mal ein Virion in Vergrößerung gesehen?«

Sie schüttelte den Kopf.

»Wunderschön. Wie Schneeflocken: symmetrisch, ästhetisch, perfekt. Kaum zu glauben, dass etwas, das so schön ist, gleichzeitig so tödlich sein kann. Aber es sind doch genau diese Gegensätze, die das Leben so spannend und faszinierend machen, nicht wahr?«

»Nun ja ...« Ihr Ausdruck hatte sich merklich verändert. Eben noch locker und gelöst, wirkte sie mit einem Mal merklich angespannter.

Er spürte, dass ihm seine Felle davonschwammen, und schenkte ihr sein charmantestes Lächeln. »Du brauchst wirklich keine Sorgen zu haben«, sagte er. »Ich habe nichts Ansteckendes oder so. Unsere Sicherheitsvorkehrungen gehören zu den strengsten der Welt. Natürlich ist der Umgang mit diesen kleinen Biestern nicht ohne Risiko, aber wir sind sehr vorsichtig, und bisher ist noch nie etwas passiert.«

»Natürlich.« Sie griff nach ihrem Glas und nahm einen großen Schluck. Zu groß für seinen Geschmack.

»Hör mal, Magdalena«, sagte er. »Wenn ich etwas gesagt haben sollte, was dich verletzt oder verunsichert haben sollte, so tut mir das leid. Es geschah nicht mit Absicht, das musst du mir glauben. Virologie ist ein Job wie jeder andere. Ich bin sicher, auch in deinem Beruf wird es Situationen geben, wo du ...« Er sah, wie sie in ihre Tasche griff und ihr Portemonnaie hervorholte. Die Zeichen standen nicht gut. Was immer er getan hatte, er hatte es verbockt.

»Nein, bitte, steck es wieder weg. Du bist selbstverständlich eingeladen.«

»Ehrlich? Danke, das ist sehr lieb von dir. Nicht böse sein, aber ich habe morgen einen anstrengenden Tag vor mir. Früh raus, den ganzen Tag Messe, da sollte ich ausgeschlafen sein. War wirklich schön, mit dir zu reden. Vielleicht sehen wir uns ja irgendwann mal wieder.« Sie hauchte ihm einen Kuss auf die Wange, griff nach ihrer Handtasche und ging.

Roberto blickte ihr noch hinterher, wie sie sich durch die Menschen bis zum Ausgang schlängelte und dann verschwand. In diesem Moment klingelte sein Handy.

»Scheiße«, murmelte er.

Beatrice sah ihn mitfühlend an.

Klingeling ...

Er leerte sein Glas und wischte sich einen Tropfen von den Lippen. »Was ist bloß passiert? Habe ich irgendetwas Falsches gesagt?«

»Vielleicht solltest du nächstes Mal lügen und erzählen, du würdest beim Fernsehen arbeiten. Oder behaupten, du wärst Schönheitschirurg. Das klappt besser, glaub mir. Noch einen Drink?«

»Unbedingt, ja.«

Klingeling ...

»Willst du nicht mal an dein Handy gehen?«

»Mein was? Ach so, ja.« Er drückte auf Abheben. »Perez.«

Es gab ein kurzes Knacken, dann hörte er eine Stimme. Sie war weit weg und schlecht zu verstehen.

»Roberto? Hier ist Hannah.«

24
Schweiz ...

Più scema non potevi nascere!«

»Strega!«

Das Gebrüll aus der Hütte der Bergwacht Zermatt war kaum zu überhören. Vier Stimmen, die wild durcheinanderschnatterten und dabei immer mehr in Rage gerieten. Es war, als würde man einem Schwarm Seemöwen zuhören.

Ilka Svensgaard saß draußen auf der Bank und hielt ihr Gesicht ins Licht. Die Dezembersonne stand tief am Himmel, hatte aber noch genügend Kraft, um ein bisschen Wärme zu spenden. Langsam, aber beständig wich die Kälte aus ihren Knochen. Alles hätte so schön sein können, wären da nicht diese vier Italiener und ihr Gekeife gewesen. Ihr Versuch, die Klangkulisse auszublenden, war nur von mäßigem Erfolg gekrönt. Das Zetern schwoll an zu einem Crescendo und erreichte seinen Höhepunkt im Aufstampfen schwerer Bergstiefel.

»Brutta vacca!«

»Che porcheria!«

Der genaue Wortlaut entzog sich ihren Italienischkenntnissen, aber es war auch so klar, dass sich die Wandergruppe bitterlich über sie beschwerte. Einer der Männer, ein kleiner, untersetzter Autohausbesitzer, war beim Versuch, den dicken Maxe zu markieren, in eine Eisspalte gestürzt, aus der Ilka ihn wieder hatte herausholen müssen. Sein Glück, dass sie aufs Anseilen bestanden hatte, sonst wäre er jetzt wohl nicht mehr unter den Lebenden. Anstatt sich jedoch bei ihr zu bedanken und sich an die eigene Nase zu fassen, hatte der Typ ihr die Schuld an dem Unfall gegeben. Als ob sie etwas für seine testosterongesteuerte Beschränktheit konnte! Aber es war klar, dass sie, als einzige Frau unter einer Horde von Männern, den Schwarzen Peter zugeschoben bekommen würde. Das lief überall auf der Welt gleich ab. Es schien fast eine Art Naturgesetz zu sein, so dass viele Frauen gleich die Abkürzung nahmen und sich selbst die Schuld für alles gaben.

Aber nicht mit ihr.

Sie würde sich diesen Schuh nicht anziehen. Eher würde sie den ganzen Laden hinschmeißen.

»Per favore, signori. Si calmi.« Zwischen die wütenden Schreie der Wanderer mischte sich nun die Stimme ihres Chefs, der versuchte, die Wogen zu glätten. Mit mäßigem Erfolg, wie Ilka feststellte.

»Rivogliamo i nostri soldi.«

»D'accordo.«

Ilka seufzte. War ja klar, dass Helmuth einknicken würde. Das tat er immer, wenn es hart auf hart ging. Einmal in ihrem Leben wünschte sie sich, dass er die Eier hätte, sich schützend vor sie und seine anderen Mitarbeiter zu stellen. Einmal im Leben Zivilcourage beweisen, war das etwa zu viel verlangt? Aber wie es klang, würde es darauf hinauslaufen, dass die Typen ihr Geld wiederbekamen und im Gegenzug auf eine Anzeige verzichteten. Kopf einziehen und Maul halten, das war Helmuths Devise. Schöne Scheiße!

Was tat sie nur hier? Forschen wollte sie, das Schwinden der Alpengletscher untersuchen und weiter an ihrer Dissertation arbeiten. Stattdessen hatte die Universität sie abkommandiert, um am Theodulgletscher nach Eisspalten zu suchen und sie zuschütten zu lassen, damit Skifahrer, die der Meinung waren, sie müssten unbedingt die ausgewiesenen Pisten verlassen und durch Tiefschnee pflügen, sich auch ja kein Haar krümmten. Dabei hätte diesen Job auch jemand mit weitaus geringerer Qualifikation problemlos bewältigen können. Ilka war eine erfahrene Glaziologin und darüber hinaus eine ausgezeichnete Bergsteigerin. Ihr einen solchen Job aufs Auge zu drücken, das war, als würde man einen Formel-1-Piloten bitten, den Rasen hinterm Haus zu mähen. Und dann noch diese Gruppenführungen. Auf der Suche nach Eisrissen hatte sie wenigstens nebenher ihre Forschungen weiterführen können, als Touristenanimateurin funktionierte nicht mal das. Gewiss, die meisten Wanderer benahmen sich anständig und zeigten Interesse für die Geschichte der Alpen und ihrer Gletscher. Es gab aber auch die andere Sorte. Die, der es nur darum ging, dem Skizirkus für einen Tag den Rücken zu kehren, um dafür an einer anderen Stelle Halligalli zu machen. Ignorante Pudelmützenträger, die schon morgens den ersten Obstler kippten, in dem Glauben, die Welt sei in nüchternem Zustand nicht zu ertragen. So wie diese Italiener, die gerade palavernd und gestikulierend die Berghütte verließen. Der mit der Verletzung, dessen gestauchter Arm inzwischen in einer Schlinge hing, ließ sich, kaum dass er Ilka bemerkt hatte, hinter den anderen zurückfallen, spuckte auf den Boden und warf ihr ein paar wenig schmeichelhafte Worte zu. Ilka richtete sich auf, um ihm in dänischer Muttersprache die Meinung zu geigen, doch in diesem Moment ging die Tür auf, und

Helmuths Kopf erschien. »Komm rein, Ilka, ich habe mit dir zu reden.«

Einen Moment lang war sie hin- und hergerissen, entschied sich dann aber für den Weg der Vernunft. Mit Kunden zu streiten brachte nichts, tat es nie. Als die Italiener sahen, dass sie klein beigeben würde, grinsten sie hämisch, klopften sich gegenseitig auf die Schultern und machten sich auf den Weg zur Seilbahnstation.

»Setz dich. Mach es dir bequem.«

»Ich würde lieber stehen, wenn es dir nichts ausmacht.«

»Auch recht.« Helmuth schloss die Tür und nahm hinter seinem Schreibtisch Platz. Die Sorgenfalten auf seiner Stirn waren so tief wie der Grand Canyon.

»Was soll ich nur mit dir machen, Ilka? Jede Woche eine Überraschung. Das Leben mit dir gleicht einer Wundertüte: Man weiß nie, was man bekommt.«

»Das soll ja angeblich jung halten«, sagte sie, nicht ohne Sarkasmus.

»Im Gegenteil. Ich bekomme schon graue Haare wegen dir. Hier, siehst du? Die Typen haben ihr Geld zurückverlangt, ich habe es ihnen gegeben. Jetzt muss ich den Vorfall an die Versicherung weiterleiten, das kostet mich mindestens wieder einen Tag.«

»Selber schuld«, sagte Ilka. »Ich hätte den Kerlen keinen Rappen bezahlt. Sie haben sich nicht an die Regeln gehalten.«

»Das sagst *du*. Aber ich habe hier vier Zeugen, die etwas anderes behaupten. Wem, meinst du, würde der Richter glauben?«

»In einem Prozess wären sie damit nicht durchgekommen. Der Richter hätte schnell festgestellt, dass sie nur Scheiße labern. Man darf solchen Typen ihre Unverschämtheiten nicht durchgehen lassen. Wenn es nach mir gegangen wäre ...«

»Es geht aber nicht nach dir. Ich habe hier ein Unternehmen zu führen. Wir sind auf das Geld der Touristen angewiesen. Wenn sich herumspricht, dass unsere Gletschertouren nicht sicher sind, verlieren wir die Aufträge der Fremdenverkehrsbüros unten in der Stadt und damit Tausende von Franken. Das können wir uns nicht leisten.«

Ilka schnaubte verächtlich. Totschlagargumente, weiter nichts. »Der Typ kann froh sein, dass er noch am Leben ist«, sagte sie. »Wenn ich nicht gewesen wäre, läge er jetzt immer noch auf dem Eisvorsprung und würde mit den Zähnen klappern. Ich habe bei der Rettungsaktion meinen Hals riskiert, wer bezahlt mir das?«

»Was genau ist denn passiert?«

»Sie haben den Pfad verlassen, das ist passiert. Wollten unbedingt an die Abbruchkante und Fotos für ihre Familien daheim schießen. Ich habe ihnen gesagt, dass sie das lassen sollen und dass die Bruchzone überall mit Rissen durchzogen ist, aber du hast die Kerle ja gesehen. Denen sprang die Dummheit doch förmlich unter den Augenwülsten hervor. Typische Berlusconi-Wähler. Ist dir übrigens aufgefallen, dass die besoffen waren? Haben die ganze Zeit den Flachmann kreisen lassen. Na ja ...« Sie zuckte die Schultern.

»Und dann?«

»Es passierte, was passieren musste. Die Schneedecke war so dicht, dass man die Spalten nicht sehen konnte. Ich rief ihnen noch zu, sie sollen gefälligst zurückkommen, doch da war es schon passiert: Der kleine Dicke stürzte hinein. Verschwand einfach, als habe ein Zauberer ihn in seinem magischen Zylinder verschwinden lassen. Es gab einen Ruck, und wir wurden alle nach vorne gerissen. Es gelang mir gerade noch, einen Sicherungsanker ins Eis zu schlagen, sonst hätte der Fettwanst uns vielleicht alle noch ins Unglück gestürzt. Die Herren lagen auf dem Rücken und zappelten wie die Käfer, aber immerhin waren sie endlich mal still. Ganz bleich waren sie geworden. Offenbar hatten sie endlich kapiert, worum es ging. Ich gab ihnen Anweisungen, vorsichtig rückwärtszukriechen und meinen Anker als Treffpunkt zu benutzen, wobei ich zur Sicherheit zwei weitere Haken ins Eis schlug. Dann zog ich das Seil straff und robbte nach vorne an den Spalt. Der Typ hockte fünf Meter unter mir auf einem Vorsprung und blickte wie ein verschüchtertes Kaninchen zu mir herauf. Er war so durch den Wind, dass er sein Halteseil abgenommen hatte. Es baumelte zwei Meter über seinem Kopf durch die Luft.«

»Nein.«

»Und ob. Der Sims, auf dem er stand, war knapp einen Meter breit; daneben ging es hinab in die Tiefe. Ich rufe also zu ihm runter und frage, ob alles in Ordnung sei und ob er sich verletzt habe, doch er antwortet nicht. Steht einfach nur da und glotzt. Ich bekomme es mit der Angst zu tun. Ich weiß, dass ich jetzt schnell sein muss, wenn ich Schlimmeres verhindern will. Ich fordere also den Hubschrauber an, mache das Halteseil an meinem Gurt fest und schärfe den anderen Spacken ein, zu ziehen, wenn ich das Signal gebe. Dann runter in die Tiefe und den Typen raufgeholt. Na ja, den Rest kennst du ja. Eine kleine Quetschung am Brustkorb und eine mittelschwere Dislokation des rechten Schultergelenks. Nichts, was nicht in ein paar Wochen wieder in Ordnung kommt. Ich fürchte allerdings, um den Charakter dieser Vögel ist es nicht so gut bestellt. Aber das soll nicht meine Sorge sein.«

Sie hörte den Hubschrauber übers Haus fliegen und jenseits des Parkplatzes auf der Wiese niedergehen. Durchs Fenster konnte sie sehen, wie der Schnee aufgewirbelt wurde und die Sicht verdeckte.

Helmuth blickte betrübt auf das leere Stück Papier vor seiner Nase und machte sich ein paar Notizen. Ilka tippte auf den Schadensbericht für die Versicherung. Bergrettungseinsätze waren nun mal nicht billig. »Er sagt, du hättest sie absichtlich in gefährliches Gebiet geführt.«

Ilka runzelte die Stirn. »Das ist Blödsinn, warum sollte ich so etwas tun? Hast du nicht zugehört, was ich dir erzählt habe? Die Jungs waren betrunken. Sie haben alle meine Warnung in den Wind geschlagen und ihr eigenes Ding gemacht.«

»Wenn sie betrunken waren, hättest du sie erst gar nicht hinaufführen dürfen. Die Männer unterstanden deiner Verantwortung.«

»Du schlägst vor, ich hätte mich weigern sollen?« Sie lachte scharf auf. »Vielleicht erinnerst du dich daran, dass ich genau das getan habe, vor einem Jahr, und dass du mir hinterher den Kopf gewaschen hast. Von wegen, ich würde der Einrichtung Schaden zufügen, unser Ruf stände auf dem Spiel, ich solle nicht so ein verdammter Erbsenzähler sein und so weiter und so fort. Erinnerst du dich?«

Helmuth räusperte sich und ließ weiter kritzelnd seinen

Stift über das Papier fahren. »Nicht wirklich. Es hat mit dieser Situation auch nicht das Geringste zu tun. Egal, was ich sage oder tue, du stehst letztlich in der Verantwortung. Wenn du das Wohlbefinden und die Gesundheit deiner Leute nicht garantieren kannst, muss ich mich nach jemand anderem umsehen.«

Ilka musste kurz mal nach Luft schnappen. »Heißt das, du feuerst mich?«

»Natürlich nicht. Aber eine Abmahnung muss ich dir trotzdem verpassen. Bitte versteh mich: Ich darf diese Dinge nicht auf die leichte Schulter nehmen. Ich mag dich wirklich sehr, Ilka, und ich finde, dass du hier hervorragende Arbeit leistest, aber ich werde das Gefühl nicht los, dass du dünnhäutiger geworden bist. Schalt mal einen Gang runter und geh nicht immer gleich auf Konfrontationskurs. Werde diplomatischer.«

»Soll ich da oben auf dem Eis Abstimmungen veranstalten, bei der jeder mitreden darf? Kleine Diskussionsrunden mit geheimer Wahl im Anschluss? *Diplomatischer*, dass ich nicht lache. Ich lasse deine verdammten Touristen im Eisloch verschwinden, so sieht's aus. Da kannst du sie dann anschließend wieder einsammeln.«

»Bitte bleib sachlich, Ilka. Das ist jetzt der zweite Verweis innerhalb kurzer Zeit. Beim dritten bleibt mir nichts anderes übrig, als dich vor die Tür zu setzen, ob ich das will oder nicht. Und jetzt nimm dir den Rest des Tages frei und erhol dich. Okay? Und zerbrich dir nicht den Kopf, ich mache das hier mit der Versicherung. Ich habe gehört, was ich wissen muss, und werde das in meinen Bericht schreiben. Wir sehen uns dann morgen in alter Frische.« Ein unverbindliches Lächeln, dann wandte er sich wieder seinen Papieren zu.

Ilka ballte die Hände zu Fäusten. Ihr Mund schmeckte nach Galle. Einen Moment lang starrte sie Helmuth an, dann drehte sie sich um und verließ wortlos die Hütte.

Sie war halb auf dem Weg zu ihrem Auto, als sie den Mann bemerkte, der aus dem Helikopter gestiegen war und auf sie zukam. Athletische Figur, dunkle Haare, Sonnenbrille. Gut aussehend. Mit seinem Rucksack über der Schulter und seiner Schiebermütze auf dem Kopf kam er ihr vage vertraut vor. Plötzlich hob er die Hand und sprach sie an.

»Grüß dich, Ilka. Ich freue mich, dich zu sehen. Man sagte mir, dass ich dich hier oben finden würde.«

Wie angewurzelt blieb sie stehen. Diese Stimme.

Er nahm die Brille ab und lächelte. Dieses unverschämte Lächeln, das sie schon früher so unwiderstehlich gefunden hatte.

»John?«

»Ebender.«

Sie wollte etwas sagen, aber die Worte blieben ihr im Hals stecken. Wie lange war das jetzt her? Zehn Jahre, fünfzehn? Gut sah er aus. Ein paar Fältchen um die Augen, die Haare an den Schläfen leicht angegraut – das Älterwerden stand ihm.

»Was ... was tust du hier?«

Er schob die Mütze ein Stück hoch. »Ich habe nach dir gesucht, ich möchte mit dir reden.«

»Ist gerade ein ziemlich ungünstiger Zeitpunkt.«

»Gab's Ärger?«

Sie zuckte die Schultern.

»Das tut mir leid. Aber vielleicht kommt mein Angebot ja dann genau richtig.«

Sie hob belustigt die Augenbraue. »Du hast einen Job für mich?«

»Hast du Lust, dir anzuhören, was ich zu sagen habe? Dauert auch nicht lange. Ich lade dich zu einer Tasse Kakao drüben im Gasthaus ein.«

»Ich weiß nicht ...«

»Komm schon. Nur auf einen Kakao. Wenn du kein Interesse hast, bin ich ruck, zuck wieder weg.«

»Von wo kommst du?«

»Oslo, Norwegen.«

»Ich weiß, wo Oslo liegt.«

»Dann weißt du ja, dass es eine ganz schön lange Strecke ist. Ich bin müde und abgespannt, aber ich wollte dich so schnell wie möglich sehen. Ich hätte dich angerufen, aber das war mir, ehrlich gesagt, ein bisschen zu riskant. Ich wusste nicht, wie du reagieren würdest, nach all den Jahren. Du musst mir glauben, wenn ich dir sage, dass es wirklich wichtig ist. Komm schon, gib dir einen Ruck. Um der alten Zeiten willen.«

Ilka schluckte. Dass er das jetzt erwähnen musste.

Sie beide waren mal ein Liebespaar gewesen. Sechs Monate hatte ihre Liaison gehalten, dann war er verschwunden. Auf und davon, mit nichts weiter als einem kurzen Entschuldigungsschreiben und einer Blume auf ihrem Nachttisch. Es war in den vergangenen Jahren kaum eine Woche vergangen, in der sie nicht an ihn gedacht hätte. Er hatte ihr nie erzählt, wieso oder wohin er gegangen war, und wenn sie es recht bedachte, war sie deswegen immer noch sauer auf ihn. Andererseits – vielleicht war es wirklich wichtig. Man konnte John nachsagen, was man wollte, aber er hatte nie zu Übertreibungen geneigt. Die Tatsache, dass er sich die Mühe machte, extra wegen ihr von Norwegen hierherzufliegen, machte sie neugierig. Zumindest konnte sie ihm so weit entgegenkommen und sich anhören, was er zu sagen hatte, ehe sie ihn mit einem Tritt in den Arsch und einigen gepfefferten Empfehlungen wieder zurück nach Oslo schickte. Vielleicht gab sie ihm sogar die Gelegenheit, zu erklären, warum er sich damals wie ein Arsch verhalten hatte. So oder so, es versprach in jedem Fall eine interessante Begegnung zu werden.

Sie überlegte kurz, dann nickte sie. »Na gut. Aber dass du es weißt: Den Kakao kannst du allein trinken. Ich brauche was Stärkeres.«

25
Nordostland ...

Der Hundeführer Arkadij Lewtschenko drehte die Verschlusskappe zurück auf die Wodkaflasche und hielt den Kopf lauschend in Richtung Tür gerichtet. Sekunden verstrichen, in denen er wartete, ob er das Geräusch noch einmal hören würde. Der Wind heulte um das Haus. Langsam griff er nach seinem Glas, führte es zum Mund und nippte daran. Nichts. Nur das Klappern der Fensterverschläge und das Knarren der Tür. Er strich über seinen Bart. Vielleicht nur ein verirrter Luftzug, auch wenn es anders geklungen hatte.

Hier draußen in der weißen Wildnis östlich der Hinlopenstraße gab es viele meteorologische Merkwürdigkeiten. Geisterhafte Luftwirbel, vom Schnee geformte Gestalten und seltsame Geräusche, die manchmal an Stöhnen, manchmal an Gesang erinnerten. Für Leute, die zum ersten Mal hier waren, konnte das sehr beängstigend wirken. Für ihn jedoch, der schon seit zwanzig Jahren hier lebte, waren das alte Kamellen. Ihn konnte kaum noch etwas überraschen. So etwas wie das da hatte er allerdings noch nie vernommen. Ein Heulen, gefolgt von einem heiseren Keuchen oder Bellen. Die Hunde hatten es auch gehört und waren deswegen ziemlich aus dem Häuschen. Er hörte, wie sie auf und ab liefen, mit den Pfoten scharrten und winselnde Laute ausstießen.

Vor einiger Zeit hatte ein Eisbär die Gegend unsicher gemacht. Ein Einzelgänger, groß, kräftig und vorsichtig. Ein kapitaler Kerl, der zum Glück anscheinend mehr Angst vor Arkadij hatte als Arkadij vor ihm. Manche dieser Burschen konnten recht zudringlich werden, wenn sie länger nichts zu fressen hatten, doch dieser hier war gleich wieder verschwunden, kaum dass er den russischen Hundeführer gesehen hatte. Arkadij war es lieber so. Menschen und Bären auf demselben Fleck, das vertrug sich nicht. Wenn ein Bär einen Menschen angriff, musste er getötet werden. Der Geschmack von Menschenfleisch war offenbar so unwiderstehlich, dass die Tiere zu Gewohnheitskillern wurden und dabei ziemlich rücksichtslos vorgingen. Erst kürzlich hatte ein Bär ein Kind auf dem Schulweg angefallen und getötet und dafür mit dem Leben bezahlt. Aus Sicht der Mutter verständlich, nicht aber, wenn man bedachte, dass die Könige der Arktis massiv vom Aussterben bedroht waren. Dieses Land war ihr Reich, der Mensch war hier nur geduldet. Doch es gab viele, die davon nichts wissen wollten. Sie glaubten, dies sei ein Vergnügungspark, und führten sich auf, als wären sie zu Hause. Sie ließen ihren Müll herumliegen, begaben sich unnötig in Gefahr und hielten sich trotz strenger Ermahnung nicht an die Spielregeln. Wäre da nicht das Geld, das sie mitbrachten, Arkadij würde ihnen die kalte Schulter zeigen. Doch er war auf die Einnahmen aus dem Tourismus angewiesen, sie ermöglichten ihm ein sorgenfreies Leben.

Die dunkle Zeit des Jahres verbrachte er in seinem Haus in Longyearbyen, doch hin und wieder musste er mal weg von all den Menschen. Dann verließ er die schützende Helligkeit der Stadt und fuhr hinaus in die Wildnis. Die Hütte hier auf Nordostland hatte er ein paar Schweden abgekauft, die sie von einer amerikanischen Forschungsgruppe übernommen hatten. Davor hatte sie angeblich irgendwelchen Kanadiern gehört, aber so genau wusste er es nicht. Vier auf sechs Meter messend, war sie der Ausgangspunkt für seine Tagestouren. Er hatte viel Geld hineingesteckt, um sie so praktisch und komfortabel wie möglich zu machen und ihren Besuchern ein wenig Bequemlichkeit inmitten dieser lebensfeindlichen Umgebung zu bieten. Bis zu sieben Teilnehmer konnte er hier unterbringen, zusammen mit Kleidung, Proviant und allem, was für einen neuntägigen Arctic Trail nötig war. Jeder Teilnehmer führte sein eigenes Hundegespann, Ein- und Ausspannen, Versorgen und Füttern der Tiere inbegriffen. Eine harte körperliche Arbeit, die aber dazu führte, das Gespann und Fahrer im Laufe der Zeit zu einer Einheit verschmolzen. Die Touren wurden ab Mitte März angeboten und hatten sich in den letzten Jahren zu einer wahren Goldgrube entwickelt. Der *Arctic Trail* war auf zwei Jahre ausgebucht, und das, obwohl die Anreise beschwerlich war und die Preise stetig stiegen. Doch hier war etwas zu finden, was es sonst nirgendwo gab: unberührte Natur – fernab von Luxus und Motorenlärm –, einzigartige Landschaften sowie die Nähe und Wärme der Schlittenhunde, den großartigsten Begleitern, die man sich nur wünschen konnte. Wer einmal eine solche Reise unternommen hatte, sah danach vieles mit anderen Augen. Er war wie verwandelt und für alle Zeiten immun gegen die Verlockungen der modernen Wohlstandsgesellschaft.

Arkadij zuckte erschrocken zusammen. Er war so in Gedanken versunken gewesen, dass er das Husten und Bellen beinahe überhört hätte. Da war es wieder. Näher als zuvor.

Es klang wie ein Rehbock in der Brunft, nur, dass dies hier von einem bedeutend größeren Tier ausgestoßen wurde. Auch der schrille Schrei vom Anfang fehlte. Einen Eisbären oder ein Rentier schloss Arkadij aus, die machten andere Geräusche. Aber was dann? Seine Hunde waren völlig aufgebracht. Sich wie wild gebärdend, rissen sie an ihren Leinen, stießen mit den Köpfen gegen das Absperrgitter ihres Zwingers und kläfften schrill und ängstlich in die Nacht hinaus.

Arkadij kippte den Rest Wodka in sich hinein und stand auf. Wenn seine Hunde Angst hatten, dann war das kein gutes Zeichen. Auf ihre Instinkte war Verlass.

Rasch schlüpfte er in seinen Overall, zog Handschuhe und Stiefel an und setzte die Kapuze auf. Dann griff er nach seinem Gewehr, packte Taschenlampe, Munition und Magnesiumfackeln ein und verließ das Haus.

Die dunkle Winterlandschaft empfing ihn mit schneidendem Wind. Dichte Schneeschleier fegten über den Boden. Er umrundete die Hütte und öffnete den Zwinger. Sofort waren die Hunde bei ihm. Sie sprangen an ihm hoch, leckten an seinen Handschuhen und begrüßten ihn mit freudigem Schwanzwedeln. Allein seine Anwesenheit reichte aus, um sie zu beruhigen.

»Na, meine Freunde? Was seid ihr denn so aufgebracht? Hat euch das Geräusch beunruhigt? Ihr braucht keine Angst zu haben, ich bin ja bei euch. Wollen wir mal nachsehen, wo das hergekommen ist? Seltsame Geräusche in der Nacht, da sollte man lieber vorsichtig sein. Ich habe ja meine gute *Baikal* dabei, die wird uns schützen. Also keine Sorge.«

Die dreieinhalb Kilogramm schwere und 116 Zentimeter lange Baikal-Bockflinte war sicherlich kein Leichtgewicht, aber mit einer Lauflänge von 72 Zentimetern wies sie eine exzellente Balance und ein gutes Schwingungsverhalten auf. Außerdem war sie vereisungsresistent, was hier draußen lebensnotwendig war.

Arkadij spannte die Hunde vor den Schlitten, überprüfte den Sitz der Leinen und setzte das Gespann mit einem Zungenschnalzen in Bewegung.

Der Schlitten trug ihn beständig durch die Nacht, immer weiter auf das Felsplateau im Zentrum der Insel zu. Der Schnee gab leise knirschende Geräusche von sich. Es war kaum etwas zu hören, außer dem Hecheln der Hunde und dem Gleiten der Kufen. Die Luft roch nach Schnee. Bald schon würden neue Niederschläge fallen und die Spuren verdecken, wenn es denn welche gab. Arkadij zweifelte mittlerweile an seiner Entscheidung. Weder hatte er das Geräusch noch einmal gehört, noch war ihm irgendetwas in den Lichtkegel seiner Lampe geraten, was die seltsamen Laute erklären konnte.

Das Navigieren war schwierig. Für die Richtung musste er seine Erinnerung bemühen, und die konnte ihm bestenfalls einen groben Anhaltspunkt liefern. Als er im Haus gewesen war, hatte er das Geräusch in östlicher Richtung vermutet; nun war er sich nicht mehr sicher. Wenn es tatsächlich ein Tier gewesen war, bestand die Wahrscheinlichkeit, dass es ihn längst gesehen hatte und über alle Berge verschwunden war. Blieb der Geruchssinn seiner Hunde. Die Tiere waren merklich nervös und wechselten von Zeit zu Zeit die Richtung. Das taten sie nur, wenn sie Witterung aufgenommen hatten. Normalerweise ließ er ihnen so ein Verhalten nicht durchgehen, doch heute war er froh, sie dabeizuhaben. Wenn in dieser menschenleeren Wildnis wirklich etwas war, so würden sie es finden.

Der Schlitten war ein paar hundert Meter weiter den Hang hinaufgeglitten, als Arkadij vor sich im Schein der Lampe etwas sah. Ein knapper Befehl, und die Hunde hielten an. Jaulend, den Schwanz zwischen die Hinterbeine geklemmt, suchten sie seine Nähe.

»Platz«, sagte er zu seinem Leitrüden und deutete auf den Boden. »Hinsetzen, und zwar sofort. Du passt auf, dass die anderen keine Mätzchen machen, in Ordnung? Ich werde mir das mal ansehen.«

Der Rüde stieß ein klägliches Jaulen aus, folgte aber seiner Anweisung. Arkadij spürte die Nervosität der Tiere. Er nahm sein Gewehr von der Schulter, lud eine Patrone in den Lauf und löste die Sicherung.

Er war noch nicht weit gekommen, als er anhielt.

»Was zum Geier …«

Vor ihm war Blut im Schnee. Nicht nur ein paar Tropfen, ein einziger großer Fleck. Fellbüschel lagen herum, massenweise; an einigen hingen noch blutige Hautfetzen. Er beugte sich vor, hob einen von ihnen auf und hielt ihn ins Licht. Fell, Geruch – eindeutig ein Eisbär. Das Blut war frisch, beinahe noch warm. Der Schnee in der Kampfzone war dermaßen aufgewühlt, dass keine Spuren zu erkennen waren. Ein Kampf unter Rivalen? Arkadij ging weiter und fand ein abgerissenes Ohr. Er runzelte die Stirn. Gewiss, Eisbärenmännchen fochten teilweise mit harten Bandagen um ihre Weibchen, aber erstens war dies nicht die Jahreszeit, und zweitens kämpften sie nicht auf derart grausame Art. Die Tiere wussten immer, wann Schluss war. Das hier sah aus, als wäre einer der beiden regelrecht zerfetzt worden.

Arkadij leuchtete in die Dunkelheit. Die Blutspur führte von der Kampfzone weg in Richtung Felswand. Das Plateau erhob sich an dieser Stelle etwa zwanzig Meter über Meeresniveau, so dass es aussah, als wäre es vor Urzeiten von einer mächtigen Kraft aus den Tiefen der Erde emporgedrückt worden.

Arkadij entschied sich, allein weiterzugehen. Seine Hunde waren dermaßen nervös, dass er ihnen keinen Gefallen getan hätte, wenn er sie mitnahm.

Um die Hände fürs Gewehr freizuhaben, fixierte er die Lampe mit dem Gurt an seiner Stirn und richtete den Lichtkegel in die Dunkelheit.

Trotz einsetzenden Schneefalls war die Spur gut zu sehen. Das Tier hatte sich blutend und humpelnd in die Nähe der Felsen geschleppt. Vermutlich, um dort Schutz zu suchen. Vielleicht auch, um zu sterben. Der Blutverlust jedenfalls war extrem.

Arkadijs Nerven waren zum Zerreißen gespannt. Immer wieder kreisten seine Gedanken um den seltsamen Laut, den er in der Hütte gehört hatte. Es fiel ihm immer noch schwer, zu glauben, dass das ein Ursus maritimus gewesen sein sollte. Andererseits: was sonst? Eisbären waren nun mal die größten Landraubtiere der Erde. Um ein solches Tier dermaßen zuzurichten, bedurfte es eines zweiten, noch größeren Bären. Möglich, dass er sich immer noch hier herumtrieb.

Arkadijs Blick fiel auf seine Waffe. Die Repetierbüchse kam ihm mit einem Mal ziemlich klein und unzureichend vor. Einen wütenden und verletzten Bären würde er damit kaum aufhalten. Vielleicht sollte er doch lieber umdrehen und die Suche abbrechen. In der Ferne schimmerten die Lichter seiner Hütte. Wie warm und heimelig sie aussahen. Einen Moment lang rang er mit sich, doch dann überwog die Neugier. Er musste einfach herausfinden, was hier vorgefallen war.

Nach einigen Metern erreichte er den Felsabbruch. Die Blutspur führte um eine hervorstehende Kante herum auf die andere Seite. Schritt für Schritt, jeden Moment mit einem Angriff rechnend, lugte er um die Felszinne.

Was er fand, unterschied sich nicht großartig von seiner Seite. Ein sanft zum Meer hin abfallender Hang, aus dem mannsgroße, mit Schnee bedeckte Brocken ragten. Zumindest dachte er, dass es Felsen wären, bis er den Kegel seiner Lampe darauf richtete. Ein dumpfes Stöhnen erklang und ließ den Brocken erzittern.

Arkadij hielt den Atem an. Das war kein Felsbrocken, es war der verletzte Bär. Ein mächtiges Tier, mindestens drei Meter lang. Es hatte sich bis an diese Stelle geschleppt und war dann zusammengebrochen. Die Blutspur endete bei seinen Tatzen, aber noch war er am Leben.

Arkadij folgte einer inneren Stimme und schaltete seine Lampe aus. Auf keinen Fall wollte er die Aufmerksamkeit des anderen, zweiten Bären auf sich lenken. Die Wolken waren aufgerissen, und der zunehmende Mond warf lange Schatten über das Eis. Der Bär winselte und drehte sich zuckend und bebend auf seine Seite. Arkadij runzelte die

Stirn. Den Bewegungen des Tieres haftete etwas Unnatürliches an. So, als würde er sich nicht aus eigener Kraft bewegen.

Die rechte Flanke war komplett aufgeschlitzt. Die Eingeweide hingen aus dem blutdurchtränkten Fell. Dass das Tier immer noch am Leben war, grenzte an ein Wunder. Andererseits ließen Bauchverletzungen einen nur langsam sterben.

Das arme Tier!

Eine Woge von Mitgefühl überrollte Arkadij. Er konnte sich nicht erklären, wer diesen Bären so zugerichtet hatte, doch er wusste eines: Er durfte das Tier nicht leiden lassen. Er musste es von seinen Qualen erlösen.

Er wollte gerade hinter seinem Felsbrocken hervorkommen, als eine erneute Bewegung den Bären erbeben ließ. Wieder hatte Arkadij das Gefühl, die Bewegung würde nicht von dem Bären ausgehen. Die linke Seite wölbte sich und platzte auf. Blut und Innereien ergossen sich über den Schnee. Dann kam etwas aus der Bauchhöhle hervor.

Arkadij stand wie angewurzelt da. Mit weit aufgerissenen Augen starrte er in die Dunkelheit. Das bizarre Schauspiel spielte sich direkt vor seinen Augen ab.

Was immer da hervorgekrochen kam, es war groß. Nicht so groß wie der Bär selbst, aber doch deutlich größer als ein Jungtier oder ein Wolf. Ein Wolf? Blödsinn, die gab es hier nicht. Ebenso wenig wie Schneeleoparden, Pumas oder andere arktische Räuber. Aber irgendein Raubtier musste es sein, schließlich war es ihm gelungen, den König der Arktis zu besiegen. Über und über mit Blut beschmiert, krabbelte das Ding aus der Bauchhöhle des großen Jägers und fing an, an den Innereien herumzufressen. Dabei stieß es Geräusche aus, die Arkadij das Blut in den Adern gefrieren ließen. Es war das Keuchen und Husten, das er vorhin in der Hütte vernommen hatte.

Was in drei Teufels Namen war das?

Er tastete seinen Overall ab. Sein Fernglas hatte er natürlich nicht mitgenommen. Verdammt! Vermutlich hätte das Licht ohnehin nicht gereicht, aber einen Versuch wäre es wert gewesen. Die Umrisse des Räubers waren kaum zu erkennen.

In diesem Moment ließ einer seiner Hunde ein Jaulen vernehmen. Sie wollten wissen, wo er steckte! Diese verdammten Narren.

Die Kreatur fuhr herum und richtete sich auf.

Sie war groß, unförmig. Nicht viel mehr als ein schwarzer Schatten in der Dunkelheit, aber groß.

Arkadij hatte das Gefühl, als würde sie genau zu ihm herüberstarren. Am liebsten wäre er zurückgerannt, aber dann hätte er seine Position verraten. Was sollte er tun?

Die Kreatur verharrte mehrere Augenblicke, dann bewegte sie sich ein Stück vorwärts. *Genau auf ihn zu.* Sie war nun kaum mehr als zwanzig Meter von ihm entfernt!

Mit einem Schrei drehte Arkadij sich um und rannte in die Dunkelheit. Die Lampe löste sich von seinem Kopf und fiel in den Schnee. Mit weit aufgerissenen Augen rannte er, wie er noch nie in seinem Leben gerannt war. Er prallte gegen einen Stein, wurde in den Schnee geschleudert, erhob sich und lief weiter. Selbst als er bei seinem Gespann angelangt war, konnte er nicht aufhören zu rennen. Seine Hunde waren erst verblüfft, dann folgten sie ihm winselnd und jaulend. Er sprang auf den Schlitten und klammerte sich am Haltegriff fest. Er brauchte nicht mal einen Befehl zu rufen, die Hunde wussten auch so, was zu tun war.

Der Wind pfiff, und die Erde schien zu stöhnen. Oder war er das selbst? Er hatte etwas gesehen, keine Frage. Aber was war das gewesen? Eines stand fest: So etwas wie dieses Ding in der Dunkelheit durfte es nicht geben. Weder hier in der Arktis noch irgendwo sonst auf der Welt.

TEIL 3

Menschen,
Göttern gleich

26
Longyearbyen, einige Tage später ...

Hannah zog sich die Kapuze vom Kopf, füllte ihre Lungen ein letztes Mal mit frischer, kalter Dezemberluft und betrat dann das *Kroa*.

Wärme, Dunst und Feuchtigkeit schlugen ihr entgegen. Im Nu war ihre Brille beschlagen. Sie blieb kurz stehen, putzte die Gläser und setzte ihren Weg fort.

Es war laut. Die Luft war geschwängert mit den Gerüchen von Fett, Bier und Tabak, und aus der Anlage dröhnte Bryan Adams' *Summer of 69*. Hannah kam sich vor, als wäre sie zwanzig Jahre in die Vergangenheit zurückgeschleudert worden. Dieser Ort war so retro, wie man es sonst nur von Studentenkneipen in Köln, Hamburg oder Berlin gewohnt war. Nichts in diesem Lokal war irgendwie modern. Weder die grob gezimmerte Bar noch die Spiegel hinter den Flaschen oder die geschmacklosen Lampen, die an Ketten von der Decke hingen. Der Boden war schmuddelig, das Essen fettig und die Bedienung derb – vermutlich genau der Grund, weswegen der Laden bei den Leuten so gut ankam. Und natürlich, weil das Kroa neben dem Café Venezia die einzige Möglichkeit war, abends abzuhängen und Freunde zu treffen.

Wie überall in der Stadt war auch das Kroa für das bevorstehende Weihnachtsfest dekoriert worden. Kugeln, Luftschlangen, Lametta, ausgestopfte Nikoläuse und farbige Lampions verunstalteten Wände und Decke, und nicht wenige Gäste waren mit roten Zipfelmützen und Punschtassen bewaffnet. Es wurde gelacht, gesungen und diskutiert. Vorn an der Bar war das Gelächter am lautesten. Ein paar hartgesotten aussehende Kerle lieferten sich ein Saufduell mit einer zierlich gebauten Blondine, wobei die Wetteinsätze gerade rapide nach oben zu klettern schienen. Hannah ließ ihren Blick über die Köpfe schweifen, konnte aber kein bekanntes Gesicht erkennen. Sie war vermutlich mal wieder die Erste. Der Fluch ihres Lebens – immer ein bisschen zu früh. Sie bestellte einen Früchtetee, bezog eine strategisch günstige Position nahe der Tür und beobachtete das Treiben im Lokal.

Unwillkürlich musste sie über ihren Bauch streichen. Schon seltsam, wieder hier zu sein. Fast als wäre es ein anderes Leben. Hätte ihr jemand ins Gesicht gesagt, dass sie, nach allem, was vorgefallen war, einen Monat später wieder hier sein würde, sie hätte ihn für verrückt erklärt. Aber ihr blieb keine Wahl, sie musste es tun: für sich, für das Baby. Und die Uhr tickte.

Hiroki hatte zugesagt zu kommen, Roberto ebenfalls, und Johns Aussage nach war auch die Bergsteigerin und Eisexpertin Ilka Svensgaard mit von der Partie. Hannah kannte die Dame nicht persönlich, hatte aber schon viel Interessantes über sie gehört. John, Hiroki und Roberto wohnten im Radisson Blu Polar, während Hannah erneut im Polarrigg Quartier bezogen hatte. Mit Edda stand sie inzwischen schon auf solch freundschaftlichem Fuß, dass sie ihre Bedenken, Hannahs neue Identität betreffend, ausräumen und sie bitten konnte, über ihre Wiederkehr Stillschweigen zu bewahren. Wo Ilka untergekommen war, wusste sie nicht, geschweige denn, ob sie überhaupt schon eingetroffen war.

John war mit den beiden anderen Männern losgezogen, um Proviant und Waffen zu besorgen, hatte aber versprochen, pünktlich hier zu sein. Treffpunkt war das Kroa, Freitag, den 21. Dezember, 19:00 Uhr. Heute.

Jetzt.

Sie nippte an ihrem Tee und blickte weiter in die Runde, als plötzlich die Tür aufging und drei dick gepolsterte Gestalten die Kneipe betraten. Wie die Orgelpfeifen standen sie im Eingang, sahen sich kurz um und streiften dann ihre Kapuzen ab. Hannah stellte die Tasse ab und fiel John um den Hals. Lachend und küssend begrüßte sie erst ihn und danach die beiden anderen. »Hiroki, Roberto, wie geht es euch? Kommt mir eine halbe Ewigkeit vor, dass wir uns zuletzt gesehen haben.«

»Es *ist* eine halbe Ewigkeit«, sagte Hiroki, der in seiner gelbschwarz gestreiften Schneejacke wie die Biene Maja aussah. »Elf Jahre, um genau zu sein. Ich war damals in Frankfurt, um dich und deinen Assistenten mit moderner Satellitentechnologie auszustatten, erinnerst du dich?«

»Allerdings«, sagte Hannah und lachte. »Ich weiß noch, wie du gefroren hast.«

»Es war schrecklich«, sagte Hiroki. »Es war Februar, und es pfiff wie Hechtsuppe, besonders unten, um die Wolkenkratzer herum. Aber verglichen mit den Temperaturen hier war das ja der reinste Sommerspaziergang. Apropos, wie findest du meine Schneejacke? Sieht klasse aus, oder?« Er drehte sich im Kreis und gab so Hannah Gelegenheit, über eine passende Notlüge nachzudenken. »Todschick, wirklich«, sagte sie.

Mehr fiel ihr auf die Schnelle nicht ein, doch offenbar reichte das schon. Hiroki strahlte, wie nur einer strahlen konnte, der schon seit langem kein Kompliment mehr von einem weiblichen Wesen bekommen hatte. »Von einem Ausstatter hier in der Stadt. Ich dachte mir: Die besten Sachen bekommst du vor Ort. Endlich ist mir warm. Etwas zu warm, wenn ich ehrlich bin, besonders in dieser Umgebung.«

Lachend wandte Hannah sich Roberto zu. Der Brasilianer hatte bisher noch kein Wort gesagt und sie stattdessen mit seinen braunen, seelenvollen Augen angesehen.

»Olá, Hannah.«

»Olá, Roberto. Du ahnst gar nicht, wie sehr ich mich freue, dass du meiner Einladung gefolgt bist.« Sie trat auf ihn zu und schloss ihn in die Arme. Roberto war einer ihrer ältesten Freunde. Es tat gut, ihn bei sich zu haben, besonders an einem Ort wie diesem. Wo Roberto war, schien immer die Sonne. »Ehrlich gesagt, hätte ich nicht mit gerechnet«, sagte sie. »Dass du gekommen bist, ist wie ein Wunder für mich.«

»Warum?«

»Sieh dich doch an, du bist ein erfolgreicher und gut verdienender Mikrobiologe. Du bist auf das Geld nicht angewiesen und lebst an einem der schönsten und aufregendsten Orte der Welt. Warum solltest du mir auf irgend so einen komischen Kreuzzug ans Ende der Welt folgen? Mit Hiroki habe ich lange genug telefoniert, um zu wissen, dass er vorhat, sich mit dem Geld seinen langgehegten Traum zu erfüllen, aber bei dir ...?«

»Warum schaust du nicht in den Spiegel?« Er zwinkerte ihr zu.

»Wie meinst du das?«

»Ich bin wegen dir hier, Hannah, *nur* wegen dir. Weil ich dein Freund bin und weil ich das Gefühl habe, dass du meine Hilfe brauchst.«

Sie hob eine Braue.

Er grinste. »Na schön, ich gebe zu: Eine halbe Million Dollar ist nichts, was ich so einfach von der Bettkante stoße. Forschungsarbeit bringt nicht eben viel Geld. Aber dich wiederzusehen hat schon auch eine Rolle gespielt. Ich habe mich in den Jahren oft gefragt, was wohl aus dir geworden ist und wie es dir geht. Und ich muss sagen, du bist mit den Jahren noch schöner geworden. Vielleicht liegt es ja am Licht, aber du scheinst irgendwie zu strahlen.«

»So ein Quatsch.« Sie konnte es nicht verhindern, aber ihr schoss das Blut in die Wangen. Roberto hatte ihr damals, während ihrer gemeinsamen Zeit in Hamburg, ziemlich heftige Avancen gemacht; allerdings war sie nie darauf eingegangen und würde es auch diesmal nicht tun. Er war einfach nicht ihr Typ, was aber nicht bedeutete, dass sie für Schmeicheleien nicht empfänglich war. Jede Frau war das. Und er schien das Spiel nicht verlernt zu haben.

Ein kurzer Seitenblick auf John zeigte ihr, dass er den Flirt durchaus mitbekommen hatte. Sein Lächeln wirkte etwas versteinert, und seine Hände waren so um das Bierglas verkrampft, dass die Knöchel hervortraten. Alles in allem hielt er sich bemerkenswert gut.

»Du hättest mich ja mal besuchen können«, sagte sie zu Roberto. »Ich hätte mich über ein Wiedersehen sehr gefreut.«

»Leichter gesagt als getan. Du warst in den letzten Jahren dauernd auf Reisen. Dein letzter Standort war noch mal wo ...?«

»Kambodscha.«

Er grinste. »Na, siehst du? Und ich wette, du hast niemandem gesagt, wo du zu finden bist, oder?«

»Ertappt.« Sie zuckte die Schultern. »So wie in diesem Fall jetzt auch. Aber was soll ich machen? Stromberg will es halt so. Genauso, wie er darauf bestanden hat, dass wir uns unter falscher Identität hier einmieten.«

»Ich halte das auch ein bisschen für übertrieben«, sagte Hiroki. »Ist das wirklich nötig? Ich meine, die Papiere müssen doch ein Vermögen gekostet haben.«

»Sicher ist sicher«, sagte John. »Spitzbergen ist klein, hier kennt jeder jeden. Wenn bekannt wird, was wir vorhaben, können wir unseren Plan gleich in den Wind schreiben. Ich möchte euch alle noch einmal ermahnen, euch an den Plan zu halten. Wir sind ein Fernsehteam, das im Auftrag der National Geographic Society unterwegs ist, um das Leben auf dieser Insel während der Wintermonate zu dokumentieren, Aufnahmen von Polarlichtern zu machen und so weiter. Auf keinen Fall dürfen die Russen Wind von unserer Aktion bekommen. Also lasst uns cool bleiben und weiter unser kleines Theater spielen, okay?«

»Wenn's sein muss ...« Hiroki zuckte die Schultern. »Ich muss gestehen, ich finde es ja ganz aufregend. Einen Auftrag wie diesen hatte ich noch nie.« Er grinste, was ihn in seinem gestreiften Anzug doppelt komisch aussehen ließ.

»Ich glaube, wir sind alle Profis genug, um zu wissen, dass das hier kein Spaziergang wird«, sagte Hannah, die Johns

Auftritt für ein klein wenig überzogen hielt. Gewiss, er hatte recht mit dem, was er sagte, aber jeder von ihnen wusste um das Risiko und würde sich dementsprechend verhalten. Vermutlich war der eigentliche Grund für Johns Vortrag, dass er vor Roberto mal kurz die Muskeln spielen lassen wollte. Sie küsste ihn und hängte sich bei ihm ein. »Was mich viel mehr beschäftigt, ist die Frage, wo denn unser fünftes Teammitglied abgeblieben ist. Punkt sieben war ausgemacht, jetzt ist es zwanzig nach.«

»Vielleicht wurde sie aufgehalten«, meinte Hiroki.

»Aber dann hätte sie uns doch bestimmt eine Nachricht zukommen lassen«, ergänzte Roberto.

John sagte nichts. Seine Aufmerksamkeit richtete sich auf einen Punkt auf der gegenüberliegenden Seite des Raumes. Hannah folgte seinem Blick, konnte aber wegen der vielen Leute nichts erkennen.

»Was ist los?«, fragte sie.

»Ich habe da so einen Verdacht«, sagte er. »Was haltet ihr von einem kleinen Besuch an der Bar? Schnappt euch eure Gläser und folgt mir.«

Ohne eine Antwort abzuwarten, stand er auf und pflügte durch die Menge. Die Leute wichen auseinander, als John, Hannah, Hiroki und Roberto der Bar zustrebten.

Der Platz vorne wurde von einer Menge stämmiger, verwegen aussehender Männer belagert, die wilde Rufe ausstießen und mit Geldscheinen in der Luft wedelten. Norweger, wie es schien. Die Stimmung war ausgelassen, und es herrschte große Aufregung.

Hannah verstand kein Norwegisch, doch ihr war auch so klar, dass da irgendwelche Wetten liefen. Sie stellte sich auf die Zehenspitzen, konnte aber hinter den turmhohen Kerlen nichts erkennen.

»*Tretti!*«

»*Førti!*«

»*Femti!*«

Einen Moment lang herrschte Stille, dann hörte man, wie ein Glas auf den Tisch geknallt wurde und viele der Umstehenden in Jubel ausbrachen. Geld wechselte die Hände.

John drückte zwei der schrankgroßen Kerle auseinander und drängelte sich nach vorne.

»Hallo, Ilka.«

Die angesprochene Person drehte sich um.

Hannah erkannte, dass es die zierliche Frau war, die sie beim Betreten des Lokals gesehen hatte. Die mit den kurzen blonden Haaren. In ihren glänzenden Augen spiegelte sich das Licht der Lampen. Sie schien einen Moment orientierungslos zu sein, dann erkannte sie, wer da vor ihr stand.

»John!« Sie sprang auf und warf sich Hannahs Lebensgefährten an den Hals. Mit einem verlegenen Lächeln ließ er den Freudensturm über sich ergehen. »Langsam, langsam, du brichst mir ja das Genick. Hättest du Lust, zu uns an den Tisch zu kommen? Ich gebe ein Essen aus.«

Ilka überlegte kurz, dann nickte sie. »Gegen ein Steak hätte ich nichts einzuwenden. Gute Küche hier. Ich habe übrigens ein Zimmer im Kroa, gleich über unseren Köpfen und direkt neben dem von Gunnar.« Sie knuffte dem baumgroßen Kerl neben ihr in die Rippen, woraufhin dieser seinen Arm um sie legte und sie hochhob wie eine Feder.

»Wie ich sehe, findest du immer noch leicht Anschluss«,

sagte John mit schiefem Blick hinauf zu dem Koloss. »Wie sieht's aus, hast du Lust, dass ich dich dem Team vorstelle? Sie sind alle ganz versessen darauf, dich kennenzulernen.«

»Gute Idee«, sagte Ilka und rutschte mit ihrem Barhocker nach hinten. Ihren Bewegungen nach zu urteilen, hatte sie ordentlich geladen.

»*Farvel, folkens. Neste runde er på meg.* Hier, die nächste Runde geht auf mich.« Sie zog einige Scheine aus ihrem Bündel und legte sie auf den Tresen. Erst jetzt sah Hannah die vielen Schnapsgläser, die hinter ihr aufgereiht auf der Bar standen.

Die Männer, denen sie das Geld aus der Tasche gezogen hatte, blickten ihr einen Moment traurig hinterher, dann lachten sie, klopften sich gegenseitig auf die Schultern und wandten sich wieder ihren Getränken zu.

»Ilka, darf ich vorstellen: das ist Hannah. Und das hier sind Hiroki und Roberto. Jungs, das ist Ilka.«

Hannah fand, dass sie einen ziemlich kräftigen Händedruck hatte. »Schön, euch kennenzulernen«, sagte Ilka, nachdem sie alle begrüßt hatte. »*Taler du dansk?* Ach, Mist, ihr sprecht kein Dänisch, oder?«

»Leider nicht«, erwiderte Hiroki. »Aber wir könnten uns auf Englisch einigen, wenn dir das besser passt.«

»Nee, lass nur, es wird schon gehen. Is' nur wegen dem Schnaps, da falle ich immer in meine Muttersprache zurück. Aber ich musste den Ureinwohnern doch mal eben schnell zeigen, dass man nicht unbedingt zwei Meter groß und hundert Kilo schwer sein muss, um was zu vertragen.« Sie rempelte gegen einen Stuhl, worauf dieser laut krachend umfiel. Schwankend stand sie da.

»Alles okay mit dir?« John legte seinen Arm um sie.

»Geht schon. Mir ist nur gerade 'n bisschen schwindelig. Geht schon mal vor, ich werd mir nur mal schnell den Finger in den Hals stecken.« Sprach's und schnürte in Schlangenlinien Richtung Toiletten.

»Na, das ist ja eine Marke«, sagte Roberto, der ihr schief grinsend hinterherblickte. »Wo hast du die denn aufgetrieben?«

»Eine alte Bekannte«, erwiderte John kurz angebunden. »Lasst euch vom ersten Eindruck nicht täuschen, sie ist eine der Besten auf ihrem Gebiet. Ich bin sicher, wir werden noch alle dankbar sein, dass sie mit dabei ist. Kommt, suchen wir uns einen freien Tisch, und dann wird erst mal richtig gegessen.«

27
Biotechnische Station Valhalla, Nordostland ...

Viktor Primakov schlüpfte in seinen Schutzanzug, prüfte den Sitz der beiden Waffengurte und schnürte seine Springerstiefel. Rasch noch die Einstellungen für seinen Atemfilter gecheckt, dann war er abmarschbereit. Vor der Tür wartete ein blasser Kadett, ebenfalls in Hochsicherheitskleidung. Furcht und Kälte standen ihm ins Gesicht geschrieben. Als er Viktor sah, nahm er Haltung an und schulterte sein Gewehr.

»Rühren«, sagte Viktor. »Status?«

»Unverändert, Herr Major. Die Männer warten am vereinbarten Sammelpunkt auf Sie. Alle sind bereit.« Die Stimme des Jungen wurde durch den Anzug gedämpft.

»Irgendwelche Neuigkeiten?«

»Keine, Major. Die Spuren deuten auf einen Kampf hin, mehr war nicht herauszufinden. Leutnant Mirkovic hat angeordnet, mit der Untersuchung auf Sie zu warten.«

»Hm.« Viktor deutete auf den Gang vor ihnen, und der Kadett setzte sich in Bewegung. Rechts und links zweigten Flure ab, die zu den unterirdischen Versorgungseinrichtungen und Labors führten. Gebogene Röhren, die aus den Innereien der U-Boote stammten, die die Nazis zum Bau dieser Station zerlegt hatten. An manchen waren immer noch Schilder in deutscher Sprache befestigt. Die Anlage war alt, trotzdem war die Handschrift der Nazis deutlich zu erkennen: ein klarer, effektiver Aufbau, kurze Wege und kein unnötiger Schnickschnack. In bestimmten Abständen waren luftdichte Sicherheitsschleusen angebracht, die verhinderten, dass irgendwelche Keime oder Erreger nach außen dringen konnten. Spezielle Filter- und Pumpanlagen schufen einen permanenten Unterdruck. Sollten die Schließmechanismen kurzzeitig versagen, so würde die Luft von außen nach innen strömen und eine Kontamination der umliegenden Bereiche verhindern. Die vorsintflutlich anmutenden Geräte waren selbst nach siebzig Jahren immer noch funktionstüchtig. *Made in Germany*, dachte Viktor und lächelte grimmig. Trotzdem ging das Team keine Risiken ein. Alle, die sich außerhalb der Hochsicherheitslabors befanden, waren angehalten, ihre Schutzanzüge zu tragen, weil auch in den Ruinen der alten Stadt Keime gefunden worden waren. Aber den Befehl musste man nicht explizit wiederholen. Wer gesehen hatte, was diese teuflischen kleinen Erreger anrichten konnten, legte freiwillig seine Schutzkleidung an.

Viktor verließ den Hochsicherheitsbereich und schlug den Weg zu den Mannschaftsquartieren ein. Er spürte, wie sich sein Puls beschleunigte. Vor einer Woche waren drei Mann auf unerklärliche Weise verschwunden, und wie es aussah, waren gerade zwei neue hinzugekommen. Nur mit dem Unterschied, dass diesmal Beweise für Fremdeinwirkung gefunden worden waren.

»Haben Sie mit Generaloberst Fradkov gesprochen, Kadett?«

»Das habe ich, Herr Major.«

»Und?«

»Er ist außer sich. Er wünscht, dass Sie die Vorfälle umgehend aufklären und ihm den oder die Schuldigen bringen.«

»Und warum kann er mir das nicht selbst sagen? Warum schickt er Sie als Laufburschen?«

»Der Generaloberst war sehr beschäftigt, Herr Major. Er hat mir keine Gründe genannt, und es schien mir auch nicht angemessen, ihn danach zu fragen.«

»Schon gut. Wo ist der Rest der Wachmannschaft?«

»Drüben am Tor, in der Wachstube.«

Viktors Gedanken ratterten. Zwei Mann, die nicht mal in der Lage waren, eine Funkmeldung oder ein Warnsignal abzusetzen, wie war so etwas möglich? Aus genau diesem Grund waren die Patrouillen doch immer zu zweit unterwegs. Er presste die Lippen zusammen. Was er jetzt brauchte, waren Fakten. Ohne Fakten keine Untersuchung – und ohne Untersuchung keine Schuldigen. Er musste jetzt einen klaren Kopf behalten, oder Fradkov würde ihm das Fell über die Ohren ziehen.

Sie gelangten an eine Kreuzung, von der rechts ein Weg Richtung innere Begrenzungsmauer abging. In den uralten Wall, der vor Tausenden von Jahren vielleicht mal eine Stadtmauer gewesen sein mochte, hatten die Nazis eine Eisentür eingelassen, hinter der das eigentliche Labyrinth begann: unzählige Gassen, Winkel und Plätze, die bis zum Stadtzentrum reichten.

Viktor war schon mehrfach im Inneren gewesen, hatte dort aber immer ein ungutes Gefühl gehabt. Etwa zwei Kilometer südlich hatte das Massaker stattgefunden. 22 Männer und Frauen, die auf bestialische Art und Weise ums Leben gekommen waren. Und noch immer waren die Umstände nicht hundertprozentig geklärt. Zwei Wissenschaftler waren verschwunden, eine hatte überlebt. Eine Deutsche namens Hannah Peters. Wie sie den Angriff der Killerviren überstanden hatte und was aus ihr geworden war, darüber war nichts bekanntgeworden. Möglich, dass Fradkov davon wusste und bestimmte Informationen zurückhielt, möglich aber auch, dass er genauso wenig Ahnung hatte. Die Leichen der zwei Vermissten waren niemals geborgen worden; es war möglich, dass sie sich immer noch hier unten befanden. Waren sie vielleicht auch noch am Leben, so wie Hannah Peters? Hatten sie womöglich etwas mit dem Verschwinden seiner Leute zu tun?

Verwirrender Gedanke, gewiss, aber Viktor hatte in den Labors Dinge gesehen, die einem geistig gesunden Menschen den Verstand rauben konnten. Wer nicht völlig abgestumpft war oder die Fähigkeit besaß, eine geistige Mauer um sich zu errichten, der musste mit der Zeit zynisch werden. Oder wahnsinnig, je nachdem.

Viktor war in letzter Zeit nicht gut auf Fradkov zu sprechen. Er fühlte sich, gelinde gesagt, verarscht. Weder hatte sein Vorgesetzter ihn in die Details ihres Auftrags eingeweiht, noch hatte er ihm irgendetwas über das Ziel und die weitere Planung gesagt. Vieles von dem, was er wusste, hatte er sich aus Andeutungen, Memos und Gerüchten zusammengereimt, aber das war nur ein kleiner Teil. Das gesamte Bild erschloss sich ihm noch nicht. Und Fradkov schien kein Interesse zu haben, daran etwas zu ändern. Viktor war der Mann fürs Grobe. Der Putzlappen. Wann immer irgendwo Scheiße passierte, musste er ran und die Sache ins Reine bringen. Und hier passierte eine Menge Scheiße. Der neuerliche Zwischenfall war beileibe kein Einzelphänomen.

Wenn Viktor auf die Stimme in seinem Inneren hörte, dann hatten sie alle ein mächtiges Problem. Dann spürte er, dass dieser Einsatz noch richtig hässlich werden würde.

Vor ihnen kam der Wall in Sicht. Rechts neben der Tür stand ein Wachhäuschen, in dem eine Lampe brannte. Inmitten dieser gläsernen Dunkelheit wirkte das Licht wie ein Hoffnungsschimmer in finsterer Nacht.

»Wir sind da, Herr Major. Die Männer sind im Inneren. Sie haben Befehl, nicht ohne Ihre Begleitung zum Unglücksort vorzustoßen.«

»Natürlich haben sie das«, grummelte Viktor. »Den Befehl habe ich selbst ausgegeben. Ich kann es nicht brauchen, wenn mir eine Horde von Analphabeten alle Spuren zertrampelt.«

»Bitte verzeihen Sie mir, Herr Major, das wusste ich nicht.«

»Schon gut, Junge.«

Beherrsch dich, sagte er sich. *Hör auf, den Jungen runterzuputzen, er kann nichts dafür.*

Er öffnete die Tür und trat ohne zu klopfen ein. »'n Abend, Männer.« Die drei Soldaten in ihren Schutzanzügen sprangen auf. Der älteste von ihnen, Leutnant Mirkovic, trat einen Schritt vor und salutierte. »Wachpatrouille vollzählig angetreten, Herr Major.«

»Rühren.« Viktor sah sich um. »Wie viel Zeit ist seit dem letzten Wachwechsel vergangen?«

»Eine Stunde fünfzehn, Herr Major.«

»Wieso wurde ich erst jetzt informiert?«

»Die Suchaktion nahm einige Zeit in Anspruch, Herr

Major. Wir dachten zuerst, Strepkow und Kusmin wären auf Patrouillengang unterwegs. Hier waren sie nicht, und das Tor in Richtung Stadt stand offen. Ich ließ Sorokin zurück und machte mich mit Danilow auf den Weg, um nach den beiden zu suchen. Offenbar hatten sie ihre Funkgeräte ausgeschaltet, denn sie reagierten nicht auf unsere Anfragen. Andererseits ... Sie wissen ja, wie schlecht die Verbindung hier unten ist.«

Viktor winkte ab. »Und weiter?«

»Nun, wir suchten sie etwa eine halbe Stunde lang, dann fanden wir etwas.« Er zögerte. Viktor konnte die Furcht in seinen Augen erkennen.

»Als wir sahen, was dort geschehen war, eilten wir sofort zurück. Ich beauftragte Sorokin, Meldung bei Generaloberst Fradkov zu machen.«

»Warum bei Fradkov? Warum sind Sie damit nicht zu mir gekommen? Das ist eine Frage der internen Sicherheit, und für die bin immer noch ich zuständig.«

»Gewiss, Herr Major. Ich dachte nur, dass dies ja ein ziviles Unternehmen ist. Und der Herr Generaloberst als oberster Befehlshaber ...«

»Ziviles Unternehmen? Wer hat Ihnen denn diesen Schwachsinn erzählt? Nur weil EMERCOM auf den Containern steht, heißt es noch lange nicht, dass die Zivilisten hier das Sagen haben. Was die Sicherheit und Logistik betrifft, ist dies eine militärische Operation; daher sind Sie auch verpflichtet, die Befehlskette einzuhalten. Dass Sie zu Fradkov gelaufen sind, hat uns mindestens eine halbe Stunde gekostet. Ganz zu schweigen davon, dass mich das beim Generaloberst schlecht aussehen lässt. Mit solchen

Aktionen schwächen Sie die Abläufe und letztlich das ganze System. Ich verdonnere Sie hiermit zu zwei zusätzlichen Wachschichten binnen der nächsten 48 Stunden. Sehen Sie zu, dass Sie Ihren Dienstplan mit dem XO abstimmen, und melden Sie sich danach wieder bei mir. So, und jetzt führen Sie mich an die Stelle, ich will mir selbst ein Bild machen.«

Mirkovic schluckte kurz, dann salutierte er und begleitete ihn nach draußen.

»Kretin«, fluchte Viktor leise in seinen Anzug, während sie das Labyrinth der versunkenen Stadt durchschritten.

Sie waren etwa eine Viertelstunde unterwegs, als der Leutnant urplötzlich anhielt und seine Lampe zu Boden richtete.

»Hier ist es. Das ist es, was wir gefunden haben. Wenn Sie mich fragen ...«

»Halten Sie den Mund.« Viktor bedurfte keiner Erläuterung. Er sah selbst, dass hier etwas Schreckliches passiert sein musste.

Zuerst mal war da Blut. Viel Blut. Es sah aus, als hätte man ein Schwein geschlachtet. Spritzer an den Steinen, Tropfen auf der Mauer und ein riesengroßer dunkler Fleck, der beinahe vollständig von dem gestampften Lehmboden aufgesaugt worden war. Rundherum lagen Fetzen von Stoff. Beschichtetem Stoff, wie er für ihre Anzüge verwendet wurde.

Viktor prüfte die Indizien, nahm ein paar Blutproben und wandte sich dann wieder Mirkovic zu. »Wo ist der Zweite?«

»Der Zweite, Kommandant?«

»Der zweite Mann. Das hier stammt nur von einer Person.«

»Sind Sie sicher? Ich meine ... das viele Blut ...«

»Wissen Sie, wie viel Blut sich im menschlichen Körper befindet, Leutnant? Sieben Liter. Das ist eine ganze Menge und dürfte ungefähr dem entsprechen, was hier zu sehen ist. Ich kann es natürlich erst mit Bestimmtheit sagen, wenn ich die Proben hier analysiert habe, aber ich würde meine Hand dafür ins Feuer legen, dass dies nur von einer Person stammt. Und zwar, wenn ich das richtig sehe, vom Gefreiten Strepkow.« Er hielt Mirkovic einen blutigen Fetzen hin, auf dem unübersehbar der Name des unglücklichen Soldaten stand.

»Also?«

»Ich ... ich weiß nicht, Herr Major.«

»Wohin führen diese Spuren?« Er deutete auf den Boden.

Im Licht der Lampen waren dunkle Streifen zu erkennen, die in südliche Richtung liefen. Unzweifelhaft Schleifspuren.

»Die haben wir noch gar nicht gesehen. Sieht aus, als wäre jemand fortgeschleift worden.« Seine Augen hellten sich auf. »Kusmin!«

Viktor verdrehte im Geiste die Augen und zog seine *Strisch*, Nachfolger der legendären Makarow-Pistole. Mit solchen Analphabeten im Schlepptau war es besser, gut vorbereitet zu sein. Die Automatik verfügte über dreißig Schuss Munition, Kaliber neun im Sturmmagazin, eine LED-Lampe sowie eine lasergesteuerte Zielvorrichtung. Er wollte gerade den Sicherungshebel lösen, als er ein Knacken im Lautsprecher hörte. Jemand versuchte, ihn anzufunken. Dann erklang eine Stimme: »Viktor, können Sie mich hören?« Es war Fradkov. Die Übertragung war ziemlich verzerrt.

»Laut und deutlich, Generaloberst. Was kann ich für Sie tun?«

»Kommen Sie ins Hauptquartier zurück, ich habe neue Befehle für Sie.«

»Ich bin gerade mit der Aufklärung des Verschwindens der beiden Wachsoldaten beschäftigt und werde nicht vor ...«

»Sofort, habe ich gesagt. Die Sache duldet keinen Aufschub.«

Viktor atmete durch. »Bei allem Respekt, Genosse Fradkov, aber Sie haben die Schweinerei hier nicht gesehen. Es deutet alles auf einen Mord hin. Der andere Mann wurde offensichtlich entführt. Ich bitte höflichst um Erlaubnis, die Suche fortsetzen zu dürfen. Vielleicht ist er noch am Leben.«

»*Sofort*, habe ich gesagt. Fradkov, Ende.«

Das Funkgerät knackte, dann war die Verbindung tot.

Viktor stand einen Moment unschlüssig da. Sollte er den Befehl missachten und auf eigene Faust weitersuchen? Riskant, Fradkov hatte für Alleingänge nur wenig Verständnis. Andererseits war die Spur jetzt noch frisch. Wer wusste schon, wie es in ein paar Stunden aussah? Hätte er doch nur gleich richtig reagiert und eine Funkstörung vorgetäuscht. Jetzt war es dafür zu spät. Mit hängenden Schultern drehte er um, sicherte die Strisch und schob sie zurück in sein Halfter. Heute war definitiv nicht sein Tag.

28

Das Essen stand bereits auf dem Tisch, als Ilka endlich von der Toilette zurückkam. Sie sah ein bisschen blasser aus und war nicht mehr ganz so fröhlich wie zuvor, dafür schien ihr Blick aber klarer. Wortlos setzte sie sich zwischen Hiroki und Roberto und fing an, wie eine Heißhungrige zu futtern. Es war ein einfaches Gericht – Kartoffelecken, Hacksteak und Spiegelei, eingetaucht in eine undefinierbare braune Sauce –, aber es schmeckte und vertrieb die Kälte aus ihren Gliedern. Hannah langte ebenfalls kräftig zu, verzichtete ihrem Baby zuliebe auf das obligatorische Bier und trank stattdessen lieber Wasser. Seit ihrer Schwangerschaft aß sie locker das Doppelte, nahm dabei aber kaum zu. Ob das normal war? Nun, sie würde später noch Gelegenheit haben, sich darüber Gedanken zu machen. Zuerst mal standen wichtigere Dinge auf dem Programm.

Sie wischte ihren Mund ab, zog eine ausgedruckte E-Mail aus der Innentasche ihrer Jacke und räusperte sich. »Seid mal bitte einen Moment still, Leute, ich habe euch etwas zu sagen.«

Alle blickten sie neugierig an.

»Zuerst mal möchte ich euch ein allerherzlichstes Dankeschön aussprechen, dass ihr alle den weiten Weg auf euch genommen habt, um John und mir bei dieser schwierigen Unternehmung beizustehen. Außer Ilka kenne ich jeden hier am Tisch und ich glaube, mit Fug und Recht behaupten zu können, dass ihr meine ältesten und treuesten Freunde seid.

Mit jedem von euch verbinden mich besondere Erinnerungen, und auch wenn dieses Projekt scheitern sollte – was ich nicht hoffe –, so bedeutet es mir doch sehr viel, euch alle wiedersehen zu dürfen.« Sie spürte, wie sie vor Rührung einen trockenen Hals bekam, und trank erst mal einen Schluck; dann fuhr sie fort: »Wie ihr wisst, habe ich persönliche Gründe, diesen abgelegenen und lebensfeindlichen Teil der Erde zu besuchen. Sosehr ich mir wünsche, euch künftig an meiner Seite zu wissen, sosehr kann ich verstehen, wenn jemand einen Rückzieher machen möchte. Ihr seid jetzt hier und wisst, in was für einer lebensfeindlichen Umgebung wir uns befinden. Sollten bei dem einen oder anderen also Zweifel am Sinn und Erfolg dieses Unternehmens aufkommen, so bitte ich euch, offen und ehrlich mit mir darüber zu sprechen. Wichtig ist, dass wir keine Geheimnisse voreinander haben und dass sich jeder auf den anderen verlassen kann. Unser Team ist nur so gut wie das schwächste Glied in der Kette. Und wie ihr sehen könnt, ist es eine verdammt kurze Kette. So viel dazu. Wir werden auf unserer Fahrt noch Gelegenheit haben, ausführlicher über alles zu reden. Ich möchte jetzt die Gelegenheit nutzen und euch einen Brief vorlesen, der heute Morgen per E-Mail zu mir hereingeflattert ist. Er stammt von Norman Stromberg und ist mehr oder weniger an euch alle gerichtet. Er schreibt:

Liebe Hannah, lieber John. Ich grüße euch aus dem vorweihnachtlichen Washington. Während meine Familie und ich fleißig damit beschäftigt sind, letzte Geschenke zu besorgen, Einkäufe zu tätigen und alles für das bevorstehende Fest vorzubereiten, wandern meine

Gedanken zu euch, in den weit entfernten hohen Norden. Mittlerweile dürfte auch der Rest des Teams bei euch eingetroffen sein. Ich kann nur hoffen, dass ihr schon Zeit hattet, euch näher kennenzulernen und über euer Vorhaben zu sprechen. Ihr wisst, was ich davon halte. Es ist leichtsinnig und gefährlich, aber ich kenne Hannah inzwischen lange genug, um zu wissen, dass sie von ihrem Plan nicht abrücken wird. Ich habe das gewünschte Equipment nach Longyearbyen liefern und für euch am Flughafen hinterlegen lassen. Was das Geld betrifft, so braucht ihr euch keine Sorgen zu machen: Ich werde für alle entstehenden Kosten aufkommen. Zeitgleich werde ich natürlich weiterhin versuchen, eine diplomatische Lösung anzustreben, aber die Mühlen laufen unendlich langsam, und die Chancen, den Konflikt rechtzeitig zu lösen, werden von Tag zu Tag kleiner. So bleibt mir also nur noch, euch alles Gute und Liebe zu wünschen und zu hoffen, dass ihr mit dem, was immer ihr vorhabt, erfolgreich sein werdet. Mit den besten Grüßen, Norman Stromberg.
PS: Tut mir einen Gefallen und kommt gesund und munter wieder zurück.
PPS: Und findet diese Stadt für mich ;-)«

Hannah lehnte sich zurück.

»Ich wusste gar nicht, dass Stromberg so eine sentimentale Ader hat«, sagte John grinsend. »Oder ist das die einsetzende Altersmilde?«

»Verstehe ich das richtig, will er uns aus der Nummer wieder rausquatschen?«, fragte Ilka.

»Das braucht er gar nicht«, sagte Hannah. »Er hat immer klargestellt, dass er den Plan für gefährlich und leichtsinnig hält. Umso höher rechne ich es ihm an, dass er trotzdem hinter uns steht, egal, wie wir uns entscheiden.«

»Ich kann nur hoffen, dass das auch unser Honorar betrifft«, sagte Hiroki. »Haltet mich nicht für geldgierig, aber ich habe einiges auf mich genommen, um bei euch mitzumachen.«

»Man kann Norman Stromberg vorwerfen, was man will, aber knickerig war er noch nie«, sagte Hannah. »Wenn er sagt, er bezahlt euch, dann wird er das tun, ungeachtet der Frage, ob ihr euch für oder gegen das Projekt entscheidet.«

Hiroki wirkte sichtlich erleichtert. »Na dann ...«

»Ich denke, wir alle haben einiges auf uns genommen«, sagte Roberto. »Trotzdem bleibt die Frage, wie wir jetzt weiter vorgehen wollen. Wenn es stimmt, was in unserem Dossier zu lesen stand, haben die Russen den Bereich großflächig abgeriegelt. Hast du einen Plan, Hannah, oder erwartest du von uns, dass wir uns den Weg freischießen?«

»Von freischießen kann keine Rede sein«, entgegnete Hannah ernst. »Mit Ausnahme von John hat keiner von uns jemals ein Kampftraining absolviert. Wir sind Forscher, und als solche sollten wir vorgehen: mit Köpfchen, nicht mit Muskeln. Still, leise und ohne Spuren zu hinterlassen.«

»Klingt gut«, sagte John. »Aber selbst das bestausgebildete Stealth-Kommando braucht irgendwo einen Ort, wo es sich Zutritt verschaffen kann. Wenn Freischießen keine Option ist, frage ich mich, wie du in den Kaninchenbau hineinkommen willst. Hast du eine konkrete Idee, oder sollen wir am Zaun entlanglaufen und hoffen, dass irgendwo ein Loch ist, durch das wir schlüpfen können?«

»Ich kann eure Skepsis verstehen, ich habe ja auch lange darüber nachgegrübelt, wie es funktionieren könnte«, sagte Hannah. »Meine ursprüngliche Idee war, es wie bei der ersten Expedition zu machen. Eine passende Stelle außerhalb des Perimeters suchen, eine Öffnung ins Eis bohren und abseilen. Doch als ich mich mit meiner Vermieterin unterhalten habe, hat sie mir etwas erzählt, was ich für überprüfenswert halte. Angeblich gibt es in diesem Ort einen Mann namens Arkadij. Ein knurriger alter Typ, der draußen auf Nordostland etwas Seltsames gesehen haben will. Er erzählt Geschichten von einer unheimlichen Kreatur, die angeblich in der Nähe seiner Hütte ihr Unwesen treibt und Eisbären tötet. Er war Zeuge, wie dieses Ding einen ausgewachsenen Bären aufgeschlitzt und ausgeweidet hat, und er schwört Stein und Bein, dass es aus einer Spalte im Fels gekommen sei. Natürlich ist das Jägerlatein, ich glaube von seiner Geschichte kein Wort, zumal alle Nachforschungen ins Leere gelaufen sind. Wie ihr wisst, steht das Wildern von Eisbären auf Spitzbergen unter strenger Strafe, und die zuständigen Behörden mussten der Sache natürlich nachgehen. Doch man hat weder einen toten Bären noch irgendein Monster oder etwas Ähnliches gefunden. Kein Blut, kein Fell und erst recht keinen Kadaver. Trotzdem bleibt er bei seiner Version der Geschichte und rückt keinen Millimeter davon ab. Die Leute im Ort halten ihn inzwischen für nicht ganz sauber. Was mich aber interessiert, ist die Geschichte von der Felsspalte. Das ist eine Sache, der ich gerne nachgehen würde.«

»Ich kenne Arkadij«, sagte Ilka. »Er sitzt jeden Abend hinten in der Bar und besäuft sich. Komischer Kauz.«

»Angeblich war das nicht immer so«, sagte Hannah. »Edda Björnsson, meine Vermieterin, erzählte mir, dass Arkadij zwar ein ziemlicher Eigenbrötler sei, aber kaum verschrobener als viele andere hier im Ort. Er arbeitet, bezahlt immer seine Rechnungen und führt ein stilles und zurückgezogenes Leben.«

»Was macht er denn so?«, fragte Hiroki.

»Er ist Fremdenführer. In den Sommermonaten organisiert er Schlittenhundfahrten für die Touristen. Er besitzt ein ziemlich großes Rudel, so um die dreißig Hunde, mit denen er dann hinaus zu seiner Hütte fährt. Dort dürfen die Besucher das Erlebnis der arktischen Wildnis genießen. Der Clou dabei ist: Jeder Teilnehmer führt sein eigenes Gespann. Er muss sich um die Hunde kümmern, sie füttern, sich mit ihnen anfreunden. Das macht natürlich viel Spaß. Die Touren sind bereits auf zwei Jahre ausgebucht.«

»Klingt nicht nach jemandem, der nicht alle Murmeln beisammen hat«, sagte Roberto.

»Ihr habt ihn nicht gesehen«, sagte Ilka. »Wenn Hannah von dem Typen redet, den ich kenne, dann gute Nacht. Aber ich kann euch gerne miteinander bekannt machen. Ich habe ihm gestern einen Schnaps spendiert, seitdem bin ich seine neue beste Freundin.«

»Gut«, sagte John. »Sagen wir mal, dieser Arkadij erzählt keinen völligen Mumpitz und hat wirklich etwas gesehen, so verstehe ich immer noch nicht, wie uns das weiterhelfen soll.«

»Darauf wollte ich später noch kommen, aber da du es schon jetzt ansprichst, kann ich es euch auch gleich erzählen.« Hannah blies sich eine Strähne aus dem Gesicht.

»Ich habe mir die Mühe gemacht, der Sache nachzugehen, und bin da auf einige interessante Details gestoßen. Edda konnte mir die Lage der Hütte beschreiben und hat den Punkt auf einer Karte markiert. Sie liegt am Südzipfel von Nordostland, unweit der Küste. Etwa zwei Kilometer nördlich erhebt sich ein Plateau, hinter dem der große Inlandsgletscher beginnt. Das Gelände steigt vom Meer kommend leicht an und endet an einer Stelle, an der eine beinahe senkrecht aufragende Felswand zutage tritt. Durchaus möglich, dass sich dort Spalten oder Klüfte befinden, in denen sich Wilderer versteckt halten. Noch wichtiger: Dieser Ort liegt außerhalb des abgesperrten Bereichs, wäre also für uns zugänglich. Was mich am meisten fasziniert, ist die Tatsache, dass an der Stelle, an der Arkadij seinen Eisbärenkiller gesehen zu haben glaubt, früher mal ein Fluss geflossen ist. Ein Seitenarm eines ehemals recht großen Stroms, an dessen Ufern die alte Stadt errichtet worden ist. Natürlich ist der Fluss schon lange versiegt, aber man kann den Verlauf auf den Wärmebildaufnahmen, die Stromberg von dem Gebiet hat anfertigen lassen, immer noch recht gut nachverfolgen. Wenn man die Fotos entsprechend stark vergrößert und sie maßstabsgerecht auf die Karte legt, lässt sich erkennen, dass er ziemlich genau an der Steilwand ausgetreten ist, die in Arkadijs Erzählung eine Rolle spielt. Das mag natürlich nur ein Zufall sein, aber mein Gefühl sagt mir, dass wir erst mal dort nachsehen sollten, ehe wir anfangen, irgendwo Löcher ins Eis zu hacken.«

»Und du meinst, dass dort ein Zugang zur Stadt sein könnte?«, fragte Roberto skeptisch.

Hannah zuckte die Schultern. »Das werden wir erst beurteilen können, wenn wir dort gewesen sind. Der Fluss führte damals mitten durch die Stadt hindurch. Wenn das Bett noch erhalten ist, hätten wir eine gute Möglichkeit, ungesehen an den Russen vorbeizukommen.«

John fuhr nachdenklich mit dem Finger am Rand seines Tellers entlang. »Schön und gut«, sagte er. »Sagen wir mal, es gibt dort einen Eingang, wir finden ihn, und er ist für uns begehbar – was ist mit dem Virus? Laufen wir nicht Gefahr, uns alle anzustecken?«

»Nicht unbedingt«, erwiderte Roberto. »Viren haben nur eine begrenzte Lebenszeit. Normalerweise können sie sich ohne Wirt nicht ausbreiten. Andererseits scheint es sich hier um einen besonderen Erreger zu handeln, immerhin hat er 70 Jahre im Eis überdauert. Dass ihr euch alle infiziert habt, könnte auf Luftströmungen hindeuten, die unter dem Eis zirkulieren. Wir sollten daher auf keinen Fall ohne Atemgeräte und entsprechende Schutzanzüge agieren. Aber wenn ich das richtig gesehen habe, hat uns Stromberg entsprechendes Material geschickt. Ich denke, damit müsste es sich machen lassen.«

Hannah ließ ihre Hände auf den Tisch sinken. Sie schob ihren Stuhl nach hinten und stand auf. »Was haltet ihr davon, wenn wir diesem Arkadij mal einen kleinen Besuch abstatten? Vielleicht können wir ihn sogar dazu überreden, uns ein paar von seinen Hundegespannen zu vermieten.«

»Gute Idee«, sagte Ilka. »Zu viel Theorie ist nicht mein Ding. Ich bin für ein bisschen Action. Was haltet ihr davon, wenn ich die Anstandsdame spiele und euch miteinander bekannt mache?«

Der Mann, den sie im hintersten Teil der Bar fanden, war ein Wrack. Allein am Tisch hockend, den Kopf vornübergebeugt, vor sich ein leeres Glas, aus dem es nach hochprozentigem Alkohol stank, schnarchte er so laut, dass er sogar das Gelächter und die Musik im Kroa übertönte. Seine Haare waren mit grauen Strähnen durchwirkt und standen wie ein Wischmopp in alle Richtungen ab.

Ilka trat an seine Seite, packte ihn an der Schulter und schüttelte ihn. »Arkadij? He, aufwachen, hier sind ein paar Leute, die mit dir reden wollen.«

Wie von der Tarantel gestochen, fuhr der Mann hoch und blickte sich um. Der Mund unter dem struppigen Bart klappte mehrmals auf und zu und entließ ein paar grunzende Laute in die Welt. Seine Augen irrlichterten durch die Gegend, hefteten sich dann auf Ilka und verharrten dort. Der wahnsinnige Ausdruck in seinem Gesicht verschwand.

»Ilka. Kakowo chuja?«

Ilka grinste. »Was ich will? Nun, hier sind ein paar Leute, die dich gerne kennenlernen wollen. Das sind Hannah, John, Roberto und Hiroki, allesamt gute Freunde von mir. Sie würden gerne mit dir über dein Erlebnis auf Nordostland reden. Hast du Lust, ich spendier dir auch noch was von deinem Gift. Was trinkst du?«

Arkadij sagte nichts und blickte sie stattdessen der Reihe nach an. Sein Ausdruck war nicht eben freundlich. Trotz seiner schweren Zunge schien er recht klar im Kopf, was bei seinem offensichtlichen Pegel erstaunlich war.

»Nichego. Hab genug.«

»Wie wär's stattdessen mit einem kleinen Chawtschick?

Oder einem Kaffee? Irgendwas, damit du wieder nüchtern wirst. Glaub mir, Arkadij, die Leute wollen dir nichts Böses. Sie sind ehrlich interessiert an deiner Geschichte. Also, was darf ich dir bestellen?«

Unter den buschigen Brauen arbeitete es gewaltig.

»Wer seid ihr?«, fragte er mit schwerem russischen Akzent.

»Wissenschaftler. Ein Filmteam vom National Geographic«, sagte John. »Wir haben den Auftrag, einen Beitrag über die arktische Nacht zu machen und dabei Polarlichter zu filmen. Wir haben von dir und deiner Begegnung gehört, und da dachten wir, es wäre keine schlechte Idee, der Sache nachzugehen. Macht sich immer gut, wenn man unheimliche oder spannende Geschichten in so einen Beitrag mit einbauen kann, das steigert die Quote. Wie sieht's aus, hast du Lust, uns etwas darüber zu erzählen?«

Arkadij blickte sie weiterhin misstrauisch an. Am längsten ruhte sein Blick auf Hannah. Irgendwann hob er den Finger und deutete auf sie. »Habe ich dich nicht schon irgendwo mal gesehen?«

»Keine Ahnung«, erwiderte Hannah mit schnellem Seitenblick zu John. »Vielleicht im Fernsehen. Ich habe schon die eine oder andere Sendung in der BBC moderiert.«

»Aber Engländerin bist du keine, oder?«

»Nein, ich komme aus Deutschland, lebe aber jetzt schon seit einiger Zeit in den USA.«

»Hm.« Arkadij nickte. Offenbar schien er die Notlüge zu schlucken. »Und jetzt seid ihr hier, um Polarlichter zu filmen?«

»Das war die Idee, ja«, sagte Hannah. »Aber wir haben generell vor, ein Porträt von Spitzbergen zu zeigen. Die lange Dunkelheit, das Weihnachtsfest, die Menschen, wie sie leben, arbeiten und feiern, und die Tiere – einfach alles. Na ja, und dann hörten wir von deiner Geschichte mit dem Bären und dachten uns: Mensch, das wäre doch eine tolle Story: Eisbärenwilderei, ein spannendes Thema ...«

»Es waren keine verfickten Wilderer«, brüllte Arkadij auf einmal und so laut, dass sich die halbe Kneipe zu ihnen umdrehte. »Glaubt ihr, ich könnte einen Menschen nicht von einem Ungeheuer unterscheiden? Wieso will keiner von euch Arschgeigen mir das glauben? Ich habe ein Untier gesehen, ein wirkliches und wahrhaftiges Monster ... ein Monster ... verdammt noch mal.«

Seine Stimme wurde leiser und brach schließlich in sich zusammen. Den Kopf auf die Arme gelegt, krachte er auf den Tisch und schluchzte leise in sich hinein. Dabei murmelte er irgendwelche unverständlichen Sachen in seinen Bart. Die Leute zuckten die Schultern, lachten und nahmen ihre Gespräche wieder auf.

Arkadij tat Hannah leid. Sie legte ihm ihre Hand auf die Schulter und versuchte, ihn zu beruhigen. »Es tut mir leid«, sagte sie. »Ich habe das nicht so gemeint. Wenn du sagst, es war ein Monster, dann war das so. Das mit den Wilderern ist mir nur so rausgerutscht.«

»Das sagst du doch nur einfach so«, kam es von unten herauf. »Du glaubst mir nicht, ebenso wenig wie die anderen. Keiner glaubt mir. Dabei habe ich es selbst gesehen.«

»Ich verstehe, wie schwer das sein muss, ich habe selbst schon so etwas erlebt«, sagte Hannah. »Aber es gibt einen Weg, wie du es diesen Idioten zeigen kannst.«

Das bärtige Gesicht tauchte wieder auf. Die blassen Augen

schwammen wie Silberzwiebeln im Glas. Trotzig wischte Arkadij über sein Gesicht. »Wie?«

»Indem du uns dorthin mitnimmst. Wir haben hochempfindliche Kameras mit langen Brennweiten. Wir könnten uns anschleichen, uns auf die Lauer legen und versuchen, das Monster, oder was immer es war, zu filmen. Wenn uns das gelingt, hätten wir einen Beweis – und du könntest es allen hier heimzahlen.«

Arkadij legte die Stirn in Falten und dachte nach. Hannah konnte sehen, wie es dahinter ratterte und arbeitete. Auf einmal lichtete sich der Blick. Die Augen wurden klar, ein Lächeln erschien.

»Meinst du, das ginge?«

»Aber gewiss. Wenn dort draußen etwas ist, dann finden wir es. Versprochen.«

»Dann würde mich niemand mehr für einen Lügner halten.«

»Ganz bestimmt nicht.«

Arkadij grübelte noch einen Moment lang nach, dann nickte er. »Spasiba. Harascho. Ich werde euch mitnehmen auf meine Hütte, und dann werden wir auf die Jagd gehen.« Ein Grinsen zuckte unter seinem Bart hervor. »Das wird ein Spaß. Ich verspreche euch, ihr werdet es nicht bereuen. Meine Hunde sind die zauberhaftesten Geschöpfe auf diesem Erdball, ihr werdet sie lieben. Sie sind freundlich und treu, und sie tragen euch, wohin ihr wollt. Wie viele seid ihr, fünf? Kein Problem, ich werde alles vorbereiten. Morgen früh geht's los, und vergesst eure wundervollen Kameras nicht. Ich kann es kaum erwarten, diesem Ding auf die Schliche zu kommen. Und jetzt wird gefeiert.«

Er winkte dem Mann hinter der Bar zu und brüllte: »He, Lars, *Vodka. Bystro*. Bring uns was zu trinken, aber vom Besten, wenn ich bitten darf!«

Ilka grinste und klopfte ihr auf den Rücken: »Gut gemacht, Hannah. Wie es scheint, bist du jetzt seine zweite beste Freundin.«

29

Generaloberst?«

»Komm rein, Viktor. Schließ die Tür.«

Widerwillig befolgte Viktor die Anweisung, trat vor den Tisch seines Vorgesetzten und blieb dort stehen. Seinen Schutzanzug hatte er abgelegt. Fradkov blickte ihn fragend an.

»Was ist los, warum stehst du noch? Setz dich und mach es dir gemütlich. Eine Tasse Tee?«

»Danke, nein. Wenn es Ihnen recht ist, würde ich gerne stehen bleiben.«

Der Generaloberst nahm die Bitte mit knappem Nicken zur Kenntnis und schenkte sich selbst eine Tasse ein. Viktor stieg der Geruch von Earl Grey in die Nase. Für einen kurzen Moment bereute er seinen Entschluss, hielt aber trotzig sein Kinn erhoben. »Darf ich fragen, warum Sie mich mitten aus einem Einsatz abgezogen haben? Wir haben es mit mindestens einem Toten zu tun, und ich glaube nicht ...«

Fradkov unterbrach ihn mit einer Handbewegung. »Nimm es mir nicht übel, Viktor, aber die Entscheidung, wie und wo ich dich einzusetzen gedenke, unterliegt allein mir. Ich weiß, dass du dich für deine Männer verantwortlich fühlst und dass dir die jüngsten Ereignisse große Sorge bereiten, aber glaube mir: Ich hätte dich nicht geholt, wenn es nicht wirklich wichtig wäre.«

Viktor benötigte einen Augenblick, um seinen Ärger hinunterzuschlucken. »Na schön. Was soll ich tun?«

»Ist dir der Name Hannah Peters bekannt?«

»Die Frau, die das Massaker am Südtor überlebt hat, gewiss. Was ist mit ihr?«

»Wir wissen, wo sie ist.«

Viktor ließ die Worte auf sich wirken, verstand aber nicht, worauf sein Chef hinauswollte. Er wartete noch einen Moment, doch der Generaloberst nippte nur an seiner Tasse. Es sah nicht so aus, als würde er die Katze aus dem Sack lassen.

»Ja ... und?«

Fradkov lächelte wissend. »Was tun wir hier, Viktor? Anders gefragt, was ist unsere Aufgabe?«

Was sollte denn das nun wieder? Waren sie in einer Quizsendung? Zumal Viktor ihm genau diese Frage schon gestellt und ausweichende Antworten erhalten hatte. Er entschied sich, auf naiv zu schalten und den Ahnungslosen zu spielen.

»Wir sind hier, um dem norwegischen Staat dabei zu helfen, den fremdartigen Organismus zu isolieren, ihn unschädlich zu machen und dafür zu sorgen, dass sich Fälle wie der am Südtor nicht wiederholen.«

»So steht es in der offiziellen Presseverlautbarung, richtig. Aber was ist unsere tatsächliche Motivation? Was wollen wir wirklich?«

»Genosse?«

»Wir wollen Macht, Viktor. Einfluss und Macht. Wir wollen unser geliebtes Vaterland stärken und es langfristig wieder zur Nummer eins in der Welt machen. Das hier, das alles ...«, er deutete um sich, »... dient nicht dazu, Norwegen zu helfen, sondern uns. Unserem Staat und damit auch uns selbst.

Wenn du das verstanden hast, wirst dir auch klarwerden, warum ich dich mit dieser neuen Aufgabe betrauen muss.« Fradkov zwinkerte ihm zu und nippte an seiner Tasse.

»Ich verstehe nicht ...«

»Der Begriff BTWC sagt dir etwas, oder? Die Bedrohung von Mensch und Umwelt durch biologische Kampfstoffe hat zu einem weltweiten Verbot dieser Waffen geführt. Die Biological and Toxin Weapons Convention von 1975 verbietet die Entwicklung und den Besitz aller biologischen Waffen.«

»Ist mir bekannt, ja ...«

»In den vergangenen zehn Jahren hat sich eine dramatische und rapide Veränderung in den Bio-Wissenschaften vollzogen. Eine Veränderung, die auch die Entwicklung von Biowaffen vereinfacht. Nun sind natürlich viele dieser angeblichen Weltverbesserer besorgt, dass die BTWC keinen Mechanismus vorsieht, um die Einhaltung der Konvention zu überprüfen. Stimmt auch, aber das muss man ja nicht unbedingt als Nachteil sehen.« Ein Lächeln zuckte um seine Mundwinkel. »Solange es da keine weiteren Reglementierungen gibt, ist es unsere Aufgabe, die Nase vorne zu haben. Wir müssen eine Technologie entwickeln, die uns die Vorreiterrolle sichert und verhindert, dass man unseren Forschungen einen Riegel vorschiebt. Das ist es, worum sich alles dreht. Ein Gegenmittel in den falschen Händen und zu diesem Zeitpunkt hätte fatale Folgen.«

»Gegenmittel?« Viktor hob die Brauen. »Soweit ich weiß, gibt es kein Gegenmittel. Die Nazis haben keines gefunden und wir auch nicht. Einmal infiziert, führt das Virus zum unmittelbaren Tod.«

»Nun ... das stimmt so nicht ganz.« In Fradkovs Augen war ein kurzes Flackern zu erkennen, das jedoch ebenso schnell verschwand, wie es gekommen war.

Viktor hatte diesen Ausdruck bei seinem Chef noch nie bemerkt, und er gab ihm zu denken. Was war das gewesen: Furcht?

»Ohne dich zu sehr mit Details zu langweilen, Viktor, aber wir glauben herausgefunden zu haben, dass das Virus nicht das primäre Ziel bei der Erschaffung dieser Waffe gewesen war. Es war vielmehr ein Abfallprodukt. Es wäre viel zu unsicher, und das wussten die Nazis. Waffen, die sich nicht kontrollieren lassen, sind eine Bedrohung sowohl für Feind als auch für Freund. Den tatsächlichen Plan beginnen wir erst jetzt und auch nur langsam zu verstehen. Aber glaub mir, Viktor, wir sind da etwas wirklich Großem auf der Spur. Und je weiter wir kommen, desto deutlicher wird, dass Hannah Peters der entscheidende Faktor in dieser Rechnung ist. Nicht nur, dass sie überlebt hat, sie hat den Infizierungsprozess vollkommen unbeschadet überstanden. Unsere Wissenschaftler halten es für möglich, dass ihr Körper eine Barriere gegen das eindringende Virus errichtet hat und ihre Körperzellen den Angreifer erfolgreich vernichten konnten. Wenn wir sie in die Finger bekämen, würde uns das einen enormen Schritt weiterbringen. Eine Probe ihrer Körperzellen, zusammen mit dem ursprünglichen Erreger, und wir würden dem Geheimnis endlich ein gutes Stück näher kommen.«

»Tut mir leid, Genosse, ich verstehe immer noch nicht, worauf Sie hinauswollen. Ich begreife auch nicht, was Sie von mir wollen ...«

»Alles zu seiner Zeit, Viktor. Alles zu seiner Zeit. Ich werde es dir erzählen, sobald wir sicher sind, dass die Spur richtig ist. Zuerst mal brauchen wir Frau Peters. Ihre Anwesenheit hier ist von absoluter Dringlichkeit, nicht nur, was die Entwicklung eines Gegenmittels betrifft, sondern auch für die Entschlüsselung der letzten Geheimnisse.« Er ließ seine Fingerknöchel knacken. »Nun war uns ihr Aufenthaltsort lange Zeit unbekannt. Oslo hieß es zuletzt, doch die Spur war erkaltet. Offenbar hatte Hannah Peters das Land verlassen und war nicht mehr auffindbar. Aber, wie es scheint, hat der liebe Gott es gut mit uns gemeint.«

»Was soll das heißen?«

»Wir wissen, wo sie ist. Und du sollst sie für uns holen.«

Viktor stutzte. Er benötigte einen Moment, um die Tragweite dieser Forderung zu erfassen. »Eine Entführung?«, platzte er heraus. »Sind Sie noch bei Trost? Hannah Peters ist nicht gerade eine Unbekannte. Über sie stand bereits einiges in der Presse zu lesen. Und auch im Fernsehen war sie zu sehen. Wissen Sie, was das für einen Aufschrei gibt, wenn bekannt wird, dass wir Leute entführen, um sie als biologisches Ersatzteillager zu missbrauchen?«

»Dir wird schon was einfallen. Lass sie verschwinden oder es wie einen Unfall aussehen, was auch immer. Ich weiß, dass du das kannst. Immerhin ist das der Grund, warum ich dich mitgenommen habe.« Fradkov richtete sich auf. »Du bist ein Teil von mir, mein verlängerter Arm. Wenn ich mich auf dich nicht verlassen kann, auf wen dann? Und jetzt geh und hol mir diese Frau.«

Viktor presste die Lippen zusammen. Sein Instinkt hatte

ihn nicht getrogen. Die Sache fing an, schmutzig zu werden.

»Und wo soll ich nach ihr suchen? Sie sagten, Sie hätten sie gefunden.«

»In der Tat.« Fradkovs Lächeln wurde breiter. »Sie ist hier. Hier auf Spitzbergen.«

Viktor verengte seine Augen. »Das ist ein Scherz, oder?«

»Keineswegs. Sie befindet sich momentan in Longyearbyen in einer Pension.«

»Aber wie ... ich meine wieso ...?«

»Darüber habe ich mir auch schon den Kopf zerbrochen, aber ohne mit ihr gesprochen zu haben, werden wir diese Frage nicht beantworten können. Sie hat sich unter falschem Namen in der Pension Polarrigg einquartiert. Offenbar ist sie nicht allein. Sie wird von mindestens zwei Männern begleitet, einer von ihnen ist ihr Lebensgefährte.« Fradkov zog einige Bilder aus der Schublade und breitete sie vor Viktor auf dem Tisch aus. Es waren Fotos, die mit einem Smartphone oder einer sonstigen Kleinkamera geschossen worden waren.

»Eine Kontaktperson in der Stadt hat sie zweifelsfrei identifiziert. Hannah Peters, John Evans und ein großgewachsener Südländer. Italiener vielleicht oder Spanier.« Fradkov tippte mit den Fingern auf die entsprechenden Bilder. »Wir überprüfen gerade unsere Datenbanken. Es könnte sein, dass auch ein Asiate mit von der Partie ist, doch von ihm haben wir leider kein brauchbares Foto, weil er ständig in einem aufgeplusterten Thermoanzug herumläuft. Offenbar sind alle unter falschem Namen eingereist.«

Viktor pfiff zwischen den Zähnen. »Vier falsche Pässe, das kostet eine Stange Geld.«

Fradkov nickte. »Die Frage ist: Was wollen die hier? Stehen sie in eigener Verantwortung oder arbeiten sie im Auftrag von jemandem? Und warum diese Tarnung? Ich muss das wissen, Viktor. Begreifst du jetzt, warum ich dich für diesen Einsatz brauche und nicht irgendeinen Adjutanten?«

Viktor nickte. Widerwillig.

»Ich werde mich um die Angelegenheit kümmern. Wie soll ich mit ihren Begleitern verfahren?«

»Nach eigenem Ermessen. Die Frau hat Priorität. Sollten die anderen Probleme machen – na ja, du weißt ja, was du zu tun hast.«

30

Der Morgen empfing Hannah mit Dunkelheit und klirrender Kälte. Vermutlich war der Unterschied zu gestern Abend nicht mal großartig messbar, aber sie hatte trotzdem das Gefühl, dass die Temperaturen über Nacht noch einmal gefallen waren. Wer sich nach der Wärme seines Bettes zurücksehnte, dem kam die ganze Welt kalt und unbehaglich vor. Ein scharfer Wind trieb Schneeflocken an den Straßenlaternen vorbei und ließ kleine Wirbel am Boden entstehen.

Außer ihr war noch niemand unterwegs.

Hannah zog die Kapuze zu, schulterte ihre Tasche und machte sich auf den Weg zu Arkadijs Haus. Die Lichter vom *Polarrigg* fielen hinter ihr zurück, als sie nach links abbog und mit knarrenden Schritten der Hauptstraße in östlicher Richtung folgte.

Nicht weit, und sie erblickte die Lichter eines einsamen Hauses zu ihrer Rechten. Unbeirrt hielt sie darauf zu. Hundejaulen drang an ihr Ohr. Der Wind trieb ihr einen zarten Anflug von Urin in die Nase. Das musste es sein.

Das Gebell kam von der Rückseite des Hauses. Sie umrundete das Gebäude und traf auf einen Maschendrahtzaun, der ein Gelände von etwa hundert Quadratmetern umspannte. Acht bis zehn Hundeboxen standen dort, die untereinander noch einmal durch Zäune getrennt waren. Ilka war bereits da und half Arkadij beim Beladen der Schlitten. Hannah hob ihre Hand.

»Hallo, ihr zwei, alles klar bei euch?«

Arkadij drehte sich um und begrüßte sie mit einem breiten Lächeln. »*Dobraye utra!* Guten Morgen, mein Schatz. Gut geschlafen?« Er war heute viel besser gelaunt als gestern Abend.

»Sehr gut, danke. Sind die anderen noch nicht da?«

»Bislang noch nicht.«

»Kann ich euch helfen?«

»Aber klar. Komm her, ich stell dich deinen Hunden vor, dann kannst du dich gleich mit ihnen anfreunden.« Mit schweren Schritten umrundete er das Gatter, zog einen Schlüssel aus der Hosentasche und öffnete einen der Zwinger.

Arkadij sah heute so ganz anders aus. Groß, stämmig, voller Kraft und Energie. Genau wie seine Hunde.

»Komm her, *prekrasnaya zhenshchina*. Hab keine Angst, sie tun nichts. Du musst ihnen in die Augen sehen und mit fester Stimme zu ihnen sprechen. Sie müssen dich als Boss akzeptieren, kapiert?«

»Ich denke schon, ja.«

»Gut. Siehst du den da drüben, mit dem schwarzen Fleck auf dem Kopf? Das ist Boris. Den musst du in die Schranken weisen, er ist der Leitrüde. Wenn er dir folgt, folgen dir die anderen auch. Am besten, du gehst jetzt rein und gibst ihnen etwas zu fressen. Hier ist ein Eimer mit frisch geschlachteter Robbe. Verteil sie unter den Tieren. Jeder bekommt ein Stück. Und fang mit Boris an; er wird sehr eifersüchtig, wenn die anderen vor ihm dran sind. Sollte es Schwierigkeiten geben, einfach rufen, ich bin drüben bei Ilka.«

»Was für eine Rasse ist das?«, fragte sie, in der Hoffnung, etwas Zeit schinden zu können. Sie musste sich erst noch an den Gedanken gewöhnen, mit diesen beeindruckend großen Tieren im selben Zwinger zu sein. »Gibt es irgendetwas, was ich beachten muss?«

»Eigentlich nicht«, sagte Arkadij. »Das sind Alaskan Malamute. Sie sind Fremden gegenüber sehr aufgeschlossen, neigen aber zur Sturheit und Dickköpfigkeit. Du brauchst eine feste Hand bei ihnen. Keine guten Wachhunde, wie ich zugeben muss, aber treu und sehr kräftig. Du wirst sie mögen. Ich sage immer: Wer mit Hunden umgehen kann, der weiß, wie der Schwanz der Welt wedelt.« Er lachte herzlich.

Hannah warf Boris einen skeptischen Blick zu. Das Vieh erschien ihr riesig. Mit einer Schulterhöhe von gut sechzig Zentimetern war er einer der größten Schlittenhunde, die Hannah je gesehen hatte. Regungslos stand er da und beobachtete, wie sie den Zwinger betrat. Kaum hatte sie die Tür geschlossen, stürmte er auf sie zu, sprang an ihr hoch und schlug ihr die Tatzen auf die Schultern. Mit Gekläffe und Gejaule kamen jetzt auch die anderen herbei und verhielten sich ebenso ungestüm wie ihr Anführer. Hannah, überrumpelt von so viel Energie und Lebensfreude, wusste nicht, wie ihr geschah. Eine Zeitlang ließ sie die stürmische Begrüßung über sich ergehen, doch dann bekam sie eine der mächtigen Pfoten ins Gesicht. Der Gestank von Fell und Hundeatem hüllte sie ein. Sie konnte sich kaum noch auf den Beinen halten und spürte, dass ihr die Situation zu entgleiten drohte.

Wütend und auch ein wenig verzweifelt stellte sie den Eimer auf die Erde und brüllte: »Schluss jetzt. Aus! Macht, dass ihr wegkommt. Platz!« Sie packte Boris am Halsband und sah ihm fest in die Augen. »Aus, habe ich gesagt. Hinsetzen, und zwar ein bisschen plötzlich.«

Die Verblüffung war Boris ins Gesicht geschrieben. Damit hatte er wohl nicht gerechnet. Er ging ein paar Schritte zurück, sah Hannah mit heraushängender Zunge an und wedelte dann fröhlich mit dem Schwanz. Wie auf ein geheimes Zeichen ließen die anderen Hunde von ihr ab. Manche hockten sich auf die Hinterläufe, andere legten sich auf den Bauch, wieder andere umkreisten sie, wobei sie quietschende und japsende Laute ausstießen. Hannah blies eine Haarsträhne aus ihrem Gesicht und fing an, die Fleischstücke zu verteilen. Boris zuerst, dann die anderen. Und immer der Größe nach. Jeder bekam ein Stück, so lange, bis der Eimer leer war. Schließlich waren alle Hunde mit Fressen beschäftigt. Hannah ging zu jedem einzelnen, kraulte ihm den Rücken und die Ohren und redete beruhigend auf ihn ein. Der Kontakt war hergestellt, alles andere musste warten. Als sie die Zwingertür öffnete, spürte sie, wie ihr die Knie zitterten.

Inzwischen war auch der Rest der Gruppe eingetroffen. Hiroki stand am Gatter und sah ihr bewundernd zu.

»Gut gemacht, Hannah«, sagte er und lachte. »Eine Weile dachte ich, sie würden dich als Vorspeise vernaschen, aber du hast es den Jungs gezeigt. Respekt. Gut, dass ich nicht da reinmuss.«

»Freu dich nicht zu früh, mein kleiner asiatischer Freund«, sagte Arkadij und drückte Hiroki einen zweiten Eimer in die Hand. »Bei uns muss jeder ran. Das da drüben ist dein Zwinger. Viel Spaß beim Füttern.«

Das Lächeln des Japaners verschwand.

Eine knappe Stunde später waren die Vorbereitungen abgeschlossen. Die Schlitten – einer für jeden, plus ein separater Lastschlitten – standen bereit. Das Anschirren der Hunde konnte beginnen. Arkadij erläuterte ihnen in kurzen Worten die Grundlagen.

»Eure Schlitten werden mit jeweils acht Hunden bespannt«, sagte er. »Da es hier auf Spitzbergen sehr lange sehr dunkel ist und ihr mit dem Führungshund ständig in Blickkontakt sein müsst, haben wir relativ kurze Gespanne. Vier rechts, vier links, wobei der vordere *Leader* genannt wird und der hintere *Wheeler*. Alle anderen Hunde heißen *Swinger*.

Der Leader ist das wichtigste Tier, den müsst ihr im Auge behalten. Er ist dafür zuständig, sich mit euch – dem *Musher* – zu verständigen und eure Befehle umzusetzen«

»Woher kommt der Ausdruck?«, fragte Roberto. »Das Wort habe ich noch nie gehört.«

»Von *mushing* – marschieren«, entgegnete Arkadij. »Denn wir werden marschieren müssen, wenn die Hunde den Schlitten nicht mehr ziehen können. Das ist an Steigungen der Fall oder wenn der Schlitten im Tiefschnee einsinkt. Ihr müsst dann mit einem Bein pedalen, während das andere auf der Kufe steht. Ich werde euch das bei Gelegenheit zeigen. Funktioniert auch nicht immer. Dann müsst ihr zwischen den Kufen laufen und den Schlitten anschieben.« Er sah sie ernst an. »Ein Wort der Warnung: Bindet euch nie am Schlitten fest. Ehrlich, ich mache da keinen Spaß. Wenn ihr runterfallt, müsst ihr eben zu Fuß laufen. Aber das ist allemal besser, als mitgeschleift zu werden. Wenn ihr euch verletzt – und das passiert schnell –, wird alles nur noch schlimmer. Eure Kräfte lassen nach, und ihr werdet einen raschen Erfrierungstod sterben. Besser ihr seid bei Kräften, selbst wenn euch dabei der Schlitten abhandenkommt.«

»Und wie fährt man so ein Ding?«, fragte Hiroki. »Ich weiß ja nicht, wie es den anderen geht, aber ich habe noch nie auf so etwas gestanden.«

»Das erklär ich euch, wenn wir unterwegs sind.« Arkadij ließ einen Goldzahn aufblitzen. »Ist kein Hexenwerk. Bisher hat das noch jeder bei mir gelernt. Gibt's sonst noch Fragen?« Er blickte in die Runde. »Keine? Gut, später habt ihr noch genug Zeit, euch alles erklären zu lassen. Das Gelände ist im ersten Abschnitt steil und bergig, wird aber später, wenn wir in östlicher Richtung über das Eis fahren, eben. Meine Hütte liegt drüben auf Nordostland, das ist ein ganz schönes Stück. Wir werden mindestens eine Übernachtung einlegen, aber das dürfte kein Problem sein. Zelte sind vorhanden, und eure Ausrüstung ist von guter Qualität. Ich habe mich vorhin selbst davon überzeugt. Schweineteuer zwar, aber gut. Kommen wir also zum wichtigsten Teil: dem Anschirren. Wollen wir die Hunde holen? Ich finde, sie haben jetzt lange genug gewartet.« Ohne ihre Antwort abzuwarten, ging er zum ersten Zwinger, öffnete die Tür und ließ die Hunde raus.

Es dauerte nicht lange, und die Tiere standen angeschirrt und abfahrbereit vor ihren Schlitten. Ihre Ungeduld und ihre Freude waren körperlich spürbar. Sie japsten und bellten, und wenn sie glaubten, ein Zeichen erkannt zu haben, schossen sie sofort ein paar Schritte vor.

Hiroki war sichtlich überfordert. Die Hunde spürten instinktiv, dass er das schwächste Glied in der Kette war, und trieben ihre Spielchen mit ihm. Sie zwickten ihn und kläfften, und wenn er sich dem Schlitten näherte, sausten sie sofort ein Stück vorwärts. Sein Schreien, Rennen, Fluchen und Jammern war genauso sinnlos wie sein Versuch, die Hunde mit japanischen Standpauken zur Räson zu bringen. Das mochte vielleicht bei einheimischen Kindern funktionieren, hier war es einfach nur sinnlos. Er war wirklich zu bedauern, allerdings bot er einen verdammt komischen Anblick. Ilka bekam sich gar nicht mehr ein, und auch Hannah musste sich das Grinsen verkneifen. Als er über seine eigenen Füße stolperte und mit dem Gesicht voraus im Schnee landete, hatte Arkadij ein Einsehen. Er stieß zwei kurze Befehle aus, danach herrschte Ruhe. Hiroki konnte endlich auf seinen Schlitten steigen.

Er bot ein Bild des Jammers. Mit hängenden Schultern und gesenktem Kopf stand er auf seinem Schlitten und klammerte sich fröstelnd am Handlauf fest.

»Ich hasse Hunde«, murmelte er, gerade laut genug, dass Arkadij ihn nicht hören konnte. »Ich hasse Schlitten und ich hasse den Winter. Warum habe ich mich bloß darauf eingelassen?«

»Hör auf zu nörgeln«, sagte Roberto. »Halt dich einfach fest und denk an das Geld und daran, was sich damit alles anstellen lässt. Hast du schon eine Ahnung, was du machen wirst, wenn du wieder daheim bist?«

Hiroki überlegte eine Weile, dann nickte er.

»Allerdings. Als Erstes werde ich mir eine Sauna kaufen.«

31

Die Nacht umhüllte sie, als sie wie der Wind über das Eis schossen. Eine Decke aus schwarzem Samt, verziert und durchwirkt mit tausenderlei Diamanten, wölbte sich über ihren Köpfen. Die Milchstraße sah aus, als könnte man auf ihr laufen.

Hannah war wie berauscht. Nicht in ihrer kühnsten Phantasie hätte sie sich ausgemalt, welche Wirkung die arktische Nacht auf sie haben könnte. Es war, als würde ihre Seele von einer stillen Kraft berührt werden. Von einer Erinnerung, die unter Jahrhunderten menschlicher Kultur und Zivilisation verschüttet lag. Selbst in der Wüste hatte sie so etwas nicht empfunden, von nächtlichen Himmeln in tropischen Gebieten oder westlichen Breiten ganz zu schweigen. Dort, wo Wärme, Luftfeuchtigkeit, Umwelteinflüsse und störende Lichtquellen das Erlebnis trübten, war es unmöglich, diese Klarheit zu erleben; sie ließ die Luft zu Glas werden und in einem Meer aus Edelsteinen baden.

Und als wäre das nicht schon berauschend genug, zuckte plötzlich ein roter Schleier über das Firmament. Wie eine Sinnestäuschung tauchte er auf und verschwand wieder, nur um von einem weiteren, heftigeren Schub kosmischer Energie abgelöst zu werden. Sie verwandelte das Himmelszelt in eine Kathedrale aus Licht und Farben.

Nordlichter. Hannahs erste!

»He, Leute, habt ihr das gesehen?« Arkadij hatte sich zu

ihnen umgedreht und deutete nach oben. »Ihr dürft euch etwas wünschen.«

»Dann wünsche ich mir, dass noch ein paar Nordlichter übrig sind, wenn wir draußen bei deiner Hütte ankommen«, rief John. »Schließlich sind wir nicht zuletzt deswegen hier.«

»Mehr als genug«, entgegnete Arkadij. »Es ist ein gutes Jahr für die *Aurora borealis*. Viel Sonnenaktivität.«

Hannah blickte auf die violette Schlange, die gerade ihre Haut abstreifte. Was darunter zum Vorschein kam, leuchtete in einem kräftigen Technicolorgrün.

»Ohhh!«, stieß Roberto aus. »Phantastisch, ich kannte sie bislang nur aus Filmen, aber in Wirklichkeit sind sie ja noch viel schöner.«

Hannah musste ihm beipflichten. Es war ein überwältigender Anblick. Völlig verzaubert starrten sie in den Himmel, während die Hunde sie leise klingelnd über das Eis zogen.

Das Land um sie herum war wild und hügelig. Sie waren jetzt seit drei Stunden unterwegs und so langsam begannen sie, sich an die fremde Fortbewegungsart zu gewöhnen. Arkadij hatte recht gehabt: es dauerte seine Zeit.

Der Leithund, der sogenannte *Leader*, folgte dem Trail weitgehend selbständig. Er verfügte über einen phantastischen Orientierungssinn und ein gutes Erinnerungsvermögen – die wichtigsten Merkmale guter Leithunde. Die *Wheeler* hingegen waren jung und kräftig und wurden vorn am Schlitten eingespannt, weil sich ihre Zugkraft dort am besten übertrug.

Das Wichtigste an einem Hundeschlitten war, dass das Gespann gut harmonierte. Insbesondere der Leader und der Musher mussten eng zusammenarbeiten. Damit die Kommunikation klappte, gab es ein paar einfache Befehle. Da ist zuerst mal das *Go*, das aber angesichts der Lauffreude dieser Hunde eigentlich überflüssig war. Dann gab es das *Gee* – Abbiegen nach rechts, *Haw* – Abbiegen nach links, *Come Gee* – eine volle Wende über rechts, *Come Haw* – Wende über links, *Easy* – Tempo verringern, zum Beispiel beim Abwärtsfahren, und das *Whuuuu* – was so viel bedeutete wie Anhalten. Die Hunde reagierten so gut auf diese Befehle, dass man besser gut vorbereitet war und sich festhielt, um nicht vom Schlitten zu fliegen.

Die Schlitten selbst bestanden aus einer Stahlrohr- und Holzkonstruktion, die durch Nylonbänder zusammengehalten wurde und sehr flexibel war. Über Gewichtsverlagerungen konnte man die Kurvenfahrt beeinflussen und die Spannung der Leinen über die Bremsen. Überhaupt musste die Bremse die ganze Zeit über ein bisschen getreten werden, weil sonst die Gefahr bestand, dass der Schlitten bei Talfahrten den Wheelern in die Hacken fuhr. Die Schlitten wurden gänzlich ohne Zügel oder Peitschen gefahren und die Hunde ausschließlich über Kommandos gelenkt, was der Sache eine ungeheure Leichtigkeit und Natürlichkeit verlieh. Sosehr Hannah auch spürte, wie ihre Kräfte zu erlahmen begannen, nie hätte sie auch nur für einen Moment auf dieses Erlebnis verzichten mögen.

Trotzdem kam irgendwann der Punkt, an dem sie sich nach einer Pause sehnte.

»Wann machen wir denn mal Rast?«, rief sie nach vorne. »Mir ist kalt, und ich müsste auch mal.«

»Müsste? *Was?*«, fragte Arkadij, dem die Gurkerei nichts auszumachen schien.

Doch dann sah er Hannah an und lachte. »Ach so, das.« Er überlegte kurz, dann rief er: »Hältst du es noch ein bisschen aus? In einer halben Stunde erreichen wir eine geschützte Stelle. Da wollte ich ohnehin Pause machen.«

»Einverstanden.« Hannah biss die Zähne zusammen. Eine halbe Stunde würde noch drin sein, wenn auch knapp.

»Na, dann weiter. Übrigens, ich muss euch ein großes Lob aussprechen. Ihr haltet euch sehr wacker. Wir kommen gut voran. Nur noch ein paar Stunden, dann haben wir die erste Etappe hinter uns.«

Erste Etappe? Trotz Arkadijs Andeutung hatte sie nicht gewusst, dass es so weit war. Sie klammerte sich an den Haltegriff und fuhr fort, Pedalbewegungen zu machen.

Eine halbe Stunde später hielten sie an. Arkadij stieg ab und begann damit, die Schlitten mittels Schneeanker am Boden zu verzurren. »Wir haben Glück mit dem Wetter«, rief er. »Die nächsten Schneefälle sind erst für morgen angekündigt. Bis dahin dürften wir die Hütte erreicht haben. Wir machen jetzt eine halbe Stunde Pause. Vertretet euch die Beine, esst etwas und tut, was ihr sonst so tun müsst. Je weiter wir heute noch kommen, desto besser.«

Hannah schaute in die Runde. Die Stelle lag geschützt zwischen zwei steil aufragenden Hängen und formte gleichsam die schmalste Stelle eines langgezogenen Tals, dem sie von Longyearbyen aus unablässig in östlicher Richtung gefolgt waren. Sie trat von einem Bein aufs andere. Sie hielt es jetzt wirklich keinen Moment länger aus. Aber wie sollte sie es anstellen? Sollte sie wirklich hier, vor allen Leuten ...?

Ilka schien ihre Nöte zu bemerken. »Ich muss auch«, sagte sie. »Komm, Hannah, wir suchen uns eine geschützte Stelle. Die Männer können ja in der Zwischenzeit ein kleines Picknick für uns herrichten.«

»Entfernt euch nicht zu weit«, sagte Arkadij. »Und hier ...« Er drückte Ilka ein Gewehr in die Hand. »Eisbären haben eine verdammt feine Nase. Sollte sich hier irgendwo einer herumtreiben, ist es besser, wenn ihr bewaffnet seid.« Er sah die Dänin prüfend an. »Weißt du, wie man damit umgeht?«

»Klar.« Ilka prüfte das Magazin, zog den Repetierhebel zurück und lud eine Patrone in den Lauf. »Gehen wir.«

Hannah nickte dankbar und stapfte rechts den Hang hinauf. Etwas oberhalb hatte sie zwei mannsgroße Erhebungen gesehen, die ihnen ausreichend Sichtschutz boten.

»Wo hast du gelernt, mit der Waffe umzugehen?«, fragte sie keuchend. »Ich dachte, du seist Bergsteigerin.«

»Das eine schließt das andere ja nicht aus«, entgegnete Ilka. »Ich habe einige Zeit im Iran Bergtouren geleitet. Am *Damāvand*, wo wir es des Öfteren mit Wölfen zu tun hatten. Ohne Gewehre bist du da aufgeschmissen.«

»Habt ihr euch dort kennengelernt, John und du, meine ich?«

Ilka nickte. »Wir waren mal ein Paar. Nicht sehr lange und für ihn wahrscheinlich kaum mehr als eine Affäre, aber für mich war es eine sehr intensive Zeit. Hat er dir nie von uns erzählt?«

»Nicht dass ich wüsste, nein«, sagte Hannah, die von Ilkas Direktheit überrumpelt war.

»Typisch John«, sagte Ilka mit einem wissenden Lächeln. »Er war schon immer ein Geheimniskrämer. Dass ihr zwei jetzt zusammen seid, hat er mir auch erst auf dem Flug nach Oslo erzählt. Glaub mir, es hat mich eine Menge Fragen und einige Schnäpse gekostet, um überhaupt etwas aus ihm herauszubekommen. Doch was ich dann erfahren habe, klang sehr interessant.« Sie grinste in der Dunkelheit.

Hannah hätte zu gerne gewusst, von welchen Details Ilka da redete, doch jetzt waren andere Dinge wichtiger. Sie musste mit der umständlichen Prozedur beginnen, sich aus ihrem Schneeanzug zu schälen. Warum zum Geier gab es bei diesen Anzügen keinen Notfallbeutel, wie etwa bei Astronauten? Und warum hatte sie heute Morgen bloß so viel Kaffee getrunken?

Erst der Gürtel, dann der Reißverschluss, immer eins nach dem anderen.

Sofort drang ein Schwall arktischer Luft in ihren Anzug und entriss ihr sämtliche Wärme. Es fühlte sich an wie ein Sprung ins kalte Wasser. Hannah hielt den Atem an.

Was dann folgte, war ungleich schwieriger. Sie musste sich durch zwei Schichten Funktionsunterwäsche wühlen und dann eine Stelle finden, an der sie Platz nehmen konnte, ohne umzukippen. Gott sei Dank war es dunkel. Sie bot sicher einen äußerst peinlichen Anblick.

Die Luft brannte wie kalter Stahl auf ihrer Haut. Als sie fertig war, konnte sie es kaum erwarten, endlich wieder alles einzupacken und den Reißverschluss zu schließen. Erleichtert atmete sie auf. »Fertig«, sagte sie. »Du bist dran.«

Ilka drückte ihr das Gewehr in die Hand.

Fünf Minuten später waren sie auf dem Rückweg. Hannah ging das kurze Gespräch mit Ilka durch den Kopf. Sie hätte zu gern einige Fragen gestellt, wusste aber nicht, wie sie es anstellen sollte. Hatte John ihr von der Schwangerschaft erzählt? So indiskret würde er doch nicht sein, oder doch? Er und Ilka schienen sich früher sehr nahegestanden zu haben. Die Art, wie sie miteinander sprachen, wie sie zusammen scherzten und lachten – es war eine Vertrautheit zwischen ihnen, um die Hannah sie beneidete. John und sie liebten einander zwar, doch es war eine distanzierte Liebe. Mehr so eine Art verzweifeltes Begehren, ohne dass man dem anderen dabei jemals wirklich nahekam. Hannah hätte das gerne geändert, aber irgendwie schien immer etwas dazwischenzukommen. Es tat weh, zu sehen, wie gut er sich mit Ilka verstand. Sie hatte einen guten Instinkt für Menschen und sie fühlte, dass Ilka immer noch etwas für John empfand.

Unten bei den Schlitten brannte Licht. Arkadij hatte eine Gaslaterne entzündet und schenkte gerade heiße Suppe aus.

»Was hältst du von unserem Führer?«, fragte Ilka, während sie den Hang hinunterrutschten. »Anfangs hatte ich so meine Zweifel, aber inzwischen habe ich ein anderes Bild von ihm. Ich glaube, er weiß, was er tut, und im Umgang mit seinen Hunden ist er richtig liebevoll. Ich glaube ihm, wenn er sagt, dass er etwas Unheimliches gesehen hat.«

Hannah überlegte eine Weile, dann sagte sie: »Es stimmt schon, er ist heute so ganz anders als gestern. Trotzdem nehme ich ihm die Sache mit dem Ungeheuer nicht ab. Es muss einen anderen Grund für das geben, was er gesehen hat, einen harmloseren. Vielleicht aber auch einen schwerwiegenderen.«

»Wie meinst du das?«

Hannah überlegte, wie sie es am besten sagen sollte. Sie wollte nicht paranoid rüberkommen, schon gar nicht vor Ilka, aber eine Sache ließ ihr doch keine Ruhe. Sie bereitete ihr viel Kopfzerbrechen, und sie hatten darüber noch gar nicht gesprochen.

»Die Station wird jetzt von Russen geleitet, oder?«
»Und?«
»Arkadij ist ebenfalls Russe.«

32
Longyearbyen ...

Es ging bereits auf 16 Uhr zu, als Edda das Kaufhaus verließ und mit wohlgefüllten Einkaufstaschen zu ihrer Pension zurückging. Das *Lompensenteret* war nicht nur der einzige Supermarkt am Ort, es war Café, Kiosk und Treckingstore in einem und verfügte darüber hinaus seit kurzem über eine Eismaschine. Unfassbar eigentlich, dass jemand in dieser Umgebung überhaupt auf den Gedanken kam, er könne mit Eis Geld verdienen, aber das Geschäft lief überraschend gut. Die Touristen kauften das Zeug eimerweise, und auch Edda konnte sich nicht von einer gewissen Sucht freisprechen. Dabei sollte sie dringend damit aufhören und lieber an ihrer Figur arbeiten, weswegen sie das Auto auch hatte stehen lassen und den knappen Kilometer zu Fuß ging.

Heute Abend würde sie ihren Gästen überbackenen Lachs mit Kartoffelgratin vorsetzen. Nicht unbedingt eine Diät, aber ein Gericht, das schnell gekocht war und das sich großer Beliebtheit erfreute.

Auf ihrem Weg nach Hause kam es immer wieder vor, dass sie einem bekannten Gesicht begegnete. Die meisten winkten ihr über die Lenkräder ihrer Autos hinweg zu, manche gaben auch einfach Lichthupe. Alle kannten und mochten Edda. Sie wohnte seit knapp zwanzig Jahren hier und gehörte mittlerweile zu den sogenannten Alteingesessenen. Sie verpasste kaum eine Ratsversammlung und half mit, wo immer sie gebraucht wurde, wie in der Kirchengemeinde oder bei Ortsfesten. In einem Ort wie diesem, wo jeder jeden kannte, war es wichtig, dass man sich nicht abgrenzte; die Leute hielten einen sonst schnell für sonderbar. So wie diesen Arkadij. Edda kannte ihn schon seit Urzeiten, war aber nie richtig an ihn herangekommen. Es hieß, er sei früher verheiratet gewesen, seine Frau wäre aber gestorben, und er hatte anschließend hier Zuflucht gesucht. Eigentlich ein ganz netter Kerl, wäre er nur nicht so ein Einsiedler. Und jetzt diese Geschichte mit dem Ungeheuer. Vielleicht nur ein verzweifelter Versuch, Aufmerksamkeit zu ergattern? Ein Hilfeschrei? Sie beschloss, ihn mal zum Essen einzuladen. Aber halt, er war ja gerade gar nicht da. Es hieß, er sei aufgebrochen, zusammen mit ein paar Touristen. Gertrud vom *Lompenseneteret* hatte das heute Morgen erwähnt, und zwar, als sie ihr die vier Brote eingepackt hatte. Na, dann eben, wenn er zurückkam.

Sie war so vertieft in ihre Gedanken, dass sie den schwarzen Van, der an ihr vorbeifuhr, erst bemerkte, als die feuerroten Bremslichter aufleuchteten und er etwa zehn Meter vor ihr am Straßenrand anhielt. Niemand stieg ein, niemand aus. Edda ging weiter, konnte aber nichts erkennen. Vielleicht Sören Gustafsson, der sie mitnehmen wollte. Das Fabrikat stimmte jedenfalls, nicht aber das Kennzeichen. Dies war ein Mietwagen von Sixt, unschwer zu erkennen an dem schwarz-gelben Aufkleber. In diesem Moment ging die Schiebetür auf, und ein Mann stieg aus. Er hatte eine Karte in der Hand. »Entschuldigen Sie, können Sie uns kurz helfen?«, rief er ihr zu und tippte dabei auf den Plan. »Wir suchen die Fischereibehörde.«

Edda blieb stehen und stellte die Einkaufstaschen auf die

Erde. »Da sind Sie hier aber völlig falsch«, erwiderte sie und blickte auf die Karte. Seltsam, das war gar nicht der Stadtplan von Longyearbyen. Sie wollte den Mann gerade darauf hinweisen, als ein zweiter Mann aus dem Wagen stieg und ihr von hinten einen feuchten Lappen ins Gesicht drückte. Sie spürte, wie ihr schwindelig wurde. Sie versuchte zu schreien, doch die scharfen Dämpfe schnitten ihr die Luft ab. Sie wurde in den Wagen gezerrt. Zappeln und Strampeln half nichts, denn der Kerl verfügte über Bärenkräfte. Sie sah noch, wie der andere mit der Karte schnell ihre Tüten aufhob und einstieg; dann wurde es schwarz um sie.

*

Viktor Primakov blickte auf die Uhr. Eine halbe Stunde schon. So viel hatte er ihr gar nicht verabreicht, doch die Frau schlief und schlief. Vornübergebeugt saß sie da und stieß dabei leise röchelnde Laute aus.

»Mach mir noch mal einen neuen Lappen, Oleg.«

Der Mann hielt das Tuch unter den Wasserhahn, wrang es aus und warf es zu Viktor hinüber. Blödes Weibsbild. Die Wirkung von Äther hielt normalerweise nicht so lange an, aber vielleicht hatte er es in der Hitze des Gefechts ein wenig zu gut gemeint. Vielleicht lag es aber auch einfach an der schlechten Verfassung der Frau. Sie war ziemlich fett.

Er ging zu ihr hinüber und drückte ihr den Lappen ins Genick. Diesmal erhielt er eine Reaktion. Ein Zucken durchlief ihren Körper, die Hände ballten sich zu Fäusten. Damit sie sich und andere nicht verletzen konnte, hatten sie ihre Unterarme mit Klebeband an den Armlehnen festgebunden. Er hob ihren Kopf an und presste den Lappen an ihre Stirn. In diesem Moment schlug sie die Augen auf.

»W... w...«

»Ich grüße Sie, Frau Björnsson. Mein Name ist Viktor Primakov. Ich habe sie hierherbringen lassen, weil ich ein paar Fragen an Sie habe.«

»W... w...«

»Ja, ich weiß. Sie möchten wissen, wer ich bin, wo wir hier sind und was ich von Ihnen will. Berechtigte Fragen, die ich Ihnen gern alle beantworten werde, sobald Sie die meinen beantwortet haben. Ich möchte, dass Sie sich eins ganz klar vor Augen führen: Sie können hier ganz schnell wieder hinausspazieren, unbehelligt und ohne einen Kratzer, oder Sie verlassen diesen Ort in Einzelteilen. Stück für Stück als Futter für die Eisbären. Niemand weiß, dass wir hier sind. Dieser Ort liegt abgelegen genug, dass uns hier niemand hören oder stören wird. Schreien ist also sinnlos. Was sagen Sie, werden Sie meine Fragen beantworten?«

»W... w...«

»Scheiße noch mal, was ist denn?« Viktor platzte der Kragen. Hatte die dumme Kuh einen Sprachfehler oder was?

»... W... Wasser.«

Er stutzte, dann schnippte er mit dem Finger. »Oleg.«

Sein Assistent füllte ein Glas und setzte es der Frau an die Lippen. In gierigen Schlucken trank sie das ganze Glas leer.

»Geht es wieder?«

Sie nickte. In ihren Augen leuchtete Furcht. Gut.

»Ihr Name ist Edda Björnsson?« Ein Nicken.

»Sie sind die Besitzerin der Pension Polarrigg?«

Wieder ein Nicken.

»Bitte beantworten Sie meine Fragen mit Ja oder Nein.«
»Ja.«
»Ist Ihnen eine Frau namens Hannah Peters bekannt?«
Ein kurzer Moment, dann ein Nicken. »Ja.«
»Wo und wann sind Sie sich begegnet?«
»Sie ... sie war Gast in unserer Pension. Das war vor ... lassen Sie mich überlegen ... vor gut einem Monat. Sie war eine Forscherin, glaube ich. Archäologin. Sie blieb auch bloß eine Nacht.«

Viktor schlang das nasse Handtuch um sein Handgelenk. Zumindest dieser Teil der Geschichte stimmte. Es waren zum betreffenden Zeitpunkt einige russische Besucher in der Pension, die er bereits befragt hatte. Sie konnten den Teil der Geschichte bestätigen.

»Wissen Sie, was mit Frau Peters geschehen ist, nachdem sie damals Ihr Hotel verlassen hatte?«

»Keine Ahnung. Ich glaube, sie wollte nach Nordostland aufbrechen. Die archäologische Grabung im Norden, erinnern Sie sich?« Sie kniff ihre Augen zusammen. »Gehören Sie zu der Truppe, die dort großräumig alles abgesperrt hat? Es gibt Gerüchte, Sie hätten dort unter dem Eis irgendwelche Ruinen gefunden ...«

»Ich stelle hier die Fragen. Haben Sie Frau Peters danach noch einmal wiedergesehen?«

Ein winziges Flackern in den Augen, kaum zu sehen. »Nein.«

Viktor holte aus und schlug ihr das feuchte Handtuch ins Gesicht. Es gab einen scharfen Knall, gefolgt von einem Schrei. Edda Björnssons rechte Gesichtshälfte färbte sich feuerrot.

»Ich wiederhole meine Frage noch einmal mit Bedacht: Haben Sie Frau Peters danach noch einmal wiedergesehen?«

Schluchzen, Wimmern, zusammengepresste Lippen. In den Augen blanke Furcht.

»Ich ...«

»Nun?«

»Ich kann nicht ...«

»Sie können was nicht?« Er hob seinen Arm, bereit zum Schlag.

»Ich hab's versprochen.«

»Versprochen? Dann haben Sie sie also doch wiedergesehen?«

Ein Wimmern. »Ja.«

Er ließ das Handtuch wieder sinken. »Erzählen Sie mir davon.«

»Sie war bei mir, allerdings unter anderem Namen.«

Viktor nickte. »Sie hat sich bei Ihnen unter dem Namen Halbeck einquartiert, richtig?«

»Woher ...?«

»Ich stelle die Fragen, schon vergessen? Frau Halbeck also. Hat sie Ihnen gesagt, warum sie den Namen gewechselt hat?«

»Nein, und ich habe sie nicht danach gefragt. Sie hat mir eine beträchtliche Menge Geld geboten, wenn ich den Mund halte. Und außerdem war sie nett. Nicht so wie Sie ...«

Viktor lächelte. »Fanden Sie das nicht merkwürdig?«

Edda schüttelte den Kopf. »Sie hatte bestimmt ihre Gründe. Ich wollte sie nicht verärgern.«

»Und der falsche Pass, ihr unerwartetes Wiederauftauchen, das plötzliche Verschwinden? Nichts daran war merkwürdig?«

»Wenn das merkwürdig ist, dann sind die Hälfte aller Bewohner in Longyearbyen merkwürdig. Ich meine, deswegen sind wir doch hier: damit jeder so leben kann, wie er will, und niemand blöde Fragen stellt.« Ein Feuer glomm in ihren Augen auf. Aha, die Trotzphase, Viktor kannte das. »Wie ich schon sagte, sie war nett, und ich wollte sie nicht verärgern. Und ich schätze mal, jeder von uns hat hier so seine kleinen Geheimnisse, oder?«

Viktor überlegte, ob er ihr noch mal eine mit dem Handtuch überziehen sollte, verwarf den Gedanken aber wieder. Immerhin redete sie jetzt, den Vorteil wollte er nicht gleich wieder verspielen. Jetzt, wo sie zum Kern seines Anliegens kamen, war ein gewisses Fingerspitzengefühl angebracht.

»Schön. Wir halten also fest, sie war da, und jetzt ist sie weg. Falls Sie sich fragen, woher ich das weiß, ich war so frei, einen Blick in Ihr Gästebuch zu werfen. Ausgecheckt heute Morgen um sechs. Hatte sie noch Frühstück?«

Edda schüttelte den Kopf. »Nur Kaffee.«

Viktor ging vor ihr auf die Knie und hielt sie mit seinem Blick gefangen. Sie versuchte, den Kopf wegzudrehen, aber er setzte seinen Daumen so hart an ihrer Kniescheibe an, dass sie vor Schmerz aufstöhnte.

»Sieh mich an, Edda.«

Sie tat es.

»Wo ist sie hin?«

»Woher soll ich das ...?«

Der Daumen fand die Stelle zwischen Knorpel und Gelenk und hebelte sanft dazwischen. Edda schrie.

»Pst, nicht so schnell antworten. Lass dir Zeit. Überlege gewissenhaft. Diese Antwort wird darüber entscheiden, ob ich dich gehen lasse oder nicht. Wir haben in Erfahrung gebracht, dass Frau Peters gestern Abend noch im Ort unterwegs war. Kannst du das bestätigen?«

Das Wimmern ließ sich mit viel Phantasie als *ja* deuten.

»Schön. Ich schätze mal, du weißt nicht zufällig, wohin sie gegangen ist und mit wem sie sich getroffen hat?«

Vehementes Kopfschütteln.

»Nein, das weißt du nicht. Woher auch? Du würdest es mir doch sagen, oder? Du würdest dich nicht trauen, mich noch einmal anzulügen, oder?«

Edda wusste nicht, was sie tun sollte, den Kopf schütteln oder nicken. Also tat sie beides, was ein bisschen seltsam aussah. Es war aber auch eine gemeine Frage.

»Na schön. Aber vorher, bevor sie ausgegangen ist, hat sie da noch mit dir über irgendetwas geredet?«

Ein kurzes Stirnrunzeln, dann ein Nicken. *Aha!*

Viktor verringerte den Druck seines Nagels. Edda schnappte nach Luft. »Und?«

»Ich hab ihr von dem Mann erzählt. Einem Schlittenhundführer, hier aus der Stadt. Er behauptete, ein seltsames Untier gesehen zu haben. Irgendein Monster, das angeblich Jagd auf Eisbären macht.«

»Ein Monster? Wo soll das gewesen sein?«

»Drüben, auf Nordostland. Er hat da eine Hütte, zu der er in den Sommermonaten immer wieder mal Touristen hinausführt. Hannah schien sich sehr für die Geschichte zu interessieren.«

»Und weiter?«

»Also wissen Sie, ich kann mich nicht mehr an alle Einzelheiten des Gesprächs erinnern. Es war beim Nachmittagskaffee, und ich musste zwischendurch die anderen Gäste bewirten. Außerdem glaubt diese Geschichte sowieso keiner. Dieser Arkadij ...« Sie brach ab.

»Arkadij *wer?*«

Hinter ihrer Stirn ratterte und arbeitete es. Viktor konnte sehen, dass der Groschen bei ihr gefallen war.

»Arkadij Lewtschenko. Man findet ihn regelmäßig im Kroa. Er lässt sich dort volllaufen. Möglich, dass Hannah gestern auch dort war. So, wie sie sich nach ihm erkundigt hat, ist das durchaus möglich. Ja, so muss es gewesen sein.« Ihr Gesicht hellte sich auf. »Und das passt dann auch zu dem, was ich heute Morgen gehört habe, dass Arkadij nämlich mit einer Gruppe Touristen zu seiner Hütte aufgebrochen ist. Wir haben uns alle ein bisschen gewundert, weil es ja gar nicht die Jahreszeit für so eine Tour ist, aber angeblich handelt es sich bei den Leuten um irgendein Filmteam, das Aufnahmen von Polarlichtern machen wollte. Das ist es. Hannah wird mit Arkadij unterwegs sein.« Sie lächelte. Es war ein erleichtertes Lächeln, bei dem eine einzelne Träne die Wange hinunterrollte. »War es das, was Sie wissen wollten? Sind Sie jetzt zufrieden?«

Viktor ließ seine Hände auf ihre Schenkel klatschen und stand auf. »Oh, ja, sehr zufrieden. Das war genau, was ich wissen wollte.«

»Dann darf ich jetzt gehen?«

»Aber ja.« Er winkte Oleg zu sich und ging mit ihm in Richtung Tür. So leise, dass Edda ihn nicht verstehen konnte, raunte er ihm zu: »Mach hier Klarschiff, ich werde ein paar Erkundigungen über diesen Arkadij einziehen. Wo er wohnt, wo seine Hütte ist und so weiter.«

»Und sie?« Oleg deutete in Eddas Richtung.

Viktor überlegte kurz. Er hasste es, diese Entscheidung treffen zu müssen, aber er durfte kein Risiko eingehen. Er konnte Edda Björnsson unmöglich laufen lassen. »Lass sie verschwinden. Sieh zu, dass du keine Spuren hinterlässt. Ich verlasse mich auf dich. Du findest mich dann nachher im Kroa.« Mit einem letzten Blick auf Edda fügte er hinzu: »Lass sie nicht leiden. Kurz und schmerzlos, verstanden?«

»Verstanden, Herr Major.«

33

Sie hatten das Festland verlassen und fuhren jetzt über offenes Eis. Um sie herum erstreckte sich eine endlose Ebene, die im Licht des Mondes wie ein Salzsee wirkte. Das Mondlicht erzeugte eine eigenartige Stimmung, die Hannah an einen Traum erinnerte, den sie vor vielen Jahren einmal gehabt hatte. Damals, in der Wüste, hatte sie geträumt, die Dünen und der Sand bestünden aus Eis, über die sie einfach hinweggleiten könne. Jetzt, nach all den Jahren, war der Traum doch noch Wirklichkeit geworden. Nur mit dem Unterschied, dass nicht sie selbst es war, die für Bewegung sorgte, sondern ihre Hunde.

Unablässig, wie von einer niemals enden wollenden Kraft beflügelt, zogen die Malamuts die Schlitten über das Eis.

Sie fuhren jetzt beinahe nebeneinander. John ganz außen, dann Ilka, Roberto, Hannah, Hiroki und Arkadij.

Storfjord, oder *Großer Fjord*, wie es in den Übersetzungen hieß, war der Name einer Meerenge im Südosten, die die Hauptinsel Spitzbergen von den kleineren Inseln Edgeøya und Barentsøya trennte. Hannah hatte gelesen, dass der schmale Meeresarm selbst im Sommer voller Eisschollen war, was die Navigation für Schiffe schwierig und gefährlich machte. Die Ufer waren unbesiedelt, so dass es nicht weiter verwunderte, dass sie keinerlei Lichter in der Dunkelheit sahen. Hier gab es nur sie, die Sterne, den Mond und die eiskalte Unendlichkeit um sie herum.

Vor ihnen verjüngte sich der Fjord und machte einen leichten Knick nach rechts. Arkadij hatte vor, ein Nachtlager aufzuschlagen, sobald sie die Meerenge zwischen Barentsøya und *Olaf V Land* passiert hatten.

Hannah sehnte diesen Moment herbei. Obwohl sie selbst kaum etwas anderes tat, als auf dem Schlitten zu stehen und sich ziehen zu lassen, fühlte sie sich wie gerädert. Sie wollte nichts weiter als essen, trinken und schlafen.

Den anderen schien es ähnlich zu gehen. Schon seit über einer Stunde war kein einziges Wort mehr gefallen. Jeder focht seinen eigenen, stillen Kampf mit sich, mit der Kälte, den Elementen und den eigenen trüben Gedanken.

Es war kurz vor Erreichen der Meerenge, als sie das Geräusch zum ersten Mal hörten. Ein dumpfes Brummen, das sich langsam, aber beharrlich zu einem Klopfen steigerte.

»Was ist denn das?« fragte Hiroki.

»Ein Hubschrauber«, lautete Johns knappe Antwort. »Da drüben, über dem Festland, seht ihr?« Er deutete in Richtung Westen. Ein heller Lichtfinger zuckte durch die Nacht.

»Scheint auf dem Weg nach Nordostland zu sein, genau wie wir.«

»Vielleicht die Russen?« Hannah blickte zu Arkadij hinüber. Der Hundetreiber sagte nichts, stand nur da und beobachtete den Hubschrauber.

»Ziemlich sicher die Russen«, entgegnete John. »Wer sonst würde um diese Uhrzeit noch so weit rausfliegen?«

Hannah blickte auf ihre Uhr und drückte den Beleuchtungsknopf. 21:33 Uhr. Bis sie die Zelte aufgebaut, die Hunde gefüttert und selbst etwas gegessen hatten, würde es 23:00 Uhr werden. Sie gähnte.

»Da stimmt was nicht«, meinte Arkadij. »Die suchen etwas. Oder jemanden.«

»Wie kommst du darauf?«, fragte John.

»Ich kenne die Flugroute. Sie verläuft weiter nördlich, entlang der Newtonspitze in Richtung Barentsburg. So weit im Süden habe ich noch nie einen Hubschrauber gesehen. Außerdem ist er langsam. Seht ihr, jetzt hat er gewendet und fliegt ein Stück zurück. Na ja, nicht unser Bier. Machen wir, dass wir weiterkommen.«

»Du scheinst deine Landsleute nicht sehr zu mögen, oder?«, fragte Ilka.

»Merkt man mir das an?« Arkadijs bärtiges Gesicht verzog sich zu einem schiefen Grinsen. »Na ja, sosehr ich die Menschen in Russland mag – jedenfalls die meisten –, sowenig mag ich diese Truppe da drüben. Seit sie hier eingetroffen sind, machen sie nichts als Scherereien. Sie benehmen sich, als wären sie die Herrscher dieser Inseln, zäunen alles ab, verscheuchen jeden, der sich ihrer Anlage nähert, und schmeißen mit Geld um sich, als hätten sie hier irgendwo eine private Gelddruckmaschine rumstehen. Angeblich sollen das ja Mitarbeiter des zivilen Katastrophenschutzes sein, aber das glaube ich nicht eine Sekunde lang. Das ist Militär, das rieche ich. Keine Ahnung, was die da treiben, aber die guten Samariter, als die sie sich im Ort ausgeben, sind sie gewiss nicht.«

»Was hört man denn so in den Kneipen?«, fragte Roberto.

Arkadij lachte. »Gerüchte, nichts als Gerüchte. Von einem geheimen Strahlenforschungszentrum ist die Rede, von Waffenexperimenten und Außerirdischen. Nein, im Ernst, es gibt Stimmen, die behaupten, sie hätten dort eine

Art Raumschiff unter dem Eis gefunden. So wie in dem Film *Das Ding*, erinnert ihr euch? Ihr habt doch bestimmt die Gerüchte von diesen Ruinen unter dem Eis gehört. Nicht? Also das wundert mich, die ganze Stadt spricht doch davon. Na egal. Offenbar haben sich die Leute, die sie gefunden haben, da unten mit irgendetwas angesteckt. Seither sind meine lieben Landsleute da und stellen alles auf den Kopf. Sind wie aus dem Nichts aufgetaucht, mit einer höllischen Masse an Equipment. Na ja, sollen sie doch, ich habe mit denen nichts zu schaffen. Aber eins sage ich euch: Wenn die mir verbieten, meine alten Strecken zu fahren, und mir damit den Sommer versauen, dann gibt es Ärger, merkt euch meine Worte. *Bassran*, verdammte.« Er spuckte in den Schnee, rief den Hunden ein Kommando zu und setzte seinen Schlitten in Bewegung.

Es ging tatsächlich auf halb zwölf zu, als sie die Zelte aufgebaut und die Hunde gefüttert hatten. Der Hubschrauber war noch ein paar Mal über das gegenüberliegende Ufer gekreist und irgendwann verschwunden. Trotzdem entschied Arkadij, ihr Nachtlager entgegen dem ursprünglichen Plan lieber auf der gegenüberliegenden Seite der Bucht aufzuschlagen, auf der Insel Barentsøya. Das ist sicherer, sagte er, und Hannah dankte ihm im Stillen dafür. Auch wenn sie keinen konkreten Grund hatte, misstrauisch zu sein, so sagte ihr Instinkt, dass sie nicht gefunden werden wollte.

Sie war todmüde. Ihre Arme und Beine fühlten sich an wie abgestorben. Trockene Äste in einem verdorrten Wald. Als Arkadij ihr die Schale mit heißer Suppe aus der Thermoskanne reichte, war sie kaum in der Lage, sie ohne zu kleckern an den Mund zu führen. Müde und abgeschlagen hockte sie sich neben Roberto in den Schnee.

»Na, *Mulher bonita?* Wie geht es dir?« Seine Stimme klang nach Süden und Sonne. Es tat gut, ihn inmitten von Eis und Schnee an ihrer Seite zu wissen.

»Geht so«, gab sie offen zu.

»Ziemlicher Kontrast zu deiner ersten Expedition, oder?«

»Du sagst es. Damals war alles Hightech. Die Hubschrauber, die Schneefahrzeuge, die Unterbringung. Wie anders es doch ist, wenn man mit Schlittenhunden reist.« Sie schlürfte laut und vernehmlich.

»Ich finde es umwerfend«, sagte Roberto. »Ich glaube, nur so kann man dieses Land wirklich verstehen. Wärst du nicht gewesen, niemals im Leben hätte ich so eine Reise unternommen. Ich danke dir, dass du mich mitgenommen hast.«

»Mitgenommen? Du hast dich freiwillig gemeldet.« Sie lächelte. »Und glaube mir, ich hätte jedes Verständnis für eine Absage gehabt. Du ahnst gar nicht, wie oft ich mich schon für meinen Leichtsinn und meine Naivität verflucht habe.«

»Du tust das doch nicht aus blankem Eigennutz«, sagte Roberto. »Bei dieser Sache geht es um viel mehr, und deswegen stehe ich auch bedingungslos hinter dir. Komm schon, *minha querida*, lass den Kopf nicht hängen, lächle.«

Sie legte ihre Hand auf seine. »Danke, dass du mitgekommen bist, Roberto. Du bist ein guter Freund.«

In diesem Moment traten John und Ilka zu ihnen, beide bewaffnet mit einer Schale Suppe und einem großen Stück Brot.

»Stören wir? Wir können uns auch woanders hinsetzen.«

Hannah bemerkte einen ironischen Unterton in Johns Stimme, entschied aber, ihn zu ignorieren. Je weniger sie darauf einging, desto besser.

»Nein, kommt her, wir haben schon auf euch gewartet. Hier, John, setz dich neben mich, der Stein ist noch frei.«

John folgte ihrer Einladung, fegte aber einen Stein neben sich frei, damit auch Ilka Platz hatte. Sie setzte sich so nah, dass sie ihn mit der Schulter berührte. Hannah konnte sich ein Lächeln nicht verkneifen. Die Situation war ein bisschen schräg.

Das Gespräch holperte in die eine und andere Richtung, bis Ilka irgendwann den letzten Rest ihres Brotes in den Mund schob und in die Innentasche ihres Schneeanzugs griff.

»Zeit für ein Dessert«, sagte sie und holte einen Flachmann raus. »Möchte jemand?«

»Was hast du da?«, fragte John.

»Etwas, um das Herz zu erwärmen und ein Feuer in der Seele zu entfachen. Genau das Richtige, wenn einem der Arsch abfriert. Wer traut sich?«

Alle hoben die Hand. Ilka nickte zufrieden und zauberte vier kleine Kunststoffbecher aus der Tasche, befüllte sie mit einer klaren Flüssigkeit und reichte sie herum. Hannah hielt ihre Nase darüber, nippte ein wenig ... und hätte um ein Haar alles in den Schnee gespuckt.

»Jesus Christus, was ist denn das?«

Ilka grinste. »Schmeckt es dir nicht?«

»Es ist grauenhaft. Als hätte man verbranntes Gras im Mund.«

Roberto lachte und nahm einen Schluck. »Hm, ein Mezcal, habe ich recht? Dem Geruch nach zu urteilen, aus der Region Oaxaca.«

»Nicht schlecht«, staunte Ilka. »Du kennst dich wirklich aus. Ein Del Maguey Chichicapa. 70 Euro die Flasche. Meine Geheimwaffe gegen Kälte.«

»Ilka ist eine Spirituosen-Expertin, wie es keine zweite gibt«, sagte John. »Sie ist ganz schön herumgekommen in der Welt und hat etliche Tropfen probiert. Wie viele waren es über den Daumen?«

»Keine Ahnung. Hunderte. Von Tasmanien bis zu den Orkneys«, antwortete Ilka. »Der Vorteil an Schnäpsen ist, sie werden überall gebrannt. Du kannst hingehen, wohin du willst, du wirst in jedem noch so entlegenen Kuhdorf eine Bar finden, in der irgendein lokaler Brand ausgeschenkt wird. Früher stand ich mal auf Rotwein, aber das hier ist besser.«

»Besser? Es schmeckt einfach nur furchtbar«, sagte Hannah. »Ich verstehe nicht, wie man so etwas trinken kann.«

Sie starrte auf den Becher und nippte noch einmal vorsichtig daran. Zum verbrannten Gras kam jetzt noch so etwas wie Nagellackentferner dazu. »Nein, im Ernst, das ist ein Witz. 70 Euro? Ihr macht euch einen Spaß mit mir. Niemand gibt so viel Geld für so ein Gesöff aus. Vielleicht erlauben sich die Mexikaner einen Scherz mit der restlichen Welt, indem sie ihren Ölwechsel über einem Auffangbehälter machen und das Zeug dann in Flaschen abfüllen. Na ja, immerhin hat es eine gewisse wärmende Wirkung, aber das hätte ein Stück glühende Kohle auch, wenn man es runterschluckt.«

»Wenn du deinen nicht mehr möchtest, ich nehme ihn gerne«, sagte Roberto. »Meiner ist schon alle.«

»Erzähl mir nicht, dass du das Zeug magst. Immerhin kommst du aus dem Land der Limetten, des Zuckerrohrs und des Caipirinhas.«

»Ich finde ihn ganz ausgezeichnet. Schön traditionell hergestellt aus der Blauen Agave. Und ich vermute mal, ohne Wurm.«

»Der Wurm ist nur was für Touristen«, sagte Ilka. »Bei den guten Mezcals findest du ihn nicht.«

»Wurm?« Hannah verzog angewidert das Gesicht und reichte Roberto ihren Becher. Der Brasilianer dankte und begann im Anschluss über den komplizierten Herstellungsprozess des traditionellen Mezcal zu schwadronieren. Über das tagelange Kochen, das Ausräuchern in Erdlöchern und vieles andere, was Hannah ein Kopfschütteln abnötigte. Immerhin schien es ein sehr altes Getränk zu sein, die Maya kannten es schon, und zumindest dieser Teil gefiel Hannah.

»Ich glaub's ja nicht, ein Eingeweihter«, rief die Dänin lachend und hob ihr Glas. »Wer hätte das gedacht. Schon allein dafür hat sich die Reise gelohnt. Zum Wohl!« Sie warf Roberto ein verführerisches Lächeln zu.

Es wurde viel gelacht, und Hannah lachte mit, obwohl sie eigentlich gar nicht wusste, wieso. Nicht nur, dass Ilka scheinbar spielend alle Männer um den Finger wickelte, sie machte es so geschickt, dass man ihr nicht mal böse sein konnte.

Plötzlich drangen Misstöne an ihr Ohr. Laute Worte, ein zynisches Lachen – irgendwo war ein Streit ausgebrochen.

»Idiot!«

»Kretin!«

»Sei doch einfach still, wenn du keine Ahnung hast.«

»Aber wenn ich es dir doch sage ...«

Arkadij und Hiroki standen sich gegenüber wie zwei Widder, die Köpfe gesenkt. Keine Ahnung, um was es ging, aber es klang ernst.

»Entschuldigt mich mal kurz«, sagte sie zu den anderen und stand auf. »Ich glaube. ich sehe mal lieber nach dem Rechten.« Sie klopfte den Schnee von ihrer Hose und ging zu den beiden Streithähnen hinüber.

»Was ist denn bei euch los?«

Hirokis Kopf war rot vor Zorn. Er deutete auf Arkadij.

»Der sture Bock behauptet, ich könne das Gerät nicht richtig ablesen. Als ob der wüsste, wie so etwas funktioniert.«

»Ich habe nicht behauptet, dass du das nicht richtig abliest; ich habe nur gesagt, dass das Scheißding nicht richtig funktioniert. Es liefert falsche Daten.«

»Das ist doch ...«

»Halt, halt, ihr beiden, Schluss jetzt.« Sie legte Hiroki sanft ihre Hand auf die Schulter. Ihr Freund bebte vor Zorn. »Erklärt mir mal, was nicht richtig funktioniert und warum das so wichtig ist.« Sie kannte Hiroki gut genug, um zu wissen, dass es brenzlig werden konnte, wenn jemand es wagte, seine geliebten kleinen Maschinen zu beleidigen. Technik war sein Heiligtum.

Jetzt kamen auch die anderen hinzu, Ilka immer noch mit ihrem Flachmann in der Hand. Arkadij, der den Streit nicht so ernst zu nehmen schien, bemerkte es und sah sie neugierig an.

»Was hast du da?«

Sie reichte ihm die Flasche. »Probier.«

Der Russe nahm einen herzhaften Schluck, verzog sein Gesicht und schüttelte sich. »Ah ... *Sv'ataya mat' Boga!*«

»Sag bloß, es schmeckt dir nicht.«

»Doch, doch, es ist nur ... darf ich noch mal?«

»Klar, hau rein.«

Er trank noch einmal, hustete laut und vernehmlich und reichte Ilka die Flasche zurück. »Teufel noch eins, davon bekommt man ja Haare auf der Brust.«

»Das will ich doch nicht hoffen.« Lachend steckte die Dänin die Flasche wieder ein. »Ich mag meine Brust, wie sie ist.«

Hiroki blickte die beiden genervt an. »Könnten wir mal zum Thema zurückkommen, ja? Danke. Ich habe eben unsere Position bestimmt, da kommt dieser Ignorant, guckt mir über die Schulter und sagt, das Gerät würde spinnen.«

»Stimmt ja auch«, schnaubte Arkadij. »Wir sind viel weiter nördlich, als der Kasten da anzeigt.«

Hiroki stieß ein sarkastisches Lachen aus. »Dieser *Kasten*, wie du ihn nennst, gehört zu den besten Geräten seiner Art. Er zeigt uns unsere Position auf den Meter genau an. Bei deinen Hunden magst du ja 'ne große Nummer sein, aber ...«

»Lass meine Hunde aus dem Spiel, du kleiner Hosenscheißer. Ich fahre diese Route seit zwanzig Jahren. Ich kenne diese Gegend wie meine Westentasche ...«

»Und dann ist dir nicht aufgefallen, dass wir nicht dort sind, sondern hier?« Hiroki hämmerte auf das Display seines Ultrabooks. »Was für ein Guide bist du eigentlich? Also ich würde kein Geld ausgeben, um mich von dir über die Insel scheuchen zu lassen.«

Arkadij sprang nach vorne, die Hand zur Faust geballt. John und Roberto gingen dazwischen und stoppten ihn, ehe ein Unglück geschehen konnte.

Der Russe schäumte vor Wut und stieß eine Reihe unflätiger Beschimpfungen aus.

»Ruhe jetzt, alle beide«, brüllte Hannah. »Kann doch nicht wahr sein, dass ihr euch wegen so einer Kleinigkeit an die Gurgel geht. So dumm können wirklich nur Männer sein.«

»Er hat meine Berufsehre beschmutzt!«, donnerte Arkadij. »Soll ich einfach so dastehen und tun, als wäre nichts geschehen?«

»Und was ist mit meiner Ehre?«, hielt Hiroki dagegen. »Mir vorzuwerfen, ich könne das Gerät nicht richtig bedienen. Lächerlich. Ich habe das Ding entworfen und gebaut. Es verfügt über einen der besten GPS-Empfänger auf diesem Planeten.«

»Kann es nicht sein, dass der Fehler irgendwo anders liegt?«, versuchte Hannah, ihn zu beschwichtigen. »Ich habe mal irgendwo gelesen, dass Metalle im Untergrund das Signal stören könnten.«

»Nicht bei diesem Gerät, dafür ist die Abschirmung zu gut.«

»Von was für einer Abweichung reden wir denn?«, fragte Ilka.

»Zehn Kilometer«, entgegnete Hiroki.

»Das ist eine Menge«, sagte Ilka.

»Schon mal überprüft, ob vielleicht ein GPS-Jammer daran schuld sein könnte?«, warf John ein.

»Ein Jammer? Wieso sollte denn hier ...? Ich ... nein. Ich habe das natürlich nicht überprüft. Wer käme denn auf so eine Idee? Aber das haben wir gleich.«

Er setzte seinen Kopfhörer auf, ging ins Computermenü und fummelte an den Einstellungen herum.

»Wovon redet ihr beiden da?«, erkundigte sich Hannah.

»Von einem Störsender. Einem Gerät, das die Signale des Global Positioning System beeinträchtigt. GPS wird zwar inzwischen in jedem Navigationsgerät verwendet, war aber ursprünglich ein militärisches System. Dementsprechend gibt es auch Störsender. Durch die relativ geringe Sendeleistung der Satelliten und die Umlaufbahn in einer Höhe von 20 000 Kilometern sind die GPS-Signale nur mit einer ausgesprochen geringen Feldstärke zu empfangen. Sie sind recht leicht zu stören, wenn man eine genügend kräftige Sendeanlage benutzt.«

»Und was könnte man dagegen tun?«

John sah zu Hiroki hinunter. »Nicht so einfach. Ein Störsender von wenigen Watt kann im Empfangsbereich praktisch jedes Navigationssignal unterdrücken. Um die Wirkung von Jammern zu minimieren, werden Richtantennen verwendet. Eine weitere Möglichkeit besteht in der Kombination mit anderen Navigationssystemen, wie zum Beispiel dem INS.«

»Pst.« Hiroki hob seinen Finger. »Ich glaube, ich habe hier etwas.« Er lauschte angestrengt in seine Kopfhörer hinein, verglich das Gehörte mit den Daten auf dem Monitor und schüttelte den Kopf. »Das ist ja ein Ding«, sagte er. »Es ist kein Jammer, es ist ein *Faker*.«

»Nicht dein Ernst.«

»Wenn ich es dir doch sage. Da manipuliert jemand ganz bewusst das GPS-Signal, und zwar dergestalt, dass mein Gerät mir hier eine völlig falsche Position liefert. Verblüffend.«

»Könnte mir mal jemand dieses Gequatsche übersetzen?«, mischte sich Arkadij ein. »Ich versteh bloß Bahnhof.«

»Im Gegensatz zum Jammer werden bei einem GPS-Faker falsche Positionsdaten erzeugt und übertragen«, sagte Hiroki. »Man nennt das auch *Spoofing*. Diese Störsender können das Signal von Satelliten nachbilden und sowohl zivile als auch militärische Empfänger in die Irre leiten. Dazu müssen sie auf der gleichen Frequenz senden wie auch die GPS-Satelliten und deren Signale überlagern. Dabei kann entweder das Signal nur eines oder mehrerer GPS-Satelliten zugleich durch die Fälschungen überlagert werden. Ein ziemlich aufwendiger Prozess, weil neben der für die Erzeugung der GPS-Signale notwendigen digitalen Signalverarbeitung auch eine sehr genaue Zeitbasis nötig ist. Meistens in Form einer Atomuhr.«

Roberto runzelte die Stirn. »Wer sollte denn hier draußen so ein System installieren? Und vor allem warum?«

Alle sahen sich an. Hannah spürte, dass jeder in der Gruppe in diesem Moment dasselbe dachte – außer Arkadij vielleicht, der einfach nur zufrieden war, dass er den Kampf gewonnen hatte. »Dann hatte ich also recht, und unsere Position stimmt?«, sagte er mit stolz emporgerecktem Kinn.

»Sieht so aus«, gab Hiroki zerknirscht zu. »Auch wenn ich es immer noch nicht ganz glauben kann ...«

»Ich dafür umso mehr«, sagte Arkadij und schnaubte. »Technik. Lässt Menschen leichtsinnig und träge werden.

Hier draußen muss man alle Sinne beisammen haben, sonst kann es ganz leicht sein, dass man sich die Radieschen von unten betrachtet. Und damit das auch so bleibt, gehe ich jetzt pennen. Der Tag war lang und anstrengend. Seht zu, dass ihr eine Mütze Schlaf bekommt, morgen geht es früh raus.« Und mit einem donnernden Rülpser verzog er sich in sein Zelt.

»Ich hasse diesen Kerl«, murmelte Hiroki. »Ich hasse ihn aus tiefster Seele.«

»Wo er recht hat, hat er recht«, sagte John. »Nicht, was die Technik betrifft, da stehe ich auf deiner Seite, aber den Schlaf. Ich mache mir auch ein bisschen Sorgen um dich, Hannah. Findest du nicht, dass es für heute genug war?« Er warf ihr einen skeptischen Blick zu.

»Stimmt schon.« Hannah gefiel es, dass John sich um sie sorgte. Sie schlief schon fast im Stehen ein und war glücklich darüber, dass sie den Streit so glimpflich beigelegt hatten. Sie mussten sich hier draußen aufeinander verlassen können, sonst würde ihr Vorhaben scheitern.

Vollkommen erschöpft schleppte sie sich ins Zelt, krabbelte in ihren Schlafsack, gab John noch einen letzten Kuss und löschte dann das Licht.

34
Am nächsten Morgen ...

Hiroki war inmitten eines herrlichen Traums, als ein vage vertrautes Geräusch ihn aus dem Schlaf riss. Das Pochen von Hubschrauberrotoren.

»Oh, nein«, stöhnte er und blickte auf seine Seiko. Es war halb sieben. Verdammte Nervensägen. Es schien fast so, als würden die Russen die Suche von gestern Abend fortsetzen.

»Kommt schon, Jungs, es ist Sonntagmorgen«, stöhnte er. »Gönnt dem armen Hiroki doch noch eine Mütze Schlaf. Nur noch ein halbe Stunde. Nein?« Er drehte sich auf die Seite, doch das Tuckern hielt an. Nervige Bande. Er richtete sich auf. Ein dumpfer Schmerz zog sich über seinen gesamten Hintern bis hoch in seine Schultern. Muskelkater, ganz eindeutig. Er kroch in seinen Schneeanzug, verließ das Zelt und machte ein paar Schritte. Was für eine trostlose Welt! Wie sehr er sich nach Sonne, Licht und Wärme sehnte. Stattdessen humpelte er herum wie ein alter Mann. Wie hielten die Menschen es in diesem Teil der Welt nur aus? Es war, als wäre man lebendig begraben.

Schneefall hatte eingesetzt. Ein schwacher Wind trieb die Flocken durch den Lampenschein.

Hiroki sah sich um. Außer ihm schien noch niemand wach zu sein. Oder doch nicht? Er glaubte ein Knirschen und Kratzen zu vernehmen. Irgendwo von rechts. Angestrengt lauschte er in die Dunkelheit. Doch, ganz eindeutig. Da war etwas.

Ein Tier?

Ein Schreck durchfuhr ihn. Es klang nach etwas Größerem. Da war es wieder: *Krach, knirsch.* Es kam vom Eis, unten an der Wassergrenze.

Ein Eisbär, schoss es Hiroki durch den Kopf. Und er hatte keine Waffe. Mit einem Schlag war er hellwach. Sein Herz schlug ihm bis zum Hals. Kälte und Dunkelheit waren wie weggeblasen. Was, wenn das Vieh auf die Idee kam, in ihrem Lager nach etwas Fressbarem zu suchen. Bären sollten ja sehr feine Nasen haben. Zum Glück hatte Arkadij alle ihre Essensvorräte in einer Kiste verstaut. Aber was, wenn der Bär nichts fand? Würde er dann seine Suche auf die umliegenden Zelte ausdehnen? Das größte Landraubtier der Erde – und nichts weiter als eine dünne Zeltwand dazwischen? Na toll.

Er wollte gerade einen Warnruf ausstoßen, als sein Blick auf die Hunde fiel. Ruhig und völlig entspannt lagen sie neben ihren Schlitten und blickten ihn aus schwarzen Knopfaugen aufmerksam an. Warum so ruhig? Wenn dort unten wirklich ein Bär war, würden sie doch bestimmt ganz aus dem Häuschen sein und Alarm schlagen, oder?

In diesem Moment sah er das Licht einer Lampe in der Ferne aufzucken. Er bemerkte Spuren im Schnee, die von Arkadijs Zelt aus in Richtung Meer führten.

Ein Seufzer der Erleichterung kam über seine Lippen. Jetzt hätte er doch um ein Haar die anderen wegen nichts aus dem Zelt gescheucht. Aber was tat Arkadij ganz allein da draußen? Vielleicht sollte Hiroki ihm mal einen Besuch abstatten. Andererseits – nein. Nicht nach der Nummer, die er sich ihm gegenüber gestern geleistet hatte. Doch was sollte er sonst tun? Die anderen schliefen noch, und er hatte gerade nichts anderes vor. Eine Weile stapfte er unentschlossen im Schnee herum, dann zuckte er die Schultern und folgte den Spuren hinunter zum Wasser.

Der Russe hämmerte im Eis herum.

»Hallo, Arkadij. Ich bin's, Hiroki. Bitte nicht schießen!«

Der Lärm hörte auf, und Hiroki wurde vom Lichtkegel einer Taschenlampe erfasst. Ein kurzer Moment der Unsicherheit, dann hörte er das vertraute Schnauben. »Guten Morgen, mein kleiner Japaner. So früh schon auf den Beinen? Ich hoffe, ich habe dich nicht geweckt.«

Mein kleiner Japaner. Hiroki presste die Lippen zusammen.

»Nein, kein Problem«, entgegnete er. »Die anderen schlafen noch. Es war der Hubschrauber, der mich geweckt hat.«

»Ja, diese *Bardatsch* sind schon wieder unterwegs. Keine Ahnung, was die suchen, aber sie gehen mir gehörig auf den Senkel. Normalerweise ist das hier eine ruhige Gegend, jetzt kommt's mir vor wie auf dem Autobahnring in Sankt Petersburg.«

»Was wird denn das, wenn es fertig ist?« Hiroki deutete auf das Loch im Eis.

Arkadij blickte nach unten. »Wonach sieht's denn aus? Ein Eisloch hacken, natürlich. Ich dachte, ich nutze die Gelegenheit und schieße eine Robbe. Ist eine gute Gegend hier. Und wer weiß, wann wir wieder die Chance haben. Wir haben eine Menge hungriger Hunde zu versorgen.«

»Kann ich dir helfen?« Hiroki wollte schon das Eis betreten, doch der Hundeführer hob die Hand. »Nein, lass das mal lieber. Das Eis ist ziemlich dünn. Zu dünn für diese Jahreszeit. Ich habe mit meiner Hackerei hier überall schon kleine Risse verursacht. Es könnte sein, dass es keine zwei Leute trägt.«

»Robben«, sagte Hiroki nachdenklich. »Was macht dich so sicher, dass sie hier auftauchen werden?«

»Das hier ist ihre bevorzugte Futterstrecke. Gibt 'n Haufen Fische hier unten.«

»Und wieso glaubst du, dass sie dein Loch besuchen werden?«

Arkadij sah ihn an, als habe er nicht alle Tassen im Schrank. »Du kennst dich wohl nicht besonders gut aus mit Robben, oder?«

»Nicht wirklich, zugegeben.« Da war er wieder, dieser herablassende Unterton, der Hiroki so auf die Palme brachte.

»Na ja, woher auch? Robben brauchen Luft zum Atmen. Sie sind Säugetiere. Spätestens alle zwanzig Minuten müssen sie auftauchen. Wenn – so wie jetzt – das gesamte Meer zugefroren ist, wird es für die Tiere schwierig. Dann müssen sie zusehen, dass sie Risse, Spalten oder Löcher finden, wo sie auftauchen und Luft schnappen können.«

»Und woher wissen sie, dass hier ein Loch ist?«

»Weil sie sehr gut hören können. Sie haben längst mitbekommen, dass ich hier gehackt habe, und dürften sich bereits dort unten versammelt haben. Vermutlich losen sie gerade aus, wer als Erster hoch muss. Alles, was ich noch zu tun habe, ist, mich auf die Lauer zu legen und abzudrücken, sobald der Erste von ihnen ...«

Weiter kam er nicht, denn in diesem Moment brach die Öffnung einfach unter ihm weg. Arkadij stürzte ins Wasser und verschwand mit einem Platschen in den dunklen Fluten. Es blubberte ein paar Mal, dann wurde das Wasser ruhig.

Völlig perplex stand Hiroki am Ufer. Eben noch stand der Russe vor ihm, nun war er fort. Wie ein Kaninchen, das man in einem Zylinder hatte verschwinden lassen.

Das war doch ein Witz, oder?

Oder?

Hiroki sah ein Licht unter dem Eis aufblitzen. Einmal, zweimal. Dann blieb es dunkel. Die Taschenlampe! Nein, das war kein Scherz. Arkadij war wirklich eingebrochen und trieb jetzt unter dem Eis. Aber warum schwamm er denn nicht zur Öffnung zurück? Konnte es sein, dass er nicht wusste, wo sie war? Großer Gott!

Hiroki musste etwas unternehmen – irgendetwas. Er stieß einen Schrei in Richtung der Zelte aus, doch nichts rührte sich.

»Oh Gott, oh Gott, das darf doch nicht wahr sein. So eine Scheiße!«

Vorsichtig trat er auf die gefrorene Oberfläche und rutschte zu der Stelle, wo er das Licht zum letzten Mal gesehen hatte. Das Eis gab ein besorgniserregendes Knacken von sich. Hiroki zuckte zusammen. Überall waren kleine Risse zu sehen. Zum Glück wog er nicht viel, vermutlich gerade mal die Hälfte von dem, was Arkadij auf die Waage brachte. Trotzdem hatte er das Gefühl, der Boden könne jeden Moment unter ihm wegsacken. Warum nur musste immer ihm so etwas passieren? Fukushima, Schlittenhunde, brechendes Eis – irgendwie schien ein Fluch auf ihm zu lasten. Dass der Russe so dick war, konnte sich noch als Pluspunkt herausstellen. Ein großer Körper verlor nun mal proportional weniger schnell an Wärme. Aber ehe er erfroren war, wäre er erstickt, und das brachte Hiroki zurück in die Realität. Wenn Arkadij nicht bald zurück zum Atemloch fand, war es aus.

Fieberhaft ließ Hiroki seine Lampe über das Eis huschen. Das Problem war, dass alles mit Schnee bedeckt war. Er konnte nicht erkennen, was sich darunter befand. Hastig fing er an, mit seinen Schuhen den Schnee wegzufegen. Im Nu hatte er einige Quadratmeter freigelegt. Nichts. Keuchend setzte er seine Bemühungen fort, aber langsam schwand seine Hoffnung. Endlich – als er schon fast nicht mehr daran glaubte – sah er einen rötlichen Schimmer unter dem Eis. Arkadijs orangefarbener Schneeanzug. Er hörte ein Poltern. Der Russe schlug von unten gegen das Eis. Er lebte also noch!

Fieberhaft sah Hiroki sich um. Um ein Loch hineinzuschlagen, fehlte die Zeit. Es musste jetzt schnell gehen. *Sehr schnell.*

In Ermangelung einer besseren Idee hielt er seine Lampe nach unten gerichtet und bewegte sich schrittweise in Richtung Öffnung. Arkadij war etwa vier Meter weit abgetrieben worden, was ganz schön viel war. Herrschte dort unten etwa eine Strömung? Schritt für Schritt tastete er sich voran. Immer weiter, bis er das Loch erreicht hatte. Er schickte ein verzweifeltes Stoßgebet gen Himmel, als es plötzlich mächtig rauschte und blubberte. Arkadijs bärtiges Gesicht schoss aus den Fluten empor. Hustend und keuchend klammerte sich der Russe am Rand der Öffnung fest und rang nach Atem. Hiroki packte seinen Arm, versuchte, seine

Füße im Eis zu verkeilen, und wäre um ein Haar selbst ins Wasser gezogen worden, hätte er nicht geistesgegenwärtig gehandelt und sich schnell flach auf den Boden fallen lassen.

»Hilfe!«, brüllte er, so laut er konnte. »Helft uns, Arkadij ist eingebrochen.«

Auf dem Rücken liegend, hielt er den Russen gepackt und zog, bis er glaubte, seine Arme müssten ihm abfallen. Der kalte, nasse Stoff zwischen seinen Fingern war glitschig wie die Haut eines Fisches. Arkadij versuchte verzweifelt, sein Bein auf die Eisscholle zu wuchten, gab es aber bald auf. Das Eiswasser hatte seine Kleidung durchdrungen und verlangsamte seine Bewegungen. Er würde sterben, sollte nicht bald Hilfe eintreffen.

Zum Glück hatten seine Freunde ihn doch gehört. Hannah und Ilka kamen zum Wasser gerannt, dicht gefolgt von Roberto und John, die einen Schlitten, beladen mit Hundeleinen, vor sich herschoben.

»Schnell«, keuchte Hiroki. »Arkadij regt sich nicht mehr. Ich glaube, er erfriert gleich! Wir müssen ihn hier rausbekommen, aber das Problem ist, dass das Eis hier überall brüchig ist.«

»Ich seh schon. Überlass das mir.« John legte sich flach auf den Bauch, rutschte zu ihm herüber und packte den Hundeführer am Anzug. Der Stoff war zum Glück sehr strapazierfähig. »In Ordnung, Hiroki, wir übernehmen jetzt. Du kannst loslassen. Zieh dir was Trockenes an. Roberto, komm zu mir. Mädels, werft uns die Leinen zu. Und vergesst nicht, das andere Ende am Schlitten festzumachen. So ist es gut.«

»Ich schlag noch ein paar Eisanker ins Ufer!«, rief Ilka und machte sich gleich an die Arbeit.

Hiroki sah ihnen zu, wie sie die roten Schnüre unter den Armen ihres verunglückten Kollegen festbanden und dann vorsichtig ans Land zurückkrochen. Das Eis sah aus, als würde es jeden Moment auseinanderbrechen.

»Hoffen wir, dass es hält«, sagte John, als sie wieder sicheren Boden unter den Füßen hatten. »Und jetzt stemmt euch alle gegen den Schlitten. Eins, zwei, drei ...«

Obwohl er vor Aufregung und Unterkühlung ganz zittrige Knie hatte, packte Hiroki ebenfalls mit an.

Die Leinen wurden straff gespannt und zogen sich um Arkadijs Brust zusammen. Alle fünf drückten den Schlitten vom Wasser weg und den Hang hinauf. Es war ein schweres Stück Arbeit. Zunächst sah es so aus, als würden sie den massigen Körper nicht vorwärtsbewegen können, doch plötzlich ertönte ein Knirschen, und das Eis gab nach. Arkadij war ein Stück nach oben gezogen worden und gleich darauf wieder eingebrochen. Er war inzwischen völlig reglos und bekam nicht mehr mit, was um ihn herum passierte.

»Los, noch einmal«, schnaufte John.

Mit neu erwachtem Mut drückten sie gegen den Schlitten. Diesmal klappte es besser. Arkadij wurde aus dem Wasser gehoben und blieb auf dem Eis liegen. John löste die Gurte und schob den Schlitten zurück in Arkadijs Richtung.

»Kommt, helft alle mit«, rief John, »Wir müssen ihn auf den Schlitten wuchten.«

Ilka wandte sich an Hannah. »Du bist doch schwanger, oder?«

»Ja, warum?« Ein rosiger Schimmer huschte über ihr Gesicht.

»Nichts für ungut, aber in deinem Zustand solltest du besser nichts Schweres tragen. Am besten, du läufst zu den Zelten zurück, setzt einen heißen Tee auf und bereitest trockene Kleidung und warme Decken vor. Ist das für dich okay?«

»Klar«, sagte Hannah. »Ich mache mich gleich auf den Weg.«

»Und schnell«, sagte John. »Er fängt bereits an, hypothermisch zu werden.«

Hiroki blickte auf den Russen und empfand Mitgefühl. Hoffentlich kam er durch. Trotz ihrer Differenzen war er eigentlich ein ganz netter Kerl. Und sie brauchten ihn wie die Luft zum Atmen. Sein blaues Gesicht sah schlimm aus. Hiroki ergriff ein Bein und half mit, den Klotz von einem Mann auf den Schlitten zu wuchten. Dabei spürte er, wie schwach er selbst war. Er konnte jetzt selbst einen heißen Tee gebrauchen.

Etwa eine Stunde später saßen sie um Arkadij herum und sahen ihm dabei zu, wie er seine vierte Tasse Tee trank. Hannah hatte ihn extra stark gemacht, mit viel Zucker. Genauso, wie Hiroki ihn gerne mochte.

Der Russe war wieder unter den Lebenden, auch wenn man ihm seine Unterkühlung immer noch ansehen konnte. Seine Wangen waren blau geädert, und seine Nasenspitze sah aus, als könne sie absplittern wie ein Eiszapfen, wenn man mit dem Finger dagegenschnippte. Seine Augen waren unverwandt auf Hiroki gerichtet.

»*Spassibo*«, sagte er mit einer Stimme, die kaum mehr als ein Krächzen war. Er räusperte sich und spuckte in den Schnee. »Danke, dass du so geistesgegenwärtig gehandelt hast. Ohne dich hätte ich niemals wieder an die Oberfläche zurückgefunden.«

Hiroki spürte, wie ihm das Blut ins Gesicht schoss. Es war ihm peinlich, dass alle ihn wie einen großen Helden behandelten. »Nicht der Rede wert«, murmelte er. »Tut mir leid, dass ich nicht mehr für dich tun konnte.«

»Du hast mir das Leben gerettet, was willst du denn noch mehr tun?« Ein gequältes Lächeln huschte über Arkadijs Gesicht. »Dieses verdammte Eis. So dünn wie dieses Jahr war es noch nie. Ich dachte zwar noch, dass es dick genug wäre, mich zu tragen, aber das war offensichtlich ein Irrtum. Vielleicht bin ich aber auch einfach zu fett.« Er stieß ein Geräusch aus, das vermutlich ein Lachen war, aber eher wie ein Husten klang.

»Dein Fett hat dir das Leben gerettet«, sagte Ilka und reichte ihm ihren Flachmann. »Ohne deine Speckschicht wärst du längst erfroren. Aber wie kommen wir jetzt über das Eis?«

Arkadij schnappte nach der Flasche und trank einen herzhaften Schluck. »Wir werden es an einer anderen Stelle überqueren. Dank der Kufen haben wir eine breite Auflagefläche. Wir werden es schon schaffen. Und was dich betrifft, mein kleiner Japaner ...«, er grinste breit, »... du hast jetzt was gut bei mir. Entschuldige, wenn ich dich gestern verärgert habe. So etwas gehört sich nicht unter Blutsbrüdern. Du und ich, wir sind jetzt *Pobratim* – Blutsbrüder. Komm, stoß mit mir an.« Er reichte ihm die Flasche.

Mit gequältem Ausdruck blickte Hiroki auf den übel riechenden Schnaps. Es war noch früh am Morgen, und normalerweise trank er nie etwas vor den Abendstunden. Andererseits – es war dunkel, und das zählte ja auch, irgendwie.

»Mir bleibt auch nichts erspart«, seufzte er und griff nach der Flasche. »Ich hätte dich unter dem Eis lassen sollen. Das habe ich jetzt von meinem weichen Herzen.« Er trank einen Schluck und schüttelte sich.

Arkadij sah ihn einen Moment mit großen Augen an, dann brach er in schallendes Gelächter aus.

35

Es war gegen Abend, als sie endlich die Hütte erreichten. Wie aus dem Nichts tauchte Arkadijs Versteck vor ihnen aus der Dunkelheit auf, nur zu erkennen an einer verrammelten Tür, ein paar vereisten Fensterläden und einem eisernen Ofenrohr, das oben aus dem Schnee ragte. Nebenan stand eine zweite, kleinere Hütte, dahinter befand sich der Hundezwinger.

Hannah war froh, die lange Reise hinter sich gebracht zu haben. Das Wetter war während der letzten Stunde merklich schlechter geworden. Ein scharfer Ostwind, der Unmengen von Schnee mit sich führte, hatte eingesetzt. Wenigstens hatte er den Hubschrauber verscheucht. Seit heute früh hatten sie nichts mehr von ihm gesehen oder gehört.

Der Wind heulte und stürmte. Hannah spürte, welche Kraft die Elemente hier entfalten konnten. Zum Glück hatten sie für die kommende Nacht ein festes Dach über dem Kopf.

Arkadij hatte sich überraschend gut erholt. Der unverwüstliche Hundeführer hatte noch einige Male Ilkas furchtbarem Gesöff zugesprochen und war dann ohne viel Federlesen auf seinen Schlitten gestiegen und weitergefahren. Fast konnte man den Eindruck bekommen, dass er derlei öfter erlebte.

Während sie darauf warteten, dass er ihnen die Tür öffnete, fiel Hannah ein, dass morgen ja Heiligabend war. Nicht dass sie dem Fest in den letzten Jahren viel Beachtung geschenkt hätte. Meistens war sie irgendwo in Ländern unterwegs gewesen, in denen andere Feste gefeiert wurden, aber sie hatte Weihnachten noch nie in einer derart menschenfeindlichen Umgebung verbracht. Andererseits: Wenn der Weihnachtsmann tatsächlich existierte, dann doch wohl hier.

Als Kind hatte sie immer davon geträumt, irgendwann mal seinen Palast am Nordpol zu besuchen, wo er, umgeben von Wichteln und Rentieren, die Geschenke für die vielen Kinder auf der Erde produzierte. Das war vermutlich ohnehin eine reichlich amerikanisierte Vorstellung, hervorgebracht von einem Werbespezialisten bei Coca-Cola, aber für sie, die sie mit Micky Maus und Donald Duck aufgewachsen war, entsprach das nun mal ihrer Vorstellung, wie es am Nordpol aussah.

Jetzt also diese Hütte.

Sie war winzig. Vier auf sechs Meter, wie sollten sie da alle hineinpassen?

Wie sehr der Eindruck täuschte, zeigte sich, als sie endlich eintreten durften. Arkadij entzündete ein paar Petroleumleuchten, schob einen Stuhl zurück an seinen Platz und bat sie herein.

Was sie erwartete, war ein kompaktes, sehr effizient eingerichtetes Basislager, eine ausgewogene Mischung aus Zweckmäßigkeit und Komfort. Abgetrennte Schlafstätten, Kochbereich, eine Gemeinschaftsecke sowie eine Vorratskammer. Hinter einer Reihe von Regalen gab es einen kleinen, abgeschirmten Bereich, der für die Hygiene vorgesehen war und wo man sich waschen konnte. Alles dicht an dicht, aber nicht so, dass es beengend wirkte. Die Toilette war aus naheliegenden Gründen außerhalb untergebracht worden, in einem kleinen Vorbau, der über einen separaten Zugang erreichbar war. Es roch etwas muffig und war lausig kalt, aber sobald ein Feuer brannte und sie etwas zu essen hatten, würde es hier drin sehr gemütlich werden, da war Hannah sicher.

»Deine Hütte ist richtig behaglich, Arkadij«, sagte sie. »Hätte ich nicht erwartet.« Sie stellte ihre Sachen in die Ecke und half den anderen beim Einräumen.

Der Russe grinste. »Überrascht, ja? Dachtest wohl, so ein alter Eisbär wie ich haust inmitten von Müll und Unrat. Nun, das hier ist mein Gästehaus. Hier bringe ich meine Kunden unter, da muss alles tipptopp sein. Ansonsten könnte ich mein kleines Unternehmen gleich in den Wind schreiben.«

»War das nicht ein ziemlicher Aufwand, die ganzen Sachen hierherzuschaffen?« Roberto deutete auf die mit Stoffkissen belegten Kisten, die zugleich Stauraum und Sitzgelegenheit waren.

»Du machst dir keine Vorstellungen«, erwiderte Arkadij. »Hier drin steckt die Hälfte meiner Ersparnisse. Die andere habe ich in meine Hunde investiert. Wie man sieht, ein lohnendes Geschäft. Kommt schon, macht es euch gemütlich. Sucht euch eine Schlafkoje und setzt Kaffee auf, ich kümmere mich inzwischen um die Hunde.«

Ilka stapelte Holz in den Ofen und machte Feuer.

Schon bald erfüllte heimeliger Geruch die Hütte. Der Kaffee duftete, und die knackenden Scheite im Kamin verbreiteten wohlige Wärme. Da sich draußen meterhoch der

Schnee auftürmte und die Fenster geschlossen blieben, nutzten sie die Wandfläche, um ihre feuchte Kleidung zum Trocknen aufzuhängen.

Die Kisten mit dem Equipment, von dem Arkadij immer noch dachte, es handele sich um Kameraausrüstung, stellten sie sicherheitshalber unter den Tisch, wo man sie nicht gleich fand. Außerdem befanden sie sich somit in der Nähe des Kamins, da Hiroki um die empfindlichen Akkus fürchtete.

Nachdem sie ihren Kaffee getrunken und sich mit einer kleinen Ration aus ihrem Proviant gestärkt hatten, berieten sie über ihr weiteres Vorgehen. John holte die hochauflösende Satellitenkarte aus ihrem Gepäck und breitete sie auf dem Tisch aus.

»In Ordnung, Arkadij«, sagte er. »Zeig uns mal, wo genau deine Hütte liegt und wo du die seltsame Begegnung hattest.«

Der Russe setzte seine Brille auf und studierte die Karte mit interessiertem Blick. »Gute Aufnahmen habt ihr da in eurer Firma«, sagte er und rückte eine der Gaslampen etwas näher. »Lasst mich mal sehen. Ah ja, da ist es, genau hier.« Er tippte auf den Südzipfel Nordostlands. »Mit einiger Phantasie lässt sich sogar unsere Hütte erkennen. Das Monster war hier drüben.« Er fuhr mit dem Finger einen knappen Zentimeter in nördlicher Richtung. »Könnt ihr die Steilwand sehen? Sie macht an dieser Stelle einen Knick, deshalb habe ich das Vieh zuerst nicht entdeckt.«

John hielt ein Lineal daran und hob überrascht die Brauen. »Das sind nicht mal zwei Kilometer«, sagte er. »Da könnte man zu Fuß hinüberlaufen.«

»Könnte man, wenn man Schneeschuhe besitzt«, sagte Arkadij. »Aber selbst dann ist es eine ziemliche Plackerei. Laufen im Tiefschnee geht mächtig auf die Pumpe. Außerdem würden meine Hunde es nicht einsehen, wenn wir weggingen und sie in ihrem Zwinger ließen. Aber wir können mit weniger Gespannen auskommen. Ich würde vorschlagen, dass wir uns morgen zu zweit je einen Schlitten teilen. Nur für den Fall, dass wir schnell abhauen müssen.«

»Du rechnest also tatsächlich damit, dass wir einem Monster begegnen?«, fragte Ilka.

Arkadij sah sie an, als sei sie nicht ganz sauber. »Aber natürlich«, sagte er. »Warum hätte ich euch sonst mitgenommen?«

»Ich wollte es nur noch einmal hören. Also von mir aus können wir es so machen, ich glaube sowieso nicht, dass wir im Moment gute Aufnahmen von Polarlichtern hinbekommen. Nicht bei diesem Wetter.«

Arkadij nickte zufrieden. »*Ochen' horosho!* Wer von euch kann mit einem Gewehr umgehen?«

John und Ilka hoben die Hand.

»Und ihr anderen, was ist mit euch? Schon mal eine Waffe in der Hand gehabt?« Roberto nickte. »Ja, schon, aber ich würde nicht behaupten, dass ich damit umgehen kann.«

»Macht nichts. Wenn es so weit ist, wirst du es können. Ihr drei werdet morgen von mir ein Gewehr bekommen. Ihr anderen haltet euch ein bisschen im Hintergrund. Hannah, du bleibst am besten in Johns und Ilkas Nähe, Hiroki, mein Freund, du gehst mit mir. Schließlich will ich ja nicht, dass meinem Blutsbruder etwas passiert.«

Hirokis gequältes Lächeln sprach Bände.

»Und nun, da das geklärt ist, würde ich vorschlagen, dass ihr euer Equipment überprüft und eure Akkus aufladet. Ich werde nachher für eine Stunde den Generator anwerfen, seid also vorbereitet.«

»Was sollen wir solange machen?«, fragte Hannah. »Ich habe keine Lust, untätig herumzusitzen.«

»Ich auch nicht«, stimmte Ilka zu. Arkadij zuckte die Schultern. »Erholt euch. Legt die Füße hoch und pflegt eure Schönheit.«

»Witzbold.«

Hannah sah sich um. »Hast du einen Herd?«

»Einen Holzherd, klar«, sagte Arkadij. »Ist ziemlich simpel, funktioniert aber. Warum fragst du?«

»Was hast du an Backzutaten da? Mehl, Zucker, Haferflocken, Fett und Gewürze ...?«

Arkadij deutete nach hinten in die Vorratskammer. »Sieh dich ruhig um. Das meiste von dem, was du aufgezählt hast, ist tatsächlich vorhanden. Willst du mir erklären, was du vorhast?«

Hannah stand auf und klopfte ihm auf die Schulter. Sie war inzwischen überzeugt, dass er tatsächlich harmlos war. Ihre Bedenken, seine Nationalität betreffend, hatten sich in Rauch aufgelöst. »Abwarten, mein Großer«, sagte sie und lächelte. »Abwarten.«

36

Es war spät in der Nacht, als sie wach wurde. Vollkommene Schwärze hüllte sie ein. Einzig ein kleines grünes Licht, das von Hirokis geladenen Akkus ausging, schimmerte in der Dunkelheit. Hannah lag mit weit geöffneten Augen da und lauschte in die Nacht. Draußen brauste und donnerte es. Der Wind drückte gegen die Hütte und rüttelte am Dach und an den Fensterläden. Heulend fauchte die eiskalte Luft über den Kamin. John lag neben ihr und hatte den Schlafsack bis zur Nasenspitze hochgezogen. Auch die anderen schliefen tief und fest. Hiroki pfiff beim Atmen, Ilka und Arkadij lieferten sich ein kleines Schnarchduell, und Roberto schmatzte. Vermutlich träumte er von Keksen.

Schnuppernd hob Hannah die Nase. In der Hütte roch es nach Gebäck. *Weihnachtsgeruch*, dachte sie. So muss es an Heiligabend riechen.

Die Kekse waren ein voller Erfolg gewesen, und das, obwohl sie improvisieren musste. Weder waren die Zutaten optimal – zum Beispiel fehlten geriebene Haselnüsse und Vanille –, noch war es ihr gelungen, mit dem spartanischen Ofen eine ansprechend goldgelbe Farbe zu erzielen. Die Farbe schwankte zwischen Hellbraun und Anthrazit, was ihrem Geschmack aber keinen Abbruch tat. Hannah war selbst erstaunt, wie lecker die Kekse waren, und hatte reichlich zugelangt. Vielleicht war das der Grund, warum es ihr so schwerfiel, wieder einzuschlafen. Warum war sie überhaupt wach geworden? Sie wusste es nicht.

Als der Schlaf sich nicht wieder einstellen wollte, stand sie leise auf, tat einen großen Schritt um Johns Feldbett herum und schlich zur Küche. Sie wollte kein Licht anmachen und versuchte, sich, so gut es ging, an der grünen Akkuleuchte zu orientieren.

Kalt war es geworden. Das Feuer im Ofen war heruntergebrannt, und die Scheite knackten leise vor sich hin. Ihr Atem kondensierte zu kleinen grünen Wölkchen. Sie fror. Nur noch rasch einen Schluck trinken, und dann so schnell wie möglich zurück in den warmen, kuscheligen Schlafsack.

Sie hatte gerade Wasser in ihre Tasse gefüllt, als ein seltsames Geräusch sie aufschreckte. Es klang, als würde jemand husten. Wohlgemerkt, nicht in der Hütte, sondern außerhalb. Ein rasselndes, skrofulöses Husten, gefolgt von einem Keuchen, einem verzweifelten Ringen nach Atem. Hannah hielt die Tasse fest umklammert. Was war das? Mit Hunden glaubte sie sich inzwischen so gut auszukennen, dass sie diese Möglichkeit ausschloss. Ein Bär vielleicht? Vielleicht war es auch nur der Wind. Seltsam.

Das Geräusch kehrte nicht zurück, und so beruhigte Hannah sich wieder und krabbelte zurück in ihren Schlafsack. Es sollte aber noch eine ganze Weile dauern, bis sie wieder einschlief. Und als es so weit war, träumte sie von unheimlichen Schatten und Bewegungen.

*

Sie brachen früh auf am nächsten Morgen. Der Wind hatte an Schärfe und Kälte noch einmal zugenommen und blies mit erschreckender Wut aus nördlicher Richtung. Nichts und niemand konnte ihm standhalten. Hannah war froh, dass sie nicht zu Fuß gehen mussten; der Wind hätte sie vermutlich einfach niedergedrückt. So wie Hiroki, der, als er die Hütte verließ, von einer besonders heftigen Böe umgestoßen wurde und als gelbschwarz gestreifte Kugel über den Schnee sauste. Roberto und John waren im Nu bei ihm und stellten ihn wieder auf die Füße. Dann ging es los. Dick vermummt und zu zweit nebeneinander, ließen sie sich von den großartigen Hunden in Richtung Plateau ziehen.

Hannah spürte, wie die Eiskristalle auf ihrer Haut abprallten. Wie nadelspitze Geschosse drangen sie in ihre Kapuze und den Schal, den sie als Schutz um ihren Mund geschlungen hatte. Die Kommunikation war unter solchen Umständen auf ein Minimum beschränkt. Selbst Hirokis Headsets reichten kaum aus, um das Brüllen des Windes zu übertönen.

Hannah griff nach Johns Hand. Sie spürte, wie sich ihr Puls beschleunigte. Würden sie den geheimen Eingang finden, und wenn ja, was würde sie dort erwarten? Dass sie tatsächlich auf eine fremdartige Kreatur stoßen würden, hielt sie für wenig wahrscheinlich. Sie hatte diesen Monstergeschichten noch nie viel Glauben geschenkt. Das Ungeheuer von Loch Ness, der Yeti oder Mokele m'bembe – alles Hirngespinste. Unfassbar, wie viele Menschen von deren Existenz überzeugt waren, obwohl es nicht einen einzigen schlagenden Beweis dafür gab. Weder Fotos noch Filmaufnahmen, geschweige denn ein lebendes oder totes Exemplar. Aber so war das halt mit dem Glauben. Er sprach nur das Gefühl an, nie den Verstand.

Die Geräusche letzte Nacht waren allerdings sehr real

und ziemlich beunruhigend gewesen. Noch immer hatte sie keine Ahnung, was das gewesen sein konnte. Da sie sich und die anderen nicht verrückt machen wollte, hatte Hannah beschlossen, niemandem etwas davon zu erzählen. Vielleicht würde sich das Geheimnis später noch aufklären.

»Alles klar mit dir?« John sah sie aufmerksam an. »Du machst einen recht nachdenklichen Eindruck.«

»Alles okay«, sagte sie. »Bin nur etwas nervös. Was, wenn ich mich geirrt habe? Vielleicht existiert gar kein Eingang ...«

»Dann werden wir uns etwas anderes überlegen. Wir sind jetzt hier und wir werden einen Weg finden, versprochen. Uns wird bestimmt etwas einfallen.«

Hannah drückte seine Hand. Sie wusste, dass er recht hatte, aber trotzdem tat es gut, es noch einmal zu hören. Ja, dachte sie, sie würden einen Weg finden, das hatten sie immer getan.

Arkadijs Schlitten machte eine Kurve und blieb dann stehen. »Anhalten, Herrschaften«, rief er. »Wir sind da.«

Hannah wartete, bis John den Schlitten neben den von Arkadij gelenkt hatte, und stieg dann ab. Das Licht ihrer Halogenlampe erfasste eine steil aufragende Felswand. In ihrem Schatten war der Sturm nicht mehr ganz so heftig.

Ilka kam mit einer Sicherheitsleine zu ihnen herüber und hängte sie in die Karabinerhaken ein.

»Ist denn das wirklich nötig«, moserte Hiroki. »Ich bin in diesem Anzug doch schon gehandicapt genug. Jetzt auch noch dieses Seil, da komme ich mir ja vor wie ein Schlittenhund.«

»Nun hör sich einer den Kurzen an«, frotzelte Ilka. »Vorhin wärst du um ein Haar hinaus auf die Ebene gepustet worden, und jetzt klopfst du schon wieder markige Sprüche. War dir das nicht Lehre genug? Gerade du in deinem überdimensionierten Thermoanzug solltest dankbar für das Seil sein.«

»Muss ich mir diesen Ton gefallen lassen?«, schimpfte Hiroki. »Ich habe zwei akademische Grade. Ich muss mich nicht wie ein kleines Kind behandeln lassen.«

»Ruhig, kleiner Bruder«, sagte Arkadij. »Ilka meint es nur gut. Sie ist unsere Sicherheitsexpertin, sie weiß, was sie tut. Um ehrlich zu sein, mir ist vorhin fast das Herz stehengeblieben. Also nimm es nicht so schwer und lass dich anseilen, ansonsten bin ich es, der dich aus dem nächsten Eisloch zerren muss.« Das gute Zureden schien Hiroki zu besänftigen, und so fügte er sich in sein Schicksal.

Hintereinander – wie eine Gruppe von Gänsen – marschierten sie durch den dicken Schnee in nordwestlicher Richtung den Hang hinauf. Das ständige Einsinken machte jeden Schritt zur Qual. Es war, als würde man gegen Windmühlen kämpfen. Und dann dieser Sturm. Hannahs Herz hämmerte vor Anstrengung. Sie kam sich vor, als hätte sie gerade einen Hundertmetersprint hingelegt. Schweiß rann seitlich in ihrem Anzug hinunter. Sie keuchte und schnaufte wie eine Dampfmaschine.

Arkadij hatte den schwierigsten Part. Mit Händen und Füßen kämpfte er sich durch die meterhohen Schneemassen. Sein Keuchen war über Intercom zu hören.

»Bei dem Wetter Spuren zu finden dürfte ziemlich aussichtslos sein«, meldete sich Ilka, die von allen die beste Kondition zu haben schien. »Meinst du nicht, wir sollten besser umkehren?«

Arkadij schüttelte den Kopf. »Da vorne ist die Stelle, an der ich dem Ding begegnet bin. Genauer gesagt hinter diesem Felsvorsprung, auf der anderen Seite des Hangs. Da ist der Ort, an dem der Eisbär gelegen hat. Wer weiß, vielleicht finden wir ja einen weiteren Kadaver. Ich empfehle euch, die Gewehre bereitzuhalten und auf mein Zeichen zu achten. Hiroki, du solltest jetzt deine Kamera laufen lassen. Schließlich kann man nie wissen ...«

Der Japaner wühlte mit seinen behandschuhten Händen nach der arktistauglichen Digicam, die er für alle Fälle immer mit dabeihatte. Das Ding sah professionell genug aus, um ihre Tarnung aufrechtzuerhalten.

Arkadij wartete, bis er von Hiroki grünes Licht bekam, dann ging er bis zum Rand der Felskante. Seine Lampe hatte er gegen Johns restlichtverstärkendes Zielfernrohr getauscht, von dem er ziemlich begeistert war.

Die Minuten verstrichen. Gewissenhaft prüfte er jeden Meter, bis er sicher war, dass keine Gefahr bestand.

»Scheint alles in Ordnung zu sein«, sagte er und richtete sich auf. »Keine Bewegung zu erkennen. Sehen wir uns die Sache mal aus der Nähe an.« Er schulterte sein Gewehr und führte sie um die Kehre herum.

Starr und stumm ragte die Felswand in die Höhe. Hannah ließ das Licht ihrer Lampe über die glatt geschliffenen Wände gleiten. Wasser, Eis und Wind hatten die Felsen an manchen Stellen glatt poliert. Das Gestein sah aus wie gemauert. Riesige Basaltblöcke, die in vollkommener Harmonie und beinahe nahtlos übereinandergestapelt waren. Sie fühlte sich an die Mauern von Cuzco oder an Machu Picchu erinnert. Jene Hauptstädte des Inkareiches, in denen bis zu vier Meter hohe Granitblöcke fugenlos übereinandergeschichtet worden waren und dort nun den Jahrhunderten trotzten. Die Inka waren längst ausgestorben, doch ihre Mauern überdauerten die Zeitalter.

Während ihre Freunde die Schneefläche nach Zeichen von Monstern oder Eisbären absuchten, hatte Hannah nur Augen für den zyklopischen Wall. Und irgendwo hier sollte ein Eingang sein? Ziemlich unwahrscheinlich.

»John, leihst du mir mal kurz dein Fernrohr?«

»Klar, einen Moment.« Er sprach kurz mit Arkadij, der ihm das zweitausend Euro teure Hightechgerät nur widerstrebend zurückgab.

»Hast du etwas entdeckt?«

»Weiß noch nicht.« Sie hielt das Fernrohr an die Augen und justierte den Helligkeitsregler. Das grüne Licht wurde dunkler, dafür aber weniger grieselig. Die Konturen kamen deutlich zum Vorschein. Hannah lenkte den Strahl ihrer Lampe auf eine Stelle in der unteren Hälfte der Felswand, von der sie dachte, dass sie interessant wäre, und justierte den Restlichtverstärker. Nichts, Fehlanzeige, es war nur ein einfacher Schatten. Aber sie hatte auch nicht wirklich damit gerechnet, auf Anhieb etwas zu finden, oder?

»Wonach hältst du denn Ausschau?« Arkadij war auf sie aufmerksam geworden und kam zu ihr herüber. »Vielleicht kann ich dir helfen. Wie du weißt, bin ich hier nicht zum ersten Mal ...«

»Was ich suche, ist eine Art Spalt oder Höhle«, sagte Hannah. »Etwas, wo sich ein Biest, wie du es gesehen hast, verstecken könnte«, fügte sie schnell hinzu. Sie hoffte, mit diesem Argument Arkadijs Misstrauen zu zerstreuen.

Der Plan schien aufzugehen. »Eine Höhle? Nein, davon weiß ich nichts. Hätte bestimmt davon gehört, wenn es hier so etwas gäbe.«

»Hast du schon mal danach gesucht?«

»Nun, das nicht gerade, aber ich kenne die Ecke. Eine Höhle wäre mir doch aufgefallen.«

»Was, wenn der Eingang nicht in Bodennähe liegt, sondern weiter oben?« Ilka nahm Hannah das Nachtsichtgerät aus der Hand und suchte die Steilwand systematisch ab. »In meinem Job habe ich gelernt, zurückzutreten und das ganze Bild zu betrachten.«

»Wie meinst du das, *weiter oben?*«, fragte Hannah, die es unerträglich fand, wie Ilka die Dinge immer an sich reißen musste.

»Nun, zum Beispiel dort?« Die Dänin deutete auf eine Stelle, etwa in der Mitte zwischen Oberkante und Schneefeld. Der bezeichnete Punkt lag in etwa vier Metern Höhe.

»Lass mal sehen.« Arkadij griff nach dem Fernrohr und spähte hindurch. »Da erkennt man ja gar nichts. Wo stellt man das vermaledeite Ding noch mal scharf?«

»Hier vorne am Rad.« Ilka richtete seinen Blick auf die betreffende Stelle. Hannah ließ den Strahl ihrer Lampe zu der Stelle hochfahren, wo die Bergsteigerin die Höhle vermutete. Als der Kegel den dunklen Punkt inmitten der grauen Wand erfasste, hielt sie inne. Tatsächlich, da war etwas, das konnte man sogar ohne Fernrohr erkennen. Was auf den ersten Blick wie eine Verfärbung ausgesehen hatte, entpuppte sich beim näheren Hinsehen als ein Riss im Gestein. Er sah aus, als wäre er groß genug, dass sich ein Mensch hindurchzwängen konnte. Unterhalb der Spalte war ein kleiner Vorsprung, auf dem Schnee lag.

Hannah spürte ihr Herz klopfen. Die Stelle sah aus, als könnte hier früher Wasser ausgetreten sein.

Arkadij schien nicht überzeugt.

»Also wie eine Höhle sieht das nicht aus«, sagte er. »Mag sein, dass der Riss ein kleines Stück in den Berg hineinführt, aber er ist viel zu schmal. Außerdem liegt er zu hoch. Wie sollte das Ding da hinaufgekommen sein?«

»Vielleicht ist es gesprungen? Wie ein Grashüpfer.« Hannah machte eine entsprechende Bewegung mit den Fingern.

Arkadij blickte sie finster an. »Grashüpfer«, stieß er aus. »Willst du mich verkohlen?«

»Tut mir leid, mir ist bloß nichts Besseres eingefallen.« Hannah setzte ein entschuldigendes Lächeln auf. Diese Monstergeschichte war wirklich zu lächerlich.

»Ich finde, wir sollten das untersuchen«, sagte Ilka, während sie John das Fernrohr zurückgab. »Ich habe die ganze Wand abgesucht, dies hier ist die einzig in Frage kommende Stelle. Wenn ihr nichts dagegen habt, sehe ich mir das mal genauer an.«

»Wie, was – *ansehen*?« Arkadij blickte die Dänin ungläubig an.

»Na ja, hochklettern und nachsehen.«

Der Russe brach in schallendes Gelächter aus. »Ja klar. Und wenn meine Oma Räder hätte, wäre sie ein Omnibus. Wie willst du denn da hinauf, wenn ich fragen darf? Mit den Fingern hochziehen? Da brichst du dir doch nur deine Nägel ab, Süße.«

»Wenn ich wollte, könnte ich das, *Süßer*, aber ich werde in diesem Fall meine bewährte Steilwandausrüstung zum Einsatz bringen. Sie ist drüben bei den Hunden. Wartet hier, ich bin gleich wieder da.«

Sprach's und verschwand.

Arkadij blickte ihr verwundert hinterher. Er hatte dabei einen Ausdruck im Gesicht wie jemand, der fest damit rechnete, gleich von allen ausgelacht zu werden. Doch niemand lachte, und als Ilka ein paar Minuten später mit ihrer Umhängetasche wiederauftauchte, erschien es als das Normalste der Welt. Sie spannte einen Satz Klettereisen über ihre Schuhe, streifte spezielle Handschuhe über und entnahm ihrem Gepäck etwas, das aussah wie eine Kreuzung zwischen Armbrust und großkalibriger Jagdflinte.

»Scheiß die Wand lang, was is'n das für'n Ding?«

Ilka grinste. »Lass dich überraschen. Wenn du so nett wärst, mir mal das Nylonseil aus der Ausrüstungstasche zu geben?«

Mit langsamen Bewegungen griff Arkadij hinter sich und gab ihr das Seil.

»Danke. Ich befestige es jetzt an diesem speziellen Pfeil und lade die Schussvorrichtung, siehst du? Einmal abgefeuert, springen im vorderen Abschnitt spezielle Widerhaken heraus, die sich so ziemlich überall verkeilen können. Reichweite etwa hundertfünfzig Meter. Ich werde trotzdem näher rangehen, weil das Seil nicht so lang ist. Hat jemand Lust, mich zu begleiten?«

Arkadij glotzte die Dänin groß an. Er schien immer noch nicht zu glauben, dass sie tatsächlich da hoch wollte. Was, wenn er begriff, dass sie kein gewöhnliches Kamerateam waren? Aber das spielte jetzt auch keine Rolle mehr. Sie waren am Ziel ihrer Reise und konnten ihm genauso gut reinen Wein einschenken.

»Scheißt der Bär in den Wald?«, fragte er. »Natürlich komme ich mit. So eine Amazonennummer lass ich mir doch nicht entgehen.«

Gemeinsam stapften sie bis kurz vor den Fuß der Steilwand.

Ilka war jetzt in ihrem Element. Sie bat Hannah, den Strahl ihrer Lampe auf den Riss zu lenken, und machte sich bereit.

»Ja, so ist's gut«, sagte sie. »Drückt die Daumen, dass der erste Schuss sitzt.« Sie legte an, zielte und drückte ab. Der Pfeil verließ zischend den Werfer und zog das Nylonseil hinter sich her. Hannah sah noch, wie die Widerhaken herausschnappten, dann verschwand das Geschoss in der Dunkelheit. Alle hielten den Atem an. Es gab ein metallisches Klingeln, dann sahen sie, wie der Pfeil unverrichteter Dinge zu Boden fiel.

»Mist.« Ilka wickelte das Seil wieder ein und lud die Waffe erneut. Doch auch der zweite Versuch scheiterte, ebenso der dritte. Der Pfeil wies bereits erste Schrammen auf.

Ilka presste die Lippen zusammen. »Das ist ein ganz blöder Winkel«, schimpfte sie. »Ich glaube, dass die Öffnung gar nicht mal so klein ist, aber dieser Felsvorsprung macht mir zu schaffen.«

»Was dagegen, wenn ich es mal versuche?«, fragte John.

»Sei mein Gast.« Ilka reichte ihm den Werfer. Er legte an, zielte und schoss. Der Pfeil zischte punktgenau zwischen Vorsprung und Oberkante und verhakte sich mit sattem Klicken im Gestein.

»Anfängerglück«, murmelte Ilka, lächelte aber, als John ihr die Armbrust zurückgab. »Das bekommst du nicht noch einmal hin.«

»Willst du darauf wetten?« Er drückte ihr das Seil in die Hand, ein breites Grinsen im Gesicht. »Du müsstest es doch eigentlich besser wissen.«

Ilka zog das Seil stramm, befestigte es an ihrem Klettergurt und prüfte den Sitz. Mit einem zufriedenen Gesichtsausdruck umfasste sie das Seil und begann, wie ein Affe daran emporzuklettern. Arkadij starrte ungläubig hinter ihr her. Vermutlich war es das erste Mal in seinem Leben, dass er zuschaute, wie eine Frau so etwas tat. Wie überhaupt jemand so etwas tat, hier, in der Arktis, bei Temperaturen von minus dreißig Grad.

Über das Intercom konnten sie Ilkas Atemgeräusche hören.

»Verflucht glatt, diese Wand«, keuchte sie. »Wie abgeschmirgelt. Hab Probleme, mich mit den Füßen abzustützen.«

»Gibt es etwas, was wir für dich tun können?«, fragte John.

»Geht schon. Hab's gleich geschafft. Richtet mal das Licht auf den Vorsprung.«

Hannah folgte der Anweisung. Im Schein der Lampe konnte sie erkennen, dass die Kante einen Überhang bildete.

»Sieht nicht einfach aus, wirst du das schaffen?«, fragte John.

»Abwarten.« In einem atemlosen Moment sahen sie, wie Ilka das Seil durch die Öse an ihrem Gürtel zog, es dort verknotete und dann mit beiden Händen nach der Felskante griff. Schnee und Eiszapfen prasselten auf sie herab.

»Himmel, Arsch und Wolkenbruch«, schnaubte Arkadij. »Was, wenn sie den Halt verliert? Oder der Pfeil löst sich, oder der Gurt reißt?« Der Russe wirkte ziemlich aufgelöst.

John grinste. »Dann müssen wir hoffen, dass sie weich fällt. Oder wir fangen sie auf. Sucht euch was aus.«

»Witzbold.« Arkadij war nicht nach Scherzen zumute. Aber er kannte Ilka auch noch nicht so gut. »Aus vier Metern Höhe fängst du niemanden auf. Nicht mal so eine halbe Portion wie diese Dänin.«

»Wen nennst du hier eine halbe Portion?«, erklang es aus ihren Lautsprechern. »Ich werde dich beim nächsten Mal an deine Worte erinnern, wenn ich dich unter den Tisch saufe. Und jetzt hört auf zu lamentieren, ich bin eh schon oben.«

Sie blickten hoch. Ilka stand oben auf dem Absatz und winkte ihnen zu. Dann verschwand sie.

»Ich hatte nicht den geringsten Zweifel an deinen Fähigkeiten«, sagte John. »Erzählst du uns, was du siehst?«

»Gleich. Erst mal muss ich den Pfeil bergen und ein paar Sicherungshaken einschlagen. Aber soweit ich das von hier aus beurteilen kann, sieht es sehr gut aus. Der Spalt ist schätzungsweise zwei Meter breit und mindestens vier Meter hoch. Der Felsvorsprung hat die Sicht darauf verdeckt, deshalb ist er von unten nur so schlecht zu erkennen war. Aber ich denke ... heiliger Strohsack!«

»Was ist los?«

Pause.

Dann: »Hier oben ist etwas. Eine schöne, saubere Spur. Ganz frisch. Führt direkt in den Berg hinein.«

37
Zwei Stunden später, zurück in der Hütte ...

Arkadij drehte sich um, sein Gewehr vor der Brust haltend.

»Jetzt mal Butter bei die Fische, und erzählt mir nicht, ihr wärt hier, um Nordlichter zu filmen, das glaube ich nämlich keinen Moment länger. Was für Typen seid ihr? Seid ihr überhaupt vom National Geographic? Los jetzt, raus mit der Sprache.«

Hannah sah John an, der daraufhin die Schultern zuckte. Der Augenblick der Wahrheit war gekommen.

»In Ordnung, Arkadij. Es ist Heiligabend, und du hast ein Recht auf die Wahrheit. Könnte aber einen Moment dauern. Meinst du nicht, wir sollten uns lieber setzen, eine schöne Tasse Tee trinken und einen oder zwei von Hannahs wunderbaren Keksen essen?«

Der Russe sah sie feindselig an, überlegte einen Moment und nickte dann. »Abgemacht. Aber wehe, ihr erzählt mir weiter so eine gequirlte Scheiße, dann jage ich euch eine Kugel in den Schädel.« Wie zur Bekräftigung seiner Worte legte er seine Flinte quer über den Schoß.

»Deal.«

John fing an zu erzählen, und es dauerte eine ganze Weile, bis alle Zweifel aus dem Weg geräumt waren. Am Schluss waren es deutlich mehr als zwei Kekse und eine Tasse Tee geworden, doch es hatte sich gelohnt. Der Gesichtsausdruck Arkadis hatte sich von offenem Argwohn über Skepsis in überraschtes Staunen verwandelt. Als er Hannah einen Blick zuwarf, war es, als würde er sie mit völlig anderen Augen betrachten. Vor ihnen ausgebreitet lagen Zeitungsausschnitte, Fotos und andere Beweisstücke, die sie in ihren Unterlagen gefunden und zur Bekräftigung ihrer Behauptungen auf den Tisch gelegt hatten.

Die Flut der Informationen war erdrückend.

»Du bist also wirklich die letzte Überlebende dieses Teams?«

»Soweit mir bekannt ist, ja. Es gibt noch zwei Vermisste, allerdings ist es sehr unwahrscheinlich, dass sie noch gefunden werden. Vermutlich haben die Russen längst ihre Leichen geborgen.«

»Jesus Christus.« Arkadij blickte finster auf die Dokumente.

»Also das ist es, was meine lieben Genossen da unten bewachen, eine beschissene Nazi-Biowaffenfabrik. So viel Kaltschnäuzigkeit hätte ich denen nicht zugetraut.«

»Genau genommen ist es keine Fabrik, sondern ein Labor«, sagte Roberto. »Ziemlich hoch entwickelt und dafür ausgerüstet, den Erreger in eine funktionierende Waffe umzuwandeln.«

»Das macht die Sache nicht besser«, schnaubte Arkadij. »Biowaffen sind der letzte Dreck. Ich weiß, was der Milzbranderreger angerichtet hat; ich habe mal eine Fernsehdokumentation darüber gesehen.«

»Nur, dass das Zeug da unten bei weitem gefährlicher ist als Milzbrand«, sagte Roberto.

Arkadij schüttelte den Kopf. »Wie kann jemand so verantwortungslos sein, an Biowaffen zu forschen? Das Zeug ist doch unkontrollierbar.«

»Vor allem, wenn es in irgendwelchen dubiosen Kanälen verschwindet«, sagte John. »Das ist auch der Grund, warum wir uns so beeilen müssen. Noch haben sie es dort, aber wer weiß, wie lange noch. Wir müssen in die Anlage rein und die Arbeit sabotieren. Davon hängt alles ab.«

»Verstehe«, sagte Arkadij. »Allerdings ist mir nicht ganz klar, wie ihr das anstellen wollt. Wollt ihr die Anlage vernichten oder was?«

»Nur, wenn es keine andere Möglichkeit gibt. Unser primäres Ziel ist, den Urerreger zu isolieren und eine Probe davon außer Landes zu schaffen. Weißt du, Hannah ist schwanger. Wenn es uns nicht gelingt, den Erreger zu finden, wird ihr Kind sterben und mit ihm Tausende, vielleicht Millionen von Menschen. Hannah, das Baby und der Erreger sind der Schlüssel zur Herstellung eines Serums. Das dürfte dann auch dazu führen, dass deine Landsleute ihre Forschungen einstellen. Denn was nützt eine Biowaffe, wenn es dagegen einen Impfstoff gibt?«

Arkadij kraulte nachdenklich seinen Bart. »Nur damit ich das richtig verstehe: Ihr habt vor, diesen Erreger zu stehlen, um ein Gegenmittel zu produzieren? Nicht um selbst eine Waffe zu bauen?«

»Worauf du unser Wort hast.«

Der Hundeführer sah sie eine Weile misstrauisch an, dann sagte er: »Ihr habt mich schon einmal belogen.«

»Weil wir nicht wussten, ob wir dir trauen können. Außerdem war es wichtig, unsere Tarnung aufrechtzuerhalten, zumindest so lange wir in Longyearbyen waren. Es gibt dort zu viele Ohren.«

»Das ist wahr«, sagte Arkadij. »Nun gut, ich werde euch vertrauen. Jedenfalls für den Moment. Aber seid gewarnt: Ich beobachte euch. Sollte ich Zweifel an eurer Glaubwürdigkeit haben, ist unser Deal geplatzt, habe ich mich klar ausgedrückt?«

»Absolut.« John lächelte grimmig. »Und glaub mir, ich bin froh, dass du so reagierst. Alles andere hätte mich misstrauisch gemacht. Immerhin sind es deine Landsleute, gegen die wir zu Felde ziehen.«

»Landsleute, pffft.« Arkadij stieß ein Schnauben aus. »Ich fühle mich schon lange nicht mehr als Russe. Ich gehöre nach Spitzbergen, das ist meine Heimat. Ich hasse es zu sehen, welch furchtbaren Dinge auf meiner schönen Insel geschehen. Nein, nein, was das betrifft, könnt ihr euch meiner Loyalität gewiss sein. Aber wehe, ihr verarscht mich. Diese Waffe ist immer geladen.« Er klopfte auf seine Flinte.

»Gut. Dann werde ich Hiroki bitten, eine Funkverbindung aufzubauen, damit wir unseren Auftraggeber über die jüngsten Ereignisse informieren können. Anschließend werden wir unsere Sachen packen und uns auf den morgigen Einsatz vorbereiten. Habe ich irgendetwas vergessen?«

»Was ist mit der Spur, die Ilka gefunden hat?«, fragte Arkadij. »Meint ihr, es könnte eines dieser Dinger gewesen sein, die ich gesehen habe?«

»Schwer zu sagen«, sagte John. »Könnte von einem Tier stammen oder von einem Menschen. Die Spur war frisch, soviel ist sicher, aber wer sie hinterlassen hat ...« Er zuckte die Schultern. »Ich würde vorschlagen, wir halten die Augen offen. Vielleicht finden wir noch mehr davon, wenn wir dem alten Flussbett folgen. Wir entscheiden dann, wie es weitergehen soll, einverstanden?« Arkadij tat so, als würde er in seine Hand spucken, und hielt sie John hin. »*Deal.*«

Hannah klatschte auf die Schenkel. »Gut, nachdem das jetzt besprochen ist, können wir uns ja dem gemütlichen Teil des Abends widmen.« Sie grinste. »Wie die meisten von euch wissen, ist heute Heiligabend. Ich finde, das sollten wir feiern. Glühwein, Kerzen, Lieder, das ganze Programm. Wer macht mit?«

»Nicht zu vergessen einen Festtagsbraten«, ergänzte Roberto und stand auf. »Dafür bin heute mal ich zuständig. Ich werde schauen, was wir noch so haben, und etwas Leckeres zubereiten. Ich bin ziemlich gut im Improvisieren.«

Ilka zwinkerte ihm zu. »Wenn du eine freiwillige Küchenhilfe brauchst, ich wäre verfügbar. Du weißt schon: putzen, schnippeln, abschmecken. Wie sieht's aus, Lust auf ein bisschen Teamwork?«

»Und Gefahr laufen, dass ich alles versalze? Willst du das Risiko eingehen, *Cara mia?*«

»Ich vertraue auf deine Standhaftigkeit.«

Roberto lachte. »Ich bin gegen vieles immun, aber nicht gegen die Reize einer Frau. Du solltest lieber vorsichtig sein mit deinen lockeren Sprüchen.«

Sie warf ihm einen vielsagenden Blick zu. »Wir werden sehen.«

Sie hörten das Geräusch, als sie gerade mitten in den Vorbereitungen für den Weihnachtskuchen steckten. Ilka hatte noch ein paar alte, vertrocknete Rosinen und Mandeln gefunden und wollte eine Art Stollen backen, als sie innehielt und aufblickte. Alle taten das.

Der Klang der Hubschrauberrotoren war unverwechselbar.

»Scheiße«, murmelte John und stand auf. Er ging zu den Fenstern und versuchte, zwischen den geschlossenen Läden etwas zu erkennen. Wie es schien, ohne Erfolg.

Das Tuckern wurde lauter.

»Was meinst du, sind das die Russen?«, fragte Hannah.

»Davon dürfen wir wohl getrost ausgehen.«

»Und was sollen wir jetzt machen?«

»Erst mal cool bleiben«, sagte John. »Könnte sein, dass sie keine Ahnung haben, wer wir sind und was wir hier wollen. Allerdings sollten wir vorbereitet sein, falls die Dinge aus dem Ruder laufen. Am besten, ihr packt schon mal das Wichtigste ein und macht euch abmarschbereit. Vielleicht müssen wir einen kleinen Notstart hinlegen.«

»Notstart?«, fragte Arkadij. »Wohin?«

»Dorthin, wo wir heute Morgen waren.«

»Die *Felsspalte?*« Der Russe blickte ihn ungläubig an. »Du bist verrückt.«

»Hast du einen besseren Vorschlag?«

»Nun, ich ... nein. Aber das heißt ja nicht, dass ich deinen Vorschlag gutheiße. Wir sollten erst mal versuchen, mit ihnen zu reden. Vielleicht wollen sie ja nur wissen, ob bei uns alles in Ordnung ist, und fliegen danach einfach weiter.«

»Dein Wort in Gottes Ohr«, sagte John.

Der Hubschrauber kam unaufhaltsam näher. Das Licht des Suchscheinwerfers war wie ein gleißender Finger in der Dunkelheit. Im Inneren der Hütte brach hektische Aktivität aus. Sie füllten ihre Taschen, packten ihre Gerätschaften und zogen sicherheitshalber schon mal die Anzüge an.

Der Boden erzitterte, und die Fensterläden klapperten, als der Helikopter fünfzig Meter von ihrer Hütte entfernt niederging. Das Heulen der Turbine klang angsteinflößend. Als sie erstarb, hörten sie das elektrische Jaulen einer sich öffnenden Schiebetür.

»Der Augenblick der Wahrheit«, sagte Arkadij. »Ich werde rausgehen und mit ihnen reden.«

»Aber nicht allein.« John klopfte auf sein Gewehr. »Vielleicht hast du recht, und sie sind wirklich harmlos. Wenn nicht, ist es immer besser, eine zweite Patrone im Lauf zu haben. Bereit?«

»Bereit«, sagte Arkadij.

38

Der künstliche Schneesturm vor ihrer Tür hatte sich gelegt. Zwischen den Ritzen in Arkadijs Fensterläden konnte Hannah sehen, wie die beiden Männer auf das schwarze Ungetüm zuschritten. Eine einzelne Person hatte den Helikopter verlassen und kam im Schein der Positionslichter auf sie zu.

»Was hältst du von der Sache?«, flüsterte Hiroki. »Glaubst du, sie suchen nach uns?«

»Ich weiß nicht«, sagte Hannah. »Immerhin sind seit unserem Aufbruch schon etliche Tage vergangen. Eine solch hartnäckige Suche würde voraussetzen, dass sie wissen, wer wir sind und was wir wollen. Wenn das stimmt, dann gute Nacht.«

»Aber wie hätten sie das herausbekommen sollen?« Hiroki blickte skeptisch. »Denk an unsere Pässe und die Mühe, die wir uns gemacht haben, unsere Identität zu verschleiern. Ich glaube, dass sich das Treffen da draußen als zufällige Begegnung entpuppt. Wenn du mich fragst, wollen die nichts von uns. Wir machen uns völlig unnötig Sorgen.«

»Hoffen wir, dass du recht hast«, murmelte Hannah. Ihr Gefühl sagte ihr allerdings etwas anderes. Tief in ihrem Inneren spürte sie, dass der Mann da draußen gefährlich war.

»Ich frage mich, was die so lange zu quasseln haben«, flüsterte Hiroki nach einer Weile. »Sieht fast so aus, als würden sie ein Kaffeekränzchen abhalten. Warte, ich glaube, sie kommen.«

Tatsächlich. John und Arkadij kamen in Begleitung des Fremden zurück. Es gab einen Rumms, dann wurde die Tür aufgestoßen, und die drei Männer betraten die Hütte.

John schüttelte den Schnee von seiner Jacke.

»Leute, kommt mal alle her, ich möchte euch jemanden vorstellen.« Er wartete, bis alle versammelt waren, dann sagte er: »Darf ich euch vorstellen? Das ist Viktor Primakov, Leiter der hiesigen Bergbaugesellschaft. Seine Leute vermissen eine Gruppe von Geologen, die auf Exploration am Rand der Hinlopenstraße unterwegs waren, als der Schneesturm sie überrascht hat. Seitdem haben sie nichts mehr von ihnen gehört. Er wollte uns fragen, ob wir etwas gesehen haben.«

Der Fremde hatte seine Kapuze vom Kopf gezogen und wischte den Schnee aus seinem Gesicht. Er war groß, augenscheinlich recht sportlich und hatte scharf geschnittene Gesichtszüge. Als er lächelte, bildeten sich zwei Grübchen an seinen Wangen. Keine Frage, der Mann war attraktiv. Ob er wirklich Geologe war, blieb abzuwarten.

»Nach dieser herzlichen Begrüßung bleibt mir kaum etwas hinzuzufügen«, sagte er mit schwerem russischem Akzent. »Was dagegen, wenn ich mir eine Zigarette anzünde?«

»Nicht, wenn ich eine bei Ihnen abstauben darf«, sagte Ilka.

»Bitte sehr.« Der Fremde hielt ihr die Schachtel hin und gab ihr Feuer. »Sonst noch jemand?« Er musterte die anderen, die jedoch alle verneinten.

»Alles Nichtraucher, hä?« Er lächelte, doch es war ein kaltes Lächeln. Seine Augen hatten die Farbe eines Novemberhimmels, aus dem der erste Schnee fiel. Hannah spürte Argwohn in sich aufsteigen. Wer war dieser Kerl, was wollte er? Dass er von der Bergbaugesellschaft kam, glaubte sie ebenso wenig wie die Geschichte von den verschollenen Geologen. Trotzdem sollten sie den Anschein wahren und so tun, als würden sie die Sache ernst nehmen.

»Nun, es ist, wie Ihr Kollege bereits erzählt hat«, begann Primakov. »Die Gruppe verschwand vor zwei Tagen. Drei Männer und eine Frau. Sie waren auf der anderen Seite der Bucht und untersuchten titanreiche Gesteinsvorkommen, als der Sturm hereinbrach. Seitdem sind wir auf der Suche nach ihnen. Der Schneesturm zwang uns, unsere Nachforschungen zu unterbrechen, doch jetzt können wir sie wieder aufnehmen. Die Zeit drängt. Wir hatten sie auf Olaf-V-Land vermutet, doch da waren sie nicht. Wir dehnten unsere Suche auf den östlichen Teil der Hinlopenstraße aus, bisher jedoch ohne Erfolg. Sie haben nicht zufällig irgendetwas gesehen oder gehört?« Er blies eine Rauchwolke in die Luft.

»Wir wurden selbst von dem Sturm überrascht«, entgegnete John. »Unser Führer wäre beinahe in einem Eisloch ums Leben gekommen, doch zum Glück ist alles gutgegangen. Von Ihren Leuten haben wir allerdings keine Spur gesehen.«

»Dachte ich mir. Falls Sie doch noch etwas hören oder sehen, wäre ich Ihnen sehr verbunden, wenn Sie mich kontaktieren würden. Hier ist meine Karte.« Er reichte ihnen eine einfach gedruckte und geprägte Visitenkarte.

Gravosk-Kulkompani, Spitzbergen stand darauf. Und darunter *Viktor Primakov, Chief Geologist*. Hannah ließ die Karte durch ihre Finger gleiten und reichte sie dann weiter.

Der Stempel der norwegischen Kohlebaugesellschaft sah echt aus. Aber es bedurfte mehr als eines einfachen Stückchens Pappe, um ihre Zweifel zu zerstreuen. Primakov sah sich um. »Schön haben Sie's hier. Darf ich fragen, was Sie hier machen?«

»Wir sind ein Kamerateam des National Geographic«, sagte John. »Es soll eine Serie über die arktischen Länder produziert werden, und wir wollten hier draußen ein paar Nordlichter aufnehmen. Bisher leider ohne Erfolg.«

»Verstehe. Na, ich kann Ihnen Entwarnung geben. Das Wetter klart auf. Spätestens morgen dürfen Sie mit klarem Himmel und wunderbarer Aussicht rechnen.« Er drückte seine Zigarette im Aschenbecher aus. »National Geographic, soso. Nun, dann will ich Sie nicht länger belästigen und wünsche Ihnen guten Appetit. Hier drin riecht es wirklich köstlich. Vielen Dank für Ihre Hilfsbereitschaft. Falls Sie doch noch etwas hören oder sehen sollten: Sie wissen ja, wo Sie mich erreichen. Ein schönes Weihnachtsfest noch.« Er verabschiedete sich mit einem knappen Händedruck und verschwand dann in der arktischen Dunkelheit. Die Tür fiel ins Schloss.

Eine Weile warteten sie noch, dann atmeten alle erleichtert auf. »Puh«, sagte Roberto. »Das ist ja noch mal gutgegangen. Als ich ihn zuerst sah, dachte ich, mit dem Kerl ist nicht gut Kirschenessen. Aber eigentlich war er ganz nett.«

»Nett ja, aber das Kraut, das er raucht, ist furchtbar.« Ilka drückte die Zigarette aus und schob den Aschenbecher fort.

»*Viceroy*. Habe ich noch nie leiden können.«

Hannah sah seine Karte auf dem Tisch liegen. Ihr Gefühl sagte ihr immer noch, dass mit ihm etwas nicht stimmte.

Sie konnte es nicht erklären, aber sie glaubte, dass er nicht das war, was er zu sein vorgab.

Hiroki schien ihrer Meinung zu sein. Er war die letzten Minuten sehr schweigsam gewesen, saß hinter seinem Laptop und starrte mit konzentriertem Blick auf den Monitor.

»Leute, ich glaube, das solltet ihr euch mal ansehen. Ich habe die Daten auf der Karte sicherheitshalber mal abgecheckt, und das Ergebnis gefällt mir gar nicht.«

»Wieso, was ist los?«, fragte John.

»Es gibt keinen Viktor Primakov in der Gravosk-Bergbaugesellschaft, und die Nummer stimmt auch nicht. Aus einer Intuition heraus habe ich mich mal in das Sicherheitsnetzwerk von EMERCOM gehackt. Ihr erinnert euch, der Verein, der die Schirmherrschaft über das Valhalla-Projekt übernommen hat? Ich bin zwar auch dort nicht direkt fündig geworden, aber über ein paar Umwege bin ich an die Personalien einiger externer Mitarbeiter gekommen, die dem obersten Leiter unterstehen. Die Daten sind ziemlich gut verschlüsselt. Wollt ihr mal sehen, auf wen ich da gestoßen bin?« Er drehte den Laptop zu ihnen herum. »Immerhin stimmt der Name.«

Das Gesicht war unverkennbar das ihres Besuchers. Ein bisschen jünger, aber mit demselben scharfkantigen Profil.

Hannah fühlte, wie sich ihr Herz verkrampfte. »Major Viktor Primakov«, las sie. »Ehemaliger Mitarbeiter des *Sluschba Wneschnei Raswedki.*«

»Der SWR war der russische Dienst für Außenaufklärung, zuständig für Außeneinsätze und Auslandsspionage, und in etwa vergleichbar mit dem britischen MI6 oder dem amerikanischen CIA.« Hiroki lächelte grimmig. »Unser lieber Freund war ein ganz hohes Tier beim Geheimdienst und arbeitet jetzt für Generaloberst Sergej Fradkov, den leitenden Militärberater der Zivilschutzbehörde EMERCOM. Ich weiß ja nicht, wie es euch geht, aber ich habe da ein ganz mieses Gefühl. Wenn ihr mich fragt, wir sollten lieber zusehen, dass wir von hier weg...«

Er hatte noch nicht ausgesprochen, als ein Zischen über ihren Köpfen ertönte, gefolgt von einem markerschütternden Scheppern. Einer der Töpfe flog vom Regal und landete direkt vor ihnen auf dem Tisch, in seiner Mitte ein ausgefranstes Loch. Wie benommen starrte Hannah auf den deformierten Topf, als die Hütte plötzlich in gleißendes Licht getaucht wurde.

»HIER SPRICHT MAJOR PRIMAKOV: ERGEBEN SIE SICH UND KOMMEN SIE MIT ERHOBENEN HÄNDEN AUS DER HÜTTE. IHNEN WIRD NICHTS GESCHEHEN. SOLLTEN SIE SICH WEIGERN, WERDEN WIR DAS FEUER ERÖFFNEN. ICH WERDE JETZT LANGSAM VON ZEHN RUNTERZÄHLEN ...«

Atemloses Schweigen. Es war, als habe in der Hütte jemand schlagartig den Ton abgestellt. Das Entsetzen in ihren Gesichtern war nicht gespielt.

»ZEHN ...«

»Ich wusste es«, zischte Hannah. »Ich hatte schon die ganze Zeit so ein komisches Gefühl.«

»NEUN ...«

»Was machen wir denn jetzt?« Hiroki sah aus, als müsse er sich gleich übergeben. »Wir können doch nicht ...«

»Weg hier, schnell«, stieß John aus. »Unsere Sachen sind

gepackt, die Schlittenhunde angeschirrt. Machen wir, dass wir hier wegkommen.«

»Und wohin, wenn ich fragen darf?«

»ACHT ...«

»Na, zu der Höhle, die Ilka gefunden hat, wohin sonst? Wir haben die Leiter nicht ohne Grund dort hängen lassen. Zwei Mann pro Schlitten. Wir treffen uns dort.«

»Und du?« Hannah sah ihren Geliebten voller Sorge an. Sie wusste, dass John hin und wieder zu waghalsige Alleingängen neigte. Und tatsächlich.

»Ich werde rausgehen und mit ihnen reden. Uns Zeit verschaffen. Ihr verlasst die Hütte durch die Hintertür und rennt zu den Schlitten. Los jetzt!«

»SIEBEN ...«

»Aber ...«

»Kein Aber. Der Typ ist ein Profi. Er wird nicht fackeln, euch umzulegen. Abgesehen von Hannah vielleicht.«

»Von mir? Wieso ...?«

»Weiß nicht. Ist nur so ein Gefühl. Er wollte herausfinden, ob du hier bist und wie viele von uns bei dir sind.«

»SECHS ...«

»Los jetzt, macht schon. Wir haben schon viel zu viel Zeit vertrödelt.« Er prüfte den Sitz seiner Waffe und eilte zur Hintertür. Ein eisiger Windstoß fuhr durch die Hütte und rüttelte alle wach.

»FÜNF ...«

»Arkadij, du wirst sie führen. Sollte ich nicht rechtzeitig eintreffen, wartet nicht auf mich, ich werde es schon irgendwie schaffen. Klettert einfach die Leiter hoch und verschanzt euch dort.«

Arkadij schüttelte den Kopf. »Nicht allein, *Kollega*. Ich werde bei dir bleiben und mit ihnen reden. Zur Not können wir uns gegenseitig Feuerschutz geben.«

»VIER ...«

John schien einen Moment mit sich zu ringen, dann nickte er. »Also gut. Aber werden die Hunde den anderen auch ohne dich folgen?«

Der Russe nickte. »Sie kennen euch jetzt gut genug. Ihr gehört zur Familie. Und jetzt los. Machen wir, dass wir hier rauskommen, ehe sie das Feuer auf uns eröffnen.« Er klopfte John auf die Schulter und flüsterte ihm rasch einen Plan ins Ohr. John lächelte grimmig. »Gut. Dann komm, mein Freund. *Dawai!*«

39

DREI ...«

John wartete, bis Hannah und die anderen hinter ihm verschwunden waren, dann nahm er seinen ganzen Mut zusammen und öffnete die Vordertür.

Gleißende Helligkeit empfing ihn. Die Flutlichter des Helikopters waren so grell, dass er für einen Moment die Augen schließen musste. Als er sie wieder öffnete, sah er die Umrisse von sechs Männern, die sich wie Scherenschnitte vor dem hellen Hintergrund abhoben. An ihrer Haltung konnte er erkennen, dass die Mündungen ihrer Gewehre auf ihn gerichtet waren. Er hob die Hände.

»Wir ergeben uns.«

»WO SIND DIE ANDEREN?« Das Megaphon verzerrte Primakovs Stimme bis zur Unkenntlichkeit.

»In der Hütte«, rief John. »Ich bin hier, um mit Ihnen zu reden. Ich will wissen, wer Sie sind und was Sie von uns wollen.«

»WER ICH BIN, IST VÖLLIG UNERHEBLICH. WAS ICH WILL, IST DIE FRAU.«

Also doch, schoss es John durch den Kopf. Seine Intuition hatte ihn nicht getrogen.

»Welche Frau? Wir haben zwei.«

»HANNAH PETERS.«

»Wer? Bei uns ist niemand mit diesem Namen.«

»HÖREN SIE AUF, SPIELCHEN MIT MIR ZU SPIELEN. WIR WISSEN GENAU, WER SIE SIND, MR. JOHN EVANS.«

John fühlte, wie eine eisige Hand an seine Brust griff. Er hatte mit einigem gerechnet, nicht aber, seinen Namen zu hören. Woher zum Geier wusste der Kerl von ihm?

Wie um seine Worte zu unterstreichen, hob Primakov seine Waffe und setzte John einen Warnschuss vor die Füße. Schnee stob auf und spritzte ihm eine eisige Ladung nadelspitzer Kristalle ins Gesicht. Für einen Moment war er blind, als plötzlich von rechts ein Schuss ertönte. Ein trockenes Krachen wie von einer Jagdflinte.

Arkadij!

Einer der Männer stieß einen Schrei aus und sackte zu Boden, die anderen richteten ihre Blicke auf ihn. Er war nur leicht verwundet, schrie aber wie am Spieß. Für einen Moment waren Primakov und seine Leute abgelenkt. Zeit genug für John, seine Arme herunterzunehmen und die Glock aus dem Halfter zu reißen. Ohne zu zögern, legte er an und schoss. Der Mann, auf den er gezielt hatte, fiel um wie ein gefällter Baum.

Primakov stieß einen Fluch aus, ließ sich zu Boden fallen und eröffnete das Feuer. Kugeln durchsiebten die Holzwand hinter John. Hätte er nicht über so schnelle Reflexe verfügt, er wäre bestimmt getroffen worden. Der Kerl war gut, verdammt.

Die Männer verteilten sich und begannen, die Hütte aus unterschiedlichen Positionen ins Visier zu nehmen. John sah, wie sie in einer langgestreckten Zangenbewegung auseinanderliefen und sich hinter Schneehaufen in Sicherheit brachten. Noch schienen sie nicht zu wissen, wo Arkadij sich versteckt hatte, aber die Zeit wurde knapp.

Auf allen vieren durch den Schnee robbend, versuchte

John, zu Arkadij durchzukommen, doch Primakov schien seine Gedanken erraten zu haben und überzog das Schneefeld mit einer Garbe aus Kugeln. Eines der Geschosse streifte Johns Stiefel und entlockte ihm einen unterdrückten Schrei. Das war knapp gewesen, verdammt knapp.

Zu allem Überfluss starteten jetzt auch noch die Turbinen des Helikopters. Primakov machte Anstalten, einzusteigen. Positionslichter blitzten auf. Schneller und schneller rotierten die Rotoren.

Was wollte er? Verstärkung holen? Um die Hütte herumfliegen und sie von der anderen Seite unter Beschuss nehmen? Wenn das geschah, war es aus. Sie saßen hier wie auf dem Präsentierteller. Die Schlittenhunde wären nicht in der Lage, einem Hubschrauber zu entkommen.

John brach der Schweiß aus. Der Schneeanzug behinderte ihn. Er fühlte sich eingeengt, eingesperrt in ein Gefängnis mit elastischen Wänden. Schneller und schneller drehten sich die Rotoren und peitschten dabei Eis und Schnee in die Luft. Schlagartig wurde die Luft trübe, als habe man sie in ein Glas Milch getaucht. Stroboskopartige Lichter und wabernde Schemen zuckten wild durcheinander. Der Lärm schwoll auf ein ohrenbetäubendes Maß an. Johns Gedanken rasten fieberhaft in verschiedene Richtungen. Wenn es einen passenden Moment für die Flucht gab, dann war er jetzt da. Mehr als diese eine Chance würden sie nicht bekommen.

Elastisch wie ein Weidenbogen schnellte er aus seinem Versteck hervor, feuerte eine Kaskade von fünf Schüssen auf den startenden Helikopter ab und rollte sich dann zur Seite. Er wusste nicht, ob er etwas getroffen hatte, hoffte aber, dass ihm das zumindest etwas Zeit verschaffen würde. Die Schüsse aus seiner Pistole wurden umgehend von einem metallischen Pling-pling-pling beantwortet. Überall um ihn herum blitzten Mündungsfeuer auf, doch keiner der Schüsse kam auch nur annähernd so nahe wie der erste. Es war wie ein Duell mit verbundenen Augen. Interessanterweise schien der Helikopter nicht höher zu steigen. Im Gegenteil. Nach einem Moment des Aufstiegs sank er wieder ab. John hob verwundert den Kopf. Hatte er vielleicht ein lebenswichtiges Teil getroffen? Er sandte zur Sicherheit drei weitere Schüsse in die betreffende Richtung und rannte dann zu Arkadij hinüber. Er fand den Russen, halb eingegraben, seine Flinte im Anschlag. »Nicht schießen, ich bin's, John.« Er hob die Hände und ließ sich neben ihn in den Schnee fallen.

Arkadij starrte ihn an, seine Augen weit aufgerissen. Seine Bewegungen wirkten verlangsamt, sein Blick war unstet.

John sah gleich, dass mit ihm etwas nicht stimmte. »Los geht's, weg hier«, stieß er aus. »Es ist unsere einzige Chance. Solange die Rotoren den Schnee verwirbeln, können sie uns nicht sehen.«

»Lauf du nur. Ich bleibe hier und gebe dir Feuerschutz.«

»Unsinn, sie werden dich erwischen. Hoch mit dir und dann nichts wie zu deinen Hunden.« Er stand auf und zog den Russen auf die Füße.

Arkadij schien irgendwie nicht ganz bei sich zu sein.

»Was ist los mit dir?«, fragte John. »Warum ...« Dann sah er es. Sein Magen verkrampfte sich. Auf Arkadijs Schneeanzug schimmerte ein hässlicher, feuchter Fleck. Nicht rot, sondern dunkel, beinahe schwarz.

Ein Bauchschuss.

John hielt den Atem an. »Du bist getroffen.«

»Nichts Schlimmes, aber ich fürchte, ich werde nicht mit dir mitkommen können. Ich werde so lange aushalten, bis du verschwunden bist, und mich dann ergeben.« Ein schwaches Lächeln umspielte seine Lippen. »War schön, dich kennengelernt zu haben, John Evans. Grüß die anderen von mir, besonders die nette Dänin und den kleinen Japaner. Ich fürchte, ich werde meine Schuld ihm gegenüber doch nicht mehr einlösen können.«

John sah auf den Fleck und presste die Lippen zusammen. Arkadij hatte recht. Mit so einer Verletzung würde er nirgendwohin gehen. Er gehörte in ein Krankenhaus, und zwar schnell. Behutsam legte er ihm die Hand auf die Schulter.

»Das hast du schon getan. Ich bin sicher, Hiroki wird es verstehen. Und was dich betrifft: Sobald ich weg bin, streckst du die Waffen und ergibst dich, einverstanden? Wenn du dich kooperativ zeigst, werden sie dir nichts tun, immerhin gehörst du nicht direkt zu unserem Team. Und es sind deine Landsleute, vergiss das nicht.« Er bemühte sich zu lächeln, doch es war ein armseliger Versuch. Er hatte eine dunkle Ahnung von dem, was Arkadij blühen könnte, wenn Primakov ihn in seine Finger bekam. Dabei fiel ihm etwas ein.

»Hier, nimm das«, sagte er und griff in die verborgene Tasche in der Innenseite seines Schneeanzuges. Er hielt Arkadij eine kleine rote Dose hin und öffnete sie.

»Was ist das?«

»Nur für alle Fälle. Es wirkt schnell und schmerzlos. Eine

kleine Abkürzung, falls du keinen anderen Ausweg mehr siehst. Aber nur dann, versprochen?«

Arkadij nahm etwas von dem Inhalt, starrte einen Moment darauf und nickte. »Danke«, sagte er. »Danke, dass ihr mich in euer Team aufgenommen habt. Ihr wart die besten Freunde, die ich seit langer Zeit hatte. Es hat ... Spaß gemacht.« Er würgte die Worte heraus, als wären sie Holzsplitter. »Und jetzt mach, dass du hier wegkommst.« Er griff nach seinem Gewehr, legte an und feuerte einen Schuss in Richtung des havarierten Hubschraubers.

*

Primakov bebte vor Zorn. Fünf Schüsse, und einer von ihnen hatte durch einen unglücklichen Zufall die Hauptleitung erwischt. Die Kugel war in den Motorenbereich eingedrungen, musste dort an der Bordverkleidung abgeprallt und in den Sicherungskasten eingeschlagen sein. Mit dem Effekt, dass die Steuereinheit ausgefallen war und der Pilot nicht mehr abheben konnte. Schlimmer noch: Die Turbine ließ sich nicht abstellen, was dazu führte, dass die Rotoren sich unentwegt weiterdrehten und Schnee aufwirbelten.

Laut Bordingenieur war es nur eine Frage von Minuten, bis er die defekte Leitung gefunden und repariert hatte, doch es waren wertvolle Minuten. Minuten, in denen die Gegner ihre Position überdenken und ihre Strategie ändern konnten. Und er wollte nicht, dass sie das taten. Denken war nicht gut, das führte zu lästigen Komplikationen. Die Sache dauerte ohnehin schon viel zu lang. Dieser John Evans war zäher als vermutet. Seine aktive Dienstzeit lag einige Jahre zurück, weswegen Primakov die Sache nicht so ernst genommen hatte. Andererseits: es war wie beim Fahrradfahren. Einmal erlernt, vergaß man es nie wieder.

Was den zweiten Schützen betraf, so schien es sich bei ihm um den Touristenführer zu handeln, den er in der Hütte kennengelernt hatte. Arkadij Lewtschenko, ein notorischer Eigenbrötler und Trunkenbold. Wie passte er in das Bild? Wusste er, wer die anderen waren? Und wenn ja, warum ergriff er für diese Fremden Partei? Fragen, die Viktor Kopfschmerzen bereiteten. Er war ein bisschen zu leichtfertig gewesen, was diese Gruppe betraf. Er hatte die Leute kennengelernt. Sie hatten nicht den Eindruck hartgesottener Geheimdienstler gemacht. Eher wie ein Haufen bunt zusammengewürfelter Abenteurer. Trotzdem schienen sie allesamt sehr engagiert zu sein. Und Motivation war im Kampf ein nicht zu unterschätzender Faktor. In diesem Moment vernahm er die Stimme einer seiner Männer im Kopfhörer.

»Major, wir haben einen Gefangenen. Ich werde ihn rüber zum Helikopter bringen. Sollen die anderen weiter die Stellung halten?«

»Bestätige Vorschlag«, sagte Viktor. »Erwarte Ihre Ankunft beim Helikopter. Primakov. Ende.«

Wen mochten sie wohl geschnappt haben? Hoffentlich Evans. Er gab dem Piloten Zeichen zum Verlassen des Hubschraubers und öffnete die rechte Seitentür. Motorenlärm und wirbelndes Schneechaos begrüßte ihn. Er ignorierte die stechenden Eiskristalle auf seiner Haut und eilte die Trittstufen hinab. Unten angekommen, sah er die Umrisse zweier Männer auf sich zukommen. Viktor hatte den Eindruck, dass einer von ihnen verwundet war. Lewtschenko!

Der Soldat nahm Haltung an. »Melde Übergabe des Gefangenen und bitte um Erlaubnis, die Suche nach den anderen fortsetzen zu dürfen.«

»Erlaubnis erteilt.« Viktor zog seine Dienstwaffe und richtete sie auf den Hundeführer. »Hände hoch, Freundchen.«

»Ich vergaß zu erwähnen, dass der Gefangene verwundet ist. Vermutlich Bauchschuss.«

»Das sehe ich. Ich werde mich um ihn kümmern. Was ist mit dem anderen?«

»Bisher noch keine Spur. Aber wir werden ihn finden.«

»Sie können jetzt wegtreten. Gute Arbeit, Kommandant.«

»Danke, Herr Major.« Der Mann salutierte, dann eilte er zurück in die Dunkelheit.

Viktor richtete seine Aufmerksamkeit auf den Gefangenen. Der Russe war in einem bemitleidenswerten Zustand. Er entschied, dass er die Pistole nicht brauchte, und steckte sie weg. Dann griff er ihm unter die Arme und stützte ihn.

Lewtschenko stieß einen dumpfen Schmerzenslaut aus.

»Keine Sorge, *Genosse*«, sagte Viktor, während er dem Mann humpelnd und ächzend in Richtung Helikopter half. »Du wirst nicht sterben. So schnell stirbt bei uns niemand. Du wirst sehen, in null Komma nichts haben wir dich wieder zusammengeflickt. Dann wirst du uns alles über diese Leute erzählen.«

»Einen Scheiß werde ich. Ich ... verrate meine Freunde nicht.«

»Wer redet denn hier von Verrat? Nur ein paar kleine Informationen, das ist doch nicht zu viel verlangt. Sieh es einfach als kleine Anzahlung auf dein zukünftiges Leben. Was meinst du?«

»Leck mich am Arsch.«

»Immer noch ein bisschen angriffslustig, wie? Na, das lob ich mir. Aber das solltest du dir für später aufheben. Ich verfüge über Mittel und Wege, dich zum Sprechen zu bringen. Manche sind angenehm, manche nicht so sehr.« Er grinste.

»*Bajstrjuk!*«

Viktor lachte. »Ach, mein lieber Arkadij, wenn du wüsstest, wie sehr ich mich auf die Stunden mit dir freue. Du und ich, wir werden noch richtig gute Bekannte werden, da bin ich mir sicher. Und bis dahin solltest du deine Kräfte schonen und lieber darüber nachdenken, was du mir von deinen neuen Freunden erzählen willst.«

40

Hannah ergriff die Leichtmetallleiter und setzte ihren Fuß auf die unterste Sprosse. Durch ihre dicken Handschuhe konnte sie kaum etwas ertasten. Das dünne Klettergerät schaukelte bedenklich von einer Seite zur anderen.

Sie zögerte.

»Nicht nachdenken, einfach klettern«, rief Ilka von oben herab. »Eine Sprosse nach der anderen, und ein bisschen plötzlich, wenn ich bitten darf.«

Hannah biss die Zähne zusammen und griff nach oben. Hand über Hand, Fuß über Fuß. Und tatsächlich, die Schaukelei hörte auf.

»Na also, geht doch. Musstest du in der Sahara nie in irgendwelche Höhlen steigen?«

»Nicht mit so einer Leiter«, entgegnete Hannah. *Außerdem erwarte ich ein Kind, du blöde Kuh, da ist man nicht mehr so beweglich.* Aber sie behielt den Gedanken für sich, schließlich wollte sie vor den anderen nicht wie eine keifige Ziege dastehen. Sie hatte keine Behinderung, sie war einfach nur schwanger.

Und dann begibst du dich in so ein Abenteuer? Solltest du nicht mehr Verantwortung tragen und dich um dein Baby kümmern?

»Aber das tue ich doch«, murmelte sie. »Ich trage Verantwortung. Für mich, für mein Kind, für jeden gottverdammten Bewohner auf diesem Planeten. Und jetzt halt dein Maul und kümmere dich um deine eigenen Angelegenheiten.«

Die Stimme verstummte, just zu dem Zeitpunkt, als Hannah die oberste Sprosse erreichte. Roberto ergriff ihre Hand und zog sie zu sich heran. »*Meo Anjo*, schau dir an, wie deine Augen funkeln. Wie eine Löwin, die gerade eine Antilope erlegt hat.«

»Ist bloß die Anstrengung ...«, sagte Hannah und warf einen scharfen Blick hinüber zu Ilka. Doch die Dänin schien sie gar nicht zu bemerken. Sie war ganz konzentriert, zusammen mit Hiroki die Expeditionsausrüstung zusammenzustellen. Hannah beschloss, die Sache auf sich beruhen zu lassen. Vielleicht war sie einfach nur dünnhäutiger und reizbarer geworden.

Ihre Gedanken wanderten zu John. Sie spähte in die Ferne, dorthin, wo die Flutlichter des Helikopters den Horizont mit Licht erfüllten. Seit ihrer überstürzten Flucht war keine Minute vergangen, in der sie nicht an ihn gedacht hatte.

»Irgendetwas Neues?«, fragte sie.

»Du meinst, seit die Schüsse gefallen sind?« Roberto schüttelte den Kopf. »Nicht dass ich wüsste.«

»Ich mache mir so große Vorwürfe. Wir hätten die beiden nicht allein lassen dürfen.«

»Wir haben genau das Richtige getan«, sagte Roberto. »Wir hätten gegen diese gut ausgebildeten Soldaten nicht den Hauch einer Chance gehabt. Sie hätten uns alle gefangen genommen, und das wäre dann das Ende unserer Mission gewesen. Wäre dir das lieber?«

Sie presste die Lippen zusammen. »Natürlich nicht. Aber ich denke immer darüber nach, ob es nicht vielleicht eine andere Möglichkeit gegeben hätte.«

»Welche denn?« Roberto sah sie mitfühlend an. »Ich komme immer wieder zu dem Schluss, dass John sehr vorausschauend gewesen war, als er uns zur Flucht verholfen hat. Außerdem wärst du nie in der Lage gewesen, ihn von seinem Vorhaben abzubringen. Er ist fast noch starrköpfiger als du.« In der Dunkelheit konnte Hannah ein schwaches Lächeln erkennen. »Um ehrlich zu sein, ich war ziemlich eifersüchtig, als ich hörte, dass ihr beide ein Paar seid. Seit unserer ersten Begegnung habe ich nicht aufgehört, mir einzubilden, dass das mit uns noch etwas werden könnte – eines Tages. Mittlerweile habe ich meine Meinung geändert. Er ist ein guter Mann, du hast Glück.«

»Danke.« Hannah spürte einen Kloß im Hals. Für sie klangen Robertos Worte ein bisschen so, als stammten sie aus einem Nachruf. Als ob John bereits tot sei. Nein, dachte sie und schüttelte den Kopf. Nie und nimmer. Sie fühlte, dass er noch am Leben war.

In diesem Moment sah sie es. Einen winzigen Punkt in der Ebene, der rasch auf sie zukam. Zuerst dachte sie, sie würde sich das nur einbilden, doch der Fleck wollte nicht verschwinden.

»Gebt mir mal ein Fernglas. Schnell!«

Ilka kam nach vorne, ein Zielfernrohr in der Hand.

»Hast du etwas gesehen?«

Hannah deutete auf den Fleck und hielt das Fernrohr vor ihr Auge. Wie immer hatte sie zuerst Schwierigkeiten mit der Orientierung, doch dann sah sie es. Ihr Herz machte einen Sprung. »Ein Schlittengespann«, stieß sie aus.

»Kannst du sehen, wer es steuert? Sind es John und Arkadij?«

Hannah justierte den Schärferegler, doch das Bild wurde nicht besser. »Ich kann nur eine Person erkennen.«

»Lass mich mal.« Ilka nahm Hannah das Fernrohr aus der Hand und hielt es an ihr Auge. »Ich glaube, du hast recht«, sagte sie. »Es ist ganz eindeutig nur eine Person.«

»Wer ist es? Kannst du erkennen, wer den Schlitten steuert?« Hannahs Herz schlug bis zum Hals. *Lass es John sein, lieber Gott. Bitte mach, dass es John ist.*

»Ich glaube, es ist John, nein, ich bin mir sogar ziemlich sicher«, sagte Ilka. »Er hat diese orangefarbenen Streifen auf den Schultern.«

»Und Arkadij?«, fragte Hiroki.

»Ich ... ich weiß nicht. Ich kann sonst niemanden erkennen. Aber sieh selbst.« Sie reichte dem Japaner das Fernrohr.

Inzwischen hatte der Wind wieder eingesetzt. Ein strammer Strom kalter Luft fegte ihnen von Nordwesten entgegen und blies den Schnee vor sich her. Die Sicht wurde trübe, und der Schlitten verschwand.

»Meinst du, er findet unseren Unterschlupf?«, fragte Hannah. »Vielleicht sollten wir ihm Lichtzeichen geben.«

»Und damit unsere Position verraten?« Roberto schüttelte den Kopf. »Das wäre viel zu riskant. Ich kann ohnehin nicht verstehen, warum die Russen nicht schon längst ihren Helikopter angeworfen haben und uns gefolgt sind.«

»Aber wenn John nun die Orientierung verliert? Was, wenn er uns nicht mehr findet?«

»Du solltest anfangen, etwas mehr Vertrauen in deinen Mann zu haben«, sagte Ilka. »John hat schon aus Situationen herausgefunden, die weitaus schwieriger waren. Wenn wir Zeit haben, werde ich dir mal erzählen, was wir beide zusammen erlebt haben. Dann wirst du erkennen, dass deine Sorge unbegründet war. Siehst du, da kommt er.« Sie deutete nach unten. Das Schlittengespann tauchte am Fuße der Felswand auf. John stieg ab, griff nach seinem Gepäck und näherte sich in gebeugter Haltung ihrem Standort. Hannah hatte das Gefühl, als humpelte er. Von Arkadij fehlte jede Spur.

»Los«, sagte Ilka. »Haltet die Leiter fest. Einer rechts, einer links. Auf mein Kommando fangt ihr an zu ziehen. Eins ... zwei ... drei!«

Mit vereinten Kräften zogen sie John nach oben. Es dauerte nicht lang, und sein Kopf erschien über der Felskante. Hannah ergriff seine ausgestreckte Hand und zog ihn zu sich heran. Sie schlang ihre Arme um ihn und vergrub ihr Gesicht in seiner Jacke. Noch niemals hatte sie ein derartiges Gefühl der Erleichterung empfunden.

»Was ist geschehen, wo ist Arkadij?«

John setzte seine Schneebrille ab. Seine Augen wirkten erloschen. »Er ... er hat es nicht geschafft.«

»Was ist passiert?«

John fasste die Ereignisse der letzten Minuten in wenigen Worten zusammen. Alle lauschten betroffen seinen Worten. Jeder Einzelne von ihnen hatte seine ganz speziellen Erinnerungen an den Russen, aber eines war ihnen allen gemeinsam: Sie hatten einen guten Freund verloren. Sein Verlust traf sie schwer.

»Ich kann es einfach nicht glauben«, sagte Roberto. »Meinst du, er ist ...?«

»Nicht tot, wenn du das meinst«, sagte John. »Aber die Bauchverletzung sah ziemlich schlimm aus. Ich kann nur hoffen, dass die Russen ihn gnädig behandeln und wieder zusammenflicken.«

»Das hoffe ich auch«, sagte Hiroki, dem die Neuigkeit ziemlich auf den Magen geschlagen hatte.

John nickte mitfühlend. »Ich kann eure Trauer verstehen, aber wir sollten trotzdem weitermachen. Ich bin sicher, Arkadij würde nicht wollen, dass wir jetzt aufgeben. Kommt, Freunde, bereiten wir ihm Ehre und führen wir diese Mission zu Ende. Hiroki, konntest du Stromberg unsere Botschaft schicken?«

Der Japaner schluckte seinen Kummer runter und nickte. »Die Nachricht ist raus, allerdings habe ich noch keine Rückbestätigung. Kann sein, dass sie noch irgendwo im Äther feststeckt, aber raus ist sie auf jeden Fall.«

»Dann wird er sie auch bekommen. Wann, spielt jetzt keine so große Rolle. Hauptsache, er weiß, dass wir weiter an der Sache dran sind. Ilka, ich möchte, dass du die Leiter einziehst und alle Spuren unserer Anwesenheit tilgst. Die Russen sind momentan noch damit beschäftigt, ihren Helikopter zusammenzuflicken, aber es wird nicht lange dauern, dann werden sie wieder hinter uns her sein. Am besten, wir lassen sie so lange wie möglich über unseren Verbleib im Unklaren.«

»Was ist mit den Hundegespannen?«, fragte Hannah.

»Die dürften allein zur Hütte zurückfinden. Dort erwartet sie Futter und Unterschlupf. Und entweder die Russen kümmern sich um sie, oder wir tun das, sobald wir hier fertig sind. Ich will, dass ihr euch alle auf die vor uns liegende Aufgabe konzentriert. Da ich keine Ahnung habe, wie weit sich das Virus unter dem Eis ausgebreitet hat, würde ich vorschlagen, dass wir bereits jetzt die Schutzanzüge und Atemmasken anziehen. Damit wird das Laufen zwar unangenehmer, aber es hat den Vorteil, dass uns warm bleibt. Außerdem will ich kein Risiko eingehen. Wer von euch hat die Karten?«

Hannah betrachtete John. Er ging ganz auf in seiner Rolle als Anführer. Wer hätte das jemals von dem schüchternen und zurückhaltenden Mann gedacht, den sie vor ein paar Jahren kennengelernt hatte? Sie war so erleichtert, ihn lebend zu wissen, dass es ihr schier das Herz zerriss. Sie spürte, dass sie es nicht überleben würde, sollte ihm etwas zustoßen.

41

Der Gang erwies sich als Teil eines weitverzweigten Netzwerks von Höhlen und Stollen, die wie die Adern eines lebendigen Wesens tief ins Innere der Insel führten. Was auf den Thermobildern der Satellitenkamera wie ein einzelner, zusammenhängender Strom ausgesehen hatte, war in Wirklichkeit ein Geäst aus vielen kleinen Nebenflüssen, die irgendwo vor ihnen in den großen Hauptstrom münden mussten. Von oben betrachtet, würde das Ganze vermutlich wie ein auf den Kopf gestellter Baum aussehen, dessen Zweige und Äste sich nach Norden hin zu einem mächtigen Stamm vereinten.

Für Hannah, deren geographische Kenntnisse sich auf einige grundlegende Fakten beschränkten, war klar, dass Nordostland vor Urzeiten einmal zu einer größeren Landmasse gehört haben musste; durch geologische Prozesse war dieser Teil weggebrochen und in Folge der Kontinentaldrift nach Norden abgetrieben worden. Der Durchstich durch die Felswand erwies sich als relativ kurzer Abschnitt, den sie schon bald hinter sich gelassen hatten. Dahinter folgte eine Decke aus massivem Eis. Sie waren jetzt im Inneren der Insel angelangt, wobei sie den eigentlichen Stadtbereich noch nicht mal erreicht hatten. Der Übergang erfolge so nahtlos, dass sie es anfangs gar nicht bemerkten. Erst als Ilka stehen blieb und ein paar Proben nahm, wurde ihnen das gesamte Ausmaß ihrer Entdeckung bewusst. Einige einfache Tests ergaben, dass das Eis mindestens 5000 Jahre alt sein musste.

5000 Jahre?

Wenn das stimmte, musste die Siedlung darunter noch viel älter sein. Aber wie alt genau? 6000 Jahre, 7000? Das wiederum bedeutete, dass es sich um die älteste Stadt der Welt handelte. Warum war in den Geschichtsbüchern darüber nichts zu finden? Gewiss, es gab Platon, aber der beschränkte sich nur auf Andeutungen. Und sonst? Eine Fußnote hier, ein Gerücht dort. Wo waren die Beschreibungen und Reiseberichte, die von der großartigen Stadt des Nordens handelten, deren Kultur, Fortschrittlichkeit und Reichtum wie ein Leuchtfeuer auf den Rest der Welt herabschien?

Fragen, deren Beantwortung noch in weiter Ferne lag. Und wer konnte schon ahnen, was sie noch alles finden würden?

Hannah benutzte ihre Digicam, sooft sie nur konnte. Möglich, dass dies später einmal die einzigen Aufzeichnungen sein würden, die von der versunkenen Stadt existierten. Sollte sich herausstellen, dass sie mit ihrer Vermutung über das Alter richtiglagen, konnte es leicht geschehen, dass die Erkenntnisse für lange Zeit unter Verschluss blieben. Zu tiefgründig, zu umwälzend wären die Schlussfolgerungen, die sich daraus ziehen ließen. Solche Dinge posaunte man nicht leichtfertig in die Öffentlichkeit hinaus. Allein die archäologische Bestandsaufnahme würde Jahrzehnte in Anspruch nehmen, von der Analyse und Bewertung ganz zu schweigen. Und was geschah danach? Darüber konnte man nur spekulieren. Wenn das, was man hier herausfinden würde, in diametralem Gegensatz zur gängigen Lehrmeinung stand, war es durchaus möglich, dass die Erkenntnisse für Jahre oder Jahrzehnte in irgendwelchen Archiven verstaubten. Wer glaubte, Wissenschaft habe nur etwas mit der Vermehrung von Wissen zu tun, der kannte nur die halbe Wahrheit. In den meisten Fällen handelte es sich nur um eine andere Form von Politik. Mächtige Interessengemeinschaften innerhalb der Universitäten verhinderten seit jeher das Aufkommen unorthodoxer Meinungen. Zu viele Karrieren, zu viel Macht und Einfluss standen auf dem Spiel. Was als wissenschaftliches Prinzip – die Beweisbarkeit und Reproduzierbarkeit neuer Erkenntnisse – gelobt und gepriesen wurde, wurde leider ebenso oft als Unterdrückungsmechanismus gegen solche eingesetzt, die mit allzu forschen und revolutionären Ideen antraten. In dieser Hinsicht unterschied sich der wissenschaftliche Apparat kaum von der Wirtschaft, in der ebenfalls Lobbys und Interessenverbände die Szene beherrschten. Erst wenn niemand mehr die Augen vor der Wahrheit verschließen konnte, erst wenn selbst die hartnäckigsten Kritiker von der Last der Beweise erdrückt wurden, hatten neue Ideen eine Chance, sich durchzusetzen. Doch bis dahin war es ein langer und steiniger Weg, und nicht wenige Forscher erlebten den Durchbruch nicht mehr. So gesehen, war es durchaus möglich, dass dieser Ort auch weiterhin verborgen bleiben würde und dass Hannah und ihre Freunde die Einzigen waren, die außerhalb der Forschungseinrichtung jemals davon erfuhren.

John, der als Kundschafter immer einige Meter vorausging, war stehen geblieben. Im Schein seiner Lampe glitzerte und funkelte es. Vor ihnen erhob sich eine undurchdringliche Wand aus Eis und Geröll. Die Brocken waren beeindruckend und besaßen teilweise die Größe eines Pkws.

»Sieht aus, als wäre die Decke eingestürzt«, konstatierte Ilka. »Scheint noch gar nicht so lange her zu sein. Zehn, fünfzehn Jahre würde ich sagen. Das Deckeneis ist an dieser Stelle recht dünn.«

»Was machen wir denn jetzt?« Hiroki atmete schwer. Der Japaner brach unter der Last seiner elektronischen Geräte beinahe zusammen. Trotzdem weigerte er sich beharrlich, auch nur eines seiner geliebten Stücke an jemanden anderen abzugeben. Hannah hatte ebenfalls Atemprobleme. Diese Anzüge waren einfach nicht für körperliche Belastungen ausgelegt. Bisher hatten sie relativ leichtes Gelände zu überwinden gehabt, aber wie würde es werden, wenn sie klettern mussten?

John warf einen Blick auf den Plan. »Schwer zu sagen. Die Satellitenaufnahme ist viel zu ungenau. Es ist mehr ein Rätselraten als eine Orientierungshilfe. Ich bin froh, wenn wir erst die Stadt erreicht haben. Dank der Karten wird die Navigation dort deutlich einfacher.«

»Der Wärmescan ist im Moment das Einzige, was wir haben, also beklag dich nicht ständig.« Ilkas Augen verengten sich, als sie die Verästelungen untersuchte, die durch verschieden starke Grauwerte dargestellt wurden. Sie hatte sich bisher als ausgezeichneter Pfadfinder erwiesen.

»Wenn ich das richtig sehe, befinden wir uns gerade an dieser Stelle.« Ilka tippte auf den Plan. »Hier ist der Einbruch zu erkennen, seht ihr? Es befinden sich noch weitere Einsturzstellen vor uns. Vermutlich betreffen sie das gesamte Stück zwischen hier und hier.« Sie bemaß einen etwa zwei Zentimeter großen Abschnitt auf der Karte.

»Wir sollten ein Stück zurückgehen und versuchen, diesen Weg zu nehmen.« Sie deutete auf etwas, das nicht viel mehr als eine verwaschene graue Schliere auf dem Papier war. »Mit etwas Glück ist dies ein Seitenarm, der uns um den gesamten Bereich herumführt.«

»Jetzt, wo du es erwähnst ...«, sagte Roberto. »Ich habe vor etwa hundert Metern auf der linken Seite eine Öffnung in der Seitenwand bemerkt. Kaum mehr als eine Öffnung am Boden, aber vielleicht ausreichend, dass wir uns dort hindurchquetschen können.«

»Das muss er sein. Gut gemacht, Großer.« Ilka klopfte Roberto auf die Schulter. »Also kehrt marsch. John, am besten übernimmst du wieder die Führung. Und beim nächsten Mal lässt du mich eher mal einen Blick auf den Plan werfen, okay?«

Hannah lächelte hinter ihrer Atemmaske. Ob es John gefiel, wie er von Ilka herumkommandiert wurde? Selbst schuld, immerhin hatte er sie ins Team gebracht.

Es dauerte nicht lange, da fanden sie die Stelle. Eine etwa ein 1,50 Meter große Öffnung in Bodennähe, kaum mehr als ein zu groß geratenes Kaninchenloch. Das Eis an seinen Rändern schimmerte dunkel und blau.

»Und da sollen wir durch?« Hiroki blickte skeptisch.

Hannah gab ihm recht. Es sah wirklich verdammt eng aus. Sie hasste Enge; es gab ihr das Gefühl, lebendig begraben zu sein.

»Na schön«, sagte John. »Es hat keinen Sinn, dass wir alle da hineinkriechen und stecken bleiben. Ich schlage deshalb vor, dass Ilka und ich vorauskriechen und herausfinden, wie es dahinter aussieht. Ihr könnt euch ausruhen und eine

Kleinigkeit essen. Roberto, wenn du kurz prüfen würdest, ob die Luft rein ist?«

Der Mikrobiologe zog ein etwa handtellergroßes Gerät aus seiner Tasche und nahm eine Luftprobe. Nachdem er an verschiedenen Stellen im Gang Proben entnommen hatte, kam er zu ihnen zurück und nickte zufrieden. »Keine Gefahr, die Luft ist nicht kontaminiert.«

»Bist du sicher?«, fragte Hiroki. »Ich dachte, hier wären überall Keime.«

»Viren sind bei niedrigen Temperaturen inaktiv«, sagte Roberto. »Wenn es hier welche gäbe, würde unsere Anwesenheit nicht ausreichen, um sie aus ihrem Dornröschenschlaf zu wecken. Was Hannas Leuten passiert ist, hatte etwas mit den Lampen und Wärmestrahlern zu tun. Ich empfehle trotzdem, dass wir die Helme nur für kurze Zeit absetzen.«

»Dann wünsche ich guten Appetit«, sagte John. »Wir sehen zu, dass wir bald wieder bei euch sind. Hebt uns etwas auf.« Er zwinkerte Hannah zu, dann bückte er sich und krabbelte hinter Ilka durch das eisige Loch.

Hannah schaute ihnen eine Weile hinterher, setzte sich neben die anderen und fing an zu essen. Ihre Nahrungsmittel befanden sich in sterilen Einzelpackungen, die mit Aufreißlaschen versehen waren. Die Prozedur erwies sich als recht schwierig, da sie mit ihren Handschuhen kein richtiges Fingerspitzengefühl entwickeln konnten. Erst als Roberto eine Bandagenschere aus dem Erste-Hilfe-Koffer hervorzauberte, gelang es ihnen, die Beutel zu öffnen. Doch auch danach wollte sich kein richtiger Genuss einstellen. Also aß sie schweigend und wartete.

Es waren gerade mal zehn Minuten verstrichen, als aus der Öffnung ein Licht schimmerte. Hannah tippte an ihr Funkgerät. »John, Ilka, seid ihr das? Könnt ihr mich hören?«

Ein Knirschen und Knacken ertönte. Dann: »... *gleich wieder ... euch. Wir ... einen Durchgang ge... Sind auf ... gestoßen.*«

Die Verbindung brach ab. Der Nachteil dieser abhörsicheren Funkverbindung war die ziemlich begrenzte Reichweite. Ein paar Schichten Eis oder Fels, und man bekam nichts als statisches Rauschen auf die Ohren.

Die Lichter zuckten heller und brachten das Eis von innen heraus zum Leuchten. In diesem Moment erschien Johns Kopf in der Öffnung. Hannah rappelte sich hoch und half ihm auf die Beine. Ilka folgte ihm, und Hannah reichte auch ihr eine Hand. Eifersucht hin oder her, sie war immer noch ein Teammitglied.

»Wir haben den Durchgang gefunden«, sagte John. »Er ist zu Beginn tatsächlich sehr schmal, wird danach aber breiter. Etwa nach einem halben Kilometer mündet er wieder in den Hauptarm und führt von dort aus weiter.«

»Das sind gute Neuigkeiten«, sagte Hiroki. »Aber sagtest du nicht auch, dass ihr auf etwas gestoßen wärt?«

»Das sind wir. Aber das solltet ihr euch besser selbst ansehen. Eine kurze Pause, dann geht's los. Ist noch was von der köstlichen Wellpappe da?«

Kurz darauf waren alle abmarschbereit und verschwanden, einer nach dem anderen, in der Öffnung. Da sie ihr Gepäck nicht auf dem Rücken tragen konnten, hatte John ein System ersonnen, mit dem sie die Rucksäcke an Seilen durch den Engpass im Eis befördern konnten. Er selbst blieb als Letzter zurück, um gegebenenfalls einzugreifen, falls sich eines der Gepäckstücke versehentlich verhakte. Hannah kroch hinter Hiroki durch den niedrigen Stollen und konzentrierte sich dabei auf den Anblick seiner Stiefel. Selbst das jahrelange autosuggestive Training konnte nicht verhindern, dass ihr der Schweiß ausbrach. Warum nur hatte sie sich diesen Job ausgesucht, wenn sie unter Klaustrophobie litt? Hätte sie nicht einen normalen Beruf ergreifen können, so wie alle anderen? Sie kam aus einer Lehrerfamilie, und ihre Eltern hätte nichts mehr gefreut, als wenn sie ebenfalls diese Richtung eingeschlagen hätte. Aber sie war immer schon ein Querkopf gewesen, und Querköpfe mussten eben manchmal den Preis für ihre Sturheit zahlen. Abgesehen davon: Die Vorstellung, Tag für Tag irgendwelche lärmenden, desinteressierten Bälger unterrichten zu müssen, behagte ihr noch weniger. Dann schon lieber durch meterdicke Eis- und Gesteinsschichten kriechen. Wie würde es nur werden, wenn sie selbst ein Kind hatte? Würde sich ihre Einstellung ändern? Würde sie jemals eine gute Mutter werden?

Der Gedanke an das kleine Wesen verdrängte alle Sorgen und Ängste. Die Wände aus Eis wichen zurück. Sie spürte eine Kraft, von der sie nicht geglaubt hatte, dass sie sie besaß. Es war, als flöge ihr Geist auf Autopilot, als wüsste er genau, wohin die Reise ging. Ja, dachte sie, du kannst das. Für dieses kleine Geschöpf, das noch nicht mal geboren war, könntest du alle Kämpfe bestreiten, alle Hindernisse überwinden und alle Ängste besiegen. Du wirst nicht mehr allein sein, nie wieder, bis ans Ende deiner Tage. Es wird immer jemand da sein, der dich braucht, der dir etwas bedeutet und der zu dir aufsieht, ob du nun einen guten Tag hast oder einen schlechten. Und wenn du es nicht völlig vermasselst, bekommst du sogar das, was du dir im Verborgenen immer gewünscht hast: eine Familie.

Ein überwältigendes Gefühl von Glück durchströmte sie. Es floss tief in ihre Mitte und wärmte sie mit einer hellen, kraftvollen Flamme. Und ehe sie sich versah, war sie durch die engste Stelle des Tunnels hindurch und auf der anderen Seite. John, der hinter dem Gepäck auftauchte, trat auf sie zu und sah sie verwundert an. Seine Augen leuchteten vor Erleichterung. »Du hast es geschafft, Hannah. Um ehrlich zu sein, ich war mir nicht sicher, ob ich dir das zumuten kann. Ich habe mich nicht getraut, dir zu sagen, wie schlimm der Tunnel wirklich ist, weil ich doch weiß, wie sehr du dich vor der Enge und Dunkelheit fürchtest. Ich bin stolz auf dich.«

»Ich war ja nicht allein«, sagte sie rätselhaft.

Er sah sie einen Moment lang fragend an, doch als klarwurde, dass nichts weiter kommen würde, räusperte er sich und rief: »Okay, Leute. Alle gut durchgekommen? Gut. Ich möchte an dieser Stelle noch einmal besonders darauf hinweisen, wie wichtig es ist, dass eure Anzüge intakt bleiben. Sie sind zwar recht stabil, aber auch das zäheste Material gibt irgendwann nach. Und um ein Loch mit Klebeband zu flicken, müssten wir erst mal wissen, dass es überhaupt existiert. Viele Löcher sind zu klein für das Auge, nicht aber für Mikroben. Ich bin sicher, dass Roberto mir da zustimmen wird. Also bitte Vorsicht, in Ordnung?«

»Wir werden schon aufpassen, versprochen«, sagte Hiroki. »Was wolltest du uns zeigen?«

John zog einen Rucksack aus der Öffnung. »Warum übernimmst du das nicht, Ilka? Ich werde inzwischen unser Gepäck wieder tragfähig machen.«

»Kommt mit«, sagte die Dänin. »Ich bin wirklich gespannt, was ihr davon haltet.«

Nur wenige Schritte von der Stelle entfernt, wo sie aus dem Stollen herausgekommen waren, befand sich eine feuchte Stelle am Boden, auf die von der Decke unablässig Schmelzwasser tropfte. Pfützen, die teilweise schon die Größe kleiner Tümpel erreicht hatten, säumten den Boden. Ein klares Zeichen dafür, dass selbst im Dezember die Temperaturen in diesen Stollen über null Grad lagen. Hannah hatte sich eh schon gewundert, wie mild es hier unten war. Sie folgte dem Lichtstrahl und bemerkte einige merkwürdige, längliche Formen im Matsch.

»Was ist das?«

»Seht es euch an.«

Hannah ging in die Hocke und fuhr den Umriss mit dem Finger nach. Merkwürdig. Wüsste sie es nicht besser, hätte sie behauptet, den Abdruck eines menschlichen Fußes zu sehen. Allerdings gab es so viele Aspekte, die nicht ins Bild passten, dass sie den Gedanken eigentlich gleich wieder verwerfen musste. Als sie zur Seite schaute, sah sie weitere Abdrücke.

»John sagte, du bist so etwas wie eine Spurenexpertin. Also, was meinst du?«

Hannah überschlug die Abmessungen, setzte sie in Beziehung zur Form und schüttelte denn den Kopf. »Da bin ich überfragt«, sagte sie. »Auf den ersten Eindruck sieht es aus wie ein menschlicher Fuß. Ein nackter menschlicher Fuß, wohlgemerkt. Gerade noch zu erkennen an den fünf kleineren Vertiefungen im Vorderbereich und der größeren am Ende. Doch da endet die Ähnlichkeit auch schon wieder. Das Ding ist zu lang und zu breit, um von einem Menschen zu stammen, selbst wenn jemand so verrückt wäre, hier unten barfuß herumzulaufen. Dass die Form sich nicht durch Gefrier- oder Tauvorgänge nachträglich vergrößert hat, erkennt man daran, wie gut der Schlamm seine Konsistenz bewahrt, seht ihr?« Sie drückte ihre Hand in den Untergrund. Im Vergleich zu der mysteriösen Spur wirkte ihr Abdruck winzig. »Kein Eindringen von Wasser, keine Verschlammung oder sonstige Veränderungen an den Rändern. Ein ideales Medium zur Konservierung der Form. Wir dürfen also davon ausgehen, dass dies exakt der Abdruck ist, so wie er hinterlassen wurde. Aber schaut euch diese ausgefransten Ränder an. Sie wirken irgendwie *zerlaufen*. Hier drüben erkennt man es noch besser. Als wäre die Form amorph.«

»Du meinst, sie verändert sich?«

»Anders kann ich es nicht erklären«, sagte Hannah. »Mein Handabdruck hingegen sieht immer gleich aus, seht ihr?« Zur Demonstration drückte sie noch einmal ihre Hand in den Matsch.

»Dann würdest du also nicht sagen, dass der Abdruck von einem Bären stammt?«

»Einem Bären?« Hannah lachte laut auf. »Nie und nimmer. Das ist weder ein Bär noch sonst irgendetwas, das wir kennen. Es tut mir leid, euch das sagen zu müssen, aber ich

bin überfragt.« Sie sah die anderen an und entdeckte bei den meisten ihrer Freunde den gleichen angewiderten Gesichtsausdruck. So, als würden alle den gleichen Gedanken haben.
Arkadijs Monster!
»Besser, wir brechen wieder auf«, brach Ilka das Schweigen. »Die Zeit drängt, und wir haben noch einen tüchtigen Marsch vor uns.«

42

Etwa drei Stunden später hatten sie die ersten Ausläufer der Stadt erreicht. Zu erkennen nicht etwa an Gebäuden oder Straßen – dafür hätte die Sicht in der eisumgrenzten Dunkelheit ohnehin nicht gereicht –, sondern an der einfachen Tatsache, dass die Ränder des Flussbettes, in dem sie marschierten, mit Steinblöcken stabilisiert und künstlich begradigt worden waren. Die Uferböschung war teilweise drei Meter hoch und von beeindruckender Stabilität. Trotz ihres hohen Alters und der Tatsache, dass sie einen Gletscher auf ihren Schultern trug, gab es nur wenige Stellen, an denen das Mauerwerk unter der Last oder dem Alter zusammengebrochen war.

Nach ihrem Plan befanden sie sich nur noch einen knappen Kilometer von der Außenmauer der Stadt entfernt. Zeit für eine Bestandsaufnahme und eine Lagebesprechung.

Hannah ließ sich entkräftet zu Boden sinken. Sie hatte das Gefühl, in ihrem Anzug zu schwimmen. Das reißfeste Gewebe war auf Isolation und Stabilität ausgelegt, nicht auf Luftaustausch oder Atmungsaktivität. Auch die anderen sackten erschöpft zusammen.

Alle, bis auf John. Hannahs Lebensgefährte schien über unerschöpfliche Kraftreserven zu verfügen.

»Ruht ihr euch aus«, sagte er, nachdem er sein Gepäck abgeladen und einen Schluck getrunken hatte. »Ich werde ein Stück vorauslaufen und sehen, was uns dort erwartet.«

»Bist du denn nicht müde? Du musst doch genauso fertig sein wie wir.«

»Eine Stunde oder so halte ich noch durch«, sagte John. »Ich würde gerne sehen, was mit dem Fluss geschieht, wenn er die Stadtmauer erreicht. Für einen längeren Aufenthalt ist hier für meinen Geschmack zu wenig Schutz. Falls die Russen Patrouillen losschicken und diese auf die Idee kommen sollten, den Kanal zu erkunden, säßen wir hier wie auf dem Präsentierteller. Macht euch keine Sorgen, ich bin bald wieder zurück.«

»Wie wär's mit etwas Gesellschaft?« Ilka rappelte sich auf, obwohl sie genauso geschafft aussah wie alle anderen.

Hannah hatte keine Einwände. Sie war zu müde, um sich über Ilkas fortwährende Avancen aufzuregen. Letztendlich war es ohnehin Johns Entscheidung, ob er das Spiel mitspielte oder nicht.

»Nein, lass mal«, sagte er. »Du brauchst Ruhe, genau wie die anderen. Aber wenn du noch nicht müde bist, würde ich vorschlagen, dass du Wache hältst. Die anderen können dann eine Runde schlafen. Ich komme zurück, sobald ich das Gelände eruiert habe.« Mit einem Kuss in Hannahs Richtung drehte er sich um und marschierte los. Hannah konnte Ilkas Enttäuschung im Schein der Lampe sehen. Doch der Moment war nur von kurzer Dauer. »Also gut«, sagte die Bergsteigerin. »Ihr habt gehört, was der Boss gesagt hat. Ruht euch aus, ich passe auf.«

Sie nahm eine Pistole, prüfte, ob sie geladen war, und verzog sich auf einen benachbarten Felsbrocken.

Roberto zwinkerte Hannah zu, doch sie zuckte nur die

Schultern. Sosehr sie sich auch über Johns Entscheidung freute, sie war einfach nur k. o.

Hiroki entrollte die Thermarest-Matten, plazierte sie nebeneinander auf dem Boden und legte sich hin. Sein zufriedenes Grunzen verriet, wie sehr er es genoss, die Beine ausstrecken zu können. Hannah stand auf und legte sich neben ihn. Ebenso Roberto.

»Das ist gut«, murmelte er. »Es kommt mir so vor, als hätte ich seit Ewigkeiten nicht mehr geschlafen.«

»Geht mir auch so«, sagte Hannah. »Ich verstehe überhaupt nicht, wieso ich so erledigt bin.«

»Abgesehen davon, dass du für zwei atmen musst?«, fragte Roberto. »Ich würde sagen, Sauerstoffmangel. Diese Atemfilter behindern die Luftzufuhr. Deine Lunge muss viel mehr arbeiten. Ist wie auf einem Berg. Aber du wirst dich daran gewöhnen. Morgen spätestens wird es dir leichter fallen.«

Morgen. Hannah war jetzt schon genervt. Es fühlte sich an, als würde man Sauerstoff aus einer Konserve atmen. Ganz abgesehen von dem dämlichen Zischen der Ventile. Andererseits – sie hatte keine Lust, noch einmal mit diesen Viren in Kontakt zu kommen. Einmal war völlig ausreichend. Also fügte sie sich in ihr Schicksal und versuchte, sich zu entspannen.

»Ich kann es immer noch nicht glauben, dass diese Stadt so alt sein soll«, sagte Hiroki, der mit seiner Lampe die mächtigen Steinquader der Uferbegrenzung ableuchtete. »Fünftausend Jahre. Ich bin ja kein Archäologe, aber das kommt mir verdammt alt vor.«

»Vermutlich ist sie älter«, sagte Hannah. »Wenn es stimmt, was ich glaube, dann fällt der Bau dieser Metropole in den Zeitraum zwischen 8000 und 4000 vor Christus. In das sogenannte *Atlantikum*, auch als *holozänes Optimum* bekannt. Damals herrschte auf der Nordhalbkugel der Erde eine Wärmeperiode. Sie führte nicht nur dazu, dass die Sahara eine blühende und grünende Savanne war, sondern brachte gleichzeitig auch die ersten menschlichen Hochkulturen hervor. Çatal Höyük zum Beispiel, in der anatolischen Hochebene gelegen. Die Stadt gehört seit 2012 zum Welterbe der UNESCO. In ihrer Blütezeit zwischen 7400 und 6200 vor Christus umfasste sie bereits mehrere tausend Einwohner. Sie war aus Lehmziegeln und Stampflehm erbaut und gilt unter Archäologen als eine der ältesten Städte der Welt. Später folgte dann in West- und Nordeuropa die sogenannte Megalithkultur. Eine entwicklungsgeschichtliche Hochphase, die sich vor allem durch massive Steinbauten, Hügelgräber und Steinkreise auszeichnete.«

»Stonehenge?«

Hannah nickte. »Genau genommen ist der Begriff Megalithkultur nicht ganz zutreffend, da es sich um mehrere, voneinander unabhängige Kulturkreise handelt, aber er hat sich nun mal so eingeprägt und ist schwer wieder aus den Köpfen der Leute herauszubringen. Bemerkenswert ist jedoch, wie weit sie vor allem in nördlichen Gebieten verbreitet war. Man kann die Funde vor allem in Irland, Schottland, England und den skandinavischen Ländern bewundern, und sie datieren alle aus der Jungsteinzeit sowie der Bronzezeit.«

»Dann wäre das hier ebenfalls megalithisch, oder?«

»Das wäre jetzt blanke Spekulation. Aber wenn du recht hast, dann könnte diese Stadt der lang gesuchte Ursprungsort sein. Immerhin ist dies hier zwei- bis dreitausend Jahre älter. Später dann, als die Temperaturen abkühlten, verschwand die Stadt unter dem Gletscher.« Sie lächelte. »Wisst ihr, dass ich Stromberg ausgelacht habe, als er mir mit Hyperborea kam? Mittlerweile bin ich überzeugt davon, dass er mit seiner Vermutung voll ins Schwarze getroffen hat.«

»Wie passen die Nazis da rein?«, fragte Roberto. »Es fällt mir schwer zu glauben, dass es ein Zufall war, dass sie diese Stadt vor uns entdeckt haben. Warum haben sie ausgerechnet hier solch ein gefährliches Biowaffenlabor errichtet? Ihr Deutschen seid immer so verdammt gründlich, ihr überlasst doch nie etwas dem Zufall.«

»Na, na, da pflegt aber jemand seine Vorurteile.« Hannah grinste. »Nicht alle Deutschen sind Nazis, und nicht alle Nazis sind Deutsche. Aber du hast schon recht: Ich glaube selbst nicht, dass es ein Zufall war, dass die Nazis diesen Ort entdeckt haben. Ich habe mir die Unterlagen, die uns dieser Geschichtsprofessor aus Potsdam – Wolfram Siebert – geschickt hat, gründlich angesehen. Die Nazis waren ganz versessen darauf, ihren Rassenmythos geschichtlich zu untermauern. Sie bezeichneten die Nordländer als Ursprung des Germanentums und glaubten, dass sie Nachfahren einer überlegenen Rasse gewesen seien, die ihre Hauptstadt im Reich Atlantis gefunden hätten. Ob sie Atlantis sagten und Hyperborea meinten, werden wir wohl nie herausfinden. Vermutlich wussten sie es selbst nicht ganz so genau, schließlich gehen beide Reiche ja auf dieselbe antike Quelle zurück: auf Platon. Fest steht, dass die Nazis danach gesucht haben. Jahrelang. Dass sie es dann tatsächlich fanden, war wohl eher ein Zufall.« Sie räusperte sich. »Vielleicht aber auch nicht. Sie hatten schon immer ein großes Interesse an der Vergangenheit, wenn auch an einer Vergangenheit, wie *sie* sie sehen wollten. Es gab damals zwei archäologische Organisationen: Das Amt Rosenberg und die Organisation *Ahnenerbe* der SS. Wobei man die eigentlich vergessen kann. Ihre Aufgabe bestand lediglich darin, den Abstammungsmythos und die Überlegenheit der arischen Rasse wissenschaftlich zu untermauern. Taten so, als wollten sie archäologische Expeditionen fördern, aber eigentlich ging es um systematischen Kunstraub und globale kulturhistorische Plünderung. Alles, was nicht niet- und nagelfest war, wurde gestohlen und in riesigen Depots gelagert. Himmler – aber auch Hitler selbst – nutzte die Forschungsgemeinschaft als Plattform für krude Theorien und Experimente. Selbst vor Menschenversuchen machten die nicht halt. Wurden dann im Zuge der bedingungslosen Kapitulation Deutschlands im Mai 1945 aufgelöst.«

»Und Rosenberg?«

»Nicht weniger fehlgeleitet, wenn auch ein bisschen seriöser arbeitend. Eine Dienststelle für Kultur- und Überwachungspolitik vom Reichsbund für Deutsche Vorgeschichte mit dem Chefideologen Alfred Rosenberg an der Spitze. Rosenberg sah die Weltgeschichte als einen ständigen Kampf zwischen den reinblütigen ›Nordländern‹ – die seiner Auffassung zufolge Nachfahren von Atlantis waren – und den Semiten, womit er Menschen jüdischer Abstammung meinte. Er war überzeugt, dass die Germanen als Nachfahren der Bewohner von Atlantis das Gute repräsentierten, während die Juden das Böse in die Welt brachten.

Dieser immerwährende Konflikt habe das Antlitz der Weltgeschichte geformt.«

Roberto stieß ein Lachen aus. »Das ist an geistiger Umnachtung kaum noch zu überbieten.«

»Stimmt, aber damals wurde es sehr ernst genommen. Das Amt Rosenberg hatte sich allen Ernstes zum Ziel gesetzt, Beweise für die Existenz von Atlantis und für die Überlegenheit der germanischen Rasse zu finden.«

»Und sie betrieben tatsächlich Feldforschung?«

Hannah nickte. »Da wurde viel Geld in diverse Projekte gesteckt, unter anderem in Expeditionen. Eine ihrer Expeditionen fand im Dezember 1938 statt. Ein deutsches Forschungsschiff unter Hakenkreuzflagge war im Südpolarmeer unterwegs, um Eis- und Gesteinsproben zu sammeln. Die Forscher waren auf der Suche nach Beweisen für die sogenannte Welteislehre. Diese Theorie besagte, dass in prähistorischer Zeit ein Komet auf der Erde eingeschlagen sei und die Urväter der arischen Herrenrasse beinahe vollständig ausgelöscht habe. Ein letzter Zufluchtsort habe sich in Tibet, im Himalaja, befunden, wo die Verbliebenen von Atlantis überlebt und das unterirdische Reich Shambala gegründet haben sollen.«

»Himmel, ist das hanebüchen ...«

»Warte erst mal ab, bis du das Ende hörst. Es wurde nämlich eine zweite Expedition ins Leben gerufen, diesmal in den Himalaja. Unnötig zu erwähnen, dass beide Expeditionen erfolglos waren, sieht man mal von einer mysteriösen Statue ab, die Himmlers Chefarchäologe Ernst Schäfer aus dem Himalaja mitbrachte. Eine etwa zehn Kilogramm schwere Eisenfigur, auf der ein Hakenkreuzsymbol zu sehen war und die obendrein aus einem unbekannten Material bestand. Später stellte sich heraus, dass es sich um einen sogenannten Ataxit handelte, einen Meteoriten, der aus der Eisen-Nickel-Legierung Taenit bestand. Eine Figur mit Hakenkreuz, die obendrein noch außerirdischen Ursprungs war – ein gefundenes Fressen für den Chefideologen Himmler, der daraufhin gleich eine weitere Expedition in Auftrag gab. Diesmal in den hohen Norden. Dabei stießen sie auf das hier.« Sie deutete nach oben. »Du siehst also, da wurde eine Menge Geld und Energie reingesteckt. So gesehen, ist es vielleicht doch kein Zufall.« Hannah zuckte die Schultern. »Ich bin mir aber nicht mal sicher, ob Himmler oder Hitler von der Tragweite dieser Entdeckung überhaupt noch erfahren haben. Als die ersten Übersichtsskizzen und Straßenkarten erstellt wurden, ging es in Deutschland nämlich schon zu Ende. Ausgeträumt der Traum von der überlegenen Nordrasse, Schluss mit dem Germanentum und dem Tausendjährigen Reich. *Wer Wind sät, wird Sturm ernten*, davon konnten die Herren in Berlin zu dieser Zeit weiß Gott ein Lied singen.«

»Pech für sie«, sagte Roberto. »Wären sie weniger darauf bedacht gewesen, alle benachbarten Länder mit Krieg zu überziehen und ihnen ihre krude Ideologie aufzudrücken, hätten sie hier oben auf der Spitze der Welt wahrlich bedeutsame Entdeckungen machen können.«

»Na ja, zumindest können wir froh und dankbar sein, dass bei der Forschungsgruppe, die hier stationiert war, einige dabei waren, die sich nicht nur der Entwicklung immer tödlicherer Waffensysteme verschrieben hatten, sondern die zumindest so viel Grips besaßen, ein detailliertes Straßen- und Wegenetz der alten Stadt anzulegen. Siebert hat uns eine Kopie davon zugeschickt, und ich könnte mir vorstellen, dass dieser Plan uns noch von großem Nutzen sein dürfte.«

»Vorausgesetzt, wir kommen überhaupt in die Stadt hinein«, sagte Roberto und drehte sich auf die Seite. »Allerdings denke ich, dass wir bessere Chancen haben, wenn wir gut ausgeruht sind. Wir sollten Johns Rat befolgen und ein bisschen die Augen zumachen. Ich glaube, Hiroki pennt schon, und ich bin auch schon recht müde. Komm, Hannah, gönn dir die kurze Ruhepause. Wer weiß, wann wir wieder Gelegenheit dazu haben.«

»Gute Nacht.«

»Gute Nacht.«

Hannah schlief sofort ein. Sie träumte von großen, bleichen Gestalten in ihren Hallen aus Stein. Von langen Gängen und riesigen mechanischen Apparaten, die unablässig arbeiteten und stampften, und von dampfgetriebenen Maschinen, deren mächtige Zahnräder die Achsen der Welt bewegten.

»*Hannah.*« Eine der großen Gestalten legte Hannah ihre Hand auf die Schulter. Sie war lang und schmal und besaß sechs Finger statt nur fünf. »Wach auf, Hannah, wir müssen weiter.«

Sie öffnete die Augen.

Vor ihr saß John und zwinkerte ihr hinter seiner Maske entgegen. »Herzlich willkommen zurück unter den Lebenden.«

Sie blickte sich um. Die anderen waren alle schon wach.

»Wie lang habe ich geschlafen?«

»Vier Stunden.«

»Was, vier Stunden?« Sie saß kerzengerade auf ihrer Matte. »Ich hatte das Gefühl, ich sei gerade erst eingenickt.«

»Kenne ich«, murmelte Hiroki, der ziemlich müde aus der Wäsche guckte.

»Wieso habt ihr mich nicht früher geweckt? Du wolltest doch nur einen kleinen Erkundungsgang machen.«

»Habe ich auch«, sagte John. »Und als ich zurückkam, habt ihr so fest geschlafen, dass ich es nicht über mich gebracht habe, euch zu wecken. Einschließlich Ilka, wohlgemerkt.«

»Ich hab nicht geschlafen, nur ein wenig gedöst«, wehrte sich Ilka, doch John lachte. »Kann doch mal passieren. Ich denke, die vergangenen vierundzwanzig Stunden waren für uns alle ziemlich hart, da kann man schon mal ein Auge zudrücken.«

»Im wahrsten Sinne des Wortes«, sagte Roberto, streckte sich und gähnte herzhaft.

»Um ehrlich zu sein, ich war so fertig, dass ich mir ebenfalls eine Mütze Schlaf gegönnt habe, als ich zurückkam. Es ist wichtig, dass wir fit sind für das, was auf uns zukommt.«

»Hast du etwas Interessantes entdeckt?«, fragte Ilka gähnend.

»Das habe ich in der Tat. Etwas, das auf den alten Karten und Skizzen nicht zu erkennen war, das aber unseren Plänen sehr zugutekommt. Die Erbauer dieser Stadt waren fortschrittlicher, als ich vermutet habe.«

»Nun spann uns doch nicht auf die Folter.«

»Das solltet ihr euch lieber mit eigenen Augen ansehen. Also hoch mit euch. Und seht zu, dass ihr nichts vergesst. Wir haben es bald geschafft.«

Eine Viertelstunde später neigte sich der Kanal in einem spürbaren Winkel nach unten. Einige riesige, ausgewaschene Stufen zeigten an, dass der ehemalige Fluss hier über breite Terrassen der Stadt entgegengeströmt war, ehe er einfach darunter verschwand. Hannah musste ein paar Mal zwinkern, als sie sich der Bedeutung ihrer Entdeckung bewusst wurde.

Wie die Flanken eines Steinbruchs ragten dunkel und unheilverkündend die Mauern der alten Stadt vor ihnen auf. Sie war an dieser Stelle so hoch, dass sie oben im Eis verschwand. Mächtige Zapfen, die wie Stalaktiten von der Höhlendecke hingen, ragten zu ihnen herab. Mittendrin in dieser Kathedrale aus Eis und Stein und nur etwa einen Steinwurf von ihnen entfernt klaffte ein riesiges Loch in der Mauer. Ein aus gewaltigen Steinquadern bestehender Gewölbebogen, der die darüberliegende Steinkonstruktion vor dem Einsturz bewahrte. Kein Zweifel: Sie hatten den Fluss in einen Kanal gezwängt und unter der Stadt hindurchgeführt.

Hannah verschlug es die Sprache. Einen ganzen Fluss verschwinden zu lassen und unter der Stadt hindurchzuleiten, das war eine architektonische Meisterleistung.

»Überwältigend, oder?« Hannah konnte sehen, wie John hinter seiner Maske grinste. »Wäre doch schade gewesen, euch diese Überraschung zu verderben.«

»Deswegen tauchte der Kanal auch nicht mehr auf den Plänen auf«, sagte Ilka. »Ich hatte mich schon gewundert ...«

»Ich denke, damit wäre eines unserer Hauptprobleme gelöst«, sagte John. »Die Frage, wie wir ungesehen zu den Biolabors gelangen.«

»Was macht dich so sicher, dass die Russen diesen Standort beibehalten haben? Sie könnten die Labors doch auch verlegt haben.«

»Warum sollten sie? Der Ort war gut gewählt. Hermetisch abgeriegelt, nur wenige Zugänge, ausreichend Platz. Ich denke, wir werden dort fündig. Wer kommt mit?«

Hannah setzte sich in Bewegung. Ihr war nicht wohl bei dem Gedanken an das, was vor ihnen lag. Irgendetwas in ihrem Inneren sträubte sich gegen die Vorstellung, die Kanalisation zu betreten. War es nur ihre Furcht vor Enge und Dunkelheit, oder war da noch mehr? Andererseits: Warum machte sie sich Gedanken? Sie war an den kältesten Ort der Erde gereist und hatte auch das überstanden. Der Rest würde sich irgendwie finden. Hoffentlich.

»In Ordnung, worauf warten wir?« Hannah bezwang ihre Furcht und marschierte auf die finstere Öffnung zu. In diesem Moment ließ sie ein unerwartetes Geräusch abrupt stehen bleiben. Ein scharfes Keuchen oder Husten wie von einem großen Tier.

Es kam von hinten aus einem Gebiet, das sie bereits durchquert hatten, und es ließ Hannah das Blut in den Adern gefrieren. Einen Moment lang überlegte sie, wo sie es schon mal gehört hatte. Dann fiel es ihr wieder ein. In Arkadijs Hütte. In der Nacht, ehe sie zu ihrem Abenteuer aufgebrochen waren.

43

Viktor Primakov streute etwas von dem weißen Pulver auf die Unterlage aus Hartplastik, schob es zu zwei Linien zusammen und entnahm seiner Reisetasche ein kleines Röhrchen. Er setzte es an die Nase, zog zunächst die erste Straße, dann mit dem anderen Nasenloch die zweite ein. Ein kurzer scharfer Schmerz, und es war überstanden. Er richtete sich auf und atmete tief ein. Kleine Sternchen explodierten in seinem Kopf, prickelten und perlten wie bei einem guten Champagner.

Die Wirkung ließ nicht lange auf sich warten.

Es war, als hätte jemand den Schleier gehoben, als würde er die Welt auf einmal so sehen, wie sie wirklich war, ohne lästige Filter. Farben, Gerüche, Geräusche – alles wirkte neu und frisch.

Das Kribbeln in seinen Schleimhäuten sagte ihm, dass die Dosis gut bemessen war. Eine kleine Entschädigung für das heutige Desaster. Immerhin hatten sie jetzt einen Gefangenen. Nun kam es darauf an, dass er das Beste daraus machte.

Er wischte die Kokainspuren von seiner Nase und überprüfte mit fachkundigem Blick Aussehen und Sitz seiner Uniform im Spiegel; schließlich war er bereit.

Während er durch die dekontaminierte Zone in Richtung Verhörraum ging, rief er sich noch einmal die Ereignisse der letzten 24 Stunden ins Gedächtnis. Die Entdeckung der Flüchtigen in Lewtschenkos Hütte, das Gespräch, das Ultimatum. Bis zu diesem Zeitpunkt war es ein fehlerfreier Einsatz gewesen. Dann waren die Dinge aus dem Ruder gelaufen. Der Schusswechsel, die Beschädigung des Helikopters, die Flucht von Evans. Viktor spürte ein Stechen an der Nasenwurzel, Zeichen dafür, dass das Kokain jetzt in den Blutkreislauf eintrat.

Wohin waren sie geflohen? Wo konnten sie sich versteckt haben? Drei Hundegespanne hatten gefehlt, sie konnten also ein gutes Stück zurückgelegt haben. Nur in welche Richtung? Als der Helikopter endlich aufgestiegen war, hatte der Wind bereits alle Spuren beseitigt. Gewiss, sie hatten die Hunde wiedergefunden, doch befanden sie sich zu diesem Zeitpunkt schon wieder auf dem Heimweg. Viktor war sich ziemlich sicher, dass der Ort irgendwo in nördlicher Richtung am Steilabfall des Plateaus liegen musste. Die Kante war durchzogen von Klüften, Rissen und Spalten, die mannigfaltige Schutzmöglichkeiten boten. Die Gruppe konnte sich sonst wo versteckt halten. Ein erster Erkundungsflug hatte keine Ergebnisse gezeigt, und für eine ausgedehnte Untersuchung zu Fuß waren sie nicht gerüstet. Zu wenig Zeit, von fehlendem Personal ganz zu schweigen.

Viktor presste die Zähne zusammen. Er konnte diesen Gedanken so oft durch seinen Kopf kreisen lassen, wie er wollte, er kam immer wieder zu demselben Schluss: Die Antwort auf seine Fragen lag in den Händen seines Gefangenen. Er war der Einzige, der wusste, wohin die anderen verschwunden waren, was sie vorhatten und wie man sie aufspüren konnte.

Und er würde es ihm verraten.

Die Ärzte hatten ihn stabilisiert und ihm vitalisierende Medikamente und Nährlösungen verabreicht, so dass er verhörbereit war. Zur Not würden sie ihn so lange am Leben halten, bis Viktor die Information hatte.

Der Gang endete vor einer grau gestrichenen Tür. Er drückte die Klinke und trat ein.

Der Gefangene saß an einen Stuhl gefesselt, seine blutdurchtränkte Kleidung durch einen einfachen weißen Kittel ersetzt. Seine Füße steckten in Pantoffeln, sein Kopf war vornübergesunken. Über einen Infusionsschlauch war er mit einer Flasche verbunden, die Nährlösung enthielt. Puls und Herztöne wurden mittels Sensoren von einem Computer überwacht. Doktor Olgin und ein Assistent waren die einzigen Personen im Raum.

»Guten Morgen«, sagte Viktor und schloss die Tür. »Wie geht es unserem Patienten?«

»Er ist stabil, wenn auch weit davon entfernt, gesund zu sein«, sagte der Arzt und blickte auf sein Klemmbrett. »Wir haben ihn so weit wiederhergestellt, dass er nicht mehr in akuter Lebensgefahr schwebt. Aber für eine vollständige Genesung sollte er an einen anderen Ort gebracht werden. Unsere Möglichkeiten hier sind begrenzt.«

»Stabil ist ausreichend«, sagte Viktor und legte seine Tasche auf einen benachbarten Tisch. Der Gefangene hob seinen Kopf um eine Nuance. Er war offenbar bei Bewusstsein.

Gut.

»Ich grüße dich, Genosse. Ich bin zurück, wie ich es versprochen habe.«

Keine Reaktion.

»Ich weiß, dass du mich hörst, es hat also keinen Sinn, den Ohnmächtigen zu spielen. Ich habe bemerkt, dass dich meine Tasche interessiert. Möchtest du wissen, was darin ist? Ich wette, das möchtest du. Aber so weit sind wir noch nicht. Diese kleine Überraschung würde ich mir gerne für später aufsparen. Kann ja sein, dass ich sie gar nicht öffnen muss. Ich halte dich für schlau genug, dass du mir auch so alles erzählen wirst. Fangen wir mit ein paar ganz einfachen Fragen an ...« Er zog einen Stuhl heran und ließ sich breitbeinig und mit der Lehne nach vorne darauf nieder.

»Zuerst mal möchte ich, dass du mir deinen Namen nennst, dein Alter und deinen Geburtsort. Willst du das für mich tun?«

»Was Sie hier tun, ist illegal«, zischte es unter dem buschigen Bart hervor. »Wir befinden uns auf norwegischem Hoheitsgebiet, Sie dürfen mich überhaupt nicht festhalten.«

»Das ist wahr«, räumte Viktor ein. »Andererseits: Wen juckt's? Niemand weiß, dass du hier bist, niemand wird nach dir suchen. Du hast auf mich und meine Leute geschossen, und das macht es zu einer persönlichen Angelegenheit. Wenn du also so nett wärst, mir meine Fragen zu beantworten?«

»Leck mi...«

Viktors Fuß schnellte vor und traf Arkadijs Kniescheibe schnell und hart. Der Gefangene stieß ein schmerzvolles Stöhnen aus.

»Du verdammter ...«

»Name, Alter, Geburtsort.«

»Arkadij Lewtschenko ... 47 Jahre ... geboren in Sankt Petersburg.« Die Worte kamen abgehackt, wie aus einem kaputten Radio.

Viktor lehnte sich zurück und breitete die Arme aus.

»Na also, es geht doch.« Ein Lächeln stahl sich auf sein Gesicht. »Alles eine Frage der Motivation, wie mein alter Ausbilder immer sagt. Seit wann bist du auf Svalbard?«

»Im Mai ... werden es zwanzig Jahre.«

»Warst du je verheiratet?«

Schweigen.

»Erde an Arkadij. Ob du verheiratet warst, will ich wissen.«

»Ja.«

»Name?«

»Tatjana.«

»Ein schöner Name. Und wo ist Tatjana jetzt?«

Arkadijs Blick bekam etwas Finsteres. Sollte Viktor da auf ein dunkles Geheimnis gestoßen sein? Er hatte über mögliche Angehörige des Hundeführers nichts herausfinden können, deshalb bewegte er sich gerade auf unsicherem Terrain. Doch die Fragen dienten ohnehin nur zum Aufwärmen.

»Willst du es mir nicht sagen?« Er verlagerte sein Gewicht ein wenig nach vorne. Die Reaktion erfolgte prompt. Arkadij zuckte zurück, seine Augen angstvoll geweitet. Wie ein Tier, das mit seiner Pfote in einer Stahlfalle steckte.

»Ich wollte dir nicht zu nahe treten. Wenn du mir nichts über sie erzählen willst, ist das okay für ...«

»Sie ist tot«, stieß Arkadij aus. »Umgekommen bei einem Autounfall, zufrieden?«

»Das wusste ich nicht. Ich wollte auch nur ...«

»Was, Konversation machen? Willst du es nicht endlich hinter dich bringen? Diese ganze Fragerei, dein blöder Beutel, diese Einschüchterungen – das ist doch alles Scheiße. Du willst wissen, wo die anderen sind, und ich werde es dir nicht verraten, so einfach ist das. Von mir aus können wir uns den Blowjob sparen und gleich zum Kern der Sache kommen. Also fang schon an.«

Viktor war einen Moment lang verblüfft, fing sich aber schnell wieder. Der Mann steckte voller Überraschungen. Es gab zwei Arten von zu Verhörenden: die Bettler und die Bockigen. Bei den Bettlern hatte man meist leichtes Spiel, sie fingen schon ab der ersten Frage an zu flennen. Spätestens wenn man ihnen die Instrumente zeigte, kippten sie um und erzählten einem alles, was man wollte. Die Bockigen wollten es zuerst auf ein Machtspiel ankommen lassen und ihre Grenzen austesten. Diese waren bei jedem unterschiedlich. Bei manchen reichten einfacher Schlafentzug und leichtere Schmerzen, andere ließen es schon mal auf den Verlust eines einzelnen Körperteils ankommen. Die persönlich gesteckte Grenze konnte mitunter durchaus respekteinflößend sein. Doch am Schluss erfuhr Viktor immer, was er wollte.

Arkadij hätte er eher den Bettlern zugeordnet, immerhin war er verwundet und ein Trunkenbold. Auch besaß er eigentlich keinen echten Grund, Informationen zurückzuhalten, außer vielleicht einen übertriebenen Hang au Loyalität. So, wie ein Hund loyal war, dem man etwas zu fressen hinwarf und den man ab und zu kraulte. Es musste da irgendetwas in Arkadijs Vergangenheit geben, das ihn härter machte, als es zunächst den Anschein hatte. Vielleicht hatte es etwas mit dem Verlust seiner Frau zu tun und den Umständen, wie sie ums Leben gekommen war. Trug der Mann vielleicht eine Mitschuld, hatte er sie vielleicht sogar vorsätzlich umgebracht? Man las ja immer wieder von Selbstmördern, die einen anderen mit in den Tod rissen, dann aber durch eine Kette von Zufällen selbst überlebten. Die Narben an seinem Oberkörper konnten ein Indiz sein. Sie stammten nicht von einer Operation oder einem Bärenangriff, dies waren typische Unfallverletzungen. Aber letztlich war es egal. Wichtig war nur, dass Viktor seine Strategie bei der Befragung ändern musste.

»Kein Vorspiel also? Das stimmt mich ein wenig traurig. Ich stehe auf Vorspiel. Rein, raus ist doch langweilig.« Er wandte sich dem Tisch zu und öffnete seine Tasche. Beim Anblick der silbernen Instrumente hörte er, wie der Assistenzarzt scharf einatmete.

»Wenn wir etwas mehr Zeit hätten, würde ich dir von einer jungen Dame erzählen, die ich kürzlich kennengelernt habe«, fuhr er fort. »Sie hat mein Herz mit einem Schlag erobert. Ukrainerin, wenn du weißt, was ich meine. Keine sechzehn Jahre alt. Unfassbar, was diese jungen Dinger heute so draufhaben.« Er griff nach der Knochensäge und hielt sie gegen das Licht. »Am liebsten würde ich dir ja eine Nacht mit ihr spendieren, damit du begreifst, was ein richtiges Vorspiel bedeutet, aber leider fehlt uns die Zeit dazu. Vielleicht später mal, wenn das alles hier vorbei ist.« Mit diesen Worten drehte er sich zu Arkadij um, rückte ein wenig näher und setzte sein charmantestes Lächeln auf.

»Wie sieht's aus? Wollen wir anfangen?«

*

»Was war das?«, fragte Hiroki. »Klang nicht besonders gesund, wenn ihr mich fragt.«

Ilka verengte ihre Augen. »War das ein Mensch?«

»Keine Ahnung«, erwiderte Roberto. »Aber ich gebe Hiroki recht. Selbst wenn es ein Tier war, sollte es sich bald in Behandlung begeben. Das klang nach einer Pneumonie im Endstadi...«

»Wir sollten weg hier«, fuhr Hannah dazwischen. Sie war auf einmal von einem unerklärlichen Grauen befallen worden. Ein Grauen, das so präsent und so fassbar war, als stünde es in diesem Augenblick hinter ihr und würde seine kalte Hand auf ihre Schulter legen. Sie erinnerte sich an die Geschichte von den dahingeschlachteten Bären und an die Fußabdrücke und Schleifspuren, auf die sie in den Stollen gestoßen waren. Hatte sie den Geschichten genügend Bedeutung beigemessen? War sie zu voreilig gewesen, als sie Arkadijs Erzählung als Jägerlatein und Seemannsgarn abgetan hatte?

John holte sie zurück in die Gegenwart.

»Ich stimme Hannah zu«, sagte er. »Lasst uns hier verschwinden. Wir können es nicht riskieren, Aufmerksamkeit auf uns zu lenken. Schnappt euch eure Sachen, und dann nichts wie weg. Ich bekomme eine Gänsehaut bei diesem Geräusch.«

Gemeinsam betraten sie den Tunnel.

Hannah war froh, Abstand zwischen sich und das seltsame Geräusch bringen zu können; gleichzeitig fürchtete sie, was vor ihr lag. Die Erinnerungen an das Massaker wurden immer klarer. Es war, als kehrte sie an die Wurzel allen Übels zurück. An den Ursprung ihrer Alpträume.

Der Kanal neigte sich in einem schmalen Winkel nach unten, verlief dann aber horizontal weiter. Überraschenderweise war er gut zu passieren. Schutt oder herabgestürzte Steine blockierten den Weg nur an manchen Stellen, so dass sie zügig vorankamen. Auf Johns Karte war zu erkennen, dass sie sich unterhalb des Stadtzentrums befanden. Hannah wusste es deswegen so genau, weil dieser Abschnitt hinter der Mauer lag und sie ihn bei ihrem ersten Besuch nicht erkundet hatte. Sieberts Dokumente gaben Hinweis darauf, dass sich hier die wichtigsten und bedeutsamsten Gebäude der Stadt befanden. Unter anderem ein Bauwerk, bei dem es sich um eine Art Tempel handeln konnte. Kreisförmig, vier Eingänge, einer in jede Himmelsrichtung, daneben Kammern oder Nischen, die Dolmen oder neolithische Grabbauten zu enthalten schienen. Leider war die Karte ohne irgendwelche Erläuterungen zu ihnen gekommen, so dass sie nur spekulieren konnte, was die Bedeutung dieses Bauwerks sein mochte; allerdings klang es für Hannah durchaus plausibel, dass es menschliche Überreste enthielt. Die Leichen der Erbauer vielleicht, oder diejenigen hochrangiger Priester. Funde von enormer historischer Bedeutung.

Wenn sie die Karte richtig las, befanden sie sich jetzt genau unter dem Tempel. Ilka hatte einen schmalen Eingang entdeckt, der über eine steile Treppe nach oben führte. Leider verlief ihr Weg in einer anderen Richtung weiter, so dass dieses Geheimnis ungelüftet bleiben musste. Konnte es einen größeren Fluch für einen Archäologen geben?

Hannah schob den Gedanken beiseite und wäre dabei fast in Hiroki hineingelaufen, der völlig unvermutet stehen geblieben war. Das Licht seiner Taschenlampe hatte eine riesige, unförmige Struktur erfasst, ein unerwartetes und unüberwindbares Hindernis, das vor ihnen aus der Dunkelheit ragte. Meterhohe, zentnerschwere Steinbrocken waren aus dem Deckengewölbe gefallen und bildeten einen undurchdringlichen Wall. Er reichte von einer Seite des Tunnels zur anderen und ragte bis weit über ihre Köpfe hinaus. Das warf ihre gesamte Planung über den Haufen.

»Na toll«, sagte Hiroki. »Und was jetzt?«

John ließ den Strahl seiner Lampe systematisch über das steinerne Chaos gleiten. Seinem Gesichtsausdruck nach zu urteilen, war er mit der Situation alles andere als glücklich.

»Ich weiß nicht …«, murmelte er. »Das sieht aus wie …«

Er strich mit seinen Fingern über die Brocken und prüfte den Abrieb. »Mist, verdammter.«

»Was ist denn los?«

»Seht ihr das?« John hielt einen schwarz gefärbten Finger in die Höhe. »Das ist Ruß. Ihr dürft gerne mal daran riechen, wenn ihr's nicht glaubt.«

Hannah schnupperte und tatsächlich: Selbst durch ihren Atemfilter konnte sie den Geruch von Rauch wahrnehmen.

John wischte den Schmutz am Hosenbein ab. »Gesprengt«, sagte er. »Das war bestimmt kein natürlicher Einsturz. Jemand hat sich daran zu schaffen gemacht. Der Durchgang ist künstlich versiegelt worden. Keine Chance, dass wir hier weiterkommen.«

»Abwarten.« Ilka hatte ihre Tasche abgelegt und begann, die zyklopischen Brocken zu erklimmen. »Der Wall, über den ich nicht klettern kann, ist noch nicht erfunden worden.«

»Lass gut sein«, sagte John. »Selbst wenn du rüberkämst, wir anderen könnten dir nicht folgen. Was hätten wir also da...«

Ein ungewohnter Klang ertönte. Ein elektronisches Piepsen, das so gar nicht an diesen altehrwürdigen Ort passen wollte.

Hannah sah sich um. Sie erwartete eines von Hirokis Geräten, doch ihr Freund schien genauso erstaunt zu sein wie sie.

»Von mir kommt das nicht«, verteidigte er sich. »Es muss etwas anderes sein.« Er ließ den Strahl seiner Lampe kreisen.

»Seht mal da drüben.«

Hannah sah ein rotes Licht in einem entfernten Winkel des Walls aufblinken. Ein hauchdünner Strahl ging von ihm aus. Er reichte von der rechten bis zur linken Seite und markierte eine beinahe unsichtbare Grenze. Ilka war genau hineingelaufen.

»Halt«, John hob die Hand. »Keinen Meter weiter.«

»Ein Laser«, stieß Hiroki aus. »Ein Bewegungsmelder, verbunden mit einem Sensor.«

»Sehr wahrscheinlich, dass wir gerade irgendwo einen Alarm ausgelöst haben. Ich wette, wir bekommen bald Gesellschaft.«

»Und was sollen wir jetzt machen?«, fragte Roberto. »Wir können doch unmöglich den ganzen Weg zurücklaufen.«

»Der Treppenaufgang«, sagte Hannah. »Wir könnten nachsehen, ob er frei ist, und dann entscheiden, wie es weitergehen soll.«

John dachte eine Weile nach und nickte dann. »Einverstanden«, sagte er. »Eigentlich wollte ich vermeiden, zu schnell an die Oberfläche zu gelangen, aber ich sehe ein, dass wir im Moment keine andere Option haben. Kommt, versuchen wir unser Glück.«

44

Viktor wischte seine Hände an einem Lappen ab und starrte ungläubig auf den Gefangenen. War das denn die Möglichkeit? Wollte seine Pechsträhne denn überhaupt kein Ende nehmen? Mittlerweile begann er selbst ernsthafte Zweifel an seiner Kompetenz zu entwickeln.

Arkadij Lewtschenko war tot. Gestorben unter seinen Händen, einfach so. Dabei hatte die Befragung noch nicht mal richtig begonnen.

Es war ihm ein Rätsel, wie so etwas geschehen konnte.

Viktor hatte schon viele Menschen sterben sehen, etliche davon während seiner Arbeit. Aber noch nie hatte jemand das Zeitliche gesegnet, *ehe* er begonnen hatte. Das ging einfach nicht, es war – *respektlos*. Als würde jemand die Oper verlassen, ehe die erste Arie gesungen worden war.

Sein Blick wanderte zwischen dem Toten und der schief gestellten Holzbank hin und her.

Waterboarding. Weiße Folter. Hinterließ keine bleibenden körperlichen Schäden und eignete sich damit recht gut für die Ouvertüre. Man brauchte nicht mehr als ein Brett, einen Eimer, etwas Wasser und einen Lappen. Viele der zu Verhörenden plapperten bereits nach der fünften oder sechsten Anwendung, bei manchen brauchte es sogar noch weniger. Aber bei Lewtschenko hatte allein der Anblick ausgereicht, um ihn ins Jenseits zu schicken. Das war unmöglich.

»Sie haben mir doch gesagt, er sei stabil«, stieß Viktor

aus. »Was genau meinten Sie damit?« Er hatte nicht übel Lust, diesen Stümper von Arzt auf die Bank zu schnallen und ihm eine Kostprobe seines Könnens zu geben.

»So wie ich es sagte: stabile Herzfunktion, stabiler Kreislauf, einigermaßen guter Allgemeinzustand.« Olgin hob trotzig das Kinn. »Ich verbürge mich für meine Diagnose.«

»Und wieso liegt er jetzt tot vor mir?«

»Da bin ich genauso ratlos wie Sie. Vielleicht hatte er einen Herzanfall. Die Zuckungen würden darauf hin...«

»Ich glaube, ich habe etwas gefunden.« Der Assistenzarzt hatte seine Gummihandschuhe übergestreift und zog etwas aus Arkadijs Mund. Einen kleinen rötlichen Gegenstand, an dem noch Reste von Speichel klebten.

Viktor rümpfte die Nase. »Was ist das?«

»Ich könnte mich täuschen, aber es sieht nach einer Giftkapsel aus. Dem Geruch nach zu urteilen eine Substanz, die den sofortigen Tod herbeiführt. Ich müsste allerdings noch einen letzten Test machen, um sicher zu sein.«

»Worauf warten Sie dann noch?«

Der junge Mann entnahm mit einem Spatel etwas Speichel von der Innenseite des Mundes, strich ihn an einem Reagenzglas ab und füllte klare Flüssigkeit hinzu. Dann setzte er eine zweite Flüssigkeit an. »Eine Eisen-Sulfat-Lösung«, sagte er erläuternd. »Wenn es das ist, was ich glaube, müsste gleich eine Reaktion zu sehen sein.« Er nahm eine Pipette, füllte sie und ließ anschließend ein paar Tropfen davon ins Glas fallen.

Fast umgehend erschien ein blauer Farbton.

Dr. Olgin sog die Luft ein. »Cyanid! Er hatte eine Cyanidkapsel im Mund.«

»Wie bitte?«, stieß Viktor aus. »Haben Sie den Mann denn nicht gründlich untersucht?«

»Nicht seinen Rachenraum, nein. Und selbst wenn: Cyanid ist in kleinsten Dosen wirksam, er hätte es überall verstecken können. Es ist ein hochwirksames Gift, das zu innerer Erstickung führt. Eine Menge von 140 Milligramm ist ausreichend, um einen gesunden Erwachsenen binnen weniger Minuten zu töten. Und Lewtschenko war alles andere als gesund.«

»Trotzdem hätten Sie nachsehen müssen, das ist Ihr Job«, tobte Viktor. »Wissen Sie denn nicht, dass er meine einzige Quelle war? Ohne ihn werde ich nicht herausfinden, wo die Saboteure stecken. Sie elender Versager. Ich hasse Stümpereien, sie können mir den ganzen Tag versauen.«

»Es gab keinen Hinweis darauf, dass der Patient im Besitz eines so hochwirksamen Giftes war«, blaffte Olgin zurück. »Er muss die Kapsel unter seiner Zunge verborgen haben. Außerdem sieht es so aus, als ob es sich um eine besondere Art von Präparat handelt, sehen Sie ...« Er hielt Viktor die Reste der Kapsel entgegen. Eine zerbrechliche und dennoch harte Schale.

»Ein kräftiger Biss, und sie zerbricht. So etwas trägt nicht jeder mit sich herum. Diese Art von Kapseln gehört zur Standardausrüstung von Geheimdienstmitarbeitern. Befragungsentzug durch schnellen Tod. Sie sagten mir, der Mann sei ein einfacher Touristenführer. Können Sie mir erklären, wie so etwas in seinen Besitz kommt?«

»Vielleicht«, murmelte Viktor. Er kam sich vor wie jemand, dem man den Boden unter den Füßen wegzieht. »Er verfügte über entsprechende Kontakte.«

»Kontakte?« Dr. Olgin runzelte die Stirn. »Was könnte dieser Mann für Kontakte gehabt haben, und wieso wurde ich darüber nicht informiert?«

»Gut möglich, dass er die Kapsel von Evans hat. Das würde zu ihm passen.« Er schleuderte den Lappen in eine Ecke. »Das ist jetzt schon das zweite Mal, dass mir dieser Kerl einen Strich durch die Rechnung macht.«

Olgin schien auf weitere Erklärungen zu warten, doch als diese nicht kamen, straffte er seine Brust. »Wie gesagt, damit war nicht zu rechnen. Ich weigere mich, dafür die Verantwortung zu tragen. Sagen Sie das Fradkov.«

Viktor starrte auf die Kapsel und schüttelte den Kopf. Er hatte das Gefühl, als habe sich die ganze Welt gegen ihn verschworen. Er musste zu Fradkov und ihm sein Versagen eingestehen. Das war jetzt schon das zweite Mal. Ob es ein drittes Mal geben würde, hing vom Wohlwollen und von der Tagesform seines Vorgesetzten ab. Fradkov war zwar ein alter Weggefährte, aber auch seine Loyalität kannte Grenzen. Wenn er das Gefühl hatte, dass Viktor seinen Biss verloren hätte, würde er ihn fallenlassen und stattdessen einen anderen an seine Seite holen. Dann war es vorbei mit dem Koks, den Nutten und den schnellen Autos.

Wütend starrte er auf Arkadij. Täuschte er sich, oder spielte da ein Lächeln um die Mundwinkel des Toten?

Angewidert wandte er sich ab. »Schaffen Sie mir den Kerl aus den Augen, ich will nie wieder etwas von ihm sehen oder hören. Und ich wäre Ihnen sehr verbunden, wenn dieser Vorfall nicht in Ihren Akten auftaucht. Im Gegenzug werde ich für den Vorfall die alleinige Verantwortung übernehmen. Sie brauchen sich keine Sorgen um Ihren dürren Hals zu machen.«

»Gut.« Olgin atmete erleichtert auf.

In diesem Moment klopfte es heftig von draußen. Viktor fuhr herum. »Herein.«

Ein rotgesichtiger Kadett schob sich durch die Tür. Als er Viktor sah, salutierte er.

»Herr Major, bitte gehorsamst, Meldung machen zu dürfen.« Sein Blick huschte hinüber zu dem Toten.

»Schieß los, Junge.«

»Wir ... ähem ... wir haben eine Kontaktmeldung empfangen. Von einem der Sensoren unten in der Kanalisation. Sie sagten, dass Sie sofort benachrichtigt werden wollten, wenn so etwas geschieht. Nun, es ist geschehen und ... äh ... hier bin ich.«

Viktors Brauen rutschten zusammen. »Ein Kontakt? Wo genau?«

»In der Kanalisation unterhalb der Kaiserkammer.«

*

Die Wendeltreppe war schmal und glitschig.

John hatte Mühe, nicht auszurutschen und die anderen mit in die Tiefe zu reißen. Erschwert wurde der Aufstieg durch die Tatsache, dass die Stufen rund und ausgetreten waren. Als wären sie jahrhundertelang in Benutzung gewesen.

Vermutlich war genau das der Fall. Du vergisst, wie alt diese Gebäude sind.

Vorsichtig tastete er sich an den Wänden entlang. Sein Lichtstrahl reichte kaum mehr als drei Meter nach vorne.

Selbst wenn der Feind um die nächste Ecke auf dich wartete, du würdest ihn nicht sehen. Du agierst im Blindflug.

Er schüttelte den Kopf. Solche Gedanken brachten nichts, sie waren kontraproduktiv. *Konzentrier dich auf deine Aufgabe und sieh zu, dass du dir nicht die Knochen brichst.*

Hannah lief direkt hinter ihm. Er konnte ihre Atemgeräusche hören. Es war beeindruckend, wie sie die körperlichen Strapazen wegsteckte. Gewiss, sie war nicht gerade unsportlich, aber sie stand dafür momentan unter besonderem Druck. Als Mann fiel es ihm schwer, zu beurteilen, wie groß die Belastung tatsächlich war.

»Ich bin diese Tunnels und Schächte allmählich leid«, flüsterte er. »Immer nur in beengten Räumen agieren, das ist nicht mein Stil. Ich liebe Wind und Sonne. Weite Landschaften und blauen Himmel. Weißt du, was das für ein Gebäude ist, zu dem wir hier aufsteigen?«

»Ich vermute, es ist eines der bedeutendsten Bauwerke der Stadt«, sagte Hannah. »Ein Tempel oder so etwas. Vielleicht erfahren wir dort etwas über die Herkunft und das Alter der Erbauer. Um ehrlich zu sein, ich habe mir gewünscht, diesen Weg zu gehen.«

»Na, dann sieht es so aus, als wurden deine Gebete erhört. Ich denke, dass wir bald oben sind.« John leuchtete voraus. Noch immer war kein Ende des Stiegenhauses abzusehen.

»Glaubst du, dass wir da oben auf die Russen treffen werden?«, fragte Hannah.

»Irgendwann schon«, erwiderte er. »Ich hoffe nur, dass es nicht gleich sein wird. Wir sind noch zu weit von den Labors entfernt, um jetzt schon auf Schwierigkeiten zu stoßen. Sollten wir auf bewaffnete Einheiten treffen, müssten wir uns ein Feuergefecht mit ihnen liefern, und dafür ist niemand in dieser Gruppe bereit. Da könnten wir uns genauso gut gleich ergeben.«

»Kommt nicht in Frage«, sagte Hannah. »So schnell gebe ich nicht auf. Und wenn ich selbst eine Schusswaffe abfeuern müsste, aber ich werde diese Mission zu Ende führen.«

John lächelte. Er liebte es, wenn sie so redete. Sie hatte ein Ziel und sie wollte es erreichen, egal, was es kostete. Es war dieser unbeugsame Wille, der ihn schon immer an ihr fasziniert hatte. Er konnte nur hoffen, dass sie ihn nicht auf die Probe stellen musste. Sie hatte schon genug zu erdulden gehabt. Ihr Ziel lag noch in weiter Ferne. So viele Fragen, auf die es keine Antworten gab, so viele ungelöste Probleme. Was war mit dem Sicherheitssystem? Würden sie womöglich in eine Falle geraten? Und dann die Virenproben. Was, wenn sie sie gefunden hatten? Wohin sollten sie fliehen?

Ein Schritt nach dem anderen, das hatte sein Vater ihm beigebracht. Ein Weg – und möge er auch noch so lang erscheinen – ist nur eine Aneinanderreihung einzelner Schritte. Also setze immer einen Fuß vor den anderen.

Er leuchtete nach vorne. Da oben schien sich ein größerer Raum aufzutun. Das Ende der Wendeltreppe?

»Ich glaube, wir haben es geschafft«, sagte er, von neuem Mut beflügelt. Seine Befürchtungen begannen, sich in nichts aufzulösen. Wie es aussah, war der Raum leer. Niemand, der mit geladenen Waffen auf sie wartete.

Erleichtert betrat er den letzten Treppenabsatz.

»Ja, es stimmt«, sagte er. »Wir sind oben.«

In diesem Moment ertönte wieder dieses Husten.

Die anderen blickten einander entsetzt an. Es kam von unten, und es war nah. Verdammt nah.

45

Die Eliteeinheit war bereits in Alarmbereitschaft, als Viktor das Kontrollzentrum betrat.

»Major Primakov.« Der wachhabende Offizier stand auf und begrüßte Viktor mit militärischem Respekt. »Ausgezeichnet, dass Sie da sind. Ich glaube, wir sind da auf etwas gestoßen.«

»Ihr Kadett sagte etwas von einer Sensormeldung in der Kanalisation?«

»Ganz recht, aber da ist noch mehr. Mittlerweile haben wir sogar Videokontakt. Wenn Sie sich das mal ansehen wollen?«

Der Stationsleiter führte Viktor zu einer Reihe von Monitoren, die unterschiedliche Bildausschnitte zeigten. Eine Kamera war an einer Stelle positioniert, die intern als *Kaiserkammer* bezeichnet wurde. Ein tempelartiger Komplex, der sich vor allem durch seine merkwürdigen Grabbauten auszeichnete. Viktor hatte an 25 neuralgischen Punkten der Stadt Livekameras installieren lassen, dazu 25 Laserdetektoren, die die teilweise recht großflächigen Plätze und Kanäle der Stadt überwachten. All das, um sicherzugehen, dass kein weiterer seiner Leute verlorenging. Fünf waren definitiv genug. Interessanterweise hatten die Überfälle nach Installation der Überwachungsgeräte schlagartig aufgehört.

Bis heute.

»Welcher ist es?«

»Hier drüben, Herr Major. Monitor sieben.«

Viktor kniff die Augen zusammen. Er spürte, wie sich sein Puls beschleunigte. Volltreffer! Der Generaloberst würde zufrieden sein. »Sind sie in diesem Moment in der Kammer?«

»Jawohl, Herr Major. Alle vier Ausgänge sind versiegelt, es gibt keinen anderen Weg hinaus, außer den, durch den sie gekommen sind.«

»Ausgezeichnet. Sagen Sie Danilow, dass ich unterwegs bin. Drei Mann sollen den Kanal abriegeln, die anderen brauche ich oben am Tempel. Diesmal wird nichts schiefgehen, das spüre ich. Noch einmal werden mir diese Leute nicht durch die Lappen gehen.«

*

Hannah hörte, wie etwas hinter ihnen den Schacht heraufkam. Sie wusste auch, dass sie ihm – was immer das war – nicht begegnen wollte. Unter keinen Umständen.

»Haben wir denn keine Möglichkeit, die Öffnung zu verschließen? Eine Steinplatte, einen Quader, irgendetwas?« In ihrer Stimme schwang Panik mit.

John sah sich gehetzt um. »Womit denn? Steinplatten gibt es keine, und diese Monolithen sind zu groß, als dass wir sie bewegen könnten.«

»Bleiben nur die Ausgänge«, sagte Ilka, »und die sind versperrt. Wir sitzen in der Falle.«

»Und es kommt noch dicker«, sagte Hiroki. Er richtete den Strahl seiner Lampe nach oben. Unter der gewölbten Decke hing etwas, das definitiv nicht hierhergehörte. Eine

Kamera, die ihr elektronisches Auge unverwandt auf sie gerichtet hielt. Das bösartige Blinken zeigte an, dass sie gerade jede ihrer Bewegungen aufzeichnete.

John fackelte nicht lange, sondern richtete seine Waffe darauf und blies ihr mit einem gezielten Schuss das Lebenslicht aus.

»So ein Mist«, fluchte Roberto. »Erst der Lasersensor und jetzt das hier. Wir hätten genauso gut an ihre Haustür klopfen und ›Hallo!‹ sagen können. Welche Optionen bleiben uns denn jetzt noch?«

»Nicht viele«, sagte Hiroki. »Alle vier Ausgänge sind versperrt, und eine andere Möglichkeit, zu entkommen, gibt es nicht. Haltet mich bitte nicht für einen Feigling, aber durch das Treppenhaus bringen mich keine zehn Pferde. Da unten ist irgendetwas, das spüre ich.«

»Was immer es ist, es wird einen Schutzschild brauchen, um uns anzugreifen.« John nahm sein Gewehr von der Schulter und lud eine Patrone in die Kammer. »Kommt, Leute, sucht euch einen sicheren Posten irgendwo hinter diesen Steinplatten und wartet auf mein Zeichen. Sobald sich etwas blicken lässt, kann es damit rechnen, dass wir ihm eine Ladung verpassen. Außer meiner und Ilkas Waffe habe ich noch eine Pistole übrig.«

Als niemand sich meldete, streckte Roberto seine Hand aus: »Von mir aus, gib her. Ich hasse diese Dinger zwar, aber noch mehr hasse ich das Gefühl, wehrlos zu sein.«

John erklärte ihm kurz die Funktionsweise, dann gab er die Aufteilung bekannt. Er selbst ging mit Hiroki und Ilka hinter eines der Felsgräber, Hannah und Roberto hinter ein anderes. Er hatte sie so positioniert, dass sie freie Sicht auf die Öffnung hatten, ohne Gefahr zu laufen, sich gegenseitig über den Haufen zu schießen.

Hannah kauerte sich so weit zu Boden, dass sie gerade noch etwas sehen konnte. Dann konnten sie nur noch warten. Die Minuten verstrichen. Nichts, kein Laut aus der Öffnung. Was immer da war, es schien sich zurückgezogen zu haben. Tauwasser tropfte von den Wänden. Ihr Atem kondensierte zu kleinen Wölkchen.

»Man kommt sich geradezu zwergenhaft vor zwischen all diesen riesigen Steinen«, flüsterte Roberto. »Sieh dir diese Gräber an, sie sind viel größer als unsere. Könnte es sein, dass die Erbauer von Hyperborea Halbgötter waren?«

»Die Nazis würden dir sicher gerne beipflichten. Ich halte es aber für wahrscheinlicher, dass es einfache Menschen waren, die von ihrem Volk als Halbgötter verehrt wurden. Sieh dir die Schöpfer der Himmelsscheibe von Nebra an. Auch sie wurden zu ihrer Zeit von den Menschen wie Halbgötter verehrt, und das nur, weil sie dieses magische Metall namens Bronze zu schmieden verstanden.« Hannah strich über die Grabplatte. Der Stein fühlte sich kalt an. »Glaube und Mystizismus waren früher viel bodenständiger als heute. In vergangenen Zeiten wären wir mit unserem Wissen und unseren Fähigkeiten vermutlich ebenfalls als Halbgötter verehrt worden.«

»Und dieser Raum hier?«, flüsterte Roberto. »Sieht aus wie eine Krypta.«

»Ich muss zugeben, die Jungsteinzeit ist nicht gerade meine Domäne, aber dass dies hier megalithischen Ursprungs ist, das erkennt sogar ein Blinder mit Krückstock. Es ist geradezu aufgeladen mit magischer Energie.«

»Pst, still da drüben«, ertönte es von der anderen Seite. »Ich habe etwas gehört.«

Augenblicklich verstummte Hannah. Sie hatte es auch gehört. Ein Scharren. Verstohlen, verschlagen, leise.

Das Herz schlug ihr bis zum Hals. Die Laute kamen ganz eindeutig aus Richtung der Wendeltreppe.

Wenn sie gehofft hatte, das Ding im Schacht habe sich verkrochen, so war das ein Irrtum gewesen. Es war ihnen gefolgt. Ganz leise war es zu ihnen emporgekrochen.

Und jetzt war es da.

*

Viktor schaltete sein Funkgerät ab. Das Team unten in der Kanalisation war in Stellung gegangen. Niemand würde ihnen entkommen. Die Kaiserkammer war versiegelt und die Beute immer noch vor Ort. Zeit, die Falle zuschnappen zu lassen.

»Öffnet die Tür, Gewehre im Anschlag.« Er machte sich für den Angriff bereit. Vier seiner Männer lösten die Stahlklammern zu beiden Seiten der Türen und schoben rumpelnd die Steinplatte zur Seite.

Tintenschwarze Dunkelheit empfing sie. Es war, als sickere die Finsternis wie Flüssigkeit aus der Öffnung. Viktor lehnte sich mit dem Rücken gegen einen der mächtigen Türstürze und steckte seinen Kopf in die Kammer.

»Sie können jetzt rauskommen, das Spiel ist aus.«

Oh, wie lange hatte er sich schon danach gesehnt, das sagen zu dürfen.

»Wir wissen, dass Sie da drin sind. Und versuchen Sie

nicht, durch das Treppenhaus zu fliehen. Der Rückweg ist abgeschnitten, Sie laufen da in offenes Feuer. Wenn Sie also nicht wollen, dass wir Sie mit Gewalt holen, kommen Sie mit erhobenen Händen raus. Ich zähle bis drei. Eins ... zwei ... DREI!«

Nichts tat sich. Nicht mal ein Licht war zu sehen. Die Flüchtlinge hatten ihre Lampen ausgeschaltet.

Na schön, dann eben auf die harte Tour.

Viktor gab das Signal zum Angriff, dann stürmten die Männer in geduckter Haltung in die Kaiserkammer und verteilten sich rechts und links der Seiten. Er wartete, bis der letzte durch war, dann rannte er selbst hinein. Die LEDs ihrer Waffen zuckten wie Laserschwerter durch die Dunkelheit. Viktor überlegte noch, ob er eine Blendgranate werfen sollte, entschied sich aber dagegen. Er hatte die Gruppe bereits entdeckt. Drei links, zwei rechts, die Köpfe halb verborgen hinter den Steingräbern.

»Das hat doch keinen Sinn«, rief er. »Sie werden es nicht schaffen. Wir können über alles reden.«

Spätestens jetzt hätte er mit einer Antwort gerechnet. Zustimmung, Ablehnung, Trotz – irgendetwas. Besonders von jemandem wie John Evans hätte er eine Reaktion erwartet. Stattdessen hockte dieser Typ zusammen mit den anderen wie ein verschüchtertes Kaninchen in seinem Versteck und rührte sich nicht.

»Hören Sie, ich will nicht, dass irgendjemand verletzt wird. Vier Scharfschützengewehre sind in diesem Augenblick auf Sie gerichtet. Wenn Sie mir ein Zeichen geben, kann ich meinen Männern befehlen, sie zu senken. Ich kann aber auch den Angriff befehlen, nur garantiere ich dann für nichts mehr. Die Wahl liegt bei Ihnen. Was ist jetzt, meine Geduld geht langsam zu Ende.«

Schweigen im Walde.

Jetzt reichte es. Viktor hasste Widerworte, aber noch mehr hasste er es, ignoriert zu werden. Wenn diese Idioten glaubten, sie könnten sich einen Scherz mit ihm erlauben, hatten sie sich geschnitten. Er brauchte nur diese Peters, alle anderen waren entbehrlich. Zugegeben, Evans hätte er gerne lebendig gehabt, um an ihm seinen Frust abzureagieren, aber wenn er vor ihm im Staub lag, mit einer Kugel im Kopf, dann war das auch akzeptabel.

Er löste sich aus seinem Versteck, richtete seine Waffe auf die Wand hinter den Flüchtlingen und drückte ab. Ein ohrenbetäubendes Krachen zerfetzte die Stille. Pulverdampf stieg ihm in die Nase. Gott, wie er diesen Geruch liebte. Die Männer folgten seinem Beispiel und feuerten ein paar Kaskaden in einen Teil des Raumes, von dem aus keine Querschläger zu erwarten waren. Ein Stakkato von Mündungsfeuer erhellte den Saal. Qualm stieg auf, trübte die Sicht. Im Licht der Suchlampen wirkten die Gesichter der Flüchtigen wie ausgeschnittene Papiermasken. Die Augen weit aufgerissen, die Münder zu einem Loch geformt. Wo starrten die denn hin? Nicht zu ihm, so viel war sicher. Stattdessen war ihr Blick auf eine bestimmte Stelle am Boden gerichtet. Eine Stelle, die irgendwie dunkler zu sein schien als der Rest des Raumes. Viktor drehte seinen Kopf.

In einer Bewegung, zu schnell für das Auge, schoss etwas an ihm vorbei und auf einen seiner Männer zu. Er glaubte ein keuchendes Husten zu hören, dann spürte er den Luftdruck. Es war, als wäre ein Auto mit fünfzig Sachen an ihm vorbeigerauscht.

Viktor hörte einen markerschütternden Schrei, gefolgt von einem Geräusch, als würde eine Papiertüte zerplatzen. Blut, Haut und Stofffetzen spritzten durch die Luft. Im blutroten Nebel erstrahlten ihre Lampen wie die Bremslichter bei einer Karambolage. Ein Lichtstrahl streifte ihn und ließ ihn hell aufleuchten. Er blickte an sich herab. Von seinem Schutzanzug tropfte Blut.

»*Himmel!*«

Dann brach die Hölle los.

Mündungsblitze zuckten auf, Gewehrfeuer und Schreie zerfetzten die Dunkelheit. Im Stakkato der Salven sah Viktor panisch herumirrende Gestalten. Es war, als habe jemand einen Böller in ein Hühnerhaus geworfen. Irgendeiner dieser Idioten richtete die Lampe auf ihn und machte ihn so zu einem perfekten Ziel. Statt den Mann anzuschnauzen, wandte er eine Technik an, auf die er in seiner gesamten langen Karriere noch nie zurückgegriffen hatte. Er ließ sich fallen wie ein nasser Sack. Nicht sehr heroisch, aber wirksam. Denn während er noch versuchte, herauszubekommen, was in drei Teufels Namen hier eigentlich gespielt wurde, spürte er, wie etwas Großes über seinen Kopf hinwegsauste und hinter ihm gegen die Wand klatschte. Er fuhr herum, um zu sehen, was das gewesen war, bereute seine Entscheidung aber fast augenblicklich. Der blutige, völlig zermalmte Körper eines Soldaten war auf den Boden geplatscht und dort liegen geblieben – gesichtslos, deformiert, Arme und Beine in groteskem Winkel vom Körper abstehend.

Die Schreie nahmen zu, ebenso das Mündungsfeuer. Einen Würgereiz unterdrückend, kroch Viktor weiter. Um ihn herum hielten das Kreischen und Herumrennen an. Die Kugeln pfiffen.

Sind das wirklich meine Leute? Was auch immer die Soldaten in ihrer Dienstzeit an Professionalität erworben hatten, war fort. Weggehext wie das Lächeln eines Kindes, dem man seinen Lolli weggenommen hatte. Auf allen vieren robbte er vorwärts, um aus der Gefahrenzone zu gelangen.

»Abbrechen«, brüllte er in sein Mikro. »Sofort abbrechen.«

Er hätte genauso gut versuchen können, einen einbeinigen Stepptanz hinzulegen. Niemand hörte auf ihn. Niemand beachtete ihn. In manchen Situationen war einfach alles sinnlos.

Wieder vernahm er das Keuchen.

Was war das, ein asthmatischer Beelzebub?

Bis zu diesem Zeitpunkt hatte Viktor keinen Schimmer, von wem oder was sie da eigentlich angegriffen wurden. Die Flüchtigen konnten es kaum sein, die hockten ja selbst vor Angst bibbernd in ihrem Versteck. Aber was war es dann? Er erinnerte sich nur an eine Bewegung, so ungeheuer schnell, dass sie eigentlich nur von einer Maschine stammen konnte. Nichts, was lebte und auf vier Beinen stand, konnte eine solche Kraft entfalten. Es hatte einen Mann in der Luft zerrissen, als wäre er ein Wasserballon. Die blutigen Beweise sprachen eine deutliche Sprache. Hier eine Hand, dort ein Hautfetzen, Reste einer Uniform.

Will jemand ein Beinchen?
Ich hätte gern einen Flügel.

Der Geschmack von Erbrochenem füllte seinen Mund. Jetzt bloß nicht übergeben. Du trägst immer noch die Maske. Willst du zu allem Überfluss auch noch dieses beschissene Virus einatmen?

Die Furcht half ihm dabei, wieder einen klaren Kopf zu bekommen. Es war seltsam: Anstatt ihn zu lähmen, machte sie ihn ruhig. Das war schon immer so gewesen. Einer der Gründe, warum er in Stresssituationen besonders gut abschnitt.

Seine Instinkte übernahmen die Kontrolle, führten ihn aus dem Schlamassel. Die Stimme in seinem Kopf gab ihm eindeutige Befehle. *Ignoriere die Schreie, lass dich nicht von den herumfliegenden Kugeln irritieren. Dort ist die Tür. Das ist dein Ziel. Immer darauf zu. Siehst du, gleich ist es geschafft. Nur noch ein paar Meter, dann hast du es hinter dir. Weiter, ja, du schaffst es. Und jetzt: lauf. Renn, wie du noch nie zuvor gerannt bist. Pumpe deine Lungen voll Sauerstoff und bring dich in Sicherheit. Hilf dir selbst, für deine Männer ist es zu spät.*

46

Hannah konnte nicht wirklich behaupten, zu verstehen, was da eben vorgefallen war. Es war, als habe ihr jemand in schneller Bildfolge eine Reihe von Szenen gezeigt, aus denen sie jetzt einen tieferen Sinn herauslesen sollte. Experimentalkino in Reinform, allerdings ohne einleitende Worte des Regisseurs. Fest stand lediglich, dass die Männer von irgendetwas angegriffen worden waren. Es war aus dem Treppenschacht gekommen, hatte die Unaufmerksamkeit der Soldaten ausgenutzt und ein schreckliches Massaker unter ihnen angerichtet. Offenbar war es dabei selbst nicht ungeschoren davongekommen. Hannah konnte sich an mehrere Treffer erinnern, die es deutlich langsamer hatten werden lassen. Irgendwann war ein letztes Husten erklungen, dann war das Ding wieder dorthin verschwunden, von wo es gekommen war.

Was blieb, war ein Schlachtfeld.

»Himmelherrgott«, stammelte Roberto. »Hast du das gesehen?«

»Ich habe nicht den blassesten Schimmer, was das war.«

»Das hat niemand, glaube ich«, erwiderte Roberto leise.

»Ich kann euch sagen, was es *nicht* war«, sagte John. »Es war gewiss kein Eisbär. Und ein Mensch war es auch nicht. So etwas wie das da ist mir noch nie im Leben untergekommen, und ich habe weiß Gott schon einen Haufen Scheiße gesehen.«

»Ist es ... weg?« Hiroki kauerte zwischen John und Ilka

und machte den Eindruck, als wäre er am liebsten unsichtbar.

»Sieht so aus«, erwiderte John. »Aber ganz sicher können wir erst sein, wenn wir nachgesehen haben. Bleibt in euren Verstecken, ich schaue mir das mal aus der Nähe an.« Und ohne auf ihren Protest einzugehen, verließ er seine Deckung und betrat die Mitte des Saals. Privileg des Teamleiters, dachte Hannah. Andererseits war sie froh, dass sie es nicht machen musste. In dieser Situation wusste sie nicht mal, ob ihre Beine sie überhaupt tragen würden.

John hatte seine Lampe auf dem Lauf des Schnellfeuergewehres befestigt und leuchtete damit in den Treppenschacht.

»Nichts«, sagte er. »Scheint weg zu sein.«

»Heißt das, wir können rauskommen?« Ilka schien nicht minder beeindruckt von dem Geschehen. Alle Coolness war von ihr abgefallen.

»Das wollte ich damit sagen, ja. Die Luft ist rein.«

»Rein?« Roberto strich über sein Atemgerät. Seine Bewegungen wirkten steif und ungelenk. »Den Gestank von Blut kann ich selbst durch drei Schichten Aktivkohle riechen. Und es ist nicht nur Blut, was ich da rieche.«

Hiroki schlug die Hand vor den Mund. »Ich würde es vorziehen, wenn du deinen Mund hältst, mir ist jetzt schon übel.«

»Wieso hat es uns verschont?«, fragte Hannah. »Hat es uns nicht bemerkt?«

»Und ob es uns bemerkt hat«, keuchte Hiroki. »Ich meine sogar mir einzubilden, dass es mich direkt angesehen hat.«

»Wie sah es denn aus?«, wollte Roberto wissen.

»Kann ich nicht sagen. Irgendwie dunkel. Schemenhaft. Wie ein böser Traum. Himmel noch mal, ich wünsche mir nur noch, von hier wegzukommen.« Er stieß ein Schluchzen aus.

»Reißt euch zusammen«, sagte John. »Wir haben keine Zeit für Gejammer. Denkt an irgendetwas anderes und dann helft mir, diesen Ort zu sichern. Roberto, Ilka, ihr bleibt am Treppenschacht stehen und beobachtet, ob sich etwas tut. Was immer da hinter uns her war, es hat bei dem Kampf etwas abbekommen. Trotzdem will ich kein Risiko eingehen. Untersucht die Leichen. Findet heraus, ob wir irgendetwas brauchen können, und beeilt euch. Ich könnte mir vorstellen, dass unser Freund Primakov bald mit einer ganzen Legion seiner besten Männer zurückkommen wird.«

Hannah ging ein paar Schritte. Das Blut. Der Gestank. Sie fühlte, wie ihr der Schweiß ausbrach. Wenn dies das Wesen war, dass Arkadij gesehen hatte, konnte sie seine Panik verstehen. Ihr wurde übel.

Nicht übergeben, dachte sie. Auf keinen Fall in den eigenen Anzug kotzen, das ist lebensgefährlich. Denk nach, denk an irgendetwas Schönes, wie ... *Lavendelfelder*. Ja, das ist gut. Blühende Lavendelfelder. Die Farben, der Duft. Die Provence im Sommer. Ein schönes Glas Rosé, dazu ein Salat mit Ziegenfrischkäse und Oliven und ein Stück Baguette.

Sie fühlte, wie sie ruhiger wurde. Ihr Magen entspannte sich.

Tief durchatmen, du bist auf einem guten Weg.
Einmal, zweimal ... und?

Es funktionierte. Der Brechreiz verschwand. Erleichtert hob sie den Blick. Sie hatte es unter Kontrolle. Was blieb, war der überwältigende Wunsch, das alles hier so schnell wie möglich hinter sich zu bringen. Sie ging zu John hinüber, der eifrig bemüht war, aus den Kleidungsfetzen etwas herauszulesen.

»Und, wie sieht's aus?«

»Schwer zu sagen«, sagte John. »Ich zähle sieben Tote. Der Major ist nur deswegen am Leben, weil er sich wie eine feige Ratte verkrochen hat. Was die Leichen betrifft, manche von ihnen wurden buchstäblich in ihre Einzelteile zerlegt. Aber ich habe die Uniformen durchgezählt, das Ergebnis stimmt.«

»Sieben, ich dachte es wären nur vier.«

»Die vier, die bei Primakov waren, plus die drei aus dem Schacht. Sie kamen dazu, als das Gemetzel bereits in vollem Gang war. Was sie an Waffen bei sich tragen, ist für uns nicht brauchbar. Entweder sind sie zerstört oder bis auf das letzte Magazin leer geschossen. Was für ein Chaos.«

»Sieben.« Hannah fiel es schwer, die Zahl zu glauben, doch als sie noch einmal durchzählte, kam sie zu demselben Ergebnis. Einer der Stofffetzen gab ihr Rätsel auf. Er passte nicht zu den anderen. EMERCOM-Uniformen waren grün, diese hier war grau. Nur um sicherzugehen, beugte sie sich vor und untersuchte das Stück genauer. Ein Detail fiel ihr auf. Ein abgerissenes Namensschild.

GJERTSEN.

Sie stutzte.

Das war doch der Name ihres Kommandanten gewesen. Leif Gjertsen, der Leiter der ersten Expedition. Wie kam der Fetzen hierher? Hatte einer der Soldaten ihn bei sich getragen?

John beugte sich neugierig vor. »Was hast du da?«

»Ein Stück Uniform, vermute ich.«

»Und was ist damit?«

»Es ... ich weiß auch nicht.« Sie zögerte. »Ich dachte für einen Moment, es könnte ... aber vermutlich hat es nichts zu bedeuten.« Hannah steckte den Fetzen ein. »Was immer es ist, es hat Zeit. Im Moment haben wir Wichtigeres zu tun.«

»Wenn du meinst. Aber vergiss nicht, was du mir sagen wolltest. Ich kenne dich, Hannah. Wenn du so ein Gesicht machst, hat es meistens etwas zu bedeuten.« Er sah sie an, dann zuckte er die Schultern und wandte sich den anderen zu. »Kommt, Freunde. Wir müssen weg hier. Primakov wird bald mit Verstärkung zurückkommen. Hiroki, was hast du da?«

»Ich glaube etwas Interessantes.« Der Japaner kauerte neben einer der Leichen und hielt einen blutbespritzten kleinen Kasten in der Hand. Er sah ein bisschen aus wie ein Walkie-Talkie, nur ohne Antenne.

»Etwas, das wir brauchen können?«

»Kann ich noch nicht genau sagen. Ich werde es aber einstecken und bei unserem nächsten Halt genauer untersuchen. Ich habe da so einen Verdacht, aber es wäre verfrüht, jetzt schon darüber zu sprechen.«

»In Ordnung, dann lasst uns gehen. Zum Glück hat unser Freund die Tür offen stehen lassen. Der Weg ist frei. Komm, Hannah, gib mir deine Hand.« Er versuchte, ein aufmunterndes Lächeln aufzusetzen, doch Hannah fand, dass er müde und abgespannt wirkte. Sie bewunderte ihn dafür, wie er in dieser Situation noch die Kraft fand, alle anderen aufzumuntern; schließlich hatte er genau dasselbe erlebt wie sie.

Sie reichte ihm ihre Hand und begleitete ihn durch die Tür. Im Licht ihrer Lampen erhoben sich eisüberkrustete Ruinen. Dunkel und zyklopisch ragten die Gebäude auf.

Das Labyrinth hatte sie wieder.

47

Ein *was?*« Fradkov stützte sich auf seine Hände und beugte sich vor. So weit, dass Viktor seinen Atem riechen konnte. Er stank nach Alkohol.

»Ein Schatten. Ein Monster. Irgendetwas. Ich konnte es nicht genau erkennen, dafür war es zu schnell. Es ging so plötzlich, dass wir keine Zeit hatten, uns darauf einzustellen. Als wir begriffen, dass wir angegriffen wurden, war es bereits zu spät.«

»Und es hat alle deine Männer getötet?«

»Mirkovic, Strepkow, Kusmin, Danilow – keiner hat überlebt. Es war ein Massaker.«

Generaloberst Fradkov verschränkte die Arme hinter dem Körper und begann, auf und ab zu gehen. Eine typische Angewohnheit, wenn er nachdenken musste.

Viktor versuchte, seine Hand zu beruhigen. Sie zitterte. Es hatte mit dem Angriff begonnen und war seitdem nicht wieder verschwunden. In diesem Zustand konnte er keinen Stift mehr halten, geschweige denn eine Waffe. Er brauchte dringend etwas für seine Nerven. Etwas Stärkeres als das, was Doktor Olgin ihm verordnen würde.

»Was ist mit den anderen?«

»Andere?«

»Den Flüchtlingen. Peters, Evans, dem Rest des Teams. Sie zu ergreifen war doch dein Ziel, oder irre ich mich?«

Viktor senkte den Kopf. »Um ehrlich zu sein, ich weiß es nicht, Genosse Generaloberst. Auf keiner unserer Überwachungskameras sind sie bisher wiederaufgetaucht. So heftig wie es uns erwischt hat, können sie eigentlich nur tot sein.«

»Glaubst du.«

»Glaube ich, ja. Dieses – was auch immer es war – hat völlig chaotisch gehandelt, es hat nicht unterschieden zwischen Freund und Feind. Es kam wie aus dem Nichts, wütete und mordete, und ...« Er drückte die Hände zusammen.

Fradkov legte ihm die Hand auf die Schulter. »Schon gut, mein Freund, schon gut. Ich weiß, du hast Furchtbares durchgemacht. Ich gebe dir einen Tag frei, damit du dich ausruhen und auf andere Gedanken kommen kannst. Wann hast du das letzte Mal geschlafen?«

»Keine Ahnung«, sagte Viktor. »Ist lange her.«

»Lass dir ein Schlafmittel geben und hau dich aufs Ohr. Vor morgen früh will ich dich hier nicht mehr sehen.«

Viktor blickte erstaunt auf. »Soll ich denn nicht zurückkehren und die Verfolgung fortsetzen? Bei den vielen Schüssen, die dieses Ding abbekommen hat, müsste es entweder tot oder sterbend in der Kanalisation liegen. Ich könnte ...«

»Du tust, was ich dir sage. Ich werde die Suche persönlich in die Hand nehmen. Auch die Suche nach Peters. Ich habe jeden freien Mann dafür abgezogen und werde die Teams in Eigenregie koordinieren. Zu dumm, dass Evans die Kamera zerstört hat. Ich hätte zu gern gesehen, was euch da angegriffen hat. Aber sei es, wie es ist: Ehe dieser Tag zu Ende ist, werden wir wissen, was unsere Männer getötet hat, und es zur Strecke bringen. Und wir werden Peters und ihre Leute in Gewahrsam haben, darauf gebe ich dir mein Wort.«

*

Etwa eine halbe Stunde später kamen sie endlich dazu, eine Rast einzulegen. John hatte befohlen, tiefer in die Stadt einzudringen, weil er befürchtete, dass man sie verfolgen könne. Hannah hielt seine Sorge zwar für unbegründet – schließlich musste Primakov sich ja auch erst wieder sortieren –, aber sie wollte John nicht ins Wort fallen. Er war der Anführer dieser Gruppe, und es stand ihr nicht zu, seine Entscheidungen anzuzweifeln.

Sie fanden ein Gebäude, das halbwegs intakt aussah, und bezogen dort Stellung. Eine kurze Stärkung, einmal die Beine ausstrecken, dann ging es besser. John wandte sich Hiroki zu.

»Und, hast du schon etwas herausgefunden?«

»Allerdings.«

Er hatte den kleinen grauen Kasten über eine Schnittstelle mit seinem Notebook verbunden und wertete die Daten aus, die in einer Sturzflut aus Symbolen und Diagrammen über seinen Monitor strömten.

»Willkommen in der Matrix.« Hiroki grinste. »Ich glaube, wir sind gerade auf Gold gestoßen.«

»Könntest du das bitte etwas genauer erklären?«

»Was ihr hier seht, ist ein Gravos-System, eines der weltweit effektivsten internen Netzwerke. Spezialanfertigung für militärische Einrichtungen. Beste Sendeleistung, High End Equipment.«

»So viel zum Thema, EMERCOM sei eine Zivilbehörde«, sagte Ilka grimmig lächelnd. Hiroki nickte. »*Gravos* wurde designed, um an isolierten Orten einen größtmöglichen Informationsaustausch zu gewährleisten. Stimm- und Bildübertragung, Outlook, Skype, Serveranschluss – mit diesem kleinen Terminal habe ich Zugriff auf das gesamte interne Kommunikationssystem. Ich kann praktisch überall hinein: in ihre Datenbanken, ihre Kalenderfunktionen, ihre Archive, einfach alles. Da *Gravos* über *ActiveSync* verfügt, werden die Daten stündlich aktualisiert und sind immer up to date.«

John runzelte die Stirn. »Unverschlüsselt?«

»Natürlich nicht, aber das ist für mich ein Klacks. Vergesst nicht, es ist ein internes System, warum sollten sie da eine aufwendige Sicherheitssoftware implementieren? Ich schätze, dass die Algorithmen relativ leicht zu hacken sein werden.«

»Und was nützt uns das?«, fragte Ilka.

»Was uns das nützt?« Hiroki sah sie an, als stamme sie von einem fremden Planeten. »Wir können hören und sehen, was sie tun. Wir können uns den jeweiligen Aufenthaltsort jedes einzelnen Mitarbeiters anzeigen lassen und wir können herausfinden, was für Schritte sie als Nächstes planen und woran sie gerade forschen.«

Roberto riss die Augen auf. »Du meinst, du hast Zugang zu ihren medizinischen Datenbanken?«

»Ja, rede ich denn Japanisch? Ich spreche von *unbegrenztem* Datenbankzugriff. Unbegrenzt, versteht ihr? Ich kann also auch auf die Rechner zugreifen, in denen die Ergebnisse der Virenexperimente gespeichert werden. Das einzige Problem ist, dass da alles auf Russisch steht, aber ich besitze ein recht gutes Übersetzungsprogramm. Das genügt, um den Inhalt zu erfassen.«

»Das hieße ja, wir könnten endlich genauere Informationen über den Erreger bekommen und herausfinden, womit wir es genau zu tun haben.« Hannah blickte die anderen der Reihe nach an. »Das ... das wäre phantastisch.«

»Würden die Informationen eventuell ausreichen, um das Serum künstlich zu synthetisieren?«, erkundigte sich Ilka hoffnungsvoll. »Ich frage nur deshalb, weil wir uns dann vielleicht den Weg in ihre Labors sparen könnten.«

Roberto schüttelte den Kopf. »Das wird nicht reichen, fürchte ich. Wir benötigen das Genom des Urerregers, nur so können die Spezialisten den Gegenwirkstoff herstellen. Ohne eine aktive und lebendige Probe dürfte das unmöglich sein. Allerdings wäre es für die Mediziner eine enorme Hilfe, wenn sie auf die Forschungsunterlagen zurückgreifen könnten, das will ich nicht bestreiten. Aber nur ergänzend, nicht als Ersatz.«

»Schade«, sagte Ilka. Sie sackte zusammen. Roberto rückte näher und legte seinen Arm um sie. Sie ließ ihn gewähren. Hannah hatte sogar den Eindruck, dass sie die Berührung genoss.

»Es gibt allerdings ein kleines Problem«, sagte Hiroki. »Gravos bedient sich einer Zweiwegetechnik. Es dient sowohl als Empfänger wie auch als Sender. Spätestens wenn sie merken, dass eines von den Dingern fehlt, können sie uns darüber aufspüren.«

»Kannst du das Signal unterdrücken?«

Hiroki schüttelte den Kopf. »Zu riskant. Es könnte trotzdem noch etwas durchkommen, und dann sind wir geliefert. Ich könnte versuchen, den Sender ganz zu entfernen, wobei jedoch die Gefahr besteht, dass ich ein paar lebenswichtige Bauteile zerstöre. Deshalb würde ich vorschlagen, so schnell wie möglich die wichtigsten Daten runterzuladen und sie erst anschließend auszuwerten.«

»Worauf wartest du dann noch?« John klopfte Hiroki auf den Rücken. »Lass die Festplatte glühen. Und ihr anderen seht zu, dass ihr euch noch etwas ausruht, ehe es weitergeht.«

Es mochte etwa eine halbe Stunde vergangen sein. Hannah war gerade in einen kleinen Halbschlummer gesunken, als sie ein ungläubiges Stöhnen aus Hirokis Richtung vernahm. Es war ein Geräusch, das bei ihr sofort alle Alarmglocken klingeln ließ. Hiroki saß immer noch am Rechner und verfolgte, wie die Daten kontinuierlich auf seine Festplatte strömten.

»Was ist los? Hast du etwas entdeckt?«

Statt einer Antwort deutete Hiroki stumm auf den Monitor. Hannah verstand nicht, was er meinte. Sie beugte sich vor und begann zu lesen. Sie erstarrte.

»Nein«, flüsterte sie.

»Was ist denn los?«, fragte John.

»Lies.«

Er überflog die Zeilen und wurde plötzlich sehr still. Mit zusammengepressten Lippen stand er da, den Blick fest auf den Monitor gerichtet.

»Würdet ihr uns endlich mal erzählen, was los ist?« forderte Ilka, »Ihr seht aus wie auf einer Beerdigung.«

»Arkadij ist tot. Ums Leben gekommen, heute Morgen.«

»Was?«

»Lies selbst.«

Ilka überflog die Zeilen. Ihr Gesichtsausdruck wurde dabei immer grauer. »Das gibt's doch nicht. Bist du wirklich sicher, dass das stimmt? Vielleicht ist es ja ein Irrtum.«

»Was soll daran nicht stimmen?«, fragte Hiroki. »Tod durch Kaliumcyanid, seht ihr? Verstarb während der Befragung. Der Totenschein wurde um 09:30 Uhr ausgestellt.« Seine Stimme bebte. Tränen schimmerten in seinen Augen.

»Arkadij ... tot?« Hannah war zutiefst schockiert. Die Meldung traf sie bis ins Mark. Sie hatte den Russen gemocht, genau wie alle anderen. Sie konnte es immer noch nicht glauben.

»Diese Schweine«, flüsterte Ilka. »Sie haben ihn hingerichtet. Einen verletzten Mann, der sich nicht wehren konnte und der noch nicht mal etwas mit der Sache zu tun hatte. Was sind das nur für Tiere? Das widerspricht nicht nur der Genfer Konvention, sondern allem, was ehrenhaft und anständig ist. Dafür werden sie bezahlen, das verspreche ich euch. Und wenn ich ...«

»Sie waren es nicht«, wurde sie von John unterbrochen. »Ich war es.«

Betretenes Schweigen. Alle drehten sich um und richteten ihre Blicke auf ihn. Hannah wusste nicht, was sie dazu sagen sollte. »Du? Wie könntest du ihn umgebracht haben, du warst doch die ganze Zeit bei uns.«

John griff in seine Tasche und holte eine kleine Schachtel hervor, klapperte mit dem Inhalt und öffnete den Deckel. Sechs lavendelfarbene Kapseln waren darin, von der Größe nicht viel anders als handelsübliche Vitaminpräparate.

»Was ist das, Hustenpastillen?« Hiroki strich über sein

Gesicht. Die Tränen hatten dunkle Schlieren unter seinen Augen hinterlassen.

»Kaliumcyanid, auch besser bekannt als Blausäurekapseln. Sie sind absolut tödlich und wirken in weniger als einer Minute.«

»Heilige Scheiße.« Ilka blickte John entgeistert an. Dann fiel bei ihr der Groschen. »Du hast Arkadij eine davon gegeben.«

»Das habe ich. Wenn ich bei der Todesursache Cyanid lese, dann bedeutet das, dass Arkadij seine Kapsel genommen hat.«

»Aber wieso?« Hannah verstand überhaupt nichts mehr. »Wieso trägst du so etwas überhaupt bei dir? Ich verstehe nicht ...«

»Das musst du auch nicht. Es ist etwas, über das Norman und ich gesprochen haben, ehe wir aufgebrochen sind. Genau wie er war ich der Meinung, dass diese Expedition jederzeit an einen Punkt stoßen könnte, an dem es keinen Ausweg mehr gibt. Kälte, Hunger, Einsamkeit – die Arktis ist ein tödlicher Ort. Niemand kann voraussehen, was geschehen wird. Ganz zu schweigen von diesem Virus. Ich wollte einfach nicht unvorbereitet sein.« Er verstummte kurz und sprach dann weiter. »Mir war klar, dass Arkadij möglicherweise eine schwere Zeit bevorstehen könnte. Er war zu lange mit uns zusammen, als dass Primakov ihm seine Unkenntnis abnehmen würde. Was ich über den Mann gelesen habe, hat mich in meinem Verdacht bestätigt: Uns stehen Leute gegenüber, die keinen Moment zögern, das zu tun, was notwendig ist, um an bestimmte Informationen zu kommen. Also gab ich Arkadij die Pille.«

»Du sprichst von Folter.«

John nickte. »Ich bin überzeugt, dass Primakov ihn in der Mangel hatte. Arkadij war ein lebenslustiger Mensch, er hätte diese Pille nicht genommen, wenn er einen anderen Ausweg gesehen hätte. Es tut mir leid, dass ich euch nicht eingeweiht habe, aber ich hielt das für eine persönliche Sache.«

»Und die anderen?«, fragte Ilka. »Sind die für uns bestimmt?«

»Nur, wer will. Ich kann niemandem dazu raten, das muss jeder mit sich selbst ausmachen. Wir sind weit gekommen, aber es liegt noch ein schweres Stück vor uns. Für jeden von uns kann irgendwann der Moment kommen, an dem er nicht mehr weiterweiß, an dem ihm die Optionen ausgehen. Zu wissen, dass es diesen letzten Ausweg gibt, kann durchaus befreiend sein. Aber wie gesagt: Es ist eure Entscheidung.«

»Ich nehme eine«, sagte Roberto.

»Ich auch.« Ilka streckte die Hand aus.

»Hiroki?«

Der Japaner blickte starr auf den Monitor, dann nickte er.

»Und du, Hannah?«

»Nein.«

»Bist du sicher?«

Sie nickte. »Ganz sicher. Ich glaube nicht an ausweglose Situationen. Außerdem wäre es unserem Kind gegenüber höchst unfair. Es ist noch nicht mal geboren und will leben. Deswegen: nein.«

»Einverstanden. Falls du dich anders entscheiden solltest,

du weißt, ich habe noch eine in Reserve.« Er seufzte leise. »Ich weiß, dass ihr euch alle gern noch ein bisschen länger ausruhen würdet, trotzdem plädiere ich für einen baldigen Aufbruch. Es ist Zeit, dass wir uns über unser weiteres Vorgehen Gedanken machen. Wir sind gut vorangekommen. Von hier aus ist es bis zu dem Bereich, der auf der Karte als *Hot Zone* gekennzeichnet ist, nur noch ein kurzes Stück. Dort liegen die Abschnitte, die die Biolabors, Unterkünfte und Schaltstellen beinhalten. Wir werden dort kaum ungesehen rein- oder rauskommen; ich schlage also vor, dass wir uns Gedanken machen, wie wir genau vorgehen wollen.«

Ilka neigte ihren Kopf ein wenig. »Gibt es einen Plan?«

»Nicht wirklich, nein. Das Massaker in der Krypta hat uns etwas Zeit verschafft, aber das ist auch alles. Nach den Daten von Gravos zu urteilen, sind die Russen bereits damit beschäftigt, das Areal rund um die Krypta zu sichern und ihre Toten zu bergen. Anschließend werden sie mit der Jagd auf uns beginnen. Dafür werden sie jeden aktiven Mann benötigen. Mit etwas Glück sind die Zugänge zur Hot Zone, hier mit A, B und C gekennzeichnet, dann unterbesetzt. Wir könnten ein Ablenkungsmanöver starten, indem ein Teil von uns versucht, sich im Abschnitt A Zugang zu verschaffen, während der Rest Abschnitt C übernimmt. Dies ist der Bereich, in dem sich laut meinem Plan die biologischen Labors und Forschungsstätten befinden.« Er deutete auf die Karte. »Es reicht, wenn einer von uns dort eindringt, sich einen Schutzanzug stibitzt und eine Probe der betreffenden Substanz mitgehen lässt. Wir würden uns dann bei Abschnitt B treffen und zusehen, dass wir schnellstmöglich von hier verschwinden. Die andere Möglichkeit ist mehr so eine Notfalllösung. Für den Fall, dass der erste Plan aus irgendwelchen Gründen nicht funktioniert.«

»Von welcher Möglichkeit redest du?«

»Die Kanalisation.«

»Die Kana... *was?*« Ilka sah ihn an, als hätte er nicht alle Tassen im Schrank. »Ich habe mich wohl verhört. Willst du allen Ernstes vorschlagen, dass wir wieder da runtergehen? Schlag dir das gleich aus dem Kopf. Keine zehn Pferde bringen mich dorthin zurück. Nicht nach dem, was passiert ist. Hast du vergessen, was uns angegriffen hat? Dieses Ding lebt da unten. Es wartet, bis irgendein Trottel sich da hinunterverirrt, und schnappt ihn sich.«

»Und es ist möglicherweise nicht allein«, sagte Hannah.

»Nicht allein?« Zwischen Ilkas Brauen entstand eine steile Falte. »Würde es dir etwas ausmachen, uns zu erklären, was du damit meinst?«

»Während ihr eure Angriffspläne geschmiedet habt, bin ich die Datenbanken von EMERCOM durchgegangen«, sagte sie. »Ich hatte den Verdacht, dass das nicht der erste Vorfall dieser Art war, und tatsächlich: Es gibt zwei Einträge, die auf gewalttätige Fremdeinwirkung schließen lassen. Der erste vor etwa einer Woche, dabei sind zwei Soldaten spurlos verschwunden, der zweite vor noch nicht mal vier Tagen. Die Fotos sprechen eine deutliche Sprache. Nicht ganz so schlimm wie in unserem Fall, aber trotzdem ziemlich krass. Ich erspare euch die Einzelheiten und beziehe mich mal nur auf den Bericht. Es wird viel spekuliert, aber es ist nichts wirklich Konkretes dabei. Fest steht: Was immer das getan hat, es war schnell. Es muss wie aus dem Nichts gekommen sein, die Soldaten getötet haben und wieder im Labyrinth verschwunden sein, ehe jemand etwas mitbekam. Eine klassische Hit-and-Run-Taktik, wie es ja auch in der Krypta der Fall gewesen ist. Leiter der Aufklärung war übrigens in beiden Fällen Viktor Primakov.«

Roberto pfiff zwischen den Zähnen. »Na, sieh mal einer an. Der Herr Major. Dem muss ja inzwischen das Wasser bis zum Hals stehen.«

Ilka lächelte grimmig. »So viele Männer verloren, und dann stirbt ihm noch ein Gefangener während des Verhörs weg ... sorry, Hiroki, ich wollte nicht geschmacklos klingen. Ich mochte Arkadij – sehr sogar –, aber ich stimme mit John überein. Der Bericht besagt, dass er während *der Befragung* gestorben sei. Das klingt für mich verdammt nach Folter. Vermutlich hat er gesehen, was auf ihn zukommt, und einfach die Reißleine gezogen.«

Alle schwiegen. In Gedanken waren sie bei ihrem Freund und Weggefährten. Es war Hiroki, der die Stille durchbrach. »Wir wissen immer noch nicht, wer oder was diese Soldaten getötet hat. Was ist da unten, und warum zeigt es sich nie?«

John sah Hannah durchdringend an. Er tat das schon eine ganze Weile, und ihr wurde unwohl unter seinem Blick.

»Was hast du, Liebster? Was geht dir durch den Kopf?«

»Was hast du da vorhin in der Krypta gefunden? Du weißt schon, das, was du aufgehoben und eingesteckt hast.«

Hannah spürte, dass es Zeit wurde, ihren Freunden von ihrem Verdacht zu berichten. Sie griff in die Tasche, holte den Stofffetzen hervor und reichte ihn herum.

»Gjertsen«, murmelte John. »Bei dem Namen klingelt etwas bei mir.«

»Er war der Leiter der ersten Expedition und galt als verschollen«, sagte Hannah. »Ich habe nicht mehr an ihn gedacht, bis ich dieses Stück Stoff gefunden habe. Wieso hier, fragte ich mich. Wieso jetzt? Und dann habe ich damit begonnen, in den medizinischen Archiven zu lesen. Ich glaube, ich weiß, woran die Nazis hier unten wirklich geforscht haben. Aber ich hätte lieber, dass ihr euch selbst ein Bild macht. Lest!«

*

John konnte es kaum glauben. Das las sich wie aus einem schlechten Film. Einem Film über wahnsinnige Wissenschaftler, missglückte Experimente und den unbändigen Wunsch, Gott zu spielen.

»Grundgütiger«, flüsterte er, als er die Zeilen überflog. »Ich habe ja immer geahnt, dass die Typen durchgeknallte Arschlöcher waren, aber das schlägt dem Fass den Boden aus.«

»Vermutlich hätten sie dir sogar zugestimmt, als ihnen ihr Experiment um die Ohren flog. Nur, dass es da schon zu spät war«, sagte Hannah. »Ich bin sicher, sie hatten sich den Ausgang ihres Forschungsprojekts etwas anders vorgestellt.«

»Mit Forschung hat das nichts zu tun«, sagte Roberto. »Eher mit wildem Herumexperimentieren. Wie Kinder, die mit einem Chemiebaukasten spielen. Sie haben einfach alles zusammengemischt und gewartet, was dabei herauskommt. So gesehen schon erstaunlich, dass sie überhaupt ein Ergebnis erhalten haben.«

»Unterschätzt diese Leute nicht«, sagte John. »Sie hatten Ehrgeiz und keinerlei Skrupel. Jedenfalls waren sie skrupellos genug, sich über so etwas wie moralische Bedenken oder ethische Grundsätze keine Gedanken zu machen. Es gab genügend Gefangene, an denen man herumexperimentieren konnte, und außerdem hatten sie ein paar wirklich helle Köpfe in ihren Reihen. Ich glaube nicht, dass das ein Unfall war. Ich glaube, sie wollten genau das erreichen. Ihnen fehlte nur die Zeit, das Projekt zu Ende zu führen.«

»Ich verstehe das nicht«, sagte Ilka. »Ich dachte, sie wollten einen biologischen Kampfstoff entwickeln.«

»Ja, das wollten sie«, sagte Hannah. »Aber anders, als wir uns das vorgestellt haben. Nicht das Virus sollte der Kampfstoff sein, sondern das, was daraus entstand. *Was es aus den Menschen machte.* Ihr Ziel war der perfekte Supersoldat. Ein Mann, der weder ruht noch schläft, der weder Schmerzen spürt noch sich beklagt. Eine perfekte Kampfmaschine, die 24 Stunden auf den Beinen ist und die gleichzeitig über enorme Kräfte verfügt. So gesehen nur eine Weiterführung der Experimente, die sie bereits zu Beginn des Krieges vorangetrieben haben.«

»Von welchen Experimenten sprichst du?«

Hannah neigte den Kopf. »Habt ihr schon mal von Crystal Meth gehört?«

»Methylamphetamin, auch Methamphetamin genannt, na klar«, sagte Roberto. »Ein halbsynthetisches Stimulans auf Ephedrinbasis. Ein echtes Scheißzeug. Was heute als Hit an amerikanischen Schulen gefeiert wird, ist in Wirklichkeit uralt. Es fand schon in den Blitzkriegen 1939 und

1940 millionenfach Verwendung. Ich rede von dem Medikament *Pervitin*, das damals als *Panzerschokolade, Stuka-Tabletten* und *Hermann-Göring-Pillen* an die Soldaten verteilt wurde.«

»Panzerschokolade«, witzelte Hiroki. »Klingt wie aus dem Süßigkeitenladen.«

»Der Wirkstoff dämpft das Angstgefühl und steigert die Leistungs- und Konzentrationsfähigkeit. Er verleiht kurzzeitig Selbstvertrauen, ein Gefühl der Stärke und eine ungewohnte Geschwindigkeit. Dabei lässt es einen euphorisch werden, verringert das Schlafbedürfnis und steigert die Leistungsfähigkeit und das Mitteilungsbedürfnis.« Roberto fing an, auf und ab zu gehen. »Aktuelle psychologische Studien belegen, dass Hitler selbst seit etwa 1943 pervitinabhängig gewesen sein muss. Sein Verhalten weist das charakteristische Muster auf, das man bei methamphetaminabhängigen Menschen findet. Das Wundermittel hat nämlich einige höchst unangenehme Nebenwirkungen. Es führt zu erhöhter Körpertemperatur, Schwindelgefühl, Kreislaufproblemen, plötzlichem Abfall des Blutdrucks sowie paranoiden Wahnvorstellungen. Abgesehen davon, dass es hochgradig süchtig macht.« Er blieb stehen und verschränkte die Arme vor der Brust. »Nicht zu vergessen, dass der Körper, weil er die Substanz nicht verarbeiten und ausscheiden kann, Kristalle unter der Haut ablagert, wo sie zu dunklen Verfärbungen führen. Wie ich schon sagte: ein echtes Scheißzeug.«

»Was ich damit sagen wollte: Die Nazis haben sich schon länger für leistungssteigernde Präparate interessiert«, meinte Hannah. »Die Erschaffung einer Generation von Superkriegern ist nur eine logische Fortführung ihrer bis dahin bestehenden Forschung.«

»So langsam begreife ich, warum sie ihr Projekt Valhalla genannt haben«, murmelte Hiroki. »Die Ruhmeshalle der gefallenen Krieger. Sterben, um zu etwas Größerem zu werden. Zu einem Helden, *einem Gott*.«

»Und jetzt seht euch um«, sagte Hannah. »Fällt euch nicht auf, wo diese Experimente stattgefunden haben? In den uralten Hallen einer scheinbar überlegenen Zivilisation. Auf den Fundamenten der Erbauer von Atlantis.« Sie atmete tief ein. »Der Wahnsinn vom Übermenschen; hier hat er seine Wurzeln.«

»Das Virus ist hochgradig komplex«, sagte Roberto, während er die Zeilen auf dem Computer überflog. »Hier ist eine Abbildung.« Er lud ein Bild hoch, auf dem zum ersten Mal der Urerreger zu erkennen war. Eine Schwarzweißaufnahme, unter der *Valhalla вирус 23-C* zu lesen stand. John spürte, wie ein Schauer über seinen Rücken lief.

»Das Ding ist wirklich interessant«, sagte Roberto. »Wie ihr sehen könnt, ist es vielgestaltig, mit einer Tendenz zur Ovalform. Die Oberfläche zeigt Strukturen, die Glykoproteinen ähneln, wobei mir die Morphologie gänzlich unbekannt ist. Hier steht zu lesen, dass die Russen es mit allen Antikörpern getestet haben, dabei aber so gut wie keine Kreuzreaktivität erzielen konnten. Das Genom ist ... wartet mal ...«, er scrollte ein paar Absätze tiefer, »... zwischen fünfzehn und neunzehn Kilobasen groß und für sechs bis zehn Gene codiert. Das wäre eigentlich typisch für ein Paramyxovirus, aber die Morphologie stimmt nicht. Sie stimmt einfach nicht. Wartet mal, ich glaube, ich habe eine Idee: Möglicherweise haben wir es ja mit einem Zwitter zu tun.«

»Einem Zwitter?«, fragte Inka.

Roberto nickte. »In der Forschung werden Zwitter zur Heilung von Aids getestet, aber das hier sieht völlig anders aus. Irgendwie bösartig. Ein mutiertes Hanta-Virus vielleicht?« Er verstummte, gänzlich versunken in die Betrachtung dieses fremdartigen Erregers.

»Wie auch immer«, sagte Hannah. »Aus den Unterlagen geht hervor, dass dieser Erreger in einem von zehn Fällen eine merkwürdige Anomalie hervorbringen kann. Die Hirnaktivität wird auf null heruntergefahren, nur um dann nach einer Weile neu zu zünden. Danach scheint das limbische System die Kontrolle zu übernehmen. Die Rede ist von einer massenhaften Ausschüttung von Endorphinen und körpereigenen Opioiden.«

»Das ergibt durchaus Sinn«, sagte Roberto. »Das limbische System ist der Teil des Gehirns, der für Emotionen und Triebverhalten zuständig ist. Wenn dieses System nicht mehr richtig arbeitet, hat dies Gedächtnisstörungen, posttraumatische Belastungsstörungen, Narkolepsie, Autismus, Depressionen und Phobien zur Folge.«

»Manche der Testobjekte lebten nur wenige Stunden«, las Hannah, »andere wiederum Tage und Wochen. Sie alle zeigten einen enorm gesteigerten Stoffwechsel. Jede Stunde entspricht dabei mehreren Tagen Lebenszeit.«

»Mit dem beschleunigten Alterungsprozess geht eine zigfache Kraft einher«, sagte Roberto. »In manchen Fällen eine Steigerung um mehr als das Dreißigfache.«

»Grundgütiger«, stieß Hiroki aus. »Reden wir hier etwa von so etwas wie einem lebenden Toten?«

»Der Vergleich hinkt zwar etwas, aber – ja. Diese Kreaturen sind rein instinktgesteuert. Sie verspüren weder Schmerz noch Müdigkeit, weder Mitleid noch Reue. Alles an ihnen ist Wut, Trieb und Rastlosigkeit. Sie verbrennen innerlich. Wie eine Kerze, die man an beiden Enden anzündet.«

»Halt, halt, halt, jetzt mal ganz langsam«, sagte Ilka. »Wir reden hier von Ereignissen, die siebzig Jahre zurückliegen. Wenn das, was ihr sagt, stimmt, was hat uns dann angegriffen? Und kommt mir nicht mit irgendwelchen mutierten Zombie-Nazis. Ich mag in mancher Hinsicht naiv sein, blöd bin ich nicht. Niemand kann so lange unter dem Eis überleben. Wenn also die Russen keinen dieser Brüder aufgetaut haben und wenn sie selbst so klug waren, keinen Superkrieger zu erschaffen, wer bitte war das dann in der Krypta?«

Hannah sagte nichts. Stattdessen blickte sie auf den ominösen Stofffetzen. Und noch ehe sie den Namen nannte, wusste John, was sie sagen würde.

Gjertsen.

48

Viktor wälzte sich unruhig von einer Seite auf die andere. Er konnte nicht einschlafen. In seinem Kopf ratterte es wie in einer Registrierkasse. Immer wieder wurde er von diesen Bildern verfolgt. Was war da in der Kammer gewesen? Was hatte sie angegriffen, was seine Männer getötet? Wenn er die Augen schloss, sah er das Blut, hörte die Schreie und das Husten. Dieses ekelhafte, keuchende Husten.

Was in Gottes Namen lauerte da unter dem Eis? Die Gedanken rasten durch seinen Kopf. Es hatte etwas mit der Forschungseinrichtung zu tun, da war er sich sicher. Fradkov hatte ihm nicht alles erzählt. Es war von einem Virus die Rede gewesen, von einem biologischen Kampfstoff, aber das konnte unmöglich die ganze Wahrheit gewesen sein. Irgendetwas verschwieg ihm der Generaloberst.

Wenn er Antworten wollte, fiel ihm nur ein Name ein: *Hannah Peters*. Sie war der Schlüssel. Sie wusste, was hier gespielt wurde; er hatte es in ihren Augen gesehen. Sie war die letzte Überlebende des verheerenden ersten Einsatzes. Sie konnte froh sein, dass das Schicksal sie verschont hatte, und doch nahm sie es auf sich, an diesen Ort zurückzukehren? Das ergab einfach keinen Sinn. Er hatte in ihr Gesicht geblickt, als sie sich in der Kammer gegenüberstanden. Sie wusste, was das für eine Kreatur war, oder sie ahnte es zumindest.

Manchmal genügte ein einziger Augenblick, um die Gedanken eines Menschen zu erraten.

Ihm fiel das Gespräch wieder ein, das er mit Edda Björnsson, der Wirtin der Pension Polarrigg, geführt hatte. *Ein Schlittenhundführer hier aus der Stadt behauptet, ein seltsames Untier gesehen zu haben. Irgendein Monster, das angeblich Jagd auf Eisbären macht*, hatte sie gesagt, und er hatte es als Jägerlatein abgetan. Ein katastrophaler Fehler, wie sich jetzt herausgestellt hatte. Ein Fehler in einer langen Liste von Fehlern, die ihm während dieses Auftrags unterlaufen waren. Aber mal ernsthaft: Wer hätte denn mit so etwas gerechnet? Er hielt sich für einigermaßen vorausschauend, ein Hellseher war er jedoch nicht.

Fradkov befand sich gerade im Einsatz, aber sobald er zurück war, würde Viktor Informationen von ihm einfordern. Keine Geheimnisse mehr. Entweder das, oder er würde alles hinschmeißen. Scheiß auf die Nutten und das Koks. Er fühlte sich ausgenutzt und gedemütigt. Fradkov würde ihm Rede und Antwort stehen müssen. Und wenn Viktor anschließend irgendwo als Parkhauswächter arbeiten musste, aber mit diesem Mist wollte er nichts mehr zu tun haben.

»Hannah Peters«, murmelte er gedankenverloren vor sich hin. »Was willst du hier? Warum bist du zurückgekommen?«

Gewiss, sie war Archäologin, aber das war es nicht, weshalb sie dieses Martyrium auf sich nahm. In Wirklichkeit ging es ihr um etwas anderes.

Die Lösung kam über ihn wie ein Geistesblitz. Er wusste den Grund, eigentlich hatte er es die ganze Zeit gewusst. Es war die ganze Zeit unter seiner Nase gewesen.

Das Virus!

Sei es, dass sie es für ihre vollständige Genesung benötigte, sei es, dass sie ein Serum herstellen wollte: Sie war hier, um den Erreger in die Finger zu bekommen. Sie war die Einzige, die sich hier unten auskannte; außerdem war sie die letzte Überlebende. Es war etwas Persönliches, das spürte er.

Viktor setzte sich aufrecht hin. Wie einfach doch alles war, wenn man nur den richtigen Ansatz gefunden hatte. Hannah Peters und ihr ureigener Kreuzzug. Eins plus eins. Simple Deduktion.

Viktor kam nicht umhin, dieser Frau seinen Respekt zu zollen. Es war verdammt mutig von ihr, sich wieder in die Höhle des Löwen zu wagen. Wenn er recht hatte, was ihr Motiv betraf, so nötigte ihm das sogar noch mehr Respekt ab.

Doch der Löwe war nicht auf den Kopf gefallen. Viktor war klar: Hatte man erst einmal die Pläne des anderen erraten, konnte man ihm auch eine Falle stellen.

Aber wie würden sie es anstellen, wo würden sie zuschlagen?

Der Schlüssel war Evans. Er war der Einzige mit militärischer Grundausbildung, unzweifelhaft die Exekutive in diesem Unternehmen. Ein Mann mit taktischem Verstand; er würde den Angriffsplan entwickeln. Zum Glück verliefen Viktors Denkschienen in ähnlichen Bahnen, und so glaubte er sich in den Kopf seines Gegners hineinversetzen zu können. Eine gute Gelegenheit, um seine Fähigkeiten mit denen von Evans zu messen und es ihm heimzuzahlen.

Viktor stand auf, zog einen Plan vom Grundriss der Anlage aus seiner Schublade und begann, mit dem Finger darüberzufahren.

*

John hob die Hand. »Wartet mal einen Moment, ich will mir das aus der Nähe ansehen.« Er presste sein Fernglas an die Augen.

Hannah rutschte etwas näher, um besser sehen zu können, doch John hielt sie zurück. »Vorsicht«, flüsterte er. »Da ist ein Wachposten. Auf zwei Uhr, siehst du?«

Sie spähte nach vorne und sah einen Platz, von dem sternförmig etliche Gassen abzweigten. Der einzelne Halogenscheinwerfer in der Mitte ließ die gefrorenen Wände und Straßen wie einen Eispalast schimmern. Leise Töne drangen an ihre Ohren. *Polkamusik.*

Hannah sah ein Wachhäuschen, hinter dessen einzigem Fenster eine schattenhafte Bewegung zu erkennen war.

Daneben öffnete sich der Zugang in die Station. Runde Stahltüren, rostige, aus alten Stahlplatten zusammengenagelte Seitenwände und vergitterte Bodenplatten.

Eingang C.

»Scheint allein zu sein«, sagte Hannah. »So wie es hier riecht, macht er sich gerade einen Kaffee.« Sehnsüchtig blickte sie hinüber. Sie hätte jetzt selbst einen Kaffee vertragen können. 23:36 Uhr, kurz vor Mitternacht. Um die Zeit schlief sie normalerweise schon längst.

»Also gut«, flüsterte John. »Der Mann scheint nicht besonders aufmerksam zu sein. Wenn ihr die Schatten zu seiner Linken ausnutzt, könnt ihr ungesehen an ihm vorbeikommen. Wir warten, bis ihr drin seid, dann machen wir uns ebenfalls auf den Weg.«

»Was, wenn er uns entdeckt?«

John deutete auf sein Gewehr. »Macht euch darum keine Sorgen, ich habe extra einen Schalldämpfer aufgeschraubt. Leise und schmerzlos. Aber drückt uns die Daumen, dass es nicht dazu kommt. Sobald ihr drin seid, rennen wir rüber zu Abschnitt A und machen uns auf den Weg zum Sammelpunkt. Der Zeitplan ist immer noch aktuell. Wenn ihr irgendwelche Änderungswünsche habt, solltet ihr sie jetzt aussprechen.«

Roberto schüttelte den Kopf. »Alles klar so weit, und bei dir, Hannah?«

Hannahs Herz schlug bis zum Hals. Sie hatte einen schalen Geschmack im Mund. Auf was hatten sie sich da nur eingelassen?

»In Ordnung.« Sie versuchte, ein zuversichtliches Lächeln aufzusetzen.

»Dann ist es also abgemacht«, sagte John. »12:20 Uhr am Sammelpunkt, verstanden? Es ist wichtig, dass ihr euch daran haltet; wir werden zwischendrin keine Funkverbindung haben.«

»Keine Sorge. Wir sind hier ruck, zuck wieder raus.«

»Gut. Rennt einfach ins Labor, holt die Proben, und dann nichts wie weg. Findet ihr den Weg zum Sammelpunkt?«

Hannah lächelte ihm zu. »Wie könnten wir den vergessen? Nordkorridor, Abschnitt B, der Zugang zum Rollfeld, wo die Helikopter stehen.«

»Genau. Ich frage das nur, weil ich weiß, wie schnell man in der Hitze des Gefechts die Orientierung verlieren kann. Besonders, wenn die Dinge aus dem Ruder laufen. Es ist von allergrößter Wichtigkeit, dass ihr euch den Plan der Station einprägt.«

»Das haben wir«, sagte Hannah. »Aber bist du auch sicher, dass wir nicht irgendwo aufgehalten werden? Ich meine, so groß ist die Station ja nicht, und es arbeiten eine Menge Leute hier ...«

John lächelte. »Wie ihr wisst, ist es Hiroki gelungen, den Sender aus der Gravos-Einheit zu entfernen, ohne dabei den Empfänger zu zerstören. Wir können also wieder ungestört empfangen. Als er sich vorhin in den Sicherheitsterminal gehackt und die Dienstpläne unter die Lupe genommen hat, ist ihm aufgefallen, wie wenig Sicherheitspersonal hier unterwegs ist. Ein paar Leute an den Eingängen, das war's. Ich war selbst verblüfft, aber die Fakten sind eindeutig. Offenbar empfinden sie Eindringlinge hier nicht als Bedrohung. Hinzu kommt, dass um diese Zeit kein Mensch arbeitet. Die liegen alle in ihren Kojen und schlafen. Es sollte euch also nicht schwerfallen, ungesehen bis zu den Laborbereichen vorzudringen. Sicherheitshalber werde ich euch aber noch eine Waffe mitgeben. Roberto, wie sieht's aus?«

»Einverstanden. Auch wenn ich die Dinger nicht leiden kann.«

»Das weiß ich. Aber sicher ist sicher.«

»Können wir dann?« Hannah hielt es keine Sekunde länger aus. Sie wollte endlich los und den Auftrag zu Ende führen. Jede Sekunde, die verstrich, machte sie nervöser. Sie wollte aufstehen, doch John hielt sie zurück. »Eine Sache noch. Hiroki meinte, es wäre nicht so wichtig, aber ich finde, ihr solltet es wissen.«

»Was wissen? Was kann so wichtig sein, dass es nicht Zeit bis später hat?«

»Nun, es ist nicht gerade eine Kleinigkeit. Wusstet ihr, dass die Russen hier unten Aerosolbomben installiert haben?«

»Was sagst du da?« Roberto wurde bleich.

»Was für eine Bombe? Wovon redet ihr?«

John atmete tief ein. »Eine Aerosolbombe ist ein thermischer Sprengsatz, bei dem ein hochentzündliches Oxidationsmittel, meistens Ethylen- oder Propylenoxid, per Explosion in der Luft verteilt und danach zur Zündung gebracht wird. Die so entstehenden Temperaturen erreichen leicht die 1000-Grad-Marke und sind für jedes Lebewesen tödlich, besonders in einem geschlossenen System wie diesem. Nichts kann der Druckwelle entkommen, die diese Bombe entfaltet. Sie frisst schlagartig jeglichen Sauerstoff und mündet anschließend in einer Implosion, die eine schreckliche Sogwirkung entfaltet. Diese doppelte Wirkung hat ihr den Beinamen *Vakuumbombe* eingetragen.«

»Solche Waffen werden nur gegen weiche Ziele eingesetzt, das heißt gegen Lebewesen und ungepanzerte Hardware«, sagte Hiroki. »Wenn ich das richtig sehe, haben sie hier unten sechs von diesen Dingern installiert, und zwar über das gesamte Stadtgebiet verteilt.«

»Sechs?« Roberto riss die Augen auf. »Was soll das, wollen sie die Insel im Meer versenken?«

»Vermutlich wollen sie einfach sichergehen, dass nichts überlebt, falls mal etwas schiefgeht«, sagte John. »Wenn der Erreger entweicht, können sie den Stecker ziehen. *Bumm*. Ich muss gestehen, ich habe Verständnis dafür. Nach allem, was ich gesehen habe, würde ich auch nicht wollen, dass diese kleinen Bastarde nach draußen gelangen.«

»Offenbar haben sie aus dem Fehler der Nazis gelernt«, sagte Ilka. »Ein kleiner Knopfdruck, und alles wird zu Staub: Menschen, Ausrüstung, Viren – der ganze Laden.«

»Die Steuerung befindet sich in einer speziell gekennzeichneten Schaltkonsole direkt innerhalb des Labors«, sagte John. »Ihr solltet sie sehen, wenn ihr dort seid. Aber bitte macht nicht den Fehler, auf den Knopf zu drücken. Es könnte das Letzte sein, was ihr tut.«

»Werden wir schon nicht«, sagte Hannah. »Und jetzt los, wir haben schon Viertel vor. Keine Zeit mehr zu verlieren.« Hannah gab John einen Kuss und versuchte zu lächeln, doch es wollte ihr einfach nicht gelingen. Ihr war sterbenselend zumute.

49

John beobachtete, wie Hannah und Roberto in geduckter Haltung den Platz überquerten. Sie liefen gegen den Uhrzeigersinn, hielten sich dicht an den Mauerresten und wichen größeren Gesteinsbrocken aus, die von den Mauerkronen herabgefallen waren. Der Eingang zu den Labors lag nur noch wenige Meter entfernt. Obwohl sie leise und behutsam vorgingen, schien der Wachposten etwas bemerkt zu haben, denn er stand mit einem Mal auf und blickte durch die Tür des Wachhäuschens hinaus.

John hielt den Atem an.

Wenn jetzt etwas schiefging, hatten sie ein mächtiges Problem. Licht und Entfernung waren nicht optimal für einen sauberen Schuss, außerdem stand der Typ halb verdeckt hinter der Tür. John versuchte, ihn durch sein Zielfernrohr anzuvisieren, doch er hatte Schwierigkeiten, ihn ins Fadenkreuz zu bekommen. Als ob der Kerl etwas gerochen hätte, stand er da, lauschte und wartete ab. John huschte ein leiser Fluch über die Lippen. Er schwenkte hinüber zu seinem Freund und seiner Geliebten und sah, dass die beiden hinter einem mächtigen Felsblock Schutz gesucht hatten. Roberto hatte die Pistole gezogen, die John ihm mitgegeben hatte. Gut so. Kein Risiko jetzt. Zur Not konnten sie ihren Zeitplan immer noch ein wenig nach hinten korrigieren.

In diesem Moment erklang das Geräusch eines Telefons.

Der Mann machte kehrt, ging in die Hütte zurück und nahm ab.

Der Weg war frei.

Hannah wartete noch einen kurzen Moment, dann verließ sie zusammen mit Roberto ihr Versteck. Als sie den Tunnel erreichte, drehte sie sich noch einmal um und gab John ein Okay-Zeichen. Dann tauchte sie ins Halbdunkel ab.

*

Gelbliche Energiesparlampen spendeten trübes Licht. Gerade hell genug, um sich zu orientieren, aber bei weitem nicht so stark, dass man von einer wohltuenden Atmosphäre sprechen konnte. Hannah fühlte sich an einen schlechten Horrorfilm erinnert. Sie wusste ja, dass die Station einst aus den Resten dreier zerlegter U-Boote erbaut worden war, doch hätte sie sich nie träumen lassen, dass es hier immer noch so aussah. Wie es schien, hatten die Russen nur notdürftige Veränderungen vorgenommen, etwa die Beschriftungen verändert und an zentralen Punkten schematische Pläne der Station aufgehängt. Tagsüber, wenn hier gearbeitet wurde, drehten sie die Beleuchtung vermutlich höher, doch im Moment wirkte es, als würde die Stromversorgung nur auf Reserve laufen. An manchen Stellen tropfte es von der Decke. Pfützen hatten sich gebildet, und das Kondenswasser ließ die Rohrleitungen glänzen. Das rostige Eisen wirkte bei diesem Licht fleckig und trostlos. Angelaufene Nieten, rostige Bolzen und wellige Bodenbleche zeigten an, dass diese Station jahrzehntelang unbenutzt gewesen war.

Wie es schien, stimmten die Daten von Gravos. Die Station schlief. Außer dem Wachposten hinter ihnen war alles ruhig.

Hannah spürte, wie sich ihr Magen ein klein wenig entkrampfte. Die Leute hier hielten tatsächlich Nachtruhe, so absurd das auch klang. Abgesehen davon, dass draußen ohnehin immerwährende Nacht herrschte, befanden sie sich tief unter dem Eis. Hier gab es nur künstliches Licht, künstliche Luft und künstliche Räume. Eine komplett vom Menschen gestaltete Welt, die jedoch immer noch, wie an unsichtbaren Schnüren, vom Faktor Zeit beherrscht wurde. Vielleicht war es die Sehnsucht nach Ordnung und Geborgenheit, der Gedanke an die Heimat und an liebgewonnene Routinen, die die Menschen daran festhalten ließen. Was auch immer es war, für Hannah und Roberto war es ein großes Glück, denn auf diese Weise kamen sie zügig und ohne Zwischenfälle voran.

Ein gewisses Risiko bestand natürlich immer. Ein Mitarbeiter, der unter Schlaflosigkeit litt, jemand, der aufs Klo musste oder Durst hatte – es konnte immer etwas schiefgehen. John hatte sie während der langen dunklen Abende mit Geschichten aus seiner Zeit beim Geheimdienst erheitert. Storys über Pannen und vermasselte Einsätze. Man glaubte gar nicht, was alles passieren konnte, wie viele Millionen an Steuergeldern schon verpulvert worden waren, weil irgendjemand im feindlichen Lager unter Harninkontinenz litt. Hannah konnte nur hoffen, dass sie heute Nacht von solchen Störungen verschont blieben.

Roberto, der bereits den nächsten Wegabschnitt zurückgelegt hatte, war stehen geblieben und blickte vorsichtig um die nächste Ecke. Als Hannah bei ihm eintraf, deutete er nach links. Eine notdürftig mit weißer Farbe bepinselte Eisentür versperrte ihnen den Weg. Daneben befand sich ein Terminal mit einem Ziffernfeld. Kein Zweifel: Sie hatten den Zugang zur Dekontaminationskammer erreicht. Ab hier waren nur noch Mitarbeiter mit besonderer Befugnis zugelassen.

Hannah fischte einen Zettel aus ihrer Tasche und warf einen Blick auf Hirokis ungelenke Handschrift. Und da sage noch einer, diese Japaner wären alles Kalligraphen. Sie kniff die Augen zusammen. Würde die Nummernfolge tatsächlich funktionieren? Wenn nicht, dann war das jetzt das Ende ihrer Reise.

Es gab nur einen Weg, das herauszufinden. Sie sah sich um, eilte hinüber zum Terminal und tippte die Kombination von Zahlen und Buchstaben in den Tastenblock.

*

John setzte das Fernglas ab.

Der Eingang, vor dem sie Stellung bezogen hatten, war praktisch mit Zugang C identisch, nur mit dem Unterschied, dass es hier zwei Wachen gab. Die Tür zum Häuschen war geschlossen, und die Männer im Inneren hatten ihre Atemgeräte abgelegt. Offenbar besaß es eine eigene Filteranlage, die die Luft keimfrei machte. Durch das Fenster war zu erkennen, dass die beiden am Tisch saßen, sich unterhielten und dabei Zigaretten rauchten.

»Seltsam, oder?«, flüsterte Ilka. »Sie scheinen überhaupt nicht aufzupassen.«

John nickte. *Seltsam, allerdings*. Wieso leistete sich jemand den Luxus von Wachpersonal, wenn dieses dann nicht seinen Dienst verrichtete? Oder waren die Sicherheitsbestimmungen hier einfach lascher als an anderen Orten? Ihn beschlich ein ungutes Gefühl. Er hatte die Russen immer für übervorsichtig gehalten, aber offenbar hatte er sich geirrt.

Er blickte auf die Uhr. Noch fünfundzwanzig Minuten. Theoretisch konnten sie die Zeit verkürzen und jetzt schon die Anlage betreten. Niemand würde sie bemerken, schon gar nicht diese zwei Pappnasen im Häuschen. Wenn die Sicherheitsprozedur am Rollfeld ähnlich lasch war, würden sie hier durchspazieren, ohne dass auch nur eine einzige Menschenseele Verdacht schöpfte.

Eigentlich hätte ihn der Gedanke mit Freude erfüllen müssen, aber komischerweise war das genaue Gegenteil der Fall. Es ging alles zu leicht. Zu glatt. Sein Instinkt sagte ihm, dass etwas nicht stimmte.

»Was ist los?«, fragte Ilka. »Wollen wir denn nicht weitergehen?«

»Ich weiß nicht«, flüsterte er. »Ein Mann von Primakovs Format würde sich doch eine solche Nachlässigkeit nicht erlauben. Nicht nach dem, was im Vorfeld passiert ist.«

»Vielleicht gerade deshalb«, sagte Ilka. »Vielleicht ist er mit den Nerven am Ende. Oder er wurde seines Postens enthoben. Gründe dafür gab es ja genug.«

»Schon, aber dann wäre er doch durch jemand anderen ersetzt worden. Jemand, der alles daransetzen würde, sich zu profilieren. Neue Besen, und so weiter …« Er schüttelte den Kopf. »Nein, nein. Irgendetwas stimmt nicht, das spüre ich in jeder Faser meines Körpers. Das passt alles nicht zusammen.«

»Was willst du tun?«

»Ich weiß es nicht. Ich weiß es einfach nicht ...«

»Wir können nicht hier sitzen bleiben. Was, wenn dich dein Gefühl täuscht und alles in Ordnung ist? Hannah und Roberto verlassen sich auf uns.«

»Das weiß ich auch ...«

»Aber?«

»Nichts *aber*. Du hast recht. Es bringt nichts, sich den Kopf zu zerbrechen. Solange wir keine neuen Informationen haben, werden wir am alten Plan festhalten. Wir werden also weitergehen.« John entsicherte seine Waffe und stand auf. Sein Magen fühlte sich an wie ein schlaffer Ball, der mit Säure gefüllt war.

Hannah hielt den Atem an. Die Tür schwang auf. Einfach so.

Keine Sirene, kein blinkendes Licht, keine aufgebracht herumrennenden Soldaten.

Alles war ruhig.

Vor ihnen lag der Dekontaminationsbereich. Chemische Dusche, Absaugbereich, Umkleide. Standardausstattung für Labors, in denen an gefährlichen Substanzen geforscht wurde.

Der Moment der Erleichterung war nur von kurzer Dauer. Sie mussten sich jetzt beeilen. Der Code war akzeptiert worden, und sie hatten freie Bahn. Doch dass bisher alles so glattgegangen war, war keine Garantie, dass der Rest auch so reibungslos ablaufen würde.

Wortlos betraten sie den Reinigungsbereich. Sie schlossen die Tür und aktivierten die Sterilisierungsprozedur. Sie wurden besprüht, benebelt und trocken geföhnt, danach wurde die Luft abgesaugt und durch frische ersetzt. Hannah spürte ein Knacken in den Ohren, als der Druckabfall eintrat. Ein grünes Licht blinkte, und auf dem Display erschien die Anzeige: *Dekontaminierung abgeschlossen. Sterilitätsgrad 100 %. Ausziehen der Schutzkleidung erforderlich.*

Hannah blickte zu Roberto. »Dann wollen wir mal. Tauschen wir unsere Sachen gegen etwas Frisches. Um ehrlich zu sein, ich kann es kaum erwarten, endlich diesen Anzug ausziehen zu dürfen.«

»Geht mir auch so. Auch wenn ich dich vorwarnen muss: Ich rieche wie ein ungewaschener Iltis.«

Hannah grinste, ging hinüber zu den Umkleiden und wechselte schnell die Kleidung. Für das Personal hingen orangefarbene Overalls in den Spinten, auf denen das Logo von EMERCOM aufgenäht war. Hannah streifte ihre alten Sachen ab, schlüpfte in die neuen und zog den Reißverschluss hoch. Schnell noch die weißen Schuhe übergestreift, dann war sie fertig. Was für ein Unterschied zu der schweren Sicherheitskleidung, die sie bis jetzt angehabt hatten. Es tat so gut, endlich den Helm absetzen zu dürfen und frische Luft zu atmen. Nun, genau genommen war sie nicht frisch, sie war gefiltert; dennoch war es eine Wohltat, nicht mehr durch die Gasmaske atmen zu müssen. Was hätte sie jetzt für eine Dusche gegeben, aber sie wollte ihr Glück nicht überstrapazieren. Ein Blick in den Spiegel offenbarte ihr, was sie insgeheim befürchtet hatte. Sie sah furchtbar aus. Ihr Gesicht war blass und verschwitzt. Ihre Nase ähnelte der eines Trinkers, und unter ihren Augen lagen dunkle Ringe.

»Du meine Güte«, stöhnte sie. »Schau dir bloß meine Haare an.« Die braune Flut stand in alle Richtungen ab.

Roberto lächelte, sagte jedoch nichts. Er war klug genug, um zu wissen, wann er zu schweigen hatte. Hannah war dankbar für sein Taktgefühl; was sie jetzt nicht brauchen konnte, waren falsche Komplimente.

Sie blickte auf die Uhr. Noch zweiundzwanzig Minuten.

Mit schnellen Bewegungen band sie ihre Haare mit einem Gummi zusammen, spritzte etwas Wasser in ihr Gesicht und trocknete sich mit einem Papiertuch ab. »Fertig«, sagte sie.

50

Generaloberst Fradkov ließ die Monitore keinen Moment aus den Augen. Sein Blick hatte etwas Starres, Durchdringendes. Wie eine Gottesanbeterin, kurz bevor sie zuschlug.

Viktor kannte seinen Vorgesetzten jetzt schon lange, verdammt lange. Sie hatten zusammen viele Höhen und Tiefen durchstanden, hatten Triumphe und Niederlagen erlebt. Dass es dabei niemals zu einer Freundschaft gereicht hatte, hing mit ihren unterschiedlichen Rängen zusammen – hatte er zumindest immer geglaubt. Doch jetzt war er sich dessen nicht mehr so sicher. Da war etwas an Fradkov, das ihm fremd war. Eine geradezu menschenverachtende Kälte und Entschlossenheit. Er fragte sich, ob es damit zusammenhing, was er in den Tunnels gefunden hatte.

»Sie sind also bereits in den Labors?«

»Jawohl, Genosse Generaloberst. Sie haben soeben die Dekontaminationskammer durchquert und die Umkleideräume betreten. Ich habe herausgefunden, dass sie im Besitz einer unserer Gravos-Einheiten sind und unbegrenzten Zugriff auf unsere Systemdaten erlangt haben müssen; anders ist das nicht zu erklären. Vermutlich haben sie es einem meiner Leute abgenommen, als sie die Kammern verlassen haben.« Er warf einen furchtsamen Seitenblick zu Fradkov, dessen Gesicht nur noch eine Handbreit vom Bildschirm entfernt war. Das bläuliche Licht ließ seine Haut wie vereist erscheinen.

»Mit dem Wissen, dass sie jeden unserer Schritte überwachen, habe ich unseren Einheiten falsche Signale einpflanzen lassen. Für einen Eindringling muss es so aussehen, als würden sich unsere Männer allesamt in den Schlafräumen aufhalten, während ich sie in Wirklichkeit an bestimmten Schlüsselstellen im Forschungskomplex stationiert habe. Von dort aus können sie jederzeit zuschlagen. Soll ich jetzt den Befehl geben, Herr Generaloberst?«

»Nein«, sagte Fradkov. »Lass sie ruhig noch ein bisschen in dem Glauben, dass sie es geschafft hätten. Noch ein paar Minuten, dann lassen wir die Falle zuschnappen.« Er trat einen Schritt zurück und legte Viktor seine Hand auf die Schulter. »Gut gemacht, mein Freund. Zum Glück hast du nur einen leichten Schlaf. Möglich, dass wir den Einbruch erst bemerkt hätten, wenn es bereits zu spät gewesen wäre. Wo befinden sich Evans und die anderen in diesem Moment?«

»Zugang A. Die Wachen dort wurden bereits instruiert. Sie verhalten sich bewusst unauffällig. Sobald Evans ein Stück weit vorankommen ist, machen wir den Sack zu.«

»Gut. Sehr gut.« Der Generaloberst atmete tief durch. Er wirkte sichtlich entspannter, auch wenn er noch weit davon entfernt war, der Mann zu sein, den Viktor zu kennen glaubte.

»Wie es scheint, hast du an alles gedacht. Du hast deine Sache gut gemacht, ich bin zufrieden.«

Viktor nickte. Er hatte auf diese Reaktion gehofft. Wenn er ihm Evans und Peters lieferte, würde Fradkov sein Versagen vielleicht wieder vergessen. Doch wie gesagt: Er musste diesmal erfolgreich sein.

»Eine Frage, Genosse Generaloberst ...«

Fradkov hob eine Braue. »Was gibt es?«

»Ohne aufdringlich sein zu wollen, aber Sie haben bisher noch kein Wort über den Einsatz in den Kaiserkammern verloren. Ich wäre neugierig, zu erfahren, was Ihre Untersuchung ergeben hat. Haben Sie in Erfahrung bringen können, was ...«

»Kein Kommentar.«

Viktor schluckte. »Bei allem Respekt, Generaloberst, unter meiner Führung sind sieben Männer gestorben. Ich finde, ich habe ein Recht ...«

»Kein Kommentar, habe ich gesagt. Wenn unsere Arbeit hier getan ist, werde ich dir vielleicht erzählen, was wir gefunden haben, aber so lange wirst du dich gedulden, verstanden?« Er warf Viktor einen Blick zu, der ihn zu sofortigem Schweigen verdammte. Die abgrundtiefe Kälte, die er vorhin schon verspürt hatte, da war sie wieder. Viktor zweifelte keine Sekunde daran, dass Fradkov ihn über die Klinge springen lassen würde, wenn er das Gefühl hatte, er würde zu neugierig.

»Was immer wir da gefunden haben, es ist jetzt tot. Deine Männer haben es zur Strecke gebracht, das muss dir genügen. Auch wenn wir einen hohen Blutzoll gezahlt haben, so geschieht das mit dem Wissen, dass wir einen Teilerfolg errungen haben. Wir werden keine Angriffe mehr zu befürchten haben, und das ist etwas, worauf wir stolz sein können. Ich habe den Körper bergen und für spätere Untersuchungen in unser Depot bringen lassen. Unsere Aufgabe muss jetzt lauten, die Flüchtigen zu ergreifen und zu verhindern, dass sie irgendwelches Unheil anrichten. Sie dürfen auf keinen Fall erneut entwischen, hast du mich verstanden? Wir brauchen diese Frau, wir brauchen Hannah Peters. Sie ist entscheidend für den wissenschaftlichen Durchbruch. Uns fehlen nur noch ein paar kleine Mosaiksteinchen in unserer Versuchskette, dann sind die Forschungen abgeschlossen. Ich werde die Sache persönlich in die Hand nehmen, und ich will, dass du mir dabei assistierst. Wenn wir das erfolgreich über die Bühne bringen, bin ich bereit zu vergessen, was bisher geschehen ist.«

Viktor nickte ergeben. Sein Hals war plötzlich sehr trocken. »Jawohl, Genosse Generaloberst.«

*

John ging noch ein paar Meter, dann hielt er an. Er konnte nicht anders. Trotz fehlender Beweise war er sich seiner Sache so sicher wie noch nie zuvor. Irgendetwas stimmte hier nicht. Es war, als starrte man auf ein Bild mit falscher Perspektive. Man spürte instinktiv, dass etwas nicht in Ordnung war, obwohl man keinen rationalen Grund dafür angeben konnte.

Es war einfach undenkbar, dass eine militärisch geführte Basis so schlecht organisiert war. Nicht nach dem kurz zuvor stattgefundenen Angriff. John war dabei gewesen; er hatte gesehen, was dieses Ding anrichten konnte. Jeder verantwortliche Befehlshaber musste damit rechnen, dass etwas Ähnliches wieder geschehen konnte. Doch statt rund um die Uhr Wachen aufzustellen und die Leute bis an die Zähne zu bewaffnen, lag die Station wie im Koma. Zumindest, wenn man den Daten Glauben schenkte, die Gravos ihnen lieferte.

»Mach noch mal einen Systemcheck«, sagte er zu Hiroki. »Ich will wissen, ob die Situation unverändert ist.«

»Was denn, schon wieder? Ich habe doch eben erst ...«

»Bitte. Tu's für mich.«

Hiroki stieß ein Seufzen aus. »Wenn es unbedingt sein muss.« Er kauerte sich hin, klappte sein Notebook auf und führte ein Informations-Update durch. Das Ganze dauerte keine dreißig Sekunden. Wortlos zeigte er John das Ergebnis.

»Unverändert«, murmelte John. »Nicht einer der Leute hat seine Position verändert. Das gibt's doch nicht ...«

»Das Gerät lügt nicht«, sagte Hiroki. »Es ist Schlafenszeit, die liegen alle in ihren Kojen.«

»Das täte ich jetzt auch gerne«, sagte Ilka. »Oder einen starken Kaffee, eines von beiden.«

»Oh, ja, ich auch«, sagte Hiroki. »Ich ...«

»Möglich, dass das Gerät nicht lügt, aber vielleicht ist es mit falschen Daten gefüttert worden. Vielleicht will jemand, dass wir *glauben*, es wäre alles ruhig.«

»Wie meinst du das?«

»So, wie ich es sage. Ein trojanisches Pferd.«

»Was hast du vor?«

»Es gibt nur einen Weg, das herauszufinden ...«

Ohne Vorwarnung ließ er Ilka und Hiroki stehen und eilte den Gang entlang. Er konnte sich die entsetzten Gesichter seiner Freunde vorstellen, aber jetzt war nicht die Zeit für Rücksichtnahme. Laut Plan sollte sich hinter der übernächsten Kreuzung ein Schlafraum befinden, aus dem er eben noch einige Signale empfangen hatte. Wenn es stimmte, was Gravos ihnen da anzeigte, mussten sich dort mindestens vier Männer aufhalten. Gewiss, es war riskant, aber es war der einzige Weg, um Gewissheit zu erlangen.

Er rannte noch einige Meter, hielt vor der nächsten Abzweigung an und trat vorsichtig an die betreffende Tür. Das Schild in deutscher Sprache war notdürftig mit einem kleineren, russischen Schild überklebt worden. Спальня, stand da. Er lauschte. Nichts zu hören. Vorsichtig drückte er die Klinke runter.

*

Hannah blickte ein letztes Mal auf die Uhr, dann atmete sie durch. »Zwölf Uhr. Es ist Zeit.«

»Ja, es ist Zeit.« Roberto straffte die Schultern. Die Anspannung stand ihm ins Gesicht geschrieben.

Hannah kam es vor, als wäre er in den letzten Stunden um Jahre gealtert. Gewiss, er war unrasiert, seine Haare waren verstrubbelt, und er litt unter Schlafentzug, aber da war noch mehr. Sie spürte, wie sehr ihn die Ereignisse belasteten. Das Wissen um die furchtbaren Experimente, die hier stattgefunden hatten, die permanente Bedrohung, die Angst, entdeckt zu werden, und vor allem das schreckliche Geheimnis, das hier unten lauerte – es war alles zu viel für ihn. Er war an seine Grenzen gelangt, und das konnte sie sehen.

Es tat ihr leid, ihn dem Ganzen auszusetzen, aber sie war sicher, dass er, wenn sie ihn fragen würde, weiterhin ohne Einschränkungen hinter ihr stand. Er war ihr Freund, und das würde er immer bleiben.

Hannah spürte die Last ebenfalls. Dass Wissenschaftler zu so schrecklichen Dingen fähig waren, belastete sie. Noch schwerer aber wog die Erkenntnis, dass die Menschen offenbar nicht fähig waren, aus der Vergangenheit zu lernen. Immer und immer wieder machten sie dieselben Fehler und gingen dabei sogar so weit, ihre eigene Spezies aufs Spiel zu setzen. Das war etwas, das sie an den Rand der Verzweiflung treiben konnte. Wann kam endlich der evolutionäre Schub, der den Schalter im Gehirn vom *Ich* zum *Wir* umlegte? Der es den Menschen ermöglichte, als Gruppe zu denken und zu agieren, und nicht als Individuen? Falls das geschehen sollte – und Hannah hatte die Hoffnung noch nicht aufgegeben –, dann hoffentlich möglichst bald, denn viel Zeit blieb der Menschheit nicht mehr.

Sie verließen den Umkleide- und Dekontaminationsbereich, überquerten einen weiteren Gang und sahen sich urplötzlich dem Herz der Station gegenüber: den Laboratorien. Klar gekennzeichnet durch rot gestrichene Türen, die im fahlen Schein der Energiesparlampen aussahen wie getrocknetes Blut. Darauf zu sehen das unverwechselbare Piktogramm, das überall auf der Welt den Eingang zur biologischen Hölle markierte. Ein stacheliges schwarzes Symbol auf gelbem Hintergrund, das Hannah immer an eine Dornenkrone erinnerte:

CAUTION BIOHAZARD.

Hier also wurde der tödliche Erreger erforscht. Hier wurde er bewertet und auf seine Verwendung als biologische Waffe getestet. Im Gegensatz zum Rest der Station waren sowohl das Labor als auch die angrenzenden Räume mit Glasscheiben versehen, durch die man von außen hineinschauen konnte. Das Halbdunkel im Inneren signalisierte, dass die Einrichtung momentan nicht genutzt wurde. Außer ein paar blinkenden Lichtern war alles ruhig. *Genau, wie John vorausgesagt hat. Vertrau ihm und mach weiter.*

Hannah räusperte sich. »Hier ist es. Bist du bereit?«

»Und ob. Drück uns die Daumen, dass jetzt nicht irgendwo eine Alarmsirene anspringt.«

*

Innen war alles dunkel. John nahm seinen ganzen Mut zusammen und öffnete die Tür ein Stück weiter.

Warme, schweißgesättigte Luft schlug ihm entgegen. Kein Laut war zu hören. Kein Rascheln, kein Grunzen, kein Schnarchen. Der Lichtschein aus dem Gang fiel auf eines der Betten. Es war leer, genau wie die dahinter. Die Bettdecke war unordentlich zurückgeschlagen, so als ob eben noch jemand darin gelegen hätte. John betätigte den Lichtschalter, und eine Neonröhre flammte auf. Einen Moment lang stand er fassungslos da und starrte auf das, was er ohnehin schon vermutet hatte.

»Scheiße«, murmelte er, dann wandte er sich um und rannte zurück zu den anderen. Er hatte sie noch nicht ganz erreicht, als im Gang schlagartig alle Lichter aufflammten.

51

Hannah stand vor den Gefrierschränken und blickte erwartungsvoll auf Roberto, der mit dem Bestandsverzeichnis in den Händen den Inhalt der einzelnen Depots durchging. Fünf Schränke, jeder einzelne mit mindestens 300 Proben bestückt – das war wie die Suche nach der Nadel im Heuhaufen.

»Und?«

»Es ist nicht so einfach. Die Proben sind nach einem ziemlich komplizierten System angeordnet. Außerdem habe ich große Probleme mit dem Kyrillischen.«

»Vielleicht suchen wir am falschen Ort«, sagte sie. »Was wir brauchen, sind die alten Verzeichnisse. Die von den Deutschen.«

»Aber die Russen haben alles neu sortiert. Was nützen uns die alten Bestandsverzeichnisse, wenn wir nicht wissen ...«

»Abwarten.«

Hannah ging in die Hocke und durchforstete den Aktenschrank nach etwas Brauchbarem.

Zwischen Robertos Brauen hatte sich eine steile Falte gebildet. »Denk daran, wir sind nur an dem Ursprungserreger interessiert, die ganzen Abwandlungen und Mutationen sind für uns ohne Belang.«

Der Stahlschrank war gefüllt mit Dutzenden von Mappen, Heften und Ordnern, die wiederum in einem eigenen System katalogisiert worden waren. Ganz am Ende stieß

Hannah auf ein altes, in Leder geschlagenes Buch, auf dessen Einband die Worte gedruckt waren: *Kaiser-Wilhelm-Institut (KWI), Abt. Kampfstoffforschung. Leitender Wissenschaftler: Professor Erwin Dieck.*

»Ich glaube, ich habe es«, sagte sie und stand auf. Mit schnellen Schritten ging sie hinüber ins Licht. Sie begann, den Inhalt zu überfliegen. Das Buch war gefüllt mit Notizen über Versuche und Experimente, die mit dem Pandora-Erreger durchgeführt worden waren, ergänzt durch eine Liste sämtlicher Proben und Virenstämme. Bereits nach wenigen Absätzen war Hannah klar, dass sie hier auf Gold gestoßen waren.

Roberto schien immer noch nicht überzeugt.

»Kannst du das etwa lesen? Was ist das überhaupt für eine Schrift?«

»Es ist Sütterlin, die alte deutsche Volksschrift. Die Nazis wollten sie abschaffen und durch die deutsche Normalschrift ersetzen, aber viele, vor allem ältere Leute verwendeten sie bis weit nach Kriegsende. Ich habe das schon lange nicht mehr gelesen, kann sein, dass ich ein bisschen eingerostet bin.« Sie fuhr systematisch mit dem Finger von oben nach unten, bis sie auf einen Eintrag stieß, der sie innehalten ließ.

Ausgangserreger. Pandoravirus. 13. Februar 1933.

»Ich glaube, das ist es«, flüsterte sie. »Hier, sieh mal. Hier steht: *Ausgangserreger, Pandoravirus. 13. Februar 1933.* Das muss es sein. Der Beschreibung nach muss es eine Glasphiole mit gelber Banderole sein. Gekennzeichnet mit dem

Nummerncode 29DA-5. Laut Verzeichnis befindet sich die Probe irgendwo in den Bereichen B bis C.«

»In den *ehemaligen* Bereichen B bis C. Wie gesagt: Die Systematik ist geändert worden, aber wenigstens wissen wir jetzt, wonach wir Ausschau halten müssen. Am besten, wir teilen uns auf. Du nimmst dir die beiden rechten Schränke vor, ich übernehme die linken. Und ja nichts ohne Handschuhe anfassen.«

Es dauerte nicht lange, bis sie auf eine Gruppe von Reagenzgläsern stießen, auf die die Beschreibung passte. Sie befanden sich in einem speziellen Fach ziemlich weit unten in einem bleiummantelten Kasten, auf dem ein Hakenkreuzsymbol eingraviert war. In fiebriger Eile durchforstete Hannah den Inhalt. »29DA-2, 29DA-3 ... ah, hier, 29DA-5. Das muss es sein.«

Sie zog das Glasgefäß heraus und hielt es Roberto hin. Behutsam nahm der Mikrobiologe die mit einer schwefelgelben, dickflüssigen Brühe gefüllte Phiole in Empfang und hielt sie gegen das schummerige Licht. In seinem Gesicht lag eine Mischung aus Abscheu und Ehrfurcht. »Ich kann es natürlich nicht beschwören«, sagte er, »aber es hat den Anschein, als wäre die Probe intakt.«

»Worauf warten wir dann noch? Schnappen wir uns ein Kühlpack und stecken sie rein. Und dann nichts wie weg. Ich werde dieses Verzeichnis mitnehmen, könnte sein, dass wir es noch brauchen. Mit ein bisschen Glück werden wir ...«

Sie brach mitten im Satz ab.

Im Labor waren die Lichter angegangen.

*

Generaloberst Fradkov stand vor dem Monitor, ein Mikrofon in der Hand. »Ich grüße Sie, Frau Dr. Peters und Herr Dr. Perez. Haben Sie gefunden, weswegen Sie hierhergekommen sind?«

Viktor sah, wie die beiden herumfuhren. An ihrer Körpersprache konnte er erkennen, dass für sie gerade eine Welt zusammenbrach. So dicht vorm Ziel und doch gescheitert. Gab es etwas Schlimmeres?

Zwar konnten sie Fradkov nicht sehen, aber dafür hörten sie ihn. Das war völlig ausreichend.

»Es tut mir leid, wenn ich Ihre kleine Party störe«, sagte Fradkov in einwandfreiem Deutsch, »aber Sie werden verstehen, dass ich Sie nicht gehen lassen kann. Meinen Respekt übrigens, Sie haben die Probe sehr viel schneller ausfindig gemacht als meine Leute.« Er lächelte. »Diese verdammten Nazis, nicht wahr? Waren imstande, die gefährlichsten Waffen der damaligen Welt zu bauen, nicht aber, ihre Ergebnisse in einigermaßen lesbarer Schrift niederzulegen ...« Er zuckte die Schultern. »Nun, zum Glück gibt es dafür ja heutzutage Übersetzungsprogramme. Was halten Sie übrigens von dem Projekt? Sind Sie inzwischen dahintergekommen, was die Nazis in Wirklichkeit für ein Ziel verfolgt haben?«

Viktor konnte sehen, dass die Frau etwas sagte, doch es war zu leise, um es zu verstehen.

»Sie müssen etwas näher an das Mikrofon gehen«, sagte Fradkov. »Drüben, neben dem Schaltpult.«

»Ich sagte, dass Sie ein skrupelloses Arschloch sind, Generaloberst Fradkov. Hat es Ihnen nicht gereicht, was Ihren Leuten in der Krypta widerfahren ist?«

Viktor verkniff sich ein Grinsen. Die Kleine war nicht auf den Mund gefallen.

»Solche Sachen passieren eben«, sagte Fradkov. »Jedes große Projekt hat seine Startschwierigkeiten. Das sollte uns aber nicht abhalten, weiter daran zu forschen. Ich bin sicher, unsere Genexperten werden die Probleme in kurzer Zeit ausmerzen. Die ersten Ergebnisse sind bereits sehr vielversprechend, und wir erwarten schon bald den großen Durchbruch. Mit Ihrer Hilfe werden wir den Code knacken, und wenn das Wetter erst besser wird, werden wir ...«

»Gar nichts werden Sie.« Roberto Perez war an die Kamera getreten, sein Gesicht verzerrt vor Wut. »Sie halten die gefährlichste biologische Waffe in Händen, die es auf der Erde gibt. Es ist ein Geist in der Flasche. Wenn sie erst einmal geöffnet ist, gibt es kein Zurück. Die Nazis sind daran gescheitert, und Ihnen wird das auch passieren. Ein solcher Erreger lässt sich nicht kontrollieren, schon gar nicht, wenn man versucht, daraus Profit zu schlagen. Doch im Gegensatz zu Ihnen waren die Nazis immerhin klug genug, das Virus in seinem Gefängnis aus Eis und Schnee zu belassen. Haben Sie eine Ahnung, was passiert, wenn Sie das Zeug von hier fortbringen? Eine Pandemie unvorstellbaren Ausmaßes wäre die Folge. Eine Seuche, im Vergleich zu der die Pest im Mittelalter nur ein Schnupfen war.«

»Ersparen Sie mir Ihre Belehrungen, Dr. Perez«, zischte Fradkov wütend. »Sie wollen das Virus doch nur für eigene Zwecke verwenden. Klebt Ihrem Staat durch die Ausrottung der indigenen Völker Amazoniens nicht schon genug Blut an den Händen? Und was Sie betrifft, Frau Dr. Peters, über die segensreichen Folgen deutscher Außenpolitik müssen wir beide uns wohl nicht unterhalten. Von Ihrem Land wird nie wieder eine Bedrohung ausgehen, das kann ich Ihnen versprechen. Meine Leute sind gerade auf dem Weg zu Ihnen, sie werden für einen reibungslosen Ablauf sorgen. Sie haben die Wahl: Entweder Sie kommen freiwillig aus dem Labor, oder ... nun, niemand ist unentbehrlich, nicht wahr?«

Viktor wartete gebannt auf die Reaktion der beiden Wissenschaftler, als es plötzlich in der Leitung knackte. Er drehte sich zur Seite. »Ja, was gibt es?«

»Hier Strepkow, Herr Major. Wir haben John Evans, den Japaner und diese blonde Frau. Was sollen wir mit ihnen machen?«

Viktors suchender Blick wanderte über die Monitore. Dann sah er, was er sehen wollte. Evans stand da wie ein begossener Pudel, die anderen beiden sahen nicht viel glücklicher aus. Anscheinend leisteten sie keinen Widerstand. Der Anblick erfüllte ihn mit Freude.

Er gab Fradkov einen Hinweis, doch der hatte es schon gesehen. Mit nach oben gereckten Daumen wandte er sich wieder an die Archäologin.

»Gute Nachrichten, Frau Dr. Peters. Wir haben soeben Meldung erhalten, dass Ihr Lebensgefährte und seine beiden Begleiter in Gewahrsam genommen worden sind. Damit ist Ihr Team jetzt komplett. Ich schlage vor, Sie ergeben sich und ersparen uns die Unannehmlichkeiten. Wie lautet Ihre Antwort?«

Hannah Peters stand einen Moment lang unschlüssig im Raum, dann eilte sie zur Sicherheitstür und legte den Riegel vor. Sie hatte die Tür zum Labor verriegelt!

52

John starrte zu Boden. Alles war schiefgegangen, einfach alles. Er hätte auf sein Gefühl hören und den Einsatz abblasen sollen, als noch Zeit dafür war. Jetzt war es zu spät. Mutlos starrte er auf seine leeren Hände. Den Anzug hatten sie ihnen zwar gelassen, alles andere aber abgenommen. Waffen, Kommunikationsgeräte, Hirokis Laptop. Er konnte nicht mal mehr Hannah eine Warnung zukommen lassen, aber vermutlich saß sie gerade in der gleichen Klemme wie er. Pech, wenn man sich zu sehr auf die Technik und nicht auf seinen Instinkt verließ. Hiroki schienen ähnliche Gedanken durch den Kopf zu gehen. John hatte den Japaner noch nie so unglücklich gesehen, nicht mal nachdem er vom Tod seines Freundes erfahren hatte.

Der Chef des Einsatzkommandos, ein großgewachsener Kerl in schwarzer Kevlar-Montur, blickte finster zu ihm herüber. In der einen Hand hielt er eine Automatik auf ihn gerichtet, während er mit der anderen sein Funkgerät bediente. John überschlug im Geiste seine Chancen, den Kerl zu entwaffnen, verwarf die Idee aber gleich wieder. Der Typ würde ihn gar nicht so nah an sich herankommen lassen. Außerdem waren fünf weitere Mündungen auf sie gerichtet, und ihre Anzüge waren nicht kugelsicher. *Schachmatt* hieß das wohl umgangssprachlich.

Es knackte im Walkie-Talkie, und eine Stimme meldete sich.

Primakov!

John spitzte die Ohren, doch es wurde Russisch gesprochen. John verstand kein Russisch, aber es war auch so klar, dass man sich ihrer entledigen wollte. Solange sie noch von Nutzen waren, durften sie leben, aber danach ...

Vermutlich würde man sie erschießen und dann irgendwo unter dem Eis versenken. Keine Spuren.

Das Gespräch brach ab. Der Einsatzleiter schaltete das Walkie-Talkie ab und richtete seine Waffe wieder auf John.

»*Dawai.*«

*

Viktor nickte zufrieden. »Die Gefangenen werden jetzt zu den Baracken gebracht. Ich habe Befehl gegeben, sie dort einzusperren, bis wir wissen, was wir mit ihnen machen wollen. Dürfte recht kalt da draußen sein. Wollen Sie, dass ich ihnen Heizstrahler bringen lasse?«

»Später«, sagte Fradkov. »Zuerst mal bin ich nur zufrieden damit, sie aus meiner Station rauszuhaben.«

»Soll ich hinübergehen und die Unterbringung persönlich überwachen?«

»Nein, Viktor, ich will dich hier bei mir haben. Vielleicht brauche ich dich noch, um diese starrsinnige Deutsche weichzukochen. Sperrt sich einfach ein, ist die noch ganz sauber?«

Er schaltete das Mikrofon wieder ein. »Was Sie da vorhaben, ist sinnlos, Frau Dr. Peters. Was wollen Sie denn damit erreichen? Irgendwann werden Sie diese Tür öffnen müssen, und dann werde ich da sein und Sie in Empfang nehmen. Wissen Sie eigentlich, wie wertvoll Sie für uns sind? Die Erkenntnisse, die wir durch Sie gewinnen, könnten der Forschung einen enormen Schub verleihen, glauben Sie nicht?«

Statt einer Antwort reckte die Archäologin nur ihren ausgestreckten Mittelfinger in die Kamera. Fradkov presste die Lippen zusammen und verfolgte die Bewegung seines Zugriffteams. Viktor sah, wie die Männer den Gang entlang vorrückten, drei von jeder Seite. Unter ihnen war auch ein Techniker mit Schweißgerät.

»Ich habe Sie gewarnt«, zischte Fradkov. »Wenn Sie nicht freiwillig kommen, werde ich Sie rausschneiden. Es wird zwar eine Weile dauern, aber irgendwann werden wir diese Panzertür geöffnet haben, und dann gnade Ihnen Gott.«

»Ehe das geschieht, werden mein Freund und ich dieses ganze Labor hier verwüsten und jede einzelne Probe vernichten«, erwiderte die Archäologin und starrte wütend in die Kamera. »Glauben Sie, wir sind so weit gegangen, um jetzt noch einen Rückzieher zu machen?«

»Lächerlich«, schnaubte er. »Was soll das, wollen Sie sich umbringen?«

»Ich bin schon einmal gestorben, und ich würde es wieder tun, wenn Sie mich dazu zwingen.«

Viktor bemerkte ein Flattern in Fradkovs Blick. Mit so erbittertem Widerstand hatte er wohl nicht gerechnet.

»Mein Begleiter und ich haben keine Angst vor dem Tod. Ist es nicht so, Roberto?«

»Allerdings. Wir werden Ihr Labor in ein Schlachtfeld verwandeln, Fradkov. Wir werden es verwüsten. Sehr wahrscheinlich, dass wir keine zehn Minuten überleben, aber das ist uns egal. Hauptsache, Sie müssen mit leeren Händen nach Moskau zurückkehren, Sie skrupelloser Hurensohn.

Überlegen Sie sich gut, ob Sie das riskieren wollen. Sobald einer Ihrer Männer Hand an diese Tür legt, wird hier alles kurz und klein geschlagen.«

Fradkov hämmerte auf den Schalter am Mischpult und kappte die Verbindung. In seinen Augen loderte der Zorn.

»Diese kleinen Mistratten! Was glauben die wohl, mit wem sie es zu tun haben? Sie wollen mich erpressen? Mich, Generaloberst Fradkov! Das ist ungeheuerlich. Aber die werden noch sehen, was sie davon haben.«

»Soll ich Evans und die anderen zurückbeordern? Man könnte an ihnen ein Exempel statuieren und die beiden dadurch zwingen, die Tür zu öffnen.«

»Sinnlos, du hast sie doch gehört. Sie würden lieber sterben als klein beigeben. Diese Leute sind Fanatiker. In der Hitze des Gefechtes sind sie bereit, alles zu tun. Was wir brauchen, ist Zeit. Wenn wir ... warte mal. Ich glaube, ich habe eine Idee.« Fradkov schaltete auf den internen Com-Kanal und befahl den Rückzug der Eingreiftruppe. Dann ging er hinüber zum Übersichtsplan der Anlage und studierte den Aufbau mit zusammengekniffenen Augen.

»Was denken Sie, Genosse Generaloberst?«

»Hier, siehst du das, Viktor?« Fradkov deutete auf den Plan.

»Der Raum, in dem sich die beiden gerade befinden, ist der einzige, der nirgendwo mit einem anderen Raum in Kontakt steht. Das gehört zu den Grundvoraussetzungen bei einem biochemischen Labor der Schutzstufe drei. Der Gang, der rund um das Labor verläuft, verfügt über ein eigenes, gefiltertes Luftsystem.«

»Und?«

»Wenn wir die saubere Luft herauspumpen und stattdessen kontaminierte Luft aus der Stadt hineinpumpen, legen wir einen Ring um das Labor, der verhindert, dass irgendjemand rein oder raus kann. Jedenfalls nicht, ohne sich zu infizieren.«

»Sie wollen das Virus in die Anlage pumpen?«

»Nur so lange, bis die da drin Panik kriegen und aufgeben. Siehst du, Viktor, das Problem mit Fanatikern ist, sie haben keine Geduld. Sie wollen jetzt und hier ein Exempel statuieren. Ihre Stärke liegt in der momentanen Bereitschaft, für ihre Überzeugung zu sterben. Wenn aber erst die Stunden verrinnen oder gar die Tage, dann verrinnt auch ihr Zorn. Sie werden müde und kraftlos. Irgendwann wird jeder weichgekocht. Wenn ihre Widerstandskräfte so weit erlahmt sind, dass sie unaufmerksam werden, ist der Zeitpunkt gekommen, um zuzuschlagen. Wir machen den Gang wieder frei und holen sie raus.«

Viktor blickte skeptisch. »Sie wollen das Virus in die Anlage lassen?«

»Nur für eine begrenzte Zeit.«

»Trotzdem ...«

»Du bist nicht hier, um Fragen zu stellen. Ich habe keine Lust, mein gesamtes Kontingent an aktiven Virenstämmen zu verlieren, nur weil du keine Nerven hast. Es wird so gemacht und fertig. Informiere den Rest der Station, dass wir den Innenbereich unter Quarantäne setzen. Niemand darf rein oder raus. Sieh zu, dass die Sicherheitsabfrage deaktiviert und die Terminals von außen unpassierbar gemacht werden. Ich werde so lange mit Frau Peters sprechen. Wollen doch mal sehen, ob sie danach immer noch so aufmüpfig ist.«

*

John verlangsamte seinen Schritt und bekam sofort einen Gewehrlauf in die Rippen gestoßen. »*Dawai, Trjapka!*«

John fuhr herum und funkelte seinen Peiniger wütend an. »Wie hast du mich genannt?« Doch das Einzige, was ihm sein Protest einbrachte, war ein weiterer Hieb.

»Hör auf damit«, zischte Ilka. »Das bringt nichts.«

Recht hat sie, dachte John. Halt dein vorlautes Mundwerk und spiel ihr Spiel mit. Das ist die einzige Art, wie du die nächste Stunde überlebst.

Ein kurzer Seitenblick hinüber zu Hiroki ließ ihn erschauern. Aus irgendeinem Grund hatten die Soldaten es auf seinen Freund abgesehen. Er blutete aus einer Kopfwunde, seine Lippe war aufgeplatzt und sein rechtes Auge geschwollen. Folgen seines Versuchs, seinen Laptop vor den Tritten der Angreifer in Sicherheit zu bringen. Er humpelte und hielt seinen Kopf gesenkt. In seinen Augen schimmerten Tränen. Hiroki. Er war der Friedlichste von ihnen, und ausgerechnet ihn hatte es jetzt am härtesten erwischt.

Ilka verbarg ihren Schmerz und ihre Enttäuschung hinter einer Maske aus Verachtung. Nach außen hin wirkte sie zwar gefasst, aber John kannte sie gut genug, um zu wissen, wie sehr es unter der Oberfläche brodelte. Ein falsches Wort, eine Geste, und sie würde explodieren. Aber noch hatte sie sich unter Kontrolle und würde noch mehr Erniedrigungen einstecken, wenn es sein musste. Jedenfalls besser als er. Er spürte, wie seine Hände zitterten. Wenn er nur an seine Waffe käme. Aber nein, daran durfte er nicht mal denken. Viel wichtiger war, dass er herausfand, was mit

Hannah geschehen war. Steckte sie in der Klemme, war sie in Gefahr? Was würde sie tun, wenn sie an den vereinbarten Sammelpunkt kam und er nicht da war? Er musste sich um sie kümmern, musste sich um das Baby kümmern. Aber wie sollte er das anstellen?

Ihm war schlecht vor Sorge.

In diesem Moment befahl der Anführer anzuhalten. Die Männer richteten ihre Waffen auf die Gefangenen. War das das Ende, würde man sie jetzt hinrichten? Der Kommandant ging nach vorne und öffnete die Stahltür. John kniff die Augen zusammen und versuchte, sich den Grundriss der Anlage ins Gedächtnis zu rufen. Er kannte diesen Ort. Oh, ja, und wie er ihn kannte. Das war der Punkt, an dem sie sich mit den anderen treffen wollten, der Ausgang zum Rollfeld. Man wollte sie also rausschaffen. Drüben bei den Hangars, in der Nähe des Rollfeldes, gab es ein paar Baracken, die momentan nicht genutzt wurden. Vielleicht wollte man sie ja dort unterbringen. Also durften sie noch ein bisschen am Leben bleiben. Das würde zu Primakov passen. Er würde es sich nicht entgehen lassen, John ein letztes Lebewohl zu sagen. Er würde ihn seine Niederlage persönlich spüren lassen, dafür hatte John ihm zu oft einen Strich durch die Rechnung gemacht. Viel Zeit blieb ihnen also nicht. Sie mussten handeln, und zwar bald.

Die Servomotoren jaulten, als das schwere Stahlschott zur Seite gezogen wurde. Ein eisiger Windstoß fegte durch den Türspalt und blies ihnen ins Gesicht. Sofort war der Boden mit Schnee bedeckt.

Wieder spürte John das Gewehr in seinem Rücken. »*Dawai!*«

Dawai, dawai, konnte der Kerl noch etwas anderes sagen? Noch einmal berechnete John seine Chancen für einen Fluchtversuch, kam aber wieder zu dem gleichen Ergebnis. Er riskierte damit nur das Leben seiner Freunde. Abwarten, dachte er. Den richtigen Augenblick abpassen und dann zuschlagen.

Er zog den Kopf ein und trat ins Freie.

Der eisige Wind traf ihn wie ein Fausthieb. Da man ihnen die Masken abgenommen hatte, fraß sich die Kälte ungebremst in ihre Haut. Keine zwei Sekunden, und John spürte seine Lippen nicht mehr. Es war, als würde man kopfüber in einen zugefrorenen Teich stürzen.

Die wenigen Lampen, die das Rollfeld beleuchteten, schaukelten hektisch hin und her. John erkannte drei Hubschrauber. Ein schwerer Transporter vom Typ Mi-26 sowie zwei kleinere. Vermutlich Mil Mi-8 oder etwas Ähnliches. Alle drei waren in provisorischen Hangars untergebracht und mit Stahlseilen am Boden befestigt. Daneben standen zwei Schneeraupen. Im Hintergrund sah John einige kleinere Baracken, Treibstoffdepots möglicherweise, oder alte Lagerräume. Offenbar die Räumlichkeiten, die Primakov für ihre Unterbringung vorgesehen hatte. Sie waren zwar aus Holz gebaut, sahen aber ziemlich stabil aus. Er wollte gerade fragen, ob sie wenigstens ein paar Decken oder Heizstrahler für sie übrig hätten, als er eine schattenhafte Bewegung bemerkte. Dicht neben dem Schott und außerhalb des Lichtkreises. John nahm es nur aus dem Augenwinkel wahr, doch das genügte. Eine Begegnung mit dem Tod vergaß man nicht.

»Auf den Boden«, schrie er. »Alle!«

53

Eindringlingsalarm. Eindringlingsalarm!

Das elektronische Display unterhalb der Monitore blinkte wie ein Weihnachtsbaum. Ein durchdringendes elektronisches Warnsignal schrillte durch die Kommandostation. Viktor hatte selten solch ein nervtötendes Geräusch gehört.

»Was geht da vor?« Fradkov sah sich gehetzt um. »Was ist das für ein Lärm?«

Viktors Blick zuckte hinüber zu den Kontrollanzeigen.

»Eine Perimeterwarnung. Wie es scheint, ist irgendetwas in die Station eingedrungen.«

»*Was?* Wo?«

»Am Nordtor«, stieß Viktor aus und bemerkte im selben Augenblick, was er da gesagt hatte. »Das Schott, das zum Rollfeld hinausführt.«

»Die Gefangenen?« Fradkov heftete seine Augen auf die Videobildschirme. »Ich will ein Bild. Welcher von denen ist es?«

Viktor deutete auf den Monitor am linken unteren Eck. Die Kamera war auf die Hubschrauberhangars gerichtet, deckte aber auch einen großen Teil des Rollfeldes mit ab. Im tanzenden Licht der Lampen war nicht wirklich viel zu erkennen, nur ein paar schattenhafte Bewegungen. Plötzlich zuckte MG-Feuer auf. Schreie ertönten über die Außenlautsprecher.

»*Himmel*«, entfuhr es Viktor. »Sieht aus, als würde dort ein Angriff stattfinden.«

»Evans?«

Viktor schüttelte den Kopf. Die Gefangenen einschließlich Evans kauerten am rechten Rand des Blickfeldes, die Hände über den Kopf geschlagen.

»Fremdeinwirkung würde ich sagen, aber ich kann mich auch täuschen.«

»Holen Sie mir den Kommandierenden an die Leitung«, brüllte Fradkov. »Ich will wissen, was da los ist.«

Viktor riss sein Walkie-Talkie aus dem Gürtel und versuchte, eine Verbindung herzustellen. Es dauerte einen Moment, bis sich der Kanal öffnete. Kreischen und Gewehrfeuer drangen aus dem Lautsprecher.

»Jakow, hier Viktor, wir haben eine Perimeterwarnung erhalten. Was ist da los bei euch?«

»... *werden ... ich ... haben ...*«

Viktor presste sein Ohr an den Lautsprecher. »Meldung unvollständig, bitte wiederholen.«

»... *Angriff ... unterlegen ...*«

Weitere Schreie und Schüsse. Plötzlich huschte etwas durchs Bild. Groß und ungeheuer schnell. Viktor sah, wie es auf einen seiner Männer zurannte und ihn mit einem einzigen Schlag von den Füßen holte. Noch im Flug feuerte der Mann eine Salve ab und traf damit einen seiner Kollegen in den Rücken. Viktor hatte das Gefühl, als würde sich der Boden unter seinen Füßen öffnen. Konnte es sein, dass er denselben Alptraum noch einmal durchlebte? Was er da sah, war eigentlich unmöglich.

Es sei denn ...

Er packte Fradkov an der Schulter. »Sie haben mir doch versichert, dass es tot gewesen ist. Sind Sie da ganz sicher?«

Fradkov trat entrüstet einen Schritt zurück. »Natürlich bin ich sicher. Es war so tot, wie irgendetwas nur sein kann. Der Leichnam liegt unten im Depot. Willst du ihn dir ansehen?«

»Und wie erklären Sie das da?« Viktor deutete auf den Videoschirm, auf dem sich schreckliche Szenen abspielten.

»Keine Ahnung«, schrie Fradkov. »Vielleicht ein zweites Exemplar, ich weiß es nicht. Alles, was ich weiß, ist, dass es auf keinen Fall zu uns in die Station darf. Schnapp dir ein paar Männer und mach dem Ding den Garaus. Hast du mich verstanden? Bring es um, das ist ein Befehl!«

»Ich habe langsam die Schnauze voll von Ihren Befehlen. Erst diese Scheißviren, und jetzt das hier. Wie wär's, wenn Sie Ihren Dreck mal selber wegräumen? Für mich ist das Maß voll.«

»Was soll das, willst du mir etwa den Gehorsam verweigern?«

Viktor zögerte, dann sagte er: »Dieses eine Mal noch werde ich Ihren Wünschen entsprechen, aber danach können Sie mich am Arsch lecken. Ich werde von hier verschwinden. Und verlassen Sie sich darauf, wenn ich untertauche, dann richtig. Da können Sie noch so viele Hebel in Bewegung setzen, sie werden mich nicht finden. Unsere Zusammenarbeit ist beendet. Suchen Sie sich einen anderen für Ihre schmutzigen Geschäfte, ich bin raus, ein für alle Mal. Und jetzt machen Sie, dass Sie mir aus dem Weg gehen, ich könnte sonst vielleicht vergessen, wer Freund ist und wer Feind.«

*

Hannah saß völlig perplex am Lautsprecher und hörte, was da vor sich ging. Das war doch Primakovs Stimme. Und die andere die seines Vorgesetzten, Generaloberst Fradkov. Die beiden klangen, als wäre die Situation außer Kontrolle geraten. Sie schrien sich gegenseitig an und brüllten Befehle ins Mikrofon. Als Antwort waren Schreie zu hören. Und Schüsse.

»Was ist da los?«, fragte Roberto. »Klingt ja furchtbar.«

»Klingt, als hätte Fradkov vergessen, den Com-Kanal abzuschalten. Ich glaube ...« Hannah, die ein bisschen Russisch konnte, versuchte sich zusammenzureimen, was da vor sich ging.

»Warte mal!« Robertos Haltung war die einer Sprungfeder. Sein ganzer Körper war angespannt. »Da, hörst du das?«

»Was soll ich hören?«

»Sssch!« Er hielt den Zeigefinger in die Luft gereckt. »Da, das meine ich.«

Jetzt hörte Hannah es auch. Ein Keuchen. Wie von jemandem, der sich gerade die Lunge aus dem Leib trainierte. Sie erbleichte.

»*Nein.*«

Roberto erbleichte. »Es gibt nur ein Ding, das solche Geräusche erzeugt«, sagte er, »und wir beide wissen, was das ist.«

»Ich ... ich dachte, sie hätten es erledigt. Hiroki hat uns den Eintrag doch selbst gezeigt, erinnerst du dich? Er hat uns gesagt, dass Fradkov es zur weiteren Untersuchung in sein Depot hat bringen lassen.«

»Vielleicht hat Hiroki sich geirrt. Oder aber ...«, er atmete langsam aus, »... oder aber es gibt noch ein zweites.«

»Ein zweites? Aber das ist ...« Es fiel ihr wie Schuppen von den Augen. »Moreau«, stieß sie aus. »Gjertsen und Moreau. Die beiden Einzigen, deren Leichnam nie gefunden wurden. Meinst du ...?«

»Möglich wäre es.«

»Und jetzt ist er in der Station.« Hannah blickte sich panisch um. »Wir müssen hier raus. Wir müssen auf der Stelle hier raus und die anderen warnen. Die Leute haben keine Ahnung, mit was sie es zu tun haben.«

»Wir können hier nicht raus, schon vergessen? Der Gang ist kontaminiert. Du hast Fradkov doch gehört, er hat den ganzen Laborbereich verseucht. Wir sitzen hier fest, es sei denn ...« Sein Blick zuckte hinüber zu dem roten Kasten. Hannah runzelte die Stirn. »Was meinst du?«

Roberto stand auf, eilte hinüber zu der Steuerungseinheit und rüttelte an dem Deckel. »Abgeschlossen«, fluchte er. »Und wir haben keinen Schlüssel. Aber warte mal.« Er griff in seine Seitentasche und zog die Pistole heraus.

Hannah schwante Unheil. »Was hast du vor?«

»Geh am besten ein Stück zurück. Da, hinter den Tisch. Könnte sein, dass ich nicht beim ersten Mal treffe.« Er lächelte schwach. Und ehe sie etwas sagen konnte, entsicherte er die Waffe und legte an. Hannah tauchte hinter dem Labortisch ab.

Der Knall war ohrenbetäubend. Es gab ein Scheppern, und Blechteile flogen durch die Luft.

Als sich der Rauch verzogen hatte, sah sie, dass die Klappe offen stand.

»Was sagst du? Gleich beim ersten Mal. Ich hätte zum Geheimdienst wechseln sollen, so wie John.« Auf Robertos

Gesicht erschien ein trauriges Lächeln. »Er ist ein guter Mann. Weißt du eigentlich, wie eifersüchtig ich anfangs gewesen bin? Ich habe dich niemand anderem gegönnt, doch jetzt, da ich ihn kennengelernt habe, bin ich sicher, dass du keinen besseren hättest finden können. Das mit uns wäre sowieso nichts geworden. Zu einseitig.«

»Roberto ...?«

»Ich mag deine Freunde, Hannah. Besonders mag ich Ilka. Ich ärgere mich, dass ich mit ihr nichts angefangen habe; ich glaube, das hätte etwas werden können. Meinst du, sie mochte mich? Ich glaube, dass sie auf mich stand. Tja, verpasste Gelegenheiten ...«

»Hör auf, so zu reden, du machst mir Angst.«

»Du brauchst keine Angst zu haben, es ist so einfach. Du musst gehen, ich werde bleiben.«

»Wovon sprichst du? Und was hast du mit dem Kasten vor?«

»Ist das so schwer zu verstehen? Ich werde den Laden hier in die Luft jagen. Spürst du es nicht? Das Ganze ist außer Kontrolle geraten. Ich werde die Bomben zünden und alles verbrennen. Jeden verdammten Keim werde ich in Staub verwandeln.«

Hannah wich erschrocken zurück. Sie kannte ihren Freund schon sehr lange, aber so wie heute hatte sie ihn noch nie gesehen. »Du musst verrückt sein ...«, murmelte sie.

»Ich bin nicht verrückt. Du rennst zu John, ich werde hier bleiben und die Bombe zünden, sobald du in Sicherheit bist. Zehn Minuten müssten reichen, oder? Leider ist dies nur ein Notschalter. Kein Zeitzünder wie in den James-

Bond-Filmen. Einer muss hierbleiben und ihn drücken. Aber ich hätte es ohnehin nicht geschafft, ohne Maske.« Er lächelte, als er Hannahs verdutztes Gesicht sah. »Du bist immun, Hannah, wusstest du das nicht? Du trägst den Erreger bereits in dir. Dein Baby schützt dich. Ich habe mir die Unterlagen angesehen. Ich bin hundertprozentig überzeugt, dass du einfach da hinausspazieren kannst, ohne dass dir irgendetwas geschehen wird. Eigentlich hättest du den Schutzanzug überhaupt nicht gebraucht. Du hast das Virus bereits einmal besiegt, Hannah. Ein zweites Mal ist nicht nötig.«

»Aber du bist nicht immun ...«

Er lächelte schwach. »Nein, Hannah, ich bin nicht immun. Deswegen sage ich ja, dass einer bleiben muss. Und sieh es doch mal so: Ich habe einmal in meinem Leben die Möglichkeit, etwas Großes zu vollbringen. Das werde ich mir, verdammt noch mal, nicht von so einem kleinen Scheißkerl wie diesem Virus verderben lassen. Und jetzt geh. Die Zeit drängt. Im Moment sind alle abgelenkt. Wir müssen handeln, ehe Fradkov mitbekommt, was hier abgeht.«

»Nein.« Hannah schüttelte den Kopf. »Auf gar keinen Fall. Ich werde dich nicht hier unten allein verbrennen lassen. Das könnte ich mir niemals verzeihen ...«

»Könntest du es dir verzeihen, wenn wegen deiner Unentschlossenheit dieser Erreger in die Außenwelt gelangt? Wenn wegen uns Millionen, wenn nicht gar Milliarden von Menschen sterben oder sich gegenseitig zerfleischen? Jetzt ist der Punkt gekommen, wo wir handeln müssen, Hannah. Wir sitzen hier auf einer biologischen Zeitbombe von ungeheurem Ausmaß. Bist du sicher, dass du es dir verzeihen könntest, wenn wegen deiner Unterlassung die Menschheit untergeht? Und dein Kind? Du trägst die Verantwortung für einen anderen Menschen, vergiss das nicht. Dieses kleine Wesen ist vollkommen abhängig von dir. Wie willst du ihm in ein paar Jahren erklären, was du getan hast, hm? Ich habe gelebt, ich habe meine Zeit genossen, aber dein Baby hat noch sein ganzes Leben vor sich. Scheiße, Hannah, wenn du schon nicht an dich selber denkst, dann denk wenigstens an dein Baby.«

Die Worte trafen Hannah bis ins Mark. Sie spürte, dass er recht hatte, sie wusste es. Und doch ... sie konnte doch nicht einfach einen Freund im Stich lassen.

Roberto schien ihre Gedanken zu erraten. Ehe sie ihn daran hindern konnte, eilte er zur Tür und öffnete den Schließmechanismus. Mit einem Quetschen schwang die Pforte auf. Ein Schwall kühler, feuchter Luft drang zu ihnen herein. Sie roch ganz anders als die sterile Laborluft. Hannah spürte die Feuchtigkeit, nahm den Duft von Eis und alten Steinen auf. Es war, als wäre sie wieder in der alten Stadt, als hätte sie wie durch Zauberei die Jahrtausende übersprungen. Sie sah die prächtigen Bauwerke, die bunten Fahnen und die reich gekleideten Menschen. Sie hörte die Stimmen, die Worte in einer fremdartigen Sprache murmelten, sah das Lächeln und Leuchten in ihren Gesichtern. *Bitte hilf uns*, schienen sie zu sagen. *Lass uns nicht umsonst gestorben sein. Gib uns eine Chance, damit man sich an uns erinnert.* Das Bild verblasste. Stattdessen sah sie Roberto, der jetzt draußen im Gang stand. »Was ist jetzt? Willst du, dass ich dich hinaustrage?«

Sie nickte.

Sie hatte verstanden.

Mit Tränen in den Augen nahm sie ihre Tasche, packte die Phiole und das Handbuch ein und ging auf ihren Freund zu. Ihre Kehle war wie zugeschnürt, sie brachte kein Wort heraus. Stattdessen nahm sie ihn ein letztes Mal in den Arm.

»Leb wohl, Hannah Peters«, sagte er. »Es war mir ein Vergnügen, dich kennengelernt zu haben. Grüß die anderen von mir. Und vergiss nicht, deinem Kind irgendwann einmal von mir zu erzählen, versprochen?«

Sie schluchzte. »Versprochen.«

»Dann lauf. John wartet auf dich.«

Und ohne ein weiteres Wort zu sagen, ging er zurück ins Labor und versperrte die Tür hinter sich.

54

Bilder, Stimmen, Lichter – alles wirbelte durcheinander. Hannah fiel es schwer, einen klaren Gedanken zu fassen. Ihre Flucht durch die Station glich einer Irrfahrt durch die Tiefen ihrer Seele. Einem flirrenden Drogentrip, der weit über das hinausging, was ihr Verstand zu verarbeiten vermochte. Immer wieder sah sie Robertos Gesicht vor sich, hörte seine Stimme, spürte seine Hände. Es kam ihr alles so irreal vor, als ob es nur in ihrer Einbildung existieren würde, wären da nicht diese stählernen Gänge, die schweren Türen und die blinkenden Lampen, die sie daran erinnerten, dass das alles tatsächlich stattfand. Und zwar jetzt.

Hier.

Verwirrende Lautsprecherdurchsagen hallten durch die Gänge. Irgendetwas auf Russisch, das sie nicht verstand. Sie glaubte das Wort *Evakuaciya* herausgehört zu haben – Evakuierung. Bedeutete das, Roberto hatte den Vernichtungszyklus bereits gestartet? Nein, unmöglich. Er hatte doch versprochen, ihr genügend Zeit zu geben. Trotzdem waren die Warnlichter soeben von Gelb auf Rot gewechselt. Hannah verstand nicht viel von militärischen Sicherheitsprotokollen, aber Rot war fast überall auf der Erde gleichbedeutend mit Gefahr. Konnte es sein, dass sie in die falsche Richtung eilte? Wie spät war es?

Oh Gott, ihr lief die Zeit davon.

An der nächsten Ecke hielt sie an und warf einen Blick auf einen der vielen Pläne, die hier aushingen. Tatsächlich, sie war viel zu weit nach Süden abgekommen. An der nächsten Ecke musste sie nach rechts abbiegen, danach etwa fünfzig Meter geradeaus bis zur Dekontaminationszone. Von dort aus wieder rechts und dann geradeaus bis zum Nordtor, wo sie auf John stoßen sollte. Hoffentlich hatte das, was sie vorhin über Funk mit anhören musste, nichts mit ihm oder ihren Freunden zu tun. Die Vorstellung, dass sie auf Moreau – oder das, was aus ihm geworden sein mochte – stoßen könnte, ließ sie vor Angst kaum einen klaren Gedanken fassen. Roberto hatte ganz recht: Die Situation war vollkommen außer Kontrolle geraten. Und es würde so weitergehen, wenn es ihr nicht irgendwie gelang, das Virus in Sicherheit zu bringen und mitzuhelfen, den Impfstoff zu entwickeln. Das war sie nicht nur ihrem Baby, sich selbst und ihrer Familie, sondern vor allem Roberto schuldig.

Immer weiter hastete sie durch die Gänge. Vor ihr lag jetzt die Absperrung, die gleichsam die Grenze zu den äußeren Bereichen der Station markierte. Die chemische Dusche, die Absaugstation, die Unterdruckkammer. Keine Zeit, eine Maske aufzusetzen, es musste so gehen. »*Preduprezhdeniye! Evakuaciya stancii v dewjat minut. Pozhalujsta, otprav'tes'k vyhodam.*«

Hannah hielt die Luft an. *Dewjat minut* – neun Minuten.

Sie betrat die Schleuse und aktivierte das Desinfektionsprotokoll. Die nach Alkohol stinkende Flüssigkeit wurde fein zerstäubt auf ihr Gesicht und ihre Kleidung geblasen. Heißer Wind schoss ihr entgegen und trug die Mikropartikel fort. Dann folgte der Absaugvorgang. Als sie schon glaubte, den Atem nicht länger anhalten zu können, spürte sie, wie der Luftdruck anstieg. Der Prozess war abgeschlossen. Ein Entwarnungssignal ertönte, und die Türsteuerung schaltete auf Grün. Panisch drehte sie am Verschluss der Luke, bis sie das vertraute Knacken hörte. Die Tür schwang auf. Der Weg in die Freiheit!

Sie rannte bis zur nächsten Kreuzung und wollte gerade nach rechts abbiegen, als sie unvermutet stehen blieb. Etwas versperrte ihr den Weg. Etwas Großes, Dunkles.

Etwas Bizarres.

Ihre Füße standen still, trugen sie keinen Meter weiter. Sie musste stehen bleiben, sie konnte einfach nicht anders. Sie hatte diesen Moment erwartet, fast schon ersehnt. In ihren Träumen hatte sie ihn wieder und wieder durchlebt. So oft, dass er schon fast zu etwas Gewohntem geworden war und sie ihn vergessen konnte. Doch jetzt brach die Erinnerung gewaltsam über sie herein.

Den Blick fest auf ihr Gegenüber gerichtet, stellte sie sich der Erkenntnis – und verzweifelte.

Es gibt Momente im Leben eines jeden Menschen, da nützt ihm sein ganzes Wissen nichts. Weder seine Erziehung noch seine schulische Entwicklung, weder seine Ausbildung noch seine Erfahrung. Alles, was er zu wissen glaubt, wird binnen weniger Augenblicke in ein schwarzes Loch gesaugt, in einen Abgrund, der weder Trost noch Hilfe noch Halt spendet. Plötzlich lernen wir unsere urtümliche Seite kennen, eine Seite, die wir alle in uns tragen, die ihr animalisches Haupt aber nur selten erhebt. Es ist der Augenblick des Staunens und der Panik, der Ehrfurcht und des Entsetzens. Ehrfurcht vor Dingen, die wir uns nicht erklären können, Entsetzen vor der schöpferischen Kraft, die dem Leben in all seinen Facetten und Ausprägungen innewohnt. Das eine erscheint uns schön, das andere gefährlich. Für manche Dinge empfinden wir Zuneigung oder Bewunderung, für andere Ekel oder Furcht. Und manchmal – sehr selten – empfinden wir das alles zugleich. Wenn das geschieht, ist für jeden der Punkt erreicht, an dem er sich fragt, ob wir vielleicht nicht doch nur ein Haufen Schiffbrüchiger sind, die ziellos über die dunklen und alles verschlingenden Meere treiben. Verdammte Seelen auf einem wackeligen Floß, mit nichts weiter unter unseren Füßen als einer dünnen Schicht aus Holz.

Hannah glaubte zu spüren, dass dies einer der einschneidendsten Momente ihres Lebens war. Was sie genau gesehen hatte, konnte sie auch Jahre später und nach mehreren therapeutischen Sitzungen nie genau beschreiben. Sei es, dass sie es aufgrund der schlechten Lichtverhältnisse tatsächlich nicht genauer erkannte, sei es, dass ihr Verstand sich weigerte, die Realität zu akzeptieren – es blieb eine verschwommene Erinnerung. Nur manchmal, in ihren Träumen, begegnete sie ihm wieder und wachte schweißgebadet auf.

Was da vor ihr stand, war weder Mensch noch Tier, weder tot noch lebendig. Eine sabbernde und übelriechende Persiflage der Natur. Eine bis ins Groteske übersteigerte Kreatur, die vollkommen fremdartig erschien, deren Wurzeln jedoch eindeutig menschlich waren. Mehr noch, sie gehörten einer bestimmten Person: Professor Dr. Frédéric Moreau.

Dieses Wissen war nicht irgendwelchen besonderen oder unverwechselbaren Details geschuldet, sondern allein der

Tatsache, dass er sie wiedererkannte. Denn das tat er. Er stand da und starrte sie an. So wie eine Schlange, kurz bevor sie zuschlug.

Hannahs Herz schlug bis zum Hals. Aus ihrem Mund drang ein dünnes Wimmern. Langsam wich sie vor dem Wesen zurück, das ihr den Weg in die Freiheit versperrte. Blut troff von seinen Extremitäten, während ein ekelerregendes Keuchen aus seiner Kehle aufstieg. Falls dieses Ding überhaupt so etwas wie eine Kehle besaß. Denn selbst wenn es ein Lebewesen war – und das war unbestritten –, so entsprach es doch keiner traditionellen Klassifikation. Es war einfach *anders*, und das war alles, was Hannah bei den Befragungen Wochen und Monate später zu Protokoll geben konnte.

Noch hatte es sich keinen Meter auf sie zubewegt, doch das war nur eine Frage der Zeit. Hannah überschlug ihre Chancen, umzudrehen und eine andere Richtung einzuschlagen, doch sie verwarf den Gedanken wieder. Weder kannte sie sich in der Station gut genug aus, noch würde die Zeit reichen. Also wartete sie.

In diesem Moment schob sich ein Lauf über ihre Schulter. Schwarz, kalt, tödlich. Er war nicht auf sie, sondern auf das Ding am Ende des Korridors gerichtet.

»Keine Bewegung, Frau Dr. Peters. Bleiben Sie stehen. Wenn es merkt, dass Sie fliehen wollen, greift es an.«

Ein dunkler russischer Akzent. Viktor Primakov!

Sie drehte den Kopf um einige Grad und bemerkte sechs oder sieben schwarzgekleidete Soldaten an seiner Seite, die ihre automatischen Waffen im Anschlag hielten. Sie hatten sich vollkommen lautlos genähert.

»Ich zähle bis drei, dann verschwinden Sie rechts in den Gang, aus dem Sie gekommen sind«, flüsterte Primakov. »Wir werden die Aufmerksamkeit des Biestes auf uns lenken und es hinter uns herlocken. Wenn es an Ihnen vorbei ist, rennen Sie zum Ausgang. Dort werden Sie den Rest Ihrer Truppe finden. Machen Sie, dass Sie hier wegkommen.«

Hannah hob überrascht die Brauen. Primakov wollte ihr zur Flucht verhelfen? Sie hatte angenommen, dass sie seine Gefangene war.

»Ich ... ich soll fliehen?«

»*Da*, das sollen Sie. Doch ich habe jetzt keine Zeit, Ihnen meine Beweggründe zu erklären. Nur so viel: Ich habe einen Fehler begangen und bin bereit, den Preis dafür zu zahlen. Meine Männer ebenfalls.«

Das war überraschend.

»Was ist mit meinen Freunden? Sind sie ...?«

»Keine Sorge, sie sind unverletzt. Sie konnten sich rechtzeitig in Sicherheit bringen.«

Hannah war wie vor den Kopf geschlagen. »Die Aerosolbomben wurden aktiviert«, flüsterte sie. »Mein Freund wird sie in wenigen Minuten zünden.«

»Das weiß ich. Und es ist richtig so. Fradkov versucht zwar in diesem Moment, den Vorgang zu unterbrechen, doch es wird ihm nicht gelingen. Ich habe mir das System angeschaut. Es handelt sich um eine umgekehrte Totmannschaltung. Solange Ihr Freund am Leben ist und den Vorgang immer wieder aktiviert, läuft die Uhr herunter. Genau deswegen müssen wir uns beeilen. Wir werden jetzt das Feuer eröffnen und die Aufmerksamkeit des dunklen Kriegers auf uns lenken. Sobald der Weg frei ist, rennen Sie. Rennen Sie, was das Zeug hält, und sehen Sie zu, dass Sie zu den Helikoptern kommen. Ein Großteil unserer Mitarbeiter dürfte sich bereits dort versammelt haben.«

»Aber was ist mit Ihnen?«

»Lassen Sie das mal meine Sorge sein. Ich habe noch eine Rechnung mit diesem Vieh offen. Es wird dem Feuersturm nicht widerstehen. Wichtig ist nur, dass Sie die Probe dabeihaben. Sie tragen sie doch bei sich, oder?«

Hannah nickte und klopfte auf ihre Tasche.

»Gut. Kümmern Sie sich darum, dass sie ihren Weg in die richtigen Hände findet. Machen Sie diesem Spuk ein Ende.«

Hannahs Zunge klebte am Gaumen. Sie schluckte den Kloß in ihrem Hals hinunter, dann nickte sie.

*

John starrte sorgenvoll durch die Cockpitscheiben des Helikopters. Die Wischer arbeiteten auf Hochtouren, um den Schnee zu beseitigen, doch es wurde von Minute zu Minute schlimmer. Der Wind zerrte an den Rotoren, aber noch war der Sturm nicht so heftig, dass ein Startversuch ausgeschlossen war. Ihnen blieb ein kleines Zeitfenster, das sich jedoch rasch schloss. Ilka und Hiroki waren im hinteren Teil des Transporthubschraubers damit beschäftigt, die Leute zu beruhigen und dafür zu sorgen, dass alle angeschnallt waren. Es konnte ein ziemlich ruppiger Flug werden, und John hatte vor, so viele wie möglich lebend hier rauszubringen – auch wenn sie es gar nicht verdient hatten. Andererseits, sie waren ja nur Angestellte dieser verdammten Firma und weder mit Verantwortung noch mit irgendwelchen Befugnissen betraut. Kleine Rädchen in einem Getriebe, das unter der Belastung bald auseinanderfliegen würde. Man sah ihnen an, dass sie mit den Nerven am Ende waren und nur noch wegwollten. Wer konnte ihnen das verdenken? Jedenfalls hatten sie beim Anblick seiner gezogenen Waffe sehr kleinlaut reagiert und versprochen, keine Schwierigkeiten zu machen.

Und noch immer strömten Menschen durch das Nordtor. Hannah und Roberto waren allerdings nicht dabei. Auch von den Köpfen der Operation fehlte jede Spur. Weder Primakov noch Fradkov hatten sich blicken lassen, von den verbliebenen Soldaten ganz zu schweigen. Was geschah da im Inneren der Station?

John hielt es nicht mehr aus. Er löste den Gurt und öffnete die Cockpittür.

Als Ilka sah, was er vorhatte, versuchte sie, ihn zurückzuhalten. »Was hast du vor?«, schrie sie. »Du kannst jetzt nicht weg! Du bist der Einzige, der diese Maschine fliegen kann.«

»Ich muss sehen, wo Hannah bleibt«, rief er zurück. »Sie ist immer noch in der Station, sie braucht meine Hilfe. Ohne sie werde ich nicht starten.«

»Du bist wahnsinnig.«

»Das bin ich nicht. Setz dich an deinen Platz und schnall dich an, ich bin gleich wieder da.«

Ilka rief ihm noch irgendetwas hinterher, aber er konnte es nicht mehr verstehen. Der Lärm der Turbinen und das Heulen des Windes übertönten alles andere. Seinen eigenen Worten zum Trotz wusste er, dass Ilka recht hatte. Er durfte nicht das Leben so vieler Menschen aufs Spiel setzen, nur um eine einzige Person zu retten. Das widersprach allen Regeln des gesunden Menschenverstandes. Doch er konnte nicht anders. Die Angst, Hannah könnte etwas zugestoßen sein, fraß ihn innerlich auf. Solange er nicht wusste, was mit ihr passiert war, konnte er keinen klaren Gedanken fassen.

Den Kragen seiner Jacke bis zur Nase hochgeschlagen, stapfte er auf den Eingang zu. Mittlerweile hatte auch der letzte Wissenschaftler die Station verlassen. Alle waren an Bord des Helikopters versammelt und warteten darauf, dass er endlich startete. Aus dem Inneren der Station fiel ein Korridor aus Licht auf das verwaiste Rollfeld. Ein kalter Strahl, der jede Hoffnung im Keim erstickte. Doch plötzlich war ein Schatten zu sehen. Eine einzelne Person hob sich scherenschnittartig gegen den hellen Hintergrund ab. Schlanke Figur, langes Haar – eindeutig eine Frau. Sie hob die Hand und winkte ihm zu.

John spürte, wie sein Herzschlag für einen Moment aussetzte. Es war Hannah! Sie war am Leben. Mehr noch, sie schien unverletzt!

Sie kam aus dem Tor gerannt, trat seitlich an den Schließmechanismus und schloss das Tor. Das Licht wurde eingesperrt und die Station mit einem metallischen Schlag versiegelt.

John rannte auf sie zu und schloss sie in seine Arme. Trotz der dicken Schichten aus Stoff und Fleece konnte er spüren, wie sie zitterte.

»Und die anderen?«, fragte er. »Vielleicht gibt es noch Überlebende, die hinauswollen ...«

»Es wird niemand mehr kommen«, stieß sie aus. »Ich bin die Letzte.«

»Roberto?«

Sie schüttelte den Kopf. »Er opfert sich, damit wir das Virus außer Landes schaffen können. Er wollte es so.«

»Du ... du hast es dabei?«

»Aber natürlich. Hast du etwa geglaubt, ich käme mit leeren Händen zurück?« Ein hoffnungsvolles Lächeln erschien auf ihrem Gesicht. »Primakov sagte mir, es gäbe da einen Hubschrauber ...?«

John nickte. »Er steht da vorne – startbereit. Komm mit, es warten bereits alle auf dich.«

Gemeinsam rannten sie über das Rollfeld, bis sie kurz vor der Maschine standen.

»Da ist ja gar niemand im Cockpit«, stellte Hannah besorgt fest. »Wer fliegt das Ding? Sieht nicht so aus, als wäre es besonders leicht zu bedienen.« Sie sah ihn überrascht an. »Wirst du etwa ...? Nein, das ist Irrsinn.«

»Mach dir keinen Kopf. Es wird alles gutgehen, vertrau mir.« Er begleitete sie nach hinten und half ihr beim Einsteigen. Dann kletterte er die Außenleiter empor, aktivierte den Schließmechanismus und ließ die Schiebetür einrasten.

Er saß kaum wieder an den Kontrollen, da spürte er schon, dass der Wind noch einmal stärker geworden war. Das Zeitfenster war mittlerweile auf einen winzigen Spalt geschrumpft. John rückte den Pilotensitz zurecht und drückte die entsprechenden Knöpfe. Dann presste er den Schubhebel nach vorne.

Die Maschine bockte wie ein junges Pferd. Sie stiegen einen Meter in die Luft, wurden von der Winddrift erfasst und seitlich abgetrieben. Mit Schrecken sah John, wie die Gebäude rasend schnell auf ihn zuschossen. Sie liefen Gefahr, an einem der Hangars zu zerschellen. Mit einem Ruck nahm er den Schub raus und ließ den Helikopter höchst unsanft zurück auf den Boden fallen. Gepäckstücke flogen durch den Raum, und Flüche drangen an sein Ohr. Er hatte keine Zeit, sich darum zu kümmern. Er versuchte es erneut, doch hielt er diesmal die Nase steil gegen den Wind. Wieder ging es aufwärts, allerdings in kontrolliertem Steigflug. Himmel, dieser Hubschrauber flog sich wie ein Betonklotz! Aber vermutlich immer noch besser als die kleineren Exemplare rechts und links daneben. Der Sturm zerrte und rüttelte, dass man glauben konnte, er wolle das Gefährt in der Luft zerfetzen. Die Turbinen jaulten am Anschlag, als John die Maschine herumdrehte und mit dem Wind in südöstlicher Richtung davonflog. Er war auf etwa dreihundert Meter gestiegen, als auf einmal ein greller Blitz von unten zu ihnen heraufzuckte. Für den Bruchteil einer Sekunde sah John den gesamten Gletscher unter sich aufleuchten. Wie die Linien eines Fingerabdrucks konnte er die Strukturen der alten Stadt erkennen, während das Feuer durch die Straßen und Gassen fegte und alles Leben binnen eines Wimpernschlages auslöschte. Ein Donnergrollen ertönte, dann schossen die Flammen aus Ritzen und Spalten im Eis bis zu ihnen herauf. Der Helikopter wurde von einer Druckwelle erfasst und in die Höhe geschleudert. Die Leute im Frachtraum schrien panisch auf. Die Kräfte, die auf die Maschine einwirkten, waren enorm. Kreiselkompass, Höhenmesser und künstlicher Horizont spielten verrückt. John hatte alle Mühe, den Helikopter in der Luft zu halten. Für einen kurzen Augenblick fürchtete er, die Maschine könnte abstürzen, doch dann fing sie sich wieder und setzte den eingegebenen Kurs fort. Seine Hände waren schweißnass, sein Herz drohte seine Brust zu zersprengen. Doch sie hatten es geschafft. Sie hatten es – verdammt noch mal – geschafft.

Er erlaubte sich einen letzten Blick nach unten. Noch immer tobte das Feuer durch die Stollen, doch es war zu weit entfernt, als dass es ihnen jetzt noch etwas anhaben konnte. Dampfsäulen stiegen in den nachtschwarzen Himmel. Durch die Lücken war zu erkennen, dass große Teile des Gletschers eingestürzt waren und die Stadt unter sich begraben hatten. Die Brocken bildeten ein Trümmerfeld aus einander überlagernden Eisschollen. Was darunterlag, war für viele Jahrhunderte begraben. Eine Katastrophe für die moderne Archäologie – vielleicht –, aber ein Hoffnungsschimmer für die Menschheit. Selbst wenn das Abtauen weiter voranschritt und eventuell überlebende Erreger an die Luft gelangen sollten, würden sie bis dahin längst ein Gegenmittel gefunden haben.

John atmete tief durch. Jetzt so schnell wie möglich zurück nach Longyearbyen, den dortigen Behörden melden, was geschehen war, und ihnen mitteilen, dass man Arkadijs Hunde holen solle, dann durften sie endlich zurück nach Hause. Stromberg würde schon dafür sorgen, dass sie wohlbehalten außer Landes kämen. Selbst wenn es einen bürokratischen Alptraum verursachte, er würde es schaffen, daran hatte John nicht den geringsten Zweifel.

Er überprüfte den eingegebenen Kurs und konzentrierte sich auf die Instrumente, als er plötzlich eine Bewegung in seinem Rücken spürte. Eine liebevolle Berührung ließ ihn erschauern. Hannah stand neben ihm und streichelte sanft über seinen Nacken. Ihre Augen waren auf ihn gerichtet.

»Darf ich dir ein wenig Gesellschaft leisten? Nur ein paar Minuten?«

Er lächelte. Gott, wie er diese Frau liebte. Für sie wäre er durch die Hölle gegangen. Bis ans Ende der Welt und wieder zurück. Dass sie immer noch am Leben war, glich einem Wunder.

Mit einigen schnellen Bewegungen räumte er den Sitz des Kopiloten frei und lud sie ein, Platz zu nehmen. Er spürte, wie seine Gefühle ihn überwältigten. »Solange du willst, mein Schatz«, flüsterte er, und seine Stimme klang rauh. »Solange du willst.«

Epilog

Ping...

Der Brutkasten sah aus wie ein kleiner gläserner Sarg, den man mit weichen Laken und Decken ausgelegt hatte. Inmitten der Decken lag ein rosiges Etwas, das über Kabel und Schläuche an ein EKG-Messgerät angeschlossen war. Über einen dünnen Schlauch wurde Milch zugeführt.

Ping...

Wie die Bilder sich ähnelten. Erst Hannah und jetzt Leni. Eigentlich hieß Johns Tochter ja Helene, aber Hannah und er hatten sich schnell auf die Kurzform geeinigt.

Wie winzig und zerbrechlich sie aussah inmitten all der Technik. Als wäre sie nicht von dieser Welt.

Ping...

Stromberg klopfte mit dem Finger gegen den Plexiglasdeckel. Leni vollführte saugende Bewegungen mit dem Mund. »Ich glaube, dass die Sonde bald entfernt werden kann«, sagte er. »Sieh mal, sie macht Bewegungen, als möchte sie trinken.«

»Stimmt«, gab John zurück. »Die Kinderkrankenschwester hat heute Morgen so etwas angedeutet. Vielleicht können wir wirklich heute der ersten Versuch starten, sie an die Brust zu legen.« Er warf Stromberg einen schrägen Blick zu. »Woher wissen Sie so viel über Babys?«

Stromberg zwinkerte ihm zu. »Sechsfacher Familienvater, da bekommt man so einiges mit.«

»Das wusste ich ja gar nicht ...«

Stromberg lächelte. »Absicht. Ich lege größten Wert darauf, Privates von Geschäftlichem zu trennen. Es lag mir immer daran, die Familie aus allem herauszuhalten. Familie ist das Wichtigste im Leben, das wirst du noch feststellen.«

John nickte. Der Gedanke war noch ungewohnt. *Familie.*

»Und Hannah?«

»Hm?« John schreckte aus seinen Gedanken auf. »Sie ruht sich gerade aus. Die frühen Wehen und der Kaiserschnitt haben sie doch sehr mitgenommen.«

»Verständlich. Sie soll sich mal richtig ausschlafen. Sie hat mehr zu erdulden gehabt als wir alle zusammen. Ich glaube, wir können uns gar nicht ausmalen, unter welchem Druck sie gestanden hat. Vor allem in Hinblick auf ihr Kind. Aber nun ist ja alles gut. Das Serum hat angeschlagen, und die kleine Leni ist so gesund wie ein Fisch im Wasser.«

»Hoffentlich ...«

Stromberg warf John einen besorgten Blick zu. »Etwa nicht?«

»Doch, doch. Oberflächlich betrachtet, schon. Aber die Ärztin meinte, sie müsse noch ein paar Ergebnisse auswerten. Eigentlich wollte sie schon längst wieder zurück sein ...« Er blickte auf die Uhr.

»Was denn für Tests? Ich hoffe doch, es ist alles in Ordnung.«

»Weiß ich selbst nicht genau. Es ging um Hirnströme, wenn ich das richtig verstanden habe. Aber ich kann mich auch täuschen. Ich war so glücklich, dass mit der Geburt alles geklappt hat und dass Hannah und das Baby gesund und munter waren, dass ich gar nicht richtig hingehört habe. Verdammt, diese Warterei bringt mich noch um ...«

»Warte mal, John, ich glaube, da kommt sie.«

Die Ärztin war eine kleine, kräftige Person mit roten Wangen und meist einem anlsteckenden Lächeln. Doch jetzt wirkte ihr Gesicht ernst. Auf ihrem Kittel prangte der Aufdruck *Asklepios Klinik, Barmbek*. In ihrem Schlepptau lief die Krankenschwester, die Leni bisher betreut hatte.

Eine kurze Begrüßung, ein Blick auf Lenis Messwerte, dann bat die Ärztin die beiden Männer nach nebenan ins Besprechungszimmer. Die Krankenschwester blieb bei dem Brutkasten und leitete die nächste Fütterung ein. John hielt es nicht mehr länger aus. »Sie schauen so finster, ist etwas mit meiner Tochter?«

»Wenn Sie mit *etwas* meinen, dass ihr etwas fehlt, so kann ich Sie beruhigen«, sagte die Ärztin. »Das Serum hat sehr gut angeschlagen, sämtliche Blutwerte liegen innerhalb der Parameter. Ihre Tochter wird leben, Mr. Evans, und das sollten Sie nach allem, was vorgefallen ist, als großes Wunder betrachten.«

»Das tue ich auch. Aber was ist es dann? Irgendetwas bereitet Ihnen doch Sorge, das kann ich sehen ...«

»Es sind in der Tat die Messwerte, die wir vom EKG erhalten haben, die mir etwas Sorge bereiten. Nein, *Sorge* ist vielleicht der falsche Ausdruck. Sie verblüffen mich, das trifft es eher. Ich habe mich eben mit meinen Kollegen ausgetauscht, und wir sind der Meinung, dass wir es hier mit einem ziemlich einzigartigen Vorgang zu tun haben, den wir unbedingt weiter beobachten sollten.«

Johns Magen verknotete sich. Was er da hörte, klang alles gar nicht gut.

»Schauen Sie, ich habe Ihnen die Messwerte mal mitgebracht«, sagte die Ärztin und heftete zwei transparente Grafiken an das beleuchtete Klemmbrett.

»Links sehen Sie die Kurven von Puls, Herztätigkeit, Blutdruck und Hirnströmen eines anderen Frühgeborenen, rechts die von Leni. Wie Sie sehen, ist die Atemfrequenz bei beiden ziemlich ähnlich, etwa 75 Züge pro Minute. Beide Babys sind in der 31. Woche, beides Mädchen. Die Größe links beträgt 39,8 Zentimeter, bei Leni sind es 41,1. Auch ihr Gewicht ist mit rund 1500 Gramm durchaus vergleichbar.« Sie atmete tief durch. »So weit, so gut. Aber jetzt bitte ich Sie, einen Blick auf die Hirnstrommessung zu werfen. Das EEG liefert einen detaillierten Bericht über die Hirnfunktionen und lässt sich zu einer Kurve zusammenfassen. Gerade bei Neugeborenen ist dieser Wert sehr aussagekräftig, weil er ein Beleg dafür ist, wie viele Synapsen pro definiertem Zeitraum neu gebildet werden. Deren Produktion beginnt zwar schon in der fünften Woche im Mutterleib, aber da allein in der nur zwei bis drei Millimeter dicken Großhirnrinde mehr als zehn Milliarden Nervenzellen verschaltet werden müssen, dauert dieser Prozess bis weit nach der Geburt an. Das Gehirn eines Neugeborenen ist sozusagen ein Rohling, der erst noch ausgebildet werden muss.«

»Die Werte liegen bei Leni aber um einiges höher, habe ich recht?«

»Um ein Vielfaches«, erwiderte die Ärztin. »Genau genommen sprengen sie die Skala, weswegen wir hier auch bereits mit einem anderen Maßstab arbeiten mussten.« Sie deutete an den linken Rand, wo irgendwelche Zahlen abgebildet waren, die John nichts sagten.

»Lenis derzeitiger Stand befindet sich auf dem Niveau eines Babys drei Wochen nach der Geburt. Sie hat also einen Vorsprung von 13 Wochen.«

»Das ist viel, oder?«

Die Ärztin zwinkerte ihm zu. »Astronomisch. Aber kein Grund, sich deswegen Sorgen zu machen. Ihrer kleinen Tochter geht es gut, sie durchläuft nur eine schnellere geistige Entwicklung. Sobald sie aus dem Brutkasten raus ist und stabil genug, um sie ausgiebigeren Tests zu unterziehen, würden wir sie gerne in einem Institut für Neurowissenschaften untersuchen lassen. Ihr Einverständnis natürlich vorausgesetzt. Dann können wir wesentlich detailliertere Aussagen treffen. Bis jetzt können wir lediglich sagen, dass Ihre Tochter einmal ein sehr cleveres Mädchen sein wird. Mit allen Vor- und Nachteilen, die so ein kleines Genie mit sich bringt.«

John atmete tief durch. Die Nachricht musste er erst mal verdauen.

Die Ärztin warf ihm einen aufmerksamen Blick zu. »Ihre Frau sollte es bald erfahren. Vielleicht nicht sofort, wir möchten sie ja schließlich nicht aufregen, aber doch so, dass sie sich darauf einstellen kann. Möchten Sie es ihr sagen, oder soll ich ...«

»Ich werde das übernehmen«, sagte John. »Ich weiß noch nicht, wie, und auch nicht, wann, aber ich werde den geeigneten Augenblick finden, das verspreche ich Ihnen.«

»Gut. Möchten Sie die Kleine dann mit nach oben nehmen und Ihrer Frau bringen?«

Er hob die Brauen. »Ist es dafür denn nicht noch etwas zu früh?«

»Nicht nach dem, was mir die Kinderkrankenschwester gesagt hat. Ich denke, eine halbe Stunde können wir durchaus riskieren. Was ist, wollen Sie?«

John schob die Sorgen beiseite und lächelte. »Na, und ob.«

Valhalla

Der Autor

Thomas Thiemeyer, geboren 1963, studierte Geologie und Geographie, ehe er sich selbstständig machte und eine Laufbahn als Autor und Illustrator einschlug. Mit seinen Wissenschaftsthrillern und Jugendbuchzyklen, die etliche Preise gewannen, sich über eine halbe Million Mal verkauften und in dreizehn Sprachen übersetzt wurden, ist er mittlerweile eine feste Größe in der deutschen Spannungsliteratur. *Valhalla* ist nach *Medusa* und *Nebra* der dritte Roman um die Archäologin Hannah Peters.
Der Autor lebt mit seiner Familie in Stuttgart.